BASTEI
LÜBBE
TASCHENBUCH

Titel in der Regel auch als Hörbuch und E-Book erhältlich

Ruggero Leò

GROSSE GESCHICHTEN VOM KLEINEN VOLK

Mit Illustrationen von Jürgen Geier

BASTEI LÜBBE
TASCHENBUCH

BASTEI LÜBBE TASCHENBUCH
Band 20 705

1. Auflage: November 2012

Dieser Titel ist auch als E-Book erschienen

Originalausgabe

Textredaktion: Julia Abrahams, Dr. Frank Weinreich, Ruggero Leò
Lektorat: Ruggero Leò
Illustrationen im Innenteil: Jürgen »Geier« Speh
Titelillustration: © Jorge Jacinto, Porto
Umschlaggestaltung: Guter Punkt, München
Satz: Urban SatzKonzept, Düsseldorf
Gesetzt aus der Caslon
Druck und Verarbeitung: CPI – Ebner & Spiegel, Ulm
Printed in Germany
ISBN 978-3-404-20705-3

Bei der Produktion dieses Buches kamen keinerlei Tauben zu Schaden
No pigeons were harmed or killed during the making of this book

INHALT

WIE ES ZU ALLEM KAM, WAS HIER DRINSTEHT

Am Anfang war die Idee. »Es wäre doch großartig, wenn die besten deutschen Fantasy-Autoren gemeinsam ein Buch über Halblinge schreiben würden«, das war mein Gedanke. Dann wurde es kompliziert: viele elektronische Briefe, noch mehr Telefonate und persönliche Treffen, Letztere manchmal sogar inmitten von Ork-Horden und imperialen Sturmtruppen (auf einer Fantasy-Con). Aber ich schweife ab. Das Ergebnis dieser Gespräche fiel sehr erfreulich aus: lauter begeisterte Zusagen! Die Autoren hatten für ihre Geschichten freie Hand; keine Regeln sollten ihre Fantasie einschränken, denn nur so kommt es zu den tollsten Ergebnissen. Es gab nur eine Vorgabe. Ein Motiv, sie zu knechten, sie alle zu finden, an die Tasten zu treiben, bis sie was erfinden: Halblinge!

Einige Zeit später krochen die folgenden Geschichten aus ihren Erdlöchern. Viele klassisch, manche frech und eine sogar mit untoten Hühnern. Es ist schon erstaunlich, wie unterschiedlich ein und dasselbe Thema umgesetzt werden kann – wenn sich Meister ihres Fachs damit befassen. Und dazu noch die großartigen Illustrationen eines Genies, das sich selbst »Geier« nennt. Ich hoffe, Ihnen bereiten die Geschichten und Bilder ebenso viel Freude wie mir. Am besten genießt man sie bei einem Pfeifchen. Oder beim zweiten Frühstück oder Nachmittagstee. Oder beim Nachtmahl und was es sonst noch alles gibt.

Ruggero Leò, Köln, 03. 07. 2012

WENN EINER EINE REISE TUT

von Christoph Hardebusch

Als nach einem heißen Sommertag erste Tröpfchen auf das Kopfsteinpflaster fielen, sahen viele Bewohner des kleinen Städtchens überrascht nach oben. Innerhalb von wenigen Augenblicken wurde aus leichtem Regen ein derartig starker Schauer, dass die Einwohner hastig Schutz suchten.

An dem alten Stadttor im Süden trieb das garstige Wetter drei Gestalten zusammen, die sich gemeinsam unter dem alten Gemäuer unterstellten. Einst hatte eine große Mauer die kleine Stadt umspannt, doch da nun schon lange kein Krieg mehr drohte, war das beständige Wachstum der Stadt zunächst jenseits der Mauer fortgesetzt worden, bis das Bauwerk schließlich nur noch als billige Quelle für Baumaterialien genutzt wurde. Lediglich die zwei Tore waren übrig geblieben, eins an der Hauptstraße im Norden und eines im Süden; Festungstore wurden sie genannt, auch wenn es hier niemals eine Festung gegeben hatte.

Die drei Männer, die sich während des Regengusses unterstellten, kannten einander. Sie waren Stützen ihrer Gemeinde, in der Stadt wohl angesehen, und sie hatten keinerlei Grund, an ihrer eigenen Bedeutung für das Gemeinwesen zu zweifeln.

Der kleinste von ihnen, Tiskan Hartholz, kaum drei Fuß groß, erreichte das Tor als Erster. Er besaß zwei Sägemühlen am Fluss, in denen Dutzende von Arbeitern seinen Reichtum mehrten.

Gleich nach ihm duckte sich Armas Hoppenschlag in das düstere Zwielicht des Torbogens. Von seinen einfachen Anfängen als Schmiedegeselle hatte er sich zu einem der gefragtesten Goldschmiede im ganzen Land hochgearbeitet, und er zeigte seinen Reichtum gerne. Auch jetzt spannte sich wieder ein Wams aus teuerstem Stoff über seinem beeindruckenden Bauch, und er trug vier schwere Goldringe an den Fingern. Er nickte Tiskan zu, den er um gut eine Haupteslänge überragte, und verzog für einen Augenblick das Gesicht, als er den nächsten Schutzsuchenden erblickte.

Doran van de Botterblom war noch ein ganzes Stück entfernt, als der Regenschauer begann. Jeder andere wäre sofort losgelaufen, doch ein Botterblom rannte nicht. Normalerweise wäre Doran trotz seiner bereits durchweichten Kleidung bis zu seinem Heimathaus im Herzen der Stadt geschlendert, mitten auf dem Hügel, nahe des Ratshauses im besten Viertel, hätte er nicht die beiden anderen im Tor entdeckt und sich dafür entschieden, seine Volksnähe zu demonstrieren, indem er sich zu ihnen gesellte.

»Einen wunderschönen guten Tag, meine Herren«, begrüßte er sie mit einer genau abgezirkelten Neigung des Kopfes. Seine Kleidung mochte nass sein, aber sie zeigte noch immer auf geschmackvolle Art und Weise den Stand und das Ansehen ihres Trägers. Besonders schön war die Brokatweste mit den Goldstickereien in floralem Stil. Armas wünschte sich, er hätte auch so eine Weste.

»Was ist an dem Pisswetter schon schön?«, entgegnete er entsprechend grantig. In seinen Worten klang seine einfache Herkunft noch deutlich mit, und er vermutete, dass Doran auch deswegen milde lächelte.

Die Botterbloms waren im Schleuderschützenverein lediglich Ehrenvorsitzende – eine Position, die ihnen traditionell zustand. Daher nahmen sie niemals an den Turnieren teil, doch Armas war zu Ohren gekommen, dass Doran sich hinter verschlossenen Türen dagegen ausgesprochen hatte, ihm die Ehre des Sieges und damit den Titel des Schussmeisters zu gewähren. Und das, obwohl Armas vorher längst alle Honoratioren des Vereins im persönlichen Gespräch überzeugt und allen das größte Schleuderschützenvereinsfest aller Zeiten versprochen hatte, selbstverständlich komplett aus seiner tiefen Tasche bezahlt.

Selbst Tiskan war bereits Schussmeister gewesen, obwohl er sich kein so großes Fest leisten konnte, aber Tiskan hatte seinen Besitz auch geerbt, und die Hartholzens waren schon lange angesehene Bürger der Stadt. Vermutlich erwiderte der Holzhändler deshalb auch Dorans Lächeln.

»Eine Pfeife, die Herren?«, versuchte er die Situation zu entschärfen. »Ich habe bestes Ronnerländer Blatt dabei.«

»Zu gern, zu gern«, entgegnete Doran, und selbst Armas willigte knurrig ein. Schnell hatten sie ihre Meerschaumpfeifen gestopft und bliesen blauen Dunst hinaus in den Regen.

»Wenigstens ist das Wetter gut für die Ernte.«

»Wie wahr.«

»Zumindest für den Weizen.«

»Und für den Wein.«

»Aber so ein Guss kann auch Schäden auf den Feldern anrichten.«

»Mhm.«

Sie pafften eine Weile in wohligem Schweigen. Der Rauch sammelte sich in dem Torbogen und wehte in den Schauer, der, wenn das überhaupt möglich war, noch intensiver geworden war.

»Habt ihr das von Bando Laufberg gehört?«, erkundigte sich Tiskan und gab sich damit natürlich unwissender, als er war.

Die anderen beiden beugten sich leicht vor, ihr Interesse war geweckt. *Natürlich* hatten sie von Bando gehört – wer nicht? Er war seit seiner Rückkehr Stadtgespräch.

»Ach, ihr wisst doch, was die Leute reden.« Doran winkte ab. »Vermutlich war er nur in Krähwinkel, Rüben kaufen.«

»Vermutlich«, entgegnete Tiskan und ließ einen Moment der Stille verstreichen. »Allerdings hat mir die Frau von Fischer Gerad – ihr wisst schon, der auch die Fähre am Lautwasser betreibt – erzählt, dass Bando da übergesetzt ist.«

»Mhm.«

»Er soll ja gleich zwei Grautiere dabeigehabt haben«, warf Armas ein, unwillig, sich vom Holzhändler ausstechen zu lassen. »Vollgepackt.«

»Angeblich Vorräte für eine lange Reise.«

»Mhm.«

Sie zogen an ihren Pfeifen und stellten sich vor, wie das wohl ausgesehen haben mochte.

»Er hat Fremde getroffen«, spielte Doran seinen Trumpf aus. Tiskan starrte Doran mit aufgerissenen Augen an.

»Fremde?«, hauchte er. »So richtige Fremde? Nicht von hier?«

Doran verschränkte die Arme vor dem Bauch und nickte bedächtig. Er genoss den Moment sichtlich.

»Richtige Fremde. Ich hab's aus einer verlässlichen Quelle.«

»Großgewachsene«, warf Armas schnell ein. »Aber nicht nur.«

Jetzt sahen ihn beide mit großen Augen an.

»Ich habe es von Bauer Farfell, ihr wisst schon, der letztes Jahr beim

Erntefest den Preis für den schönsten Kürbis gewonnen hat. Er hat ein Feld nahe der Alten Hecke, da, wo die Straße in den Rögelwald führt.«

»Was meinst du damit, nicht nur Großgewachsene? Was denn noch?«

So ganz genau wusste Armas das nicht, denn der grimmige Farfell hatte sich kaum mehr Informationen aus der Nase ziehen lassen, also wiederholte er einfach die Worte des alten Kauzes: »Buntes Volk. Ganz schön buntes Volk.«

Jetzt war es an Tiskan, selbstgefällig zu klingen. »Dann sind sie nach Ressem gezogen. Mein Schwager liefert jeden zweiten Dienstag sein Meister-Bräu dorthin. Und in einer der Ressemer Herbergen wurde Bando gesehen.«

»Raues Pflaster, dieses Ressem«, gab Armas weiter, was er so gehört hatte. »Lauter Großgewachsene. Diebe und Halsabschneider überall. Das ist kein guter Ort.«

Die anderen beiden nickten bekräftigend und gaben zustimmende Brummlaute von sich.

»Aber Bando ist nicht dageblieben. Er ist quer durch die Sümpfe …«, fuhr Tiskan fort.

»Nein!«

»Wenn ich es dir doch sage. Direkt in die Sümpfe.«

»Mit den Fremden?«

Armas konnte kaum glauben, was er da hörte, aber Tiskan nickte, auch wenn er das nicht genau wusste. *Aber wie sollte es anders sein?*

»Als er wiederkam, hatte er jedenfalls einen ganzen Wagen dabei, voll beladen. Wer weiß, was da drauf war?«, fragte Armas.

»Ist jedenfalls nicht so, dass er noch was brauchen würde«, gab Tiskan zu bedenken. »Er hat ja eine schöne Erbschaft gemacht.«

»Die Laufberg-Höhle im grünen Hügel, und es heißt, sein Großvater väterlicherseits hatte einen ganzen Keller voller Münzen.«

»Der alte Artem hat ja auch ausgestopfte Wiesel gesammelt.«

»Ich kannte den Alten, das war ein schräger Vogel«, erklärte Doran. »Die ganze Familie …«

Er musste nicht weitersprechen, denn sie alle wussten, was gemeint war. Kein Mitglied der Laufberg'schen Familie war jemals Mitglied im Schleuderschützenverein gewesen oder hatte einen nennenswerten Beitrag zum Erntefest geleistet – oder auch nur an den Verschönerungswochen teilgenommen. Alle drei dachten das Gleiche: *Irgendwie hat man es immer schon gewusst.*

Ein wenig Mörtel rieselte vom Gemäuer herab. Das Tor war alt und wurde kaum noch instand gehalten. Armas strich sich den Schmutz von der Schulter.

»Er ist bestimmt bis nach Karteg gekommen«, überlegte er halblaut, mehr für sich als für die anderen. »Er soll ja auch ein Schwert dabeigehabt haben.«

»Meint ihr, dass er gekämpft hat? Er hat bestimmt gekämpft, oder?«, fügte Doran hinzu. »Auf den Straßen jenseits des Rögelwalds gibt es jede Menge Briganten und ...«

»Brig... was?«

»Räuber«, erklärte Doran so milde, als ob er es mit einem Begriffsstutzigen zu tun hätte, was Armas mächtig wütend werden ließ. »Jedenfalls gibt es da Briganten ... entschuldige, *Räuber*, und allerlei grauenhaftes Ungetier.«

»Wie ... Mücken? Oder Schmeißfliegen? Spinnen?«

»Nein, Mantikore, Drachen, Beißwölfe ...«

Erinnerungen an schaurige Geschichten aus seiner Kindheit stiegen in Armas auf, an schreckliche Monster, die jeden Wanderer überfielen und auffraßen, wenn sie nicht sogar Schlimmeres taten. Er schluckte.

»Bando wird wohl einen Zauberer dabeigehabt haben.« Das machte endlich den gewünschten Eindruck. Die beiden anderen hätten vor Entsetzen beinahe ihre Pfeifen fallen lassen. »Na, um mit dem ganzen Pack fertigzuwerden«, fuhr er selbstgefällig fort.

»Magier«, murmelte Tiskan. »Da weiß man ja nicht, was schlimmer ist, Zauberer oder Briganten!«

Eigentlich waren sie alle drei der Meinung, dass es kaum ein größeres Übel als Zauberer geben konnte, Briganten hin, Räuber her, auch wenn sie bis jetzt noch keinen selbst getroffen hatten. *Aber man hörte ja so einiges.*

Armas sprach aus, was sie alle dachten. »Die anderen Fremden waren wohl selbst nicht besser als Briganten. Wer sonst macht so eine Reise?«

Wieder nickten sie einstimmig.

»Zieht mit Banditenpack durch die Wildnis.« Doran schüttelte den Kopf. »Das hat der alte Laufberg nicht verdient, dass sein Sohn ...«

Sie malten sich schweigend und mit wohligem Grauen aus, wie eine ungewaschene Bande von Großgewachsenen, buntem Volk und Zauberern durch die Lande zog, stets bereit zu raufen, zu saufen und ehrbare Leute in etwas Unnatürliches zu verwandeln. Es war kein schönes Bild, und mittendrin war Bando.

»Die haben vermutlich ganz schön gehaust, da in Ressem und Karteg. Man will gar nicht wissen, was die Großgewachsenen in Karteg jetzt von uns denken.«

Armas sah Tiskan an. Diesen Punkt hatte er noch gar nicht bedacht – jetzt wurde er doch tatsächlich wütend auf Bando. Die Bewohner seiner Heimatstadt so im Stich zu lassen!

»Der Nachbar meiner Cousine arbeitet bei einem Schuhmacher, und dessen Geselle hat gesagt, er hat Bando spät nachts noch auf den Straßen gesehen.«

Armas dachte laut über die Bedeutung dieser Beobachtung nach: »Ob er auch hier seinen dunklen Geschäften nachgeht?«

»Er schmuggelt bestimmt seine widerwärtigen Spießgesellen in die Stadt. Die verstecken sich in seinem Schatzkeller. Passt nur auf!«

Doran brummte.

»Vielleicht sollte man die Büttel informieren.«

Sie überlegten und pafften ein wenig, dann gab Tiskan zu bedenken: »Die wissen bestimmt schon Bescheid, und man will ja keinen Ärger bekommen.«

»Mhm.«

»Eine unmögliche Familie«, zischte Tiskan. »Wohnt genau in unserer Mitte und macht immer nur Scherereien.«

Welche Scherereien er genau meinte, sagte er nicht, aber Armas vermutete, dass er so einiges gehört hatte. Er selbst konnte sich an keine konkreten Geschichten erinnern, doch sagte ihm sein Gefühl, dass auch ihm schon mehr als einmal von der unmöglichen Familie Laufberg berichtet worden war, also nickte er wissend.

Der Regen ließ etwas nach, und auch das Kraut in der Pfeife ging langsam seinem Ende entgegen.

»Unmöglich«, pflichtete Doran gewichtig bei. »Aber eigentlich hat man es ja schon immer gewusst.«

»Das haben wir nicht nötig«, gab Tiskan zu bedenken. »Wir sind eine ordentliche Gemeinde, mit guten Leuten. Dass jemand uns so ins Ge-

rede bringt, haben wir nicht verdient, und ganz bestimmt nicht, dass der Betreffende schreckliche Spießgesellen hier anschleppt, die gewiss das Unterste zuoberst kehren werden.«

»Was denkt man jetzt nur von uns?« Armas klopfte die Glut aus seiner Pfeife. »Und muss man jetzt jede Nacht Tür und Tor verriegeln und um sein Leben fürchten?«

In den Mienen der anderen konnte er sehen, dass sie ebenso wie er einen baldigen Besuch beim Schlossschmied planten.

»Meine Herren«, sagte er knapp, nickte ihnen zu und wollte schon gehen, da der Regen inzwischen in ein leichtes Nieseln umgeschlagen war. Dann jedoch fiel sein Blick auf die Straße. Eine Gestalt kam auf sie zu, einen großen Korb voller Kohlköpfe in den Händen.

»Nein«, hauchte Tiskan und fuhr sich nervös mit der Hand über den Mund. »Bando!«

»Haltung bewahren, meine Herren«, flüsterte Doran und streckte den Rücken durch. Die beiden anderen taten es ihm gleich.

Bando Laufberg ächzte unter der schweren Last. Bauer Farfell mochte die größten Kohlköpfe haben, aber dafür war der Weg zu seinem Hof auch der weiteste. Durch den Regen war das Kopfsteinpflaster glatt, und hier und da hatten sich Pfützen gebildet.

Als er durch das Tor schreiten wollte, sah er die drei dort aufgereiht stehen, die Hände vor der Brust verschränkt, die Brauen gerunzelt. Er wäre beinahe stehen geblieben, weil ihre Blicke so feindselig waren.

Doch plötzlich blitzte ein silberner Schein vor ihnen auf und verging noch im selben Augenblick.

»Meine Herren«, grüßte Bando freundlich im Vorbeigehen, aber die drei antworteten nicht, sondern stieben davon, als habe er sie angeschrien.

Bando seufzte. »Seltsame Leute«, murmelte er leise, während er sich an der von Rissen durchzogenen Wand abstützte und einen Moment verschnaufte. Zumindest würde die Kohlsuppe heute Abend den langen Marsch wert sein.

»Manche haben keinen Funken Höflichkeit im Leib«, antwortete ihm leise der Zauberer wie aus dem Nichts, der auch für den kleinen Scherz mit dem Licht verantwortlich gewesen war.

»Wie wahr, wie wahr«, erwiderte Bando und machte sich auf den Weg nach Hause.

HELD WIDER WILLEN

von Thomas Finn

»Die Strolche da hinten bringen nur Unruhe in unser Dorf«, raunte Fido mit schwerer Zunge. »Haben die kein Zuhause?« Er kippte sich den Inhalt des Branntweinbechers in den Hals und deutete unmerklich zu dem Tisch neben dem Eingang der Schankstube. Nicht, dass die Geste notwendig gewesen wäre. Denn die beiden Halblinge, die sich dort die Zeit mit Bier, Käsehäppchen und Würfelspiel vertrieben, erweckten nicht nur den Argwohn von Fido und seinen beiden Freunden Griffo und Bullror, sondern den aller Gäste im *Zinnkrug*. Dabei hatte hier natürlich niemand etwas gegen Halblinge. Fido und seine Freunde entstammten ja selbst dem stolzen Volk der Großfüße. Doch die beiden Unbekannten, na ja, die kamen eben nicht aus Hopfenbruch. Und das war bereits Grund genug für gesundes Misstrauen.

»Die ... die sind bereits gestern hier aufgetaucht«, lallte Griffo. »Mit Ponys!«

Er betonte das Wort auf eine Weise, die klarstellte, für was für Vagabunden er die Kerle hielt. Schließlich musste niemand in Hopfenbruch mehr als eine halbe Stunde Fußmarsch zwischen seiner Wohnhöhle und dem Ortskern aufwenden. Fido spähte zum Wirtshausfenster, auf dem sich sein Spiegelbild mit dem sorgsam zum Mittelscheitel gekämmten dunklen Haar und der rundlichen Nase abzeichnete. Doch alles, was er auf dem nächtlichen Vorplatz erkennen konnte, waren zwei Pferde, die vor einen mit Bierfässern beladenen Karren gespannt waren. Sie gehörten Holm, einem Händler, der weiter hinten in der Schankstube seine Suppe löffelte. Er war einer der wenigen Menschen, die den Ort regelmäßig besuchten, um hier das berühmte Hopfenbrucher Dunkelbier zu erwerben. Nach allem, was Fido gehört hatte, wollte der Händler noch in dieser Nacht weiterreisen. Und doch zweifelte er nicht an Griffos Worten. Sicher waren die Ponys der fremden Halblinge im nahen Stall untergebracht. Was einen nur wieder zu der Binsenweisheit zurückführte, dass anständige Halblinge keine Reittiere brauchten. Ponys oder gar die riesigen Pferde, wie jene, wie sie Holm sein Eigen nannte, das war etwas für rastlose Gesellen.

»Es ist viel schlimmer, als ihr denkt.« Der beleibte Bullror lehnte sich trunken vor. »Die beiden sind … Abenteurer!«

»Abenteurer? Bist du dir sicher?« Fido riss schockiert die Augen auf.

»Oh ja«, raunte ihr dicker Freund. »Ich hab die beiden gestern in der Schmiede von Meister Bilgor getroffen. Da haben sie ihre Messer schleifen lassen. Sehr lange Messer, wenn ihr versteht, was ich meine …« Fido und Griffo verstanden nur zu gut.

So weit war es also schon mit Hopfenbruch gekommen. Sie teilten die Schankstube mit Mördern und Halunken. Fido, Griffo und Bullror genehmigten sich schweigend eine weitere Runde. Gegen diese Fremden musste man doch etwas unternehmen. Leider war die Kanne mit Weinbrand schon leer.

»Wirt!«, rief Fido. »Nochmal das Gleiche!«

»Komme gleich.« Der Besitzer des *Zinnkrugs* schleppte unter den misstrauischen Blicken seiner Gäste zwei Bierkrüge zu dem Tisch mit den Fremden. Der eine der beiden griff zu seinem Gürtel, und Fido und seine Freunde keuchten entsetzt auf. Doch statt einer blitzenden Schneide präsentierte der Kerl zwei blinkende Silbermünzen. Erleichtert lehnten sich die drei Halblinge zurück – als der Begleiter des Fremden etwas aus seinem Rucksack zog. Ein Buch? Oh nein, das war doch nicht etwa das, für das Fido das Objekt hielt? Entsetzt versteifte er sich, als auch schon des Wirtes Stimme zu vernehmen war. »Habagol Pfeifbock? Ja, da seid Ihr hier richtig. Nur, dass der schon lange nicht mehr lebt. Aber sein Enkel Fido, der kehrt noch immer hier ein.« Der Wirt deutete zum Tisch der drei Freunde. Die übrigen Gäste beugten sich hastig über ihre Krüge, Griffo und Bullror räusperten sich unangenehm berührt, und Fido wäre vor Scham am liebsten im Erdboden versunken.

Bitte! Im Stillen flehte er alle Schicksalsmächte an, dass der Kelch an ihm vorüberziehen möge. Doch sein Flehen wurde nicht erhört. Der fremde Halbling erhob sich und trat zu ihnen. »Ihr seid ein Nachfahre des tapferen Habagol Pfeifbock?«

Fido nickte nach einigem Zögern. Der Fremde legte das Buch auf den

Tisch, und an den Nachbartischen verstummten die Gespräche. Selbst Holm, der menschliche Händler, sah auf. Entgeistert starrte Fido die goldene Prägeschrift auf dem Ledereinband an: *Ich bin dann mal weg – meine Reise auf den Pfaden der Drachen!* Darunter, etwas kleiner, aber nicht weniger prominent platziert, prangte der Name des Autors: *Habagol Pfeifbock.*

Fido schluckte. Das elende Buch kursierte nun schon seit knapp hundert Jahren im gesamten Königreich, zu dem auch die Gebiete der Großfüße hier im Westen gehörten. Zugleich gemahnte die Schrift an die größte Schande, die je ein Halbling über seine Heimat gebracht hatte. Denn in dem Buch hatte Fidos in jeder Hinsicht aus der Art geschlagener Großvater Habagol jene Geschehnisse verewigt, die er in jungen Jahren an der Seite eines Drachen namens Vinceatrix erlebt hatte.

Dummerweise wurde die Erzählung immer wieder neu aufgelegt, wofür eine Familie von Buchdruckern in der Königsstadt Trabatant verantwortlich zeichnete. Stadthalblinge, die das Leben unter den Menschen sicher ebenso verdorben hatte wie einst seinen Großvater. Dass sie Habagols einzigem Erben noch immer pünktlich die Anteile aus dem Verkauf auszahlten, war sicher einem Irrtum geschuldet. Und doch trugen die Einnahmen dazu bei, dass Fido ein Leben in relativem Müßiggang führen konnte. Ein Umstand, den er seinen Freunden gegenüber natürlich schamhaft verschwieg. Überhaupt war seine Familie stets bestrebt gewesen, die Taten Habagols vergessen zu machen. Und jetzt das.

Der Fremde zückte Feder und Tintenfass und reichte ihm beides. »Bitte, erweist mir die Ehre und signiert mir das Buch!« Er zwinkerte Fido zu. »Sonst wird mir niemand glauben, dass ich einem echten Nachfahren Habagol Pfeifbocks gegenübergestanden habe.«

Wie in Trance griff Fido zur Schreibfeder und hoffte sehnlichst, dass der Kerl ihn anschließend in Ruhe lassen würde. Doch stattdessen plapperte sein Gegenüber für jeden gut hörbar weiter. »Ich liebe das Buch. Ich kenne fast jedes Wort auswendig.«

»Tatsächlich?«, krächzte Fido. Verflucht, warum nur bekam er das elende Tintenfass nicht auf?

»Oh ja!« Jetzt setzte sich der Kerl auch noch. »Ohne Zweifel ist Euer Großvater der größte Held, den das Volk der Halblinge je hervorgebracht hat.«

Bullror wischte sich den Schweiß von der Stirn. Vermutlich sann er darüber nach, in welchem Ausmaß seine Bekanntschaft mit Fido seinem guten Ruf schadete.

»Ohne die Erzählung Eures Großvaters wäre ich nie auf die Idee gekommen, Wohnhöhle und Beruf aufzugeben und selbst mein Glück in der weiten Welt zu suchen.« Fido zuckte bei den Worten zusammen. Was sollte daran bitte gut sein? »Am aufregendsten«, fuhr der fremde Halbling fort, »finde ich ja noch immer jene Stelle, als Euer Großvater dem Drachen das erste Mal begegnete. Ihr wisst schon, als er bar jeder Vernunft seine Angst bezwang und der Feuerechse das Leben rettete. Ich kann es immer noch nicht glauben, dass ein einzelner Halbling dazu in der Lage ist, einem ausgewachsenen Drachen eine abgebrochene Drachenlanze aus dem Leib zu ziehen.«

»Na ja, der, äh, Vinceatrix soll damals ja selbst noch recht jung gewesen sein«, wiegelte Fido ab. Peinlich berührt lächelte er in die Runde. Doch wohin er auch blickte, die Gesichter seiner Nachbarn waren wie versteinert. Endlich bekam er das Fässchen auf und tauchte die Feder in die Tinte.

»Ist Euch eigentlich klar, dass es einzig und allein Euer Großvater war, der das Königreich vor seinem Untergang bewahrt hat? Habagol war offenbar viel zu bescheiden, um das in seinem Buch zu erwähnen.«

Es knackste, denn Fido brach vor Schreck die Schreibfeder ab. Bitte, nicht auch noch dieses Detail. Wann fand der Albtraum ein Ende?

»Wie meint Ihr das?«, grunzte Griffo argwöhnisch. Auch die übrigen Halblinge in der Schenke spitzten die Ohren.

»Sagt bloß, davon ist hier nichts bekannt?«

Nein, war es nicht! Fido hätte am liebsten geschrien. Trug er nicht ebenfalls eine Schreibfeder bei sich? Hastig betastete er seine Weste. Er musste endlich seinen Namen ins Buch setzen, damit der Kerl den Mund hielt.

»Na, immerhin kam es zwanzig Jahre nach Habagols Bekanntschaft mit Vinceatrix zum Krieg zwischen Drachen und Menschen«, sagte der Fremde.

»Erzählt uns was Neues«, brummte Bullror ungnädig. »Hopfenbruch ist zwar nie von einem Drachen angegriffen worden, aber jeder hier weiß, warum es damals zum Krieg kam: Die Drachenreiter, die damals dem König unterstanden, hatten die freien Drachen provoziert!«

»Also ... genau genommen wollten die Drachen die Versklavung ihrer Artgenossen durch die Menschen nicht weiter hinnehmen«, ergänzte Fido zaghaft und hätte sich für die Bemerkung am liebsten auf die Zunge gebissen. Immerhin verriet er damit eine Detailkenntnis, die hier kaum jemandem bekannt war. »Aber seit achtzig Jahren herrscht Ruhe, und dabei sollten wir es auch belassen.« Fido lachte hilflos, doch der fremde Halbling und sein Kumpan am Nachbartisch warfen sich scheele Blicke zu. Endlich fand Fido seine eigene Schreibfeder. Rasch setzte er seinen Namen ins Buch und gab es dem Halbling zurück. »So, da habt Ihr die Unterschrift. Wenn Ihr uns nun entschuldigen würdet, wir haben ...«

»Und was hat das jetzt alles mit Fidos Großvater zu tun?«, bohrte Griffo nach. Holm, der Händler, hob interessiert eine Augenbraue.

»Nun, Habagol Pfeifbock hat doch überhaupt erst dafür gesorgt, dass es zwischen Drachen und Königreich zum Friedensvertrag kam.« Der fremde Halbling sah Griffo ungläubig an. »Ihr wollt mir jetzt bitte nicht weismachen, dass das ausgerechnet hier, in Habagols einstiger Heimat, nicht bekannt ist? In Trabatant weiß das jedes Kind.«

»Echt?« Griffo sah Fido ernüchtert an. »Also ich wusste das nicht.«

An den Nachbartischen setzte empörtes Raunen ein, und Fido hätte seinen Kopf am liebsten auf die Tischplatte geschlagen. Sich in die Angelegenheiten des großen Volkes einzumischen, allzumal in deren *Politik*, galt als in etwa so anstößig, wie auf die Idee zu kommen, beim jährlichen Bierfest nackt zu erscheinen. Freunde und Nachbarn maßen Fido mit Blicken, als sei er selbst für die Reichsgeschichte verantwortlich gewesen.

»Die wilden Drachen hätten das Reich komplett verheert, wenn Habagol nicht als Mittler zwischen Menschen und Drachen aufgetreten wäre«, meldete sich der Kumpan des fremden Halblings zu Wort. Zu Fidos Entsetzen trat nun auch er zu ihnen an den Tisch. »Er war der Einzige, dem die Drachen vertrauten. Man stelle sich das bloß vor: Habagol Pfeifbock gelang es damals tatsächlich, den König in einem persönlichen Gespräch davon zu überzeugen, auf die Tradition der Drachenreiter zu verzichten.«

Fido stand kurz davor, in Tränen auszubrechen. Bemerkten die beiden nicht, was sie ihm da antaten?

»Drachenfreund. Weltenbummler. Königsvertrauter. Reichsretter. Held.« Der Halbling mit dem Buch seufzte schwer. »Man wünscht sich wirklich, man könnte die Zeit zurückdrehen.«

»Ach? Und wieso?«, grunzte der Wirt und brachte endlich die georderte Kanne mit Weinbrand, und Fido spürte den Zwang in sich aufsteigen, sich bis zur Besinnungslosigkeit volllaufen zu lassen.

»Habt ihr es denn noch nicht gehört?« Der Fremde schlug das Buch sorgsam in ein Tuch ein. »Dem Königreich droht erneut großes Ungemach. Es heißt, dass die raffgierigen Zwerge dabei sind, ein Heer auszuheben. Angeblich wollen sie sich die Goldminen im königlichen Silberkammgebirge unter den Nagel reißen. Und ausgerechnet jetzt werden die Drachen eidbrüchig und fallen wieder über die Dörfer und Städte des Reichs her. Glaubt uns! Was das Reich jetzt dringend nötig hätte, das wäre ein Held vom Schlage Habagol Pfeifbocks!«

»Hey!« Jemand rüttelte Fido an der Schulter, und der Halbling erwachte zwischen hohen Bierfässern. »Was, zum Henker, machst du auf meinem Wagen?«

Sonnenstrahlen kitzelten Fidos Gesicht, und von irgendwoher drang das Schnauben von Pferden in sein Bewusstsein, in das sich eine Vielzahl fremder Stimmen mischte. Er blinzelte und starrte in das Gesicht eines bärtigen Menschen, den er von irgendwoher kannte. Richtig, war das nicht Holm, der Händler, dessen Wagen letzte Nacht noch vor dem *Zinnkrug* gestanden hatte?

»Wagen?« Fido entdeckte, dass er tatsächlich auf einer Ladefläche zwischen Kisten und Fässern lag. Sein Kopf dröhnte, und er hatte schrecklichen Durst. Ihn plagte ein Kater, wie er ihn zuletzt als zwanzigjähriger Jungfuß erlebt hatte. Lahm richtete er sich auf. »Wo bin ich?«

»Wo du bist? Das ist jetzt nicht dein Ernst?« Holm stemmte seine Arme in die Hüfte und lachte schallend los. Fido starrte ihn verständnislos an und wurde erstmals auf das Treiben um ihn herum aufmerksam. Da waren Menschen. Viele Menschen. Und da waren Stände. Ein Markt! Schlagartig wurde Fido nüchtern. »Das hier ist doch nicht Hopfenbruch?«

»Nein, natürlich ist das hier nicht Hopfenbruch, du Trunkenbold.« Der Händler wischte sich die Lachtränen aus dem Gesicht. »Wir befinden uns auf dem Markt von Eidhofen, gute vierzig Meilen von Hopfenbruch entfernt. Ich bin die ganze Nacht über durchgefahren, um hier noch einen guten Standplatz zu bekommen.«

»Bloß das nicht.« Fido erinnerte sich nicht mehr an jedes Detail des vergangenen Abends. Was er aber noch wusste, war, dass Bullror und Griffo den Stammtisch unter fadenscheinigen Begründungen aufgelöst hatten, kaum dass die fremden Halblinge wieder an ihren Tisch zurückgekehrt waren. Er hatte die Kanne Weinbrand daher alleine geleert. Und ... richtig. Nach Hause hatte er es danach nicht mehr geschafft. Herrje, was musste er betrunken gewesen sein. Offenbar war er einfach auf den Wagen des Händlers geklettert, um dort seinen Rausch auszuschlafen. »Und Ihr fahrt heute nicht zufällig wieder zurück?«, fragte Fido verzagt.

»Leider nein.« Holm schüttelte bedauernd den Kopf. »Morgen geht es weiter nach Rudingsee und anschließend noch weiter in den Süden. Aber Eidhofen liegt am Grünen Fluss. Wenn du nicht auf Schusters Rappen zurückwillst, könntest du einen der Flussschiffer fragen, ob er dich bis rauf nach Rinderau mitnimmt. Von dort aus sind es höchstens noch sechs oder sieben Meilen bis nach Hopfenbruch.«

Fido glitt vom Pferdekarren und betastete unglücklich seine schlaffe Geldkatze. Holm seufzte, griff unter seine Kleidung und reichte ihm drei Silbermünzen. »Hier, Meister Weinbrand, das sollte für die Rückfahrt reichen. Du kannst mir das Geld ja in einem Monat zurückzahlen, wenn ich wieder zu euch ins Dorf komme.«

»Danke.« Herrje, in welch eine peinliche Situation hatte er sich da bloß gebracht? Holm grinste noch immer und machte sich nun daran, eines der Fässer abzuladen. Fido jedoch tauchte in das Treiben auf dem Markt ein. Eidhofen kannte er nur aus Erzählungen, doch für eine Menschenstadt war der Ort sogar ganz hübsch. Schiefe Fachwerkhäuser säumten den quadratischen Marktplatz, und wenn er die Auslagen der Stände so betrachtete, musste er sich eingestehen, dass er noch nie so viele exotische Waren gesehen hatte. Bunte Glasflaschen aus dem Süden, Elbenstoffe, die im Sonnenlicht wie Perlmutt schimmerten, Töpferwaren aus der Königsstadt Trabatant und vieles andere mehr. Dabei galt Eidhofen nicht einmal als große Menschenstadt. Leider fiel der Halbling inmitten des großen Volkes auf wie ein Zwerg am Hofe des Elbenfürsten. Die Riesen um ihn herum maßen ihn mit interessierten Blicken, und irgendwann stromerten sogar drei neugierige Menschenkinder hinter ihm her. Fido entkam ihnen, indem er Haken in dem zunehmend dichter werdenden Gedränge schlug. Anschließend marschierte er auf den Marktbrunnen zu und löschte dort erst einmal seinen Durst. Schon besser. Jetzt galt es, die Uferzeile mit den Flussschiffern zu finden, um schleunigst wieder nach Hopfenbruch zurückkehren zu können.

Fido sprang vom Brunnengesims – und stieß dabei unsanft gegen einen breitschultrigen Zwerg mit Wickelbart, der einen schweren Rucksack und eine große Armbrust geschultert hatte. Beide gingen sie zu Boden.

»Nichtsnutziger Halbling!« Der Zwerg funkelte Fido zornig an. Argwöhnisch betastete er seinen Rucksack und richtete sich mit Hilfe eines Menschenmannes wieder auf, der so verschlagen dreinblickte, dass Fido angst und bange wurde.

»Tut mir wirklich leid.« Fido entdeckte, dass seine Silbermünzen im Dreck gelandet waren. Er wollte gerade danach greifen, als ihm der Zwerg auf die Hand trat. »Du willst mich doch jetzt nicht auch noch beklauen, oder?«

»Was?« Entgeistert sah Fido zu dem Zwerg auf. »Aber das sind ...«

»... meine Münzen!« Der Zwerg zückte ein Messer und hielt ihm die Klinge boshaft lächelnd vor das Gesicht. »Noch Fragen?« Er bückte sich und nahm die Geldstücke an sich. »Kannst dich ja beim Marktmeister beschweren. Nur glaube ich kaum, dass du bei ihm Gehör findest.«

»Komm, lass die halbe Portion.« Der menschliche Begleiter des Zwergs klang ungeduldig. »Garafax erwartet dein Kommen, und du hast noch gute zwei Tagesreisen vor dir. Vier, wenn du dich jetzt nicht beeilst.«

»Aber ...« Fido kam nicht dazu, seinen Protest zu beenden, denn der Zwerg stieß ihn zurück in den Schmutz und verschwand mit dem Mann in der Menge. Wie gelähmt starrte ihnen der Halbling hinterher, dann zog er sich am Brunnenrand empor und sah sich um. Doch der Zusammenstoß mit den beiden Halunken schien kaum einem der Marktbesucher aufgefallen zu sein. Aber irgendjemand musste doch irgendetwas tun?

Holm! Holm musste ihm noch einmal Geld leihen.

Fido wollte sich gerade wieder auf den Rückweg zum Wagen des Bierhändlers begeben, als am hinteren Ende des Marktplatzes Schreie ertönten. Im nächsten Augenblick verdunkelte ein gewaltiger Schatten die Sonne. Eine gewaltige Flugechse mit blauem Schuppenkleid, löwenartigem Haupt, riesigen Schwingen und spitz zulaufendem Schwanz landete auf einem der Fachwerkhäuser und bohrte ihre Krallen in den Dachfirst. Polternd rutschte eine ganze Kaskade Schindeln über die Dachkante und begrub einen Marktstand unter sich.

»Ein Drache!«, kreischte eine hysterische Frauenstimme. Bei allen Schicksalsmächten, allein der Leib des Ungeheuers war so groß wie Holms Fuhrwagen. Schon setzte Panik ein. In alle Richtungen rannten die Menschen auf dem Platz davon. Stände wurden umgeworfen, kostbare Auslagen gingen zu Bruch und weiter hinten rissen sich sogar zwei Pferde los, die auf ihrer Flucht einen herbeieilenden Marktwächter niedertrampelten. Fido, der mit offenem Mund bis zum Brunnen zurückgewichen war, sah, wie der Drache seinen langen Hals hob und die Reißzähne fletschte. »ELENDE DIEBE! GEBT ZURÜCK, WAS MIR GEHÖRT, ODER IHR WERDET ES BEREUEN!«

Doch niemand hörte auf den Lindwurm. Alles lief schreiend durcheinander. Der Drache schöpfte rasselnd Atem und spie ohne weitere Warnung seinen feurigen Brodem. Eine lange Flammenzunge stob über den Marktplatz und setzte den Dachstuhl eines der gegenüberliegenden Gebäude in Brand. Endlich gelang es Fido, seine Lähmung abzuschütteln. Schreiend rannte er in westliche Richtung, sprang über einen herumliegenden Weidenkorb, vorbei an umgeworfenen Karren und am Boden liegenden Menschen. Irgendjemand stieß ihn um, doch Fido nahm seine Beine abermals in die Hand und wurde vom Strom der Riesen mitgerissen, bis er eine schmale Flucht zwischen zwei Häusern entdeckte, die in ihrer Enge für einen Halbling wie geschaffen war. Irgendwo hinter ihm brüllte der Drache, und abermals flackerte es grell auf. Fido achtete weder auf das Inferno auf dem Marktplatz noch auf die verängstigten Bürger, die die Straßenzüge verstopften. Er tauchte in das Halbdunkel ein, kletterte über Berge aus Müll und konnte sein Glück kaum fassen. Denn unmittelbar hinter der Häuserzeile erstreckte sich die Uferpromenade des Ortes mit seinen Stegen und Lastschiffen: Er hatte den Grünen Fluss erreicht!

Doch auch hier herrschte große Aufregung. Ein Trupp Stadtbüttel rannte in Richtung Marktplatz, während an den Stegen und Kaianlagen hektische Absetzbewegungen der Schiffer auszumachen waren. Oh nein, das konnte doch nicht wahr sein! Die meisten Kähne hatten bereits die Anker gelichtet. Verzweifelt stürmte Fido los, rempelte zwei kreischende Mägde aus dem Weg und rannte einen hölzernen Steg entlang, um wenigstens jenen Kahn zu erreichen, der dort gerade ablegte. Der Halbling setzte zu einem gewaltigen Sprung an, flog über das Wasser und schaffte es so gerade eben, sich an der Reling des Seglers festzuklammern.

»Los, helft dem Jungen!«, brüllte der Kapitän. »Und dann weiter raus auf den Fluss. Los, los, los!« Fido verzichtete darauf, den Irrtum aufzuklären. Stattdessen dankte er insgeheim allen Schicksalsmächten, als ihn kräftige Hände packten und an Deck zogen. Die Matrosen glotzten ihn irritiert an, doch schon wenige Momente später waren sie wieder damit beschäftigt, die Segel zu setzen und das Schiff möglichst rasch von den Eidhofener Kais fortzusteuern. Fido sah, dass er nicht der Einzige war, der sein Heil auf dem Kahn gesucht hatte. Steuerbords stand ein halbes Dutzend Flüchtlinge, die bangen Blickes in Richtung Stadt starrten. Darunter eine Frau mit ihren beiden Kindern und ... der verdammte Zwerg. Fido stöhnte auf. Doch er wurde sofort wieder von dem Elend abgelenkt, denn in der Stadtmitte Eidhofens stoben grelle Flammen empor. Der Himmel über den Dächern war schwarz von Rauch und erfüllt vom Gebrüll des Drachen.

Fido schüttelte ungläubig den Kopf. Was er hier erlebte, das konnte doch alles unmöglich wahr sein? Er sah sich um – und sein Herzschlag setzte abermals aus. Das Schiff steuerte in die falsche Richtung. Es fuhr flussabwärts. Noch weiter von Hopfenbruch fort. Mutlos sank Fido auf die Planken. Der verdammte Albtraum, er nahm einfach kein Ende.

Die Planken knarrten, und am Kiel des Schiffes strömte das Flusswasser entlang. Gemeinsam mit den übrigen Flüchtlingen hockte Fido niedergeschlagen im Laderaum des Schiffes, während über ihm die gelegentlichen Kommandos des Kapitäns zu hören waren. Auf die Bitten seiner Passagiere, sie unterwegs am Ufer abzusetzen, hatte der Mann nicht gehört. Und tatsächlich zeigte sich schon bald, dass der Lindwurm noch immer in der Nähe war.

Nur zwei Stunden nach ihrer überstürzten Abreise stieg hinter ihnen, jenseits einer Flussbiegung, eine weitere Rauchsäule zum Himmel auf. Ohne Zweifel hatte es dort einen der anderen Flusskähne erwischt. Glücklicherweise kamen sie gut voran. Fido hatte inzwischen auch in Erfahrung bringen können, welches Ziel der Kapitän ansteuerte: Trabatant, die zwei Tagesreisen von Eidhofen entfernte Hauptstadt des Reiches. Der Einzige an Bord, der einen seltsam zufriedenen Eindruck machte, war der diebische Zwerg. Tatsächlich stellte sich heraus, dass er vor ihrer Abfahrt als Einziger ganz offiziell eine Passage in die Königsstadt gebucht hatte.

Hin und wieder maß der Zwerg Fido mit einem geringschätzigen Blick, und so versuchte der Halbling, ihn, so gut es ging, zu ignorieren. Die drei gestohlenen Silbermünzen konnte er dennoch nicht vergessen. Das war verdammt viel Geld. Und Fido wollte lieber nicht daran denken, was ihm erst blühte, wenn er mittellos in der großen Königsmetropole ankam. Wie sollte er es von dort je wieder zurück nach Hopfenbruch schaffen? Außerdem knurrte ihm der Magen. Zu dieser Stunde war er gewöhnlich damit beschäftigt, ein oder zwei Kuchenstücke zu verdrücken. Ein Gedanke, der umso schmerzhafter wog, da er heute nicht einmal sein erstes und zweites Frühstück, geschweige denn ein Mittagessen gehabt hatte. Vermutlich war er verhungert, bevor die Nacht hereinbrach. Verzweifelt lehnte sich Fido gegen eine Rolle Tau und schloss die Augen.

»Ich bitte Euch, meine Kinder müssen mal!« Fido schreckte hoch, als er die Stimme der Flüchtlingsfrau aus Eidhofen vernahm. Der Kapitän hatte seine Passagiere zwar gebeten, im Laderaum zu bleiben, doch die Frau ignorierte den Protest eines der Matrosen und kletterte mit ihren beiden Kindern nach oben an Deck. Fido gähnte. Wie lange hatte er geschlafen? Durch die Luke fiel gedämpftes, rötliches Licht, was darauf schließen ließ, dass es bereits später Nachmittag war. Verstohlen sah er sich um und entdeckte, dass die übrigen Flüchtlinge ebenfalls vor sich hin dämmerten. Auch der Zwerg lehnte mit der Armbrust im Arm an der Bordwand und schnarchte.

Fido wurde schlagartig munter. Fest entschlossen, sich die drei Silbermünzen wieder zurückzuholen, kroch er zum Rucksack des Zwergs.

Herrje, die Schusswaffe des Mistkerls war gespannt. Einen Moment lang zögert Fido, und sein Herz pochte vor Aufregung. Doch die Angst, für immer in der Fremde zu stranden, war übermächtig. Und so nestelte er vorsichtig an den Schließen der Außentaschen. Leider befand sich darin bloß Kleinkram: Flintsteine, einige aufgewickelte Angelschnüre und ein Stück trockenen Zwergenbrots. Aber keine Münzen. Verdammt! Ob der Zwerg seine Geldkatze am Körper verwahrte? Vermutlich. Doch an die kam Fido nicht heran, ohne ihren Besitzer zu wecken. Na gut, dann würde er sich halt etwas nehmen, das dem Gegenwert der Münzen entsprach. Fido öffnete die übrigen Laschen. Vorsichtig. Sagte man den Zwergen nicht nach, dass sie allesamt gierig auf Gold waren? Fido langte in den Rucksack hinein, doch statt Schmuck und Geschmeide ertastete er einen klobigen Gegenstand mit rauer Außenhülle, der seltsam warm war. Was, bei allen Schatten, war das denn? Fido richtete sich auf – und wurde bleich. In dem Rucksack steckte ein Ei. Ein Drachenei!

Fido hatte zwar noch nie ein intaktes Drachenei aus der Nähe gesehen, doch er wusste nur zu gut, wie die Eier der feuerspeienden Echsen beschaffen waren. In seiner Wohnhöhle lag ein handgroßes Stück Dracheneierschale aus dem einstigen Besitz seines Großvaters Habagol. Und er konnte sich noch gut daran erinnern, wie aufgeregt er als kaum achtjähriger Großfuß dessen Erzählungen über die Drachen und ihre Gewohnheiten gelauscht hatte. Das war natürlich, bevor Habagol starb und der Rest der Familie Fido verdeutlicht hatte, wie moralisch verwerflich die Reisen seines Großvaters gewesen waren. Ohne Zweifel hatte der fürchterliche Drache Eidhofen nur angegriffen, weil ihm der Zwerg zuvor dieses Ei gestohlen hatte. Zwerge hassten Drachen wie kein zweites Volk auf der Welt. Und der Kerl da vor ihm schien von besonderer Bosheit erfüllt zu sein. Fido schwindelte. Was sollte er jetzt tun? Es einfach dabei bewenden lassen? Nein. Das ging nicht. Er musste den Kapitän informieren. Die Matrosen waren sicher dazu in der Lage, den Zwerg zu überwältigen. Und er selbst, na ja, er würde dann vielleicht auch seine drei Silbermünzen wieder zurückbekommen. Ja, das war ein guter Plan.

Langsam zog Fido den Rucksack mit sich zur Mitte des Laderaums. Herrje, das Drachenei war nicht nur so groß wie eine riesige Wassermelone, es war auch ebenso schwer. Dennoch schaffte er es, fast die komplette Wegstrecke zwischen sich und der Leiter, die hinauf an Deck führte, zurückzulegen, als über ihm plärrende Kinderstimmen zu hören waren. »Ich will aber nicht wieder da runter. Ich will zurück nach Hause!«

Die Schnarchlaute des Zwergs verstummten, und der Eierdieb öffnete die Augen. Oh nein, nur das nicht. Fido wuchtete den schweren Rucksack auf den Rücken und stürmte die Leiter hoch. Hinter ihm erscholl wütendes Zwergengebrüll. Panisch kletterte Fido an Deck, als ein schnappender Laut zu hören war und eine Sprosse der Leiter splitterte. Der Zwerg hatte geschossen. Er hatte tatsächlich auf ihn geschossen! Fido stolperte und stürzte samt dem Rucksack vor die Füße der Frau und ihrer beiden Kinder. Unter den ungläubigen Blicken der Schiffer rollte das Drachenei aus dem Ranzen und kollerte über die Planken, bis es gegen den Hauptmast stieß.

»Käpt'n!« Fido deutete panisch zur Luke. »Der Zwerg da unten hat ein Drachenei gestohlen. Deswegen hat der Drache Eidhofen angegriffen!« Augenblicke später sah sich Fido umstellt von einem Dutzend ungläubig dreinblickender Flussleute, zwischen denen sich der Kapitän Platz verschaffte. »Was geht hier vor sich?« Fassungslos starrte der Schiffer erst Fido und dann das große Drachenei an. »Das gibt es doch nicht.«

Der Kapitän des Flussschiffes zog sein Messer. »Männer, bewaffnet euch. Wir werden dem Kerl da unten jetzt mal einen ...«

»Gar nichts werdet ihr!«, peitschte die Stimme des Zwergs über das Deck. Der bärtige Eierdieb war überraschend in der Luke aufgetaucht, und Fido konnte nicht fassen, wie schnell es der Zwerg geschafft hatte, die Armbrust nachzuladen. Denn die Waffe war bereits wieder gespannt und die Matrosen wichen vor ihr zurück. »Wenn hier einer sein Mütchen kühlen will«, schnaubte der Zwerg und zielte auf den Kapitän, »dann nur zu. Aber eines verspreche ich euch: Euer Käpt'n geht als Erster drauf.«

»Ganz ruhig.« Der Eigner des Schiffes sah beunruhigt zum Himmel auf. »Wir können uns sicher auch anders einigen.«

»Ich schätze Vernunft«, grollte der Zwerg. Lauernd beäugte er die vielen Flussleute. »Also, ich schlage vor, ihr setzt mich jetzt an Land ab. Und zwar ein bisschen plötzlich.«

»Das geht im Augenblick nicht.« Der Kapitän deutete nach beiden Seiten hin zum bewaldeten Flussufer. Felsen und kleinere Strudel säumten den breiten Wasserlauf, und Fido konnte sehen, mit welch machtvoller Strömung der Fluss an dieser Stelle dahinfloss. »Wir müssen noch eine Weile streng in der Mitte des Flusses bleiben, sonst laufen wir gegen Felsen.«

»Das ist mir egal.«

»Sollte es aber nicht«, schimpfte der Kapitän. »Die Hälfte meiner Männer kann nicht schwimmen. Wenn wir auflaufen und sinken, dann bedeutet das für jeden Zweiten hier das Todesurteil. Und das sicher auch für Euch ...« Der Zwerg leckte sich unruhig über die Lippen. »Aber ich mache euch ein anderes Angebot.« Der Kapitän deutete zum Bug, wo unter Planen ein kleines Ruderboot vertäut war. »Nehmt unser Beiboot. Nur schafft das Ei von meinem Schiff.«

»Also gut.« Der Zwerg schürzte spöttisch die Lippen. »Macht das Boot zum Auslaufen klar. Und du«, er nickte in Fidos Richtung, »du packst das Ei hübsch wieder ein und kommst mit mir.«

»Was? Wieso das dann?«

»Weil ich die Armbrust halten muss, du verdammter Idiot!« Der Zwerg spuckte auf die Planken. »Oder ist es dir lieber, wenn ich das Ei von einem der Kleinen da hinten tragen lasse?« Er schwenkte die Armbrust in Richtung der Frau, die ihre Kinder panisch an sich drückte.

»Nein, schon gut.« Fido verstaute das Drachenei wieder im Rucksack, während die Flussschiffer damit begannen, das Beiboot zu Wasser zu lassen. Fido hatte längst aufgehört, sein Schicksal zu bedauern. Was er auch anstellte, es kam immer schlimmer.

Als das Ruderboot endlich im Wasser lag, befahl der Zwerg dem Halbling, den Rucksack aufzusetzen und vorauszuklettern. Die Armbrust stets auf einen der Seeleute gerichtet, folgte er ihm. Anschließend zwang er Fido, ihr Boot vom Flussschiff abzustoßen. Die Strömung trieb das große und das kleine Gefährt schnell auseinander, und Fido hatte nun alle Hände voll zu tun, um das Beiboot bei der starken Strömung in Richtung Ufer zu lenken. Der Zwerg betrachtete das viele Wasser um sie herum mit Argwohn, und Fido dachte wieder an die Worte des Kapitäns. Ob der Zwerg schwimmen konnte?

»Wenn wir erst an Land sind«, zischte der Eierdieb, »dann spielen wir beide Flitzeloch.«

»Flitzeloch? Was soll das sein? Ein Kartenspiel?«

»Nein.« Der Zwerg lachte gehässig. »Du flitzt. Und ich schieße dir

Löcher in deinen Wanst!« Fido wurde angst und bange zumute. Er musste etwas unternehmen. Und zwar schnell. Wenn es ihm nur gelänge ...

Fido atmete tief ein und fasste einen verzweifelten Plan. Viel schlimmer als jetzt konnte es eigentlich nicht kommen. Mit kräftigen Ruderschlägen paddelte er auf eine von Laubbäumen bewachsene Uferstelle zu, vor der das Wasser besonders wild schäumte. Der Zwerg bemerkte nichts davon, da er weiterhin den Flusssegler im Auge behielt, als befürchte er, dass die Männer ebenfalls über Schusswaffen verfügten. Der Halbling legte sich besonders kräftig ins Zeug, als der Bug ihres Nachens unvermittelt gegen einen Felsen krachte. Genau wie der Zwerg wurde er durchgeschüttelt, und das Boot drehte sich.

»Verdammt, kannst du nicht aufpassen!«, brüllte ihn der Zwerg an und senkte seine Waffe, um sich an der Bootskante festzuhalten. Fido erhob sich und fischte eines der Ruder aus den Fluten, so als wolle er damit im Untergrund staksen. Stattdessen hieb er die Stange mit Wucht gegen die Schulter des Zwergs. Das Boot schwankte, doch sein Plan ging nicht auf. Der Zwerg war viel zu massig, um ins Wasser zu fallen.

»Kleine Ratte!« Zornig hob sein Gegenüber die Armbrust. Fido wirbelte herum und sprang nun vor lauter Panik selbst über Bord. Keinen Augenblick zu spät, schon wurde der Rucksack von einem heftigen Schlag getroffen. Etwas knackste, dann schlug das Wasser über Fido zusammen. Der Halbling strampelte gegen die Fluten an, doch das Gewicht des Dracheneis zog ihn unerbittlich in die Tiefe. Panisch versuchte er, die Gurte des Ranzens zu lösen, doch die Strömung warf ihn gegen einen Felsen, und einen Moment lang sah er nur Sterne. Endlich gelang es ihm, wieder aufzutauchen, und seine Lunge mit Luft zu füllen. Das Ruderbooot war jetzt fast vier Schritte von ihm entfernt und drehte sich im Kreis, während der Zwerg unter Zornesgebrüll gegen die Strömung ankämpfte. Fido bekam einen langen Zweig zu fassen, während der Nachen mit seinem Peiniger weiter flussabwärts trieb.

Tropfnass und ziemlich erschöpft zog sich Fido an Land. Er wollte gerade wieder aufstehen, als er in seinem Rücken Bewegung spürte. Bewegung? Mit einem Aufschrei schleuderte er den Rucksack von sich, sprang hinüber zu einem morschen Baum und wirbelte mit einem schweren Ast in den Händen wieder herum. Halb offen lag der Ranzen da, und das Drachenei ragte heraus wie ein viel zu großes Frühstücksei.

Nur dass aus dem Riesending jetzt fiepende Laute ertönten. Fido trat einen Schritt vor und sah, dass der Armbrustbolzen ein großes Stück Schale aus dem Drachenei herausgesprengt hatte. Und das war leider nicht alles. Aus der Öffnung ragte ein grünlich blauer Echsenkopf, kaum größer als der Ballen seiner Hand. Und dieser Kopf blickte mit riesigen schwarzen Augen zu ihm auf. Fido hob den Ast zu einem kräftigen Schlag. Das Drachenjunge fiepte abermals, und der kleine Körper zitterte am ganzen Leib. Fido schluckte. Offenbar fror der Kleine oder hatte Hunger. Aber das geschuppte Ding war noch immer ein Drache. Er hatte doch gerade erst erlebt, wozu Drachen imstande waren. Fido seufzte schwer und ließ den Ast wieder sinken. Er konnte das einfach nicht tun. Er war kein Drachentöter. Er war ein Pfeifbock.

Das Lagerfeuer prasselte, und grelle Funken stoben auf der kleinen Lichtung zum Nachthimmel empor. Fido, dessen Kleidung noch immer klamm vor Feuchtigkeit war, rülpste und warf den Stock mit den Fischresten hinter sich. Endlich fühlte er sich sicher, nachdem er lange Zeit ängstlich nach dem Zwerg Ausschau gehalten hatte. Doch der war nicht mehr aufgetaucht. Wahrscheinlich war der Nachen gekentert und der Zwerg ... Der junge Halbling wünschte ihm das nicht, aber er hatte sich alles selbst zuzuschreiben.

Fido rülpste wieder leise. Das war jetzt bereits der fünfte Bratfisch, und noch nie hatte ihm eine Mahlzeit so köstlich geschmeckt. Inzwischen war er regelrecht froh darum, den Rucksack des Zwergs mit all seinem Inhalt, gerettet zu haben. Mit den Flintsteinen hatte er rechtzeitig vor Sonnenuntergang ein Feuerchen entzünden können, und ohne die Angelschnüre wäre es ihm nie gelungen, diesen Haufen Rotbrassen aus dem Fluss zu ziehen. Der Zwerg hatte sogar eine Holzschachtel mit Gewürzen dabeigehabt, die den prächtigen Schmaus umso angenehmer machten. Alles, was jetzt noch fehlte, waren Bier und ein Pfeifchen mit Tabak, um den ungewöhnlichen Tag ausklingen zu lassen.

Um sich daran zu erinnern, wie ungewöhnlich dieser Tag gewesen war, musste er bloß einen Blick zum Lagerfeuer werfen. Denn unmittelbar neben der Glut hatte sich der kleine Drache zusammengerollt. Neben ihm lagen die abgeknabberten Gräten einer ausgewachsenen

Rotbrasse, und Fido konnte sehen, wie sich der Brustkorb der Feuerechse hob und senkte. Nachdem der kleine Lindwurm stundenlang jämmerlich gefiept hatte, wirkte er jetzt gesättigt und schien ganz und gar mit sich und der Welt zufrieden. Fido lächelte versonnen. Ja, er war sogar ein klein wenig stolz auf sich, weil er die ungewöhnliche Situation so gut gemeistert hatte.

Wenn Bullror ihn jetzt sehen könnte. Der züchtete Hunde und sprach von seinen Welpen stets so, als wären es die eigenen Kinder. Nur ahnte Fido bereits, was er und Griffo von seinen Aktivitäten halten würden. Herrje, was sollte er jetzt tun? Er konnte das Drachenbaby unmöglich hier zurücklassen. Mit nach Hopfenbruch konnte er es aber auch nicht nehmen, wenn er morgen über den Treidelpfad zurück nach Eidhofen marschierte.

Fido wollte bereits aufstehen, um sich auf das Lager aus Fichtenzweigen zu legen, das er vorbereitet hatte, als ein heftiger Windstoß das Lagerfeuer zum Flackern brachte. Selbst der Kopf des kleinen Drachen ruckte hoch. Aufgeschreckt sah sich der Halbling zu den Bäumen am Rand der Lichtung um, als sich schlagartig der Himmel verfinsterte.

Oh nein! Fido vernahm noch das Splittern von Zweigen und Ästen, dann wurde er von einer Urgewalt mit Schuppen und gewaltigen Schwingen zu Boden geschleudert. Wimmernd versuchte er wieder auf die Beine zu kommen. Doch gewaltige Krallen packten ihn und rissen ihn gut zwei Schritte in die Höhe. Fido schrie, als er den heißen Atem des Drachen spürte. Er baumelte jetzt vor einem riesigen Schlund, voller zornig gefletschter Reißzähne, während ihn der Drache aus gespaltenen Pupillen beäugte. »HAB ICH DICH, ELENDER EIERDIEB!«, rasselte er.

»Bitte«, wimmerte Fido, der sich eingespannt wie in einem Schraubstock fühlte. »Ich bin unschuldig«

»UNSCHULDIG?«, röhrte der Lindwurm wütend. »DA VORN BEIM FEUER LIEGT MEINE BRUT. ICH HOFFE ALSO FÜR DICH, DASS DAS NICHT ALLES IST, WAS DU ZU DEINER VERTEIDIGUNG VORZUBRINGEN HAST!«

»Ich ... ich hab deinen Kleinen sogar gefüttert.«

»GEFÜTTERT? ICH WERDE IHN FÜTTERN – UND ZWAR MIT DIR ALS SCHMORBRATEN!«

Fido keuchte entsetzt auf, als er im Feuerschein etwas Unerwartetes erblickte. Wäre da nicht der schmerzhafte Griff des Drachen gewesen, wäre er überzeugt davon, dass nur ein Traum sein konnte, was er da sah, und dass er schliefe. Auf der schuppigen Brust des Lindwurms, knapp unterhalb des Drachenhalses, befand sich eine sichelförmige Narbe, fast so groß wie ein Fassdeckel. Und diese Narbe sah exakt so aus, wie sie einst sein Großvater Habagol beschrieben hatte. »Warte!, kreischte Fido. »Du bist der Drache Vinceatrix! Habe ich Recht?«

Weit hinten, im Schlund des Drachen, waberte bereits heiße Glut. Doch die Feuerechse klappte überrascht ihr Maul zu. »WOHER KENNST DU MEINEN NAMEN?«

»Mein Name ist Fido Pfeifbock«, würgte der Halbling hervor. »Du hast einige Jahre deines Lebens an der Seite meines Ahnen verbracht. Erinnerst du dich? Habagol Pfeifbock. Er hat dir damals eine Drachenlanze aus dem Körper gezogen!«

»HABAGOL?« Vinveatrix musterte ihn interessiert. »NATÜRLICH ERINNERE ICH MICH AN HABAGOL.« Unsanft setzte er Fido wieder auf dem Erdboden ab. »DU SIEHST TATSÄCHLICH SO AUS, WIE EINER AUS DEM VOLK DER GROSSFÜSSE. UND DU WILLST MIT HABAGOL VERWANDT SEIN?«

»Ich bin sein Enkel. Sein letzter legitimer Nachfahre.« Fido rieb sich erleichtert die schmerzenden Arme und sah dem gewaltigen Vinceatrix dabei zu, wie sich dieser von ihm abwandte, um mit seiner Schnauze den jungen Lindwurm anzustupsen. Der tapste unbeholfen auf Vinceatrix zu, und aus den winzigen Nüstern stiegen freudige Rauchkringel auf. »DAS ERKLÄRT ABER NICHT, WARUM DU HIER MIT MEINER BRUT HOCKST!«, dröhnte Vinceatrix' Stimme abermals über die Lichtung.

»Auch das kann ich erklären.« Fido ließ sich zittrig auf den Stapel mit dem gesammelten Feuerholz fallen. Meine Güte, er unterhielt sich mit einem Drachen, der so groß wie seine ganze Wohnhöhle war. Offenbar trieb seit gestern Abend irgendeine Macht seine Scherze mit ihm. Es konnte gar nicht anders sein. »Nur ist das eine lange Geschichte«, sprach er weiter.

»LASS HÖREN«, knurrte der Drache und beugte sich wieder zu ihm herab. »HABAGOL HAT MICH STETS GUT UNTERHALTEN. NUR RATE ICH DIR: SEI ÜBERZEUGEND!«

Fido stöhnte und berichtete langatmig von seinen Erlebnissen, seit er am Abend des Vortages volltrunken auf Holms Wagen eingeschlafen war. Der Drache lauschte aufmerksam, bis Fido zum Ende kam. »So, jetzt weißt du, wie das Drachenei in meinen Besitz gelangt ist. Aber nun hast du dein Junges ja wieder. Es ist also nicht mehr nötig, Orte wie Eidhofen abzufackeln und Menschen oder, äh, vielleicht irgendwann mal Leute meines Volkes zu töten.« Fido sah hoffnungsvoll zu dem Drachen auf.

»ABFACKELN: JA!«, grollte Vinceatrix, »ABER GETÖTET HABE ICH NIEMANDEN. NOCH NICHT. DAS MUSSTE ICH DAMALS HABAGOL VERSPRECHEN.«

»Umso besser«, rief Fido erfreut. »Dann können wir jetzt ja alle wieder unserer Wege ziehen.«

»NEIN, KÖNNEN WIR NICHT«, schnaubte der Drache erbost. »DENN NICHT NUR MIR WURDE EIN EI GESTOHLEN. MEINER ART WURDEN NOCH FÜNF WEITERE EIER ENTWENDET, UND DIE BEFINDEN SICH ALLESAMT IN DER KÖNIGSSTADT TRABATANT. NUR GEBEN SEINE EIDBRÜCHIGEN BEWOHNER DAS NICHT ZU. Vinceatrix senkte seinen massigen Schädel und sah Fido mit einem gefährlichen Glitzern in den tellergroßen Augen an. WENN WIR DIE EIER ABER NICHT ZURÜCKERHALTEN, DANN WERDEN WIR DAS TUN, WAS WIR DRACHEN SCHON EINMAL GETAN HABEN: WIR WERDEN EUER SELBSTGERECHTES KÖNIGREICH IN FEUER UND ASCHE AUFGEHEN LASSEN.«

Fido brach der Schweiß aus. Was meinte Vinceatrix mit ›eidbrüchig‹? Erstmals besann er sich wieder der Worte der fremden Halblinge, nach denen sich die Drachen überall im Land erhoben. Nicht bloß in Eidhofen. »Das … das verstehe ich nicht.« Fido fasste sich ein Herz und erhob sich wieder, während Vinceatrix sein Junges ableckte. »Oben in Hopfenbruch hieß es, dass ihr Drachen eidbrüchig geworden seid.«

»UNSINN!« Aus Vinceatrix' Kehle stieg ein dumpfes Grollen. »DIE MENSCHEN SIND ES, DIE DEN VERTRAG MIT UNS GEBROCHEN HABEN. EUER NÄRRISCHER KÖNIG MAG DAS ZWAR ABSTREITEN, ABER WIR WISSEN, DASS SICH DIE RESTLICHEN EIER IN TRABATANT BEFINDEN.«

»Aber wieso sollten die Menschen das tun?«

»DAS IST DOCH LEICHT ZU ERRATEN: WEIL SIE WIEDER VERKRÜPPELTE BRÜDER UND SCHWESTERN MEINER ART AUFZIEHEN WOLLEN! SIE WOLLEN IHRE DRACHENREITER ZURÜCKHABEN, UM SO WIE FRÜHER IHRE LAUSIGEN KRIEGE FÜHREN ZU KÖNNEN. DOCH DAS WERDEN WIR NICHT NOCH EINMAL ZULASSEN.«

»Aber vielleicht irrt ihr euch?«, wandte Fido verzweifelt ein. »Überhaupt: Woher nehmt ihr die Sicherheit, dass sich die gestohlenen Eier tatsächlich in der Hauptstadt befinden? Die könnten doch überall sein.«

»NEIN! DENN WIR DRACHEN KÖNNEN DIE RUFE UNSERER JUNGEN ÜBER VIELE MEILEN HINWEG HÖREN! ODER WAS GLAUBST DU, WIE ICH DICH GEFUNDEN HABE?« Fido schluckte und spähte zu dem verspielten jungen Lindwurm hinüber, der unermüdlich versuchte, auf eine der beiden hinteren Tatzen des Drachen zu hopsen.

WIR *WISSEN*, DASS SICH DIE EIER IN DER HAUPTSTADT DES REICHES BEFINDEN.« Vinceatrix hob sein löwenartiges Haupt und spie eine prasselnde Flammensäule an den Nachthimmel. »DOCH JETZT IST UNSERE GEDULD AM ENDE. DIE LÜGEN DER MENSCHEN INTERESSIEREN UNS NICHT MEHR. ZU DIESER STUNDE SAMMELN SICH DREISSIG VON UNS IM NORDEN. UND BEREITS MORGEN, BEI SONNENAUFGANG, GREIFEN WIR AN. WIR WERDEN DIE STADT DEM ERDBODEN GLEICHMACHEN.«

»Morgen schon?« Fido spürte, wie ihm die Beine weich wurden. »Gut, ich gebe zu, das große Volk beging schon so manche Torheit. Dafür ist ganz sicher diese schreckliche Abenteuerlust verantwortlich, die sie wie eine Krankheit plagt. Aber so dumm können die Menschen doch nicht sein? Ich bin mir sicher, das alles ist ein großes Missverständ…« Fido verstummte, bevor er den Satz ausgesprochen hatte. Denn plötzlich beschlich ihn ein fürchterlicher Verdacht. »Vinceatrix. Ich hab das Ei einem Zwerg abgenommen.«

»DIESE FELSBEISSER SIND ZWAR NICHT BESSER ALS DIE MENSCHEN«, zürnte der Drache. »ABER DIE EIER LIEGEN NICHT IN IHREN BINGEN.«

»Ja, aber …« Fido besann sich dessen, was er in Hopfenbruch vernommen hatte. »Aber angeblich sind die Zwerge hinter irgendwelchen Goldminen des Königreichs her. Was, wenn alle Eier von ihnen gestohlen und in die Menschenstadt gebracht wurden? Vielleicht wollen sie euch Drachen so dazu bringen, das Königreich mit Krieg zu überziehen? Die Ritter können sich doch unmöglich gegen euch Drachen und die Zwerge zugleich verteidigen.«

Vinceatrix' Pupillen verengten sich zu schmalen, vertikalen Schlitzen. »DAS, FIDO PFEIFBOCK, IST EINE ÄUSSERST GEWAGTE ANSCHULDIGUNG!«

»Ja, aber es wäre doch denkbar?«

Der Drache rasselte: »NUR WERDEN MEINE ARTGENOSSEN DAS OHNE EINEN BEWEIS NICHT GLAUBEN.«

»Aber ich bin ein Pfeifbock!«, beschwor ihn Fido verzweifelt. »Mein Großvater war es, der einst den Friedensvertrag zwischen euch und dem Königreich ausgehandelt hat. Ihr müsst mir einfach glauben.« Vinceatrix sah Fido lange an, und der Halbling gewann den Eindruck, als beschleiche den Drachen eine seltsame Müdigkeit. »ICH BIN ES LEID«, knurrte er. »IN WAHRHEIT IST ES DOCH SO, DASS DER VERTRAG IN DEN AUGEN EURER KURZLEBIGEN VÖLKER SCHON ZWEI ODER DREI GENERATIONEN ZURÜCKLIEGT. IHR FÜHLT EUCH EINFACH NICHT MEHR AN IHN GEBUNDEN.«

»Nein, das stimmt einfach nicht«, begehrte Fido auf. »Alles, was ich berichtet habe, ist wahr. Das mit dem Zwerg, das kann einfach kein Zufall sein. Bitte, wenigstens du musst mir vertrauen.«

»ICH WILL EBENFALLS KEINEN KRIEG«, rasselte der Drache. »UND ICH MOCHTE HABAGOL. SEHR SOGAR. ABER DU BIST NICHT ER.«

»Das vielleicht nicht«, meinte Fido. »Aber ihm hast du damals doch auch eine Chance gegeben. Und er war immer ehrlich zu dir.«

Vinceatrix schwieg, dann stieß er eine Rauchwolke aus. »GUT, UM DEINES GROSSVATERS ANDENKEN ZU EHREN BIN ICH VIELLEICHT BEREIT, NOCH EINMAL EINEM GROSSFUSS ZU VERTRAUEN. ABER DAS GILT NOCH LANGE NICHT FÜR DEN REST MEINER ART. WENN DU SIE ÜBERZEUGEN WILLST, DANN MUSST DU SCHON BESSERE BEWEISE HERANSCHAFFEN, ALS BLOSS DEIN WORT.«

»Oje.« Fido zuckte ergeben mit den Schultern. »Ich weiß zwar noch nicht, wie ich das anstellen soll, aber ich verspreche, ich werde es versuchen. Doch dafür musst du mich in die Hauptstadt bringen. Und du musst die anderen Drachen um einen Aufschub bitten.«

»DIR IST ES WIRKLICH ERNST DAMIT, WAS?« Vinceatrix legte seinen massigen Schädel schief. »ALSO GUT: ICH VERSCHAFFE DIR EINEN WEITEREN TAG. MEHR LIEGT NICHT IN MEINER MACHT.«

Fido kämpfte sich durch die Straßen von Trabatant mit seinen hohen Türmen, marmornen Prunkbauten und stolzen Handelshäusern. Er konnte es noch immer nicht fassen, dass er sich tatsächlich in der Königsmetropole befand. Der Flug mit Vinceatrix, der ihn unbemerkt vor den Stadttoren abgesetzt hatte, war ihm bereits wie ein Fiebertraum erschienen. Ein aufregender Fiebertraum, wie sich Fido insgeheim eingestehen musste. Aufregender als alles, was er je zuvor erlebt hatte. Doch der Anblick, den die gewaltige Menschenstadt bot, war mindestens ebenso unwirklich.

Die Häuser hier waren allesamt so hoch, wie vier oder fünf aufeinandergestapelte Wohnhöhlen zusammen. Und das über eine Fläche, die dem Zweihundertfachen Hopfenbruchs entsprechen mochte. Mindestens. Einfach alles hier war völlig überdimensioniert. Hinzu kam, dass die komplette Stadt von einer Mauer umgeben war, so hoch und massiv, dass es dafür sicherlich der Ausbeute zweier großer Steinbrüche bedurft hatte. Alle großen Straßen waren von einem Ende bis zum anderen gepflastert, und vielerorts durchströmten Kanäle die Stadt, von denen jeder so breit wie ein kleiner Fluss war. Jeder Mensch schien Kutschen und Pferde zu besitzen, und vorhin – da war sich Fido absolut sicher – hatte er sogar einen Elben erblickt, und die Legenden sprachen die Wahrheit: Die Angehörigen dieses Volkes sahen tatsächlich ein wenig so aus, wie schlanke Menschen mit spitzen Ohren.

Und doch war ihm nicht entgangen, dass Trabatant in Furcht gefangen war. Schon am Stadttor war ihm aufgefallen, dass mehr Menschen aus der Stadt heraus- als in die Stadt hineinströmten. Und auch jetzt kamen ihm beständig Familien entgegen, deren Karren unter der Last ganzer Hausstände ächzten. Allerorten marschierten Soldaten durch die Viertel, auf einem großen Platz erhoben sich zwei gewaltige, zum Himmel gerichtete Speerschleudern, und selbst die Stadtbrunnen unterstanden dem Kommando der Bewaffneten. Ohne Zweifel bereiteten sich die hiesigen Bürger auf einen Angriff der Drachen vor. Doch die Verteidigungsanstrengungen erschienen Fido, jetzt, da er einem ausgewachsenen Drachen persönlich begegnet war, einfach lächerlich. Die Feuerechsen würden die Königsmetropole in eine Flammenhölle verwandeln.

Endlich lichtete sich der Menschenstrom, und Fido erreichte eine Gasse mit schmucken Häusern, die von wohlgepflegten Vorgärten gesäumt wurden. Die Türen waren allesamt bunt lackiert, vor den Fenstern befanden sich Blumenkästen, und selbst der in dieser Stadt allgegenwärtige Gestank der Straße wich allmählich dem würzigen Duft von Blüten und Tabakrauch. Er hatte das Halblingsviertel erreicht. Auch hier herrschte aufgeregtes Treiben, doch es waren vorrangig Vertreter seines eigenen Volkes, die ihre Karren mit schweren Truhen und großen Weidenkörben beluden. Fido seufzte erleichtert und fragte sich zu jener Adresse durch, die ihm bislang bloß durch die Briefe und Geldwechsel bekannt waren, die ihn halbjährlich in Hopfenbruch erreichten.

»Pippus Tintenblatt, der Buchdrucker?« Der dicke Halbling, den Fido ansprach, wischte sich über den Schnurrbart. »Ich befürchte, der hat sich schon aus dem Staub gemacht. Aber vielleicht habt ihr ja Glück. Er lebt dort hinten.« Er deutete auf ein niedriges Häuschen mit weiß gekälkter Außenfassade, vor dessen Eingang zwei kleine Drachenskulpturen standen, die aufgeschlagene Bücher in den Krallen hielten. Immerhin, die in seiner Heimat so verpönten Stadthalblinge hatten ihre Freundlichkeit nicht eingebüßt. Fido bedankte sich und klopfte wenig später an die Tür des Verlegers.

»Ja?« Die Tür öffnete sich, und Fido sah sich einem Großfuß mit Halbglatze, spitz zulaufendem Kinnbärtchen und vornehmer Lederweste gegenüber. Hinter ihm, in der großen Vorhalle, stapelten sich Taschen und Truhen und beständig rannten jüngere Halblinge durchs Haus, die weitere Habseligkeiten für die bevorstehende Flucht zusammentrugen.

»Entschuldigt, aber ich möchte gern den Herrn der Höhle sprechen«, meinte Fido.

»Der steht vor Euch.« Sein Gegenüber beäugte misstrauisch Fidos verschmutzte Kleidung. »Warum auch immer Ihr hier seid, Ihr habt einen denkbar schlechten Augenblick für Euren Besuch gewählt.«

»Das tut mir leid.« Fido lächelte zaghaft. »Aber mein Name ist Fido Pfeifbock, und ich ...«

»Fido Pfeifbock!?« Der Halbling riss die Augen auf. »Meine Güte. Bitte kommt herein. Ich hatte bereits die Hoffnung aufgegeben, Euch je kennenzulernen.«

»Äh, ja ...« Fido trat beschämt ein. Von dem Geld der Bücher hatte er stets gut gelebt, es jedoch nie für nötig gehalten, sich bei Herrn Tintenblatt für sein ehrliches Geschäftsgebaren zu bedanken. Wie sehr seine Sicht auf die Stadthalblinge von Vorurteilen geprägt war, erkannte er spätestens jetzt, als der Verleger aufgeregt die ganze Familie, bestehend aus seiner Frau, den drei Kindern, seinem Schwager und seinem jüngeren Bruder, zusammenrief. Jedem von ihnen stellte er Fido mit überschwänglicher Herzlichkeit vor. »Ich hoffe, die Tantiemen sind stets gut bei Euch angekommen?«, fragte Pippus Tintenblatt.

»Oh ja. Vielen Dank dafür.« Fido lächelte. »Es ist mir etwas unangenehm, dass ich nie dazu kam, Euch dafür zu danken.«

»Aber nicht doch.« Tintenblatt winkte ab. »Mein Großvater war der beste Freund von Habagol Pfeifbock, und das war Teil der damaligen Vereinbarung. Ihr wisst ja, ein Großfuß steht zu seinem Wort.«

»Sicher.« Fido räusperte sich. »Nur bin ich deswegen nicht hier.« Er lächelte den übrigen Halblingen verlegen zu. »Wenn wir beide vielleicht unter vier Augen ...«

»Aber selbstverständlich.« Pippus Tintenblatt schickte den Rest seiner Familie fort und führte Fido in einen hohen Raum mit ausgeräumten Regalen, der wie eine Schreibstube aussah. »Mein Empfangszimmer. Das große Volk schätzt niedrige Decken nicht allzu sehr. Unsere Privathöhlen befinden sich tiefer in der Erde, mit hübschen Fenstern nach hinten zum Kanal. Zu besseren Zeiten würde ich Euch jetzt gern die Druckerei zeigen. Gerade erst haben wir eine Jubiläumsausgabe mit Goldprägung von den Abenteuern Eures Groß...«

»Nein«, unterbrach ihn Fido und setzte sich. »Ich brauche Eure Hilfe in einer anderen Angelegenheit. Ich muss unbedingt den König sprechen.« Tintenblatt ließ sich stirnrunzelnd auf einen Sitz fallen, und Fido berichtete ausführlich, was er in der letzten Zeit erlebt hatte.

»Donnerwetter! Wusste ich doch, dass ein Pfeifbock nicht ohne Grund vor meiner Haustür erscheinen würde.« Der Halbling boxte sich aufgeregt in die Hand. »Und Vinceatrix lebt noch? Ihr glaubt nicht, wie lange ich erfolglos nach dem Drachen suchen ließ. Ihr wisst schon, für einen Nachfolgeband, nur diesmal aus der Sicht des Drachen. Da wäre schon die eine oder andere Goldmünze für seinen Hort zu verdienen gewesen.« Tintenblatt zwinkerte Fido geschäftstüchtig zu. »Aber was Ihr da berichtet, klingt natürlich noch besser. Denn wenn Ihr so weitermacht, könnt Ihr mit Euren Abenteuern ebenfalls ein Buch füllen. Ich hätte da auch schon einen passenden Titel. Wie wäre es mit *Einmal hin und her – nochmals auf Drachenpfaden*. Oder, ha, noch besser: *Pfeifbock – das ultimative Abenteuer!*«

»Nein, auf gar keinen Fall!«, rief Fido entsetzt.

»Stimmt, Ihr habt Recht. Viel zu altmodisch.«

»Herr Tintenblatt«, Fido schüttelte ungläubig den Kopf, »ich bin hier, weil wir die Stadt retten müssen!«

»Ja, ähem. Natürlich.« Der Verleger räusperte sich. »Das müsste selbstverständlich zuvor geschehen, denn sonst kauft keiner das Buch. Mal abgesehen davon, dass sich ein Buch ohne Druckerei auch nicht drucken lässt. Ist ja logisch.« Er lachte. »Allerdings wurde der König leider an einen unbekannten Ort in Sicherheit gebracht. Ich verfüge zwar über Kontakte zum Hof, aber bis die zu Seiner Majestät durchdringen, haben die Drachen Trabatant dreimal eingeäschert.«

Die Tür zum Zimmer öffnete sich, und der älteste Sohn Tintenblatts schaute herein. »Vater, sollen wir die Druckplatten des alten Drachenbildbandes ebenfalls mitnehmen?«

»Nein, lass die Platten hier, und sag deiner Schwester, dass sie uns einen Tee machen soll. Die Drachen greifen erst morgen an.« Die Tür schloss sich wieder, und der Verleger wandte sich wieder Fido zu, der sein Gegenüber fassungslos ansah. »Wo waren wir stehengeblieben?«, murmelte Tintenblatt.

»Dabei, dass wir die Stadt retten wollten«, meinte Fido ungehalten. »Verdammt, der König muss seine Männer losschicken, um … um … Meine Güte, wenn die Drachen ihre Jungen bereits hören können, dann müssen die Eier doch irgendwo ausgebrütet worden sein.«

»Allerdings«, stimmte ihm der Verleger zu. »Nur kommt der Drachenangriff nicht unvorbereitet. Die Lindwürmer haben bereits vor einer Woche ganz öffentlich ihre Forderungen gestellt. Auf dem Hügel, beim Königspalast. Doch der König hat vehement abgestritten, irgendetwas mit dem Raub der Dracheneier zu tun zu haben. Ein Wort gab das andere, und danach eskalierte die Sache.« Tintenblatt atmete tief ein. »Und eines dürft Ihr mir glauben: Der König hat die Drohung sehr ernst genommen und bereits alle ehemaligen Brutstationen absuchen lassen.«

»Und wo war das?«

»Na, bei den heißen Quellen in unserer Stadt«, antwortete Pippus Tintenblatt. »Sind Euch die vielen Thermen hier in Trabatant nicht aufgefallen? Früher haben die Drachenzüchter die Eier mit Hilfe von heißem Wasserdampf ausgebrütet. Die Reittiere der Drachengarde konnten zwar anschließend kein Feuer mehr speien, aber dafür gehorchten sie umso besser.« Endlich begriff Fido, was Vinceatrix meinte, als er von seinen ›verkrüppelten Brüdern und Schwestern‹ gesprochen hatte. »Das bedeutet, wir sind am Ende«, stellte Fido verzagt fest. »Es sei denn, wir könnten beweisen, dass es die Zwerge waren.«

»Ja, Eure Begegnung mit diesem Zwerg dürfte kein Zufall gewesen sein«, knurrte Pippus Tintenblatt. »Ihr wisst sicherlich, dass sich – vielleicht abgesehen von den einstigen Brutmeistern der Drachengarde – niemand so gut mit Drachen auskennt wie die Zwerge? Pah, ich traue den bärtigen Gesellen jede erdenkliche Niedertracht zu. Erst vor drei Jahren wurde ich selbst Opfer einer ihrer hinterlistigen Intrigen.«

»Wie das?«

»Na, einer von ihnen hat ein Buch bei mir bestellt, das wir selbstverständlich auch ausgeliefert haben. Aber bezahlt wurde es nie.«

Fido verdrehte die Augen, was Pippus Tintenblatt offenbar als Bestätigung seiner Worte missinterpretierte, denn er seufzte Beifall heischend.

»Wie viele Zwerge leben hier?«, wollte Fido nun wissen.

»Vielleicht dreißig«, antwortete der Halbling. »Die meisten von ihnen sind Händler und Diplomaten. Seit Ausbruch der Spannungen um die königlichen Goldminen sind es vielleicht ein paar weniger.« Fido brütete eine Weile schweigend vor sich hin, doch plötzlich ruckte er hoch. Er erinnerte sich jetzt wieder an das kurze Gespräch des zwergischen Eierdiebs mit seinem menschlichen Begleiter in Eidhofen.

»Moment, gibt es unter den Zwergen vielleicht auch einen mit Namen Garafax? Wenn ich das richtig verstanden habe, befand sich der Zwerg aus Eidhofen auf dem Weg zu einem Mann mit diesem Namen.«

»Garafax?« Pippus Tintenfass zupfte misstrauisch an seinem Spitzbart. »Ja, hier lebt ein Mann dieses Namens. Er ist Meister der königlichen Schwertschmiede, nur ist er kein richtiger Zwerg, auch wenn er wohl etwas Zwergenblut in sich trägt. In fünfter Generation oder so.«

»Und er stellt dort Waffen her?«

»Ja, die besten Waffen des Königreichs.«

»Aber das passt doch!« Fido lehnte sich aufgeregt vor. »An einem solchen Ort könnte man doch sicher ebenfalls Dracheneier ausbrüten!«

»Vielleicht«, sprach der Verleger gedehnt. »Nur ist dieser Garafax mit der Base des Königs verheiratet. Auf gar keinen Fall kommt man an den so ohne Weiteres heran. Ohne stichhaltige Beweise schon gar nicht. Hinzu kommt ...«

»Hinzu kommt was?«

»Na ja, bei der königlichen Schwertschmiede handelt es sich um einen abgesperrten Bereich. Mauern, Türme, Wachen. Die fürchten sich vor Spionage. Da kommt niemand ohne spezielle Genehmigung rein.«

»Aber irgendetwas müssen wir doch unternehmen!«, rief Fido aufgebracht.

»Na ja«, murmelte Pippus Tintenblatt. »Es gäbe da schon eine Möglichkeit. Allerdings, und das meine ich natürlich mit höchstem Respekt vor Eurer Person, wäre das keine Unternehmung für einen angesehenen Großfuß wie mich. Aber ich kenne da einige andere aus unserem Viertel, die Euch bei dieser Unternehmung helfen könnten.« Tintenblatt beugte sich vor und raunte verschwörerisch. »Ich spreche von den Langfingern und Dieben unseres beschaulichen Stadtviertels. Die meisten von ihnen sind Zugereiste, also Strolche vom Land. Aber wem sage ich das: Ihr wisst ja besser als ich, wie es in der Provinz so zugeht.« Der Verleger schnaubte abfällig. »Kurz, ich spreche von dem übelsten Abenteurergesindel, das sich für Geld und das Versprechen auf Ruhm gewinnen lässt. Also, wenn Torold Schleichfuß, das ist der Anführer dieser Bande, also, wenn der hört, dass niemand Geringeres als Fido Pfeifbock persönlich seine Hilfe benötigt, dann würden er und seine Bande ihm sicher bis in die Höhle eines Drachen folgen.«

»Glaubt mir, Herr Pfeifbock«, Torold Schleichfuß rückte seine Augenklappe zurecht, »man darf mit Fug und Recht behaupten, dass der Untergrund von Trabatant so ausgehöhlt ist, wie ein Bergowälder Hüttenkäse.«

»Was Ihr nicht sagt«, ächzte Fido. Angewidert rümpfte er die Nase und versuchte, seine Füße nicht versehentlich in einen Haufen Unrat zu setzen, den ihm der träge Abwasserstrom vor die Füße spülte. Der Gestank hier unten in der Kanalisation war jedenfalls schlimmer, als alle Käsesorten der Welt zusammengenommen. Und obwohl er froh war über die Laternen, die Torold und seine Leute mit an diesen finsteren Ort genommen hatten, versuchte er, seine Umgebung nicht allzu intensiv in Augenschein zu nehmen. Denn das, was an ihnen vorbeitrieb, reichte aus, um die Mägen einer ganzen Halblingsgemeinde zum Aufstand zu bringen.

Immerhin, dank der Hilfe von Torold Schleichfuß befand er sich nun in der Gesellschaft von acht Großfüßen, die er zu Hause in Hopfenbruch nicht einmal beim Bierfest gegrüßt hätte. Bei ihnen handelte es sich allesamt um abgerissene Gestalten mit schmutzigen Kleidern, die wahlweise ihre Messer, ihre Schleudern oder ihre Zahnlücken zur Schau stellten. Ein jeder von ihnen hatte sich ihm gegenüber plump vertraulich mit den begangenen Missetaten gebrüstet, ganz so, als wären das Auszeichnungen. Fido wusste daher, dass sich unter ihnen Fassadenkletterer, Taschendiebe und Trickbetrüger befanden. Ja, einer von ihnen war sogar ein Schatzsucher, der – Fido wagte sich das gar nicht vorzustellen – schon einmal so weit in der Fremde gewesen war, dass er die Stadt, von der der Kerl ständig sprach, nicht einmal vom Hörensagen kannte. Und was am schlimmsten war: Allmählich begann er, sich an ihre Gesellschaft zu gewöhnen. Immerhin, nur zwei der Halblinge stammten ›vom Land‹.

Der Trupp Halblinge näherte sich nun einem Bereich der Kanalisation, von dem links und rechts weitere Tunnel abzweigten. »Ah, da hinten ist Julin«, grunzte Torold Schleichfuß, nachdem er die Düsternis mit seinem einen Auge durchdrungen hatte. »Niemand versteht es besser, mit Dietrichen umzugehen, als er. Wir brauchen ihn, um zu den Essen unter der königlichen Schwertschmiede vorzustoßen.« Eine kleine Gestalt mit Kopftuch und Laterne erhob sich an der Tunnelkreuzung, drehte den Docht hoch und leuchtete vor allem Fido ins Gesicht. »Ihr seid wirklich der Enkel von Habagol Pfeifbock? Zu Euren Diensten.« Er verneigte sich ehrerbietig. Fido seufzte innerlich. Immerhin, irgendwie war die Luft in diesem Teil der Kanalisation besser.

»Sind wir hier nahe eines Ausgangs?«, wollte Fido von Torold wissen. Doch statt des Einäugigen antwortete Julin. »Der Luftzug stammt von dort«, der Halbling leuchtete in einen verdreckten Tunnel links von ihnen, dessen Decke schon nach wenigen Schritten von dicken Holzstämmen abgestützt wurde. »Die Abwässer sind hier früher unter der Stadtmauer hindurch ins Freie geflossen. Bis es vor dreißig Jahren zu einem Erdbeben kam. Seitdem gilt der Tunnel als einsturzgefährdet.« Er leuchtete nun zur gegenüberliegenden Röhre. »Aber wir müssen eh dort entlang. Da hinten existiert ein alter Zugang, der uns direkt unter die königliche Schwertschmiede führt. Verlasst Euch auf mich.« Julin setzte sich an die Spitze, und Torold gebot seinen Leuten, ihnen zu folgen.

Tatsächlich dauerte es nicht lange, bis sie vor einer verrosteten Metalltür standen. »Das alles hier ist Teil eines alten, unterirdischen Versorgungssystems«, klärte Torold Fido auf und gab Julin einen Wink loszulegen. Der kramte einen Satz Dietriche und Nachschlüssel hervor und machte sich an dem Schloss zu schaffen. »Wenn die alten Aufzeichnungen stimmen«, brummte Torold, »gelangen wir über diesen Zugang direkt bis zu den Hallen mit den Essen.« Die übrigen Halblinge zückten ihre Waffen und warteten ab, bis Julin das Schloss des alten Zugangs endlich mit Öl, Säure und einem seiner Dietriche bezwungen hatte. Quietschend glitt die Tür auf.

»Denkt dran«, ermahnte Fido seine Begleiter. »Was wir benötigen, sind Beweise für die Intrige der Zwerge. Wenn wir die nicht finden, dann legen die Drachen die Stadt morgen in Schutt und Asche.« Gemeinsam mit den anderen Großfüßen rückte er nun in den ebenso dunklen wie staubigen Gang vor, aus dem ihm schon bald warme Luft entgegenschlug. In der Ferne war der Klang von Schmiedehämmern zu hören, und abermals erreichten sie eine Abzweigung mit mehreren weiterführenden Gängen. Torold und seine Männer wollten bereits durch den größten der Tunnel weitereilen, als Fido ein dünnes Fiepen vernahm, das ihm seltsam vertraut vorkam. Es drang aus einem schmalen Gangabschnitt rechts von ihnen. Herrje, die Laute klangen wie die des Drachenjungen!

»Wartet! Wir müssen dort entlang«, zischte er und setzte sich nun selbst an die Spitze der Halblingstruppe. Die alarmierten Großfüße folgten ihm, und Julin musste eine weitere Gittertür überwinden. So erreichten sie eine alte Galerie, die eine unterirdische Halle säumte, deren Größe eher an eine Drachenhöhle denn eine Schmiede gemahnte. Fido beugte sich über die Brüstung und entdeckte unter sich mehrere große Essen, in denen rot die Glut waberte. Außerdem waren da alte Gussformen aus aufgebrochenem Lehm sowie gleich drei große Ambosse, über denen gewaltige Hammerwerke angebracht waren. »Donnerwetter«, flüsterte Torold. »Das ist die alte Schmiede der Drachenritter. Hier haben sie früher die Drachenlanzen und so manches Teil des Zaumzeugs hergestellt. Ich wusste nicht, dass dieser Teil der Schmiede noch in Betrieb ist.«

»Ist er auch nicht«, schimpfte Fido und deutete schräg nach unten. Denn dort, unmittelbar vor einer der Essen, stand nicht nur eine Gruppe Zwerge, dort befanden sich auch fünf Käfige, an deren Streben sich unglückliche Jungdrachen klammerten und jämmerlich winselten. Die Käfige waren zu Fidos Irritation allesamt unter einem Belüftungsschacht mit trichterförmigem Abzug aufgestellt.

»Diese Zwergenschweine!«, zischte Torold. »So sorgen sie dafür, dass sich die Schreie der Jungdrachen im gesamten Belüftungssystem ausbreiten, ohne dass die Drachen bestimmen könnten, woher sie genau kommen.« Wütend drehte er sich zu seinen Männern um. »Jungs, das wird nicht leicht. Seid ihr bereit?« Die Großfüße nickten entschlossen, und so wandte sich Torold wieder Fido zu. »Wir lenken die Zwerge ab, und Ihr schnappt euch ein Drachenjunges. Schafft Ihr das?«

»Boss, du sprichst mit einem Pfeifbock.« Julin verdrehte die Augen, während er eine Schleuder zückte. Fido kam gar nicht erst zum Widerspruch, denn seine Begleiter schwärmten jetzt lautlos über die Galerie aus, verknoteten am Geländer Seile und sprangen auf ein Kommando von Torold hin in die Tiefe.

»Eindringlinge!«, gellte unter ihnen ein zwergischer Ruf. Doch die Halblinge hatten die Überraschung auf ihrer Seite. Schleudersteine pfiffen durch die Luft, und gleich zwei der Zwerge wurden am Kopf getroffen und kippten bewusstlos um. Bevor sich Fido versah, war die alte Schmiedehalle von Kampfeslärm erfüllt. Fido, der niemals geglaubt hätte, dass sich Großfüße mit kampferprobten Zwergen messen könnten, sah, dass es gleich mehreren seiner Gefährten gelungen war, die Zwerge von oben anzuspringen und diese niederzureißen. Torold hingegen trat mit gleich zwei Messern in den Händen einem Menschenmann mit Lederschürze und langem Schmiedehammer gegenüber, an dessen zwergische Abstammung allein der lange Bart erinnerte. Das musste dieser Garafax sein. Was er an Kraft aufbot, um Torold zu Fall zu bringen, glich der einäugige Halbling mit Schnelligkeit und List aus.

Fido schluckte. Elend, verdammtes. Er konnte doch nicht ängstlich oben auf der Galerie stehen bleiben, während sich seine Gefährten da unten in Todesgefahr begaben. Zitternd hastete er eine eiserne Sprossenleiter hinab, als der erste Halbling fiel. Einer der Zwerge hatte ihm mit einem wuchtigen Hammerschlag den Schädel eingeschlagen. Doch noch immer traten die Großfüße ihren Gegnern mit Todesverachtung entgegen. Fido hielt nichts mehr. Er nahm die letzten Stufen mit großen Sprüngen, rannte auf die Käfige mit den Drachenjungen zu und packte einen von ihnen. Doch kaum dass er mit seiner Beute wieder herumwirbelte, vernahm er einen wütenden Aufschrei weiter hinten in der Halle.

Fido riss entsetzt die Augen auf. Das war der Zwerg vom Fluss. Statt einer Armbrust hielt der Kerl eine in der Glut der Essen schimmernde Kriegsaxt in den Händen. Wie auch immer es sein Widersacher bis in die Hauptstadt geschafft hatte, er war auf ihn aufmerksam geworden. Jetzt wünschte der junge Halbling sich doch von Herzen, dass der Zwerg ertrunken wäre.

Fidos Erzfeind fällte einen der Halblinge wie einen morschen Baumstamm und stürmte brüllend auf ihn zu. Fido schrie auf, rannte mit dem Käfig zurück zur Treppe und hetzte die Stufen empor. Unter ihm setzten sich die ersten Halblinge ab, indem sie wieder die Seile hinaufkletterten. Torold war es zwar gelungen, Garafax einige üble Stichverletzungen beizubringen, doch einer der bewusstlosen Zwerge erwachte nun wieder und griff ebenfalls zu den Waffen. Fido ignorierte das Getümmel und stürmte in den Gang zum Kanal. Doch sein Verfolger dachte nicht daran aufzugeben. Wüste Drohungen ausstoßend, rannte er hinter Fido her und holte Schritt um Schritt auf. Der Halbling versuchte, die Gittertür zuzuschlagen, doch der Versuch misslang. Und so hetzte er weiter, kaum dass er die Silhouette des Zwerges wieder hinter sich auftauchen sah. Unglücklicherweise konnte Fido ohne Laterne schon bald nichts mehr sehen, und so folgte er dem üblen Geruch, der ihn rasch zurück in die Kanalisation brachte.

»Kleine Ratte«, fauchte der Zwerg. »Wenn ich dich kriege, treibe ich dir mein Axtblatt zwischen die Schultern!« Fido kamen fast die Tränen vor lauter Furcht. Panisch tastete er sich den schmalen Steg neben dem Abwasserstrom entlang, versuchte, sich den Hinweg zu vergegenwärtigen, und hoffte darauf, dass dem Zwerg die Dunkelheit ebenfalls zu schaffen machte. Plötzlich flammte ein silberhelles Licht auf. Sein Verfolger hielt einen merkwürdigen Kristall in der Linken, das ein magisches Licht abstrahlte. »Hast du geglaubt, du könntest mir entkommen?« Der Zwerg lachte gehässig.

Fido fasste einen verzweifelten Plan. Er wuchtete den Drachenkäfig auf den Rücken, und das Jungtier stieß einen ängstlichen Schrei aus. Dann rannte er los. Ohne auf seinen Verfolger zu achten, hetzte Fido auf jenen Tunnel zu, von dem Julin behauptet hatte, dass er einsturzgefährdet sei. Der Halbling stürmte in die Dunkelheit, schlüpfte an den Stemmbalken vorbei und kletterte über Schutt und Dreck. Hin und wieder rieselten Erdreich und Gestein auf ihn herab, und, ganz wie er es gehofft hatte, der Zwerg folgte ihm. Der Eierdieb kam in dem Tunnel zwar nicht ganz so schnell voran wie Fido, doch was er nicht mit Geschick erreichte, machte er mit seiner Axt wett. Zornig schlug er mit der Waffe die Stemmbalken zur Seite. Fido lachte böse und erwartete jeden Moment, dass die Tunneldecke auf den Bärtigen herabstürzen würde. Doch sosehr er sich dies auch wünschte, die verdammte Decke hielt. Sein wunderbarer Plan ging einfach nicht auf.

Fido wusste nicht, wie lange er schon durch den maroden Gang gestolpert war, als vor ihm ein schmaler Lichtstreif auftauchte. Tageslicht! Da hinten ging es raus. Seitenstichen trotzend verdoppelte Fido seine Anstrengungen, dann, endlich, erreichte er eine morsche Bretterwand und warf sich dagegen.

Es krachte, und das Holz gab nach. Fido schlüpfte samt dem Drachenkäfig durch die Öffnung, kämpfte sich durch Unkraut und Gestrüpp und fand sich zu seiner Überraschung am Flussufer, etwa fünfhundert Schritt vor den Mauern der Stadt wieder. Die letzten Strahlen der untergehenden Sonne spiegelten sich auf den Fluten des Stroms, und in der Ferne waren Flusskähne zu sehen. Doch Fidos Blick galt allein dem kleinen Wäldchen, das sich fünfzig oder sechzig Schritt entfernt nahe einer kleinen Bauernkate erhob. Fido nahm noch einmal alle Kraftreserven zusammen, und unter dem jämmerlichen Fiepen des Jungdrachen rannte er um sein Leben. Irgendwo hinter ihm war nun wieder das Gebrüll des Zwerges zu hören, der die Barrikade mit seiner Axt bearbeitete. Fido hätte vor Enttäuschung schreien mögen, denn kurz darauf war sein Verfolger wieder zu sehen und stürmte erneut hinter ihm her.

Fidos Lungen brannten, doch er schaffte es bis zur Kate. Leider lag der Hof verlassen vor ihm. Offenbar hatten seine Besitzer längst die Flucht ergriffen. Keuchend taumelte er weiter bis zum Waldrand und rannte zwischen die Bäume.

Schließlich verließen ihn die Kräfte. Fido brach erschöpft auf einer kleinen Lichtung zusammen, und der Käfig mit dem ängstlich fiependem Drachenbaby rollte bis zu einem Stapel mit Schlagholz. Die Sonne versank nun endgültig am Horizont. Hinter ihm brach der Zwerg durch das Unterholz, dann wurde Fido von einem brutalen Faustschlag niedergestreckt. Wimmernd musste er dabei zusehen, wie sich der Zwerg über ihm aufbaute.

»Dreckige kleine Made.« Sein Widersacher packte die Axt und wog sie triumphierend in den Händen. »Hast du wirklich geglaubt, dass ihr Wichte unseren sorgsam ausgeklügelten Plan hintertreiben könntet?« Er lachte. »Es wäre besser gewesen, wenn du in deiner hinterwäldlerischen Heimat geblieben wärst. Unbedeutende Winzlinge wie ihr vermögt doch nicht, den Lauf der Dinge zu beeinflussen.«

»Offenbar hat Euch noch nie eine Mücke um den Schlaf gebracht.«, ächzte Fido, der nun sah, was dem Zwerg entgangen war.

»Was?«

»ER WILL DIR SAGEN, DASS DU UNRECHT HAST.« Vinceatrix' Vorderlauf rammte den Zwerg mit der Kraft eines Schmiedehammers auf den Waldboden. Anschließend beugte sich der Drache mit gefletschten Reißzähnen über seinen ungläubig dreinblickenden Gefangenen. »UND JETZT, MEIN BÄRTIGER FREUND, WIRST DU UNS DRACHEN REDE UND AUSKUNFT STEHEN.«

Fido hockte an seinem alten Tisch im *Zinnkrug*, nippte am Weinbrandbecher und sah verstohlen zu der großen Runde Halblinge hinüber, die dort scherzten und lachten. Unter ihnen befanden sich auch seine Freunde Griffo und Bullror. Besser gesagt: seine *ehemaligen* Freunde. Denn die beiden vermieden es, ihn anzusehen. Zu peinlich war ihnen ihre Bekanntschaft mit ihm.

Fido seufzte, denn die Geschehnisse vor zwei Wochen, in die er so unverhofft geraten war, hatten sein Leben komplett umgekrempelt. Dass er damals betrunken auf Holms Wagen eingeschlafen war, hätte sicher noch für allgemeine Erheiterung gesorgt. Selbst seine unfreiwillige Weiterreise von Eidhofen nach Trabatant wäre noch zu vermitteln gewesen. Doch alles, was danach geschehen war, hatte seinen mühsam aufgebauten guten Ruf endgültig zerstört. Er galt jetzt als Drachenfreund und Reichsretter. Selbst den König hatte er kennengelernt. Als dieser erfuhr, dass es das Reich allein Fido zu verdanken hatte, nicht in einen neuen Drachenkrieg verwickelt worden zu sein, hatte er ihn zu einer Privataudienz einbestellt. Dort musste ihm Fido nicht nur detailliert von seinen Abenteuern berichten, er hatte Seiner Majestät auch eine Ausgabe von *Ich bin dann mal weg – meine Reise auf den Pfaden der Drachen!* signieren müssen. Selbst die Gefahr durch die Zwerge war jetzt gebannt. Denn die hatten nun alle Hände voll mit den Drachen zu tun, die den Stollengräbern kurzerhand den Krieg erklärt hatten. Fido seufzte. Warum nur hatte es der König nicht dabei belassen, ihn, so wie Torold und seine überlebenden Männer, mit Reichtümern zu überhäufen? Fido hätte alle Geschehnisse ohne Probleme vor seinen Leuten geheim halten können. Aber nein, Seine Majestät hatte ja darauf bestehen müssen, dass ihn eine ritterliche Eskorte zurück nach Hopfenbruch brachte. Dass dessen Herold ihn dann auch noch mittels Proklamation auf dem Dorfplatz zum Reichshelden ausgerufen hatte, war bloß das Ende dieses Albtraums gewesen. Danach war es einsam um ihn geworden. Niemand in seiner Heimat wollte noch etwas mit ihm zu tun haben. War das hier denn noch seine Heimat?

In diesem Moment öffnete sich die Tür des Wirtshauses, und die beiden fremden Halblinge von damals stiefelten in die Schankstube. Als sie Fido entdeckten, lachten sie.

»Dürfen wir uns setzen?«, sprach der eine. Bevor Fido etwas sagen

konnte, hatten die beiden bereits Schemel herangezogen. Drüben am Nachbartisch sahen Griffo und Bullror auf. Auf ihren Gesichtern lag ein Ausdruck tiefster Verachtung. »Wir haben alles, wirklich alles von Eurem Abenteuer gehört«, sprach der Zweite begeistert. »Unglaublich.«

»Aus diesem Grund sind wir auch wieder zurück nach Hopfenbruch gereist«, meinte der Erste. »Ach so, darf ich uns vorstellen: Ich bin Walgrin, und das hier ist mein alter Freund Beppo. Wir können uns natürlich nicht mit Euren Taten messen, aber wir haben es immerhin schon einmal mit einem Troll aufgenommen. Ich sage Euch, *das* sind Riesen.« Walgrin sprach weiter, und seine Worte waren wie ein Wasserfall, der unermüdlich über Fido hinwegplätscherte. Doch zunehmend interessiert begann Fido, seinen Tischnachbarn zuzuhören, dann berichtete er selbst. Seine neuen Bekannten lauschten voller Respekt und orderten gleich zwei weitere Weinbrandkrüge. Und bevor es sich Fido versah, war es bereits weit nach Mitternacht. Bei alldem überkam ihn ein Gefühl, das er erst kürzlich kennengelernt und, ohne es zu ahnen, schmerzlich vermisst hatte: Aufregung! Und das war eine gar nicht mal so schlechte Empfindung. Konnte es sein, dass er nicht viel besser war als sein Großvater?

»Wir wollen übrigens bald zu den Elbenwäldern im Westen aufbrechen.« Beppo räusperte sich und warf seinem Kumpel Walgrin einen unsicheren Blick zu. »Wir haben da von einer interessanten Sache gehört. Drei sind bekanntlich besser als zwei. Und da dachten wir uns, dass Ihr uns vielleicht, na ja …«

Fido grinste, denn sein Entschluss stand schon lange fest. Und zum ersten Mal in seinem Leben kamen ihm die Worte mit einem gewissen Stolz über die Lippen. »Na, dann lasst hören. Ihr sprecht immerhin mit einem Pfeifbock.«

DAS HERZ DER FINSTERNIS

von Alexander Lohmann

Die Stimme aus der Quelle

Sie nennen uns Halblinge. Sie nennen uns Wichte. Doch der Sinn dieser Worte ist immer derselbe: Die großen Völker schätzen uns geringer ein als sich selbst. Nicht umsonst reden sie von »Größe«, wenn sie die Bedeutung einer Person meinen.

Ich war darum froh, als ich sie auf der Reise durch Bitan abschütteln konnte – und wenn ich »sie« sage, dann meine ich Laetas und Maneas, die beiden Elfen, die mit uns wanderten.

Es ist kein Vergnügen, mit Elfen zu reisen. Nicht einmal, wenn man selbst ein Elf ist, möchte ich behaupten, und ist man keiner, wird es vollends unerträglich. Mir ist niemals ein Elf begegnet, der Sinn für Vergnügen gehabt hätte, da gibt es nichts als steifes Gehabe und Ernsthaftigkeit. Laetas und Maneas betrugen sich stets so, als wären sie unsere Erzieher und wir ihre unartigen Zöglinge.

Aber wer behält schon einen Halbling im Auge? Selbst ein Elf vermag das nicht, und wären sie so schlau, wie sie sich einbilden, hätten sie das vorher gewusst. Haben sie uns nicht eben deswegen gerufen? Uns, die Wichte, die Halblinge, das kleine Volk? Das *unsichtbare* Volk, das gehen kann, wohin kein Großer sich wagt, selbst in das Reich der Finsternis, wenn es sein muss?

Deswegen waren wir hier. Es herrschte Krieg, und wir marschierten an die Front.

Von den Wäldern der Elfen aus zogen wir durch die Lande der Menschen von Bitan gen Süden, in Leuchmadans Reich. In einem Gasthaus der Menschen hatten wir Rast gemacht – wir, das waren drei Halblingsdiebe und ihre elfischen Aufpasser. Und dort war ich vor dem Morgengrauen meinen Bewachern entschlüpft.

Nun wanderte ich also allein und schaute mir das Land an, in dem, wie es hieß, unsere Vorfahren einst gelebt hatten. Wenn damals tatsächlich alles mit Wald bedeckt gewesen war, dann verstand ich inzwischen besser, warum meine vormaligen Reisegenossen so griesgrämig durch die Gegend zogen. Bäume wuchsen hier nur noch in kleinen Hainen, meist auf den Kuppen der rollenden Hügel, deren Flanken grün waren von saftigen Weiden und wogenden Kornfeldern. Schmale Wasserläufe mäanderten in den Tälern dazwischen, und menschliche Gehöfte duckten sich in den Bewuchs. Die Luft war warm, aber der Geruch versprach einen Frühlingsregen. Er würde anderswo niedergehen, hoffte ich, und zog mir den Mantel auf der Schulter zurecht.

Beim Anblick der Menschenhäuser überkam mich ein leichtes Unbehagen, und unwillkürlich lenkte ich meine Schritte fort davon und in Richtung der lichten Haine. Dort, so glaubte ich, würde ich eine heimeligere Umgebung für meine Wanderung finden. Insgeheim malte ich mir sogar aus, wie ich auf ein paar vergessene Verwandte stieß, auf Halblinge, die noch immer in den Resten der Wälder von Bitan lebten. Ich würde bei ihnen einkehren, wir könnten wechselseitig über unsere Nachbarn lästern, Menschen wie Elfen gleichermaßen, und meinem einsamen Abstecher so eine gemütliche Wendung verleihen.

Ich lief quer über die Weiden und an Schafen vorbei. Das Grün wucherte immer höher. Bald schlugen die Spitzen der Gräser über mir zusammen, und ich bahnte mir den Weg durch dichte Hecken und hatte Mühe, die Richtung zu halten. An jeder lichten Stelle reckte ich mich und hielt Ausschau nach den Bäumen, doch als ich sie erreichte, wurde alles nur noch schlimmer.

Ein feuchter Dunst stieg vom Waldboden auf und wallte um meine Beine. Der Nebel schlug Wellen wie das Wasser eines Sees, wenn ich voranschritt, und die Baumkronen dräuten düster über meinem Kopf. Kein Vogel sang in dem Geäst, das eigentümlich kahl wirkte, obwohl kaum ein Lichtschimmer hindurchdrang. Über den Bäumen erahnte ich einen milchigen Himmel, um vieles fahler als der schimmernde Horizont, den ich von den flachen Tälern aus gesehen hatte.

Der Tag war bereits fortgeschritten, ein Morgennebel passte nicht zu dieser Stunde. Ich erwartete also, dass er sich verziehen würde. Stattdessen zog es sich noch dichter zu.

Der Nebel stieg nicht mehr nur vom Boden auf, er schien aus den Bäumen selbst zu fließen, er troff von den Blättern und ballte sich zu schattenhaften Formen, die beinahe greifbar wirkten, wie ein zweiter Wald, der sich mit dem wirklichen überlagerte. Graue Zweige bewegten sich in dem Weiß, sie streckten sich mir wie aus eigener Kraft entgegen – und zerflossen zu waberndem Dunst, wenn ich entsetzt zurückzuckte.

Ich hörte nichts als mein eigenes Keuchen, es hallte hohl durch die schwere, feuchte Luft. Längst hatte ich die Richtung verloren, längst war es mir egal, wohin ich ging. Ich wollte nur heraus aus diesem unheimlichen Forst, der mir fremder dünkte als selbst die verborgensten Winkel der Elfenwälder.

Aber diese Haine, die aus der Ferne so klein gewirkt hatten, mussten sehr viel ausgedehnter sein, wenn man sich in ihrem Inneren befand. Ich lief und glaubte, einen geraden Weg zu halten. Doch der Wald nahm kein Ende, und der Nebel verschlang alle Wegmarken genau wie die Geräusche der Welt. Ich bereute meinen Ausflug. Was wollte ich eigentlich hier unter den Bäumen? Ich hatte mich bei den Menschen umsehen wollen; Wälder konnte ich auch zu Hause finden …

Als ich ein Licht sah, hielt ich darauf zu. Meinem Gefühl nach ging es auf die Mittagsstunde zu, und das Strahlen, das vor mir so verlockend durchs Gestrüpp schimmerte, kündete von Sonnenglanz und passte gar nicht zu den kühlen Nebelfetzen, die sich an meine Kleidung klammerten. Ich stolperte voran, brach durch das Unterholz und taumelte ins Freie.

Es war nicht der Rand des Waldes, nur eine große Lichtung. In der Mitte erstreckte sich silberfunkelnd ein See, der gewiss einhundert Elfenschritte durchmaß. Ringsum an den Ufern stand der Nebel so dicht wie ein Vorhang, hinter dem schattenhaft die dicksten Stämme gerade noch zu sehen waren, schwarz und dräuend beieinander wie Leuchmadans finstere Horden.

Ich wandte mich fröstelnd ab und trat an das offene Wasser. Darüber schien die Sonne frei von einem wolkenlosen Himmel und sprenkelte die Oberfläche wie mit Diamantsplittern. Ich beugte mich hinunter, schöpfte von dem Nass und trank. Ich rieb mir die klamme Stirn ab, wusch den Angstschweiß oder den unreinen Nebel fort, der dort haftete.

Plötzlich zuckte ich zurück, denn das Gesicht, das mir aus dem Wasser entgegenschaute, war nicht mein eigenes!

Ich kam auf die Füße und tastete nach meinem Dolch. Zugleich schämte ich mich dafür, denn das Gesicht im Wasser hatte nichts Bedrohliches an sich. Es zeigte ein wunderschönes Mädchen mit einem blassen, schmalen Antlitz, umrahmt von dunklen Haaren. Sie lächelte mich an, und ich schluckte.

Das Gesicht, das so frei im Wasser schwebte, hätte zu einer Maid meines Volkes gehören können; dann wieder erschien sie mir eher wie eine Menschenfrau, oder eine Elfe, aber sie war nichts von alldem. Sie war die Gestalt gewordene Anmut, eine Erscheinung wie eine Göttin.

Ungeschickt sanken meine Hände an den Seiten herab, und ich murmelte: »Herrin!«

Sie erhob sich aus dem See, und ihr Leib war lang und schlank und wie aus Wasser geformt, durchscheinend wie eine Statue aus Saphir. Beständig floss es an ihrer Gestalt herab, und die Bewegung verhüllte die Umrisse ihres Leibes wie ein dünner Schleier, oder besser: Es betonte sie eher, rundete sie ab.

Alles an ihr war klar und durchschimmernd, außer dem Antlitz, das wie eine Maske über dem Wasserleib lag. Haar und Gesicht waren die einzigen greifbaren Farben an dieser Erscheinung – schwarz und weiß. Ihre Füße standen auf dem Spiegel des Sees und gruben kleine Wellentäler.

»Willkommen, Volpar«, sagte sie. »Willkommen zurück.«

»Woher kennst du meinen Namen?« Ich war über diesen Umstand fast noch mehr erschrocken als über die Erscheinung selbst.

»Deine Familie lebte einst nicht fern von hier«, sagte sie mit glockenheller Stimme. »Wir waren sozusagen Nachbarn, ihr und ich, und ich kenne meine Nachbarn gut und vergesse sie nicht, nicht einmal über die Generationen hinweg.«

»Hast du mich hierher geführt?«, fragte ich.

Das Wassermädchen zuckte die Achseln. »Ich. Du selbst. Keiner von uns hätte allein diese Begegnung bewirken können. Es war dein Wunsch, die alte Heimat deines Volkes zu sehen, und manchmal vermag ich es, Wünsche zu erfüllen und die Wege in die gewünschte Richtung zu biegen.«

»Aber warum?«, fragte ich, denn schon damals war ich klug genug, um zu wissen, dass ein jeder seine eigenen Gründe hat für das, was er tut – selbst Geister, die scheinbar Wünsche erfüllen.

»Einst waren wir Nachbarn«, sagte die Wasserfrau. »Reicht das nicht als Grund für ein wenig Freundlichkeit? Junge Halblinge küssten sich an meinen Ufern, und manchmal, mitunter, kamen sie auch zu mir.

Dann kamen die Menschen. Sie veränderten das Land und vertrieben all jene, für die es keinen Platz gab in ihrem leeren Herzen. Wir teilen dasselbe Schicksal, du und ich, Halbling. Ich dachte mir, es wäre gut, wenn wir uns hier noch einmal begegnen und der alten Zeiten gedenken.«

»Sehr alten Zeiten«, sagte ich. »Du magst die Herrin dieses Sees sein und so alt wie das Land. Für mich sind das nur Geschichten, an die sich selbst die Ältesten unseres Volkes nicht mehr erinnern können. Heute haben wir eine andere Heimat, und die Menschen sind unsere Verbündeten. Wir kämpfen Seite an Seite, denn Leuchmadans Finstervölker bedrohen uns alle. Heute sind sie es, die uns die neue Heimat rauben wollen, wenn wir sie nicht aufhalten. Das ist keine gute Zeit, um an die Feindschaften und die Bündnisse von einst zu denken.«

»Ganz im Gegenteil«, sagte die Dame vom See. »Jetzt ist eine ausgezeichnete Zeit, um daran zu denken, dass ein Bündnis mit den Menschen euch die alte Heimat nicht zurückbringen wird. Es ist die allerbeste Zeit, um nicht nur die Gegenwart im Blick zu haben, sondern darüber hinauszudenken.«

»Du willst, dass ich das Bündnis mit den Menschen verrate?«, fragte ich. »Dass ich die spezielle Mission scheitern lasse, zu der man mich gerufen hat? Bin ich deswegen hier?«

»Ganz im Gegenteil«, wiederholte die Dame. »Ich will dir helfen, diese Mission zu bestehen. Denn ohne meine Hilfe wird euer Unterfangen scheitern, und Leuchmadan wird triumphieren.

Aber wenn ich dir helfe und dir den Weg durch die letzte Tür weise, und wenn du genommen hast, was du dort finden wirst, dann will ich, dass du es nicht den Menschen gibst, diesen Räubern, den kalten, hartherzigen Feinden unserer Völker. Ich will, dass du mir diesen Schatz bringst. Wir können mehr damit tun, als unser armseliges Exil zu retten. Wir können das Land zurückverlangen, das einstmals uns gehörte!

Halblinge könnten wieder an den Ufern meines Sees wandeln, und die Menschen müssten erkennen, dass unsere Wege die richtigen sind.«

Das Wasser ist ein kaltes Element, und es verzehrt sich nach einer Wärme, die es selbst nicht aufnehmen kann. Es weckt in anderen den Hunger nach Wärme und bleibt selbst kalt dabei.

Ob ich das damals schon so wortgewandt gedacht habe? Ich weiß es nicht. Aber ich spürte eine Kälte hinter den Worten der Wasserfrau, die nicht zu ihren feinen Versprechungen passte, als dränge weit mehr von ihrer eisigen klaren Gestalt in ihre Stimme, als sie es beabsichtigte.

Außerdem wusste ich vielleicht nicht viel von der Überlieferung meines Volkes, aber ich hätte schon dümmer sein müssen, als ich war, um nicht die Geschichten zu kennen von den Frauen, die in Teichen lebten, und wohin es führte, wenn man ihren Lockungen nachgab.

Ich antwortete also vorsichtig: »Und was für eine Hilfe bietest du mir an?«

Ihr Wasserleib wies zum Ende des Sees und folgte mir, als ich dort hinging. Dort, am Zufluss des Gewässers, einem glucksenden kleinen Bach, und dicht an der Nebelgrenze zum umliegenden Wald – so dicht, dass dunstige Arme auf dem Boden darum herumkrochen, graue, halbwirkliche Tropfen von den Zweigen darüberrannen und ein nebelgewandeter Stamm zum Anfassen nah dabeistand wie ein stummer Wächter –, da lag am Ufer ein schmales Etui aus dunklem Holz. Ich klappte es auf und fand darin einen silbernen Schlüssel mit schwerem Schaft auf einem Kissen von schwarzem Samt.

»Der Schlüssel zur letzten Tür«, sagte die Wasserfrau. »Du wirst wissen, wann die Zeit gekommen ist, ihn zu gebrauchen. Bis dahin hüte ihn gut. Wird das Siegel in seinem Inneren zur Unzeit gebrochen, ist alles verloren.«

Ihre Stimme klang fern, und ich sah mich um. Der Wasserleib war fort. Der See schien um die Hälfte geschrumpft, er glitzerte nicht mehr im Sonnenlicht. Nur ein brauner Tümpel war zurückgeblieben, von dessen sumpfigen Ufern ein paar träge Molche misstrauisch mein Tun verfolgten.

Da wusste ich, ich hatte die Herrin vom See-der-gewesen-war gesehen, eine bloße Erinnerung. Ich fragte mich, wo sie heute lebte. Sie hatte von Exil geredet und davon, wie wir dasselbe Schicksal teilten. Die

Halblinge lebten in der Verbannung in den Elfenwäldern. Wohin mochte es die Herrin des Sees verschlagen haben? Wo war der Ort, von dem aus ihre Magie mir ihre Botschaft hatte zukommen lassen?

Der Nebel im Wald schmolz zu einem feinen Nieselregen, der in nassen Wolken über den Boden stäubte und nur langsam herabsank. Rings um mich herum tropfte und plätscherte es, was mir die unnatürliche Stille davor umso mehr zu Bewusstsein brachte.

Ich wandte mich von See und Lichtung ab und beschloss, zurück zu meinen Gefährten zu gehen, die ich in jenem Gasthaus zurückgelassen hatte. Auf dem Weg hinaus wirkte der Hain viel kleiner als bei meiner Wanderung durch den Nebel, und als ich später zurückblickte, sah ich nichts als ein winziges Wäldchen, das licht und grün in der Mittagssonne lag. Aber ich spürte das Etui mit dem Schlüssel in meiner Tasche, das sich greifbar und wirklich anfühlte und mir bewies, dass meine Begegnung am See mehr gewesen war als ein flüchtiger Traum.

Das Heerlager

Tief in den Dunklen Landen, im Heerlager der Freien Völker, kam unsere Gruppe zum ersten Mal in voller Stärke zusammen. Wir trafen uns im Kommandozelt des bitanischen Königs Lukar, der nach dem Lichtgott benannt war und auch sonst versuchte, eine strahlende Erscheinung abzugeben. Er zeigte sich nie ohne seine überschwere, glänzende Rüstung.

So kommt es, dass der stolze Führer der Allianz gegen Leuchmadan mir vor allem für den Schweiß im Gedächtnis bleiben wird, der ihm in Strömen über das Gesicht lief und die dunklen Locken an seiner Stirn kleben ließ. Der Sommer war heiß, und das dürre, giftige Gestrüpp dieses Landes bot so wenig Schutz vor der Sonne wie die dünnen Zeltplanen.

Könige und Feldherren versammelten sich hier, die Edlen der Menschen, der Elfen und der Zwerge. Es war eine Gesellschaft, zu der man uns kleine Leute üblicherweise nicht einlud. Heute waren wir hier, weil man etwas von uns wollte.

Ein weiterer Gast war Gulbert, der Zauberer, ein Mensch und ein

Elfenfreund sowie Halblingkundiger. Es war seine Idee, aufgrund deren wir alle hier zusammenfanden. Er stand vor der Runde der Fürsten, überragte sie alle mit seinem spitzen Hut und strich sich durch den langen weißen Bart, während er die Auserwählten vorstellte.

»Otli ist der älteste der Halblinge.« Gulbert wies auf meinen Begleiter, dessen Bart so weiß war wie der des Zauberers, wenn auch sauber gestutzt und nicht so fettig. Otli teilte nicht Gulberts enervierende Gewohnheit, mit seinen Körperanhängen herumzuspielen. Stattdessen knetete er seinen abgetragenen grünen Filzhut. »Otli ist der bekannteste Jäger und Fährtenleser im Wichtelland, und ich habe ihn wegen seiner großen Erfahrung ausgewählt.«

Als Nächstes wandte Gulbert sich dem Nachbarn zu meiner Linken zu. Fast hätte ich mich beleidigt gefühlt, als er mich so überging, doch ich dachte an den Spruch meiner Mutter: *Das Beste zum Schluss.*

»Malangar ist Otlis Schüler«, erklärte Gulbert. »Ein junger, gewandter und gewitzter Jäger unter den Halblingen. Niemand bewegt sich so verstohlen wie er ...«

Die großen Leute sahen den jungen Malangar an, und ich las den Zweifel in ihren Blicken. Tatsächlich sah Malangar so aus, als gehöre er mit einer gemütlichen Pfeife im Mund an den Kamin eines Wurzelheims, nicht in einen Wald oder gar in die feindseligen Länder Leuchmadans.

Aber die Gabe der Wichtel, nicht gesehen zu werden, ist eine magische, genau wie ihre scharfen Sinne. Malangars fülliger Körperbau mit dem vorspringenden Bauch, seine platte Nase und die wirren roten Haare, die ihm in die Augen hingen, änderten so wenig an seinen Fertigkeiten wie die Sommersprossen auf seinen Pausbacken.

Dennoch wand er sich unter der kritischen Musterung der Großen und rückte enger an mich heran. Ich verzog das Gesicht und wollte ausweichen, aber das brachte mich dichter an Otli auf der anderen Seite heran, weshalb wir drei bald zusammengedrängt dastanden wie eine Schar von Schafen im Angesicht der Wölfe.

Ein peinlicher Augenblick, vor allem, weil Gulbert gerade ganz formlos auf mich zu sprechen kam: »... Keiner, außer womöglich Volpar, eine Legende bei seinem Volk. Er ist weit gereist in den Schraffelgraten und hat selbst die Heime von Goblins und Trollen unbemerkt erkundet.

Auf ihn setze ich die größte Hoffnung bei unserem Unternehmen, wir übrigen sind nur seine Begleiter.«

Ich grinste und drehte mich zu Laetas und Maneas um. Ich wurde nicht enttäuscht. Die beiden stolzen Elfen zogen bei Gulberts Worten ein Gesicht, als hätten sie in eine der Bitterbeeren von Leuchmadans Land gebissen. Aber sie sagten nichts. Es war ein Zwerg, der stattdessen das Wort erhob.

»Volpar, der Dieb!«

Auch bei den Haarbällen hatte sich mein Ruf also schon verbreitet.

»Ich bevorzuge die Bezeichnung ›Volpar, der Abenteurer‹«, erwiderte ich.

Der Zwerg musterte mich grimmig, soweit man das unter den buschigen Brauen beurteilen konnte. Wenn Gulbert je auf den Gedanken kam, aus dem heutigen Rat einen Ausschuss der Weißbärte abzuordnen, dann hätte neben ihm selbst und Otli auch dieser Zwerg Anspruch auf einen Platz darin gehabt. Auf einen Ehrenplatz!

Sein Haupthaar und sein Bart verschmolzen zu einem einzigen, rundumlaufenden Wasserfall dünner, schneeweißer Zöpfe, die fast bis zum Boden reichten. Nur ab und an blitzte zwischen den Strähnen ein wenig von dem Kettenhemd hervor, das dieser Zwerg bestimmt nur darum trug, um sein gewiss ebenso imposantes Brusthaar im Zaum zu halten. Hätte dieses sich je mit der Fülle auf dem Kopf vereinen können, es hätte ihn ohne Zweifel überwältigt.

Die Zwerge und die Elfen saßen an zwei entgegengesetzten Enden des Ratstisches, mit den Menschen zwischen sich. Wenn man diesen alten Zwergenkrieger ansah, wusste man auch, warum. Seine üppige Haarpracht glänzte so schmierig, als könne sie jeden Augenblick buchstäblich davonfließen. Gulbert mochte sich dann und wann die Hände an seinem Bart abwischen, dieser Zwerg aber sah so aus, als würde er mit seinen Zöpfen regelmäßig den Braten einfetten; wenn er sprach, tauchten seine wulstigen Lippen rhythmisch in der Haarpracht auf und unter, als würde er darauf kauen.

Und das alles schreibe ich nicht, um etwa meine Vorbehalte gegen Zwerge zu äußern, oder aus Rache für die unfreundliche Begrüßung, die er mir in diesem Rat zuteilwerden ließ, nein: Ich schildere vielmehr so unvoreingenommen wie möglich meine Eindrücke von diesem Tag.

»Er hat nicht nur die Goblins und die Trolle in den Schraffelgraten besucht«, erklärte der Zwerg und bewies damit, dass Zwerge gern lang und tief nach uralten Schätzen graben und dabei auch immer wieder alte Geschichten zutage fördern. »Er war auch in unseren Wohnstätten ein ungebetener Gast.«

Gulbert hob beschwichtigend die Hand. »Bitte, Meister Epikatros«, sagte er. »Es gab in der Vergangenheit viel Zwist zwischen unseren Völkern. Doch wir sind übereingekommen, das zu vergessen, zum Wohl unserer Allianz und im Angesicht der größeren Gefahr. Ich muss darum bitten, diese Vereinbarung auch auf die Halblinge auszudehnen.«

Der Menschenkönig Lukar sah auf uns herab. Er zupfte sich an seinem kurzen Bart, und in seinen Augen konnte ich die Frage lesen, die Prinz Perbias, der Sohn des Elfenkönigs Parestas, laut aussprach: »Wir haben ein Bündnis geschlossen und kleinliche Streitereien beiseitegelegt, damit wir uns gegenseitig helfen können. Aber was für eine Hilfe können sie uns schon anbieten, diese Wichtel? Sie zehren doch jetzt schon von unserem Schutz und ...« Er kräuselte spöttisch die Lippen. »... sind allenfalls eine *kleinliche* Störung und Ablenkung bei unserem Zug gegen Leuchmadan.«

»Hör mal, du ...«, brauste Malangar neben mir auf.

Gulbert legte ihm die Hand auf den Kopf und brachte ihn zum Schweigen. »Sie können gehen, wohin niemand von uns zu gelangen vermag. Sie können holen, was uns verschlossen bleibt. Wir können es uns nicht erlauben, auf ihre speziellen Talente zu verzichten. Gegen Leuchmadan müssen wir *alle* Möglichkeiten nutzen, die den Freien Völkern gegeben sind.«

»Diese Talente, auf die Ihr anspielt, Herr Zauberer«, meldete sich ein weiterer Mensch zu Wort, ein Priester des Lichtgottes in bunten Roben. »Für mich klingen sie ganz genauso wie die finsteren Gaben, die Leuchmadan den tückischen Gnomen verliehen hat. Diebstahl und Verstohlenheit, das sind keine Künste, die im Lichte gedeihen. Da mag man fragen, ob dieses Volk zu Recht in unserer Mitte steht – oder ob wir mit den Halblingen nicht die Spione des Feindes selbst in unsere Reihen geholt haben!«

»Hört, hört!«, murmelte Lambanos Epikatros, der Zwerg, und klopfte beifällig mit dem Griff seiner Axt auf den Tisch.

Gulbert schüttelte den Kopf, aber bevor er das Wort ergreifen konnte, riss ein junger Menschenfürst das Schwert aus der Scheide und fuchtelte damit in der Luft herum. »Wir brauchen diese Tücke nicht! Bitanischer Stahl reicht aus, um den Sieg zu erringen. Seit der Schlacht vor Opponua treiben wir Leuchmadans Horden vor uns her. Wir müssen uns nicht auf die Schultern zwergwüchsiger Kümmerlinge stützen, wir siegen auch so!«

»Na, na!«, knurrte Lambanos. Seine Axtklinge kratzte auf dem Schild, den er neben sich an den Tisch gelehnt hatte.

»Feiert unseren Sieg nicht zu früh«, erwiderte Gulbert ernst. »Es ist wahr, Leuchmadan hat vor Opponua eine Niederlage erlitten und ein Heer verloren. Doch das waren nur Goblins aus dem Osten und Menschen aus dem Süden, und von beidem gibt es genug, um die Lücken zu füllen. Nur aus einem Grund tritt Leuchmadan uns nicht jetzt schon mit Macht entgegen: Er sammelt sein neues Heer zur Entscheidungsschlacht vor Daugazburg. Auf dem Weg dorthin zehrt das giftige Land an unseren Kräften, während er mit jedem Tag stärker wird.

Seine größte Waffe hat Leuchmadan noch nicht einmal zu Felde geführt: seine Magie! Die ist mächtig in diesem Land. Er hält sie zurück, um all seine Kraft in einem einzigen Schlag zu bündeln.

Und selbst wenn wir vor Daugazburg siegen, so bedenkt das Ergebnis meiner Forschungen: Leuchmadans Existenz ruht in einem magischen Herzen, und wir können ihn nicht töten. Die Dunklen Lande sind riesig. Leuchmadan würde einfach anderswo wieder auferstehen, ein Heer sammeln und den Krieg fortführen, bis wir am Ende zermürbt sind.

Nein, wenn wir siegen wollen, müssen wir Leuchmadans Herz an uns bringen. Damit halten wir sein Leben in unseren Händen, und zugleich auch seine Magie, die daran gebunden ist.«

»In der Tat«, sagte Prinz Perbias. »Aber an welcher Stelle kommen Eure Wichte dabei ins Spiel? Ich gebe zu, Zauberer, Ihr habt ein paar von Leuchmadans Geheimnissen enträtselt, Ihr mögt auch wissen, wo sich sein Herz verbirgt – aber in dieser Sache muss ich Euer Urteilsvermögen in Frage stellen. Was können ein paar Kleinlinge bewirken, was ein Trupp handfester Elfenspäher nicht besser zuwege brächte?«

»Nun«, antwortete ich dem arroganten Langohr. »Ich weiß zumindest, dass *dieser* Wicht etwas tun kann, wozu *jener* Elf dort nicht in der Lage ist – nämlich sein Schnupftuch zu gebrauchen!«

Mit diesen Worten holte ich das Seidentuch aus dem Ärmel, das ich Perbias in einem günstigen Moment entwendet hatte, und schnäuzte mich kräftig darein. Das war kein geringes Opfer, denn das Tuch stank erbärmlich nach irgendeinem süßen elfischen Blütenparfüm. Aber manchmal muss auch ein kleiner Mann seinen Standpunkt deutlich machen.

Prinz Perbias starrte wie vom Donner gerührt auf den Tisch, wo er das Tuch kurz zuvor abgelegt hatte. »Das ist kein Schnupftuch«, stellte er endlich mit belegter Stimme fest.

»Jetzt schon, würde ich sagen!«, brüllte Lambanos der Zwerg. Er grölte vor Lachen und schlug sich auf die Schenkel, und es fehlte nicht viel, dann wäre er vor Lachen durch das Zelt gekugelt. Was, nebenbei gesagt, wieder ein Beweis dafür ist, dass nichts einen Zwerg schneller über erlittene Unbill hinwegtröstet, als wenn man seinem Nachbarn dasselbe zufügt.

Gulbert bewahrte eine ungerührte Miene. »Gut, Prinz Perbias. Eure Frage ist hiermit beantwortet, nehme ich an: Wenn es darum geht, einem Feind seinen größten Schatz und buchstäblich sein Herz unter der Nase wegzustehlen, so bringt ein Halbling dies besser zuwege als eine Schar aufrechter Elfen.

Aber für alle Fälle, und für die Herausforderungen, denen das kleine Volk nicht gewachsen ist, zählen auch zwei Vertreter Eures Volkes zu unserem ausgewählten Stoßtrupp: Laetas und Maneas, zwei Elfen, die sich als Späher wie als Krieger gleichermaßen hervorgetan haben.«

Der Zauberer wies auf die beiden letzten planmäßigen Mitglieder unserer Gemeinschaft, das Paar von Spaßverderbern, das ich auf dem Weg hierher schon ausgiebig hatte kennenlernen dürfen: auf Laetas mit seinem langen schwarzen Seidenhaar und auf den schweigsamen Maneas, dessen Mandelaugen stets missbilligend unter dem blonden Scheitel hervorlugten.

»Ein Menschenzauberer, zwei Elfenspäher und drei halbe Diebe«, meldete der Zwerg sich zu Wort. »Mir scheint, Ihr habt etwas vergessen für diese bedeutsamste Unternehmung unserer vereinten Streitmacht: einen Zwergenkrieger!«

Gulbert schüttelte den Kopf. »Es tut mir leid, Meister Epikatros. Bei dieser Unternehmung kommt es auf Schnelligkeit an und auf Verstohlenheit. Kämpfe wollen wir vermeiden. Es sind darum keine Talente gefragt, die einen Zwerg auszeichnen.«

»Aber Eure stummelbeinigen Halblinge«, rief der Zwerg empört, »die sind flott genug?«

»Zumindest sind sie verstohlen«, sagte Gulbert. »Und zur Not, wenn es einmal schneller gehen muss, als das kleine Volk laufen kann, dann können wir sie auf die Schulter nehmen und rennen. Aber wer, Meister Epikatros, trägt einen Zwerg?«

»Niemand«, antwortete Prinz Perbias an des Zwergen statt. »Jedenfalls nicht, solange nur Elfen, Menschen und Wichte dafür bereitstehen. Wir müssten schon Trolle an unserer Seite haben, um eine solche Last zu schultern.«

Perbias hielt sich die Hand vor den Mund, um sein süffisantes Grinsen zu verbergen. Da er sein Tuch eingebüßt hatte, das er sonst für diesen Zweck zu verwenden pflegte, gelang ihm das nicht ganz. Habe ich einmal gesagt, dass es den Elfen an Humor fehlt? Nun, das stimmt nicht ganz, wenn es um Zwerge geht …

Der Zwerg Lambanos schnaubte jedenfalls empört. »Ihr seid so eingebildet, wie man es von einem Elfen nur erwarten kann. Und so dumm. Ein Zwerg hat noch nie seine Gefährten aufgehalten und könnte sich jederzeit auch allein seinen Weg in Leuchmadans Reich erkämpfen. Ihr werdet es bereuen, wenn Ihr bei dieser Mission auf die Hilfe meines Volkes verzichten wollt. Merkt Euch meine Worte!«

Prinz Perbias schlug die Hände über dem Kopf zusammen und verdrehte die Augen. »Meine Güte, was für ein störrischer Bartträger. Muss man es Euch in Stein meißeln, damit Ihr es versteht? Zwerge werden bei diesem Unterfangen nicht gebraucht! Lasst das Thema ruhen, und geht anderswo graben!«

Der Zwerg erhob sich zu seiner vollen Größe, was aus Sicht eines Menschen eher eine halbe Größe sein mochte, aus meiner Sicht allerdings zumindest die doppelte Breite ausmachte. Der arrogante Elfenprinz zuckte zurück, aber Lambanos sagte nur: »Gut, wenn dies also kein Unternehmen aller Freien Völker ist, dann ist meine Anwesenheit auf dieser Sitzung nicht länger erforderlich. Wir Zwerge werden unseren eigenen Rat halten!« Er ging auf den Ausgang des Zeltes zu, blieb vorher noch einmal stehen, wandte sich um und wiederholte: »Merkt Euch meine Worte!«

Die Dunklen Lande

Das Reich der Finsternis, nach allen Seiten von Ausläufern der Schraffelgrate und dem Meer umschlossen, ist gewaltig. In jeder Richtung durchmisst es gewiss achthundert Meilen und ist voll von feindseligem Leben, das sich jedem in den Weg stellt, der dieses Land durchwandern möchte.

Wir fanden weite Landstriche darin, die mit fremdartigen violetten Gräsern bewachsen waren. Gräser mit harten, scharfen Kanten und Blattspitzen fest wie Leder, die uns mal bis zu den Knöcheln reichten, mal über unseren Köpfen zusammenschlugen. An anderen Flecken war das Land völlig verkarstet, steinig und ohne jegliche Deckung, nur mit Streifen von fleischigem Moos bedeckt, in denen sich tückische Spalten auftaten. Es gab Wälder aus schrundigen, vielarmigen Bäumen, die eher schlafenden Tieren glichen als Pflanzen, mit Blättern wie Lappen lepröser Haut. Sie raschelten beständig, obwohl kein Wind sich regte, und erweckten den Eindruck, dass *etwas* um uns herumschlich. Dazwischen zogen sich wild wuchernde Hecken durch das Land, mit langblättrigen Blüten, die wie bunte Spinnen im dumpfen Graugrün des Hags saßen. Diese Hecken waren lang und undurchdringlich, bis auf wenige und zumeist bewachte Pforten. Damit wir diese umgehen konnten, bahnten Laetas und Maneas uns widerstrebend mit ihrer Magie einen Weg durch den Heckenrain.

In umfangreichen Studien und gefahrvollen Exkursionen hatte Gulbert der Zauberer viele Geheimnisse enträtselt, die Leuchmadan, der Herr der Finstervölker, vor der Welt verborgen hielt. So hatte er herausgefunden, dass Leuchmadans magisches Herz in einem geheimnisvollen Turm verborgen lag, der sich in der Mitte seines verfluchten Landes erhob. Dorthin waren wir unterwegs.

»Warum«, fragte der alte Otli, als wir bereits die Hälfte des Weges zurückgelegt hatten, »verwahrt Leuchmadan seinen kostbarsten Besitz so abgelegen? Wenn ich einen Schatz besäße, an dem mein Leben hinge, so würde ich ihn in meinem sicheren Heim aufheben und immer im Auge behalten.«

Gulbert lachte. »Leuchmadan hat kein sicheres Heim.«

»Du machst Scherze!«, rief ich. »Ich habe gehört, Leuchmadan hätte seine Hauptstadt mit Wällen und Bannsprüchen geschützt, die nirgendwo auf der Welt ihresgleichen haben; sie wird verteidigt von den grimmigsten Kreaturen, die je durch die Nacht streiften. Willst du uns erzählen, dieser Ort wäre nicht sicherer als ein Turm in der Einöde?«

»So ist es, und du hast den Grund schon selbst genannt«, sagte Gulbert. »Leuchmadan fürchtet die Niedertracht seiner eigenen Verbündeten und Untertanen, die mit ihm hinter den Mauern seiner Stadt leben, noch mehr als seine Feinde außerhalb. Er muss sein Herz so weit wie möglich fernhalten von den finsteren Kreaturen, die ihm dienen, weil sie es sonst noch weit schneller rauben würden, als wir es je zuwege brächten. Leuchmadan kam durch Gewalt und Verrat an die Macht, und durch Gewalt und Verrat wird er wieder fallen. Das weiß er wohl.«

»Trotzdem«, brummelte Otli. »Der große Schatz in einem einsamen Turm und unbewacht ...«

»Wer hat behauptet«, erwiderte Gulbert, »dass er unbewacht ist?«

»Nein!« Maneas' Stimme hallte scharf durch das Gestrüpp.

Malangar zog die Hand zurück, die er nach der kirschroten Frucht ausgestreckt hatte, die so verführerisch zwischen den rostbraunen Ranken eines Dornbusches schimmerte. »Spielverderber«, quengelte er. »Ich wollte nur mal probieren. Ich verhungere!«

»Wir sind im Reich der Finsternis«, erwiderte der Elf. »Hier gibt es nichts zu probieren.«

»Alle Früchte in diesem Land sind giftig«, fügte Laetas hinzu. Lautlos war der zweite Elf wieder zu uns gestoßen. »Es liegt am Boden. Er ist unrein und verdirbt alles, was darauf wächst. Viele Soldaten aus Lukars Heer sind bereits gestorben, weil sie so unbedacht waren wie du, junger Wichtel. Dumme Menschen ohne Gespür. Wir müssen von unseren Vorräten zehren, solange wir auf diesem Boden wandeln.«

»Vorräte nennst du das ...?«, murrte Malangar, aber er behielt seine Hände bei sich und verzehrte die verbotene Frucht nur noch mit den Augen.

»Wie sieht es vor uns aus?«, fragte Gulbert.

Die beiden Elfen kundschafteten den Weg aus und wechselten sich dabei ab. Es gab Goblinpatrouillen hier im Hinterland, ganze Heerlager finsterer Menschen füllten weite Lichtungen, und zwischendrin lagen Dörfer und Festungen von allerlei Finstervolk. Die Elfen halfen uns, all diesen Gefahren aus dem Weg zu gehen.

Mitunter aber hatten sie genug damit zu tun, überhaupt einen Weg zu finden. Inzwischen wanderten wir durch einen Hain, der wie eine Mischung zwischen den Wäldern und Hecken wirkte, die anderswo in diesem Land wuchsen: Er bestand aus ineinander verwachsenen Ranken, von armdick bis peitschendünn und mit klingenscharfen krummen Dornen bestückt. Die Pflanzen waren so zäh und holzig, dass wir nur vorsichtig um sie herumgehen konnten.

Dieses Dickicht bedeckte eine Fläche, die sich nicht einmal abschätzen ließ. Wir liefen nun schon seit dem Morgengrauen im Schatten der Ranken, und inzwischen musste es bereits auf den Abend zugehen. Wir konnten das nur schätzen, denn die Pflanzendecke wucherte über unseren Köpfen zu einem viele Schritt dicken Baldachin zusammen, der keinen Flecken Himmel offenbarte und den die Sonne nicht durchdrang.

Zum Glück war das wild wuchernde Gestrüpp von einem Labyrinth schmaler Pfade durchzogen, durch das wir uns ein Durchkommen auf die andere Seite suchten. Besser gesagt, die Elfen suchten, und wir anderen folgten ihnen vertrauensvoll durch das Zwielicht, in dem es so still und muffig anmutete wie in einem Grab.

»Vor uns sind Nachtalben auf dem Pfad«, berichtete Laetas, der gerade von seinem Kundschaftergang zurückgekehrt war.

»Dann müssen wir einen Bogen schlagen«, stellte Gulbert fest.

Laetas schüttelte den Kopf. »Die Alben sitzen an einem Engpass. Wenn wir durch diesen Wald wollen, müssen wir an ihnen vorbei.«

Gulbert runzelte die Stirn. »Könnt ihr uns unbemerkt vorbeiführen?«

»Das ist nahezu unmöglich«, sagte der Elf. »Sogar den Wichten dürfte es schwerfallen, ungesehen über diese Lichtung zu gelangen. Und selbst wenn wir durch einen glücklichen Zufall zunächst unbemerkt blieben, sind wir doch so dicht bei ihrem Heim, dass die Albenspäher auf unsere Spuren stoßen könnten. Dann hätten wir einen gnadenlosen Feind in unserem Rücken.«

»Niemand bemerkt die Spuren eines Wichtels«, warf Malangar ein.

»Die Hybris des kleinen Volkes.« Laetas lächelte schmallippig. »Aber niemand weiß, über was für Magie diese Alben gebieten. Nein, wir sollten kämpfen, solange wir uns die Zeit und den Ort dafür aussuchen können.«

Gulbert kraulte sich den Bart. »Ein Kampf ist nicht gerade das unauffälligste Vorgehen, und unauffällig müssen wir bleiben. Selbst wenn wir diese Alben bezwingen, locken wir damit erst recht die Feinde auf unsere Fährte.«

»Es scheint nicht mehr zu sein als eine albische Familie«, erklärte Laetas, »und sie leben tief in einem einsamen Wald. Es kann lange dauern, bis jemand sie vermisst. Wir müssen nur hart und schnell zuschlagen, sodass niemand entkommt. Alben sind Geschöpfe der Nacht. Wenn wir gleich aufbrechen, überraschen wir sie vor Sonnenuntergang, wenn sie noch alle in ihrem Heim weilen. Bis das nächste Mal jemand diesen Weg einschlägt und sie findet, ist unsere Spur längst kalt.«

Maneas stand abseits und lauschte wachsam den Pfad entlang, während Laetas mit dem Zauberer debattierte. »Da ist jemand hinter uns«, verkündete er.

»Was?« Wir alle wandten uns dem wortkargen Elfen zu.

»Was meinst du, Bruder?«, fragte Laetas.

»Jemand oder etwas folgt uns«, erklärte Maneas. »Ich spüre es schon seit Tagen. Wir haben einen sicheren Vorsprung ... aber nur, wenn wir nicht umkehren.«

»Wer verfolgt uns?«, fragte Gulbert mit Zweifel in der Stimme.

»Ich habe nichts davon bemerkt«, wandte Laetas ein.

»Mein Gespür ist feiner«, stellte Maneas nüchtern fest. »Aber selbst ich müsste näher an den Verfolger heran, um mehr über ihn herauszufinden.«

»Und das kommt nicht in Frage!« Laetas wandte sich wieder an Gulbert. »Gefahr lauert hinter uns, und Gefahr lauert vor uns. Wenn uns jemand folgt, so weiß er bereits von unserer Gegenwart. Schnelligkeit ist nun unsere beste Hoffnung, und ich kämpfe lieber gegen den Feind, den ich kenne.«

»Ich weiß nicht ...«, murmelte Gulbert. Unsicher schaute er den Pfad zurück, als könne der unbekannte Verfolger dort jederzeit aus dem nächsten Gehölz brechen.

»Wenn wir jetzt umkehren«, sagte ich, »dann lassen wir einen Feind hier zurück und laufen einem weiteren entgegen. Ich bin kein Krieger, aber selbst ich weiß, dass es nicht gut ist, wenn man sich in die Zange nehmen lässt.«

»Hm ...« Gulbert sah Laetas geradeheraus an. »Laetas, wenn ich euch Elfen in dieser Sache nur vertrauen könnte! Ich weiß wohl, zwischen euch und den Nachtalben gibt es einen uralten Zwist, der euch trennt und vereint zugleich, ein Zwist, der tiefer reicht als die gegenwärtige Auseinandersetzung um Land und Herrschaft. Ich will nicht versuchen, die Gründe zu verstehen. Ich frage euch nur eines: Wenn ihr diese Nachtalben angreifen wollt, dient ihr damit einzig unserer Sache, ist es wirklich das, was ihr als unsere Führer und Kundschafter für das Beste haltet? Oder lasst ihr euch mitreißen von eurem Hass?«

Laetas schwieg.

»Es ist der einzige Weg«, sagte Maneas. »Es gibt immer nur einen geraden Pfad für das, was gut und richtig ist. Alles andere ist menschliche Illusion.«

Laetas nickte dankbar.

Gulbert seufzte. »Dann sei es so. Wir werden tun, was ihr vorschlagt. Was hätte es für einen Sinn, zwei Kundschafter mitzunehmen, wenn man ihnen nicht folgt?«

Diesmal ging Maneas voran, um das Gelände zu erkunden. Laetas führte uns langsamer hinterher. Otli und Malangar machten ihre Bögen bereit. Ich sah, wie ihre Hände zitterten. Sie waren Jäger, keine Krieger.

Genau genommen war das keiner von uns. Die beiden Elfenspäher trugen lange Dolche zu ihren Bögen, aber das schien eine unzureichende Bewaffnung zu sein, verglichen mit den Lanzen und Schwertern und Äxten, mit den Brünnen und Kettenhemden und Schilden, die wir in Lukars Heerlager gesehen hatten. Wie sollten wir sechs einen Hort voller Nachtalben stürmen?

Vor einer Wegbiegung gebot Laetas uns Ruhe. Wir schlichen weiter und drängten uns eng aneinander, wir kleinen Leute, und hinter der Biegung, aus der Deckung der Dornenranken heraus, in die wir so tief eintauchten, wie wir es nur wagten, sahen wir eine Lichtung. Ein Turm ragte dort in den freien Himmel auf, so hoch wie zwölf Wichtel. Er war schmutzig weiß und geformt wie ein Kegel mit abgerundeter Spitze, wie ein hoher Hut ohne Krempe. Das Licht der Abendsonne floss blutrot an seiner Flanke herab. Zwei schmale Fenster an der Spitze glühten in demselben dumpfen Ton, wie dämonische Augen, und es ließ sich nicht unterscheiden, ob Lampen dahinter brannten oder ob wir nur den Widerschein der tief stehenden Sonne auf irgendwelchen Flächen im Inneren sahen.

Das Dornengeranke umschloss die Lichtung wie eine Mauer, der Pfad führte auf sie zu wie ein Tunnel. Auf der anderen Seite des Turms war eine größere Rodung zu erahnen, eine Wiese, einzeln stehende Bäume …

Maneas trat aus dem Dickicht neben uns. Die Pflanzen teilten sich knisternd und widerwillig. Ich hätte mir gewünscht, die Elfen hätten uns alle durch magische Breschen um die Nachtalben herumgeführt, wie sie es bei den schmaleren Hecken getan hatten. Aber hier im Dornenwald reichten ihre Kräfte gerade noch dafür, kleine Lücken und Verstecke zu erschaffen. Womöglich wäre es besser gewesen, man hätte uns Elfen mit mehr Magie und weniger Kampfesmut an die Seite gestellt.

Laetas und Maneas traten dicht voreinander und steckten die Köpfe zusammen. Es war nichts zu hören, aber offensichtlich fand eine Verständigung statt. Schließlich trat der blonde Maneas zurück, nickte und sagte nur: »Bruder.«

Laetas wandte sich an uns und flüsterte: »Wir teilen uns auf. Je ein Kleiner folgt einem Großen. Maneas und ich, wir gehen links und rechts am Rand der Lichtung entlang. Gulbert greift vom Weg aus an und sorgt dafür, dass niemand in die Richtung flieht, aus der wir gekommen sind. Wir müssen die Alben mit unserem Angriff überraschen und dürfen ihnen keine Zeit zum Zaubern geben.«

Er teilte die Gruppen ein und huschte davon, Malangar auf den Fersen. Gulbert sah ihnen nach. »Da haben sie ja hübsch alle Bogenschützen für sich behalten«, wisperte er mir zu. »Hast du überhaupt eine Waffe, Volpar?«

Ich zog meinen Dolch heraus und hielt ihn tapfer in die Höhe.

Gulbert betrachtete mich mit zweifelndem Blick. Zugegeben, es war kaum mehr als ein Zahnstocher für einen Goblin. Aber ich lächelte und flüsterte Gulbert zu: »Denke daran, alter Zauberer: Niemand sieht einen Wichtel, wenn der es nicht mag. Ich verberge mich hier am Pfad, und wenn so ein Alb vorbeikommt – zack! Ereilt ihn der Tod aus dem Nichts! Wir sind die geborenen Meuchelmörder, wir Halblinge.«

»Gut, gut«, antwortete Gulbert. Sein fülliger Bart kräuselte sich in einem Lächeln. »Dann bleib du hier, und ... halte mir den Rücken frei, während ich mir den Turm vornehme.«

Ich nickte und huschte in den Schutz des Dornengesträuchs. Gulbert griff seinen Stab fester und trat auf die Lichtung. Schon rollten Silben von seinen Lippen, sie hallten laut und grollend über die Fläche wie von einem anderen gesprochen, einem Riesen oder einem der alten Götter, wie die Trolle sie noch verehrten. Unwillkürlich zog ich den Kopf ein, wegen des Zaubers ebenso wie bei dem Gedanken, dass Gulbert nun ganz ungeschützt vor dem Turm stand und gewiss kein Alb *diese* Stimme überhören konnte!

Da stieß der Zauberer mit einem Arm den knorrigen Stab nach vorne. Seine weißen Haare standen nach allen Seiten ab, und blaue Funken knisterten an den Spitzen. Vom dicken Ende des Stabs löste sich eine purpurne Flamme, fuhr wie ein lebendes Wesen auf den Albenturm zu und umzüngelte tentakelgleich das weiße Mauerwerk. Gulbert intonierte weiter seinen Zauber, nährte die Flamme, die durch die Fenster in das Innere des Bauwerks leckte und außen den Stein selbst in Brand setzte ... Nein, kein Stein, ein dünneres, festeres Material wie Knochen. Der ganze Albenturm erschien mir mit einem Mal wie das gewaltige Schulterbein eines Drachen, dessen eines Ende aus der Erde ragte, durch die Jahrhunderte abgerundet und glatt geschmirgelt vom Wetter und von den Alben als Wohnraum ausgehöhlt.

Von Gulberts Zauberfeuer in Brand gesteckt, loderte das Mauerwerk nun aus eigener Kraft weiter. Die Flammen waren so gleißend hell, dass sie fast unsichtbar wirkten. Ich sah ein verschwommenes Gesicht hinter einem der Fenster im Obergeschoss auftauchen. Eine Gestalt wollte sich nach draußen beugen und zuckte vor der Hitze zurück. Eine weitere Gestalt lief unten aus dem Eingang des Turmes heraus. Sie trug einen Kapuzenumhang und schwang eine metallisch glänzende Klinge. Sie stürmte auf Gulbert zu, aber unvermittelt steckte ein Pfeil in ihrem Hals und nagelte das Gewand fest wie die Schließe einer übergroßen Fibel. Der waffenschwingende Alb brach auf dem mit blaurotem Kraut bewachsenen Boden der Lichtung zusammen.

Aus einem der Fenster zuckte etwas auf Gulbert zu, ein schwarzer Blitz wie der Strahl eines Unlichts. Gulbert fing ihn mit seinem Stab ab, und sein eigenes Zauberfeuer überstrahlte die magische Dunkelheit, fuhr den Blitzkanal entlang bis zum Turm, und fortan kam kein weiterer Zauber mehr von dort.

Doch plötzlich war alles voll von Nachtalben. Zumindest ein halbes Dutzend von ihnen rannte aus dem Turm heraus, mit Waffen in den Händen und Zaubern auf den Lippen. Wieder stürmte ein Alb auf Gulbert zu, zu schnell für eine magische Verteidigung. Gulbert packte seinen Stab am dünnen Ende und schwang ihn wie eine Keule. Mein Herz schlug rascher. Ich zog mich tiefer ins Dunkel des Waldes zurück und verlor so die Lichtung aus dem Blick. Nur Schreie drangen noch an mein Ohr, dumpfe Schläge, und ich roch den beißenden Qualm des brennenden Turmes.

Dann hörte ich abgehackte Atemzüge. Sie kamen auf mich zu! Ich hielt den Dolch mit beiden Händen und kauerte mich in die Dornenranken. Eine Gestalt kam um die Biegung, ich sah braune Haut, mit einem Schimmer von Grün, einen Mantel aus schwerem dunkelbraunem Tuch – ein Nachtalb!

Mit einem Aufschrei warf ich mich der Gestalt entgegen und schwang meine Waffe. Ich hörte ein Reißen. Die Klinge schrammte über Rippen und blieb stecken. Mein Gegner taumelte zurück und stieß einen schrillen Schrei aus. Ich schaute nach oben. Dunkle Augen wie undeutbare Abgründe, aber ich las Angst in dem Antlitz.

Ich wusste, ich hätte die Klinge herausreißen und noch einmal zustoßen sollen, höher gezielt auf das Herz. Aber die Albe vor mir war ein Mädchen, fast hübsch zu nennen, zwei Köpfe kleiner als unsere Elfenspäher und beinahe zu zierlich, um sie zum großen Volk zu zählen. Ihr grünes Blut lief mir warm über die Finger, und ihr Gesicht sah so jung aus!

Ich ließ den Dolch los und stolperte rückwärts. »Entschuldige«, stammelte ich, »es tut mir leid, ich wollte nicht ...«

Sie wich zwei Schritte von mir fort. Zauber perlten ihr über die Lippen. Ich riss schützend die Arme hoch und krümmte mich zusammen, aber nichts geschah. Vorsichtig hob ich den Kopf und schaute zwischen meinen Fingern hindurch. Ich sah, wie die Albe den Dolch aus ihrer

Seite zog. Sie musterte mich mit einem Blick voller Verachtung. Dann strich sie mit den Händen über ihren Leib, und unter ihren Fingern schloss sich der klaffende Schnitt. Nur das dunkle Blut blieb auf der Kleidung zurück.

Ich starrte sie an, ziemlich großäugig, denn ich wäre nie auf den Gedanken gekommen, dass Nachtalben Heilzauber beherrschten.

Da hörte ich Gulbert rufen: »Volpar!«

An der Nachtalbe vorbei sah ich ihn auf der Lichtung stehen. Er hatte keinen Gegner mehr und schaute in meine Richtung. Er hob den Stab. Ich trat einen Schritt vor und wollte etwas rufen, aber Gulbert war zu weit weg für eine genaue Erklärung und würde ohnehin tun, was er tun wollte, bevor ich die Zeit fände für viele Worte. Was hätte ich ihm auch sagen sollen?

Gulberts Zauberfeuer traf die Nachtalbe im Rücken, mit einer solchen Gewalt, dass einzelne Flammen an ihrer Brust wieder heraustraten und ihr den Kittel versengten.

Ich streckte die Arme aus, um sie aufzufangen – ich erwartete fest, dass Gulberts Feuerlanze sie nach vorne und auf mich zustoßen würde. Aber sie kippte einfach nur um, wo sie stand, und blieb auf dem Gesicht liegen.

Ich stand einen Augenblick da, fühlte mich kraftlos und hatte das Gefühl, etwas *versäumt* zu haben. Aber was sollte das sein? Vielleicht lag es an einem Nachtalbenzauber, der mich in den Bann geschlagen hatte.

Gulbert war als Erster bei mir. Zu dem Zeitpunkt kniete ich schon neben der Albe, stupste sie mit dem Finger an, aber sie war tot, und kein Heilzauber würde sie wieder zurückbringen.

»Volpar, mein Freund«, stieß Gulbert atemlos hervor. »Ich dachte, ich käme zu spät. Ich dachte, sie hätte dich erwischt.« Die runzelige Haut des Zauberers, die zwischen dem Saum seines Hutes und dem Bart noch zu sehen war, war so weiß wie sein Haar.

»Es geht mir gut«, antwortete ich, auch wenn ich mich nicht so fühlte.

Laetas kam als Nächster den Weg entlang, mit Malangar dicht hinter sich. In dem Moment erkannte ich, dass der Kampf vorbei sein musste und sämtliche Alben tot.

»Sie sah aus wie ein Kind«, sagte ich.

Der Elf schob eine Stiefelspitze unter die Leiche und drehte sie auf den Rücken. Er musterte die Albe angewidert. »Vierzehn Sommer, schätze ich. Aber auch junge Schlangen besitzen ein tödliches Gift. Du hast dich gut gehalten, Halbling.«

»Ich habe auch einen Alb erschossen!« Malangar schwenkte aufgeregt seinen Bogen. »Mindestens! Er kam aus dem Turm heraus und wollte zaubern, und *wusch* ... Da hab ich ihn mit meinem Pfeil erwischt. Mitten in der Brust!«

Wir kehrten zu der Lichtung und dem brennenden Albenturm zurück. Die Tote nahmen wir mit. Rings um den Turm lagen noch mehr Alben, erschossen, erstochen, erschlagen und verbrannt. Meine Gegnerin passte gut in diese Reihe.

Maneas und Otli warteten neben dem Turm auf uns. Als wir das Gebäude umrundeten, zuckte ich zurück. Da bewegten sich Gestalten auf der Schneise, die von der Lichtung ausgehend tiefer in den Dornenwald führte! Sie trugen Harken und Sicheln, Spaten und Haumesser, und es waren keine Alben.

Laetas und Maneas schritten furchtlos auf die Kreaturen zu und zogen ihre langen Dolche. Wir anderen kamen hinterher. Gulbert stützte sich auf seinen Stab. Er war zu Tode erschöpft. Einen Augenblick verharrte er bei dem glosenden Albenturm, als müsse er an dem Feuer seine alten Knochen wärmen.

Die Geschöpfe vor uns waren hochgewachsen und in Lumpen gekleidet. Ihre aschgraue Haut klebte so eng an den Knochen, als wäre gar kein Fleisch mehr dazwischen. Sie kümmerten sich überhaupt nicht um uns, sondern schlurften zwischen den fruchttragenden Bäumen und Hecken umher und bearbeiteten kleine Felder. Wir näherten uns und sahen, dass die Augenlider und die Münder dieser ausgemergelten Kreaturen zugenäht waren. In den Nasenlöchern und den Ohren saßen Stopfen, die mit Pech abgedichtet und gleichfalls mit durch die Haut gezogenen Kordeln fixiert waren. An manchen Stellen war die Haut der Geschöpfe schwarz angelaufen, und oft glänzte es dort feucht von aufgetragenen Salben und Tinkturen. Es waren die untoten Sklaven der Nachtalben, und allesamt waren sie Menschen gewesen, wie es aussah.

Maneas trat dem ersten die Beine weg. Er kniete sich auf den Rücken des Untoten und stieß ihm den Dolch in den Nacken. Die Kreatur bewegte sich immer noch. Sie wehrte sich nicht, sondern schlug nur hilflos mit Armen und Beinen und sah so aus, als wollte sie ihre Sklavenarbeit noch im Liegen fortsetzen. Maneas nahm ihr das rostige Haumesser aus der Hand und schlug der Kreatur den Kopf und die Gliedmaßen ab. Laetas schloss sich ihm an, mit vor Ekel verzogenem Antlitz. »Schaut sie euch an, die schändlichen Werke der Nachtalben«, sagte er zu uns kleinen Begleitern, die wir betreten danebenstanden. »Eine Schändung der Natur, eine Schändung des Lebens selbst. Nachtalben haben vor gar nichts Respekt.«

Die beiden Elfen zerhackten alle untoten Sklaven und warfen die immer noch zuckenden Teile in den brennenden Knochenturm. Die Leichen der Nachtalben ereilte dasselbe Schicksal.

Dunkelheit schlich über den Baumkronen heran, auf Abstand gehalten von dem Totenfeuer in der Mitte der Lichtung. Gulbert blickte besorgt zum Himmel auf, wo hinter einem Vorhang von Rauch die ersten Sterne funkelten. Er blieb nahe beim Feuer stehen, während wir anderen schon bei dem Gestank würgten und uns bis ganz an den Rand der Lichtung zurückzogen.

»Wir können hier nicht bleiben«, krächzte der Zauberer, und wir ließen die Lichtung hinter uns, mitsamt der schwelenden Ruine. Wir tauchten wieder ein in das finstere Labyrinth unter den Dornenranken.

Malangar klagte schon bald, der alte Otli litt stumm. Verbissen setzte er einen Fuß vor den anderen. Am müdesten von uns allen aber wirkte Gulbert, die Magie musste ihn regelrecht ausgebrannt haben. Er tapste hinter uns drein, als wäre er selbst zum Untoten geworden, aber wenigstens hatte er lange Beine und musste nur einen Schritt tun, wo unsereins zwei brauchte.

Allein die Elfen wirkten ungerührt von der fehlenden Nachtruhe und den Strapazen des Kampfes. Laetas und Maneas wechselten sich in gewohnter Weise ab, einer von ihnen führte die Gruppe an, während der andere den Weg erkundete. Ich war versucht, die Großen bei dem Wort zu nehmen, das sie im Kriegsrat so leichtfertig gegeben hatten. Aber zwei Elfen konnten nicht drei Wichtel tragen, sie konnten uns nur antreiben.

In dieser Nacht gab es nur wenige, kurze Pausen, und jedes Mal fiel es uns schwerer, wieder aufzubrechen. Im Morgengrauen schlichen wir nur mehr voran, wir brauchten eine längere Rast. Aber die Elfen waren unruhig und wollten so viel Abstand wie möglich zum Ort des Massakers gewinnen. Nach nur einer halben Stunde scheuchten sie uns abermals hoch. Zur Mittagsstunde benötigten wir eine weitere und ausgiebigere Ruhepause. Doch auch jetzt legten wir uns nicht nieder, sondern marschierten allzu bald weiter, bis wir am Abend beinahe zusammenbrachen.

Nach diesem Gewaltmarsch, so schien es mir, hätten wir weit genug fort sein sollen von dem Nachtalbenturm und so sicher, wie man tief im Land des Feindes überhaupt sein konnte. Aber der Dornenwald wollte kein Ende nehmen, und wir liefen immer noch durch das dämmrige Labyrinth mit seinen wenigen Abzweigen, das immer mehr wie eine Falle wirkte. Also starrte ich, als wir endlich zur Ruhe kamen, misstrauisch auf das finstere Unterholz. Aber ich war erschöpft und konnte dem Schlaf nicht lange entfliehen.

Am nächsten Morgen weckte uns Laetas, noch bevor das erste spärliche Sonnenlicht durch die Rankendecke sickerte. Uns allen taten die Beine weh, nur Gulbert wirkte erfrischt von dieser einen, kurzen Nacht.

»Wir müssen weiter«, sagte der Elf. »Noch sind wir nicht sicher. Aber wir werden heute aus dem Wald herauskommen.«

»Und dann?«, murrte Otli. »Dann stehen wir wahrscheinlich wieder auf einer kargen Öde ganz ohne Deckung, und diese Finsterlinge werden uns suchen nach dem Signalfeuer, das wir ihnen mitten im Wald gesetzt haben.«

Wir aßen ein wenig von unserem Reisebrot und brachen auf.

Bald kam uns Maneas entgegen, der gekundschaftet hatte. Er wirkte wie immer auf uns, düster und schweigsam, aber Laetas sprach seinen blonden Gefährten sogleich an: »Was ist mit dir, Bruder?«

»Der Weg vor uns ist frei – aber hinter uns ist etwas.« Maneas sah über die Gruppe hinweg.

»Derselbe Verfolger, den du vor zwei Tagen erwähnt hast?«, fragte Gulbert.

Maneas runzelte die Stirn. »Er ist viel näher, als er sein sollte. Ich werde mich darum kümmern.«

Er nahm den Bogen dichter an den Leib und wollte an uns vorbeigehen. Laetas hielt ihn an der Schulter zurück. »Ich bin an der Reihe.«

»Das ist nicht der übliche Kundschaftergang«, wandte Maneas ein. Aber sein dunkelhaariger Gefährte war schon an ihm vorbeigehuscht und ließ ihn stehen. Maneas sah ihm nach, während Laetas dem Pfad folgte, auf dem wir gekommen waren. Als er fort war, verharrten wir unentschlossen.

»Wollen wir nicht weitergehen?«, fragte Malangar. »Der Weg vor uns ist ja bereits erkundet.«

Maneas schüttelte stumm den Kopf. Er lauschte in den Wald. Gulbert stand angespannt da und umklammerte seinen Stab so fest, dass seine Fingerknöchel weiß wurden. Wir vom kurzbeinigen Volk ließen uns schließlich ächzend nieder und genossen die unerwartete Rast.

Es dauerte eine Stunde, bis Laetas zurückkehrte.

»Und, Bruder?«, fragte Maneas ihn.

Laetas schüttelte den Kopf.

Maneas sah ihn erwartungsvoll an, aber Laetas hob nur die Arme. *Da ist nichts. Was soll ich sagen?*, sollte es wohl bedeuten.

»Ist unser Verfolger fort?«, fragte Gulbert. »Ob es nun der alte ist oder ein anderer. Hat er unsere Spur verloren?«

Maneas spürte angestrengt in den Wald. »Ich weiß es nicht«, sagte er und klang unsicher dabei. »Im Moment nehme ich gar nichts wahr außer uns. Aber das muss nichts bedeuten. Ich habe die Gegenwart unseres Verfolgers nie *ständig* gespürt. Nur dann und wann ...«

Das war eine richtige Rede für seine Verhältnisse. Malangar beugte sich zu mir und flüsterte: »Vielleicht hat er von Anfang an Gespenster gesehen.«

Gulbert stieß seinen Stab auf den Boden. »Was auch immer das heißen mag – gehen wir weiter. Abstand zu gewinnen ist das Beste, was wir tun können. Und so schnell wie möglich unser Ziel erreichen ist das, was wir tun müssen!«

Verrat an der Sternenklippe

Vom Rest unserer Wanderung weiß ich wenig Bemerkenswertes zu berichten. Wir kamen aus dem Dornenwald heraus, ohne noch einem Feind zu begegnen. Irgendwann nahm Maneas wieder unseren Verfolger wahr, so weit hinter uns, wie die Sinne des Elfen reichten. Das beruhigte uns sogar. Wir glaubten, damit jenen Augenblick im Morgengrauen vergessen zu können, wo der Verfolger uns scheinbar so nahe gekommen war – denn wenn Maneas ihn nun wieder in der Ferne spürte, war das nicht Beweis genug, dass wir die Bedrohung erst einmal abgehängt hatten?

Wir hätten falscher nicht liegen können, aber für den Augenblick schritten wir befreiter aus und genossen den freien Himmel über uns. Wir wanderten durch Teersümpfe, in denen Ranken mit Blütenmäulern nach uns schnappten; wir schritten über steinige Öden, wo die Felsen Beine bekamen und Jagd auf uns machten – wir ließen sie nicht nahe genug an uns heran, um mehr über diese Geschöpfe zu erfahren. Wir bahnten uns unseren Weg durch Felder von Pflanzen mit riesigen fleischigen Blättern, die sechs Schritte durchmaßen, flach auf dem Boden lagen und vollkommen schwarz waren. Aus ihrer Mitte spross eine einzige blaue Frucht, aber die Elfen verhinderten, dass einer von uns näher an sie herantrat. Wir wichen Goblinpatrouillen aus und wurden den ganzen Weg über von Mücken gepiesackt, von Stechfliegen und Skorpionen und von Schlangen.

Eines Tages erhob sich weit vor uns ein finsterer Bergkegel aus einer Landschaft, in der sich zwischen vereinzelten zerklüfteten Felsrücken sumpfige Niederungen erstreckten. Dunkel dräuende Wolken lagen über den Anhöhen, Blitze zuckten in den Wolkentürmen, und schwere Regengüsse tränkten das Land.

»Die Sternenklippe.« Gulbert wies auf den Berg in der Ferne. »So heißt dieser Berg bei den wenigen, die von ihm wissen. Und selbst von denen ist kaum einem bekannt, dass sich im Inneren des Berges Leuchmadans Hort befindet, ein Gewirr von Gängen und Gewölben, in dem der Herr der Finstervölker seinen größten Schatz verborgen hält.«

»Wie kommen wir hinein?« Maneas musterte den Berg in der Ferne.

»Dafür haben wir Volpar dabei«, verkündete Malangar.

»Nicht ganz«, sagte Gulbert. »Wir gehen gemeinsam weiter, solange wir können. Aber wenn zu viele Feinde zwischen uns und unserem Ziel stehen, dann müssen die Wichtel allein weiterziehen. Sie können ungesehen zwischen Leuchmadans Heeren einherschleichen, und Volpar kann uns einen Weg öffnen, wo es keine offenen Wege mehr gibt.«

Bei Nacht loderten Feuer an allen Hängen, die sich durch diesen Landstrich zogen. Bei Tageslicht konnte man sehen, dass es keine Feuerberge waren, an deren Flanken die Flammen der Unterwelt auf natürliche Weise zutage traten. Breite Straßen zogen sich über die umliegenden Berggrate, querten auf hohen Brücken die Sümpfe und Wasserläufe in den Tälern. Kastelle säumten die Höhenzüge. Löcher mit Kränen an ihrem Rand sowie regelrechte Ansiedlungen von Werkstätten verrieten die Minen und Bergwerke, die hier alle Hügel durchzogen. Auf den Straßen marschierten bei Nacht ganze Heerscharen, Wagenzüge und Sklavenkarawanen.

Wir wanderten tief in den morastigen Senken, duckten uns hinter die spärlichen Sträucher oder krochen durch Schlammlöcher. Immer wieder spähten wir hinauf zu den belebten Hängen und Straßen. Wir fragten Gulbert, ob es nicht sicherer wäre, bei Nacht zu reisen, aber er sagte uns, dass die Finstervölker im Dunkeln viel besser sehen können, die Sonne sie hingegen blendete. So bewegten wir uns bevorzugt zur hellsten Mittagsstunde und waren bald so verdreckt, dass unsere ganze Kleidung denselben tarnenden Farbton bekam, den unsere Mäntel schon hatten. Und wenn überhaupt je ein Feind sich die Mühe machte, hinab ins Sumpfland zu schauen, so bemerkte er uns nicht.

Eines Nachts nahm ich den Schlüssel wieder heraus, zum ersten Mal, seit die Herrin vom See ihn mir gegeben hatte. Ich kauerte mich ein wenig abseits der anderen nieder und studierte ihn. Er glänzte silbrig im Mondlicht und war ungewöhnlich dick und schwer – viel schwerer, als ich ihn in Erinnerung hatte. Ich schwenkte den Schlüssel versonnen vor und zurück, und überraschenderweise schwang der Bart lose hin und her. Er hing an einer Achse. Bei jeder Bewegung klirrte es hell aus dem Inneren.

Ich untersuchte den Schlüssel daraufhin noch genauer und fand einen dünnen Glaszylinder im Schaft, angefüllt mit einer trägen, dunklen Flüssigkeit. Der lose Bart griff mit zwei Zacken in den hohlen Schaft hinein. Wenn man ihn in ein passendes Schloss steckte und mit Kraft drehte, würde der Bart den Glaszylinder zerbrechen. Die Flüssigkeit würde heraustreten und die Spitze des Schlüssels sowie den Bart benetzen. Ich verstand den Sinn nicht, aber ich wusste, dass ich den Glaszylinder nicht vorzeitig beschädigen wollte. Ich verstaute den Schlüssel also wieder sicher in seinem hölzernen Etui zwischen den Seidenkissen.

Am nächsten Tag wanderten wir weiter und erreichten endlich den Fuß der Sternenklippe. Gulbert führte uns auf die Seite, die der Straße auf dem angrenzenden Bergkamm abgewandt war. Ein Gewitter tobte über uns und verbarg die Bergspitze. Der Regen erreichte uns nicht, aber das Wasser floss in Sturzbächen den Hang herab und ergoss sich schäumend in den brackigen Morast zu unseren Füßen. Oft wateten wir knietief durch Tümpel und Wasserläufe und zupften uns anschließend die Blutegel von der faulig riechenden Kleidung. Gulbert war schon längst kein weißer Magier mehr.

»Hier klettern wir die Bergflanke empor«, sagte er. »Auf dieser Seite ist niemand, der uns erblicken könnte.«

Laetas spähte den Hang hinauf. »Ich sehe eine Straße dort oben«, sagte er, »die sich um den Berg herumschlängelt. Wir werden nicht hinaufkommen, ohne sie zu kreuzen.«

Maneas kniff angestrengt die Augen zusammen. »Wo?«

»Dort«, antwortete Laetas. »Im Schatten, dicht unter der Wolkendecke, die den Berg umgibt.«

»Auf dem Teil der Straße, der hoch zur Sternenklippe führt, habe ich weder Goblins noch Wagen gesehen«, erwiderte Gulbert. »Ich glaube, dieser Ort ist für sie tabu. Leuchmadan will nicht, dass seine Untertanen dort herumschnüffeln. Solange wir außer Sichtweite der umliegenden Festungen bleiben, sollten wir sicher sein. Sind wir erst einmal hoch genug, werden wir im Schutz dieser Gewitterwolke unsichtbar sein.«

Ich sah zu der Wolke auf. Zwischen den grauen Regenschleiern, die von ihr herabhingen und die Flanke der Sternenklippe verhüllten, sah man es dann und wann aufblitzen. Unter »Schutz« stellte ich mir etwas anderes vor.

Wir stiegen auf. Die Bergwand war steil und schlüpfrig. Wo kein Wasser über die Steine rann, wuchsen Moose oder gräuliche Pilze, beides kaum zu unterscheiden von dem Fels. Maneas zog eine dünne Leine aus seinem Bündel und seilte uns an. Dann stieg er leichtfüßig vorneweg und suchte uns den besten Weg für den Aufstieg.

Laetas folgte ihm etwas langsamer. Gulbert kämpfte sich ächzend und fluchend voran, und wir vom kleinen Volk waren alle keine Bergsteiger. Aber Maneas bewegte sich am Hang so geschickt wie am Boden und stand uns stets zur Seite. Er sicherte das Seil und kletterte oft sogar zu uns zurück und half uns über schwierige Stellen hinweg.

Endlich schob Gulbert sich über den Rand der Straße, die sich von dieser Höhe an um den Berg herumwand. Schwer atmend blieb er auf dem geglätteten Stein liegen. Kalter Regen prasselte auf uns herab, träufte von Felsvorsprüngen in der Höhe und zog Kreise in den Pfützen. Die dunkle Wolke, die wir von unten gesehen hatten, war fort. Stattdessen wateten wir durch leichten Nebel. Der Himmel war schwarz. Es blitzte und donnerte über unseren Köpfen, und die Luft prickelte.

»Komme, was mag«, keuchte Gulbert. »Ab jetzt folgen wir dem Weg.«

»Sollen wir nicht warten, bis das Wetter aufklart?«, fragte Otli.

»Das Wetter ändert sich nie«, sagte Laetas. Er stand im tiefen Schatten der Felswand, legte die flache Hand auf den Stein und schaute nach oben. »Magie verhüllt diesen Berg.«

Wir folgten dem Weg tiefer in das Unwetter hinein. Die Straße wurde zu einem Pfad, der sich durch Engstellen zwängte und über Treppen höher aufstieg. Wind brauste um uns herum, und wir klammerten uns aneinander und an jeden Halt, den die Felswand bot. Der Donner krachte direkt an unseren Ohren, und der Regen war nicht mehr von den Sturzbächen zu unterscheiden, die über die Berghänge rauschten.

»Das ist Wahnsinn!«, rief Otli.

Gulbert lachte. Sein Stab strahlte blau, seine Barthaare sträubten sich, und dann und wann fing er einen Blitz aus der Luft, der uns sonst getroffen hätte. »Oh ja!«, rief er. »Wahnsinn! Das ganze Unternehmen ist Wahnsinn, und dennoch müssen wir es wagen.«

Wir gingen weiter und wussten nicht, welche Tageszeit herrschte, draußen, außerhalb des schwarzen Ungewitters! Und dann wurde es plötzlich stiller. Der Regen ließ nach, nur einzelne Wasserschwaden peitschten noch vom Wind getrieben um unsere Füße. Das Prasseln und Tosen klang mit einem Mal hohl und fern, als hätte ein einziger Schritt uns in eine andere Welt entrückt.

Ich sah mich um. Hinter uns tobte das Unwetter unvermindert weiter, doch um uns herrschte eine Ruhe, als wären wir unter das Dach einer Halle getreten.

Gulbert führte uns weiter bis zu einer Steinsäule, die unregelmäßig wie ein Stalagmit aus dem Boden aufragte und über uns in Nebel und Dunkel verschwand. »Das ist ... interessant«, flüsterte er.

»Sind wir in einer Höhle?«, fragte Otli.

»Etwas Ähnliches muss es sein«, sagte Gulbert. »Aber es ist zu offen für eine Höhle, zu viel lichte Höhe über unseren Köpfen. Ich spüre keine Gänge und Kammern, nur ein wenig Gestein, das eine ebenfalls steinerne Decke trägt. Ich würde diesen Ort gern einmal bei klarem Wetter sehen.«

»Keine Zeit dafür«, sagte Maneas. »Wenn das hier eine Höhle ist, dann ist Leuchmadans Hort nicht mehr weit.«

Eine allzu zuversichtliche Einschätzung, wie sich herausstellen sollte. Aber Laetas pflichtete ihm bei: »Und ich spüre etwas Vielversprechendes in dieser Richtung! Ich glaube, dort geht es weiter.«

Maneas schnappte nach Luft und trat zurück in unsere Mitte. »Vielversprechend, Bruder?«, fragte er, und ich sah, wie er erschauderte.

»Ich verstehe, was du meinst«, sagte Gulbert. Der Zauberer hob witternd den Kopf. »Ich spüre es auch – eine böse Magie, wenn es überhaupt so etwas gibt. Aber Laetas hat Recht. Ich fürchte, das ist der Weg, den wir gehen müssen.«

Er schritt voran, und wir drei vom kleinen Volk rückten Schutz suchend zusammen, auch wenn wir nichts von dem spürten, was das große Volk fürchtete.

»Ich bin froh«, tuschelte Malangar, »dass er nicht gesagt hat: ›Das ist der Zeitpunkt, wo die Halblinge allein weitermüssen.‹«

Wir kamen an einen Felsspalt, von dem aus eine Treppe tiefer in den Berg hineinführte. Gulberts Stab glänzte immer noch und diente uns als Lampe, und weil der Nebel über uns zurückblieb, als wir hinabstiegen, wurde es bald heller um uns herum. Fast hätte ich aufgeatmet.

Dann endete die Treppe vor einem langen breiten Gang, der glatt und eben wirkte. Zur Rechten gab es einen Abzweig, der deutlich nach unten führte. Gulbert stand an der Einmündung und schloss die Augen.

»Es ist dort«, murmelte Laetas.

»Ja«, sagte Gulbert. »Von rechts kommt diese Magie. Ohne Zweifel ein magischer Wächter. Aber Leuchmadan hat sich selbst übertroffen – oder sollte ich sagen, er hat sich selbst übertölpelt? Die Kreatur schläft, und wenn ich ihre Aura richtig deute, ist sie so aufgeblasen mit Magie, so entrückt von dieser Welt, dass nur ein kraftvoller Zauber sie wieder aufwecken wird.«

»Sie schläft?«, sagte Maneas. »Dann müssen wir diese Ausgeburt unreiner Magie jetzt vernichten.«

Gulbert zögerte. »Das ist nicht nötig«, sagte er. »Sie stellt schlafend keine Gefahr für uns dar, und der Weg, den wir gehen müssen, führt geradeaus.«

»Was?«, fragte Maneas ungläubig.

»Wir können diesen Feind nicht in unserem Rücken lassen.« Laetas trat einen halben Schritt in den Seitengang hinein. »Wir müssen in die Kammer des Wächters, jetzt, wo er schläft.«

»Ich habe auf euren Rat gehört, als es um die Nachtalben ging«, sagte Gulbert. »Aber hier ist kein Kampf nötig, und wir werden nicht sinnlos töten.«

»Ihr habt ein Dutzend Nachtalben erschlagen, und jetzt macht Ihr Euch Gedanken um eine bloße Kreatur der Magie?« Nun war es Laetas, der ungläubig klang.

»Es lebt«, stellte Gulbert fest, »und sollte den Elfen nicht alles Leben heilig sein?«

»Nein«, erwiderte Maneas. »Nicht das unreine Leben. Nicht Leuchmadans Magie.«

»Wer weiß, was für ein Geschöpf es vorher war, bevor Leuchmadan es veränderte«, sagte Gulbert. »Wenn der Krieg vorüber ist, können wir es womöglich heilen ... reinigen. Es liegt eine einzigartige Magie in diesem Wesen. Wir könnten viel daraus lernen, wenn wir die Kreatur nicht zerstören, bevor wir sie verstehen. Wie auch immer. Meine Entscheidung steht fest. Wir gehen weiter und werden hier keine Spur der Gewalt hinterlassen. Wir sind fast am Ziel.«

Laetas und Maneas sahen einander an, nur flüchtig. Dann fügten sie sich Gulberts Befehl. Wir schritten also tiefer in den Berg hinein und ließen die schlafende Bestie hinter uns.

Wir waren in Leuchmadans Hort und unserem Ziel ganz nahe, aber so einfach wurde es dann doch nicht, es zu erreichen. Die Gänge im Berg bildeten ein Labyrinth, ein Haarknäuel von Wegen, verworrener als der Bart eines Zwergs. Es gab schmale Gänge und breite, solche mit behauenen Wänden und solche, die eher an Höhlen erinnerten; es gab

Kammern, Räume und Hallen, Treppen, Rampen, Schächte – doch bei aller Abwechslung sah doch jeder Weg in gewisser Weise gleich aus, derselbe schwarze Stein, dieselbe Dunkelheit und eine so verwirrende Menge von Korridoren, dass die Abfolge von Gängen und Kammern sich ständig zu wiederholen schien. Es gab kein Licht, keine Gestirne, nicht einmal ziehende Wolken, die uns Orientierung geboten hätten.

Wir teilten uns wieder in der bewährten Weise auf. Einer der Elfen ging als Kundschafter voran, der andere blieb an unserer Seite. So hatten Laetas und Maneas uns durch all die unüberschaubaren Regionen der Dunklen Lande geführt, aber hier versagten ihre Künste. Elfen sind keine Geschöpfe der Unterwelt, und in den Höhlen schienen sie ihren Sinn für Raum verloren zu haben und irrten ohne Orientierung umher. Der Elf, der voranging, erprobte wahllos die Gänge. Der Elf, der zurückblieb, saß bei uns und passte auf. Die halbe Zeit konnten wir nur warten und rasten, weil unser Kundschafter uns nicht mehr gefunden hätte, wären wir weitergegangen.

Wir vom kleinen Volk hätten uns darüber freuen und die gemächliche Gangart genießen können. Aber die Höhlen waren stickig und die Dunkelheit dicht. Der Schein von Gulberts Stab reichte nur ein paar Schritte weit, und hinter diesem Lichtkreis mochte *alles* lauern. Wir wagten kaum zu reden, und den Großen erging es genauso, ihrem Schweigen nach zu urteilen.

Erst ging Maneas auf Erkundung, dann Laetas und dann wieder Maneas. Als der blonde Elf zurückkehrte, hielt Gulbert dessen Gefährten zurück: »Es bringt nichts, wenn wir uns weiterhin trennen. Das kostet nur Zeit. Blindlings durch das Dunkel tappen, das können wir auch alle gemeinsam.«

Also wanderten wir von da an zusammen, und Gulbert beriet sich regelmäßig mit den beiden Elfen über den Weg. Soweit ich es verstand, wollten wir abwärts gehen, weil Gulbert Leuchmadans Heiligtum im tiefsten Inneren des Berges vermutete. Aber oft standen wir in Sackgassen und mussten umkehren, und ich stellte mir schon die Frage, ob unsere Mission scheitern würde, weil uns schlicht die Vorräte ausgingen.

Maneas wirkte zunehmend beunruhigt, und irgendwann blieb er stehen und schaute Gulbert an. Der Zauberer nickte und wischte sich den Schweiß von der Stirn. »Ich fühle es auch.«

»Was?«, rief ich ungeduldig.

»Der Wächter ist erwacht«, erklärte Laetas. »Er ist hinter uns.«

Auf einen weiteren Blick von Maneas hin verteidigte sich Gulbert, als hätte der Elf ihm einen Vorwurf gemacht. »Aber das ist unmöglich! Ich habe seine Aura gespürt. Die widerstreitenden Bahnen seiner Magie hatten sich heillos verwirrt. Nur ein starker Zauber hätte ihn aus seinem Schlaf reißen können, und wir haben hier unten keine Magie angewendet und auch sonst keine zauberkräftigen Wesen in diesen Gängen gesehen.«

Er verstummte, schloss halb die Augen und senkte den Kopf. Maneas tat es ihm gleich. Wir nahmen an, dass sie auf magische Weise die Gänge durchforschten, nach unserem Verfolger oder nach jener anderen Magie, die ihn geweckt haben mochte.

Wir anderen blieben ebenfalls still. Ich schloss die Augen und versuchte zu erspüren, was unsere großen Begleiter so beunruhigte, aber natürlich konnte ich kaum mehr tun, als lauschen. Ich vermeinte, die Tiefe der Gänge zu hören, eine Art Echo, das gerade an der Hörschwelle zupfte. »Nein«, hörte ich Gulbert murmeln. »Da ist eine mächtige Magie unter unseren Füßen, aber das ist nur jene Verseuchung, die überall unter den Dunklen Landen zu spüren ist. Sonst gibt es nur den Wächter – und uns, aber ...«

Seine Stimme brach ab. Ich riss die Augen auf. Ich sah, wie Gulberts und Maneas' Augen im Schein des Stabes aufblitzten, und folgte ihrem Blick. Laetas hatte sich von uns zurückgezogen, tiefer in den Gang hinein. Seine Gestalt schien mit der Dunkelheit zu verschmelzen, und wo seine Augen sein sollten, lag nur ein tiefer Schatten.

»Das kann nicht sein«, stieß Gulbert hervor.

»Er kam aus der falschen Richtung von seinem Kundschaftergang«, stellte Maneas fest.

Wir kleinen Leute sahen von einem zum anderen und verstanden nichts.

Laetas trat weiter von uns fort. Seine Gestalt verschwamm, und seine Stimme drang körperlos aus der Finsternis. »Wenn ihr mich ohnehin durchschaut habt, dann sollt ihr es ruhig wissen. *Ich* habe den Wächter geweckt! Ich wollte, wir wären alle gemeinsam in seine Kammer getreten. Dort hätte ich ihn wecken und Zeuge eures Untergangs sein können. Aber er wird euch auch hier finden, und er wird euch leiden lassen. Ihr werdet bekommen, was ihr verdient!«

»Aber warum?«, rief Otli fassungslos. Keine Antwort erklang aus dem Dunkel. Laetas mochte fort sein oder sich schweigend in den undurchdringlichen Schatten verbergen ... Aber, nein: Laetas *war* fort, und das schon lange, wie mir klar wurde!

Maneas hatte seinen Bogen erhoben, aber er schoss nicht. »Das ist nicht Laetas«, sagte er. »Oh mein Bruder! Ich hätte es merken müssen.«

»Wir alle hätten es merken müssen«, stellte Gulbert fest. »Er war so ungewohnt schweigsam, vor allem in den ersten Tagen. So ... anders! Aber wie hätten wir ahnen können ...«

»Was?« Malangar stapfte mit dem Fuß auf. Er zielte mit dem Pfeil in die Dunkelheit.

»Wir hatten einen Gestaltwandler unter uns. Schon seit dem Dornenwald, und er war gut. Er muss Laetas auf seinem Kundschaftergang überwältigt haben. Warum er getan hat, was er getan hat, warum er nicht schon früher ... Ich weiß es nicht. Was fangen wir nun an?«

»Ihr geht weiter«, sagte Maneas. »Ich kümmere mich um Laetas ... um den Gestaltwandler.«

»Aber ...«, stammelte Gulbert.

»Laetas war mein Bruder«, sagte Maneas. »Meine Pflicht.«

Gulbert widersprach nicht länger. Dem Zauberer fehlte die Kraft, um auf seine Führerschaft zu bestehen.

Aber Otli hielt den Elfen auf, als der an ihm vorüberging. »Es tut mir leid um deinen Bruder.«

»Laetas war nicht mein Bruder«, antwortete Maneas.

»Aber ... du hast doch gerade ...«, stotterte Otli.

»Nicht auf die Art, wie du es meinst«, sagte Maneas und war fort.

Wir anderen brauchten eine Weile, um wieder zur Besinnung zu kommen. Gulbert vor allem. Dann trotteten wir weiter.

Die Gänge wirkten bedrohlicher als zuvor. Sie waren dunkel und still wie immer, erfüllt nur vom Echo unserer eigenen Schritte. Aber es schien eine Präsenz hinzugekommen zu sein, die wir jenseits unserer Sinne spürten. Fühlte es sich so an, wenn man die Welt auf magische Weise wahrnahm? Dann und wann stieg ein leichter Geruch in unsere Nasen, stechend und würzig, und verschwand wieder. Es war etwas

Lebendiges daran, wie dieser Duft um uns herumstrich. Kann ein Geruch ein Fühler sein? Ich glaube ja. Gulbert ging uns voran, und ich erwog, ihn darauf anzusprechen, aber ich wagte es nicht. Man soll keine Frage stellen, wenn man die Antwort nicht ertragen kann.

Wir alle zuckten zusammen, als plötzlich ein Schatten aus einem Seitengang und zu uns trat. Aber es war nur Maneas, der schweigend im Halbdunkel am Rande des Lichtkreises von Gulberts Stab verharrte. »Es ist getan«, sagte der Elf. »Dieser Nachtalb wird uns nicht mehr behelligen. Nur das Ungeheuer verbleibt noch auf unserer Fährte.«

Gulbert sah ihn an und zupfte mit der Linken an seinem Bart. »Es war also ein Nachtalb, der mit einem Zauber seine Gestalt verhüllt hat.« Gulbert verharrte unschlüssig, die Runzeln auf seiner Stirn verstärkten sich.

Immerhin hatte Maneas soeben seinen Gefährten getötet ... Aber es war gar nicht sein Gefährte gewesen, sondern ein tückischer Gestaltwandler. Und doch hatten wir Laetas verloren, wenn auch unbemerkt bereits vor Tagen.

An Gulberts bewegter Stirn ließ sich ablesen, dass all diese widerstreitenden Gedanken ihm in diesem Augenblick durch den Kopf gingen und er die richtigen Worte suchte. Es war dasselbe, was wir alle dachten; wir waren hin- und hergerissen zwischen Trauer und Erleichterung, weil ein Feind weniger in diesen Gängen auf uns lauerte, zwischen Beschämung, weil Laetas' Verlust uns weniger bedeutete, als er sollte, und Sorge um Maneas, den das alles umso mehr treffen musste.

»Geht es dir gut, Maneas?«, fragte Gulbert schließlich. Er streckte dem Elfen die Hand entgegen. »Möchtest du über das Geschehene, über den Verlust sprechen?«

»Nein«, antwortete Maneas. »Nein, es geht mir nicht gut. Aber wir haben keine Zeit zum Reden oder Trauern. Uns bleibt genug zu tun.«

Er ging an Gulberts ausgestreckter Hand vorbei. Im selben Augenblick riss er etwas unter seinem Mantel hervor. Sein Arm stieß zu und traf Gulbert an der Brust. Der Zauberer taumelte zurück. Wir alle sahen den Messergriff, der aus dem weißen Gewand ragte, das Blut, das sich darauf ausbreitete. Malangar schrie auf.

»Uns bleibt noch etwas zu tun«, sagte Maneas, und seine Stimme veränderte sich, »denn unsere Rache ist noch nicht vollendet.«

Mit der Stimme änderte sich auch sein Gesicht. Seine Züge zerflossen und wurden dunkler, auf seinem Gewand erschienen Flecken und Risse, die vorher nicht da gewesen waren. Schon stand ein Nachtalb vor uns, in Maneas' von Blut durchtränkter Kleidung. Er war den Alben erschreckend ähnlich, die wir auf der Lichtung im Dornenwald dem Feuer übergeben hatten.

Jetzt konnte auch ich einen Aufschrei nicht unterdrücken, denn mir schien es, als wäre einer dieser Toten zurückgekommen, um Rache zu nehmen. Und in gewisser Hinsicht sollte ich Recht behalten.

»Elfen töten niemals ihresgleichen«, sagte der Nachtalb, »auch wenn sie sonst jedes Leben auf dem Altar ihrer ›Reinheit‹ opfern. Das ist eine Schwäche, denn als dieser Elf mich in den Gängen stellte und ich ihn mit der Stimme seines Gefährten ansprach und ihn ›Bruder‹ nannte, da zögerte er. Nur einen Augenblick, aber mehr brauchte ich nicht, um ihm die Kehle durchzuschneiden.«

Die Stimme des Nachtalbs war ein hasserfülltes Zischen. Er zog einen weiteren Dolch aus dem Gürtel, Maneas' Dolch. Der Griff der Waffe in Gulberts Brust war schwarz und breit und fremdartig. Der Nachtalb beäugte den Magier wachsam, bereit, auf jedes Anzeichen für einen Zauber zu reagieren.

Aber Gulbert legte nur fassungslos die Finger auf den Griff, der aus seinem Gewand ragte. Als er sprach, gluckerte Blut in seinen Lungen. »Warum ... jetzt? Warum ... warten? Leuchmadans Horden ... überall auf dem Weg. Du hättest ... jederzeit verraten können.«

»Leuchmadan!« Der Nachtalb spie auf den Boden. »Was kümmert mich Leuchmadan! Meine Familie lebte im entlegensten Winkel des Landes, weil wir Leuchmadan nicht dienen wollten. Aber dann ist Leuchmadans Krieg zu uns gekommen. Dann seid *ihr* zu uns gekommen und habt sie alle ermordet!«

Er schüttelte den Kopf. »Ich habe nichts zu schaffen mit Leuchmadans Horden. Ich bin für meine Familie hier, für meine eigene Rache. Aber vielleicht werde ich mich Leuchmadans Heer anschließen, wenn ich mit euch fertig bin. Vielleicht werde ich dann mit Leuchmadans Armee marschieren und mich auch noch an jenen rächen, die euch geschickt haben.«

Stahl blitzte auf. Der Nachtalb kreischte und kippte nach vorne wie ein gefällter Baum. Ein weißbärtiger Zwerg stand hinter ihm, eine große Axt in beiden Händen. »Mit Leuchmadans Armee marschieren«, knurrte er. »Große Pläne für einen Nachtalb ohne Beine!«

Ein Wächter im Dunkel

Der Nachtalb wand sich am Boden und starrte schreiend auf seine Beine, die dicht über dem Knie abgetrennt waren. Grünes Blut floss aus den Stümpfen und sammelte sich in einer Pfütze um die verstümmelten Gliedmaßen. Der Zwerg stapfte ungerührt hindurch, trat auf den Rücken des Albs und hieb ihm die Axt in den Schädel. Es wurde still.

Der Zwerg war über und über mit Nachtalbenblut besudelt. Es tropfte von seinen eisenbeschlagenen Stiefeln, sprenkelte sein Kettenhemd und den weißen Bart, und ein Spritzer aus dem zertrümmerten Schädel hatte ihn mitten ins Gesicht getroffen. Es glänzte grün auf seinen Lippen, als hätte er seinen Gegner nicht nur abgeschlachtet, sondern gleich noch einen ordentlichen Bissen von ihm genommen.

»Was glotzt ihr so?«, fragte Lambanos, der Zwergenfürst. »Hab ich euch nicht gesagt, dass ein Zwerg allein besser durchs Feindesland marschiert als weibische Elfen und kraftlose Menschen? Aufhalten, das ich nicht lache ... Ein Zwerg hält niemanden auf, und niemand hält einen Zwerg auf.«

Bekräftigend schlug er den Schaft seiner Axt auf den Boden. Der Griff lief in einer Eisenspitze aus, und der Zwerg stand nicht auf festem Stein, sondern immer noch auf dem toten Nachtalb. So hörte man keinen Knall, sondern nur ein feuchtes Schmatzen. Der Laut riss uns aus unserer Starre.

»Aber wie ...«, stammelte Gulbert, »... wie habt Ihr uns gefunden?«

»Ich wusste, wo ihr hinwollt.« Lambanos stieg von seinem Opfer herunter und ging auf Gulbert zu. »Da bin ich einfach gerade drauf zumarschiert. Ein Zwerg verliert niemals seinen Weg! Im Gegensatz zu euren Borkenschmusern, will ich anmerken. Die sind hier unten dermaßen durch die Gänge geirrt, dass ich euch mühelos eingeholt habe. Und dafür könnt ihr gleich doppelt dankbar sein, aber holla!«

»Doppelt dankbar?«, fragte Otli.

»Na, erst mal konnte ich euch den hässlichen Grünspan vom Pelz kratzen.« Lambanos wies auf den toten Nachtalb hinter sich. »Und jetzt kann ich euch den Rest des Wegs führen. Für einen Zwerg ist es kein Problem, das Herz dieser Tunnel zu finden. Bringen wir die Sache hinter uns, umso schneller sind wir zur Siegesfeier daheim.« Er schnalzte mit der Zunge.

Mich erinnerten seine Worte daran, dass wir unsere bisherigen Führer verloren hatten. Beide Elfen waren tot, und zum ersten Mal hatte ich Zeit, den Gedanken auf mich wirken zu lassen. Ich empfand eine gewisse Leere dabei. Ich hatte Laetas und Maneas oft wie einen Stachel im Arsch empfunden, aber wir waren weit zusammen gereist, und nun waren sie fort! Und womöglich würden wir einen weiteren Gefährten verlieren ...

»Gulbert!«, rief ich. »Der Dolch! Du bist verletzt.«

Gulbert hatte die Albenwaffe aus der Brust gezogen und hielt sie in der Hand. Die krumme Klinge war breit und so schwarz wie der Griff. Gulbert blickte konzentriert drein, und man sah kein weiteres Blut aus der Wunde fließen. Ich beobachtete ihn, fasziniert und ein wenig erschrocken zugleich.

»Kannst du weitergehen, Gulbert?«, fragte ich.

»Keine Sorge«, antwortete der Zauberer. Kein Rasseln war mehr in seiner Stimme zu hören, kein Anzeichen seiner Verletzung. »Mir geht es gut.«

Ich beäugte ihn überrascht. »Hast du etwa auch so ein magisches Herz? Wusstest du darum, wo Leuchmadans Schwäche liegt?«

Gulbert lachte auf. »Oh nein«, sagte er. »Kein magisches Herz, leider. Noch nicht. Aber doch genug Magie, dass ein Dolch mein richtiges Herz schon um einiges besser treffen müsste, um mich zu töten!«

Resolut trat er an Lambanos' Seite und hob den leuchtenden Stab über den Kopf. Der Zwerg wandte sich ebenfalls zum Gehen, da aber meldete sich Otli zu Wort: »Augenblick mal – wo ist Malangar?«

Wir sahen uns um. Wir standen nur noch zu viert in dem Tunnel. Eben noch, als der Alb uns angegriffen hatte, waren Otli, Malangar und ich dicht beisammen gewesen. Nach der Ankunft des Zwergs waren wir einen Schritt auseinandergetreten, nur einen, und jetzt war Malangar verschwunden.

»Er stand gerade noch hinter mir«, sagte Otli. Das Gesicht über dem kurzen weißen Bart rötete sich. »Ich habe ihn bei mir *gespürt!*«

Gulbert leuchtete mit dem Stab in alle Seitengänge hinein.

»Vielleicht ist er nur mal austreten«, sagte Lambanos.

Gulbert starrte ins Leere. Sein Gesicht schimmerte kränklich bleich im blauen Licht. Mit dem riesigen Blutfleck auf der Brust glich er einem Untoten. »Gehen wir weiter«, sagte er. »Lambanos, zeig uns den Weg, rasch!«

»Aber wir haben Malangar verloren«, protestierte Otli. »Wir können ihn nicht einfach zurücklassen.«

»Wir haben schon mehr als einen Gefährten verloren und können nichts mehr für sie tun«, antwortete Gulbert. »Der Wächter dieser Gewölbe wird Malangar geholt haben. Wir müssen uns jetzt selbst schützen – und das erlangen, weswegen wir gekommen sind. Lambanos, voran!«

Der Zwerg stapfte entschlossen los, sein breiter Rücken verschwand fast aus dem Lichtkreis. Gulbert stieß seinen Stab auf den Boden, und das Licht strahlte heller. Er ging am Ende unserer Schar, sodass Zwerg und Zauberer uns kleine Leute schützend in die Mitte nahmen. Otli wollte erst nicht gehen, aber Gulbert schob den alten Fährtenleser vor sich her, zu mir herüber. Ich übernahm ihn und führte ihn am Arm mit mir, bis Otli sich schroff aus meinem Griff befreite und allein weiterging. »Woher will der Zauberer wissen, dass Malangar nicht zu retten ist?«, brummelte er vor sich hin. »Er hat doch nicht einmal gespürt, das er verschwunden ist.«

Unter der Führung des Zwergs wanderten wir ganz anders durch die finsteren Gänge von Leuchmadans Hort als zuvor mit Gulbert und Maneas. Lambanos zögerte niemals. Er stapfte voran, unbeirrbar und ohne zu überlegen. Seine Eisenstiefel klackerten auf dem Steinboden wie die Hufe eines sehr schweren Gauls. Manchmal grunzte er kurz, wenn er an einer Abzweigung abrupt die Richtung wechselte, das war alles. Es schien so, als wäre er den Weg schon tausendmal gegangen, und Otli und ich hatten Mühe, ihm zu folgen.

Bald stolperten wir mehr, als dass wir rannten, und atmeten schwer, doch stets war Gulbert hinter uns mit seinem leuchtenden Stab und trieb uns voran. Dabei sah der alte Zauberer sich immer wieder misstrauisch um, hielt den Stab in Seitengänge und blieb jeden Augenblick wachsam. Er murmelte. »Es war meine Schuld. Ich hätte den Wächter töten sollen, als die Zeit dazu war. Warum habe ich die Elfen aufgehalten? Und warum habe ich sie nicht aufgehalten, als sie den Überfall auf die Nachtalben geplant haben? War nicht dieses Blutvergießen der Beginn unseres Unglücks? Hätte ich es verhindert, wäre der Alb uns nicht gefolgt und hätte den Wächter nicht gerufen. Ich habe *beide* Male die falsche Entscheidung getroffen!«

Ich wusste nicht, ob Gulbert Selbstgespräche führte oder mit uns redete, ob es eine Art Entschuldigung sein sollte für den Verlust unserer Gefährten.

Lambanos bewegte sich schnell und sicher durch die Gänge, aber trotzdem bekam ich das Gefühl, dass er uns im Kreis führte. Die Tunnel setzten sich endlos fort, und immer wieder kamen wir an Einmündungen vorüber und durch Kammern, die mir vertraut vorkamen. Aber sah nicht alles gleich aus in diesen verfluchten Gewölben? Mir taten die Füße weh vom Gehen auf dem harten Steinboden.

»Wenn wir unser Ziel erreichen und Leuchmadans Herz finden«, sagte Otli neben mir, »wie bringen wir es dann zurück? Können wir all diese Gänge ein zweites Mal durchwandern, vorbei an diesem Wächter?«

Ich wollte Otli antworten, da sah ich seitlich von ihm ein blaues Leuchten. Es schimmerte blass aus einem schmalen Spalt; es schien zu erzittern und heller zu werden ... Ich blinzelte und wollte Otli darauf hinweisen, als das Licht mit einem Mal aus dem Spalt herausquoll, ein Bündel flirrender blauer Funken, die umeinanderwirbelten, aufblitzten und verschwanden. Zwischen den Funken pulsierte eine tiefe Dunkelheit, die Gulberts Zauberlicht nicht durchdringen konnte.

»Da!«, rief ich.

Die Schatten entrollten sich zu Bändern, an denen die blauen Lichtpunkte hafteten wie gefesselte Glühwürmchen. Die Stränge peitschten vor und umschlangen Otli. Sein Gesicht verzerrte sich, er schrie auf und wurde fortgerissen, auf den schmalen Spalt zu. Lambanos fuhr herum, Gulberts Licht hinter uns strahlte heller. Die Schattenfäden wirkten viel zu dünn, fast körperlos, dennoch zerrten sie Otli mit sich. Sein Schreien brach ab, als er den Spalt erreichte. Es gab ein Krachen und Reißen, als das Ding ihn zwischen die Felswände zerrte. Die wirbelnden Lichtpunkte entfernten sich und nahmen Otli mit, noch bevor einer von uns einschreiten konnte.

Gulbert und Lambanos waren bei mir, sie fluchten und riefen. Ich drückte mich an den Spalt und streckte die Hand hinter Otli her. Ich versuchte, ihn noch zu fassen, aber der Riss zwischen den Felsen war viel zu schmal. Ich bekam den Arm hinein und blieb mit der Schulter stecken.

»Otli!«, rief ich ihm nach.

Lambanos stieß mich beiseite. Er schlug mit der Axt in den Spalt, hilflos und zornig, aber das blaue Leuchten darin verschwand bereits in der Ferne.

»Zauberer«, brüllte der Zwerg, »hol ihn zurück! Schick der Bestie einen Zauber hinterher!«

Ich sah zu Gulbert auf. Der schüttelte den Kopf. »Es hat keinen Zweck. Otli muss schon ganz zerschmettert sein.« Er legte die Hand auf die scharfen Kanten des zerklüfteten Felsens. Einige der Schatten am Gestein schimmerten feucht. Mir wurde erst jetzt bewusst, dass ich selbst schmierige Flecken auf der Schulter hatte, dort, wo ich mich in den Spalt gequetscht hatte. Mir war schlecht, und ich wollte meine Hände säubern, aber ich hatte nichts außer meiner Kleidung.

»Ich dachte, du kannst das Ungeheuer spüren!«, rief ich zornig. »Du hast seine Magie gespürt, als wir in den Berg gestiegen sind.«

»Ja … ja.« Gulbert klang fahrig. Er starrte immer noch in den Spalt und schob den Stab hinein. Ich wandte mich ab, als ich im Schein des Zauberlichts Blutflecken und Hautfetzen an der Felswand kleben sah.

»Die Magie dieses Geschöpfs war deutlich zu spüren, als es schlief«, sagte Gulbert. »Aber wenn es wach ist, vermag es sich zu tarnen. Oder es ist an vielen Stellen zugleich. Ich fühle seine Magie immer noch, aber es ist verwirrend …« Sinnend legte er den Kopf schräg.

Lambanos schlug den Stiel seiner Axt auf den Boden, und wir beiden anderen zuckten zusammen. »Gehen wir weiter«, sagte der Zwerg. »In das Loch können wir dem Viech nicht folgen. Jedenfalls nicht, wenn der Zauberer uns nicht alle zu Mäusen macht, und als Maus will ich dem Ungeheuer nicht entgegentreten.«

Ich weigerte mich immer noch. »Du willst schon wieder einen von uns zurücklassen? Soll das denn immer so weitergehen?«

»Ich hoffe nicht«, sagte Gulbert. »Aber Otli ist tot, und unsere Sorge gilt den Lebenden.«

»Ganz recht«, warf Lambanos ein. »Dein Freund wurde völlig zerquetscht, als das Ding ihn durchs Loch gezogen hat. Das kann nicht mal so ein kleiner Wicht überleben. Aber wenn wir jetzt nicht hier herumstehen, bis das Ungeheuer mit ihm fertig ist, dann verschafft sein Tod uns die Zeit, unser Ziel zu erreichen. Es ist nicht mehr weit.«

Der Zwerg hielt die Axt mit beiden Händen vor den Leib und schob mich voran. »Woher willst du das wissen?«, protestierte ich. »Du kennst den Berg so wenig wie wir.«

»Ein Zwerg fühlt so etwas«, behauptete Lambanos. Er ließ Gulbert vorangehen und wies ihm von hinten den Weg. Er selbst gab auf unseren Rücken acht.

Gulbert ließ seinen Stab weiterhin so hell strahlen, dass das Zauberlicht scharfe Schlagschatten warf. Die Muster, die sich an den Felswänden bildeten, als wir vorüberhasteten, wirkten beinahe lebendig.

Wir kamen bald in einen breiten Gang, den wir nicht mehr verließen. Wände und Boden waren sorgsam geglättet. Immer wieder mündeten kleinere Tunnel ein, aber es gab keine Spalten oder größere Hindernisse, hinter denen der Feind auf uns lauern konnte. Gulbert hielt mich dicht bei sich, sein Arm lag auf meiner Schulter, als wäre ich ein Schatz, den es zu behüten galt.

Dann hielt er inne. »Es ist wieder auf der Jagd«, sagte er.

Lambanos hob die Axt und sah sich um. »Wo?«, fragte er.

»Ich weiß es nicht«, sagte Gulbert. »Es tarnt sich. Eben deshalb vermute ich, dass es bald wieder angreifen will.«

Wir gingen vorsichtiger weiter, jederzeit auf einen Hinterhalt gefasst. Gulbert murmelte vor sich hin, als würde er Zaubersprüche rezitieren. Ich zitterte, vor Anspannung und auch vor Erschöpfung. Ich hätte längst eine Pause gebraucht, aber wie hätten wir anhalten können unter diesen Umständen?

»Nein«, sagte Gulbert plötzlich. Er stellte sich mit dem Rücken zur Wand und drehte sich halb zu Lambanos um. »So geht es nicht. Es ist zu nahe. Wir müssen uns zum Kampf stellen.«

»Ich stelle mich«, sagte der Zwerg. »Ich halte es auf, du erfüllst die Mission. Leuchmadan darf nicht siegen.«

Gulbert war hin- und hergerissen. »Wir haben Tote zurückgelassen. Aber wir werden keine Lebenden aufgeben.«

»Willst du mich beleidigen, Zauberer?«, knurrte Lambanos. Er schüttelte wild die Axt in Gulberts Richtung. »Traust du mir etwa nicht zu, die Kreatur zu besiegen?«

»Ich, äh ...«, stammelte Gulbert. »Wir ... wir brauchen dich an unserer Seite. Nur du kennst den Weg!«

Lambanos grinste so breit, dass man die Zähne hinter seinem wilden Bart sah. »Lass gut sein, Zauberer. Such nicht nach Ausflüchten. Ich bin ein alter Zwerg, und einen Feind aufzuhalten, damit die Gefährten siegen können – das ist eine ehrenvolle letzte Schlacht für einen alten Zwerg! Den Weg findet ihr nun auch ohne mich. Wir stehen im Hauptgang, und der führt geradenwegs zum Herz des Berges. Andernfalls will ich nicht mehr Lambanos Epikatros heißen, sondern ein Halbling sein und in den Bäumen leben.«

Ich riss die Augen auf. »Da!«, rief ich. »Über dir!«

Etwas kam durch den Gang hinter uns, aber nicht auf dem Boden, sondern unter der Decke. Wirbelnde Lichtpunkte zogen dort heran, wie der Sternenhimmel zwischen wütenden Sturmwolken.

Lambanos stemmte die Füße in den Boden und stellte sich dem Ansturm. »Lauft!«, rief er.

Gulbert zögerte nicht länger. Er fasste mich bei der Hand und zog mich mit sich.

Im Laufen blickte ich über die Schulter zurück. Die Woge von blauen Funken fächerte auseinander, als sie den Zwerg erreichte, und zwischen den einzelnen Bändern mochte man meinen, einen Leib zu sehen, einen Leib von unsteter Finsternis, in der die Funkengarben glühten wie ungezählte dämonische Augen.

Lambanos trat beherzt vor und führte einen Streich mit der Axt. Die Funken teilten sich unter dem Blatt, die Finsternis schien um die Klinge herumzufließen. Ich sah etwas wie Fangarme aus purer Dunkelheit. Sie ringelten sich um den Axtgriff, um Lambanos' Leib.

Dann verschwand der Zwerg mit seinem weißen Haar und dem stählernen Kettenhemd im Schatten. Nur eine Wolke dieser blau glänzenden Punkte war zu sehen, die hinter uns die Dunkelheit ausfüllte und endlich zurückblieb.

»Lauf!« Gulbert wiederholte den Ruf des Zwergs.

Ich rannte durch den Gang, stets im Lichtkreis von Gulberts Zauberstab, und schaute immer wieder über die Schulter zurück. »Was meinst du?«, stieß ich keuchend hervor. »Kann Lambanos mit dem Viech fertigwerden?«

Gulberts Schweigen und die Eile, mit der er uns vorantrieb, war Antwort genug. Der Zwerg hatte uns ein wenig Zeit erkauft, aber wie diese Zeit ausreichen sollte, um unser Ziel zu erreichen und wieder aus diesen Tunneln herauszufinden, das war mir ein Rätsel.

Die Seitengänge, die in den breiten Korridor einmündeten, wurden immer seltener und blieben schließlich ganz hinter uns zurück. Gulbert hielt inne, so abrupt, dass er nach meinem Kragen fassen musste, um mich aufzuhalten. Ich wäre sonst achtlos weitergelaufen.

»Es ist hier«, murmelte der Zauberer.

»Was?«, fragte ich. »Leuchmadans Herz?« Ich sah mich um.

Der Gang, in dem wir standen, war fünf Schritte breit. Wände, Boden, selbst die Decke waren schmucklos und glatt. Nichts deutete darauf hin, dass hier etwas versteckt sein mochte.

»Unsinn, nein!«, erwiderte Gulbert.

Ich machte verwirrt einen Schritt nach vorne, aber Gulbert stand immer noch an Ort und Stelle. Ich sah zu ihm auf. Der Zauberer hatte die Augen halb geschlossen und schien zu lauschen. Ich erschauderte.

»Du meinst, das ... Ding ist hier? So rasch?«

Gulbert sah auf mich hinab, verwirrt, als hätte ich ihn aus dem Schlaf gerissen. »Nein«, murmelte er. »Nein, noch nicht. Aber uns bleibt nicht viel Zeit für all das, was zu tun ist.«

Er atmete tief durch, sein Blick klärte sich wieder. »An dieser Stelle hier ist der Zauber verankert, nach dem ich gesucht habe«, erklärte er. »Leuchmadan ist weit fort in Daugazburg. Ich wusste, er würde sein Herz nicht an diesem Ort zurücklassen, wenn er nicht die Möglichkeit hätte, rasch hierherzukommen. Dieser Gang ist ein Tor. Von hier aus kann Leuchmadan seine magischen Pfade entstehen lassen – und ich kann diese Magie nutzen, um uns hier herauszubringen!«

»Du willst fort? Und das Herz?«

Gulbert wies den Gang entlang. »Das wirst du auf gewöhnliche Weise holen müssen. Wenn Lambanos Recht hatte – und ich schätze, das hatte er –, dann liegt der Schatz, den wir suchen, am Ende dieses Korridors. Das eine oder andere Hindernis mag noch zu überwinden sein, aber deswegen habe ich dich ja hergebracht. Du wirst den Rest des Weges allein gehen, das Herz holen, und ich werde derweil die Zauber sprechen, die nötig sind, um ein Tor zu öffnen und dir den Rückweg zu erlauben.«

»Gut«, sagte ich, auch wenn ich besorgt ins Dunkel blickte. Gulberts Zauberlicht würde hier zurückbleiben, und wir konnten nur darauf hoffen, dass es vor uns keine weiteren Einmündungen gab und der Wächter mir nicht den Weg abschneiden konnte. »Wie lange brauchst du, um unseren magischen Fluchtweg zu öffnen?«

»Du hast mich nicht richtig verstanden«, sagte Gulbert. »Ich öffne das Tor nur für dich. Wenn du mit dem Herz zurückkommst, wird dieser Korridor dich auf magische Weise aus dem Berg hinaus- und ... anderswohin führen. Jetzt ist der Augenblick des Abschieds gekommen.«

»Und du«, fragte ich erschrocken, »bleibst hier zurück?«

»Ja«, sagte Gulbert, »denn genau hier hat der Zauber seinen Anker, und wenn ich die Magie nutzen will, um dich zu schützen, dann muss ich es von hier aus tun.«

Gulbert beugte sich zu mir herab und sprach eindringlich auf mich ein: »Hör zu, Volpar. Es reicht nicht aus, einen Fluchtweg zu öffnen. Ich muss dir auch den Rücken freihalten, damit der Wächter dieses Ortes dir nicht folgt. Ich werde die Magie des Ganges so verbiegen, dass niemand dir hinterherkommen kann, sobald du hindurch bist. Das wird den Wächter betreffen, aber mich ebenso.«

»Und was tust du dann?«, fragte ich.

Gulbert richtete sich auf. Er schaute den Gang zurück, dorthin, von wo wir gekommen waren. »Ich werde mich hier dem Wächter stellen. Sobald ich meine Pflicht dir und unserer Mission gegenüber erfüllt habe, kann ich endlich wieder gutmachen, was ich an Lambanos und Maneas, an Otli und Malangar versäumt habe. Ich werde kämpfen, und wenn ich den Wächter nicht besiegen kann, so werde ich wenigstens wissen, dass du in Sicherheit bist und wir erlangt haben, weswegen wir gekommen sind.«

»Wo ...« Ich merkte, wie meine Stimme zitterte. »Wo werde ich herauskommen, wenn ich deinen magischen Gang wieder zurückgehe?«

»Lukar und sein Heer müssten inzwischen fast vor Daugazburg stehen.« Gulbert klang nachdenklich. »Das magische Tor, das ihnen am nächsten ist, müsste also in Leuchmadans Palast zu finden sein, das Tor, das der finstere Herrscher selbst benutzt. Aber ich glaube kaum, dass du dort herauskommen möchtest.« Gulbert versuchte sich an einem Lächeln. »Außerdem kenne ich dieses Tor nicht persönlich, und das müsste ich, um den Durchgang zu öffnen.

Ich kenne allerdings einen magischen Ort, nicht allzu weit davon entfernt. Er liegt mitten in der Wildnis, und in Feindesland. Wenn ich dich dort hinbringe, wirst du dich mit Leuchmadans Herz noch tagelang durchschlagen müssen, nach Osten, denke daran. Du musst Lukars Heer finden und den Patrouillen von Goblins und Nachtalben ausweichen. Aber das wirst du schaffen, Volpar, ich vertraue auf dich. Du bist der geschickteste aller Halblinge. Und jetzt geh und erfülle deinen Part.«

Nun lächelte Gulbert tatsächlich, und er legte mir die Hand auf die Schulter.

»Lebewohl, Gulbert«, sagte ich.

»Ha!«, antwortete er. »Ich bin noch nicht tot. Ich weiß nicht, ob ich mit diesem Wächter fertigwerde. Aber das heißt nicht, dass ich gar keine Aussicht darauf hätte. Ich sage also auf Wiedersehen, Volpar. Halte nach mir Ausschau, wenn alles vorbei ist.«

Ich eilte davon. Im Laufen nestelte ich an meinem Bündel und holte die kleine Öllampe hervor, die mich schon bei so vielen Abenteuern treu begleitet hatte. Bevor ich sie bereithatte, war ich aus dem Lichtkreis von Gulberts Stab heraus, und die Schatten schienen fast körperlich nach mir zu greifen. Ich hatte Grund, diesen Ort zu fürchten. Mit fünf Gefährten war ich aufgebrochen, ein sechster war hinzugekommen, jetzt war ich auf mich allein gestellt.

Ich schnaubte und riss mich zusammen. Mit geübten Bewegungen schlug ich im Dunkel meine Lampe an. Es war an der Zeit, dass ich mich wieder auf meine eigenen Fähigkeiten besann. Ich war Volpar, ein Abenteurer und Meisterdieb, und ich hatte mich oft genug bewiesen. Es war gut, dass ich nun alleine war, nicht länger der kleine »Halbling«, der von seinen Gefährten mitgeschleift und beschützt werden musste!

In diesem dunklen Tunnel, auf dem letzten Stück zu Leuchmadans Herz, erkannte ich, wie sehr die Gegenwart großer Freunde einem den Geist vergiften kann, wie leicht man sich das wohlmeinende und doch verächtliche Bild zu eigen macht, das die großen Leute von den »kleinen Wichten« haben. Niemals mehr, so schwor ich mir, wollte ich mich in dieser Weise zum Kind machen lassen, von Gefährten, die mich nie als ihresgleichen anerkennen würden und die dennoch vorgaben, mein Bestes im Sinn zu haben.

Meine Laterne brannte in einem Licht, das kümmerlich wirkte gegen Gulberts Magie. Ein feiner heller Kegel wanderte vor mir her und ließ vieles im Dunkeln. Ich hatte meine Laterne bewusst so ausgestattet, dass ich mich verstohlen damit bewegen konnte, und ich hatte in ihrem Schein bereits die Gewölbe von Goblins und Zwergen in den Schraffelgraten durchstöbert.

Ich pirschte den Gang entlang und verengte den Schein meiner Lampe noch weiter, bis auf einen fadendünnen Strahl. Ich sah kaum etwas, aber ich sah genug. Meine anderen Sinne sprangen mir bei und füllten die Lücke. Ich fürchtete die Dunkelheit, doch sie bot mir auch Schutz. Meinem Volk war die Fähigkeit zu eigen, unbemerkt zu bleiben, und ich verließ mich darauf, dass die Finsternis mich ebenso verbarg wie jeden Feind, der hier auf mich lauern mochte.

Mit jedem Schritt wuchs meine Sicherheit. Der Gang wurde zu einem Ort wie tausend andere, die ich bereits erforscht und deren Bewohner ich übertölpelt hatte.

Und dann, ganz unvermittelt, endete er.

Die Felswand vor mir war so glatt wie die Seitenwände und der Boden, und ich hatte auf dem ganzen Weg hierher keinen Abzweig bemerkt. Ich geriet in Panik. Wenn ich am falschen Ort war, wenn der breite Korridor sich als Sackgasse erwies, dann war unsere Mission gescheitert und mit ihr alle Hoffnungen, die daran geknüpft waren.

Nicht nur, dass der Wächter dieses Ortes uns kaum die Zeit lassen würde, anderswo nach dem Herz zu suchen – zu allem Überfluss war auch noch Gulbert hinter mir damit beschäftigt, den Gang zu versiegeln. Wenn ich umkehrte, würde sein magisches Tor mich Lucan-weiß-wohin bringen, an das andere Ende der finsteren Lande, von wo aus wir allenfalls das ganze Unternehmen noch einmal von vorne beginnen konnten.

Ich war drauf und dran, auf dem Absatz kehrtzumachen und zu Gulbert zurückzurennen, in der vagen Hoffnung, dass ich ihn noch erreichte, bevor er seinen Zauber vollendet hatte. Ich verfluchte den Zwerg, der uns so selbstgewiss in die Irre geführt hatte.

Nur mein Unwille, gleich bei den ersten Schwierigkeiten wieder zum Rockzipfel des Zauberers zu greifen, ließ mich innehalten. Ich drehte den Docht meiner Lampe höher und betrachtete die Felswand vor mir genauer. Und da, ein kleines Stück oberhalb meines Kopfes, fand ich Metallstücke im Stein verankert, die nach Griffen aussahen. Ich zog und rüttelte daran, aber nichts bewegte sich.

Ich sah noch genauer hin. Zwischen den Metallgriffen, die im Laternenschein funkelten, gab es eine kleine Öffnung im Stein. Und ich dachte an den geheimnisvollen Schlüssel, den ich seit der Begegnung am See bei mir trug.

Behutsam holte ich ihn aus dem Kästchen. Ich konnte nicht anders, als mir meine Gedanken zu machen. Hatte die Dame vom See tatsächlich vor all den Wochen gewusst, dass ich letztendlich hier vor dieser Tür aus Felsgestein herauskommen würde? Wie konnte sie damals schon das Ende unserer langen Reise vorausgeahnt haben? Und woher hatte sie den Schlüssel?

Wie gesagt, ich machte mir meine Gedanken, und ich war nicht mehr derselbe ahnungslose Geselle, der damals an einem Seeufer in Bitan diese Gabe in Empfang genommen hatte. Ich hatte seither viel gelernt und aufgeschnappt, über die finsteren Lande, über Leuchmadan und seine Schergen.

Aber jetzt war nicht der Zeitpunkt, diese Gedanken weiter zu verfolgen. Ich steckte den eigentümlich klobigen Schlüssel in das Loch und drehte ihn. Der Bart, wie ich bereits festgestellt hatte, schwang lose mit und klirrte, dann steckte der Schlüssel fest. Ich zögerte kurz, bevor ich ihn mit einem entschlossenen Ruck gewaltsam weiterdrehte.

Es knirschte in dem Schloss. Unter meinen Fingern fühlte ich, wie im Inneren des Schlüssels etwas brach, und dann klemmte er wieder. Einen kurzen Augenblick lang. Ich fühlte, wie eine leichte Erschütterung den Griff entlanglief, keine Bewegung, mehr ein Nachgeben. Ich versuchte es erneut und drehte den Schlüssel weiter.

Endlich griff der Bart, und hinter dem Stein bewegten sich Riegel.

Ein einzelner dünner Tropfen rann aus dem Schlüsselloch, und ich bin heute noch davon überzeugt, dass diese Flüssigkeit aus dem Inneren des Schlüssels mir das Tor geöffnet hat, nicht die Passgenauigkeit des Barts. Hätte ich mehr Schlüssel wie diesen gehabt, was für Schätze hätte ich damit erringen können!

Aber es blieb bei diesem einen Mal, und als ich die schwere Steintür endlich aufdrücken konnte, hatte ich mein Ziel erreicht. Ich stand in Leuchmadans Hort!

Vom Großen und vom Kleinen

Was dann geschah, ist Geschichte und kann auch anderswo nachgelesen werden. Ich muss hier nicht in allen Einzelheiten wiederholen, wie ich das unzerstörbare Kästchen fand, worin Leuchmadans Herz geborgen liegt, inmitten jener gewaltigen Halle tief unter dem Berg, in einem alchimistischen Laboratorium unter strahlendem Zauberlicht, in dem alles verlassen war und mit einer dünnen Schicht Staub überzogen. Wie ich durch Gulberts magisches Tor zurückkehrte, mich abermals durch die Dunklen Lande schlug und das silberne Kästchen König Lukar und seinen Verbündeten brachte, buchstäblich im letzten Augenblick inmitten der entscheidenden Schlacht.*

Fast schon Legende ist jene Geschichte, wie die Völker des Lichts mit Hilfe des Kästchens, das ich ihnen brachte, vor den Toren von Daugazburg siegten und der finstere Herrscher auf immer gestürzt wurde. Wie das Kästchen darauf verschwand und Elfen, Zwerge und Menschen sich deswegen entzweiten. Eine Legende, ja, und doch war ich dabei in jenen Tagen und hatte meinen Anteil daran.

Das alles ist aber nicht allein meine Geschichte, und darum will ich hier nicht mehr dazu schreiben.

Auch Gulbert der Zauberer blieb nicht verschwunden. In den Tiefen des Berges bezwang er seinen Feind, und eines Tages, Jahre später, stand er vor meiner Tür. Er blieb wortkarg über das, was geschehen war, und sprach lieber über andere Dinge, als wir bei einer Tasse Tee beisammensaßen.

---

* nachzulesen in: »Gefährten des Zwielichts« von Alexander Lohmann, Bastei Lübbe

»Zwei Entscheidungen habe ich gefällt auf jener Reise«, sagte Gulbert. »Das eine Mal ließ ich uns unsere Feinde angreifen und töten, das andere Mal schonte ich einen Gegner, und beides hätte uns beinahe ins Verderben gestürzt.«

Ich zuckte die Achseln, denn unser Abenteuer lag schon eine Weile zurück, und ich war über die Toten und den Schrecken hinweggekommen. »So etwas passiert«, antwortete ich. »Ob eine Entscheidung die richtige war, weiß man immer erst im Nachhinein. Und manchmal nicht einmal dann.«

»Es sollte anders sein!« Mit einem zornigen Funkeln unter seinen buschigen weißen Brauen schlug Gulbert auf den Tisch, dass das Teegeschirr klirrte.

»Wie denn?«, fragte ich. »Niemand kann alles voraussehen, was geschieht.«

»Man kann aber sorgfältiger planen und alles bedenken, was geschehen *kann*«, sagte Gulbert. »Und dafür Sorge tragen, dass jeder mögliche Ausgang in den eigenen Plänen berücksichtigt ist.«

Ich lachte halbherzig. Aber der Tag war zu schön, um solch schwere Gedanken zu wälzen, die Sonne fiel durch ein hohes Fenster in die Stube meiner Wurzelhöhle, und wir waren inmitten des friedlichen Wichtelforstes, umgeben von den Elfenreichen. Leuchmadan war fort, die Finstervölker geschlagen, ihre Länder verwüstet. Ich glaubte nicht, dass je wieder ein Krieg nötig sein würde wie jener, den wir hinter uns gelassen hatten. »Niemand kann die ganze Welt kontrollieren, Gulbert«, sagte ich, »und alles vorweg planen, was geschehen könnte.«

»Wer weiß?«, entgegnete Gulbert. »Nachdem alles vorüber war, blieb ich noch ein wenig länger in jenen verlassenen Gängen unter dem Berg. In dieser Zeit konnte ich meine Forschung zu magischen Herzen vollenden, und jetzt habe ich viel Zeit, um vollkommene Pläne zu schmieden.

Nie wieder werde ich eine so wagemutige Spielerei beginnen wie unsere Suche nach Leuchmadans Herz. Wenn ich in Zukunft etwas anfange, werde ich alles so sorgfältig vorbereiten und so viele Dinge zugleich in Bewegung setzen, dass die Entscheidung bereits gefallen ist, sobald der erste Zug getan wird. Ich werde darauf achten, dass meine Pläne nicht länger von einzelnen, zufälligen Entschlüssen abhängen, oder von den unberechenbaren Taten der anderen. Ich *werde* die ganze

Welt und das Schicksal selbst kontrollieren, und wenn ich tausend Jahre dazu brauche!«

Ich sah Gulbert an, der vor mir saß, in demselben weißen Gewand wie immer, mit dem weißen, wallenden Bart, und ich erkannte, dass er darunter doch nicht derselbe Zauberer geblieben war, mit dem ich einst die gefährliche Reise angetreten hatte. Die Finsternis hatte seine Seele berührt.

Doch das, wie gesagt, sollte erst Jahre nach meiner Rückkehr aus Leuchmadans Berg geschehen. Davor, als das Heerlager bei Daugazburg sich auflöste und jeder seiner Wege ging, gab es noch etwas für mich zu tun. Ich brach alleine auf, ohne elfische Kindermädchen. Wer hätte bei dem Zerwürfnis der Völker auch auf einen unbedeutenden Halbling achten sollen?

Es war Herbst, als ich an den See zurückkehrte. Einige Bäume hatten bereits ihre Blätter abgeworfen, und ihre kahlen schwarzen Zweige stachen aus dem bunten Laub des übrigen Waldes hervor. Nebel kroch in schweren Schwaden über den Boden. Es war kaum noch zu unterscheiden, ob ich in den zauberhaften Forst eintrat, mit dem funkelnden See in der Mitte, den ich bei meinem ersten Besuch vorgefunden hatte – oder in das kümmerliche Wäldchen mit dem brackigen Tümpel, das ich damals verlassen hatte. Kein Vogel sang, nur das Tropfen von den regenschweren Bäumen begleitete meine Schritte.

Bald stand ich ein zweites Mal an dem Ufer, wo die Dame vom See mir den Schlüssel überreicht hatte. Ich hörte die Wellen träge platschen, spürte den nassen Morast zwischen meinen Zehen, aber ich sah nichts. Der Nebel stand so dicht vor mir, als wären Himmel und Wasser miteinander verschmolzen.

»Herrin des Sees!«, rief ich. »Oder sollte ich sagen: dunkle Fei? Ich bin zurück. Volpar ist hier, um dir zu danken.«

Ein geisterhaftes Lachen kam aus dem Nebel. Ein Gesicht formte sich zwischen den Schwaden. »Der kleine Wicht hat seine Aufgabe vollbracht – die Aufgabe eines Helden! Wer von den Großen hätte das für möglich gehalten. Und mehr noch, er ist schlauer aus Falinga zurückgekehrt und weiß nun mehr über seine Gönnerin.« Wieder lachte das zarte Gesicht im Nebel hell auf, und die Schwaden darum ließen an die Umrisse eines zierlichen Leibes denken, von schleierartigen Gewändern umflort.

»Ich habe den Erzählungen von Soldaten und Heerführern gelauscht, den Legenden über die Finstervölker und ihre Erscheinungen, und ich habe meine Schlussfolgerungen gezogen. Nur eines verstehe ich nicht: Die Fei haben Zuflucht gefunden an Leuchmadans Hof. Warum hat eine von ihnen ihren Herrn verraten und mir geholfen? Du musst gewusst haben, dass deine Gabe, dein Schlüssel, dasjenige sein würde, was letztlich Leuchmadans Untergang und die Niederlage deines Volkes besiegelt.«

»Die Niederlage meines Volkes?« Der Nebelstreif vor meinen Augen zitterte. »Na, na – wir wollen es doch nicht übertreiben. Leuchmadan ist fort, ein paar Goblins sind gestorben. Aber wir beide sind noch hier, und unsere Geschichte geht weiter. Bringst du mir, worum ich dich gebeten habe?«

»Du meinst Leuchmadans Herz?«, fragte ich. »Ich bin hier, weil ich dir sagen wollte, dass es verschwunden ist. Die Zwerge haben es gestohlen, so heißt es.«

»Oder die Elfen«, sagte die Fei. »Ich habe die Gerüchte gehört. Ich bin nicht ohne Spione im Lager meiner Feinde. Aber ich hatte gehofft, du hättest das Kleinod an dich gebracht, um unseren Handel zu erfüllen.«

Nebelstreifen betasteten mich. Ich blieb standhaft. »Jemand ist mir zuvorgekommen. Und ich glaube nicht, dass es die Elfen waren, denn mein Volk steht unter ihrem Schutz, und ich war in ihrer Nähe. Ich hätte es merken müssen, wäre dieser Schatz beim Elfenkönig Parestas aufgetaucht.«

»Vielleicht.« Der Nebel säuselte enttäuscht. »In jedem Fall hast du es nicht bei dir.«

»Du hast mir noch immer nicht verraten, warum du deinen Meister Leuchmadan verraten hast.« Ich grübelte bei diesen Worten, ob meine Neugier noch einmal mein Tod sein würde. »Und was du mit Leuchmadans Herz anfangen wolltest.«

»Leuchmadans Herz?«, fragte die Fei zurück. »Das Herz ist nichts weiter als ein lästiges Übel, das wir noch loswerden müssen. Die wahre Macht liegt in dem Kästchen! Alle Macht, die wir brauchen, um die Welt nach unserem Willen zu formen.

Ich war Leuchmadans Sekunda, und als Geliuna, die Schwarze Fei, bin ich überall bekannt unter den Finstervölkern. Aber Daugazburg ist nicht meine Heimat. Ich habe dir gesagt, Wichtel, dass wir beide Verbannte sind. Einst wohnte ich in diesem See, ein Geist dieses Ortes, der der Liebe geweiht war. Es gab Zeiten, da haben mich die Vorfahren deines Volkes und sogar die ersten Menschen als Göttin verehrt. Es waren einfachere Tage, damals, als die Mächte der Fei keinen Körper besaßen und die körperlichen Wesen ihren Gefühlen folgten.

Dann aber kamen die Menschen von Bitan mit ihren eigenen Göttern, und die Elfen ersetzten ihre Gefühle durch Regeln und Prinzipien. Sie alle versuchten, zu planen und zu ordnen, und was wird dann aus der Liebe? Nicht mehr als ein lästiges Hindernis, das man beiseiteräumte.

Oh ja, ich fand Zuflucht in Daugazburg, wie alle anderen Geschöpfe, die sich nicht in die neue Ordnung fügen wollten. Aber mein See und mein Land starben, und mein Geist verdorrte. Ich musste eine körperliche Gestalt annehmen, um fortziehen zu können. Und die Liebe genießt in meiner neuen Heimat so wenig Achtung wie hierzulande. Für die Menschen ist sie eine Bedrohung, die zur Sünde verführt, den Finstervölkern gilt sie als schwach und nutzlos.

Du meinst also, Wichtel, ich gehöre zu Leuchmadans Hof? Nicht, solange ich ihn nicht nach meinem Bild, nach meiner Bestimmung neu gestalten kann!

Und das werde ich nun tun, Wichtel, denn jetzt gehört Daugazburg mir. Ich werde beweisen, dass die Liebe stark ist, dass Liebe herrschen kann. Ich werde den Menschen, die mich vertrieben haben, zeigen, dass Liebe Ordnung schaffen kann und dass Liebe Macht bedeutet. Liebe kann auch Schmerz bereiten, und das Feuer in den Herzen kann eine Welt in Brand setzen. Die Menschen haben uns vertrieben, dein Volk und mich, sie haben die Art und Weise zerstört, wie wir gelebt haben. Jetzt werde ich unsere Rechte einfordern, ich werde die Zeit zurückdrehen, und wenn die Menschen meine Liebe nicht haben wollen, so bringe ich sie ihnen mit Gewalt.«

»Und dazu«, fragte ich vorsichtig, »brauchst du das Kästchen aus Leuchmadans Hort?«

»Nicht, um in Daugazburg über die Finstervölker zu herrschen. Dabei, mein kleiner Freund, hast du mir schon genug geholfen. Mit dem Kästchen aber könnte ich Menschen und Goblins gleichermaßen meinen Willen aufzwingen. Die Länder würden eins werden, die Völker von Licht und Finsternis zueinander finden. Alles wird sein, wie es einst war – überall!

In den richtigen Händen, Wichtel, kann Leuchmadans Kästchen Wunder wirken. Und wenn du es mir bringst, soll dein Volk das erste unter all meinen Völkern sein. Denn die Liebe, mein Freund, kennt keine Grenzen, in Großmut wie in Zorn, und ich teile die Fülle, die die Macht mir schenkt, gerne mit jenen, die mir nahestehen.«

Ich schüttelte den Kopf. »Weißt du, Fei Geliuna, all diese Ideen mit Ländern und Völkern sind zu groß für mich. Ich bin ein einfacher Halbling, ein Dieb und ein Abenteurer.

Doch mit Verlaub, Fei Geliuna, was du vorhast, das klingt für mich genau nach dem Trachten der neuen Menschen, die auf Macht aus sind und Pläne schmieden, und die die Liebe dabei missbrauchen und gering schätzen. Es klingt für mich nicht nach der Wiederkehr der alten Tage, als alle Geschöpfe, wie du sagtest, frei ihren Gefühlen und ihrer Bestimmung folgten.«

Lange blieb es still. Der Nebelstreif hing reglos vor mir in der Luft, das Antlitz darin erstarrte und verschwamm. Alle Lebendigkeit war von der Erscheinung gewichen. War ich zu weit gegangen mit meinen kecken Worten?

Dann aber wallte der Nebel auf, die Züge der Fei wurden feiner, und das Lächeln, das sich darin abzeichnete, hatte etwas Verlorenes an sich. »Vielleicht hast du Recht, mein kleiner Wicht. Womöglich ist der Wandel zu weit gegangen und hat mich selbst schon erfasst. Womöglich kann niemand die Tage von einst zurückbringen. Dennoch folge ich lieber meinem Traum, als mich jenen zu unterwerfen, die mir ihren Willen aufzwingen wollen.

Ich kann nicht vergessen, Wichtel, und wenn am Ende nicht mehr dabei herauskommt als Rache für meine Verbannung, für meinen verlorenen See und das, was die Menschen daraus gemacht haben – wer will es mir verdenken?

Und wäre mein Traum nicht auch besser für dich und dein Volk? In einer Welt, wie ich sie schaffen will, beherrscht von der Liebe statt von Kraft und Gewalt, da können auch die, die man jetzt Halblinge nennt, zu den Großen zählen. Denn was zählt, wird die Größe des Herzens sein, nicht jene des Leibes.

Ich biete dir also weiterhin ein Bündnis an, Volpar. Als Dieb und als Abenteurer hast du einen Platz an meiner Seite. Suche für mich nach Leuchmadans Kästchen, bei den Elfen und bei den Zwergen und bei den Menschen. Und am Ende können die Kleinsten ein weiteres Mal den Lauf der Welt verändern.«

Meine Neugier hatte mich noch einmal an diesen See geführt. Ein Wagnis, gewiss, doch nun hatte ich die Antworten auf all meine Fragen. Ich verabschiedete mich und verließ dann rasch den Ort. Eine Weile war ich noch in Sorge, ging Umwege und ließ Zeit verstreichen, damit Geliunas Aufmerksamkeit mir nicht folgte. Aber wer macht sich schon die Mühe, einen Halbling zu beobachten?

Endlich, als ich mich sicher fühlte, kehrte ich um und holte das Kästchen aus der Grube, in der ich es versteckt hatte, bevor ich zu der Dame vom See gegangen war. Es war in Seide geschlagen, wie ich es im Heerlager gelernt hatte – in Seide, welche die magische Ausstrahlung abschirmte. Ich widerstand der Versuchung und ließ meinen Schatz verhüllt. Die Zeit mag kommen, da man ihn gefahrlos hervorholen kann, doch in jenem Augenblick waren gewiss sämtliche Zauberer der Welt auf der Suche nach dem verschwundenen Kleinod, weswegen es wichtig war, dass nichts von seiner Macht nach außen drang.

Umhüllt hielt ich es eine Weile auf dem Schoß, jenes silberne Kästchen, das Leuchmadans Herz und so viel magische Macht in sich barg. Einen Krieg hatte es schon entschieden, und weitere Kriege warteten darin auf denjenigen, der das Artefakt gebrauchte und seine Macht in die Welt entließ.

In den richtigen Händen könne es Wunder bewirken, hatte Geliuna gesagt. Doch manchmal sind die richtigen Hände diejenigen, die keinen Gebrauch von einer Sache machen wollen. Also nahm ich es mit zu mir nach Hause, barg das Kästchen sicher eingepackt in meinem Keller und bewahrte den Frieden.

Es ist ruhig und sicher im Wichtelwald. Mitunter ziehe ich noch auf Abenteuer aus, aber wenn ich zurückkehre, finde ich mein Haus und mein Volk unversehrt, und eine Tasse Tee steht immer bereit. Der Krieg gegen die Finstervölker, der all das bedroht hatte, ist nur mehr Geschichte, und ich habe ihn beendet.

Inzwischen ist das Leben, sind die Gefahren klein geworden, und der

Alltag hat Einkehr gehalten im Wichtelwald. Ein kleines Leben für kleine Leute, und die großen Krieger müssen anderswo Zerstreuung suchen.

Nur manchmal, wenn mir ein wenig langweilig wird, dann gehe ich in meinen Keller und nehme meine Kriegsbeute in die Hand. Ich packe sie nicht aus, halte sie nur und erinnere mich daran, wie selbst die Kleinsten das Schicksal der ganzen Welt in Händen halten ...

... und darüber entscheiden können.

BEIM BARTE DER AHNEN

von Aileen P. Roberts

»Beim Barte der Ahnen, Dimdur, du bist eine herbe Enttäuschung!«

Mit eingezogenen Schultern stand der junge Dimdur vor seinem Vater. Buschiges graubraunes Haar und ein prächtiger Bart, der ihm bis auf den Bauch hing, umwallten das Gesicht des berühmten Zwergenkriegers. Fengaars dunkle Augen hatten sich zusammengezogen, als er über Dimdurs noch immer glattes Kinn strich. »Es bedarf wohl eines Wunders, wenn dir in sechs Tagen noch eine anständige Gesichtsbehaarung wachsen soll!« Kopfschüttelnd wandte sich Fengaar ab, wobei seine nietenbesetzte Lederrüstung knarrte. Mit donnernden Schritten begab er sich zum Kampfplatz außerhalb der Höhlen, wo er die jungen Zwerge in der Kriegskunst unterrichtete.

Dimdur ließ den Kopf hängen. Er wusste selbst, dass es für einen Zwerg eine Schande war, in seinem Alter noch immer keinen Bart zu tragen. In sechs Tagen war sein fünfzigster Geburtstag, zu dem jede Menge einflussreiche Krieger aus den umliegenden Zwergenclans eingeladen sein würden – und Dimdur musste seinen Vater wohl erneut blamieren.

Wahrscheinlich hat Vater es schon längst bereut, mich damals bei sich aufgenommen zu haben, dachte Dimdur betrübt. Ihm war schon lange bekannt, dass er ein Findelkind und seinem älteren Bruder Randur in jeglicher Hinsicht unterlegen war. Randur, ein furchtloser Krieger, unangefochtener Meister mit Kriegshammer und Axt, hatte bereits mit knapp dreißig Wintern einen Bart gehabt, um den ihn jeder junge Zwerg beneidete. Langsam schlurfte Dimdur aus der Höhle und beobachtete flüchtig die jungen Krieger – allesamt bessere Kämpfer als er. Dimdur selbst wusste sich zwar zu verteidigen, wenn es sein musste, aber Gefallen an der Kriegskunst fand er nicht. Lieber streifte er durch die umliegenden Berge, legte sich auf moosbewachsene Lichtungen und beobachtete, wie die Wolken dahinzogen. Auch heute wollte er sich wieder davonschleichen, als ihn die keifende Stimme seiner Großtante Frengata aufhielt: »Nimm deine Schuhe mit, du Schurke, sonst trittst du dir nur Dornen in die Füße, und wer muss sie dir dann wieder herausziehen? Ich!« Auf krummen Beinen kam die kräftige Zwergin mit dem schlohweißen Haar und dem dünnen Bart im Gesicht auf ihn zugeeilt, wobei sie ihm seine abgewetzten Lederstiefel hinhielt.

Wohl wissend, dass bei Frengata jedweder Protest sinnlos war, nahm er die Schuhe mit einem halbherzigen Lächeln entgegen und zwängte seine Füße hinein. Dimdur konnte Schuhwerk nicht ausstehen, er mochte das Gefühl, wenn Gras seine Zehen kitzelte oder er feuchte Erde spürte. Doch im Augenblick musste er sich fügen und eilte unter dem prüfenden Blick seiner Großtante davon.

Die Zwergensiedlung lag in einem Talkessel. Mehrere Höhlen umgaben den Kampfplatz, und nur über einen schmalen Pfad gelangte man weiter in die Berge hinein. Dimdur kannte noch einen Schleichweg den Geröllabhang hinauf, welchen er auch heute benutzte, damit er nicht am Ende zum Schmieden, Kämpfen oder Bierbrauen abkommandiert wurde. Geschickt kraxelte er den Hang empor, ein Blick in die Tiefe ließ ihn allerdings grinsend verharren. Der alte Bronk – er hatte schon weit über vierhundert Sommer gesehen – hüpfte vor seiner Höhle herum, wobei er unablässig seine schwarz verschmierte Hand ausschüttelte.

»Verdammtes klebriges Dreckszeug!«, brüllte er so laut, dass es bis zu Dimdur hinaufschallte. »Damit kann man ja wohl alles zusammenkleben.« Bronk war dafür bekannt, immer neue Erfindungen zu machen – nur meist waren sie leider wenig nützlich.

Als Dimdur auf der Hochebene oberhalb seines Heimattales angekommen war, atmete er befreit auf. Laub- und Nadelbäume standen hier dicht an dicht, unterbrochen von lauschigen Lichtungen, kleinen Bächen oder Bergseen, an denen man herrlich den Tag verbummeln konnte – und das war es, was Dimdur am liebsten tat. Etwa fünf Meilen weit schlenderte er durch den Wald, griff sich hier eine Hand voll Brombeeren, dort einen essbaren Pilz oder ein paar Nüsse. Anschließend ließ er sich an einem schilfbewachsenen See ins weiche Gras sinken. Träge summten die Insekten an ihm vorbei, eine Libelle ließ sich auf seinem Zeh nieder – seiner Stiefel hatte er sich schon längst entledigt.

Wie im Namen von Grambûr, dem Zwergengott, sollte ihm bis in sechs Tagen ein Bart wachsen? Sollte er einen Zauberer aufsuchen? Eigentlich fürchtete er sich vor dieser Gilde, aber was blieb ihm sonst übrig? Seine Gedanken schweiften zu den Elfen – die trugen keine Bärte, und auch wenn sein Volk die ›*blütenfressenden, dürren Waldgespenster*‹, wie sein Vater sie immer nannte, nicht sonderlich mochte, fand Dimdur sie doch faszinierend. Anmutig waren sie, hübsch anzusehen – und erst ihre Pferde! Die meisten Zwerge konnten mit Pferden wenig anfangen, und auch Dimdur hatte gehörigen Respekt vor ihnen, aber er fand sie unvergleichlich schön, wenn sie über die Weiden des Elfenreichs galoppierten. Heimlich hatte er sie schon oft beobachtet, und eine dunkelbraune Stute hatte es ihm besonders angetan. Ihr Fell besaß die Farbe seines eigenen wuscheligen Haares. Und ihr langer Schweif, der wie ein Komet hinter ihr herzupeitschen pflegte! Daraus könnte man sich einen wunderbaren Bart machen. Unwillkürlich fuhr Dimdurs Hand über sein glattes Kinn. Moment mal ... Eine verrückte Idee setzte sich in seinem Kopf fest, die er zunächst abschütteln wollte, aber gleich der kleinen Mücken, die ihn nun belästigten und ihn immer wieder ins Gesicht stachen, kehrte sie zu ihm zurück. Schließlich erhob sich Dimdur und eilte auf seinen stämmigen Beinen den Pfad hinab ins Dorf. Als er Frengata in seine Richtung kommen sah, versteckte er sich eilig hinter einem leeren Bierfass, denn sie hätte ganz sicher eine Aufgabe für ihn gehabt. Die resolute Zwergin blieb vor Bronks Höhle stehen, und Dimdur konnte ihre Stimme klar und deutlich vernehmen: »Was für garstiges Zeugs hast du denn da gebraut?«

»Ein wirksames Mittel zur Befestigung von ... allem«, grummelte Bronk.

»Und was gedenkst du zu befestigen?«

»Das weiß ich selbst noch nicht«, räumte der alte Zwerg kleinlaut ein.

»Pah« – ein Blick über den Rand des Fasses zeigte Dimdur das rot angelaufene Gesicht seiner Großtante – »sieh nur zu, dass du diesen Mist nicht auf deine Kleider kleckerst. Am Ende bin wieder *ich* es, die alles waschen muss. Männer – Schurken, allesamt Schurken!« Abfällig fuchtelte sie in der Luft herum. »Ständig wollen sie etwas verbessern und machen alles doch nur schlimmer, und wer muss es ausbaden?« So schimpfte sie in einem fort und hörte auch nicht auf, als sie schon außer Sichtweite war.

Dimdur wartete noch einige Atemzüge ab, dann schlich er zu Bronk, der betrübt auf seine verklebte Hand starrte. »Ich hätte eine Verwendung dafür«, grollte er vor sich hin, »man könnte Frengatas großen Mund damit zukleben – das wäre ein Gewinn für den gesamten Clan!«

Dies brachte Dimdur zum Lachen. Ertappt drehte sich Bronk zu ihm um, schätzte Dimdur dann aber offensichtlich nicht als Gefahr ein und grinste sehr breit. »Ist doch wahr, oder nicht?«

»In der Tat«, stimmte Dimdur kichernd zu. »Ähm, also Bronk, könnte ich etwas von deiner Erfindung haben?«

»Du willst doch nicht tatsächlich Frengatas Mund ...« Der alte Zwerg riss seine Augen so weit auf, dass sie aus den Höhlen zu quellen drohten, aber Dimdur schüttelte eilig den Kopf.

»Nein, aber ich bewundere deine Erfindung und hätte gerne einen Tiegel voll davon.«

»Ach wirklich?« Stolz streckte sich Bronk. »Du musst wissen, ich habe seit dem vorletzten Vollmond daran gearbeitet.« Sein prüfender Blick schweifte über Dimdur. »Aber du wirst nichts zum Schaden des Clans damit anfangen! Das musst du mir versprechen. Ihr jungen Kerle habt doch nur Blödsinn im Kopf.«

»Ich verspreche es beim Barte meiner Ahnen«, gelobte Dimdur sogleich, denn was er vorhatte, würde zum Nutzen seines Clans sein. Also füllte Bronk – äußerst vorsichtig – etwas von dem zähen, klebrigen Brei in einen hölzernen Tiegel. »Sieh nur zu, dass er fest verschlossen bleibt. Wenn das Zeug ausläuft und deine Kleider verschmutzt, wird mich Frengata vierteilen!«

»Keine Sorge.« Beschwingt machte sich Dimdur auf den Weg, verließ auch diesmal ungesehen das Dorf und eilte dann den Berg hinab. Selbst wenn er über Nacht fortblieb, würde ihn vermutlich niemand vermissen, denn nach den anstrengenden Übungskämpfen pflegten sich seine Clanbrüder zu betrinken und mit ihren glorreichen Siegen zu prahlen – etwas, wobei Dimdur nicht mithalten konnte.

Dimdur wusste genau, wo die ersten Elfensiedlungen lagen. Weiter unten im Tal, von dichten Laubwäldern verborgen in den Hügeln, die weniger den harschen Winden ausgesetzt waren als die Zwergenhöhen.

Unterwegs plagten Dimdur dann doch noch Zweifel an der Durchführbarkeit seines Planes, aber er wollte seinen Vater nicht schon wieder enttäuschen.

Die Abenddämmerung war hereingebrochen, als er das erste Elfendorf entdeckte. Prächtige Bauten aus dem grauen Stein der Berge schmiegten sich an Felswände oder waren sogar um mächtige alte Bäume herumgebaut. Einige Elfen wandelten noch in der Abenddämmerung umher, aber bald begaben sie sich auf ihren Versammlungsplatz und stimmten melodische Gesänge an, denen Dimdur normalerweise gerne lauschte, aber heute hatte er etwas anderes vor. Geduckt schlich er zu einer weitläufigen Lichtung, auf der, wie er schätzte, dreißig schlanke, zierliche Pferde grasten. Sein Herz klopfte, als er sein kleines Messer zog. Beinahe wäre er wieder umgedreht, aber dann nahm er doch all seinen Mut zusammen und ging auf die braune Stute zu. Sie war größer, als er sie in Erinnerung gehabt hatte, überragte ihn annähernd um das Doppelte. Er wollte fliehen, aber dann sah sie ihn mit sanften braunen Augen an und schnaubte leise.

»Ich benötige nur ein kleines Stück von deinem hübschen Schweif«, sagte er atemlos und streckte seine zitternde Hand aus. »Du hast doch genügend, aber ich, ich habe keinen Bart, und wenn ich mir deine Haare mit Bronks Kleister ins Gesicht klebe, kann mein Vater stolz auf mich sein, wenn die Krieger der Zwergenclans zu meiner Geburtstagsfeier kommen.«

Dimdur erschien es beinahe, als würde die Stute ihn verstehen. Sie rührte sich nicht, beobachtete ihn nur. Vorsichtig nahm Dimdur die weichen, aber zugleich auch festen Haare ihres Schweifes in die Hand, dann begann er langsam zu säbeln. Als die Stute sich weiterhin nicht bewegte, wurde er mutiger. Sie stets im Blick haltend, vollendete er seine Arbeit und schlich dann eilig durchs Gebüsch davon, bevor ihn am Ende noch jemand entdeckte.

Das hatte ja hervorragend funktioniert, Dimdur war stolz auf sich.

An einer Quelle betrachtete er sich in dem natürlichen Wasserbecken, in welches diese sich ergoss. Winzige bunte Fischchen schwammen darin umher, aber dennoch konnte er sich in der glatten Wasseroberfläche recht gut erkennen. Seine Haare waren dicht und buschig, so wie bei vielen Zwergen, auch über seine ausgeprägten Augenbrauen durfte er sich nicht beschweren. Aber dann fuhren seine Finger über sein glattes Kinn, und er schüttelte den Kopf. Warum nur strafte ihn Grambûr? Kurz entschlossen holte er den Tiegel mit Bronks Klebepaste hervor, strich sich diese großzügig auf Wangen, Kinn und Oberlippe und drapierte anschließend die langen Pferdehaare darauf, bis er eine dichte, üppige Schicht Barthaare vorweisen konnte. Fürs Erste zufrieden, nickte Dimdur, stand auf – und entdeckte auf einmal rechts der Quelle auf einem Stein, hübsch mit Blumen und Moos geschmückt, einen Laib Brot und goldgelben Käse. Vermutlich war dies ein Opferstein für die Geister des Waldes. Sein Blick streifte umher. Er lauschte, doch er war noch immer allein. Unschlüssig rieb er sich seine Nase, zögerte kurz, und packte dann hastig die Leckereien in seine Tasche. Ganz sicher waren die Geister des Waldes nicht so hungrig wie er und würden ihm dieses eine Mal verzeihen.

Zufrieden mit sich und der Welt, lag Dimdur kurz darauf auf einem Hügel im Sternenlicht und kaute an dem köstlichen Nussbrot der Elfen herum, welches er sich von ihrem Opferaltar stibitzt hatte. Neben sich lag der Rest seiner Trophäe, ein gewaltiges Büschel von dunkelbraunen Pferdehaaren. Er hatte sich gleich einen größeren Vorrat angelegt und dabei an seine beiden knapp zwanzig Winter alten Vettern gedacht, die sich sicher auch darüber freuen würden, angemessene Gesichtsbehaarung zu tragen, denn bei ihnen ließ der Bartwuchs ebenfalls auf sich warten. Schweife von Elfenpferden wuchsen bestimmt rasch – das glaubte Dimdur zumindest. Zugegebenermaßen machte die Rückansicht der Stute nun einen etwas räudigen Eindruck. Ihre Behaarung reichte nicht einmal mehr über die Sprunggelenke, aber Dimdur wischte alle aufkeimenden Schuldgefühle beiseite. Dieser Geburtstag würde der beste seines Lebens werden und ihm endlich den Respekt seines Vaters einbringen. Gesättigt legte er sich hin, denn für den Rückweg war es schon zu spät.

Aufgebrachtes Stimmengewirr weckte Dimdur aus seinem tiefen Schlaf, und er erhob sich ruckartig. Unten auf der Pferdeweide herrschte großer Aufruhr. Schwer bewaffnete Elfenkrieger hatten sich versammelt und schienen zum Aufbruch bereit zu sein.

»Findet den Übeltäter, der unsere heilige Stute derart zugerichtet hat!«, schrie gerade ein hochgewachsener Elf, dessen langes goldenes Haar im Sonnenschein glänzte.

Heilige Stute? Dimdur spürte, wie ihm jegliches Blut aus dem Gesicht wich, und er erinnerte sich an Erzählungen seines Vaters. Die Elfen dieser Region verehrten die Pferdegöttin Eliván, und in jedem Zyklus wurde ein Fohlen geboren, welches ebendiese Göttin verkörperte. Hatte er sich ausgerechnet die Schweifhaare jener Stute ausgesucht? Dimdur schluckte schwer, dann schlich er durchs Unterholz fort von der Siedlung und hoffte, möglichst unerkannt von hier wegzukommen.

Leider war es ihm mit seiner gedrungenen, stämmigen Gestalt nicht möglich, sich so lautlos wie ein Elf zu bewegen, selbst wenn er – von seinem rundlichen Bauch abgesehen – für einen Zwerg noch recht schlank war. Und daher dauerte es nicht lange, bis die ersten Elfen ihn entdeckten. Dimdur spurtete los, immer weiter den Berg hinab, darauf hoffend, die Reiter im dichten Unterholz abschütteln zu können. Sein Atem ging rasselnd. Schweiß rann ihm unter dem grauen Wollhemd den Rücken hinab. Dimdur rannte schneller als je zuvor in seinem Leben. Dorniges Geäst riss ihm einen Teil seines Bartes schmerzhaft vom Gesicht, aber darum konnte er sich jetzt nicht kümmern. Schreie von links – ein silbergraues Pferd brach durch das Gebüsch, und ein Elfenbogen zielte auf ihn. Ein erschrockenes Quietschen war alles, was er herausbrachte, und am zornigen Gesicht des Elfen sah er, dass jegliche Erklärung hinfällig war, denn die Haare auf seinem Gesicht sprachen mit Sicherheit für sich. Dimdur wusste sich nicht anders zu helfen, als einen Steilhang hinabzuhechten. Schmerzhaft polterte er über Geröll und Baumstümpfe, er war sich beinahe sicher, nicht lebend den Grund zu erreichen – und falls doch, dann nur mit gebrochenen Knochen, den Elfen vollständig ausgeliefert. Rasend schnell zogen Bäume und Büsche an ihm vorbei, während er sich wieder und wieder überschlug. Überraschenderweise lebte er noch, als seine rasante Talfahrt ein Ende fand.

Stöhnend richtete er sich auf, fühlte am gesamten Körper Prellungen, Blut lief seine Schläfe hinab – aber er hatte überlebt! Oberhalb von sich vernahm er zornige Stimmen. Vermutlich diskutierten die Elfen nun darüber, wie sie seiner habhaft werden konnten. Trotz seiner Schmerzen erhob sich Dimdur und sah sich um. Nur wenige Schritte vor ihm erstreckte sich ein Moorgebiet. Wabernde Nebelschwaden gaben beinahe widerwillig den Blick auf sumpfige Erde, Schilf und brackiges Wasser frei.

Dimdur dachte nach. Er fürchtete sich vor den Sümpfen, aber noch mehr vor den Elfen, die sich anschickten, ein Stück westlich von ihm langsam den Berg hinabzureiten. Also fasste er sich ein Herz, atmete tief durch und humpelte auf den Nebel zu, welcher ihn hoffentlich vor den feindlichen Blicken schützen würde. Seine nackten Füße versanken bei jedem Schritt mit einem schmatzenden Geräusch im weichen Untergrund, und ständig sah er sich um, lauschte, ob er verfolgt wurde. Geduckt schlich Dimdur zwischen Schilfrohr und Wasserpflanzen umher. Da – auf einmal entdeckte er einen weißen Schatten. Beinahe lautlos ritt ein silberhaariger Elf auf seinem anmutigen Schimmel direkt an ihm vorbei.

Dimdur kauerte sich auf den feuchten Grund, bemüht, kein Geräusch von sich zu geben, er wagte nicht einmal zu atmen. Gleich musste der Elfenkrieger ihn sehen. Dimdur konnte schon sein scharf geschnittenes, anmutiges Gesicht erkennen, seine Augen, die unermüdlich die Gegend absuchten. Doch plötzlich knackte es in der entgegengesetzten Richtung. Der Elf hielt an, drehte sich um und ließ sein Pferd wenden, woraufhin Dimdur erleichtert die Luft ausblies. Einige Atemzüge verharrte er noch, dann wagte er sich weiter in den Sumpf hinein. Allerdings zweifelte er nach kurzer Zeit an der Klugheit seiner Entscheidung, denn schon bald hatte er die Orientierung gänzlich verloren. Tiefer und tiefer sanken seine Füße in den Morast. Wenn er hier im Moor versank, hatte er nichts gewonnen – und suchen tat ihn ganz sicher so weit von seiner Siedlung niemand. Möglicherweise wäre seine Familie ja sogar froh, ihn loszusein, ihn, den schmächtigen Zwerg ohne Bartwuchs. Ein leises Schluchzen entstieg Dimdurs Kehle, und als er sich über die Augen wischte, achtete er nicht auf seinen Weg. Unvermittelt steckte er bis zur Hüfte in einer zähen braunen Masse.

Bei allen Zwergengöttern, jetzt ist es aus, dachte Dimdur, denn was er auch tat, es gelang ihm nicht, sich zu befreien. Gruselig waberten die Nebelschwaden an ihm vorüber, berührten sein Gesicht, und unwillkürlich musste er an kalte, tote Finger denken. Die Ältesten hatten Geschichten von Geistern erzählt, die ruhelos durchs Moor zogen. Kamen sie jetzt etwa, um ihn zu holen, seine Seele zu rauben und auf immer hier zu binden? Dimdur erwägte, nach Hilfe zu schreien. Ein Elfenpfeil im Herzen war vielleicht besser, denn als ruhelose Moorleiche umherzuwandeln, aber dann traute er sich doch nicht. Noch einmal zerrte Dimdur an seinem Bein, drehte sich nach rechts und links und fluchte dabei derart derb, dass selbst sein Vater Fengaar stolz auf ihn gewesen wäre. Trotzdem waren seine Mühen nicht von Erfolg gekrönt.

»Dann holt mich doch, ihr dürren, bleichen Waldgespenster«, schrie er schließlich in seiner Verzweiflung.

Als er jedoch nach rechts sah, verwünschte er sich für seinen unüberlegten Ruf. Auf einen Langbogen gestützt, stand eine Elfe neben ihm und musterte ihn stumm. Dimdur schluckte schwer, und nachdem er seinen ersten Schrecken überwunden hatte, bemerkte er, dass sie anders aussah als alle Elfen, die er bisher getroffen hatte. Sie war deutlich kleiner, ihre Haut von einer dunkleren Farbe, ähnlich dem Sumpfwasser, und ihr langes Haar, in das Schilf und Blätter eingeflochten waren, war von einem grünlichen Braun, sodass sie beinahe mit der Umgebung verschmolz.

»Na los, dann erschieß mich doch«, verlangte er zornig und klatschte mit seinen breiten Händen aufs Wasser.

»Weshalb sollte ich das tun?«

Verdutzt stutzte Dimdur. »Gehörst du nicht zu – denen?« Er deutete in die Richtung, aus der er gekommen war.

»Nein, tue ich nicht. Mein Name ist Raliána.«

»Ähm, also, ich bin Dimdur«, stellte er sich vor. »Was im Namen der Götter bist du?«

»Diese Frage habe ich mir bei dir zuerst auch gestellt.« Sie sprach etwas tiefer, weniger melodisch als die anderen Elfen, aber doch in einem weichen, sympathischen Tonfall, der eine gewisse Belustigung erahnen ließ. Raliánas sanft geschwungene Lippen hoben sich, dann hielt sie ihm das Ende ihres Bogens hin. »Ich bin eine Moorelfe. Nun greif schon zu, oder steckst du freiwillig in diesem Loch?«

Vor Staunen weiteten sich Dimdurs Augen, dann griff er jedoch beherzt zu. Moorelfen – davon hatte er noch nie gehört. Mit überraschender Kraft zog die zierliche, schlanke Raliána ihn aus dem Sumpf, wobei sich Muskeln unter ihrem engen grauen Hemd abzeichneten und ihre hohen Wangenknochen vor Anstrengung noch weiter hervortraten. Es schmatzte, es blubberte – Dimdur hatte das Gefühl, ihm würden die Arme ausgerissen werden, aber schließlich stand er auf halbwegs festem Grund. Wasser troff aus seiner Hose.

»Herzlichen Dank, Raliána von den Moorelfen.«

»Es war mir eine Ehre, Dimdur. Bist du hungrig?«

Dimdur war stets hungrig, und daher nickte er, ohne weiter nachzudenken.

»Dann folge mir.« Mit leichten Schritten, die den Boden kaum eindrückten, schritt die Moorelfe voran und führte Dimdur zu einer von hohem Schilf bewachsenen Erhebung in den Sümpfen. Mit seinen Füßen prüfte er den Untergrund und freute sich, als er festes Erdreich unter seinen nackten Zehen spürte. Hinter einem Felsen holte die Elfe ein Bündel hervor und zauberte getrocknetes Fleisch, Räucherfisch und hartes graues Brot aus ihrem Leinenbeutel. Begeistert griff Dimdur zu, und auch wenn der Geschmack ungewohnt war, ließ er es sich schmecken. Als er sah, wie Raliána irgendwann eine ihrer feinen braunen Augenbrauen hob, hielt er inne. Ihm schwante, dass er möglicherweise ihre Ration von mehreren Tagen verspeist hatte, doch sie rügte ihn nicht. Betreten räusperte er sich und versuchte, von seiner unbedachten Gier abzulenken. »Es mag sein, dass ich in Torowinns Unterricht nicht aufgepasst habe, aber noch niemals zuvor habe ich von Moorelfen gehört.«

»Nur wenige wissen von uns«, bestätigte Raliána leise. »Unsere Verwandten, die Waldelfen, und auch die der Ebenen schämen sich für uns.«

»Weshalb denn?«

Sie hob ihre schmalen Schultern. »Wir erschaffen weder kunstvolle Bauwerke noch legen wir Wert auf edle Gewandungen, wertvollen Schmuck oder die hohe Kunst des Dichtens. Wir leben hier in den Sümpfen unser eigenes freies Leben.« Aus diesen Worten sprach sehr viel Stolz, ihre Augen funkelten, die Schultern waren gestrafft, das Kinn erhoben. Aber dann biss sie sich auf ihre Lippe. »Unsere Verwandten schämen sich unseres Anblicks, weil wir nicht so schön und anmutig sind wie sie.«

»Ich weiß, wie du dich fühlst«, seufzte Dimdur schwer. »Die anderen Zwerge schämen sich meiner ebenfalls.« Verlegen fuhr er sich über seinen angeklebten Bart.

»Zwerge?« Sichtlich verwirrt zog Raliána ihre Stirn kraus.

»Ja, mein Vater, mein Bruder, und ganz besonders meine Großtante Frengata.«

»Was hast du mit Zwergen zu schaffen?«

»Welch seltsame Frage, sie sind meine Familie.«

Jetzt schien die Moorelfe die Welt nicht mehr zu verstehen. Sie beugte sich zu Dimdur vor. »Noch niemals zuvor habe ich gehört, dass ein Halbling unter Zwergen lebt.«

»Was soll denn ein Halbling sein?«

Ein leises, kehliges Lachen entstieg ihrer Kehle. »Na, du selbstverständlich!«

»Ich bin ein Zwerg!«, empörte sich Dimdur.

Zunächst setzte Raliána zu einer Entgegnung an, aber dann stutzte sie. »Du glaubst das wirklich, nicht wahr?«

Dimdur nickte bestätigend, und sie schüttelte den Kopf, dann zog sie ihn auf die Beine. »Du bist kleiner als ein Zwerg, schmächtiger, und dieses eigentümliche Gestrüpp, das du dir offenbar auf die Wangen und das Kinn geklebt hast, kann auch nicht über deine wahre Herkunft hinwegtäuschen.« Sie goss ihm ihren Wasserbeutel über die Füße, was Dimdur empört aufquietschen ließ. »Sieh nur deine breiten, bepelzten Füße. Hast du die jemals bei einem Zwerg gesehen?«

»Nein«, räumte er ein. Auch wenn er Raliána in gewissen Dingen Recht geben musste, weigerte sich sein Inneres, ihr Glauben zu schenken. »Aber es gibt keine *Halblinge*. Ich habe noch niemals von ihnen gehört!«

»Auch von uns Moorelfen hast du nichts gewusst, und trotzdem stehe ich vor dir.« Ein triumphierendes Grinsen stand auf ihrem schmalen Gesicht.

»Wahrscheinlich bist du ein Moorgeist, der mich zum Narren halten will«, grollte er und schickte sich dazu an, zu gehen. Doch Raliánas schlanke Hand hielt ihn fest, und plötzlich war ihre Stimme weich.

»Warte. Du hast dir diese Haare doch nur ins Gesicht geklebt, um wie deine Verwandten auszusehen, nicht wahr? Bestimmt hast du dich auch schon häufig gewundert, weshalb du so ganz anders bist als sie.«

Mit offenem Mund starrte er sie an. »Ähm – ja, schon.«

Sie strich über seine Wange. »Möchtest du nicht sehen, wie deinesgleichen lebt?«

»Also, du meinst ...« Dimdurs Gedanken überschlugen sich.

»Haben dir deine Eltern weisgemacht, du seiest von ihrem Blute?«

»Nein, ich wusste immer, dass ich ein Findelkind bin.«

»Na siehst du.« Sichtlich erleichtert lächelte Raliána ihn an. »Sie wollten dir nichts Böses, vermutlich hat man dich gefunden und für einen schmächtigen Zwergensäugling gehalten. Bis zu einem gewissen Alter ähnelt ihr euch durchaus.« Sie strich ihm über die Haare. »Ich denke, auch deine Zieheltern haben keine Ahnung, dass es Halblinge gibt. Sie leben sehr zurückgezogen, einige Tagesmärsche von diesem Ort entfernt hinter unserem Moor, welches sich kaum jemand zu durchqueren traut.«

»Und du willst sie mir zeigen, diese Halblinge?«, stieß Dimdur hervor.

»Wenn du das möchtest.«

Wie hypnotisiert sah er zu der Elfe auf, dann nickte er. War das vielleicht aller Rätsel Lösung, der Grund, weshalb er sich so völlig von den übrigen Zwergen unterschied? Dimdur wollte es noch immer nicht so richtig glauben, aber was konnte es schon schaden, sich diese *Halblinge* anzusehen.

»Also gut, lass uns aufbrechen«, sagte er unternehmungslustig.

Raliána legte ihren Kopf schief. »Wir sollten dieses grausige Gestrüpp von deinem Gesicht entfernen. Was ist das eigentlich?«

»Pferdehaar«, antwortete er kaum hörbar.

»Doch nicht etwa ...?« Raliánas Augen weiteten sich, und als Dimdur kleinlaut nickte, brach sie in schallendes Gelächter aus.

»Die Waldelfen werden außer sich sein«, gluckste sie und schien dabei eine diebische Freude zu empfinden.

Noch immer verwirrt, folgte ihr Dimdur durch die blubbernde, neblige Moorlandschaft. Er fürchtete sich ein klein wenig, aber mit Raliána als sichere Führerin an seiner Seite bekam er sogar nach und nach ein Auge für die Schönheiten des Moores. Schillernde Libellen kreuzten ihren Weg, fremde Blumen von einem ungewohnten Silberblau blühten hier und dort zwischen den Schilfgräsern, und wenn die Sonne durch den Nebel brach, legte sich ein ganz besonderer Glanz über diese verborgene Welt. Raliána erzählte ihm von den Halblingen, diesem beinahe ausgestorbenen Volk, das abseits von menschlichen, zwergischen oder elfischen Siedlungen lebte. Sie seien Bauern und Viehhirten, die sich kaum um ihre Außenwelt kümmerten, und führten ein zurückgezogenes friedliches Dasein. Nur durch Geschichten von ihrer Großmutter wusste Raliána von ihnen, und als junges Mädchen war sie eine Weile durch die Lande gestreift, um die Völker besser kennenzulernen.

Dimdur fiel es schwer, Raliánas ausgreifenden, federnden Schritten zu folgen, dennoch wollte er keine Schwäche zeigen und eilte auf seinen kurzen Beinen neben ihr her. Er staunte über Raliánas Wissen und darüber, wie viel sie schon von der Welt gesehen hatte. Auf einer Insel mitten im Moor lagerten sie für die Nacht, während Schatten sich drohend über diese eigentümliche Welt legten. Dimdur war nicht ganz wohl zumute, aber die letzten Reste der Opfergaben der Elfen füllten zumindest seinen Magen. »Möchtest du auch etwas?«, erkundigte er sich mit vollem Mund bei der Moorelfe.

»Nein danke.« Sie musterte ihn prüfend, und ein Schmunzeln lag um ihren feinen Mund.

»Was ist?« Dimdur ließ sein angebissenes Käsestück sinken.

»Noch niemals zuvor habe ich jemanden so viel essen sehen!«

»Viel?« Entsetzt sah er auf seinen mageren Vorrat. »Wenn wir nicht bald unsere Vorräte auffüllen, werden wir hungern müssen!«

Auch das brachte die Moorelfe zum Lachen. »Keine Sorge, der Sumpf wird uns ernähren, und sofern wir auf eine Elfensiedlung treffen, kann ich etwas Brot eintauschen.«

Noch war Dimdur skeptisch und begnügte sich daher mit einem winzigen weiteren Bissen des köstlichen Käses, wenngleich er noch immer Hunger verspürte. Dann machte sich Raliána daran, die angeklebten Barthaare von Dimdurs Gesicht zu lösen. Diese Prozedur stellte sich als äußerst schmerzhaft heraus. Nachdem er mehrfach laut aufgeschrien hatte, stellte sich Raliána mit in die Hüften gestützten Händen vor ihn. »Mein lieber Dimdur, die Waldelfen mögen wir abgehängt haben, aber bei solch einem Geschrei kann es sein, dass du sie erneut anlockst, oder am Ende sogar die Geister des Moores.«

»Dann streifen hier tatsächlich Geister umher?« Dimdur riss seine Augen weit auf und spürte, wie ihm kalte Schauer über den Rücken jagten.

»Natürlich«, meinte Raliána ganz gelassen, und als sie weiterhin die Pferdehaare von seinem Gesicht löste, begnügte er sich mit einem leisen Wimmern, wenn es sich gar nicht mehr vermeiden ließ. Nachdem es bald schon völlig dunkel war, hörte Raliána endlich auf, wenngleich noch immer große Teile des falschen Bartes an Dimdur klebten. »Gut, für heute werden uns die Moorgeister in Ruhe lassen.«

»Weshalb?« Leise stöhnend rieb sich Dimdur über sein wundes Gesicht.

»Du hast geheult wie eine Todesfee«, kicherte sie, »niemand wird uns zu nahe kommen. Du kannst beruhigt schlafen, ich halte Wache.«

Mit einem empörten Schnauben legte sich Dimdur auf den Boden. Nur leider war es so, wie er befürchtet hatte – er bekam kein Auge zu. Die fremden Geräusche des Moores, das beständige Glucksen, der Wind, der durch die Binsen strich, und ferne Schreie ließen ihn keine Ruhe finden. Außerdem war da noch Raliána. Stumm saß sie neben ihm, hin und wieder ließ das Mondlicht ihre grünen Augen fahl aufglimmen. Was für ein Wesen war sie? Natürlich hatte sie ihn vor den zornigen Waldelfen gerettet, aber meinte sie es wirklich gut mit ihm? War sie, so wie sie behauptete, eine Moorelfe oder am Ende doch nur ein Geist, der über ihn kommen und ihn ins Moor zerren würde, wenn er erst schlief?

Die schaurigsten Geschichten aus Kindertagen kamen ihm in den Sinn. Man hatte allen Zwergenkindern stets eingebläut, sich vom Moor fernzuhalten, denn dort lauerten ungeahnte Gefahren. Besonders Großtante Frengata ließ selbst an den wenigen Menschen, und auch den Waldelfen und Gnomen, die in dessen Nähe lebten, kein gutes Haar. Sie war der Meinung, es wären allesamt Schurken und Diebe – andererseits war das aber kein wirklicher Maßstab. Wenn es sich Dimdur recht überlegte, gab es kaum jemanden, der in Frengatas Augen kein Schurke war. Unweigerlich kamen seine Gedanken wieder zu dieser seltsamen Sache mit seiner Herkunft zurück. Konnte er in der Tat ein Halbling sein?

Unruhig wälzte er sich von einer Seite auf die andere und grübelte weiter, wobei seine Augen die Umgebung absuchten. Winzige Irrlichter schwebten über dem Moor, schienen ihren eigenen magischen Tanz aufzuführen, und als auf einmal leise Gesänge erklangen, sphärisch und sanft auf und ab schwingend, setzte sich Dimdur auf.

»Fürchte dich nicht, das sind nur die Seelen der Verstorbenen, die ihre Geschichte erzählen«, erklärte Raliána.

»*Nur* die Seelen der Verstorbenen?«, keuchte Dimdur – er konnte sich kaum etwas Gruseligeres vorstellen. Zudem war es ihm nicht möglich, einzelne Worte auszumachen. Die getragenen Melodien ließen seinen Geist träge werden, dennoch liefen ihm eisige Schauer über den Rücken.

Auf einmal holte Raliána eine kleine Flöte hervor und begann, ein Lied zu spielen. Leise schwebten ihre Töne durch die Nebelschwaden, die Irrlichter sammelten sich in ihrer Nähe und schienen zu lauschen. Raliánas Melodie klang fröhlicher, machte Dimdur weniger Angst, und bald verstummten die Lieder der Moorgeister. Nach einer Weile ließ Raliána die Flöte sinken.

»Das war … ungewöhnlich, aber schön«, versuchte Dimdur, seine Gefühle in Worte zu fassen.

»Das Spiel der Flöte besänftigt die Geister des Moores«, erklärte Raliána. »Für kurze Zeit finden sie Frieden und werden aus ihrer Trauer um das, was sie verloren haben, gerissen.« Sie nahm ihr Spiel erneut auf, und Dimdur lauschte ihr fasziniert. Doch nach und nach wurden seine Lider schwer, und er fiel in einen tiefen, traumlosen Schlaf.

Am Morgen weckte ihn Raliána, indem sie ihm ein köstlich duftendes Fleischstück vor die Nase hielt.

Gut, ich bin nicht tot, dachte er erleichtert, wobei er sich – rein zur Vorsicht – kurz in den Unterarm zwickte. Aber wie es aussah, hatte Raliána Wort gehalten und während der Nacht auf ihn geachtet.

Er sah sich um. Unweit von ihm rauchte ein kleines Feuer aus Schilfgras. Hungrig griff Dimdur zu und kaute begeistert auf dem schmackhaften, wenn auch leicht zähen Fleisch herum. »Ich war schon jagen, während du noch geschlafen hast.«

»Oh.« Beschämt hob er die Schultern, aber Raliána schien nicht wütend zu sein.

»Das war köstlich. Allerdings kenne ich diese Wildart gar nicht.«

Die Moorelfe kicherte verhalten. »Wild? Das war eine Wasserschlange.«

Jetzt schluckte Dimdur schwer, denn eine Schlange hatte er noch niemals zuvor gegessen. Plötzlich hatte er das Gefühl, sie würde sich in seinem Magen bewegen, darin herumschwimmen und wieder an die Oberfläche drängen.

»Dimdur«, Raliánas schlanke Hand legte sich auf seine Schulter, »alle Sumpfbewohner essen Schlangen, andere Wassertiere und bestimmte Gräser. Sie sättigen und schaden ganz sicher nicht.«

»Mal abgesehen davon, dass ihr ganz grün im Gesicht seid«, grummelte er, was die Moorelfe jedoch nur grinsen ließ.

Nun machten sie sich wieder auf den Weg, und da Dimdurs Magen knurrte, ließ er sich zu einem weiteren Stück gebratenen Schlangenfleisches überreden. Doch auch davon wurde Dimdur kaum satt.

Als Raliána urplötzlich stehen blieb und ihren Bogen aufzog, wobei sie einen Finger an die Lippen legte, wunderte er sich.

»Was ist?«, flüsterte Dimdur.

»Möglicherweise ein Sumpfungeheuer«, wisperte sie zurück. »Hast du das Knurren nicht vernommen?«

»Knurren?« Dimdur lauschte angestrengt, dann zog er verschämt die Schultern ein. »Das war mein Magen.«

Ungläubig sah die Moorelfe ihn an. »In meinem ganzen Leben habe ich noch niemanden mit einem solch ausgeprägten Appetit getroffen«, meinte sie kopfschüttelnd, und als sie weitergingen, rupfte sie einige kleine weiße Beeren von den Sträuchern längs ihres Pfades ab und gab sie Dimdur zu kauen. Sie schmeckten recht fade und hinterließen einen pelzigen Geschmack auf der Zunge, aber zumindest sättigten sie ihn fürs Erste. »Wenn du längere Zeit im Sumpf leben würdest, hätten wir ein ernsthaftes Versorgungsproblem für den Rest der Bewohner«, bemerkte Raliána scherzhaft.

»Ich will euch nichts wegessen.« Peinlich berührt reichte Dimdur ihr die restlichen Beeren zurück, aber seine Begleiterin lachte nur.

»Das war ein Scherz, und vermutlich gehört es zur Art der Halblinge, solche Unmengen zu verschlingen.«

Das mochte durchaus sein, aber Dimdur wusste nichts über dieses

Volk. Zwerge aßen ebenfalls gerne gut und üppig, zumindest in dieser Hinsicht war er niemals unangenehm aufgefallen.

»Wie bist du nur auf den Gedanken gekommen, der heiligen Stute der Waldelfen ihre prachtvolle Schweifbehaarung zu rauben?«, erkundigte sie sich irgendwann kichernd.

»Ich wusste nicht, dass es eine heilige Stute ist«, rechtfertigte er sich.

»Bei mir brauchst du dich nicht zu entschuldigen«, stellte sie klar. »Ich selbst habe ihnen als kleines Mädchen genügend Streiche gespielt.«

»Ach wirklich?«

»In der Tat«, bestätigte sie, und in ihren grünen Augen blitzte der Schalk. »Meine Eltern haben mich stets gewarnt, mich nicht in die Nähe der Waldelfensiedlung zu wagen, aber natürlich habe ich es dennoch getan.« Sie seufzte tief. »Ein besonders arroganter Elfenjunge hat mich beschimpft, mich wegen meiner grünbraunen Haare verspottet und mir eines Tages mit mehreren seiner Freunde aufgelauert. Sie haben mich an einen Baum gebunden und mit verdorbenem Essen beworfen.«

»Wie gemein!«

»Aber ich habe mich gerächt.« Raliána sah sehr zufrieden aus, als sie fortfuhr. »Den Elfenjungen habe ich eines Tages provoziert und behauptet, er würde sich nicht in den Sumpf trauen, er sei feige. Das konnte er natürlich nicht auf sich sitzen lassen und ist mir allein gefolgt, während seine Freunde auf festem Grund gewartet haben. Nachdem ich ihn weit ins Schilf geführt habe, bin ich verschwunden. Nach kürzester Zeit hat er die Orientierung verloren, und ich habe mir einen Mantel aus Blättern, Algen und Sumpfgras übergeworfen, grausige Geräusche gemacht und ihn als vermeintliches Ungeheuer durch das Moor gejagt.«

Dimdur kicherte, allerdings konnte er sich ausmalen, welche Ängste der Elfenjunge ausgestanden hatte, selbst wenn er es verdient haben mochte. Raliána hingegen amüsierte sich prächtig. »Schließlich ist er auf einen Baum geklettert, hat dort die ganze Nacht zitternd und wimmernd verbracht, und als er im Morgengrauen dann doch hinuntergeklettert ist, habe ich ihn in ein Sumpfloch gestoßen und ihm die Haare mit einer seltenen Pflanzenart eingerieben, deren Saft die Haare färbt und sich erst nach zwanzig Tagen auswaschen lässt. Schmutzig und tropfend, mit grünen Haaren ist er zu seinen Kumpanen zurückgekehrt. Danach hat er sich gehütet, mich noch einmal zu verspotten.«

»Gut so«, freute Dimdur sich und begann, von seiner garstigen Großtante und Bronk, dem alten Erfinder, welchem er die klebrige Masse in seinem Gesicht zu verdanken hatte, zu erzählen. So verging ihre Weiterreise rasch und unterhaltsam.

Bei ihrer nächsten Pause wunderte sich Dimdur, weshalb Raliána ihn so auffällig musterte, auch wenn sie vorgab, damit beschäftigt zu sein, ihre langen Haare durchzukämmen. Nachdem sie einen strammen Marsch hinter sich hatten, freute sich Dimdur auf ein weiteres Stück Käse. Als er in seinem Bündel herumkramte und seine Hand etwas Längliches ertastete, erhellten sich seine Gesichtszüge. Konnte es sein, dass er noch ein Stück geräucherte Wurst von zu Hause gefunden hatte? Sofort holte er die vermeintliche Köstlichkeit heraus, schloss genießerisch die Augen und öffnete sie erst, als er Raliánas unterdrücktes Kichern hörte. Er erstarrte, denn die heißersehnte Räucherwurst zappelte urplötzlich, und auch wenn sie eine bräunliche Farbe hatte, so handelte es sich eindeutig um eine lebende Schlange! Sofort schleuderte er das Reptil weit von sich und bedachte die sichtlich amüsierte Moorelfe mit einem strafenden Blick.

»Das war nicht lustig! Beinahe hätte ich das Ding ungeröstet verspeist.«

»Doch, es war lustig«, gluckste Raliána. »Du hättest dein Gesicht sehen sollen!«

»Dürres Moorgespenst«, brummte er, aber wirklich böse konnte er ihr nicht sein, denn sie warf ihm ein versöhnliches Lächeln zu und reichte ihm sogar ein großes Stück von ihrem Brot. Während des Weitermarsches unterhielt Raliána ihn mit lustigen oder auch gruseligen Geschichten aus dem Moor.

Nach zwei Tagen, an denen sie ihm energisch und mit Schmerzen verbunden seine angeklebten Barthaare entfernt hatte, war sein ganzes Gesicht zwar gerötet, aber bartfrei. In der Nacht, als Raliána schlief, revanchierte er sich für ihren Streich. Als die Moorelfe am Morgen aufwachte, konnte er ein lautes Lachen nicht unterdrücken. Zunächst war sie verwirrt, dann fuhr sie sich übers Kinn und erstarrte, als sie das Ziegenbärtchen aus Pferdehaar ertastete, welches Dimdur ihr während der Nacht angeklebt hatte.

Raliánas Stirn runzelte sich bedrohlich. Eine Falte erschien zwischen ihren Augenbrauen, und wie sie so auf ihn zukam, beschlich Dimdur eine große Furcht. War Raliána etwa ernsthaft böse? Würde sie ihm etwas antun, ihn vielleicht gar töten und im Moor versenken? Seine Hände begannen zu zittern, er torkelte zurück, öffnete den Mund und setzte zu einer Entschuldigung an, aber als sie, ihre Hände in die schmalen Hüften gestützt, so drohend vor ihm stand, bekam er kein Wort heraus. Wie ein Fisch auf dem Trockenen schnappte Dimdur nach Luft, doch urplötzlich zuckten Raliánas Mundwinkel.

»Du kannst gar kein Zwerg sein, denn die würden niemals Unsinn mit etwas treiben, was ihnen so heilig ist wie ein Bart!« Dann richtete sie sich stolz auf, hob das Kinn und meinte: »Ich bin die erste Moorelfe mit Kinnbart – ich bin etwas Besonderes.«

Ein erleichtertes Lachen entstieg Dimdurs Kehle. Offenbar verstand sie doch auch Scherze auf ihre Kosten. »Ich dachte schon, du wärst zornig auf mich«, stieß er hervor.

Jetzt grinste die Moorelfe über ihr ganzes Gesicht. »Ich bin doch keine von diesen *dürren Waldgespenstern*, wie du immer so schön sagst. Moorelfen besitzen deutlich mehr Humor.« Mit gespielter Arroganz zupfte sie an ihrem Bart herum. »Sehr kleidsam, vermutlich könnte ich damit sogar einen Sumpftroll zum Narren halten, denn er wüsste sicher nicht, welch ein Wesen ich bin und ob man mich essen kann.«

Scherzend machten sie sich auf den Weg, durchwanderten ein ausgedehntes Seengebiet, doch irgendwann gebot Raliána Dimdur, still zu sein. »Dieses Gebiet birgt einige Gefahren.«

Voller Unbehagen sah sich Dimdur um. Der gesamte Sumpf war ihm nicht geheuer, aber seit einiger Zeit war ein seltsames Gefühl in ihm hochgekrochen, dessen er sich erst jetzt richtig bewusst wurde. Hier wirkte alles noch einmal düsterer. Niedrige, knorrige Bäume wuchsen zwischen den brodelnden Moorflächen, und hätte er es nicht besser gewusst, er hätte schwören können, diese Bäume beobachteten ihn aus bösartigen kleinen Augen.

»Welche Gefahren?«, erkundigte er sich atemlos.

»Verschiedene Sumpfbewohner«, antwortete Raliána ausweichend, dann lächelte sie aufmunternd. »Hab keine Furcht, wir werden ihnen aus dem Weg gehen.«

Aber Dimdur fürchtete sich, beständig suchte sein Blick die Umgebung ab, aber er konnte wenig erkennen, denn bald zogen Nebelschwaden auf. Leichtfüßig schritt Raliána durch den Sumpf, die Schultern angespannt, den Bogen griffbereit in der Hand. Sie erinnerte Dimdur an ein Wildtier auf der Jagd, stets wachsam, elegant und tödlich. Er selbst musste sich sputen, ihr zu folgen, und als er von einem glitschigen Stamm abrutschte, über den sie balancieren mussten, landete er mit einem lauten Platschen im knietiefen Wasser.

Sofort war Raliána zur Stelle, zog ihn heraus und zischte dann missbilligend: »Du musst dich still verhalten!« Ihre grünen Augen wanderten rastlos umher. Als es unmittelbar neben ihnen laut blubberte, spannte sie ihren Bogen, zielte auf die sich bildende Luftblase und verharrte bewegungslos. Dimdur riss die Augen weit auf, wagte kaum zu atmen, aber plötzlich verschwand die Blase wieder, und Raliána entspannte sich.

»Komm jetzt«, flüsterte sie.

»Was ... was hätte das denn sein können?«

Gelassen hob sie die Schultern. »Ein Sumpftroll, eine Larune oder im schlimmsten Fall ein Sumpfgolm.«

Von keinem dieser Wesen hatte Dimdur jemals gehört, und daher bekannte er vorsichtig: »Ich weiß nichts über diese Kreaturen.«

»Du kennst Trolle, oder nicht?«

Natürlich hatte Dimdur schon von Trollen gehört, gewaltige Wesen, die weit entfernt von seinem Heimattal lebten. Laut Großtante Frengata allesamt Schurken!

»Sumpftrolle sind kleiner als die restlichen Mitglieder ihres Volkes«, erklärte ihm Raliána. »Nur wenige von ihnen leben in den Sümpfen. Sie können für kurze Zeit unter Wasser bleiben und brechen dann aus dem Moor hervor. Aber sie sind nicht sehr gefährlich, denn sie sind dumm und plump und verraten sich stets durch dicke, blubbernde Blasen.« In belehrendem Tonfall fuhr sie fort: »Auch Larunen, gewaltige Wasserschlangen, stoßen Luftblasen aus, bevor sie aus dem Wasser hervorschnellen. Sie hingegen sind oft tödlich, denn sie schnappen sofort zu.«

Dimdur schluckte laut. »Und diese ... Sumpfgolme?«

»Sie sind die gefährlichsten, denn ...« Weiter kam Raliána nicht. Auf einmal brodelte es direkt neben ihnen. Mit ohrenbetäubendem Gebrüll schoss das widerwärtigste Geschöpf aus dem Moor hervor, welches Dimdur jemals gesehen hatte. Dieses Wesen hatte die Ausmaße eines großen Wildschweins, jedoch einen noch einmal so langen gezackten Schwanz. Ein mächtiges Maul, aus dem Schleim troff, öffnete sich und gab den Blick auf unterarmlange, nadelspitze Zähne frei. Schon schnappte das Untier nach ihnen. Mit einer Schnelligkeit, die seine plumpe Statur Lügen strafte, schlängelte es auf sie zu, denn Beine hatte dieses Wesen nicht.

»Ein Sumpfgolm! Lauf!«, schrie Raliána und schubste ihn vorwärts.

Wie in einem Albtraum gefangen, hastete Dimdur platschend voran, hoffte inständig, nicht stecken zu bleiben. Raliána war hinter ihm, das gräulich braune Wesen folgte mit unfassbarer Geschwindigkeit, während es geifernd nach ihren schlanken Beinen biss.

»Den Hügel hinauf«, keuchte die Moorelfe.

Das ließ sich Dimdur nicht zweimal sagen. Auf Händen und Füßen hastete er die kleine Erhebung empor, auf welcher sich ineinander verwachsene Trauerweiden befanden. Am Rande blieb Raliána stehen, der Sumpfgolm schlängelte auf sie zu. Sie schoss einen Pfeil ab, der das Wesen in den langen Schwanz traf, es jedoch nicht aufhielt. Ein weiterer streifte seinen Kopf, aber auch das zeigte keinerlei Wirkung.

»Raliána!«, jammerte Dimdur, bewegungslos vor Angst. Gleich musste der Golm bei ihr sein und sie fressen. Doch Raliána blieb stehen, ihr feines Gesicht angespannt, hochkonzentriert, dann zielte sie noch einmal. Atemlos verfolgte Dimdur die Flugbahn, glaubte, der Pfeil würde den Sumpfgolm direkt in das linke, winzig kleine und boshaft gelblich schimmernde Auge treffen, doch das war ein Irrtum. Im letzten Moment warf sich das Sumpfwesen zur Seite, brüllte auf und richtete sich auf seiner langen, kräftigen Schwanzflosse auf. Erschrocken torkelte Raliána zurück, strauchelte und musste sich mit einer Hand am Boden abstützen.

Jetzt ist es vorbei mit ihr, dachte Dimdur.

Ohne weiter nachzudenken, ergriff er einen Stein, stürzte vorwärts und warf ihn dem angreifenden Sumpfgolm mitten ins Maul. »Hier, nimm das, du Ungeheuer!« Der Golm gab ein gurgelndes Geräusch von sich, hielt kurz inne und – Dimdur traute seinen Augen nicht – zerkaute den Stein dann mit lauten, krachenden Geräuschen. Inzwischen hatte sich Raliána wieder aufgerappelt und schickte sich an, einen neuen Pfeil aufzulegen. »Bleib zurück, Dimdur!«

Doch plötzlich kam ihm ein anderer Gedanke. »Warte.«

Er griff in sein Bündel, und als der Sumpfgolm zu einer neuen Attacke ansetzte, schleuderte er ihm den Tiegel mit Bronks Kleber ins Maul.

»Das nützt nichts, er ...«, rief Raliána, aber dann stockte sie.

Wie das Ungeheuer es zuvor bei dem Stein getan hatte, biss es krachend zu. Eine schwarze Masse quoll aus dem Maul des Golms, dann schluckte er, schüttelte den Kopf und knurrte zornig. Wie es aussah, bekam er seine Zähne nicht mehr auseinander. Seine boshaften Augen weiteten sich derart, dass sie aus ihren Höhlen zu quellen drohten.

Dimdurs Kehle entstieg ein Lachen, und Raliána, die zuvor gebannt auf den Sumpfgolm gestarrt hatte, sah nun ihn an. »Sein Gesichtsausdruck erinnert mich an Großtante Frengata, wenn Großonkel Muldor mit seinen schmutzigen Stiefeln in ihre frisch gefegte Wohnhöhle trampelt«, kicherte er.

Erneut legte Raliána einen Pfeil auf ihren Langbogen, spannte und schoss dem ungehalten seinen Kopf schüttelnden Ungetüm mitten in den Schwanz, woraufhin es sich umdrehte. »Schimpfen wird der Sumpfgolm wohl fortan nicht mehr können.«

Noch einmal ließ das Wesen sein gezacktes Hinterteil auf den Boden klatschen, sodass der Schlamm nur so spritzte, dann verschwand es im brackigen Wasser.

»Du hast uns das Leben gerettet!«, freute sich Raliána, umarmte Dimdur und klopfte ihm auf die Schulter.

Dessen Wangen überzog ein stolzes Lächeln, dennoch bekannte er bescheiden: »Es war Bronk. Eine seiner Erfindungen hat sich das erste Mal seit mindestens dreißig Wintern als wirklich nützlich erwiesen.«

»Gelobt sei Bronk!« Raliána hob ihre Hände gen Himmel, dann sah sie Dimdur ernst an. »Dennoch war es eine mutige Tat, dich zwischen mich und den Golm zu stellen.«

»Danke«, murmelte Dimdur verlegen. In seinem Leben war er bisher selten gelobt worden, und mutig hatte ihn noch niemals jemand genannt.

»Du bist sehr geschickt mit dem Bogen«, bemerkte Dimdur, denn er hatte das Gefühl, das Kompliment zurückgeben zu müssen.

Raliána zuckte jedoch nur mit den Schultern. »Leider habe ich ihn einmal verfehlt. Sumpfgolme sind wendig und recht klug, man kann sie nur schwer töten.«

»Vielleicht sollte ich Bronk dazu anhalten, seinen Klebstoff als wirksame Sumpfgolmwaffe an die Moorbewohner zu verkaufen«, lachte Dimdur.

In Raliánas grünen Augen blitzte der Schalk. »Ich befürchte, deine Großtante könnte etwas dagegen haben, wenn er mit uns *Schurken* Geschäfte macht.«

»Damit könntest du Recht haben.«

Erleichtert machten sie sich wieder auf den Weg. Allerdings hielt Dimdur nun verstärkt nach Luftblasen im Moor Ausschau, denn noch einmal wollte er keinem Sumpfgolm begegnen.

Nach insgesamt vier Tagen strammen Wanderns hatten sie das Moor verlassen. Anschließend marschierten sie durch dichtes, unbewohntes Waldland und durchquerten eine felsige, unwirtliche Schlucht. Am fünften Tag ihrer Reise zeigte sich die Landschaft lieblicher, mit Hainen, sanften Hügeln und glasklaren Bächen, die über abgerundete Steine plätscherten. Sie stiegen eine von Weiden bewachsene Anhöhe hinauf, dann hielt Raliána inne. Im sanften Morgenlicht wurde ein Dorf sichtbar. Kleine Holzhütten, Pferche für Schafe, Ziegen oder zottelige Ponys standen vor efeubewachsenen, in die Hügel geduckten Häusern. Dimdur konnte einige Gestalten ausmachen, die gemächlich durch das Dorf schlenderten, und als er die Augen zusammenkniff und genauer hinsah, erkannte er gedrungene Männer und Frauen, kaum vier Fuß groß, mit wuscheligem Haar, barfuß – und ohne Bartwuchs.

»Sie sehen aus wie ich!«, stieß er hervor.

Raliánas Hand legte sich auf seine Schulter, und als er zu ihr aufsah, bemerkte er, dass sie wehmütig lächelte. »Das ist dein Volk, Dimdur.«

»Ich bin wirklich ein Halbling«, flüsterte er, und eine große Aufregung erfasste ihn. »Meinst du … ich sollte …«

»Natürlich, geh zu ihnen.«

»Kommst du nicht mit mir?«

»Nein, Dimdur, sie hätten sicherlich Angst vor mir. Aber ich werde bis zum Einbruch der Nacht hier auf dich warten, wenn du zu den Zwergen zurückkehren möchtest.«

Eigenartigerweise hatte Dimdur in den letzten Tagen gar nicht mehr an seine Familie gedacht, und plötzlich überkam ihn ein schlechtes Gewissen, denn schließlich hatten sie sich lange Zeit um ihn gekümmert, ihn aufgezogen. Aber letztendlich war er doch immer ein Fremder gewesen, auch wenn das niemand verstanden hatte. »Heute ist mein Geburtstag«, fiel ihm plötzlich ein.

Die Moorelfe zwinkerte ihm zu. »Vielleicht ein guter Zeitpunkt, um ein neues Leben zu beginnen.«

»Werden wir uns wiedersehen, falls ich heute Abend nicht zurückkomme?« Die Moorelfe war ihm während ihrer Reise mehr und mehr ans Herz gewachsen, und er hatte das Gefühl, eine echte Freundin gefunden zu haben.

»Ganz sicher.« Sie drückte seine Schulter, dann wandte sie sich ab. Noch einmal atmete Dimdur tief durch und ging anschließend mit wackeligen Schritten auf das Dorf zu. Doch dann drehte er sich ruckartig um. »Raliána!«

Die schlanke, gräulich braune Gestalt, die man zwischen den Weiden kaum ausmachen konnte, wandte sich ihm zu.

»Du siehst anders aus als die meisten Elfen, aber ich finde dich viel schöner. Du bist etwas Besonderes!«

Ihre weißen Zähne blitzten auf. »So wie du, Dimdur. Geh jetzt und finde deinen Platz im Leben.«

Dimdur ging abermals auf das Dorf zu, und mit jedem Tritt seiner Füße, die weiches Gras berührten, wurde ihm leichter zumute, seine Schritte beschwingter.

Eine blondgelockte Halblingsfrau, die mit ihrer Freundin ein paar Kartoffeln in einem Korb herumtrug, entdeckte ihn als Erste. Sie sah zu Dimdurs Verwunderung keineswegs überrascht aus, sondern betrachtete ihn nur neugierig.

»Ich grüße dich. Wo kommst du her?«

»Ich ... ich bin Dimdur – ein ... ein Halbling.«

»Das sehe ich!«, lachte sie mit glockenheller Stimme.

Ein ganzes Gebirge schien von Dimdurs Seele zu fallen. Er legte den Kopf in den Nacken, sah zum Himmel und rief glücklich: »Beim Barte der Ahnen – ich bin ein Halbling! Ein richtiger Halbling!«

SHLOKO HOLMSER & DER UNSICHTBARE ARMBRUSTSCHÜTZE

von Bernd Perplies

Es gibt Leute, die behaupten, dass ein großer Geist nur in einem großen Körper wohnen kann. Das ist, wenn ich das so sagen darf, ausgemachter Unsinn. Wäre es wirklich so, müsste mein Herr, Shloko Holmser, mindestens acht Fuß groß sein, und nicht bloß die dreieinhalb, die er tatsächlich misst. Denn Holmser *hat* einen großen Geist, so wahr ich hier sitze und diese Zeilen niederschreibe. Er hat einen außergewöhnlichen Geist. Sein Scharfsinn ist bis weit über die Grenzen von Grünheim bekannt, ja, man preist seine Gaben, Rätsel zu lösen und Mysterien zu lüften, selbst an so fernen Orten wie Büttelborn, Kleineck und Hammelfurt!

Aus eben diesem Grund kommen die Leute immer wieder zu uns, wenn es irgendwo ein Ungemach gibt. Ist ein Ehegatte spurlos verschwunden, obwohl er nur kurz in der Gaststätte um die Ecke ein paar Humpen Kräuterbräu trinken wollte? Fehlt in der Bierdeckelsammlung plötzlich und aus unerklärlichen Gründen der Erdenthaler Dunkel von 1127 – natürlich der mit Goldkante? Wollte Tante Anneline nach ihrem Ableben nicht ihrem Sohn statt ihrem Neffen ihr beträchtliches Vermögen vermachen? In all diesen Fällen ist der Bäckerweg 21 b, eine gemütliche Wohnhöhle am Nordrand von Grünheim, die erste Adresse für Hilfesuchende.

Das hat zur Folge, dass die meiste Zeit ein ziemlich reges Kommen und Gehen in unserem Domizil herrscht. Wenn ich von *uns* spreche, meine ich damit natürlich meinen guten Freund Holmser, unsere treue Aufwartung Frau Hattson und meine Wenigkeit. Mir persönlich – und ich denke, Frau Hattson geht es da nicht anders – wäre ein etwas beschaulicheres, von weniger Aufregungen geprägtes Leben lieber. Aber natürlich ist uns bewusst, dass Holmser dieser Art der steten geistigen Herausforderung, dieser Nahrung für seinen unstillbaren Hunger bedarf, um nicht zum Trinker oder, noch schlimmer, zum Abenteuerreisenden zu werden.

(Ich habe – das nur ganz nebenbei – vom Schicksal des ein oder anderen Gevatters gehört, den die Ruhelosigkeit oder ein zänkisches Eheweib zu Hause sein Säckel hat packen und in die weite Welt ziehen lassen. Die Hälfte von ihnen endete als Futter für irgendeinen der unsäglichen Schrecken, die jenseits der Grenzen unseres Landes weilen. Die andere schlug irgendwann eine kriminelle Laufbahn ein, um gemeinsam mit weiteren Schurken und Glücksrittern antike Tempel, Grabstätten und anderer Leute Eigenheime nach Schätzen zu durchsuchen. Ein schändliches Schicksal.)

Unser jüngster Fall bot Holmser reichlich Gelegenheit, seine Begabungen zum Einsatz zu bringen. Ich erinnere mich noch daran, als sei es gestern gewesen, auch wenn es sich in Wahrheit bereits vor drei Wochen zutrug, denn er begann buchstäblich mit einem Knalleffekt. Wir befanden uns beide in Holmsers Studierzimmer, und er arbeitete gerade an einem Experiment …

»Blechschale.«

»Hier, Holmser.«

»Zange.«

»Bitte schön, Holmser.«

»Danke. Au, verflixt noch eins, das Mistding ist noch ganz heiß.«

»Soll ich es nicht besser machen?«

»Nein, Wasndas, hier muss ein Fachmann zu Werke gehen. Aber Mörser und Stößel könnt Ihr mir reichen.«

»Natürlich, Holmser.«

»So … Aha … Das wird doch was. Nun ein Löffel hiervon und noch zwei, drei Tropfen von der Branntweinessenz darüberschütten … Und …«

Auf Holmsers Studiertisch gab es eine hübsche Verpuffung. Zufrieden drehte sich mein Freund zu mir um und hielt dabei das hart gekochte und gepellte Ei eines Rotkopfhuhns zwischen Daumen und Zeigefinger seiner rechten Hand. »Wie ich es mir gedacht habe. Die Eier, die dieser Händler Frau Hattson angedreht hat, waren alt.«

»Wie genau habt Ihr das jetzt herausgefunden, Holmser?«

»Ganz einfach, mein lieber Wasndas! Wie jedes Kind bereits in frühen Jahren erlernt, verlieren die Eier von Rotkopfhühnern mit der Zeit ihre schöne blassrosa Farbe und werden einfach nur weiß. Ein wahres Unding für einen Kenner guten Essens. Ein Händler mit einer Ladung weißer Eier wird also schlicht darauf sitzenbleiben, denn niemand, der noch halbwegs bei Verstand ist, kauft etwas, das offenkundig schon eine halbe Ewigkeit gelegen hat. Um einen Anschein von Frische vorzutäuschen, hat unser guter Mann die Eier also über Nacht in ein Bad aus Wasser und Rosensteinpulver gelegt. Am nächsten Morgen sahen die Eier natürlich fast wie neu aus. Nun hat Rosensteinpulver jedoch zwei Eigenarten. Erstens sammelt es sich in kleinsten Unebenheiten und bildet daher gewisse ausgeprägte Muster auf der Eierschale. Und zweitens reagiert es, wie wir eben sehen konnten, durchaus heftig mit dem Hauptbestandteil von Branntweinessenz. Abgesehen davon ...« Er biss herzhaft in das Ei, verzog sofort das Gesicht und spuckte es in die bereitgestellte Blechschale. »... schmeckt das Ding hier ganz fürchterlich.«

(Das war übrigens nicht der Knalleffekt. Der kommt jetzt.)

Ich war noch damit beschäftigt, Holmsers außerordentliche Kombinationsgabe zu bewundern, als plötzlich die Tür zur Studierstube aufgerissen wurde. »Herr Holmser, Herr Holmser!«

Mit diesen Worten stürzte der Neuankömmling in den Raum herein. Nach zwei Schritten stolperte er über seine eigenen haarigen Füße, rief etwas, das wie »Eieiei!« klang, taumelte nach vorne und rempelte gegen den Tisch, auf dem noch immer die Flasche mit Branntweinessenz stand. Die fiel, zusammen mit dem Mörser voll zerstoßener Rothuhneierschale, zu Boden, wobei Erstere zerbrach und Letzterer seinen Inhalt verstreute. Eins führte zum anderen (oder mischte sich vielmehr mit dem anderen), es gab einen kapitalen Schlag, und im nächsten Augenblick stand der halbe Raum unter weißem, stark riechendem Qualm.

»Mordbube!« – oder etwas sehr Ähnliches – kam mir über die Lippen, während ich mit der mir eigenen Kampfbereitschaft antwortete, die ich mir im Goblinkrieg von 1133 angeeignet und seitdem nie mehr abgelegt habe. Ich warf mich auf den Eindringling und riss ihn zu Boden. Meine Hände lagen bereits an seiner Gurgel, um ihn für das hinterhältige

Attentat auf Holmser zur Verantwortung zu ziehen, als mein Freund, den der Schlag rücklings in seinen Ohrensessel geworfen hatte, mich aufhielt.

»Haltet ein, Wasndas!«, rief Holmser hustend. »Unser ungeschickter Besucher ist mitnichten ein Attentäter. Vielmehr handelt es sich um Buko, den neuen Ponyburschen vom alten Grünbein.«

Ich rollte von dem Kameraden herunter, kam auf die Beine und zog ihn ebenfalls hoch. »Stimmt das?«, fragte ich ihn barsch.

»So wahr ich hier stehe«, stammelte mein Gegenüber mit hochrotem Kopf. »Aber woher wisst Ihr das alles, Herr Holmser? Ich habe mich doch noch gar nicht vorgestellt.«

»Bringen wir etwas Licht in die Angelegenheit«, sagte mein Freund, ging zum Fenster und öffnete es, damit der beißende Qualm abziehen konnte. Daraufhin schlenderte er zu dem vorgeblichen Ponyburschen hinüber und baute sich vor ihm auf. »Zum Ersten«, sagte Holmser, »verströmst du einen mehr als merklichen Geruch nach Pferd, und auf deiner Kleidung sind Reste von Stroh zu finden.« Er klaubte einen gelben Halm von Bukos brauner Jacke. »Du stürmst hier herein wie ein Bote, also stehst du offenbar in jemandes Diensten. Nun gibt es genau drei Leute in der Umgebung, die wohlhabend genug sind, Ponyburschen zu beschäftigen, und nur einer von ihnen ist so nachsichtig, einen Tollpatsch wie dich bei sich arbeiten zu lassen: Fondo Grünbein. Ganz abgesehen davon erzählte er mir vor einem Monat bei einem gemeinsamen Mittagessen, dass er einen neuen Ponyburschen suche.«

»Und mein Name?«, fragte der Junge staunend.

»Steht auf dem gestickten Schild auf deiner Brust«, sagte Holmser lapidar und schnippte mit dem Finger dagegen. »Ein weiterer Hinweis dafür, dass Fondo dein Herr ist, denn er kann sich einfach keine Namen merken und verlangt daher von allen Angestellten, dass sie diese lächerlichen Schildchen tragen.«

»Das ist Magie!«, rief Buko staunend aus.

»Mitnichten«, erwiderte Holmser. »Reine Kombinationsgabe. Aber wo wir gerade von Fondo sprechen: Wie geht es dem alten Knaben eigentlich?«

Bukos Miene verdüsterte sich. »Nicht gut, Herr Holmser. Herr Grünbein ist tot. Er wurde in seiner Studierstube erschossen.«

Mein Freund blinzelte ein paarmal, während er versuchte, diese Neuigkeit zu verdauen. Dann sagte er: »Das ist unerfreulich, in der Tat. Und weshalb kommst du damit zu mir? Wäre das nicht ein Fall für den Büttel?«

Buko nickte. »Der ist auch schon da, aber Herr Krausefuß, der mich geschickt hat, wünscht zusätzlich Eure Anwesenheit.«

Holmser nickte. »Ich verstehe. Also machen wir uns auf den Weg.«

Das Anwesen des Handelsreisenden Grünbein lag auf einer kleinen Erhebung direkt am Rand der Gurgelbachklamm, einem schroffen Einschnitt inmitten der sanften Hügel, der den Eindruck erweckte, ein Riese habe mit seiner Axt versucht, das Land zu spalten. Das Anwesen selbst war, im Gegensatz zum überwiegend unterirdischen Wohnungsbau dieser Gegend, oberirdisch angelegt, was sicher damit zu tun hatte, dass Grünbein als Händler direkt an sein Wohnhaus angrenzend einen Pferdestall, eine Scheune mit Lastkarren und ein Lager für Handelsgüter besaß.

Am Eingang des Wohnhauses wurden wir vom Haushofmeister des alten Grünbein, einem ernsten und beinahe mageren Gevatter namens Thom Krausefuß, empfangen. »Holmser, schön, dass Ihr es einrichten konntet. Und Ihr auch, Wasndas.« Er schüttelte uns die Hand.

»Was genau ist hier vorgefallen?«, fragte mein Freund.

»Es war Mord!«, tönte eine neue Stimme vom Korridor her, und der untersetzt wirkende Büttel Bunteblum trat mit gewichtigen Schritten näher. »Ein feiger Meuchler hat den alten Grünbaum mit einer Armbrust aus nächster Nähe erschossen. Der Bolzen steckt noch in seiner Brust. Und ich habe auch schon eine gute Vorstellung davon, wer da seine Finger im Spiel hatte. In der Gaststätte oben an der Nordhandelsstraße lungern seit zwei Tagen ein paar fragwürdige Gesellen herum. Denen werde ich mal auf den Zahn fühlen. Zweifellos handelt es sich um gedungene Mörder, die von früheren Handelspartnern Grünbeins bezahlt wurden. Fall abgeschlossen. Geht nach Hause, Herr Holmser.«

Mein Freund warf mir einen vielsagenden Blick zu, bevor er sich an Krausefuß wandte. »Teilt Ihr die Meinung von Büttel Bunteblum, Krausefuß?«

»Um ehrlich zu sein, nein, Herr Holmser.«

»Und weshalb nicht?«

Krausefuß räusperte sich. »Wie ich Büttel Bunteblum schon sagte, muss Herr Grünbein im Laufe der Nacht gestorben sein. Gestern Abend nach dem Schlummerschmaus war er laut unserem Koch noch wohlauf. Und als ich ihn vorhin suchte, weil er nicht zum Frühstück erschienen war, fand ich ihn tot in seiner Studierstube vor. Allerdings hat keiner der Angestellten in dieser Zeit einen Fremden auf dem Anwesen bemerkt, und auch die Hunde haben nicht angeschlagen. Außerdem war die Tür zu Herrn Grünbeins Studierstube abgeschlossen, wie ich heute Morgen feststellte, und zu guter Letzt besitzt Herr Grünbein ein magisches Schutzamulett, das er bei Gefahr dazu verwenden kann, einige Minuten lang durch keinerlei Waffengewalt Schaden zu nehmen – als Händler in fernen Landen hat ihm das schon mehr als einmal gute Dienste geleistet.«

»Wenn also jemand Grünbein hätte töten wollen, hätte er ihn überraschen müssen?«, schloss ich aus dem Gesagten.

»Ganz richtig, Herr Wasndas. Außerdem hätte er sich entweder unsichtbar durchs Haus bewegen und das Türschloss aufbrechen oder sich fliegend über die Gurgelbachklamm nähern müssen.«

Holmser wandte sich an Bunteblum. »Wie es scheint, sucht Ihr folglich nach einem unsichtbaren oder des Fliegens mächtigen Meuchelmörder – vielleicht sogar nach einem Mann, der beides beherrscht.« Zweifelnd hob er die Augenbrauen.

»Genauso sieht es aus«, bekräftigte Bunteblum. »Diese speziellen Fähigkeiten sollten die Zahl der Verdächtigen merklich einschränken.«

»Daran zweifle ich keinen Moment«, sagte Holmser. Er neigte sich mir zu und senkte die Stimme. »Ich neige zur Annahme, dass sie gegen null geht.« Danach räusperte er sich und richtete seine Aufmerksamkeit wieder auf den Büttel. »Macht es Euch etwas aus, wenn ich mich hier dennoch ein wenig umschaue? Ich bin nun einmal bereits hier, und der Weg soll nicht umsonst gewesen sein.«

»Sicher, treibt, was Ihr wollt, Holmser. Ändert nur nichts am Tatort. Vielleicht muss ich mich noch einmal umsehen.«

»Selbstverständlich nicht.«

Nachdem der Büttel verschwunden war, sah ich Holmser fragend an.

»Ihr glaubt diesen Unsinn mit dem unsichtbaren fliegenden Meuchler doch nicht, oder?«

»Nicht im Geringsten. So mächtige Feinde, dass sie sich einen magisch begabten Mörder leisten könnten, hatte Grünbein wirklich nicht. Oder irre ich da, Krausefuß?«

»Bei meiner Großmutter, mir wäre nicht bekannt, dass Herr Grünbein sich im Ausland überhaupt jemals etwas hat zuschulden kommen lassen«, erwiderte dieser.

»Das hätte mich auch gewundert«, sagte Holmser. »Dann wollen wir uns also den Tatort genauer anschauen.«

In diesem Augenblick gab es einen nicht unbeträchtlichen Aufruhr im Eingangsbereich des Anwesens. »Ist mir völlig gleich, ob der alte Krausfüß beschäftigt ist oder nicht. Ich will ihn jetzt sehen«, keifte ein Weib mit nicht geringem Stimmorgan.

Holmser hob die Augenbrauen. »Ah, Euphelia Säckler-Grünbein ist eingetroffen. Tonfall und Wortwahl lassen keinen anderen Schluss zu.«

Krausefuß schnitt eine Grimasse. »Ich fragte mich schon, wann die alte Krawallschachtel erfahren würde, dass ihr Bruder verstorben ist, und hier auftauchen würde.«

Wie sich herausstellte, war die für ihre Streitsucht berüchtigte Dame nicht allein, sondern in Begleitung ihres Gatten, der mit grimmiger Miene, aber folgsam wie ein Hündchen hinter ihr hermarschierte. Ein blond gelockter Jüngling, der noch kaum Haare auf den Füßen hatte und seinem Äußeren zufolge ebenfalls ein Spross der Familie sein musste – vermutlich ein Enkel –, vervollständigte die Invasionsarmee aus ungeliebten Verwandten, die in Grünbeins Haus einfiel.

»Herr Krausfüß!«, rief die Matriarchin, als sie heranrauschte.

»Krausefuß, die Dame«, verbesserte der Angesprochene sie und deutete eine Verbeugung an.

»Wann hattet Ihr vor, mich davon in Kenntnis zu setzen, dass mein werter Herr Bruder verstorben ist? Dass er von einem feigen Meuchelmörder umgebracht wurde?«

»Ich hielt es für angebracht, zunächst ein paar Untersuchungen zum Hergang des Geschehens in die Wege zu leiten«, antwortete Krausefuß. »Aber der Bote wäre in Kürze zu Euch gesandt worden.«

»In Kürze? Zu freundlich von Euch. Ich bin ja wohl die Erste, die es zu interessieren hätte, dass der gute Fondo nicht mehr am Leben ist.«

Das konnte ich mir gut vorstellen, wenn auch aus wenig schmeichelhaften Gründen.

»Und abgesehen davon«, fuhr die Dame fort, »sehe ich hier nirgendwo den Büttel. Wie ist es denn um Eure Untersuchungen bestellt, Herr Krausfüß?« Euphelia stemmte die Hände in die breiten Hüften und funkelte den Haushofmeister angriffslustig an.

»Büttel Bunteblum ist hier bereits fertig und auf dem Weg zur Nordhandelsstraße, um dort einen unsichtbaren und/oder fliegenden Meuchelmörder dingfest zu machen«, meldete Holmser sich zu Wort. »Nichtsdestoweniger, oder vielleicht gerade deswegen, hielt Herr Krausefuß es für angebracht, zusätzlich um meine Hilfe zu ersuchen.«

»Shloko Holmser …« Euphelia ließ die Worte wie eine Beleidigung auf den Lippen zergehen. »Geht Ihr immer noch dieser närrischen Freizeitbeschäftigung nach, Rätsel zu ergründen, für deren Auflösung es ordentlich eingesetzte Beamte gibt?«

»Ja, meine Dame, das tue ich. Und mit nicht geringem Erfolg, wenn ich hinzufügen darf«, erwiderte Holmser verschnupft. »Mein Beileid übrigens zum Tod Eures Bruders.«

Euphelia schnaubte. »Euer Beileid brauche ich nicht. Präsentiert mir seinen Mörder, damit dieser Albtraum so schnell wie möglich vorüber ist.«

»Ich gebe mein Bestes, das verspreche ich. Und deswegen würde ich mir jetzt gerne den Tatort anschauen – und alle Anwesenden darum bitten, mir ein paar Minuten der Ruhe zu gönnen. Ihr, Wasndas, seid natürlich ausgenommen. Ihr dürft mich gerne begleiten.«

Holmser ließ sich von Krausefuß die erneut abgeschlossene Tür zur Studierstube öffnen und trat gemeinsam mit mir ein. Der Patriarch des Hauses, ein beinahe hundertelf Jahre alter Herr, saß an seinem Schreibtisch. Vor ihm auf der Schreibtischoberfläche standen eine Flasche mit dem starken Auenthal-Brandy, den Grünbein so liebte, ein leeres, aber offenkundig benutztes Glas, ein Fässchen mit Tinte, eine Feder und ein Blatt Pergament, auf dem nur die in geschwungenen Lettern verfasste Überschrift »Mein letzter Wille, gültig mit diesem Tage« geschrieben stand. Das Datum darunter entsprach dem von gestern.

Aus der Brust des feinen Herrn, der durch Geschäfte außerhalb des Landes zu Wohlstand gekommen war, ragte ein Armbrustbolzen. Er steckte genau im Herzen, ein Anblick, der alles andere als schön anzusehen war. Aber als Veteran des Goblinkriegs habe ich selbstverständlich Schlimmeres erlebt – und Holmser lässt sich ohnehin von nichts, so grausam es auch sein mag, aus seiner von wissenschaftlichem Ernst geprägten Stimmung bringen.

Mit ebendiesem Ernst begann er, das Zimmer in Augenschein zu nehmen. Er baute sich vor dem Toten auf und zielte mit einer gedachten Armbrust. Dann trat er vor und maß den Bolzen aus. Er schnüffelte in der Luft, pendelte mit einem Magieaufspürer und begutachtete den Boden unter dem einzigen Fenster sowie das Fenster selbst, eine sowohl aus klaren als auch aus bunten Glasstücken zusammengesetzte Scheibe. Holmser klopfte gegen ein gelbes, kreisrundes Glasstück, das daraufhin aus der Bleifassung fiel und nach draußen verschwand. »Hoppla«, sagte er, öffnete das Fenster und blickte hinaus. Direkt unterhalb des Fensters begann der steile, felsige Abhang der Gurgelbachklamm. Die Klamm war etwa drei Dutzend Schritt tief und hundert Schritt breit. Unten, zwischen Steinen, plätscherte der Gurgelbach, der dem Ort seinen Namen verlieh. »Nun, dieses Stückchen Glasscheibe ist wohl auf und davon«, befand er.

Im nächsten Moment drehte er sich schwungvoll zu mir um. »Die Tatortbegehung ist beendet«, erklärte er. »Schreiten wir zu den Befragungen.«

Als Erstes nahm Holmser sich Krausefuß vor.

»Ich sah, dass Grünbein im Begriff war, ein Testament zu verfassen. Wisst Ihr etwas darüber?«

»Nun, genau genommen handelte es sich bereits um das zweite Testament. Das erste liegt bereits seit Jahren bei Notar Beutelheim, und auch wenn mir sein Inhalt nicht bekannt ist, wird gemeinhin angenommen, dass Herr Grünbein sein Vermögen unter den Verwandten seiner Schwester aufteilen wollte. Wie Ihr sicher wisst, Herr Holmser, ist die Gemahlin von Herrn Grünbein bereits seit Jahren tot und das Paar kinderlos geblieben. In letzter Zeit allerdings hatte er mehrfach Streit mit der Familie seiner Schwester, sodass es mich nicht wundern würde, wenn Herr Grünbein nun einige Änderungen im Testament vornehmen wollte.«

»Da es dazu jetzt nicht mehr gekommen ist, wird wohl das alte Testament seine Gültigkeit behalten, nicht wahr?«, warf ich ein.

»Sofern es nicht aus triftigen Gründen anzufechten ist, ja«, gab Krausefuß zurück.

»Könnte die Familie von Grünbeins Schwester Wind davon bekommen haben, dass Gefahr im Anzug war?«, fragte ich. »Könnte Sie den alten Grünbein erschossen haben, um eine Änderung des Testaments zu verhindern?«

»Wir wollen keine voreiligen Schlüsse ziehen, sondern uns an die Fakten halten«, sagte Holmser in leicht tadelndem Tonfall. »Eine zweite Frage: Gibt es hier in diesem Haushalt eine Armbrust?«

»Ja, in der Tat. Sie hängt im großen Speisezimmer über dem Kamin.«

»Könnte ich sie mir vielleicht ausleihen?«

Krausefuß kratzte sich am Kopf. »Das wird nicht ganz leicht. Sie ist dort mit mehreren dicken Eisennägeln festgenagelt. Es handelt sich um ein Zierstück aus Herr Grünbeins Jugendtagen.« Die Augen des Haushofmeisters weiteten sich, als ihm ein Gedanke kam. »Ihr glaubt doch nicht, jemand aus unserem Haus könnte Herrn Grünbein erschossen haben?«

»Ich glaube bislang gar nichts«, entgegnete Holmser. »Ich stelle lediglich Fragen. Eine letzte hätte ich noch: Was gab es gestern Abend eigentlich zum Essen? Es roch verdammt lecker in dem Zimmer. Waren das Pilze?«

»Sehr gut, Herr Holmser. Ja. Herr Grünbein hatte Schopftintlinge in Rahmsoße mit Klößen zum Abendessen. Wunderbare Pilze, sehr schmackhaft, wenn man sie frisch zubereitet.«

»Aß er oft in seiner Studierstube?«

»Wenn er arbeitete, immer. Der große Speisesaal wird nur für Festivitäten genutzt.«

Holmser nickte gedankenvoll. Dann klopfte er sich tatendurstig auf den Bauch. »Und Ihr sagtet, dieses Pilzgericht sei einen Versuch wert? Ich könnte durchaus einen Happen vertragen. Der Mittag naht bereits. Also falls noch etwas von der Mahlzeit übrig ist ...«

Krausefuß schüttelte den Kopf. »Leider nein, ich habe den Rest gestern Nacht noch selbst gegessen, damit er nicht schlecht wird. Aber ich kann unseren Koch Pimbin bitten, uns ein paar neue Pilze zum Mittagessen zu sammeln. Er kennt eine gute Stelle im Wald.«

»Pimbin?«, fragte Holmser. »Was ist aus dem alten Toppler geworden, der immer hinterm Herd stand?«

»Er ist nach Hammelfurt zu seinem Sohn gezogen, der dort eine Herberge eröffnet hat. Aber Pimbin ist auch ein guter Junge. Und ein vortrefflicher Koch! Er hat in kürzester Zeit all die Leibspeisen des Herrn gemeistert, und es beschämt mich fast zu sagen, dass er sie zum Teil besser zubereitet als Toppler, der stets dazu neigte, etwas zu schwungvoll mit dem Salzfässchen umzugehen.«

»In diesem Fall komme ich auf das Angebot später gerne zurück«, sagte Holmser. »Aber vor dem Schmaus gibt es noch einiges zu klären.«

Das nächste Gespräch führte er mit Euphelia Säckler-Grünbein und ihrem Gefolge.

»Euer Sohn Bolger ist Glasermeister, nicht wahr?«, fragte Holmser.

»Das ist in der Tat so«, bestätigte Euphelia. »Wieso fragt Ihr?«

Mein Freund wischte die Gegenfrage beiseite. »Reine Neugierde. Haltet Ihr ihn für einen gewissenhaften Arbeiter?«

»In jeder Hinsicht. Ich lasse nichts auf ihn kommen.«

»Also würde es ihm sicher nicht passieren, dass er bei einem Butzenfenster eine Scheibe so nachlässig einsetzt, dass sie bei der leichtesten Berührung aus ihrer Bleifassung fällt.«

Euphelia bedachte Holmser mit einem beleidigt wirkenden Blick. »Natürlich nicht. Was soll diese ganze Fragerei über meinen Sohn, Herr Holmser?«

Holmser legte die Fingerspitzen zusammen und sah sein Gegenüber nachdenklich darüber hinweg an. »Ich versuche mir das Mysterium zu erklären, warum in einem Fenster dieses Anwesens eine lose Butzenscheibe steckte; in einem Fenster, das wie alle anderen Fenster in der Umgebung zweifellos von Eurem Sohn angebracht wurde.«

»Vielleicht hat sie jemand nachträglich gelockert«, mutmaßte Euphelia. »Der Meuchelmörder zweifellos. Er hat die Scheibe herausgenommen, durch das Loch auf meinen lieben Bruder geschossen und sie danach wieder eingesetzt.«

»Ja«, sagte Holmser nachdenklich. »Womöglich hat es sich so zugetragen.« Er erhob sich. »Vielen Dank. Das war es schon für den Moment.«

Er wandte sich der Tür zum Korridor zu. Die Hand schon auf der Klinke, drehte er sich ein weiteres Mal zu den Säckler-Grünbeins um. »Ach, wusstet Ihr übrigens, dass Fondo an einem neuen Testament saß, als er starb?«

»Was sagt Ihr da?«, entfuhr es Euphelia. »Er wollte ein neues Testament verfassen? Warum sollte mein Bruder das tun?«

»Diese Frage könnt Ihr mir womöglich besser beantworten.«

»Das ... Also ...« Euphelia rang empört um Atem. »Wollt Ihr damit irgendetwas andeuten, Herr Holmser? So eine Unverschämtheit!«

Holmser schüttelte den Kopf. »Es lag keineswegs in meiner Absicht, Euch zu beleidigen. Ich dachte vielmehr daran, dass Ihr Eurem Bruder doch am nächsten gestanden und somit am besten gewusst haben müsstet, was in ihm vorging.«

»Oh, nun ja. Nein, ich weiß nichts über ein neues Testament, Herr Holmser.«

Mein Freund nickte beipflichtend. »Das dachte ich mir bereits.«

Als Nächstes tat Holmser etwas sehr Unvorhergesehenes – oder etwas sehr Naheliegendes, je nach Sichtweise. Er verkündete: »Es ist Mittagszeit. Ich fahre hinauf in die Gaststätte an der Nordhandelsstraße, um etwas zu schmausen. Danach nehmen wir die Untersuchungen wieder auf.«

»Sicherlich«, sagte Krausefuß. »Dürfen wir Herrn Grünbein aufbahren? Er sitzt nun schon recht lange erschossen in diesem Stuhl, und das ist doch nicht angemessen für einen Mann wie ihn.«

»Handelt, wie Euch beliebt, mein guter Krausefuß«, erwiderte Holmser. »Meinen Segen habt Ihr. Aber der Armbrustbolzen darf nicht entsorgt werden. Er ist ein wichtiges Beweisstück. Ach, wisst Ihr was? Ich nehme ihn gleich selbst an mich. Das hätte ich ohnehin längst tun sollen. Wasndas?« Mein Freund drehte sich zu mir um. »Sichert bitte das Geschoss für mich.«

»Was ist mit Büttel Bunteblum?«, wagte ich einzuwenden.

»Was soll mit ihm sein?«, entgegnete Holmser.

»Er sagte, wir sollten den Tatort unverändert lassen.«

Mein Freund schnaubte nur. »Macht Euch darüber keine Gedanken, Wasndas. Bevor der gute Knabe den Bolzen auch nur vermisst, haben wir den Fall bereits gelöst. Also wenn Ihr dann so freundlich wärt …«

»Na schön, wie Ihr meint«, erwiderte ich, wenn auch alles andere als begeistert. Armbrustbolzen aus Toten zu ziehen gehört keineswegs zu meinen Lieblingsbeschäftigungen, aber auch diesbezüglich hat der Goblinkrieg mich natürlich abgehärtet. Also ging ich, um Holmser seinen Bolzen zu beschaffen. Beim Herausziehen fiel mir auf, dass der Bolzen sehr leicht zu entfernen war. Tief war er nicht in den Körper eingedrungen. Entweder hatte Grünbeins Mörder eine sehr schwache Armbrust verwendet oder aus großer Reichweite geschossen, ein Umstand, auf den ich auch Holmser hinwies, als ich ihm das blutige Geschoss überbrachte, eingewickelt in ein Taschentuch, damit es seine Weste nicht besudelte.

»Das ist mir ebenso bereits aufgefallen«, erklärte dieser, als wir das Anwesen hinter uns ließen. »Genau aus diesem Grund suchen wir die Gaststätte an der Nordhandelsstraße auf. Oder sagen wir: *Auch* aus diesem Grund. Selbstverständlich werde ich mich keiner Pastete verweigern, wenn sie auf meinem Teller landet.«

»Dann wollen wir mal sehen, ob uns der Wirt diesbezüglich weiterhelfen kann«, gab ich schmunzelnd zurück.

Die Gaststätte an der Nordhandelsstraße trug den klangvollen Namen *Zur Elbenkrone*. Der Legende nach trug sie ihn deshalb, weil an ebendieser Stelle vor Urzeiten, also lange vor dem Dorf und der Gaststätte selbst, ein König der Elben von seinem hohen Ross gestiegen war, um eine kleine Mahlzeit zu sich zu nehmen. Die Schenke war für zwei Dinge berühmt und berüchtigt: zum einen für den Goblineintopf, der mitnichten Goblin enthielt, sondern seinen Namen vielmehr patriotischen Siegesgefühlen verdankte, und zum anderen für die Tatsache, dass sich so gut wie ständig durchreisende Auswärtige im Schankraum aufhielten, die dem Ort einen Hauch von Abenteuer verliehen.

Einigen von ihnen gefiel es hier so gut, dass sie einfach blieben. Dazu zählte beispielsweise ein silberhaariger Elb namens Findolfir, der Abend für Abend in einer Ecke der Gaststätte saß und an seiner Lyra zupfte, wofür er vom Wirt, der über einen echten Elben in der *Elbenkrone* geradezu begeistert war, freie Kost und Logis empfing. Was genau Findolfir, der so gar nicht den Eindruck eines gestrandeten Barden erweckte, vor knapp zehn Jahren dazu bewogen hatte, sich hier niederzulassen, vermochte ich nicht zu sagen. Holmser und er kannten sich jedenfalls schon annähernd so lange, wie Findolfir in der *Elbenkrone* weilte, und ich argwöhnte, dass mein Freund auch in einige der Geheimnisse eingeweiht war, die den Elben umgaben. Mir gegenüber hat er jedoch niemals ein Wort darüber verlauten lassen, und da ich nicht der Mann bin, der andere dazu drängt, Dinge zu offenbaren, die vielleicht nicht für jedermanns Ohren gedacht sind, habe ich es stets dabei belassen, Findolfir als Mysterium anzusehen. Wenigstens war sein Lyraspiel leidlich unterhaltsam, obschon ein wenig zu empfindsam für meinen Geschmack.

Heute, so zeigte sich, suchte Holmser Findolfir wegen eines der anderen Talente auf, die den Elben zu eigen sind: dem des Umgangs mit dem Bogen. Während wir noch ein vorzügliches Mahl verspeisten, bat mein Freund den Silberhaarigen an unseren Tisch, gab ihm einen Becher Wein aus und verwickelte ihn in ein Gespräch über Augenmaß, Entfernungen und Bolzenflug. Schließlich lud er ihn gar dazu ein, mit uns einen Spaziergang auf die andere Seite der Gurgelbachklamm zu unternehmen, ein Angebot, das Findolfir gerne annahm, da seine Dienste in der *Elbenkrone* vor allem in den Abendstunden gefragt waren und bis dahin noch einige Zeit blieb.

Bevor wir über die Gurgelbachbrücke auf die andere Seite der Klamm fuhren, machten wir einen Umweg über das Anwesen des alten Grünbein, wo Holmser Herrn Krausefuß einige Anweisungen erteilte, die ich, da ich die Kutsche lenkte, nicht mitbekam. Anschließend machten wir beim griesgrämigen Hamfast Erdmann Halt, dem Waffenschmied von Grünheim, und Holmser lieh sich unter Berufung auf seinen guten Namen drei verschieden große Armbrüste aus, die allesamt Bolzen der Größe verschossen, wie wir ihn in der Brust Grünbeins vorgefunden hatten.

Auf dem Hügel angekommen, kletterte Holmser von der Kutsche

und spazierte mit in die Westentaschen eingehakten Daumen und behaglich nach vorne gestrecktem Bauch zur Abbruchkante, hinter welcher das Land zur Gurgelbachklamm abfiel. Findolfir und ich begleiteten ihn, wobei mir die Aufgabe zukam, die Armbrüste zu tragen.

»Mein werter Elbenfreund«, sagte Holmser, als wir die Klamm erreicht hatten. »Wärt Ihr so freundlich, Euren Blick auf das Haus auf der gegenüberliegenden Seite zu richten. Dort ist ein Fenster, direkt in der Mitte, uns beinahe gegenüber. Wie Ihr sehen könnt, befindet sich unmittelbar davor ein steiler Abhang, sodass auch ein geübter Kletterer Mühe hätte, sich dem Fenster zu nähern. Stimmt Ihr dem zu?«

»Ich kenne sicher Männer und Frauen, die diesen Abhang bezwingen könnten, aber ohne magische Hilfsmittel fiele es ihnen nicht leicht«, erwiderte der Elb.

»Könnten sie auch mit einer dieser Armbrüste durch das Fenster schießen, während sie sich gleichzeitig an den Abhang klammern?«, wollte Holmser wissen.

Der Elb zögerte. »Ich bezweifle es.«

»Dann wollen wir hiermit festhalten: Um durch das besagte Fenster zu schießen, müsste man sich auf dieser Seite der Klamm befinden.«

»Sofern Ihr Magie außer Acht lasst und nicht fliegen könnt, ja.«

»Die Anwendung von Magie in der unmittelbaren Umgebung des Fensters konnte ich bereits ausschließen«, erklärte Holmser. »Und auch die Möglichkeit eines fliegenden Übeltäters wollen wir einstweilen nicht weiter verfolgen. Das größte flugfähige Geschöpf, das in diesen Breiten lebt, ist der Graufederbussard, und der neigt nicht dazu, Schusswaffen einzusetzen. Oder seid Ihr über andere Dinge unterrichtet? Also in Bezug auf fliegende Geschöpfe, nicht den Graufederbussard, meine ich.«

Findolfir schüttelte den Kopf.

»Gut«, sagte mein Freund zufrieden. Er zückte ein Taschenfernrohr, zog es auseinander und suchte damit eine bestimmte Stelle am Fenster. Ich ahnte bereits, worauf er hinauswollte. »Seid so freundlich«, fuhr er an den Elben gewandt fort, »und schaut durch dieses Fernrohr zu dem Fenster hinüber. Darin befindet sich ein kleines rundes Loch, ziemlich in der Mitte, wo eine Butzenscheibe fehlt.«

»Ich sehe es«, sagte Findolfir. »Dazu benötige ich kein Fernrohr.«

Holmser schob selbiges wieder zusammen. »Ich unterschätze immer wieder die Sinnesschärfe der Elben«, bekannte er.

Unser Begleiter antwortete mit einem milden Lächeln.

»Mal sehen, wie es um Eure Treffsicherheit bestellt ist.« Holmser deutete auf die Waffen in meinem Arm. »Nehmt bitte eine der Armbrüste – welche, sei Euch überlassen –, und schießt damit einen Bolzen durch das Loch im Fenster auf das Ziel, das dahinter auf dem Schreibtischstuhl sitzt. Trefft es bitte genau ins Herz. Keine Sorge, es handelt sich nur um einen Strohsack, auf den der gute Herr Krausefuß ein Herz gemalt hat.«

Findolfir nickte, besah sich die drei Waffen und wählte die stärkste Armbrust aus. Er spannte sie, legte einen Bolzen ein und zielte. Gleich darauf ließ er die Waffe wieder sinken. »Ich kann es nicht«, sagte er.

Holmser hob die Augenbrauen. »Weswegen? Ich möchte bezweifeln, dass es Euch an Geschick mangelt. Ich weiß, dass Ihr einen Spatz im Flug zu treffen vermögt.«

»Ich kann es nicht, weil es nicht möglich ist«, erklärte der Elb. »Das Loch im Fenster befindet sich in einem Winkel zum Schreibtischstuhl, der ein glattes Durchschießen verhindert. Ich habe entweder die Wahl, von hier aus zu schießen, dann treffe ich aber die Wand neben dem Stuhl. Oder ich muss meinen Standort verändern, wodurch jedoch der Bolzen mit hoher Wahrscheinlichkeit bei seinem Flug an den Rändern des Lochs hängen bleiben und abgelenkt wird. Dazu kommt, dass eine Armbrust eine denkbar ungeeignete Waffe für gezielte Fernschüsse ist. Ein Bogen mit einem schlanken Pfeil würde mir den Schuss vielleicht ermöglichen. Doch nicht dieses plumpe Kriegswerkzeug.«

»Wäre ich also ein Meuchelmörder und würde mein Opfer in diesem Raum erschießen wollen, wäre es mir von außerhalb des Fensters nicht möglich gewesen«, stellte Holmser fest.

Findolfir nickte. »Ohne magische Waffe, deren Bolzen sich selbst lenkt, ohne die Fähigkeit zu fliegen oder wie eine Spinne am Abhang zu kleben – ja.«

»Höchst aufschlussreich. Vielen Dank.«

Wir begaben uns auf den Rückweg zur Kutsche, und Holmser bot Findolfir an, ihn wieder zurückzufahren, aber der Elb lehnte dankend ab. »Die Sonne scheint, und ich habe ein paar Stunden Zeit. Ich werde zu Fuß gehen.«

»Dann danke ich Euch für Eure Hilfe und wünsche einen schönen Tag«, verabschiedete sich Holmser von ihm. »Ach, übrigens: Büttel Bunteblum ist auf der Suche nach einem unsichtbaren Meuchelmörder. Er könnte dabei auf den wirren Verdacht kommen, ein im Schleichen und Schießen wohl bewanderter Elb möge diesem Täterprofil entsprechen. Seht Euch ein, zwei Tage vor. Länger sollte es nicht mehr dauern, diesen Fall zu lösen.«

»Ich weiß diese Warnung zu schätzen«, antwortete Findolfir. »Auch wenn ich bezweifle, dass Euer Büttel imstande wäre, meiner habhaft zu werden, möchte ich unangenehme Begegnungen vermeiden. Ich lebe gerne hier und will meinen Ruf unter den Gästen der *Elbenkrone* nicht beschädigen. Womöglich werde ich einen längeren Waldlauf unternehmen, bis sich der Wind in den Gräsern wieder gelegt hat.«

»Und was machen wir jetzt?«, fragte ich meinen Freund, nachdem wir wieder alleine waren. »Wir haben noch immer einen Toten mit einem Armbrustbolzen in der Brust, hingegen – wie man es dreht und wendet – erkenne ich nicht, wie ihn der Täter abgeschossen haben will. Ohne die Hilfe von Magie, versteht sich.«

»Und die haben wir bereits ausgeschlossen«, sagte Holmser. »Zumindest am Tatort selbst.«

»Es sei denn, der Meuchelmörder vermochte seine Anwendung der Magie zu maskieren«, gab ich zu bedenken.

Mein Freund schenkte mir einen zweifelnden Blick. »Wir sollten das Unwahrscheinliche nicht als Wahrheit betrachten, solange wir noch nicht alle anderen Möglichkeiten ausgeschlossen haben.« Er machte ein nachdenkliches Gesicht. »Irgendetwas habe ich übersehen …«

Holmser gab sich einen Ruck. »Nun gut. Lasst uns das Feld der Möglichkeiten weiter einkreisen, Wasndas. Überprüft Ihr bitte die Umgebung hier und das Anwesen des alten Grünbein noch einmal nach Magiespuren. Nehmt hierzu meinen Magieaufspürer. Ich werde mir den Tatort und unseren Toten erneut anschauen. Wer eine heiße Spur entdeckt, meldet sich bei dem anderen.«

»Einverstanden«, erwiderte ich. Meine Hoffnung, irgendetwas zu finden, war zwar gering, aber wie Findolfir bereits festgestellt hatte, schien die Sonne so schön vom blauen Himmel, dass mir ein wenig Ermittlungsarbeit an der frischen Luft keineswegs Unannehmlichkeiten bereitete.

Holmser bestieg unsere Kutsche und fuhr den Hügel hinunter. Unten am Weg, der zur Gurgelbachbrücke und danach weiter zu Grünbeins Anwesen führte, sah ich ihn auf den greisen Samwain Bunteblum, den Vater des Büttels, treffen, der mit einem zugedeckten Korb unterm Arm die Straße entlangspazierte. Die beiden Männer unterhielten sich kurz, dann stieg Samwain zu Holmser auf die Kutsche, und sie fuhren von dannen.

Unterdessen begann ich mit meiner Arbeit. Wie erwartet, gelang es mir in den nächsten Stunden nicht, auch nur einen Hauch von Magie um das Anwesen von Fondo Grünbein zu entdecken. Ich kletterte sogar bis hinunter in die Gurgelbachklamm – ein recht mühsames Unterfangen nebenbei bemerkt –, ohne fündig zu werden.

Als ich am späten Nachmittag zum Anwesen zurückkehrte, fand ich Holmser in heller Aufregung vor. Er sah aus wie ein Mann, der erst wenige Augenblicke zuvor ein befreiendes »Heureka!« über die Lippen gebracht hatte. »Wasndas! Ihr kommt genau richtig. Ich glaube, des Rätsels Lösung gefunden zu haben. Sagt mir nur, dass Ihr nirgendwo Magie gefunden habt, die meine Theorie stören könnte.«

Diese Freude vermochte ich ihm zu bereiten.

»Sehr gut«, sagte er. »In dem Fall lasst Herrn Krausefuß das Personal zusammenrufen. Wir wollen den Schuldigen hier und jetzt überführen.«

Diese Wendung der Ereignisse traf mich gänzlich unvorbereitet. Andererseits gehörte genau dies zu Holmsers Gaben, die ihm seinen Ruf als überragenden Ermittler eingebracht hatten: In einer scheinbar festgefahrenen Lage, in der sich alle Spuren im Grase verliefen, eine winzige Kleinigkeit zu entdecken, die ihm einen völlig neuen Ansatz für seine Nachforschungen bot und ihm letzten Endes erlaubte, falschen Schein von Wahrheit zu trennen.

Wie gewünscht, fanden sich kurz darauf Herr Krausefuß, der Ponybursche Buko, der Koch Pimbin, die Reinemachfrau und alle anderen, die auf dem Anwesen lebten und in den Diensten Fondo Grünbeins gestanden hatten, im großen Speisezimmer ein. Auch Euphelia Säckler-Grünbein, ihr Gatte und ihr Enkel, die in den vergangenen Stunden bereits damit begonnen hatten, den Hausrat zu schätzen, um ihn nach der Testamentseröffnung schleunigst veräußern zu können, waren zugegen. »Und?«, begrüßte Euphelia meinen Freund giftig. »Habt Ihr den Täter ausfindig gemacht.«

»Das habe ich wahrhaftig«, bestätigte Holmser zufrieden. »Er befindet sich in diesem Raum.«

Seine Worte sorgten für einige Unruhe unter den Anwesenden. Es wurde gemurmelt, unbehagliche Blicke wurden gewechselt, und mancher Fuß scharrte besorgt auf den dunklen Holzbohlen.

»Das kann ich kaum glauben«, sagte Herr Krausefuß laut. »Herr Grünbein behandelte sein Personal stets mit ausgesuchtem Zuvorkommen. Wir alle haben ihn gemocht.« Er warf einen misstrauischen Blick in Richtung der Säckler-Grünbeins.

»Mein Bruder und ich haben uns vielleicht nicht so geliebt, wie es bei manchen Geschwistern der Fall ist«, fühlte sich Euphelia daraufhin bemüßigt klarzustellen. »Aber Familie bleibt Familie, und niemand aus meinem Hause wäre auch nur auf den Gedanken gekommen, Fondo zu ermorden. Das ist lächerlich.«

»Genau genommen handelte es sich auch gar nicht um einen Mord«, erklärte Holmser. »Es war ein Unfall, eine Leichtfertigkeit mit Todesfolge, die anschließend als Mord getarnt wurde, um von dem unglücklichen Schuldigen abzulenken. Nicht wahr, mein guter Pimbin?« Er wandte sich dem Koch zu, einem jungen, rundlichen Burschen mit rosigem Gesicht.

»Ich ... Ich habe keine Ahnung, wovon Ihr sprecht, Herr Holmser«, quetschte dieser hervor, wobei die Art, wie ihm der Schweiß auf die Stirn trat, im Grunde Beweis genug für sein schlechtes Gewissen war.

»Dann möchte ich es dir und allen anderen erklären«, sagte Holmser liebenswürdig. »Genau wie Buko bist du neu in den Diensten Herrn Grünbeins gewesen. Herr Krausefuß sagte mir, du musstest in kürzester Zeit eine ganze Menge neuer Leibspeisen erlernen. Ein Blick in die Küche beweist dabei, dass Pilzgerichte nicht deine Stärke sind, denn wofür sonst hättest du *Naseprims Pilzfibel* im Regal stehen, ein Buch, das nicht aus den Beständen des alten Topplers stammt. Gestern nun wünschte sich der alte Grünbein Schopftintlinge in Rahmsoße mit Klößen. Du bist zum Markt geeilt, allerdings gab es keine. Jemand verriet dir hingegen eine gute Stelle im Wald, wo man Pilze finden könne, nicht wahr?«

»Ich ... ähm ...«, stammelte Pimbin.

Holmser fuhr fort: »Nun stellt sich mir die Frage: War es Nachlässigkeit, die dich deine Ausbeute nicht mit dem Eintrag über Schopftintlinge in *Naseprims Pilzfibel* vergleichen ließ, bevor du sie zubereitet hast? Oder hast du schlichtweg vergessen, dass dir gesagt wurde, du würdest dort Faltentintlinge statt Schopftintlinge finden, die zwar beinahe gleich aussehen und ebenso schmecken, allerdings bedauerlicherweise unter gewissen Umständen giftig sind?«

»Einen Augenblick!«, unterbrach Krausefuß meinen Freund. »Ich habe ebenfalls von der Mahlzeit gegessen. Und ich stehe noch auf beiden Füßen.«

Holmser warf ihm einen schnellen Blick zu. »Ein sehr guter Einwand, Herr Krausefuß. Allerdings lebt Ihr enthaltsam in der Hinsicht, dass Ihr keinen Alkohol trinkt. Und wie ich sagte: Faltentintlinge sind nur unter gewissen Umständen giftig, nämlich dann, wenn man nach dem Verzehr Hochprozentiges zu sich nimmt. Und wie wir alle wissen, liebte Fondo Grünbein seinen Auenthal-Brandy, ein durchaus herbes Schlückchen, das – in Verbindung mit den Pilzen – eine heftige Wirkung zeigen würde. Dazu kommt, dass Fondo kein junger Mann mehr war. Die Pilze und der Brandy griffen sein Herz an und ließen es zum Stillstand kommen. Und das ...« – er fuhr wieder zu Pimbin herum – »... erkannte auch unser junger Freund, als er später am Abend kam, um Fondo einen Schlummerschmaus anzubieten. Entsetzt über seinen Fehler und voller Angst vor den Folgen, behauptete er Herrn Krausefuß gegenüber, dass alles in Ordnung sei, während er gleichzeitig die Geschichte vom bewaffneten Meuchelmörder ersann. Er stahl einen der Bolzen jener Armbrust, die hier im großen Speisezimmer hängt, und rammte ihn mit bloßer Hand seinem Herrn in die Brust. Gleich darauf löste er eine der Butzenscheiben aus dem Fenster, um einen Angriff von draußen vorzutäuschen. Leider hat er ebenso wenig Ahnung von Armbrüsten wie von Pilzen, sodass es mir leicht fiel, die Unmöglichkeit eines solchen Angriffs nachzuweisen.«

»Aber … Aber Ihr habt keine Beweise für Eure Beschuldigungen«, jammerte der Koch.

»Doch, die habe ich«, entgegnete Holmser. »Auf dem Komposthaufen hinter dem Haus fand ich nach einigem Suchen die Schälreste der Pilze, die eindeutig auf Faltentintlinge hinweisen. Da niemand anders als Ihr sie dort versteckt haben kann, denn schließlich seid Ihr der Koch des Hauses, braucht Ihr Eure Schuld nicht länger zu leugnen.«

Pimbin ließ die Schultern hängen. »Oje, oje«, klagte er. »Das wollte ich alles gar nicht.«

»Dann ist es also wahr?«, rief Krausefuß bestürzt. »Schäm dich! Nicht nur hast du durch deine Dummheit unseren guten Herrn auf dem Gewissen. Mit dieser feigen Täuschung hast du auch noch den ganzen Haushalt auf den Kopf gestellt.«

»Nun ist der Büttel gefragt!«, tönte Euphelia. »Ruft den Büttel! Und den Notar. Mit dem Beweis unserer Unschuld ist wohl die Zeit gekommen, Fondos Testament zu eröffnen.«

Alle begannen nun durcheinanderzurufen, während der glücklose Koch sich geschlagen auf einen der Stühle niedersinken ließ. Er würde nicht zu fliehen versuchen, so viel stand fest. Dazu war er zu wenig von echter Bosheit getrieben.

Ich wandte mich von dem Durcheinander ab. »Ich glaube, unsere Arbeit hier ist getan«, meinte ich zu Holmser. Eigentlich hätte ich mich darüber freuen sollen, dass wir ein weiteres Verbrechen aufgeklärt hatten. So richtig wollte mir dies angesichts der Umstände allerdings nicht gelingen.

Holmser schien es ähnlich zu ergehen.

Auf dem Rückweg nach Hause hatte ich dann aber doch noch eine Frage an meinen alten Freund. »Wie seid Ihr auf die Spur des Kochs gekommen? Nichts deutete im ersten Augenblick auf eine Vergiftung hin.«

»Ich muss gestehen, dass mir ein glücklicher Zufall zu Hilfe kam«, erwiderte mein Freund. »Nach unserem Ausflug mit Findolfir begegnete mir, wie du vielleicht gesehen hast, der alte Samwain Bunteblum. Er kam gerade aus dem Wald, wo er Pilze gesammelt hatte: Steinpilze,

Goldröhrlinge und Faltentintlinge. Er gab mir ein paar davon fürs Abendessen mit – ich habe sie hier in meiner Tasche –, warnte mich aber eindringlich davor, die Faltentintlinge zusammen mit Alkohol zu genießen, da man sich hierbei eine gefährliche Vergiftung zuziehen könne. In diesem Augenblick fiel bei mir das letzte Puzzlestück an seinen Platz, und all die Dinge, die uns zuvor seltsam vorgekommen waren, ergaben auf einmal einen Sinn. Grünbein war gar nicht an einem Armbrustschuss gestorben. Er hatte sich eine Vergiftung zugezogen, verursacht durch die Dummheit seines Kochs. Nachdem ich nun wusste, wonach ich suchen musste, fand ich die Beweise für meine Theorie schnell: die Schälabfälle, das Pilzhandbuch in der Küche, der Bolzen, der genau zu den Bolzen passte, die in dem Kästchen unter der Armbrust auf dem Kaminsims lagen. So fügte sich eins zum anderen.«

»Was für ein tragisches Schicksal«, murmelte ich, während die grüne Landschaft an uns vorbeizog. »Getötet durch die eigene Leibspeise und den eigenen Lieblingsbrandy.«

Holmser zog seine Pfeife hervor, stopfte und entzündete sie und begann bedächtig zu schmauchen. »Ich weiß nicht«, sagte er. »Grünbein war alt. Im Alter gibt es viele Arten, abzutreten, die unerfreulicher sind als eine gute Mahlzeit und ein kräftiger Schluck.«

Entgeistert sah ich ihn an. »Das ist nicht Euer Ernst, Holmser?«

Er erwiderte den Blick mit eigentümlich unlesbarer Miene. »Nein. Vermutlich nicht«, gestand er schließlich. Er zuckte mit den Schultern. »Ich jedenfalls bin froh, dass ich nichts von den Pilzen gegessen habe. Ansonsten müsste ich jetzt drei Tage lang auf mein gutes Kräuterbier verzichten.«

Unwillkürlich musste ich schmunzeln. »Na das, mein lieber Holmser, wäre *wirklich* tragisch gewesen.«

BULLERBOKS ENDE
Bericht aus dem Leben eines Halblings
Von Jo Zybell

Bullerboks Bestattung, erster Teil

Es sah Bullerbok ähnlich, halb Kluftenheim auf der Alten Brücke über der Schlucht antreten zu lassen. Längst tot und zu Asche verbrannt, gelang es ihm immer noch, sein bemerkenswertestes Talent auszuspielen: die Halblinge von Kluftenheim in Angst und Schrecken zu versetzen. Sein einziges Talent, wie viele behaupteten.

Für die kräftige Morgenbrise konnte er natürlich nichts. Ohnehin bedurfte die uralte Hängebrücke gar keiner Windböen, um zu schwanken und zu knarren, dass jedem durchschnittlichen Halbling die Haare zu Berge standen – die sanften Schritte eines Halblingsmädchens genügten. Und an diesem Morgen trotteten gleich zwölf ausgewachsene Halblinge auf einmal auf die Brücke, ganz zu schweigen von den Sumpfhunden, die den Katafalk mit der Urne hinter ihnen herzogen. Und dem Hundegespann folgten jetzt auch noch Dutzende Kluftenheimer; viele bewegten stumm die Lippen, weil sie im Stillen die Göttin anriefen.

Uldur, der den Trauerzug anführte, verlangsamte seinen Schritt nicht, hielt sich nicht einmal am Geländer fest. Um einem wie ihm Angst einzujagen, brauchte es mehr als ein bisschen wackelndes und knarrendes Holz. Er spähte in die tausend Fuß unter ihm liegenden schäumenden Fluten des Kluftens – mal durch die breiten Lücken zwischen den Brückenbohlen, mal über das Geländer hinweg –, und er empfand weder Schwindel noch Grausen. Der alte Uldur hatte einfach schon in zu viele Abgründe geblickt.

Sein Ziehsohn Davidor dagegen hielt sich an Uldurs Mantel fest und tapste mit gesenktem Kopf und geschlossenen Augen neben ihm her. Das hatte Uldur ihm dringend empfohlen. Übermäßige Angst – genau wie übermäßige Wut übrigens – versetzten Davidor nämlich leicht in Erregungszustände, unter deren Einfluss er Dinge tat, die wirklich keiner erleben wollte. Wenn Davidor einen schlechten Tag hatte – und wegen der vielen Bestattungen in letzter Zeit befürchtete Uldur genau das –, wenn er also einen wirklich schlechten Tag hatte, reichte eine baufällige Brücke über einer tiefen Schlucht völlig aus, um ihm die nötige Angst für echte Dummheiten einzujagen.

Mehr als hundert Schritte lang war die Alte Brücke. Von ihrem Ende aus führte ein Pfad noch einmal neunzig Schritte weit zur knapp dreihundert Fuß hohen Westwand, und zwar zum Westkamin. Über diesen gelangte man hinauf in die Flusswälder. Wenn man klettern konnte. Wer in die Sümpfe wollte, musste auf der anderen Seite des Kluftens den Kamin in der Ostwand nehmen.

Man muss sich Kluftenheim also als zweistöckige Schlucht vorstellen: Auf der Sohle des oberen, breiteren Stockwerks – dreihundert Fuß unterhalb der Flusswälder und der Sümpfe – lagen die Stolleneingänge der Halblinge, standen ihre Gewächshäuser, Stallungen und das Gemeinschaftshaus. Im unteren und schmaleren Stockwerk floss, noch einmal tausend Fuß tiefer, der Kluften.

Fünfzig Schritte vor dem Ende der Brücke blieb Uldur stehen, berührte die Schulter des viel kleineren Davidor, damit auch er anhielt, und drehte sich dann um. Er winkte den Koloniemeister Wombar und die Grottenmeisterin Mumbel an sich und Davidor vorbei, ebenso die anderen zehn Halblinge des Ältestenrates. Auch die Hundeführer und den Hundekarren mit dem Katafalk und Bullerboks Urne hieß er passieren, genau wie danach die etwa vierzig Angehörigen von Bullerboks Sippe. Viele, die nun an Uldur vorbeischlichen, gehörten auch zu seiner eigenen Verwandtschaft: Bullerbok war sein Enkel gewesen.

Die Brücke knarrte und schwankte noch heftiger unter dem Klatschen so vieler nackter, haariger Füße. Wer konnte, klammerte sich am Brückengeländer oder am Hundekarren fest – oder wenigstens an jemandem, der ein Stück Brückengeländer oder Hundekarren zu greifen bekommen hatte. Doch schließlich verebbten Knarren, Klatschen und Scharren, und das Schwanken ließ nach; alle standen wieder still.

Die meisten vermieden es, in die Tiefe zu sehen, fast jeder starrte den

Alten an. Kaum einer bewegte jetzt noch die Lippen. Doch Uldur, der in Gesichtern lesen konnte wie kein Zweiter, entdeckte die Furcht selbst in den Zügen der abgebrühtesten Halblinge; selbst in den eckigen Zügen Wombars, der sonst ein Meister darin war, seine Gefühle zu verbergen. Manchmal fragte Uldur sich, ob der Koloniemeister überhaupt welche empfand.

Wer nicht zu den Oberhäuptern Kluftenheims oder zur Sippe Bullerboks zählte, hatte darauf verzichtet, die Brücke zu betreten. Doch gekommen war die gesamte Kolonie, soweit Uldur das überblicken konnte. Kein Kluftenheimer hatte an diesem Morgen im Stollensystem oder in seiner Grotte zurückbleiben wollen. Einen wie Bullerbok bestattete man nicht jeden Tag.

Uldur überzeugte sich davon, dass sich alle auf der Brücke eingefunden hatten, deren Anwesenheit die altehrwürdigen Sitten verlangten. Da er niemanden vermisste, langte er in die Tasche seines schwarzen Wildschweinledermantels und zog die Zettel mit der vorbereiteten Rede heraus. Davidor, der die Augen immer noch geschlossen hielt, hatte es wohl rascheln gehört. Zumindest legte er den Kopf in den Nacken und tastete schon einmal nach der Schleuder in seinem Gurt. Uldur entfaltete seine vollgeschriebenen Blätter und räusperte sich.

»Typisch Bullerbok, halb Kluftenheim hier auf der Alten Brücke antreten zu lassen«, begann er. »Selbst tot und zu Asche verbrannt, schafft er es immer noch, euch Angst und Schrecken einzujagen, hab ich Recht? Uns seine Asche von der Neuen Brücke oder vom Ufer aus über dem Kluften ausstreuen zu lassen, hätte doch vollkommen ausgereicht! Aber so war er eben, und der letzte Wille eines Sterbenden muss nun einmal ausgeführt werden. So hielten es schon unsere ehrwürdigen Vorväter und Vormütter, nicht wahr?«

Keiner auf der Brücke antwortete. Natürlich nicht. Nur drüben, hinter dem Geländer vor der Schlucht, rechts und links des Brückenzugangs, nickten einige der knapp dreihundert Kluftenheimer, die das Glück hatten, weder zum Ältestenrat noch zu Bullerboks Sippe zu gehören.

»Andererseits – haben wir es besser verdient?« Uldurs für einen Halbling ungewöhnlich tiefe und raue Stimme hallte von den Felswänden wider. »Ich muss euch ja nicht daran erinnern, wie grob wir ihn manchmal behandelt haben.« Uldur sagte »wir« und meinte »ihr« – jeder begriff das, und unter den Ältesten sah er einige sich aufblähen und den Mund aufsperren, als hätten sie allerhand einzuwenden. Doch seelenruhig ließ der Alte seinen Blick über die Menge wandern, bevor er ihn wieder auf seine Notizen richtete. Keiner würde ihm in die Parade fahren: Bei der Bestattung eines Kluftenheimers galt es als unschicklich, Schlechtes über den Toten auch nur anzudeuten. Höchstens ein hoch geachteter Patriarch durfte sich das erlauben – einer wie Uldur, der die Meere gesehen und die Große Wildnis durchquert hatte.

»Einige von euch haben es ja schon immer gesagt«, fuhr er fort. »›Es wird mal ein schlimmes Ende mit dem Feuerkopf nehmen‹, habt ihr gesagt. Doch so schlimm? Das hätte niemand vermutet und auch niemand ihm gewünscht. Hoffentlich nicht einmal einer von euch, die ihr vor ein paar Monaten noch schlaflose Nächte verbracht habt, weil euch die Angst plagte, er könnte euer Schwiegersohn werden.«

Einige Halblingsmänner unter den Ältesten und in der Menge am Ufergeländer senkten betreten die Blicke oder malten mit den Zähnen. Und etliche Mädchen vor der Brücke liefen rot an; manche begannen sogar zu schluchzen.

»Statt eines Schwiegersohns oder eines Gatten haben Davidor und ich euch nun einen Toten zurück nach Kluftenheim gebracht. Statt eines geflohenen Verurteilten eine Amphore voller Asche. Einige unter uns werden das vor allem deswegen bedauern, weil nun eine Menge von Rechnungen unbezahlt bleiben, und ich fürchte, ich rede von der Mehrzahl der Kluftenheimer.«

Wieder ließ er seinen Blick über den Ältestenrat, Bullerboks Sippschaft, die Sumpfhunde mit dem Katafalk und die Menge vor der alten Hängebrücke schweifen. Die Spiegel in den Steilwänden rechts und links der Schlucht sandten bereits das erste Licht der Morgensonne auf die schweigende Trauergesellschaft hinab. Wie still sie standen, wie sie lauschten, wie sie es vermieden, über die Brüstung oder durch die Fugen zwischen den Holzplanken zu äugen – so gefiel es Uldur, so liebte er seine stolzen Kluftenheimer.

»Doch nun ist es zu spät, Rechnungen einzuklagen«, fuhr er fort. »Nun weilt Bullerbok nicht mehr unter uns. Wer mag, soll der Göttin Vorwürfe deswegen machen, wir anderen aber wollen unsere Pflicht tun und Bullerboks Asche dem Kluften übergeben, dessen Wogen ihn zurück zu uns nach Kluftenheim gespült haben, als er noch kaum seinen Namen aussprechen konnte.«

Uldur räusperte sich, steckte das vordere Blatt seiner Notizen nach hinten und fuhr fort: »Zuvor aber lasst uns auf sein Leben zurückblicken und die Geschichte seines Endes hören.«

Die Frau im Wald

Im dritten Jahr nach meiner Rückkehr aus der Großen Wildnis geschah, was keiner von uns je vergessen wird: Ein Troll stieg während der Schneeschmelze aus der Schlucht herauf nach Kluftenheim, ein besonders grobschlächtiges und ekelhaftes Exemplar dieser üblen Gattung. Der Unhold erschlug drei unserer tapfersten Jäger und raubte den gerade erst von der Mutterbrust entwöhnten Bullerbok. Der Kluften führte Hochwasser in jenem Frühjahr, und herabstürzende Eiszapfen zerstörten etliche unserer Sonnenspiegel.

Bullerboks Eltern – mein ältester Sohn und meine Schwiegertochter – stiegen an der Spitze von zehn Jägern in den Westkamin und kletterten in die Wälder hinauf, um der Fährte des Trolls zu folgen und ihr Kind zu befreien. Davon nur so viel: Keiner kehrte lebend nach Kluftenheim zurück; von manch einem blieben sogar die sterblichen Überreste bis auf den heutigen Tag verschollen.

In jenem Frühjahr schwoll der Kluften noch fast bis zur Schluchtkante an, und an einem Tag rissen die schäumenden Wogen die enthauptete Leiche des Trolls an den Gewächshäusern und Schweineställen vorbei. Und wenige Stunden später auch das Körbchen mit dem schreienden, rothaarigen Kind. Hier, an der Alten Brücke blieb es hängen.

So kehrte Bullerbok nach Kluftenheim zurück.

Was geschah in den beiden Frühlingsmonaten oben im Wald, in der Höhle des Trolls? Wir wissen es nicht. Was musste er erleiden in den Fängen des Scheusals, der wehrlose kleine Halbling? Auch das wissen wir nicht.

Was wir aber wissen, ist Folgendes: Bullerbok schrie fortan, wo niemand einen Grund zum Schreien erkennen konnte. Bullerbok schlug um sich, obwohl keiner ihm etwas zuleide tun wollte. Er stampfte auf, spuckte um sich, warf mit Bechern und Tellern und tat auch sonst mit Hingabe, was zu tun man Kindern und Heranwachsenden in Kluftenheim und anderen Halblingskolonien mit einigem Recht zu verbieten pflegt.

Kurzum: Er entwickelte sich zu einem in jeder Hinsicht missratenen Halblingsknaben.

Eines Tages standen seine Pflegeeltern – meine jüngste Tochter und ihr Gefährte – gemeinsam mit den Ältesten vor meiner Grotte und schoben mir den Feuerkopf, wie alle den rothaarigen Burschen mit dem großen Schädel nannten, über die Schwelle. Er sei schon wieder ohne Erlaubnis in den Kamin gestiegen, jammerten sie. Er habe schon wieder einen Spiegel in der Felswand zerschmissen, schon wieder einem Sumpfhund eine Fackel an den Schwanz gebunden, einen Truthahn in den Kluften gejagt, ein Schwein ins Gewächshaus gesperrt, diesen und jenen gebissen oder gekratzt oder getreten. Solche und ähnliche Klagen musste ich mir anhören.

»Wir können ihn nicht bändigen«, erklärten sie mir, »er ist zu eigensinnig, zu aufsässig. Nimm du ihn, du bist sein Großvater. Hast du nicht auch wilde Tiere und Kobolde gebändigt während deiner Jahre in der Großen Wildnis?«

Beidem konnte ich schlecht widersprechen, und leid tat mir Bullerbok auch. Jeder weiß, wie sehr ich ihn liebte. Und die uralten Kluftenheimer behaupten sogar, der Junghalbling Uldur sei dem Junghalbling Bullerbok gar nicht so unähnlich gewesen. Wie auch immer: Ich nahm den Feuerkopf bei mir auf. Habe ich's nicht mit allen Halblingsknaben so gehalten, die man seit meiner Heimkehr zu mir brachte, weil man sie für missraten oder wenigstens für absonderlich hielt? Da kam es auf einen weiteren nicht mehr an, zumal er ja mein Enkel war. Fortan hatte ich sieben Ziehsöhne. Geblieben ist mir allein Davidor.

Bullerbok wuchs zum besten Kletterer von Kluftenheim heran, zum treffsichersten Bogenschützen, zum tüchtigsten Stollengräber, Silberschürfer und Diamantensucher – aber leider auch zum streitsüchtigsten Junghalbling, zum lautesten Maulhelden und zum wildesten Schürzenjäger. Gibt es ein schönes Halblingsmädchen in Kluftenheim, dem er nicht das Blaue vom Himmel versprach, um sich in sein Herz und Nachtlager zu schmeicheln? Und für viele Kluftenheimer ganz und gar unverzeihlich: Nicht wenige Junghalblinge der Kolonie nahmen sich ein Beispiel an Bullerboks Wildheit und Aufsässigkeit.

Was musste ich mir im Rat seinetwegen alles anhören! Was redete ich mir zu seiner Verteidigung die Zunge fasrig! Wieder und wieder ließ der Ältestenrat ihn wochenlang in den Arrestschacht sperren, ließ ihn prügeln, verbot Bullerbok und seinen engsten Freunden schließlich auf Lebenszeit, einen der beiden Kamine hinaufzuklettern, damit sie ja nicht den guten Ruf Kluftenheims bei den Halblingen im Flusswald und in den Sümpfen ruinieren konnten. Wieder und wieder zwang man ihn und seine Rotte, vor der Gemeinschaft der Kluftenheimer Reue zu zeigen und sich zu entschuldigen. Ja, auch darin gelangte Bullerbok zu einiger Meisterschaft.

Doch es nutzte alles nichts, im Gegenteil: Es wurde nur noch schlimmer mit ihm, und so kam die Stunde, die ich lange mit aller Kraft, am Ende aber doch vergeblich zu vermeiden versucht hatte: Der Rat von Kluftenheim schloss Bullerbok auf unbestimmte Zeit in den Arrestschacht ein und trat zusammen, um darüber zu beraten, ob er der Göttin zurückgegeben, ob er also dorthin gestoßen werden sollte, wo er zuletzt hergekommen war: von der Alten Brücke in den Kluften hinab.

Keine leichte Entscheidung. Wann wurde in Kluftenheim zuletzt jemand der Göttin zurückgegeben? Ist es hundert Jahre her? Oder schon zweihundert? Die Beratung zog sich über Tage hin.

Ich schlug vor, Bullerbok in die Große Wildnis zu bringen, damit er dort im Kampf um sein Leben zu einem besonnenen Halbling heranreifen könne. Doch davon wollte niemand etwas wissen. Die eine Hälfte des Rates folgte Mumbels Worten und verlangte, dass man ihn so lange in Ketten legte und zur Arbeit zwang, bis er allen angerichteten Schaden wieder gutgemacht und bezahlt hatte. Die andere Hälfte folgte Wombar und hoffte gar nichts mehr für Bullerbok, wollte ihn nur noch der Göttin zurückgeben, um wenigstens seine Freunde zu retten.

Zu dieser Zeit geschah es, dass unsere Waldläufer jene Frau fanden. Zufall? Eine Fügung der Göttin? Jeder mag das für sich selbst entscheiden. Zwei Waldläufer stiegen jedenfalls den Westkamin herab und platzten in die Ratssitzung. Ich erinnere mich, als wäre es erst gestern gewesen.

»Oben im Wald sitzt eine Frau im Bärlauch und heult«, erklärte der ältere der Waldläufer.

»Was für eine Frau?«, fragte Wombar, unser Koloniemeister und Erster Ratsvorsitzende. »Eine Menschenfrau?«

»Schwer zu sagen.« Der Waldläufer wiegte den Kopf. »Könnte auch eine Elbische sein. Sicher ist nur, dass sie ein großer Kummer plagt: Sie heult, und sie fleht um Hilfe. Ihr Bruder steckt in Schwierigkeiten, wenn ich es richtig verstanden habe.«

Wir in Kluftenheim verschließen uns so schnell keinem, der um Hilfe bittet, jedenfalls nicht ohne schwerwiegenden Grund. Der Ältestenrat schickte also die Grottenmeisterin Mumbel und mich mit den Waldläufern hinauf in den Wald. Mumbel, weil sie in Kluftenheim für Frauenkummer jeder Art zuständig ist, und mich, weil ich Erfahrung sowohl mit Menschen als auch mit Elbischen habe, wie jeder weiß.

Wir stiegen also den Westkamin hinauf, ließen uns zu der Frau führen, guckten sie uns an und hörten, was sie zu sagen hatte.

Eine schöne Frau, weiß die Göttin! Goldblondes Haar, meergrüne Augen, Haut wie Alabaster und eine Gestalt wie für die Liebe gemacht. Leider bedeckte ihre Haarpracht die Ohren allzu gründlich, sodass ich sofort den Verdacht hegte, eine Elbische vor mir zu haben. Nur ihre schmutzigen und zerrissenen Kleider passten irgendwie nicht zu diesem Eindruck. Und ihr jämmerliches Geheule sowieso nicht.

Der ältere der Waldläufer legte den Arm um sie, redete beruhigend auf sie ein, und was soll ich sagen: Er schmolz geradezu dahin unter ihrer Berührung und ihrem Blick. Es war peinlich anzusehen und erhärtete meinen Verdacht: Eine Elbische hockte da möglicherweise im Bärlauch und testete bereits die Kraft ihres Liebeszaubers.

Sie beruhigte sich immerhin und nannte ihren Namen: Lyris. Ihr Zwillingsbruder liege im Gemäuer einer Finsterdrude in Ketten, erzählte sie, und diese wolle ihn binnen eines Jahres töten, falls sie, seine Zwillingsschwester, nicht einen Felsen nahe ihres Schlosses aus der Welt schaffe.

»Was hat die Drude gegen den Felsen?«, wunderte ich mich laut.

»Er stört sie.«

»Wirft er denn Schatten auf ihre Burg?« Auch Mumbel staunte. »Nimmt er ihrem Garten denn die Sonne?«

»Die Finstere hat keinen Garten. Und wie sollten Schatten sie stören?« Die schöne Frau begann schon wieder zu schluchzen. »Der Felsen stört sie einfach deswegen, weil sie ein böses Weib ist. Irgendetwas stört eine wie die doch immer ...«

»Die Finsterdrude muss verrückt sein.« Der Waldläufer drückte die schluchzende Frau fest an sich. »Wie soll denn ein zartes junges Mädchen wie du einen Felsen wegschaffen?«

»Sie ist nicht nur verrückt, sie ist abgrundtief böse ...« Die Frau, die sich Lyris nannte, weinte nun wieder laut und brachte kaum noch einen zusammenhängenden Satz zustande. Immerhin erfuhren wir, warum sie in ihrer Not in die Flusswälder und an den Kluften gekommen war: Der Ruf der Kluftenheimer als Bergarbeiter und Stollenbauer hatte sich bis zur Westküste herumgesprochen. Sogar die Beseitigung eines großen Felsens traute man uns dort aus irgendeinem Grunde zu.

Nun, das ehrte uns.

Andererseits: Kein vernünftiger Halbling mischt sich ohne Not in die Angelegenheiten einer Finsterdrude ein. In der Großen Wildnis habe ich leider auch die Bekanntschaft derartiger Bestien machen müssen – ich weiß also, wovon ich rede. Außerdem: Die Sache schien mir einen Haken zu haben, ich spürte es in allen Knochen. Dazu kam noch: Mumbel hielt die Tränen der jungen Frau für nicht ganz echt. Das wiederum wagte ich nicht zu beurteilen, denn anders als mit Finsterdruden habe ich mit Frauenkummer, ehrlich gesagt, kaum Erfahrung. Der Göttin sei Dank.

Ein wenig ratlos kehrten wir zurück nach Kluftenheim, berichteten dem Ältestenrat und besprachen uns mit ihm. Die Entscheidung fiel eindeutig aus: Keiner verspürte Lust, einer rätselhaften Menschenfrau – womöglich noch einer Elbischen – an die Westküste zum Schloss einer Finsterdrude zu folgen, um irgendeinen Felsen zu zerstören. Was für eine absurde Vorstellung!

Die beiden Waldläufer kletterten den Kamin hinauf und überbrachten der schönen Lyris die Ratsentscheidung. Und sie ... begann zu singen. Von einem Atemzug zum anderen hallten der Wald und die

Schlucht von ihrem Gesang wider; wir hörten ihn so deutlich, als würde sie in beiden Kaminen zugleich singen.

Erinnert euch: Das war nicht irgendein Gesang – es war, als hätten sich sämtliche Waldvögel zu einem einzigen Morgenlied auf beiden Seiten des Kluftens versammelt, und zwar direkt über Kluftenheim. Als hätten Bäume und Sträucher auf einmal zu Stimme und Klang gefunden und sich dem rätselhaften Chor angeschlossen. Die ganze Schlucht tönte, die ganze Welt, ja sogar Steine, Luft und Wasser schienen zu klingen.

Keinen von uns hielt es noch in seiner Grotte; alle standen wir am Rand der Schlucht über dem Kluften oder auf der Neuen Brücke, dem Dach des Gemeinschaftshauses oder unter den beiden Kaminen und starrten die Steilwände hinauf.

Außer Davidor, in dessen Ohren Vogelgezwitscher, Menschengesang und andere Musik aus irgendeinem Grund wie jeder beliebige Lärm klingt. Und außer mir natürlich – in der Großen Wildnis lernt man so manches, auch den Widerstand gegen schöne Klänge jeder Art. Mir bringt so schnell kein Gesang das Blut zum Sieden, jeder in Kluftenheim weiß das.

»Hinauf!«, hieß es plötzlich unter den Männern von Kluftenheim. »Wir wollen die Sängerin sehen! Wir wollen ihr die Hände küssen!« Bald drängten sich die ersten vor dem Westkamin, um hinauf zur Quelle des zauberhaften Gesangs zu klettern. Davidor und ich versperrten den Kamin. Die in Leidenschaft Entbrannten aber stürmten über die Neue Brücke zum Ostkamin, um durch ihn hinaufzuklettern und die Große Nordbrücke zu benutzen. Halb Kluftenheim folgte ihnen. Wie hätten Davidor und ich beide Kamine zugleich versperren sollen?

Als wir es dennoch versuchten und den vom Gesang Entfesselten und Berauschten über die Neue Brücke folgten, geschah es: Bullerboks Freunde zerbrachen die Riegel der Falltür über dem Arrestschacht und holten ihren Anführer aus dem Fels. Zusammen mit elf Halblingen seiner Freundesschar kletterte mein wilder Enkel den Westkamin hinauf, darunter sämtliche meiner Ziehsöhne, alle bis auf Davidor. Sie stiegen in den Wald hinauf, denn auch sie zog es mit Macht zu jener Sängerin.

Von einem Atemzug zum anderen hörte er auf, der betörende Gesang. Bullerbok und seine Freunde aber blieben verschwunden. Und die beiden Waldläufer auch. Die Frau sowieso.

»Du bist zuständig für ihn, Uldur!«, hieß es am Abend; alle wirkten irgendwie verkatert. »Du musst dafür sorgen, dass Bullerbok zurück nach Kluftenheim kommt, seine Strafe antritt und seine Schulden bezahlt!«

Davon, dass der überirdische Gesang sogar den meisten Ältesten Verstand und Selbstbeherrschung geraubt hatte, wollte niemand mehr etwas wissen. Erinnerte sich denn keiner mehr daran, wie vor allem Wombar raste und den Kamin hinaufklettern wollte? Nicht ein Wort darüber, nur diese Forderung: Gehe hinauf, verfolge die Spuren und bringe uns Bullerbok und die anderen Tagediebe zurück, damit wir sie bestrafen können!

Was steckte dahinter? Einerseits Angst, die Burschen könnten das Ansehen Kluftenheims bis an die Westküste unwiederbringlich zerstören; andererseits das Verlangen, Bullerbok der Göttin zurückzugeben oder ihn wenigstens in Ketten zu legen und bis an sein Lebensende schuften und für seine Vergehen bezahlen zu lassen.

Mich aber trieb vor allem die Sorge um meinen Ziehsohn und Enkel um. Und die um seine Freunde auch, natürlich. Früh am nächsten Morgen schnürte ich also meinen Tornister, kletterte den Westkamin hinauf und machte mich auf den Weg nach Westen. Nur Davidor nahm ich mit.

Die roten Türme am See

Sieben Tage lang wanderten wir auf dem Wildschweinpfad entlang des Sturzes, des Baches also, der an der Nordseite Kluftenheims über die Westwand in den Kluften stürzt. Selbst im dichtesten Unterholz entdeckte Davidor noch die Spuren, denen wir folgten: Meistens Abdrücke von Bullerboks rechtem Fuß, an dem ja der kleine Zeh fehlte, wie jedermann weiß. Manchmal fanden wir auch ausgeklopfte Pfeifenkrautasche oder Essensreste, hin und wieder nur ein in der Sonne schimmerndes Goldhaar der schönen Lyris.

Die Spur führte an der Sturzquelle vorüber in die Osthänge des Gebirges hinauf. Auch im Geröll erspähte Davidor noch Aschekegel, Haare, Fußabdrücke, sogar abgekaute Fingernägel. Seine Augen sind schärfer und seine Ohren feiner als die jedes anderen Kluftenheimers, schärfer und feiner sogar als meine eigenen Sinne.

Auf der Westseite des Gebirges zwang dann ein Unwetter uns in den Schutz einer Höhle. Viele Tage lang mussten wir uns dort verbergen. Mit seiner Schleuder erlegte Davidor Vögel und Eidechsen, sodass wir wenigstens keinen Hunger litten.

Nach zwei Wochen klärte der Himmel sich wieder auf, doch Platzregen und Hagel hatten inzwischen jede Spur zunichtegemacht. Der Göttin sei Dank fanden wir einen Wildpfad, der das Steilufer eines Gebirgsflusses entlangführte. Einen anderen Weg hinunter in die Hochebene, die sich tief im Westen zwischen Bergland und Küste ausdehnt, konnte die schöne Sängerin meinen Ziehsohn und die anderen Kluftenheimer ja kaum geführt haben. Wer einmal durch diese Bergwelt gereist ist, weiß doch, wie schroff und unbegehbar die Westhänge des Hochgebirges sind.

Wir folgten dem Flusslauf über die Hochebene. In einem Hügel entdeckten wir schließlich eine Erdhöhle und in ihr eine Feuerstelle und Aschekegel wie von geräuchtem Pfeifenkraut. Da wussten wir, dass wir auf dem richtigen Weg wanderten: Hier hatten die schöne Lyris, Bullerbok und seine Gefährten das Ende des Unwetters abgewartet.

Wir übernachteten in der Höhle. Ich lag wach, viele Stunden lang, und dachte an Bullerbok.

Wieder einmal nagte all der Kummer, den ich seinetwegen schon zu erleiden hatte, an meinem Herzen. Wieder einmal trieb mir die Liebe zu ihm das Wasser in die Augen. Hatte Bullerboks Nähe mich nicht trotz allem über den Tod seines Vaters, meines ältesten Sohnes, hinweggetröstet? Wieder einmal durchlebte ich all die Stunden, in denen ich ihn fest umschlungen hielt, weil er – von einem bösen Traum geweckt – tobte und schrie, während vor meiner Grotte halb Kluftenheim zusammenlief. Wieder einmal sah ich den großköpfigen Rotschopf als blutjungen Burschen vor mir sitzen und mit weiten Augen lauschen, während ich erzählte: von seinen Eltern, von dem Tag, als der Troll kam, von seiner wundersamen Rettung, von meiner eigenen Jugend und den Jahren in der Großen Wildnis und von so vielem, wovon nur die Uralten in Kluftenheim wissen können. Mal abgesehen von der Göttin vielleicht, falls es sie gibt.

Im Morgengrauen schreckte ich aus einem Traum hoch, blinzelte und sah verschwommen Davidors grüne Jacke im Höhleneingang. Ich riss die Augen auf: Breitbeinig stand er da – seine Schleuder in der Rechten und wie festgewachsen, belauerte er etwas außerhalb der Höhle. Wie sonst auch blieb er stumm – seit wir ihn im Sumpf fanden, hat er ja, außer im Schlaf, noch kein Wort gesprochen –, doch an seiner Haltung las ich es ab: Etwas Hochgefährliches näherte sich dort draußen der Höhle.

Ich stand auf, kroch an seine Seite, äugte in die Morgendämmerung hinaus. Dunstschwaden schwebten zwischen den Hügeln. Etwas drang durch den Dunstschleier und stapfte zu unserer Höhle herauf, etwas Haariges, Knochiges und seltsam Verkrümmtes.

Es ging auf zwei Beinen, keuchte und zischte, fuchtelte mit den Armen. Es war beinahe doppelt so groß wie ich. Weißes Haar schimmerte, weiße Haut glänzte, und ich sah grüne Augen leuchten. Keuchend und schnaufend wankte dieses Etwas heran.

Davidor neben mir begann zu zittern. Mein Blick flog zwischen ihm und dem weißhaarigen, knochigen Krummwesen hin und her. Davidor ist hellhäutiger als der blasseste Kluftenheimer, wie jeder weiß, weswegen wir ihn ja von Anfang an für einen Abkömmling von Falbhäutern gehalten haben – auch wenn er dafür viel zu klein ist, er wächst ja schon seit Jahren nicht mehr. Wie er jedoch an diesem Morgen dort im Höhleneingang stand, war er nicht nur hellhäutig, sondern weiß wie Schnee.

Übermäßige Angst hat meinen kleinsten Ziehsohn schon manches Mal zu Taten hingerissen, die man hinterher gern ungeschehen gemacht hätte. Genau wie übermäßige Wut. So tat ich, was ich immer tat, wenn er vor Angst erbleichte oder vor Wut rot anlief – ich legte meine Hand auf seine Stirn. Die war nass von kaltem Schweiß, und statt wie sonst mit dem Zittern aufzuhören, stieß Davidor meinen Arm weg, ließ seine Schleuder kreisen und schoss einen Stein ab. Schreiend stürzte er sich dann dem Geschoss hinterher auf das haarige, knochige Etwas im Grashang unterhalb unserer Höhle.

Ich folgte Davidor, hörte schon die Jammerschreie des getroffenen

Wesens, und als ich über beiden stand – Davidor würgte das haarige Etwas –, hörte ich auch sein Röcheln. Gerade noch rechtzeitig gelang es mir, beide voneinander zu trennen.

Das monströse Wesen schnappte nach Luft, und als es wieder atmen konnte, heulte es wie ein geprügelter Sumpfhund: Davidors Stein hatte ihm eine blutige Furche quer über den Scheitel gerissen, und sein weißes Haupthaar färbte sich rot. Ich presste Gras auf die Wunde, beruhigte zugleich Davidor und befahl ihm, blutstillende Kräuter zu suchen. Danach redete ich sanft auf das heulende und blutende Wesen ein. Dabei betrachtete ich die bleiche, runzlige Haut unter seinem weißen Körperhaar und merkte schnell, dass seine Glieder zwar verwachsen, aber menschlich aussahen und auch sein Gesicht Züge eines menschlichen Gesichtes trug. Winzige rote Punkte bedeckten seinen Hals, seine Schläfen, seine Hände und die Unterseite seiner Arme; wie entzündete Flohbisse sah das aus.

Davidor kehrte mit dem Heilkraut zurück, wir stillten den Blutfluss und verbanden die Wunde des hässlichen Geschöpfes, und später am Fluss halfen wir ihm, sich von Blut und Dreck zu reinigen. »Lyrau«, grummelte es, während es sich danach mit Wasser und ein paar Beeren stärkte. »Meine Schwester, Lyris ...«

Ich sah die spitzen Ohren unter den weißen Haarsträhnen, blickte in die meergrünen Augen, und jetzt erst erkannte ich eine entfernte Ähnlichkeit mit der schönen Sängerin.

»Du bist Lyris' Zwillingsbruder?« Ich muss ziemlich ungläubig geguckt haben, denn das Wesen, das sich Lyrau nannte, wollte nicht mehr aufhören, heftig zu nicken, sich dabei an die weißhaarige Brust zu schlagen und immer wieder seinen Namen und den Namen der schönen Sängerin auszustoßen.

Nach und nach begriff ich, dass nicht nur Lyraus Glieder, sondern auch seine Kehle, Zunge und Lippen dermaßen verkrüppelt waren, dass er kaum einen verständlichen Halbsatz zustande brachte. Die Finsterdrude hatte ihm das angetan, so viel erfuhren wir immerhin; und dass sie Lyris gefangen hielt und ähnlich zu verunstalten drohte, wenn er ihren Befehlen nicht gehorchte.

Wenn ich alles richtig verstanden hatte, verlangte sie von dem bedauernswerten Lyrau, den Weg zu ihrer Burg zu bewachen und mögliche

Verfolger aus Kluftenheim gefangen zu nehmen oder zu töten oder ihr wenigstens zu melden. Er aber hatte sich stattdessen vorgenommen, Hilfe bei uns Kluftenheimern zu holen. Hilfe für sich und seine Zwillingsschwester. Das jedenfalls behauptete er.

Davidor hatte anfangs in sicherer Entfernung im Ufergras gesessen und Lyrau von dort aus voller Misstrauen beäugt. Allmählich war er näher gerutscht, und zum Schluss kniete er vor dem Bedauernswerten und betrachtete ihn voller Mitgefühl. Längst bereute er den Stein, den er auf ihn geschleudert hatte. Sein feines, schmales Gesicht war inzwischen leicht gerötet, und ich begriff, dass nicht nur das Schicksal von Bullerbok und seinen Freunden, sondern auch die Wut auf die Finsterdrude ihn aufwühlte. Er begann heftig zu gestikulieren.

»Wo die Halblinge aus Kluftenheim stecken, will Davidor wissen«, übersetzte ich. »Was hat die verfluchte Finsterdrude ihnen angetan?« Ehrlich gesagt: Mir war angst und bange um Bullerbok und die anderen. »Sehen sie inzwischen genauso aus …?« Ich deutete auf ihn, die Worte blieben mir im Halse stecken.

Der monströse Lyrau fuchtelte mit der krummen, haarigen Rechten, warf sich herum, schaukelte die Uferböschung hinauf und winkte uns hinter sich her. Davidor blickte fragend zu mir hoch; ich nickte. »Vertrauen wir ihm, mein Sohn. Wir haben keine andere Wahl.«

Wir wagten es also und folgten dem weißhaarigen Krummknochen eine Zeitlang durch das Ufergras. Er humpelte und schaukelte, lief manchmal wie ein Tier auf allen vieren. Seine haarigen Beine waren durch die Verkrümmungen unterschiedlich lang, genau wie seine Arme. Häufig ächzte er auch wie ein Tier oder stieß Schreie aus, als wäre ihm ein plötzlicher Schmerz in die verkrüppelten Glieder gefahren.

Ich musste an die Schönheit und Anmut seiner Zwillingsschwester denken.

»Gütige Göttin«, seufzte ich leise. »Wie kalt muss ein Herz sein und wie entsetzlich und stark seine Magie, dass es sogar Elbischen derartiges Leid zufügen kann.« Davidor neben mir zuckte nur mit den Schultern und blickte traurig zu mir herauf. Beide dachten wir an das Gleiche: an die Kluftenheimer Halblinge in der Gewalt dieser kaltherzigen und mächtigen Finsterdrude.

Aus einem Schilffeld zerrte Lyrau ein Kanu in den Fluss. Bis tief in die Nacht hinein paddelten wir flussabwärts nach Westen. Auf einer Insel schliefen wir im hohen Gras und frühstückten am Morgen Fische, Brombeeren und junge Birkenblätter, bevor wir das Kanu erneut zu Wasser ließen.

Gegen Abend erreichten wir die Hügelkette am Rand der Hochebene. Über einen breiten und nicht besonders hohen Wasserfall ergoss der Fluss sich dort in einen See. Eine Wegstunde davor gingen wir am Südufer an Land und stiegen zur Hügelkuppe hinauf. Von dort aus konnte man den Wasserfall und den See überblicken.

Der war schmal zwischen Ost- und Westufer, erstreckte sich jedoch so weit nach Norden, dass man das nördliche Ufer nur verschwommen erkennen konnte. Am Westufer wurde das Gewässer zunächst durch eine schroffe, etwa zweitausend Fuß lange Felswand begrenzt, die kaum zehn Steinwürfe entfernt lag. Und mitten im See, zwischen Wasserfall und Felswand, erhob sich eine felsige Insel – und auf ihr eine hohe Burg aus rotem Gestein.

Die Burgmauer ruhte auf der obersten von drei Felsterrassen und schien kreisrund zu sein. Aus ihr ragten vier kantige Türme auf, die so gebaut waren, dass sie alle mit ihrer Innenseite gegen einen wuchtigen Rundturm zu lehnen schienen. Auf ihren Spitzen ruhte eine runde Plattform und auf der ein ebenfalls rundes, dreistöckiges Gebäude, das mit Zinnen gekrönt war.

Wie ein mächtiges, drohendes Zepter aus rotem Gemäuer sah die Burg aus oder wie die mit Erzdornen gespickte Keule eines Titanen. Davidor beobachtete die unheimliche Turmfestung aus sehr schmalen Augen, und mir wurden Zunge und Mund ganz trocken bei ihrem Anblick.

»In diesen Türmen wird deine Zwillingsschwester gefangen gehalten?«, flüsterte ich. Der verunstaltete Lyrau nickte. »Und Bullerbok?«, fragte ich. »Wo stecken Bullerbok und die anderen Kluftenheimer?«

Mit einer Geste seiner krummen, haarigen Klaue bedeutete er uns zu lauschen. Weil wir nichts hören konnten, winkte er uns hinter sich her und führte uns über einen Pfad tiefer in die Hügel hinein nach Westen. Die Felswand am Westufer des Sees rückte näher und näher. Weil hinter ihr die Sonne unterging, verwandelte sie sich nach und nach in eine riesige schwarze Mauer und der Himmel hinter ihr in eine glühende Kuppel. Der Anblick ließ mich frösteln.

Bald gingen die Hügel in Geröllhänge und die Geröllhänge in Felsen über. Der Steilhang am Westufer schien jetzt zum Greifen nahe. Lyrau stand still. Wieder legte er die Klaue an die Spitzohren und forderte uns zum Lauschen auf. Und jetzt hörten wir es: ein fernes Grollen, ein dumpfes Klopfen, Schläge tief unter uns im Fels.

Sofort stand mir die Schöne im Bärlauchfeld vor Augen, sofort glaubte ich, ihre Stimme wieder zu hören: Der Felsen stört sie …

»Soll das heißen, Bullerbok und die anderen Halblinge …?«

Die Stimme versagte mir. Lyrau aber deutete auf die mittlerweile nachtschwarze Uferwand am Westufer und nickte. Ich konnte es kaum fassen.

»Warum will dieses verfluchte Miststück den Uferfelsen zerstören? Die Wassermassen würden ja aus dem See nach Westen abfließen!« Wieder nickte der Verkrümmte. »Aber warum?«

Die Stadt im Flusstal

Ich musste mich bis zum nächsten Morgen gedulden, um die Antwort zu bekommen. Nach einer schlaflosen Nacht in einer Felshöhle wartete Lyrau schon bei Sonnenaufgang am Seeufer auf uns. Er führte uns hinauf zum Kamm des Felsens, der den See gegenüber des Wasserfalls im Westen begrenzte. Und da hörten wir es wieder aus der steinigen Tiefe unter unseren Fußsohlen: das dumpfe Klopfen und Pochen.

Von dem schmalen Felsgrat aus konnte man bis zum Westmeer blicken. Keinen halben Tagesmarsch entfernt schimmerte es türkisfarben zwischen braunem Küstenstreifen und noch fahlblauem Himmel. Nicht weit unter uns ergoss sich der Fluss in einem Wasserfall aus der Felswand und rauschte etwa tausend Fuß tiefer in ein ausgedehntes Felsbecken. Aus diesem Becken strömte er Richtung Westen dem nahen Meer entgegen. Und links und rechts seines Ufers lag, weniger als eine halbe Wegstunde entfernt, eine Ansammlung von Türmen, Hütten, Schloten, Kuppeln und Häusern.

»Eine Menschenstadt …« Wie eine Eiskralle bohrte es sich mir ins Hirn. »Sie wird untergehen, wenn die Felswand zerbricht …« Lyrau schüttelte die haarigen Fäuste, nickte heftig und stieß einen jammernden Laut aus. Es klang, als würde ein Sumpfrüde den Mond verfluchen.

Dann hatte der verunstaltete Elbische es auf einmal sehr eilig. Er kletterte ein Stück in die Westseite des Felsens hinein und lotste uns dort zu einem nassen Serpentinenpfad, der dicht an den herabstürzenden Wassermassen entlang in die Tiefe führte. Durch die Gischt hindurch folgten wir ihm hinunter zum Felsbecken. Der tosende Lärm aufschlagender Wassermassen rückte näher und näher.

Endlich erreichten wir das Becken am Fuß des Felsens. Donnern und Brausen erfüllte die von Wasser gesättigte Luft. Hier konnte auch ich mich nur noch durch Gesten verständlich machen. Der weißhaarige Krummknochen deutete Richtung Fluss und schaukelte davon. Schnell wurde mir klar, wohin er uns führen wollte: zur Menschenstadt.

Entlang eines von Spurrillen und Hufen zerfurchten Uferweges näherten wir uns ihren ersten Gebäuden. Lyrau wurde langsamer und langsamer; ich verstand nicht, warum. Hatte er Angst?

Davidor begann, am Saum meines Wildschweinledermantels zu zupfen. Ich wandte mich nach ihm um, und er deutete immer wieder zurück zur Felswand und machte die Miene eines Halblings, dem etwas gewaltig unter den Nägeln brannte. Oben glühte die Krone der Felswand rötlich im Licht der aufgehenden Sonne, die steil abfallende Westseite hingegen wirkte noch schwärzlich und von scharfen Schatten übersät. Die Wassermassen des aus ihr sprudelnden Flusses sahen aus wie flüssiges, schäumendes Silber, welches man, noch dampfend, in eine Form gießt.

»Recht hast du, mein Kleiner.« Beruhigend legte ich Davidor die Hand auf die Stirn. »Wir müssen nach Bullerbok sehen, so schnell wie möglich. Und nach den anderen natürlich auch. Doch lass uns zuerst in die Stadt gehen. Irgendetwas dort will der haarige Krummkerl uns zeigen.« Ich beobachtete Lyrau. Zwanzig Schritte weiter ließ er sich auf alle viere fallen und schaukelte und wankte einem alten, gemauerten Stall entgegen. Ziegen weideten dort an der Uferböschung. »Er meint es aufrichtig, scheint mir. Wir sollten ihm noch ein Weilchen folgen.«

Davidor und ich liefen weiter. Lyrau, schon nahe am Ziegenstall, kroch nur noch. Und dann brach er endgültig zusammen und blieb auf dem Bauch liegen. Ich rannte los, Davidor überholte mich und erreichte ihn vor mir. Er zeigte auf die graublauen Lippen des Haarigen und auf seinen Brustkorb – der hob und senkte sich im schnellen Rhythmus seiner fliegenden Atemzüge. Fast sah es aus, als pulsierte die knochige, weißhaarige Brust des bedauernswerten Krüppels.

Es brauchte seine Zeit, bis Lyraus Lippen sich wieder ein wenig röteten und sein Atem ruhiger strömte. Mit schlaffen Gesten bedeutete er uns, im Ziegenstall nach einem unterirdischen Stollen zu suchen und durch ihn in die Stadt zu gehen.

Dass er selbst nicht mitgehen würde, dass er einfach nicht mehr konnte, hätte auch ein Blinder erkannt. Doch warum sollten wir einen Stollen benutzen, um in die Stadt zu gelangen?

»Was soll das, Lyrau?« Mit einer Kopfbewegung deutete ich Richtung Stadt. Auf der Mauer sah ich Menschen zwischen den Zinnen. »Zweihundert Schritte weiter steht das Stadttor offen – da krieche ich doch nicht durch einen Stollen!«

Er tastete nach einem Stein, hob ihn hoch, als wollte er ihn werfen, ließ jedoch gleich wieder erschöpft den Arm sinken. Brabbelnd und stöhnend gab er uns zu verstehen, einer von uns möge den Stein so nahe wie möglich an die Stadtmauer werfen.

Ich verstand gar nichts mehr. Doch weil es ihm wichtig schien, bückte ich mich nach dem Stein, nahm Anlauf und schleuderte ihn mit aller Macht den Karrenweg hinauf. Im Werfen von Steinen, Jagdkeulen und Silbermessern macht mir so schnell keiner etwas vor, und so stieg der Stein ziemlich hoch in die Luft, beschrieb eine ansehnliche Kurve, erreichte deren Scheitelpunkt – und prallte, kurz nachdem die Flugbahn sich wieder gesenkt hatte, plötzlich zurück. Steil stürzte er nach unten auf den Weg.

»Gütige Göttin ...« Der Stein war gegen ein unsichtbares Hindernis geflogen, da gab es überhaupt keinen Zweifel. »Irgendwer hat hier eine mächtig böse Überraschung versteckt.«

Ich winkte Lyrau einen Abschiedsgruß zu und lief hinter Davidor her zum Ziegenstall. Unter einem Futtertrog fanden wir eine Falltür und unter ihr einen kurzen Schacht mit einer Leiter – der Zugang zum unterirdischen Stollen. Die Ziegen beäugten uns neugierig, während wir hinabkletterten. Unten, über dem Sturz einer Stollenluke, fanden wir Schwefelhölzer und eine tragbare Öllampe. Davidor entzündete sie und reichte sie mir. Dann ging es in den Stollen hinein.

Der schien mir nicht annähernd so vertrauenerweckend gebaut zu sein wie der Anfängerstollen eines Junghalblings in Kluftenheim. Kreuz und quer stehende und unterkeilte Rundhölzer stützten Decke und Wände, und herabgebröseltes Geröll häufte sich an vielen Stellen. Es kostete mich einige Mühe, nicht gar zu genau die vielen Risse auszuleuchten, die Wände und Decken durchzogen, wo immer der Lampenschein hinfiel.

»Mach dir keine Gedanken, Davidor – ich habe es schon durch üblere Tunnel geschafft.« Davidor machte sich keine Gedanken: Er hatte die Augen fest zugekniffen, hielt sich dicht hinter mir am Saum meines Mantels fest und tapste, wohin immer ich mich wandte. Die Lampe in der Rechten zog ich ihn an Stützholmen und Geröllhaufen vorbei bis zum Ende des Stollens.

Der mündete in einen Schacht, und aus dem Schacht führte eine Treppe an ganzen Stapeln steinerner Sarkophage entlang nach oben zu einer offenen Luke. Durch sie gelangten wir in einen von Säulen durchzogenen, weitläufigen Saal voller Menschen. Die knieten in Bänken, hatten die Köpfe gesenkt, und ein Wirrwarr von Stimmen brodelte über ihnen.

Der Stollen hatte uns in eines jener großen Häuser geführt, in denen Menschen zu ihren unzähligen Göttern zu beten pflegen.

Ein einzelner Menschenkerl in glänzendem Gewand stand ganz vorn in dem mächtigen Säulensaal vor einem Tisch, auf dem etwas glühte und rauchte. Es stank nach verbranntem Fleisch, und weil der Ekel mich würgte – und Davidor auch, wie ich gleich merkte –, huschten wir, so schnell wir konnten, an den Säulen und an riesigen Fenstern vorbei zum weit geöffneten Portal des Gebäudes.

Niemandem fielen wir auf, als wir aus dem Gotteshaus spurteten, viel zu flink für die Augen der Menschen bewegten wir uns. Wir überquerten einen großen Platz, erreichten eine breite Treppe. Die führte zu einer Terrasse hinauf, und auf der ragte ein Galgen auf. Daran schwankte ein kleiner, regloser Körper im Wind.

Der erbärmliche Anblick zog mich magisch an. Davidor weniger, denn er zerrte schon wieder an meinem Mantel, wollte mich festhalten und auf irgendetwas anderes aufmerksam machen. Ich achtete nicht darauf, lief zu dem Galgen. Mir war, als hinge dort einer, den ich kannte.

Und wirklich: Ein toter Halbling pendelte dort oben am Querholz, ein Kluftenheimer.

Ich stand unter dem Galgen, starrte hinauf; meine Glieder fühlten sich an, als wären sie mit Blei ausgegossen: Einer der beiden Waldläufer, die Lyris im Wald gefunden hatten, hing über mir am Strick; es war der ältere der beiden.

Irgendwo hinter mir zischte, flüsterte und wimmerte es. Ich fuhr herum – in einer Mauernische der Richtstätte kniete Davidor neben einem verkrümmten und mit weißem Kraushaar bedeckten Geschöpf. Der Boden unter meinen weißhaarigen Füßen gab nach, als ich zu ihnen wankte. Die Erwartung des nächsten Schreckens trieb mir Tränen in die Augen.

Davidor beugte sich über den krummen, haarigen Körper und weinte leise. Ich ging neben ihm in die Hocke und blickte in das zuckende Gesicht eines Sterbenden. Es war Ruldon, einer meiner Ziehsöhne. Weißhaarig, vergreist, verkrümmt, zerfurcht – ich erkannte ihn nur mit Mühe, doch ich erkannte ihn.

Er war jünger als Bullerbok gewesen, als ich ihn zwei Monate zuvor das letzte Mal gesehen hatte. Stark und voller Leben war er gewesen – jetzt glich er dem Leichnam eines Uralten, den man gerade mit gebrochenen Gliedern vom Rad geflochten hatte, einem zerfaserten, welken Blatt, das der nächste Windhauch hinwegtragen würde.

»Himmel, Ruldon – was beim schützenden Mantel der Göttin hat man dir angetan?«

»Die Finsterdrude …« Er stammelte flüsternd, »… kann die Zeit in deinem Körper zum Rasen bringen.« Seine Stimme war die brüchige Stimme eines Greises. »Hütet euch …« Unzählige winzige Wunden bedeckten wie entzündete Insektenstiche seinen Hals und seine Arme. »Hütet euch vor ihren …« Er röchelte, schnappte nach Luft.

»Vor ihren was?« Ich schüttelte ihn, doch sein Kopf sank in den Nacken. »Wovor sollen wir uns denn hüten, Ruldon, sag es mir!« Doch er sagte gar nichts mehr, seufzte nur noch ein paar Mal. Die Kraft hatte ihn endgültig verlassen.

Davidor stieß mir den Ellbogen in die Rippen. Ich hob den Blick –

Menschenkerle umringten uns. Ein Begrüßungskomitee hätte irgendwie freundlicher geguckt. Behutsam legte ich meinen sterbenden Ziehsohn ab und erhob mich. »Warum?« Ich deutete auf den gehenkten Waldläufer. »Warum habt ihr ihn getötet?«

»Wir stellen hier die Fragen, Kurzer!« Einer in rotem Mantel und mit goldenen Sporen an den Stiefeln baute sich vor mir auf, blickte verächtlich auf mich herunter. »Wie kommt ihr Zwerge in die Stadt?«

Ich sprang auf ihn zu und schrie: »Warum habt ihr den armen Waldläufer aufgehängt?«

Der Menschenkerl wich verblüfft zurück. So viel Angriffslust und unbändigen Zorn von so kleinen Leuten war er nicht gewohnt. Auch die anderen hinter ihm wichen zurück.

»Vorsicht, Kurzer«, sagte der Rotmantel gefährlich leise. »Sonst bist du der Nächste, der da oben baumelt.«

»Warum?«, brüllte ich.

»Weil er uns ausspionieren wollte, er und der halbtote Greis dort!« Auf eine knappe Geste des Rotmantels hin sprangen vier Menschenkerle vor, packten mich an Armen und Mantel und hielten mich fest. »Und ihr seid von der gleichen Sorte! Oder willst du etwa bestreiten, dass euresgleichen den Berg zu sprengen versucht, damit wir in der Flut ersaufen? Damit wir unter Schlamm- und Geröllmassen verrecken?«

»Ihr wisst es und seid noch nicht aus der Stadt geflohen?« Ich konnte es nicht fassen.

»Tu nicht so scheinheilig«, knurrte einer der Menschenkerle mich an. »Du weißt genau, dass ein unsichtbarer Wall uns an der Flucht hindert.«

Jetzt war es die Bosheit der Finsterdrude, die mich einen Atemzug lang sprachlos machte. Hatte sie also tatsächlich die Menschenstadt rundum durch einen Zauber eingeschlossen? Wollte sie tatsächlich alle darin vernichten?

»Nichts weiß ich.« Endlich wollten mir wieder Worte über die Lippen kommen. »Wir Halblinge haben damit nichts zu schaffen!«

»Was du nicht sagst.« Der Rotmantel neigte den kantigen Schädel, lächelte böse und starrte aus sehr schmalen Augen auf mich herab. »Wir haben unsere Leute am See und am Felsdamm. Die haben beobachtet, wie eine Menge kurzer Kerlchen durch Schächte in den Fels einstiegen. Die haben auch gesehen, wie Kurzkerlchen von eurem Kaliber zerbröseltes Gestein aus dem Fels schafften. Haben sie etwa Gespenster gesehen?«

»Es ist ein dunkler Zauber, der unsere Leute zur Arbeit im Berg zwingt, glaubt mir, ein ganz übler Zauber!« Ich erzählte dem Rotmantel und den inzwischen knapp hundert anderen Menschenkerlen, was geschehen war – alles, von Anfang an, nichts ließ ich aus. »Ich bin gekommen, um zu retten, was zu retten ist«, schloss ich.

An die hundert Menschenaugenpaare fixierten mich. Der Rotmantel schüttelte nur den Kopf. »Eine tolle Geschichte«, sagte er halb spöttisch, halb tadelnd. »Alle Achtung.« Und dann an die Menschenkerle gewandt, die mich festhielten: »Kettet ihn an den Galgen!«

Sie zerrten mich unter den toten Waldläufer. Ich sah, wie der Rotmantel sich breitbeinig vor Davidor aufbaute und auf ihn hinabschaute. »Und du bist der allerkürzeste unter den Kurzen, was?«

Davidor antwortete auf seine Weise: Er wurde rot. Ihn auf seine kleine Gestalt anzusprechen, gilt allen als gefährlich, die ihn kennen. Dergleichen hat ihn schon immer wütend gemacht, und wenn die Wut Davidor packt, dann tut er Dinge, die ...

Nun, jeder von euch weiß Bescheid.

Der Menschenkerl wusste nichts davon. »Du zeigst uns jetzt, wie ihr in die Stadt gekommen seid, Allerkürzester«, sagte der Rotmantel, »und dann guckst du, dass du so schnell wie möglich zu deinen kurzen Kumpeln im Felsdamm kommst und sie dazu bringst, den Unsinn zu lassen, den sie darin treiben. Und der verdammte Wall muss auch verschwinden! Wenn morgen früh bei Sonnenaufgang noch irgendeiner von euch Kurzen im Berg wühlt, dann wird der Weißschädel hier hängen!« Er deutete auf mich. »Alles klar, Winzling?« Plötzlich stutzte er, runzelte die Stirn und beäugte Davidor mit zur Schulter geneigtem Kopf. »Schämst du dich ein wenig, oder warum schießt dir auf einmal alles Blut in den Schädel?«

Wahrhaftig: Davidor war inzwischen rot wie ein gekochter Flusskrebs. Und dann fing er an zu schreien.

Er schrie in höchsten Tönen. Er jaulte und röhrte, krähte und kreischte – so laut und so unfassbar gellend, dass ringsum Fensterscheiben zerbarsten. Die Menschenkerle pressten sich die Fäuste an die Ohren, bogen und wanden sich wie unter Schmerzen, ergriffen die Flucht oder warfen sich auf die Knie und klemmten ihre Schädel zwischen die Schenkel.

Weil sie mich loslassen mussten, um ihre Ohren zu schützen, konnte ich fliehen. Im Rennen packte ich den schreienden Davidor und zog ihn mit mir fort. Meine Trommelfelle stachen mächtig, doch unsereins kann hohe Tonlagen weit besser vertragen als Menschenkerle, wie alle wissen.

Die Menge, die wegen Davidors Geschrei aus dem Gotteshaus auf den Platz gelaufen war, versuchte, uns zu greifen. Doch wir schlugen Haken, duckten uns unter schwerfälligen Händen hinweg, liefen den Leuten durch die Beine und gelangten so zurück ins Gotteshaus und in den Schacht.

Davidor hatte längst aufgehört zu schreien, doch seine Wut brannte noch immer. Hinter sich trat und riss er Stützbalken um, sodass der marode Stollen auf Dutzenden Fuß Länge zusammenstürzte. Mir blieb keine Zeit, Davidor an seinem Zerstörungswerk zu hindern, und ehrlich gesagt: Ich verspürte auch keine Lust dazu.

Endlich erreichten wir den Ziegenstall. Davidor kletterte zuerst aus dem Schacht. Draußen sprang er dann durch die auseinanderlaufende Ziegenherde und am reglosen Körper Lyraus vorbei in Richtung Felswand und Wasserfall. Er hatte es sehr eilig, drehte sich ständig nach mir um, winkte mich aufgeregt hinter sich her. Irgendein Geheimnis musste er noch von den Lippen des sterbenden Ruldons erlauscht haben; irgendetwas, das ihn jetzt zu solcher Hast anspornte, dass ich kaum mithalten konnte.

Ich blieb vor dem hässlichen, verkrümmten Etwas stehen, das unweit des Stalles im Gras lag. Der Wind spielte mit den weißen Haaren des vergreisten Krummknochens. Lyraus Leiche verweste bereits.

Im Fels

Kehre um Kehre hastete Davidor den nassen Felspfad entlang der stürzenden Wassermassen nach oben, immer tiefer in die Steilwand hinein.

Er schien genau zu wissen, wohin er wollte, und ich hatte Mühe, ihm zu folgen. Wieder und wieder verlor ich seine grüne Jacke aus den Augen.

Auf halber Höhe, vielleicht fünfzig Fuß über mir und hundert Fuß unterhalb der Felsspalte, aus der die Wassermassen in die Tiefe stürzten, verharrte er kurz und deutete mit flüchtiger Geste in den dichten Vorhang aus Gischt und Sprühwasser zu seiner Linken – schon einen Augenblick später verschwand er dahinter.

»Davidor!« Durch vier Kehren musste ich mich noch bergan zwingen, bevor ich die Stelle erreichte. »Davidor ...« Schwer atmend lehnte ich gegen den Fels, vor dem ich ihn eben noch gesehen hatte. »Wo bist du, Davidor ...?«

Keuchend kämpfte ich gegen Angst und Erschöpfung, starrte ins schäumende Wasser neben dem Pfad. »Ich bin zu alt für so etwas ...« Ich fluchte und jammerte vor mich hin wie ein weinerlicher Schwachkopf. Eine Handbreit hinter dem Vorhang aus Wasser und Gischt brach der Pfad jäh ab – so malte ich es mir jedenfalls aus –, dahinter gab es nur noch den Sturz in die Tiefe. Und dorthin hatte mein kleiner Ziehsohn sich gewagt? Ausgerechnet er? »Verflucht, Davidor! Wie kannst du mir so etwas antun ...?«

Noch rätselhafter schien mir allerdings, wie das ängstliche Kerlchen sich selbst so etwas hatte antun können. Mir wollte nur eine einzige Antwort einfallen – die Angst um Bullerbok und die Liebe zu ihm hatten ihn in den Wasserfall getrieben. Schließlich hing Davidor in ähnlicher Weise wie ich an dem Feuerkopf.

Solche Gedanken gingen mir durch den Kopf, und endlich wagte ich es und tastete mit der Spitze des großen Zehs in die Gischt: Ein Sims, kaum anderthalb Fuß breit, führte in den Sprühwasserschleier hinein und hinter den tosenden Wassermassen an der Steilwand entlang.

Der sterbende Ruldon musste ihm diesen gefährlichen Weg ins Innere des Felsens beschrieben haben, bevor er seine letzten Worte zu mir sprach. Wie sonst hätte ich mir Davidors tollkühne Zielstrebigkeit erklären sollen? Ich gab mir einen letzten, verzweifelten Ruck, verließ den sicheren Pfad, schob mich endgültig hinter die schäumende Gischt.

»Ich komme, Davidor!« Ohrenbetäubendes Donnern und Brausen verschluckte meine Worte. Mit der Brust zur Steilwand tastete ich mich

Schritt für Schritt voran, jede noch so kleine Felsnase umklammerte ich. »Warte auf mich, Davidor! Bitte!«

Auf einer schwankenden alten Hängebrücke über dem Kluften zu stehen kann nur demjenigen Angst einjagen, der noch nie über einen anderthalb Fuß breiten, glitschigen Sims an einer nassen Steilwand hinter einem Wasserfall entlangbalanciert ist. Einen Tanz auf der Schwelle des Todes nenne ich, was Davidor mir da abverlangte. Mir und sich selbst.

Nach ein paar Schritten griff ich auf einmal ins Leere. Ich hielt den Atem an, schielte hinter mich ins rauschende Schäumen, fühlte Finger sich um mein Handgelenk schließen. Aus einer Öffnung im Fels streckten sich mir Davidors Arme entgegen. Er kauerte in einer Grotte und half nun auch mir hinein. Keuchend warf ich mich neben ihn auf den Rücken; er wartete geduldig, bis ich Atem geschöpft und den Schrecken verdaut hatte.

Was eine Weile dauerte, wie die Göttin weiß. Am liebsten wäre ich für immer dort liegen geblieben. Als ich jedoch wieder Kraft in den Knochen spürte, folgte ich Davidor auf Händen und Knien – wir krochen weg von den tosenden Wassermassen und hinein in feuchte und enge Dunkelheit. Mein Wildschweinledermantel war schwer von Nässe.

Und dann hörten wir es wieder: Wie das Grollen eines eingesperrten Donners klang es, wie die Stöße eines Rammbocks gegen eine Granitwand. Viel näher schien es mir als oben auf dem Felsgrat, wo wir denselben Lärm ja bereits am Morgen aus dem Berg tönen gehört hatten. Jetzt klang es, als klopfte und krachte es nicht nur unter uns, sondern auch über und links und rechts von uns.

»Hörst du das, Davidor?«, flüsterte ich. »Dorthin müssen wir.« Fremd und gespenstisch hallte meine Stimme von den Wänden wider. »Dort finden wir Bullerbok und die anderen, ich schwör's dir ...«

Überflüssiges Gerede – Davidor war längst weiter in den Felsstollen hineingekrochen – ein natürlicher Stollen, wie mir schnell klar wurde. Kein noch so betrunkener Halbling hätte einen derart krummen Gang in einen Berg gehauen. Jedenfalls kein Halbling aus Kluftenheim.

Das Rauschen und Tosen hinter uns verebbte nach und nach, die letzten Schimmer von Tageslicht verblassten. Über eine Stunde lang tasteten wir uns durch vollkommene Dunkelheit. Ich orientierte mich an Davidors

Atemzügen und am Scharren seiner Füße. Und er folgte seinem Tastsinn und vor allem seinem feinen Gehör.

Krachen und Klopfen rückten näher, klangen jetzt härter und wuchtiger. Das Plätschern und Gurgeln von Wasser mischte sich in den Lärm – und der Gesang einer Frauenstimme, die mir allzu bekannt vorkam.

Bald sahen wir einen schwachen Lichtschimmer vor uns, der rasch größer und heller wurde. Schließlich endete der Stollen in einer niedrigen Felsnische. Aus ihr führte eine in den Stein gehauenen Stiege in eine ausgedehnte Höhle hinab.

Ein See füllte die Höhle zur Hälfte aus. Fackeln brannten da und dort an ihren Wänden und sorgten für gespenstisches Halbdunkel. Bäche und Rinnsale plätscherten an vielen Stellen in den Höhlensee.

Lyris' überirdisch schöner Gesang war nun deutlich zu hören; von überall her schien er in die Höhle zu dringen. Er klang ziemlich wehmütig. So wehmütig, dass ich ständig seufzen musste; so lange, bis Davidor mich mit dem Blick einer besorgten Mutter musterte.

Überall entdeckten wir Einmündungen von Schächten und Stollen. Fackelträger tauchten plötzlich in unserem Blickfeld auf: Mehrere kleine Gruppen von Halblingen bückten sich aus irgendeinem yStollen oder kletterten auf Leitern aus irgendwelchen Schächten heraus.

»Ich zähle schon an die sechzig Halblinge«, flüsterte ich Davidor zu. »In Kluftenheim vermisst man nur ein knappes Dutzend.« Mein kleiner Ziehsohn nickte. Plötzlich stieß er seinen Ellbogen gegen meine Schulter und deutete hinunter ans Seeufer. Einige Halblinge steckten dort ihre Fackeln in Wandhalterungen, stellten ihre Öllampen ab und ließen sich im Geröll nieder. Einem schimmerte das Kraushaar rötlich auf einem auffallend großen Halblingsschädel.

»Bullerbok!«, entfuhr es mir. Mir wurde sehr warm ums Herz. Auch drei meiner anderen Ziehsöhne und den jüngeren der beiden Waldläufer glaubte ich neben Bullerbok zu erkennen. »Das sind unsere Kluftenheimer ...«

Ein Schatten glitt auf einmal über den See hinweg, es rauschte und schwirrte. Die Halblinge unten am Ufer zogen die Köpfe ein, und Davidor umklammerte meinen Unterarm so heftig, dass es schmerzte. Der große Schatten rauschte hin und her, veränderte ständig Breite und Höhe. Es klatschte wie von vielen Flügelschlägen, es fiepte und fauchte.

Ein Vogelschwarm!

Oder nein – der Schatten wogte zurück über den Höhlensee, und jetzt sah ich genauer hin: ein Fledermausschwarm!

Er formte sich zu einer breiten Keilform, schoss dicht über der Wasseroberfläche und den Krausköpfen der Halblinge hinweg, ballte sich auf der anderen Uferseite schließlich zu einer bebenden Kugel zusammen, kehrte zurück und landete nicht weit über den Kluftenheimern um Bullerbok in einem dunklen Stolleneingang.

Stille herrschte wieder. Nur der ferne Gesang der gefangenen Elbischen war noch zu hören. Doch statt wehmütig und überirdisch schön klang die Stimme der gefangenen Lyris nun gespenstisch und geradezu bedrohlich. Ich fror auf einmal.

Immer neue Gruppen von Halblingen kletterten aus Schächten, tauchten aus Stollen auf und ließen sich entlang des Seeufers nieder, und was mich wirklich erstaunte, ja erschreckte: Ich hörte nirgendwo fröhliches Geplapper, niemand zückte Karten oder packte Würfel aus, und ob man es mir glaubt oder nicht – keine einzige Pfeife sah ich dampfen. Nicht eine!

Gut zweihundert Angehörige des Kleinen Volkes hockten oder lagen dort inzwischen versammelt, und keiner rauchte? Richtig: Keiner rauchte, keiner schwatzte, keiner spielte. Stumm und gebeugt hockten sie da, schmutzig, reglos und irgendwie abgekämpft. Das Gehämmere im Fels jedoch ließ nicht nach.

»Vielleicht hat es einen Schichtwechsel gegeben«, flüsterte ich. »Vielleicht werden die da unten ein paar Stunden schlafen und dann die anderen im Fels wieder ablösen. Sie sehen so müde aus, die Armen.« Davidor sah das genauso und nickte. »Ich frage mich allerdings, welcher Dämon sie reitet, für die Finsterdrude diese mörderische Arbeit zu erledigen. Sie tun das doch nicht etwa freiwillig?« Davidor zuckte nur mit den Schultern.

Ein Trupp von zwölf kleinen Bergarbeitern näherte sich der Felstreppe, über der wir lagen, wollte wohl ebenfalls zum See. »Mit denen gehe ich zu Bullerbok hinunter«, flüsterte ich. »Wir müssen wissen, was genau sich hier abspielt.« Davidor nickte entschlossen. »Behalte mich im Auge, mein Sohn.« Er zog seine Schleuder aus dem Gurt und legte Steine bereit. »Und noch etwas: Finsterdruden haben in der Regel sehr empfindsame Ohren, wenn du verstehst, was ich meine.« Davidor riss den Mund auf, mimte den Schreienden. »Ich sehe schon: Wir beide, wir können uns aufeinander verlassen.«

Zum Abschied küsste ich ihn auf die Stirn, klopfte ihm auf die Schulter und schob mich an den Rand der Felsspalte. Besonders mutig fühlte ich mich nicht, um die Wahrheit zu sagen. Ich wartete, bis der Halblingstross die Felstreppe erreichte, dann huschte ich die Stufen hinunter und schloss mich ihm an.

Die Halblinge nahmen kaum Notiz von mir, trottcten einfach weiter; erschöpft und unterernährt kamen sie mir vor. Die meisten gehörten zum Halblingsvolk der Starren, ihre grobknochigen Glieder und breiten Schultern verrieten es mir. Fast alle überragten mich um eine Handbreite. In ihren Mienen spiegelten sich Angst und Mutlosigkeit. Ich drängte mich zwischen die beiden letzten der Gruppe. Sollte ich sie ansprechen? Doch wie würden sie reagieren? Ich widerstand der Versuchung. Zu gefährlich.

Wieder rauschte, fiepte und klatschte es, wieder flatterte der Fledermausschwarm seine Runde über den Höhlensee. Als wir das Ufer erreichten, fiel mir auf, dass der Gesang der schönen Lyris verstummt war. Der Arbeitstrupp ließ sich ins Geröll fallen, und ich schwöre, dass ich Halblinge sah, die auf der Stelle einschliefen.

Ohne jede Deckung musste ich nun weitergehen. Dicht über mir schwirrten die Fledermäuse vorbei, ballten sich zu einer zitternden Kugel aus dunkler Lederhaut und Fell zusammen, landeten nicht weit entfernt in einer Kuhle in der Höhlendecke. Mir wurde heiß und kalt. Die Nähe des Tierschwarms behagte mir gar nicht.

Und dann schritt ich zu der Gruppe der Kluftenheimer, mischte mich unter sie. Einer meiner Ziehsöhne hob den Kopf – ein Ausdruck des Wiedererkennens huschte über sein verstörtes, seltsam ängstliches Gesicht. Ich legte den Finger an die Lippen, während ich mich neben Bullerbok setzte. Der starrte in den See, schien mich gar nicht wahrzunehmen.

»Ich bin's, Bullerbok«, flüsterte ich, »dein Großvater Uldur.« Am liebsten hätte ich ihn umarmt und geküsst. »Lass dir deine Überraschung um der Göttin willen nicht anmerken, mein Sohn.«

Langsam wandte er den großen, rothaarigen Schädel. Ein überraschter Halbling sah anders aus. »Hast du es dir also doch noch überlegt, Großvater«, sagte er gleichgültig. »Wusste doch, dass du ein kluger Halbling bist.«

Hohlwangig und fahl kam er mir vor, Staub und Gesteinssplitter hingen in seinem roten Kraushaar. Seine leere Miene gefiel mir nicht. »Was soll ich mir anders überlegt haben?«

»Egal.« Mit müder Geste winkte er ab. »Gut jedenfalls, dass du gekommen bist. Brauchen jeden starken Arm und jeden guten Kopf. Noch viel Arbeit, weißt du?« Ich glaubte, einem Fremden zuzuhören und einem Fremden ins Gesicht zu schauen. Nein, das war nicht der Bullerbok, den ich kannte. »Die anderen sind hier schon seit ein paar Jahren zugange«, sagte er mit hohler Stimme. »Doch so, wie die im Berg herumwühlen, wird das nichts. Wurde Zeit, dass einer wie ich hier die Sache in die Hand nimmt. Habe ihnen vorgeschlagen, einen einzigen Stollen zwischen See und Fluss zu graben und dann ...«

Er redete und redete, erklärte mir, wie er den Druck des bald einbrechenden Seewassers durch geschicktes Gefälle verstärken und auf den schwächsten Punkt der Felswand lenken wollte, nannte Namen von Halblingen, die ich nicht kannte, schilderte voller Stolz, wie viel Fuß weit sie heute gebohrt hatten, erzählte, wie tief sie morgen graben wollten, und wann nach seiner Planung der Uferfels zusammenbrechen würde.

»Und die Menschen?«, fiel ich ihm irgendwann ins Wort.

»Welche Menschen?«

»Die Menschen unten in der Stadt – sie werden alle sterben, wenn dein Plan gelingt.«

»Ach so, die.« Er zuckte mit den Schultern. »Sie sagt, die Menschen würden stören. Ihre Fabriken und Schlote würden stinken und lärmen, sagt sie. Kommen außerdem ständig zum See herauf, um zu fischen, sagt sie. Stört sie auch.«

»Das böse Weib sagt das? Die Finsterdrude?« Ich war mir fast sicher, dass er nicht mehr ganz bei Sinnen war. »Und du nimmst das einfach hin?«

»›Finsterdrude‹ ...« Angewidert verzog Bullerbok das Gesicht. »Wie das schon klingt! So solltest du sie nicht nennen, Großvater ...«

»Wie würdest du sie denn nennen, mein Sohn?«

»Mutter. Sie ist immerhin Lyris' Mutter.«

»Niemals!«, zischte ich. »Lyris ist eine Elbische! Die verfluchte Drude hält sie mit einem magischen Bann gefangen – ich kenn mich doch aus mit diesem bösartigen Gesindel!«

Bullerbok antwortete nicht, denn in diesem Augenblick schwirrte wieder der Fledermausschwarm vorbei, dieses Mal so dicht, dass die von ihrem Schwingenschlag zerwirbelte Luft durch Bullerboks Haar wühlte und ihm Staub und Geröll aus dem Feuerschopf fegte. Bullerboks Miene glich plötzlich der eines verträumten Kindes – er blickte dem unheimlichen Schwarm hinterher und lächelte. »Schön, nicht wahr? Fühlen sich gut an.«

»Was redest du denn da? Sie haben dich doch gar nicht berührt!«

»Zum Glück, sonst müsste ich ja sterben, ohne Lyris überhaupt nur geküsst zu haben. Aber ihr Geist hat mich berührt, und das fühlt sich jedes Mal gut an.«

»Ihr Geist ...?« Mit dem Blick folgte ich dem Schwarm – er stieg hoch und schwirrte keine sechzig Fuß entfernt in einen engen Stolleneingang. »Jedes Mal ...?«

»Ich glaube, sie wollten wissen, wer du bist.« Bullerbok konnte gar nicht mehr aufhören zu lächeln; wie ein Schwachsinniger lächelte er.

Ein böser Verdacht beschlich mich. »Hör mir mal zu, Bullerbok.« Ich packte ihn am Arm und zog ihn dicht zu mir. »Was du hier im Auftrag dieses Drudenbiestes planst, ist Massenmord und weiter nichts. Wir Halblinge tun so etwas nicht, kapierst du das?« Ich zischte es ihm ins Ohr. »Die Menschen unten im Flusstal können nicht fliehen, sie ...«

»Ach, die Menschen!« Unwillig winkte er ab. »Sie sagt, man sollte diesen Menschen nicht zu viel Bedeutung beimessen, und ich schätze, sie hat Recht.« Der Gesang der schönen Lyris tönte wieder durch die Höhle, und Bullerboks Miene glättete sich. Sehnsüchtig lauschte er. »Hörst du? Lyris. Sie wird mein Lohn sein.«

»Schwachsinn! Sie ist eine Sklavin dieses Biestes! Sie singt aus purer Angst um ihren armen Bruder!«

»Sie liebt mich.«

»Woher willst du das wissen?«

Aus großen Augen betrachtete er mich. Es schien ihn ernsthaft zu erstaunen, dass ich an seinen Worten zweifelte. »Sie hat es mir doch gesagt, Großvater!«

»Und mir hat mal ein kleiner, dreckiger Magier erzählt, die Welt sei eine auf Säulen ruhende Scheibe, unter der ein Feuer brennt, und wenn ich mich anständig benehme, könnte ich diesem Feuer möglicherweise entgehen, wenn ich einmal gestorben bin!«

Bullerbok winkte ab. »Du weißt ja nicht, wovon du sprichst.«

»Aber du weißt es, was?« Ich griff in seine roten Locken, riss ihm den Schädel in den Nacken und knallte meine Stirn gegen seine. »Wir werden jetzt gemeinsam diese Höhle und diesen Fels verlassen! Wir werden in die Turmfestung dieses verfluchten Übelweibs gehen und es zur Rede stellen! Und wenn es seine Mordpläne nicht aufgibt und Lyris nicht freilässt, dann werde ich es mit bloßen Händen …«

»Wir können die Höhle und den Berg nicht verlassen, Großvater«, flüsterte er.

»Warum nicht?«

Seine Augäpfel drehten sich nach oben und zur Seite, sodass sein Blick auf den Stolleneingang fiel, in dem der Fledermausschwarm hing. »Sie lassen es nicht zu. Es sind viele, das kannst du mir glauben, Großvater. Unglaublich viele.«

Ich äugte zu den Tieren. Der Stolleneingang war schwarz von ihnen. Längst ahnte ich, woher sie stammten und was ihr eigentliches Wesen ausmachte.

»Doch wir müssen die Höhle gar nicht verlassen, um mit Mutter zu sprechen.« Bullerbok lächelte schon wieder sein blödes Lächeln. »Sie fährt ja jeden Morgen zu uns in den Fels herab, um hier unten nach uns zu sehen. Und wenn ihre Fledermäuse sie rufen, kommt sie auch zwischendurch.«

Ich richtete mich auf, spähte zum Fledermausstollen hinüber. »So ist das also.« Ich ließ Bullerbok los. Mein Blick wanderte zwischen den Fackeln an der Wand und den Öllampen zu meinen Füßen hin und her. Um mich herum standen inzwischen Dutzende Halblinge. Sie belauerten mich, kauten an den Nägeln, tuschelten aufgeregt, scharrten mit den Füßen und wirkten auch sonst reichlich ratlos. »Dann wollen wir sie doch einfach rufen, deine mörderische Finstermutter, was meinst du, mein Sohn?«

Ich bückte mich nach zwei Öllampen. Auf einmal schlotterten mir die Knie vor Angst, denn ich wusste, was ich zu tun hatte. Ein letztes Mal spähte ich zur Felsnische hinüber, in der ich Davidor wusste. Kalter Schweiß brach mir aus. Ich kümmerte mich nicht darum, ging einfach ein paar Schritte auf den von Fledermäusen verhangenen Stollen zu und brüllte: »Wenn ich umkomme, komme ich um, mein Kleiner!«

Nicht, damit Davidor mich hören konnte, brüllte ich die Worte heraus. Die Wahrheit lautet: Ich brüllte meine eigene Angst an. Ja – um mir, dem alten Weißschädel, der doch die Große Wildnis durchquert hatte und vor keiner noch so brüchigen Hängebrücke zurückscheut, die verdammte Angst aus den Knochen zu treiben.

Meine durchdringende Stimme behagte dem haarigen Flattervieh überhaupt nicht: Ich sah eine Menge Fell, das sich sträubte, und das machte mir irgendwie Mut.

»Sollte ich umkommen, musst du es allein schaffen, mein Kleiner!«, brüllte ich noch lauter. Wenige Fuß vor dem Fledermausstollen, unter zwei Fackeln, blieb ich stehen. »Dann schrei, was du schreien kannst, sobald diese verfluchte Finsterdrude auftaucht!« Von allen Seiten strömten die Halblinge aus der Höhle zusammen. »Schrilles Geschrei hassen sie fast noch mehr als kleines Volk, das sich nicht vor ihnen fürchtet!« Dann holte ich aus und schleuderte nacheinander beide Öllampen in den Stollen und auf den Fledermausschwarm.

Wie eine Orkanböe ging es durch die Höhle, wie ein einziger Angstschrei hallte es von den Felswänden wider. Im Stollen loderten Flammen auf, der Schwarm flatterte hoch, schwirrte fiepend in alle Richtungen davon. Einige Tiere brannten und zogen Rauch und Funkenflug hinter sich her.

Ich knöpfte meinen Wildschweinledermantel bis unter das Kinn zu. Dann riss ich die Fackeln aus den Halterungen über mir, drückte mich unter eine leicht überhängende Wand und wartete den Ansturm der Fledermäuse ab – und die Ankunft der Finsterdrude.

Der Schwarm sammelte sich zunächst über dem See in der Höhlenmitte, und was ich vermutet hatte, schien sich zu bestätigen: Etwas ging von den Fledermäusen aus, das die Halblinge in einen bösen Bann schlug. Jetzt nämlich, da sie ihre ganze Aufmerksamkeit auf mich richteten, schien der Zauber auf einmal an Wirkung und Kraft nachzulassen. Obwohl sie aus allen Stollen und Schächten in die Höhle flatterten und der Schwarm immer noch anwuchs, kam dennoch plötzlich Bewegung in die Halblinge. Einige blickten sich so verblüfft um, als seien sie eben erst in die Höhle gestürzt. Andere stießen Flüche aus, und zwei entdeckte ich in der Menge, die sich ihre Pfeifen anzündeten. Es sah aus, als würden die Halblinge hier unten zu neuem Leben erwachen.

»Großväterchen!«, hörte ich Bullerbok rufen, und seine Stimme klang wieder wie die Stimme des Bullerbok, mit dem ich jahrelang Grotte und Pfeifenkraut geteilt hatte. »Fliehe in einen Stollen, Großväterchen!«

Großväterchen – als Halbwüchsiger hatte er mich zuletzt so genannt; damals gelobte er mir Besserung, nachdem der Rat ihn wegen eines in den Kluften gejagten Schweins bestraft hatte. Mir wurde warm ums Herz und so froh zumute, dass ich hätte schreien können.

Ich sah Bullerbok eine Fackel von der Wand reißen. »Fliehe, Großväterchen!« Ich sah ihn an der Spitze anderer Kluftenheimer vom Ufer weg zu mir heraufstürmen. »Sonst bringen sie dich um!« Fremde Halblinge schlossen sich Bullerbok und den Kluftenheimern an. Keine Spur von Mutlosigkeit mehr an ihm und den Halblingen an seiner Seite. Der Bann schien gebrochen.

Die letzten Worte des sterbenden Ruldon schossen mir durchs Hirn: *Hütet euch vor ihren …*

Fledermäusen, hatte er sagen wollen. Ich glaubte zu verstehen, und verstand doch noch lange nicht.

Und dann griffen sie an: Eine schwarze Wolke stieß auf mich herab, und es wurde düster um mich herum. Ich brüllte, so laut ich konnte, schlug mit den Fackeln in das pelzige, fiepende Geflatter. Ich brüllte, und ich prügelte, und ich brüllte, und ich prügelte.

In diesen Augenblicken dachte ich an sämtliche Orks, die mir auf meinem viel zu langen Weg durch die Große Wildnis mein kleines Lebenslicht hatten ausblasen wollen. An alle Bestien, Trolle, Magier und wilde Raubtiere dachte ich, die ich durch Schläue oder durch den Mut der Verzweiflung oder durch puren Überlebenswillen überlistet und besiegt hatte, und eine lange nicht gespürte Kraft strömte durch meine alten Knochen, perlte durch mein erhitztes Blut.

Ich schlug heftiger zu, brüllte noch lauter; schrie sogar Schutzzaubersprüche, die ich irgendwo einmal aufgeschnappt hatte. Und auf der anderen Seite der schwarzen Wolke schlugen Halblinge, die wieder Herr ihres Willens geworden waren, ebenfalls mit Fackeln auf das blutrünstige Flattervieh ein.

»Uldur!«, hallte es plötzlich durch die große Höhle. Eine Stimme wie ein Peitschenhieb. Schlagartig erhob sich die flatternde, fiepende Wolke und schwirrte zur Höhlendecke hinauf; urplötzlich trat Ruhe ein.

»Uldur!« Unten am Ufer des Höhlensees ragte sie auf – hoch gewachsen, dürr, fahlhäutig und in rotes Leder gehüllt: die Finsterdrude. Ihr blauschwarzes Haar stand wie Stachelgestrüpp oder Gehörn nach allen Seiten ab, ihre gelben Augen glühten im Halbdunkel. Unter ihrem Mantelsaum sah ich rechts eine schwarze Stiefelspitze und links eine schwarze Vogelklaue. »Uldur! Hört er nicht, dass Wir ihn rufen?«

Sie kannte mich? Ganz still stand ich da, lauschte und hoffte zu träumen. Vergeblich. »Uldur aus der Großen Wildnis! Hat es ihm die Sprache verschlagen?«

Ich wischte mir über die Augen, blinzelte zum See hinunter. Die große, dürre Gestalt, die fahle Lederhaut, die harten, gierigen Gesichtszüge – stand dort etwa eine der beiden Finsterdruden, deren Bekanntschaft die Göttin mir im Laufe des Lebens aus irgendeinem Grund verordnet hatte?

»Ja, ja! Uldur!« Ich schrie meinen Namen heraus. »Aber Uldur aus Kluftenheim!« Ich wollte entschlossen klingen, wollte furchtlos klingen, doch meine Stimme drohte zu brechen. »Vielleicht spreche ich ja nicht mit jedem …!«

An Schönes und Wohltuendes erinnert man sich gern. Hässliches und Widerliches hingegen verdrängt man lieber, nicht wahr? Doch es half nichts: Die Erinnerung an eine peitschende Stimme und einen bösen Zug um einen harten Mund regte sich in meinem aufgewühlten Schädel. Zwei Finsterdruden bin ich auf meinem viel zu langen Weg durch die Große Wildnis begegnet – zwei Finsterdruden zu viel! –, und wahrhaftig: Eine davon war diese da unten am Höhlensee gewesen.

Die Stimme brach mir nun wirklich, denn mein Blick fiel auf die jungen Halblinge etwa zehn Schritte vor mir: Viele standen schwer atmend und mit brennenden Fackeln in den zitternden Händen, einige aber kauerten oder lagen stöhnend am Boden und hielten sich die zerbissenen Glieder und die blutenden Hälse. Manche rührten sich überhaupt nicht mehr.

»Uldur, der kleine Drachenreiter!« Das peitschende Gelächter der Finsterdrude hallte durch die Höhle. »Uldur, der Uns einst Unser hübsches Schlossdach über Unserem einzigartigen Kopf angezündet hat, sodass wir Uns ein neues Zuhause suchen mussten! Stimmt es also: Man sieht sich immer zweimal im Leben!«

Ja, sie hatte Recht: Ich hatte sie einst ausgeräuchert aus ihrer Drudenhöhle, sie und ihre Hexenbande. Ja, ich hatte die Brutstätte des Bösen angezündet. Doch das ist eine andere Geschichte, mehr will ich davon hier und heute nicht berichten.

Unten, im Inneren der Felswand unter dem See, plagten mich andere Sorgen als die Vergangenheit: Die Finsterdrude stieg zu mir und den Halblingen herauf, und sie machte mir ganz und gar nicht den Eindruck, als wollte sie mir zur Begrüßung die Füße küssen.

Ich tastete nach dem Silbergriff meines Diamantendolches. Bei manchen Druden reichte es, ihnen den Kopf abzuschneiden, wollte man sie ein für alle Mal unschädlich machen; manchen jedoch, so hatte ich gehört, musste man das Hirn durchbohren, wieder anderen zusätzlich noch das Herz herausschneiden. Wie, bei der großen Güte der Göttin, sollte ich auch nur eines davon ansatzweise hinbekommen? Ich wünschte mir, Davidor würde endlich zu schreien beginnen. Doch der blieb still.

Vermutlich fühlte er sich – ähnlich wie ich in diesen Momenten – gelähmt von Schrecken und Entsetzen: Einigen Halblingen nämlich, die zwischen mir und der Finsterdrude am Boden kauerten oder hockten und sich ihre winzigen Einbisse an Hals und Armen rieben, war das Haar ergraut. Im Krauskopf eines Junghalblings sah ich sogar schon schlohweiße Locken schimmern. Einem anderen verzerrte es die Gesichtszüge, sodass er greisenhaft und hässlich erschien, und bei zweien bemerkte ich verkrümmte Glieder und runzlige Haut.

Vor allem aber: Unter denen, die sich gar nicht mehr rührten, hatte ich den Rotschopf Bullerboks entdeckt.

Und jetzt begriff ich: Die Fledermäuse! Ihre Bisse also hatten Lyrau und Ruldon in greise Monster verwandelt! Die Fledermäuse waren weiter nichts als Gestalt gewordener Wille der abscheulichen Finsterdrude! Durch sie fesselte die Drude nicht nur Geist und Willen der Halblinge, durch ihre Bisse übte sie auch ihre tödliche Zeitmagie aus!

Ich starrte die alternden Halblinge im Geröll an, alle Kraft wich aus meinen Knochen. Mein Blick blieb am Rotschopf meines geliebten Bullerboks hängen – wie ein Silbergürtel schnürte die Trauer mir Brust und Kehle zusammen. Tränen rannen mir aus den Augen. Ich betrachtete meine Arme, tastete meinen Hals ab – mich hatte keines der Biester erwischt. Fast bedauerte ich es.

»Wir nehmen an, er ist gekommen, um Uns ein wenig zur Hand zu gehen!«

Kaum zehn Schritte trennten mich noch von der verfluchten Drude. Warum schrie Davidor nicht endlich? Die Halblinge, die noch auf eigenen Beinen standen, wichen ängstlich zurück. Andere, die wimmernd und zitternd im Geröll kauerten, trat sie einfach um, und über die reglos am Boden liegenden stapfte sie hinweg wie über Schmutzhaufen. Auch über meinen armen Bullerbok.

»Keine schlechte Idee, mit ein bisschen Arbeit wenigstens ein Krümelchen des Schadens abzutragen, den er Uns bereitet hat, der kleine Drachenreiter! Im Kaputtmachen war er ja wahrhaft schon damals ein Meister!«

Warum schreist du nicht endlich, Davidor? In Gedanken rief ich nach meinem Ziehsohn. Schrei doch, ich flehe dich an! Es kostete mich alles, still zu stehen und nicht hinüber zu der Nische zu äugen, in der ich Davidor zurückgelassen hatte.

»Wir fragen Uns allerdings, wie er den übrigen Schaden wieder gutmachen, wie er also den Rest des Gebirges abtragen will.« Sieben Schritte vor mir blieb sie stehen, neigte den Kopf seitwärts und rieb sich das Kinn, als würde sie angestrengt nachdenken. »Was stellen Wir bloß an mit lächerlichen Winzlingen wie ihm?« Ihre Lippen waren schwarz, ihre Zähne spitz und gelb. »Um Uns wenigstens mit ein bisschen Spaß zu trösten, könnten Wir ihn langsam in kleine Scheiben zerhacken.« Sie kam näher. »Oder Wir könnten ihn in Ketten neben dem Wasserfall an den Fels schmieden und Unseren Sperlingen befehlen, seine Haut wegzupicken, jeden Tag ein paar kleine Fetzen. Oder Wir könnten ein Feuer entfachen und ihn und all die anderen lächerlichen Winzlinge ...«

Es sirrte nur kurz, dann pfiff es, als würde eine Gerte durch die Luft sausen. Ein trockener, knirschender Schlag – und dann klaffte ein Loch in ihrer fahlen Stirn. Schwarzes Blut quoll heraus.

Der Schädel der Finsterdrude zuckte ihr in den Nacken zurück, ihre Kinnlade sackte nach unten, die obere Hälfte ihres Gesichtes bestand plötzlich nur noch aus einem schwarzen Loch und einem ungläubigen Augenpaar darunter – das guckte, als hätte sich vor ihm soeben das Tor in die Hölle geöffnet.

Davidor.

Statt zu schreien hatte er seine Schleuder benutzt.

Ein unglaublicher Treffer! Der Stein war der Finsterdrude durch die Stirn ins Hirn gefahren!

Fledermäuse fielen auf einmal in ganzen Trauben von der Höhlendecke. Einige stürzten in den See, andere lösten sich noch in der Luft in nichts auf. Die starrende Finsterdrude aber kippte nach hinten weg, und die Höhle erbebte, als sie am Boden aufschlug.

»Ihr Kopf!« Ich riss meinen Diamantendolch aus dem Gurt, stürzte zu ihr und trieb ihr die Klinge in den fahlen Hals, wieder und wieder. »Man muss ihr den Kopf abtrennen! Und möglichst noch das Herz herausschneiden!«

Hundert Halblinge und mehr standen mittlerweile in den Stollen und im Fels rund um den Kampfplatz. Wie aus einer Kehle schrien sie auf. Ihre schlaffen Mienen hatten sich längst verändert: Zorn sprühte jetzt aus ihren Blicken. Sie drängten mich zur Seite und gingen mit Steinen, zerbrochenen Öllampen und Hacken auf die Finsterdrude los.

Die Fledermäuse lösten sich nach und nach allesamt in nichts auf. Ausgeburten des Drudengeistes waren sie gewesen, Kreaturen seiner mörderischen Bosheit. Hatte ich es nicht geahnt?

Erschöpft wandte ich mich ab, trat unter die Toten und Vergreisenden und suchte nach Bullerboks Körper. Davidor kniete neben ihm, beugte sich tief über ihn und drückte ein Tuch gegen die klaffende Wunde in seiner Schläfe.

»Mein armer Feuerkopf«, seufzte ich. »So weit hat es kommen müssen?« Ich hockte mich neben Davidor ins Geröll, nahm Bullerboks Hand und weinte. »So ein schlimmes Ende hat es mit dir nehmen müssen?«

Bullerboks Bestattung, zweiter Teil

Uldur hütete sich, der Trauergesellschaft auf und vor der Alten Brücke allzu genau von dem zu berichten, was danach noch so alles geschah, fern im Westen in der Felswand am See und später in der Turmfestung. Er räusperte sich lieber, warf einen kurzen Blick auf den Katafalk mit der Urne und danach einen langen Blick in den Morgenhimmel zwischen den Steilwänden. Die Sonne selbst sah man noch nicht, doch der oberste Spiegel in der Westwand reflektierte ihr schönes Licht und ließ es von Minute zu Minute heller in der Schlucht erstrahlen.

»Was soll ich noch sagen?« Uldur faltete seine Zettel zusammen und ließ sie in der Manteltasche verschwinden. Was er noch sagen sollte, wusste er auswendig – mit allen, die es anging, hatte er Wort für Wort besprochen. »Da lag er also, der Feuerkopf, der Kummer Kluftenheims, mein geliebter Ziehsohn – da lag der arme Bullerbok und rührte sich nicht mehr.«

Er seufzte, schüttelte den weißen Lockenkopf und tröstete sich mit dem Gedanken, dass sein Bericht bisher noch kein einziges unwahres Wort enthalten hatte. Er hatte alles genauso geschildert, wie es sich zugetragen hatte. Bisher.

»Ein paar letzte Worte hatte er Davidor noch zuflüstern können – daher wissen wir, wo und wie er bestattet werden wollte –, und dann, kurz bevor ich seine Hand nahm, starb er.« Uldur seufzte lange und tief. »Ein trauriger Augenblick, das könnt ihr mir glauben! Ich fürchte allerdings, dass nicht alle hier meine Trauer teilen können. Der Rest der Geschichte ist sowieso schnell erzählt: Wir befreiten die schöne Sängerin, die Elbische, und übergaben ihr die Turmfestung. Wir pflegten die von den Fledermäusen Gebissenen und hielten ihnen die Hand, während sie vergreisten und starben. Wir verabschiedeten die befreiten Halblinge und gaben ihnen eine Friedensbotschaft an die Menschenkerle im

Flusstal mit. Wir geleiteten meine überlebenden Ziehsöhne und den jungen Waldläufer zu einem nahen Hafen und winkten ihnen hinterher, als ihr Schiff Richtung Große Wildnis in See stach. Und dann verbrannten wir die Toten.«

Alle senkten die Blicke und taten sehr betroffen. Einige Ratsmitglieder schnieften sogar und schnäuzten sich. Und Mumbel weinte so laut, dass jeder es hören musste. Die Grottenmeisterin war die Hebamme von Uldurs Tochter gewesen und hatte sie von Bullerbok entbunden.

Nur Wombar, der Koloniemeister, trat ungeduldig von einem Fuß auf den anderen und äugte ständig hinter sich zum Sumpfhundegespann. Sein Hemd war bereits durchgeschwitzt, denn die ganze Zeit während Uldurs Bericht hatte die Alte Brücke im Wind geschwankt und geächzt.

Uldur gönnte ihm seine Angst. Er nickte dem Koloniemeister zufrieden zu, und das so lange, bis auch Wombar den Blick senkte und sich ebenfalls betroffen gab.

Plötzlich spürte der Alte, dass jemand ihn beobachtete. Er äugte zur Seite und nach unten, und sein Blick begegnete dem Davidors. Heiterkeit blitzte in dessen blauen Augen auf. Uldur runzelte die Stirn, und schnell kniff Davidor die Augen wieder zu. Möglicherweise hatte er doch keinen ganz so schlechten Tag.

Uldurs Gestalt straffte sich, er räusperte sich ein letztes Mal für heute. »Und nun lasst uns die Asche dessen, den ich euch vor allen anderen nach Kluftenheim zurückbringen sollte, dem Kluften übergeben.« Eine Bewegung ging durch die Menge, und die Brücke knarrte und schwankte heftiger. Zwei Hundeführer lösten die Urne vom Katafalk, Wombar trat an den Wagen.

Vorsichtshalber senkte Uldur jetzt den Blick. Niemand sollte ihm ansehen, wie leicht ihm ums Herz war. All die feierlichen Trauermienen auf der Brücke, all die steifen Gestalten, all die krampfhaft vor den Bäuchen verschränkten Hände – Uldur genoss das alles und lächelte in sich hinein.

Genau so hatten sie es sich vorgestellt, als sie im Turmsaal der toten Finsterdrude speisten und sich berieten: Bullerbok, Davidor und er. Da war Bullerbok natürlich längst wieder bei Bewusstsein gewesen, einen

Kopfverband um den Schädel. Und in seinen Armen hatte die um ihren Bruder trauernde Elbische, die schöne Lyris, gelegen.

Die Hundeführer hoben die Urne vom Katafalk und überreichten sie dem Koloniemeister. Wombar drehte sich um und stelzte auf Uldur zu. Seine Hände zitterten, und Uldur hoffte, dass er nicht ausgerechnet jetzt stolperte. Spätestens dann nämlich hätte er wirklich laut herausgelacht.

Die Wahrheit war: Erst Davidors zweiter Stein hatte sein Ziel getroffen. Den ersten schleuderte er gleich ab, als die Drude am Seeufer auftauchte. Doch der Stein fuhr mitten in die Menge der vor den Fledermäusen zurückweichenden Halblinge, streifte Bullerbok an der Schläfe und schleuderte ihn blutend und bewusstlos zu Boden.

Genau das war geschehen. Doch muss man alles, was man weiß, auch erzählen? Nein, muss man nicht.

Uldur nahm Wombar die Urne aus den Händen und quittierte dessen feierlichen Blick mit einem gleichmütigen Augenaufschlag. Statt einen der jüngeren Vettern oder älteren Brüder Bullerboks hatte man ihn, den Großvater, gebeten, die Urne von der Brücke zu werfen. Trotz seines Alters galt Uldur nämlich noch immer als derjenige unter allen Halblingen in Kluftenheim, der einen Stein, einen Prügel, einen Widerhaken oder was auch immer am weitesten schleudern konnte. Und es kam darauf an, dass die Urne einen möglichst weiten Bogen beschrieb.

Das tönerne Gefäß mit der Asche in den Händen, wandte Uldur sich nun um und trat nahe ans Brückengeländer. Davidor – die Augen noch immer geschlossen – packte die Schleuder mit der Rechten und wühlte mit der Linken den Stein aus seiner Jackentasche, den er für diesen Augenblick ausgesucht hatte.

Dass er mit seinem ersten Schuss am Höhlensee nicht die Finsterdrude, sondern Bullerbok erwischte, hatte diesem vermutlich das Leben gerettet. Davon jedenfalls war Uldur überzeugt. Die Fledermäuse hatten den Bewusstlosen für tot gehalten und in Ruhe gelassen, als er so reglos im Geröll lag.

Seitdem hatte Uldur sich oft gefragt, ob der Fehlschuss wirklich nur ein Zufall gewesen war. Mittlerweile glaubte er es nicht mehr. Er glaubte vielmehr, dass diesmal die Göttin – der er sonst übrigens nicht allzu viel zutraute –, dass also die Göttin wieder selbst ihre Hand im Spiel gehabt hatte. Genau wie damals, als das Körbchen mit dem schreienden Feuerkopf hier an der Alten Brücke hängen blieb, statt im schäumenden Hochwasser zu versinken.

Er stemmte die Urne über die Schultern und beugte sich so weit zurück, wie sein alter Rücken es zuließ. »Du musst jetzt die Augen öffnen, mein Sohn«, raunte er, und als Davidor die Augen aufriss und die Schleuder über seinem Kopf zu wirbeln begann, stieß Uldur die Urne mit aller Kraft in die Höhe und über das Geländer. Die Brücke bebte und ächzte. Die Urne stieg erst nach oben – und zwar weit genug für Davidor, um sorgfältig zielen zu können –, verharrte dann einen Wimpernschlag lang in der Luft, sackte schließlich nach unten und begann zu stürzen.

In diesem Augenblick gab Davidor das lose Ende der Schleuder frei – der Stein zischte über das Brückengeländer und traf das bauchige Gefäß. Es zerschellte. Scherben und Asche sanken einen Atemzug lang gemeinsam in die Schlucht hinunter und dem Wildwasser entgegen – bis der Wind hineinfuhr und die Aschewolke aus den Scherben heraus wieder ein Stück nach oben trug.

»Ich soll dich zurück nach Kluftenheim bringen«, hatte Uldur seinem Ziehsohn bei jenem Essen im Turm erklärt. »Einige wollen dich in Ketten legen und den Rest deines Lebens für die Gemeinschaft arbeiten lassen, andere wollen dich der Göttin zurückgeben.«

»Sie wollen mich also töten.« Uldur hatte genickt. »Dann bringe ihnen doch gleich einen Toten, Großvater. Das wird ihnen peinliche Arbeit ersparen. Oder bring ihnen die Asche eines Toten. Die muss man nur noch bestatten. Und ich weiß auch schon, wie.«

Uldur hatte sich nicht lange bitten lassen: Auf der untersten Terrasse der Turmfestung rauchte noch der Scheiterhaufen mit den sterblichen Überresten der Finsterdrude. Am Morgen vor dem Abschied hatten sie ihre Asche zusammengekratzt und in eine Urne gefüllt.

Davidor spielte eine seltsam fröhliche Weise auf seiner Flöte, während die Asche nun dem tosenden Wildwasser entgegenschwebte. Auf der Ostseite des Kluftens wandten die ersten Kluftenheimer sich schon zum Gehen. Im Gemeinschaftshaus hatte Uldur alles Nötige für einen Leichenschmaus anrichten lassen, und wer zuerst dort ankam, ergatterte die besten Plätze. Das lief bei einer Trauerfeier in Kluftenheim nicht anders als bei einem Geburtsfest.

Auch auf der Brücke hatten sie es jetzt zunehmend eilig, zurück ans Ufer zu kommen. Die halbe Sippe Bullerboks drängte sich bereits am leeren Katafalk vorbei. Schon qualmten die ersten Pfeifen.

Uldur legte die Hand auf Davidors schmächtige Schulter und führte ihn zum Hundegespann. Sein jüngster Ziehsohn spielte noch immer auf seiner Flöte, immer noch mit geschlossenen Augen. Uldur setzte ihn auf den Hundewagen; Davidor spielte einfach weiter.

Wenn alles mit rechten Dingen zugegangen wäre, müsste jetzt er statt Bullerbok in der Turmfestung auf der Insel wohnen und Tisch und Bett mit der Elbischen teilen. »Wer mich gerettet und die Finsterdrude besiegt hat, dem will ich für immer gehören«, hatte die schöne Lyris erklärt, als Uldur ihre Kerkertür aufgesperrt hatte. Da wusste sie noch nicht, dass ihr Zwillingsbruder tot war. Zum Glück: Das hätte ihre Begeisterung nämlich erheblich gedämpft.

Die drei Kluftenheimer hörten sich jedenfalls ihre Erklärung an und schwiegen erst einmal. Bis Bullerbok sagte: »Ich will nicht unbescheiden wirken, aber wenn sich sonst niemand meldet?«

»Du also warst es?«, seufzte die schöne Sängerin. »Dachte ich es mir doch! Ich hoffte es sogar!« Fragend sah sie Uldur und Davidor an. »Er ist also mein Retter?«

Davidor nickte zuerst, so viel muss immerhin zu Uldurs Ehrenrettung gesagt werden. Und weil Davidor einfach nur nickte, nickte auch Uldur. Und so blieb nicht Davidor, sondern Bullerbok an der Westküste und in der Turmfestung zurück. Und in den Armen der Elbischen.

Uldur war heilfroh darüber. Schlimm genug, künftig den wilden Feuerkopf vermissen zu müssen – ohne Davidor hätte der Alte sich das Leben gar nicht mehr vorstellen können.

An Bullerbok und seine Geliebte jedoch dachte er nicht ohne Sorge. Er persönlich hätte es lieber gesehen, wenn sein Ziehsohn mit seinen Freunden in die Große Wildnis gezogen wäre. Wer dort überlebte, aus dem konnte nur ein vernünftiger Halbling werden. Hatte er das nicht am eigenen Leib erlebt? Oh ja, das hatte er! Doch gegen die Leidenschaft war nun einmal kein Kraut gewachsen; abgesehen von der Reue, die ihr in der Regel folgte.

»Davidor redet nicht. Nur im Schlaf.« Die zweifelnde Stimme des Koloniemeisters riss Uldur aus seinen Gedanken. Wombar lief neben ihm, während sie die Alte Brücke hinter sich ließen. »Hat er dir die letzten Worte des Feuerkopfs etwa im Schlaf verraten?«

»Nein, Koloniemeister. Er hat sie mir aufgeschrieben.«

»Seit wann kann Davidor schreiben?« Wombar belauerte den Alten noch eine Spur misstrauischer.

»Seit ich es ihm beigebracht habe.«

»Das wusste ich gar nicht. Und dass du in der Großen Wildnis gegen Finsterdruden gekämpft hast, wusste ich auch nicht.« Forschend musterte der Koloniemeister den Alten. »Und sogar auf Drachen bist du geritten?«

»Ja. Doch lass mich mit diesen alten Geschichten in Ruhe.« Uldur winkte ab. »Vielleicht erzähle ich sie dir ein andermal.«

»Und der junge Waldläufer und deine anderen Ziehsöhne wollten tatsächlich nicht in ihre geliebte Heimat zurückkehren?« Der Koloniemeister schüttelte verdrossen den Kopf. »Keiner wollte dich zurück nach Kluftenheim begleiten?«

»Nein«, antwortete Uldur. »Sie wollten unbedingt meinem Vorbild folgen und die Große Wildnis durchqueren.« Das war nur die halbe Wahrheit – Uldur hatte ihnen befohlen, diese Prüfung auf sich zu nehmen, bevor sie vielleicht irgendwann zurückkehrten. »Kluftenheim erschien ihnen auf einmal zu schattig und zu eng.«

»Zu schattig? Wo doch so viele Sonnenspiegel im Fels hängen? Und zu eng? Das verstehe ich nicht: Wer sich bei uns anständig benimmt, kann es doch bis zum Waldläufer bringen und darf dann in den Kamin hinauf, wann immer es der Rat erlaubt.« Wombar schnalzte mit der Zunge und schüttelte fassungslos den Kopf. »Wenigstens mit Bullerbok ist es gekommen, wie wir es beschlossen hatten: Wir haben ihn der Göttin zurückgegeben.«

»Ja. Mit ihm ist es gekommen, wie du es beschlossen hattest.« Wombar, das sollte man vielleicht erwähnen, gehörte nach der Einschätzung Uldurs und einiger anderer Kluftenheimer nicht wirklich zu den unentbehrlichen Halblingsmännern des Dorfes. »Stimmt schon, und ich gratuliere dir dazu, Koloniemeister.«

»Danke.« Vielleicht überhörte Wombar den spöttischen Unterton

des Alten, vielleicht bemerkte er ihn auch gar nicht. Jedenfalls drängte er sich dichter an Uldur heran. »Unter uns, Uldur«, flüsterte er. »Es ist schon eine ziemlich wilde Geschichte, die du uns da vorhin auf der Brücke erzählt hast. Diese Finsterdrude, diese Fledermäuse, Bullerboks Ende und all das – kann man das alles denn wirklich glauben?«

»Verlass dich darauf«, antwortete Uldur. Mehr nicht. Und auch das war keine Lüge – die Göttin weiß es, und Uldur war stolz darauf, denn er hasste es, zu lügen –, das war einfach nur eine Einladung. Wer ihr nicht folgen wollte, konnte es ja bleiben lassen.

DIE HÜTTE

von Claudia Kern

Die Hütte schien Jono anzustarren, und er starrte zurück. Jeden Morgen gingen er, sein Vater und sein älterer Bruder auf dem Weg zu den Feldern an ihr vorbei. Jeden Morgen wechselten sie auf die andere Seite des Weges, um nicht in ihren Schatten zu geraten.

Wenn der Schatten des Bösen auf dich fällt, wirst auch du böse, hatte seine Großmutter gesagt, als er sie einmal nach dem Grund dafür fragte. *Er heftet sich an dich und lässt dich nie wieder los.*

Die Hütte war schon lange verlassen, ihre Fenster hatte man mit Brettern vernagelt. Braunes, hartes Gras wuchs auf dem strohgedeckten Dach. Sie lag am Ende des Dorfes, kurz vor den Feldern. Unkraut und Sträucher, die niemals blühten, wucherten an ihren Holzwänden und in dem kleinen Vorgarten. Irgendjemand musste einmal versucht haben, sie anzuzünden, denn vor einem Fenster waren die Bretter schwarz versengt.

Fast zwanzig Schritte lagen zwischen der Hütte und dem nächsten Nachbarn. Der alte Schmied Kollans lebte dort. Er war griesgrämig und hatte sich nie ein Weib genommen. Jonos Mutter gab der Hütte die Schuld daran. Sie sagte, der Geist des Mannes, der einmal dort gelebt hatte, könne Glück in seiner Nähe nicht ertragen.

Jono löste mühsam den Blick von der Hütte und sah seinen Bruder Eron an. Eron war größer als er und kräftiger und doch stand Angst in seinen Augen. Sogar die Haare auf seinen nackten Füßen hatten sich aufgerichtet.

»Du hast es dir doch nicht anders überlegt, oder?«, fragte Jono so leise, dass sein Vater ihn nicht hören konnte.

Eron schüttelte den Kopf. Er hatte lockiges braunes Haar, das ihm bis in die Augen fiel und seine spitzen Ohren bedeckte. Wäre er größer gewesen, hätte man ihn für einen Menschen halten können.

»Natürlich nicht«, flüsterte Eron zurück, aber er klang unsicher. Immer wieder huschte sein Blick zu der dunklen Hütte.

»Das wird ein Abenteuer, so wie in den Büchern. Vielleicht finden wir sogar einen Schatz.«

»Vielleicht.«

Sie hatten einen Pakt geschlossen; Jono, Eron und Paska, der jüngste Sohn des Schweinebauern Mobbo. Beim nächsten Neumond würden sie in die Hütte eindringen. Die Bretter, mit denen ihr ehemaliger Besitzer – ein Mann namens Garon – die Tür vernagelt hatte, waren längst morsch geworden. Und seit dem letzten großen Wintersturm klaffte eine Lücke in ihnen. Jono konnte die Tür dahinter sehen. Sie lockte ihn mit dem Versprechen des Abenteuers, das auf der anderen Seite lag.

»Da ist ziemlich sicher ein Schatz. Warum hätte dieser Garon sonst alles vernageln sollen, bevor er das Dorf verlassen hat? Mobbo schließt noch nicht einmal die Tür, wenn er zum Markt fährt, und er ist der reichste Mann hier.«

Sein Vater drehte sich zu ihnen um, bevor Eron antworten konnte. Er war ein rundlicher Mann mit einem großen Bauch, der über den Gürtel hing. Sein buschiger Backenbart ließ sein Gesicht breiter wirken als es eigentlich war.

»Worüber quatscht ihr denn schon wieder?«, fragte er nicht unfreundlich. »Kann ein Mann nicht wenigstens früh am Morgen seine Ruhe haben?«

»Verzeih, Vater.« Jonos Gedanken sprangen rasch zu seinem Lieblingsthema. »Ich wollte Eron nur von der Geschichte erzählen, die ich gestern Abend von Großmutter gehört habe. Die über den Elfenkönig, der bis zum Ende der Welt reitet.«

Sein Vater zog die Mundwinkel nach unten. Sein Bart machte die Bewegung mit. »Du solltest weniger Zeit mit ihr und mehr mit deinem Großvater verbringen.«

»Aber der redet immer nur vom Wetter und vom Roggen.« Jono mochte seinen Großvater, hielt ihn aber insgeheim für den langweiligsten Mann der Welt.

»Er weiß eben, was wichtig ist.« Sein Vater musterte zuerst ihn, dann seinen Bruder. Jono wusste bereits, was der Vater als Nächstes sagen würde. »Irgendwann einmal werdet ihr eure eigenen Felder roden und eine Familie gründen. Was wird dann wichtiger sein? Geschichten über Elfen und Orks oder das Wissen um die richtige Saatzeit?«

»Das Wissen um die Saatzeit ist wichtiger«, sagte Eron, der Streber. Jono hätte ihn am liebsten getreten. Er selbst schwieg, als der Blick seines Vaters wieder auf ihn fiel, und hob die Schultern.

»Jono, du bist ein Bauer, kein Krieger, und all deine Geschichten werden nichts daran ändern. Finde dich damit ab, und genieße dein friedliches Leben, sonst wird es dir eines Tages ergehen wie Garon.«

Garon, der Besitzer der Hütte, der Mann, der eines Tages in die Welt gezogen und nie wieder zurückgekehrt war. Wenn sein Vater ihn erwähnte, dann mit dem gleichen beschwörenden Unterton, mit dem Jonos Großmutter ihn vor dem Bösen in den Schatten warnte.

Trotzig hob er den Kopf. »Du weißt nicht, dass er tot ist. Vielleicht hat er sein Glück gemacht.«

»Dann wäre er zurückgekehrt, um uns zu verhöhnen. Er war kein angenehmer Mann.« Sein Vater wandte sich ab. »Kommt jetzt. Felder roden sich nicht von allein.«

Sie ließen die Hütte hinter sich. Eron hielt den Kopf gesenkt und starrte auf seine Zehen, tief in Gedanken versunken. Jono befürchtete, dass er nach einer Ausrede suchte.

Dann gehen Paska und ich eben allein, dachte er, ahnte jedoch bereits, dass auch Paska ihn im Stich lassen würde, wenn Eron das tat.

Sein Vater legte ihm die Hand auf die Schulter; er hielt die Nachdenklichkeit seines Sohnes wohl für Reue. »Mach dir keine Sorgen«, sagte er. »Du bist nicht wie Garon. Warte ab! Wenn dein Bruder erst mal eine Frau gefunden hat und seinen eigenen Hof bestellt, wirst du schnell auf den Geschmack kommen. Dein Bruder sollte dein Vorbild sein.«

Eron nickte und schob die Brust vor. Er wirkte stolz.

Wieso bist du stolz?, dachte Jono. *Weil dein Leben so ablaufen wird wie das von Vater, Großvater, Urgroßvater und Ururgroßvater? Weil du in einer Hütte leben wirst, die aussieht wie alle anderen, mit einer Frau, die aussieht wie alle anderen, und Kindern, die eines Tages genauso leben werden wie du?*

Er sah sein Leben vor sich: ein langer gerader Weg, eingerahmt von

Mauern, gerade hoch genug, dass er hinübersehen, aber nicht hinüberklettern konnte. Das Bild entsetzte ihn.

Es gab niemanden, mit dem er über diese Gedanken sprechen konnte. Er hatte es versucht, aber weder Eron noch Paska schienen zu verstehen, was er meinte. Inmitten seiner Freunde und seiner Familie fühlte sich Jono allein.

Sie verbrachten den Tag damit, die neuen Felder für die Aussaat des Wintergemüses vorzubereiten. Wurzeln wurden ausgegraben, Baumstämme zerhackt und Sträucher ausgerissen. Das Dorf wuchs nicht schnell, aber stetig. Schon im Frühjahr würden sie ein weiteres Stück Wald roden müssen.

Paska ging Jono aus dem Weg, bis Mobbo, sein Vater, sie nach dem Mittagessen gemeinsam zum Unkrautjäten einteilte. Kein anderer war in ihrer Nähe. Die meisten Arbeiten fanden auf der anderen Seite des Felds statt.

»Bist du bereit?«, fragte Jono. Sie hockten zwischen einigen Allwuchssträuchern, die fast so hoch waren wie sie selbst.

»Wozu?«, fragte Paska zurück, ohne den Kopf zu heben.

Jono spürte einen Stich in der Magengrube. Enttäuschung? Wut? Er war sich nicht sicher. »Du weißt genau, wozu«, sagte er. »Heute Nacht ist Neumond.«

Paska zog an einer Wurzel, riss sie aus dem dunklen, festen Boden. Sein Blick zuckte hin und her, ohne sich je auf Jono zu richten.

»Ich kann heute nicht. Wir fahren morgen früh zum Markt, und ich muss Vater noch helfen, den Karren zu beladen.«

»Nachts?«

Paska schwieg. Zum ersten Mal fiel Jono auf, dass sein Freund nicht besonders schlau war.

»Nachts?«, wiederholte er schärfer.

Angst glitt wie ein Schatten über Paskas Gesicht. Jono verstand nicht, wieso.

»Nein, nicht nachts. Aber nach der ganzen Arbeit werde ich bestimmt zu müde sein, um mitzukommen. Ich würde euch nur aufhalten.«

Jono stieß seine kurze Schaufel in den Boden, einmal, zweimal. Er spürte den Widerstand der Wurzeln unter dem Metall, hörte, wie Holz knackend brach. »Du bist feige«, sagte er. »Feige und dumm.«

»Bin ich nicht.« Zum ersten Mal hob Paska den Kopf. Die kleinen Augen in seinem Mondgesicht sahen aus wie die eines Schweins.

»Doch, bist du.« Metall durchtrennte Wurzeln, Dreck wurde bei jedem Schlag emporgeschleudert. Jonos Arme begannen zu schmerzen, so heftig stieß er die Schaufel immer wieder in die Erde. »Ich wollte den Schatz mit dir teilen, weil du mein Freund bist, aber jetzt werden Eron und ich ihn behalten. Du kriegst nichts ab.«

»Ich will auch nichts davon.« Paska wich auf Knien zurück. Die Haare auf seinen Füßen richteten sich auf. Er hob den Kopf und sah zu den anderen Bauern, die einen Steinwurf entfernt arbeiteten. »Behalte ihn. Mach damit, was du willst.«

Seine Stimme zitterte, so als hielte er nur mühsam die Tränen zurück.

Er hat Angst vor mir, erkannte Jono plötzlich. Einerseits war er darüber entsetzt, andererseits genoss er den Blick, den Paska auf die Schaufel warf. Sie bestand aus dunklem Holz und Zwergenstahl, der blitzte, wenn man ihn ins Sonnenlicht hielt. Ein Dutzend Schaufeln gab es im Dorf. Sie waren so alt, dass niemand mehr wusste, wie sie dorthin gekommen waren, trotzdem gab es keine Scharte im Stahl, keinen Kratzer und keinen Flecken Rost. Sie durchtrennten Wurzeln mit der gleichen Leichtigkeit wie Kno...

Verstört ließ Jono von dem Gedanken ab und legte die Schaufel ab. Paska wirkte erleichtert. Auf der anderen Seite des Feldes lachten einige Männer, sein Vater am lautesten. Mobbo musste einen Witz gemacht haben.

Jono stand auf. Die Helden in seinen Geschichten hätten ihre Freunde, egal wie feige, nicht angeschrien. Der Starke beschützte den Schwachen und hatte Mitleid mit ihm. Er trampelte nicht auf ihm herum; das taten die Bösen.

»Wir bleiben Freunde«, sagte er mit all der Überzeugung, die er aufbringen konnte. »Nicht jeder ist für das Abenteuer geboren, und es wäre falsch von mir, dir einen Vorwurf daraus zu machen.«

Er streckte die Hand aus.

Paska blinzelte, als könne er den Wandel nicht nachvollziehen. Zögernd machte er einen Schritt auf Jono zu, dann ergriff er dessen Hand. Er hatte einen weichen, verschwitzten Händedruck, so wie Jono es erwartet hatte. Trotzdem zog Jono die Hand nicht zurück, sondern sah Paska in die Augen. »Freunde«, sagte er.

»Freunde«, wiederholte Paska.

Den Rest des Tages wechselten sie kein Wort mehr miteinander.

»Wir sollten nicht ohne ihn gehen«, sagte Eron, als sie nach dem Abendessen allein in ihrem Zimmer waren. Jono hatte nur wenig vom zweiten Abendessen angerührt, sein Magen kribbelte, und ihm war übel.

Er setzte sich auf seinem strohgefüllten Bett auf. »Warum nicht?«, fragte er.

»Weil es zu zweit gefährlicher ist als zu dritt.« Eron spielte nervös mit dem Zipfel seines Kopfkissens. Sie teilten sich ein kleines Zimmer direkt unter dem Dach. Man konnte nur in der Mitte, unter dem Dachgiebel, stehen. Durch das offene, runde Fenster drang kühle Nachtluft ins Innere und brachte den Geruch des moos- und grasgedeckten Dachs mit.

Jono hielt seinen Ärger zurück wie einen bissigen Hund an der Kette. »Paska wäre doch als Erster weg, wenn es brenzlig würde. Ob er dabei ist oder nicht, ist egal.«

»Nein, das stimmt nicht. Ich wollte, dass er die Tür bewacht, während wir uns im Haus umsehen.«

Keine schlechte Idee, dachte Jono. »Dann bleibst du eben an der Tür, und ich gehe hinein.«

Eron schüttelte den Kopf. »Nicht allein.«

»Dann gehen wir beide.«

»Oder wir überreden Paska, beim nächsten Neumond mitzukommen.« Eron sah Jono nur aus den Augenwinkeln an, so als wage er es nicht, ihm ins Gesicht zu blicken. »Der ist ja schon in einem Monat.«

Schon. Jono schluckte all die hässlichen, gemeinen Dinge, die er hätte sagen können, herunter und stand auf. Die Kerze, die das schmale Zimmer erhellte, flackerte, als er sie vom Tisch nahm.

Nun sah Eron ihn doch an. »Willst du etwa allein gehen?«

Jono antwortete nicht. Mit der freien Hand griff er hinter sein Bett und zog das Holzschwert hervor, das er selbst geschnitzt hatte und von dem außer seinem Bruder niemand wusste. Wochenlang hatte er daran gearbeitet, manchmal bis tief in die Nacht. Sein Vater hatte sich einige Male beschwert, weil Jono und sein Bruder zu viele Kerzen verbrauchten.

Es war schwer, und der lange Griff lag gut in der Hand. Jono hatte eine Lederschlaufe daran befestigt, die er sich nun über die Schulter hing. Er spürte, dass Eron ihn beobachtete.

In seinem Magen kribbelte es stärker als je zuvor, sogar stärker als an dem Tag, als der Bär ihn vom Wald hinter den Feldern bis zum Dorfrand verfolgt hatte.

Er konnte nicht mehr zurück, nicht mit Erons Blicken im Rücken. Dieses Abenteuer würde er allein bestehen müssen, so wie die Helden in den Geschichten.

»Warte«, sagte Eron leise, als Jono die Tür öffnete. »Bleib hier.«

»Nein.«

Mehr sagte er nicht. Er hatte Angst, dass seine Stimme versagen würde. Leise stieg er die Leiter hinunter, den Kerzenständer zwischen die Zähne geklemmt. Die kleine Flamme flackerte. Ihre Wärme strich ihm über das Gesicht.

Das Schnarchen seines Vaters war lauter als das Knarren der Holzleiter, trotzdem hielt Jono auf jeder Stufe inne und wartete. Er hatte sich keine Ausrede zurechtgelegt, weder für das Holzschwert, das von seiner Schulter hing, noch für seinen nächtlichen Ausflug. Wenn seine Eltern aufwachten, würde es mehr Ärger geben als je zuvor in seinem Leben.

Doch sie wachten nicht auf.

Jono schlich an ihrem Schlafzimmer vorbei durch die Stube und dann bis zur Tür. Sie schwang lautlos auf, kein Wunder, denn er hatte die Scharniere erst einen Tag zuvor geölt. Jono schloss sie hinter sich und trat hinaus auf die nächtliche Straße.

Es war dunkel und still. Hinter keinem Fenster brannte Licht, niemand war unterwegs. Jono wusste, dass kein Dorfbewohner das Licht seiner Kerze sehen würde. Sie gingen schlafen, wenn die letzten Strahlen der Sonne hinter den Dächern ihrer Hütten verschwanden, und standen auf, wenn die ersten durch ihre Fenster fielen. Jeden Tag. Immer.

Es fühlte sich seltsam an, ganz allein durch das stille Dorf zu gehen, ein wenig unheimlich, aber auch … er suchte nach dem richtigen

Wort ... frei. Niemand hinter diesen Fenstern ahnte, dass er an ihnen vorbeiging. Er konnte tun, was er wollte. Das war mehr als Freiheit. Das war Macht.

Er hörte Schritte hinter sich und fuhr so hastig herum, dass die Kerzenflamme erlosch. In der plötzlichen Dunkelheit konnte er den Schatten vor sich kaum ausmachen. Er war größer als Jono, aber nicht viel.

»Eron?«, flüsterte er. Sein Herz klopfte bis in seine Schläfen.

»Ja.«

Jono schloss erleichtert die Augen und atmete durch. Dann öffnete er sie wieder. »Was machst du denn hier?«

»Ich konnte dich nicht allein gehen lassen. Wir sind doch Brüder, richtig?«

»Du musst nicht mitkommen, wenn du nicht willst.« Ein Teil von ihm hoffte, dass Eron gehen würde, ein anderer befürchtete es. »Ich komme allein klar.«

»Ja ... vielleicht. Ich komme trotzdem mit.«

Sein Bruder hielt etwas in der Hand, was Jono im ersten Moment nicht erkennen konnte. Erst als er die Augen zusammenkniff, sah er die Klinge. »Ist das Mutters Brotmesser?«

»Sie braucht es im Moment ja nicht.«

Es klang wie ein Witz, aber Eron meinte es ernst, das hörte Jono seiner Stimme an. »Dann komm«, sagte er.

Gemeinsam gingen sie die Straße hinunter, dem Haus entgegen. Kein Schatten umgab es, so wie Jono vermutet hatte. Er kletterte über den verfallenen Holzzaun und ging auf die Tür zu.

Eron hielt ihn am Arm fest. »Willst du die Kerze nicht wieder anzünden?«, flüsterte er.

»Drinnen. Wegen der Schatten.« Das Nicken seines Bruders erahnte er nur. Jono reichte ihm den Kerzenständer, dann legte er beide Hände auf die Bretter, mit denen die Tür der Hütte vernagelt worden war. Sie waren morsch, die Nägel, die sie festhielten, längst verrostet. Den Spalt, den er zuvor entdeckt hatte, ertastete er nach einem Moment. Er war breit genug, dass Jono mühelos hindurchpasste. Drinnen angekommen, machte er sich daran, die Tür aufzuschieben. Dreck knirschte unter dem Holz.

»Siehst du was?«, flüsterte Eron.

Jono antwortete nicht. Er hatte sich schon von der Tür abgewandt. In der Hütte roch es nach Staub und lange vergangenen Sommern. Trockenes Laub raschelte unter Jonos nackten Füßen. Er hörte, wie sich Eron hinter ihm durch den Spalt quetschte, und trat einen Schritt vor, um ihm auszuweichen.

»Mach die Kerze an«, flüsterte Jono. Die Dunkelheit machte ihn nervös. Schatten tanzten vor seinen Augen, gaukelten ihm Hindernisse vor, die seine ausgestreckten Arme nicht fanden.

Hinter ihm zog Eron ein Zündholz aus dem kleinen Fach im Kerzenständer und riss es an. Zweimal hörte Jono ihn leise fluchen, dann wurde es plötzlich hell.

Das Gefühl der Hilflosigkeit wich. Gerade einmal zwei Schritte weit konnte Jono sehen, aber das reichte. Es gab keine Hindernisse um ihn herum und keinen Geist, der sich an ihn herangeschlichen hatte.

Eron zündete die Kerze an. Das Licht wurde heller, riss einen staubigen Tisch und einen dreibeinigen, wurmzerfressenen Stuhl aus der Dunkelheit. Moos und Schimmel bedeckten die Wand links neben Jono. Er nahm an, dass das Dach undicht war.

Von innen wirkte die Hütte kleiner als von außen. Es gab zwei Fenster, eines neben der Tür und eines an der hinteren Wand. Rechts von Jono stand ein großer Schrank. Eine seiner beiden Türen war geöffnet und verdeckte die Wand dahinter. Als Eron die Kerze hob und einen zögernden Schritt vortrat, sah Jono leere Fächer und Spinnweben.

»Ich glaube nicht, dass wir hier einen Schatz finden werden«, sagte sein Bruder.

»Wer bewahrt denn schon einen Schatz dort auf, wo ihn jeder sehen kann?« Jono versuchte, seine Enttäuschung zu überspielen. Er ging auf den Schrank zu und öffnete die zweite Tür, betete innerlich, dass er im Schrank einen Geheimgang finden würde oder wenigstens eine Kiste. Irgendetwas, das dieses Abenteuer nicht in einen dummen, sinnlosen Fehlschlag verwandelte.

»Wir müssen alles durch...«

Etwas traf ihn hart und schwer im Rücken, prellte ihm das Holzschwert aus der Hand. Jono schrie auf und hörte auch Eron schreien. Er wurde gegen die leeren Schrankfächer geworfen. Es schepperte, die Schatten wurden plötzlich länger, dann krachte Holz.

Die Schranktür traf Jono ein zweites Mal, federte jedoch nicht zurück, sondern drückte ihn gegen die Fächer. Jemand stemmte sich von außen dagegen, quetschte ihn ein. Jono schrie vor Schmerzen, als das alte, rissige Holz seine nackten Schienbeine aufschürfte. Er versuchte, sich abzustützen, doch im gleichen Moment wich der Druck, und dann zog ihm etwas die Beine unter dem Körper weg. Schwer schlug Jono auf die Holzdielen. Staub wallte auf.

Angst und Schmerz ließen seinen Blick verschwimmen. Schemenhaft sah er eine Gestalt über sich. Ihr langer, grotesk verzerrter Schatten tanzte an der Wand. Metall schabte über Metall, dann richtete die Gestalt ein Schwert auf Jono.

»Wo ist er?«, fragte sie. Ihre Stimme war klar und weich wie Flötenspiel. Noch nie hatte Jono etwas so Schönes gehört.

Er schüttelte den Kopf. Langsam klärte sich sein Blick. Die Gestalt, die über ihm stand, trug eine Lederrüstung, aber keinen Helm. Sie hatte langes, hellblondes Haar, das ihr bis auf die Schultern fiel. Spitze Ohren schoben sich hindurch. Ihr Gesicht war ebenmäßig und fein geschnitten.

Jono hatte noch nie eine Elfin gesehen. Ihr Anblick raubte ihm den Atem.

»Wo ist er?«, wiederholte die Elfin.

»Wer?«, fragte er nach einem Moment.

Die Elfin hob die Augenbrauen, so als glaube sie, er müsse die Antwort auf diese Frage kennen. »Der Mann, dessen Schatz ihr stehlen wolltet.«

Jono sah sich nach Eron um. Der Kerzenständer lag am Boden, die Kerze brannte noch. In ihrem Licht erkannte er, dass eines der Bretter, mit dem man die Haustür repariert hatte, auseinandergebrochen war. Eron musste sich einfach dagegengeworfen haben.

»Einen netten Freund hast du da«, sagte die Elfin. In ihren gelben Augen las Jono Spott. »Lässt dich beim ersten Problem im Stich.«

»Er ist mein Bruder.«

Die Elfin lachte. Jono wünschte, sie würde nie mehr damit aufhören.

Doch sie wurde rasch wieder ernst. Der Spott in ihren Augen verflog. »Schluss mit den Spielereien«, sagte sie. »Ich frage dich zum letzten Mal: Wo ist er?«

Jono biss sich auf die Lippe. »Ich weiß nicht, wen du meinst.«

Das Schwert in der Hand der Elfin zuckte. Jono hob abwehrend die Hände. »Wir sind doch nur hergekommen, weil die Hütte verflucht sein soll. Wir …«

Er unterbrach sich, als er zwei Beine sah, die hinter der Elfin von der Decke hingen. Dort musste es eine Falltür geben. Die Beine gehörten einem Halbling, das erkannte er sofort. Sie schwangen hin und her, Zehen tasteten nach dem Boden, der noch mehr als fünf Fuß entfernt war.

Eron, dachte Jono. Wenn er sich fallen ließ, würde die Elfin ihn hören.

Hastig und lauter als zuvor sprach er weiter. »Es soll hier einen Schatz geben, den wollten wir holen, so wie in den Geschichten. Da sind die Elfen immer die Guten. Sie helfen anderen. Bitte bring mich nicht um!« Jono schrie die letzten Worte heraus, und da ließ sich sein Bruder fallen. Geschmeidig landete er auf dem Boden.

Es war nicht Eron.

»Was schreist du denn so?« Die Elfin verzog das Gesicht. Verzweifelt versuchte Jono, den Blick auf sie zu richten und nicht auf den fremden Halbling, der sich von hinten anschlich und einen langen, gekrümmten Dolch in der Hand hielt.

»Ich habe Angst«, sagte Jono. Das war keine Lüge. »Und ich weiß nicht, was du von mir willst.«

Die Elfin zögerte. Die Spitze ihres Schwertes senkte sich ein wenig, zeigte nun auf den Boden und nicht mehr auf Jonos Hals.

»Du weißt es wirklich nicht, oder?«, fragte sie mit ihrer klaren, reinen Stimme. Der fremde Halbling war nur noch eine Armeslänge von ihr entfernt. Er ging ihr nicht einmal bis zum Ellbogen. Im Kerzenlicht wirkte sein Gesicht verzerrt und bösartig. Einerseits wollte Jono die Elfin warnen, andererseits wollte er sehen, was passieren würde, wenn der Halbling sie erreichte.

Er schluckte und nickte.

Die Elfin fuhr sich mit der freien Hand durch das Gesicht. Sie wirkte auf einmal müde. »Verschwinde. Ich brauche dich nicht m…«

Der Halbling holte mit dem Dolch aus.

Ich muss sie warnen, dachte Jono. Er öffnete den Mund, doch im gleichen Moment stieß der Halbling zu.

Sein Dolch bohrte sich in ihren Rücken. Jono hörte Wirbel knirschen. Die Augen der Elfin weiteten sich, als ihre Beine nachgaben und sie in sich zusammenfiel. Nur einen Lidschlag später saß der Halbling auf ihrer Brust. Eine Handbewegung, dann spritzte Blut aus der Kehle der Elfin. Sie begann zu gurgeln, ihre Arme zuckten, ihre Brust wölbte sich ein letztes Mal ...

Dann war sie tot.

Der Halbling wischte seinen Dolch an ihrer Rüstung ab und stand auf. »Verdammt gut gemacht, Junge«, sagte er, als er Jono die Hand entgegenstreckte. »Ich kenne gestandene Männer, die dabei die Nerven verloren hätten.«

Wie betäubt ließ sich Jono auf die Beine ziehen. Der Halbling steckte den Dolch in seinen Gürtel und durchsuchte die Taschen der Elfin.

»Geizige alte Schlampe«, sagte er, als er wieder hochkam. »Zieht ohne eine einzige Münze los.«

Er spuckte auf ihre Brust, dann sah er Jono an. »Wie ist dein Name?«

»Jono.« Die Antwort kam ohne sein Zutun. Er fühlte sich wie in einem Traum. Die tote Elfin lag vor ihm am Boden mit aufgerissenen Augen und offenem Mund. Überall war Blut. Es stank nach altem Eisen.

»Also gut, Jono. Mein Name ist Garon.«

Der Name riss Jono aus seiner Betäubung. »Der Verfluchte?«

»Nennt man mich hier so?« Garon grinste. Er war ungefähr so alt wie Jonos Vater, aber sein Blick war kalt und sein Gesicht voller Narben. Er hatte volles, dunkles Haar, das er so kurz geschnitten trug, dass man seine Ohrspitzen sehen konnte. »Passt ganz gut. Also, was ich –«

»Jono!«

Die Stimme seines Vaters.

»Papa!« Jono machte einen Schritt nach vorn, aber Garon riss ihn zurück. Seine Hand war hart und voller Schwielen, wie die eines Bauern. Jono wurde gegen seine Lederrüstung gepresst. Sie roch nach altem Schweiß. Ein haariger Arm legte sich ihm um die Kehle.

»Ich hab deinen Jungen!«, schrie Garon. Er zog Jono mit sich zum Fenster neben der Tür. Fackelschein leuchtete durch die Lücken zwischen den Brettern. Jono hörte laute Stimmen, dazwischen auch die seines Bruders. Das ganze Dorf schien sich vor der Hütte zu versammeln.

»Garon?« Mobbos Stimme.

»Ja.«

»Schick ihn raus. Er hat dir nichts getan!«

Garon senkte den Kopf und sah Jono an. »Wer redet da? Ist das dein Vater?«

»Nein, das ist Mobbo.«

»Der dicke Schweinebauer? Sei bloß froh, dass das nicht dein Vater ist.«

Jono zuckte zusammen. Er kannte niemanden, der es wagte, so über Mobbo zu reden.

Garon sah wieder nach draußen. »Wir machen einen Handel. Ihr helft mir bei meinem Problem, dann kriegt ihr den Jungen wieder.«

»Was für ein Problem?«

»Es werden gleich ein paar Kerle auftauchen, die es auf mich abgesehen haben. Helft mir, sie umzubringen.«

»Was? Wir sind nur Bauern, wir können nicht ...«

»Halt die Schnauze!« Garon schrie so laut, dass Jono erschrak. »Ihr alle! Schnauze halten!«

Es wurde still vor der Tür. Jono hörte nur ein leises Schluchzen. Er erkannte die Stimme seiner Mutter.

»Ich ...«, begann er, aber Garon unterbrach ihn mit einem Kopfschütteln. Sichtlich angestrengt lauschte er in die Dunkelheit.

»Da«, flüsterte Garon nach einem Moment. »Hörst du das?«

Jono neigte den Kopf. Hufschlag, dann das Wiehern eines Pferdes. »Sind das die Männer?«

Garon fuhr sich mit der Zunge über die Lippen. »Sie kommen!«, schrie er. »Helft mir, sonst stirbt der Junge.«

Er wartete die Antwort nicht ab, sondern zog Jono zurück, bis er neben dem Schrank stand. Draußen begannen die Bauern, laut miteinander zu streiten.

»Rühr dich nicht!«, sagte Garon scharf. Dann ließ er Jono los, ging zum Tisch und schob ihn vor die Tür. Die Rufe draußen wurden lauter, Hufschlag mischte sich hinein. Metall klirrte.

»Was sind das für Leute, die dich umbringen wollen?«, fragte Jono.

Garon warf den Tisch um, sodass die Platte auf die Tür zeigte. »Söldner. Wir haben zusammen gekämpft.«

Söldner. Das Wort beschwor Bilder von Schlachten herbei, von Schwertern, die funkensprühend aufeinanderschlugen, und Männern, die über ihren gefallenen Kameraden standen und Orkhorden abwehrten.

»Und jetzt wollen sie dich umbringen?«

»Ich habe unseren ganzen Sold geklaut. Natürlich wollen sie mich umbringen.« Garon trat zurück und richtete den Kerzenständer auf. Das Licht fiel auf das Gesicht der toten Elfin.

»Elyrhi war unsere beste Fährtenleserin. Mir war klar, dass sie gut ist, aber so gut ...« Er schüttelte den Kopf. »Wäre sie schlechter gewesen, würde sie jetzt noch leben.«

Jono bemühte sich, die Leiche nicht anzusehen. »Du hast deine Kameraden bestohlen?«

»Wenn ich es nicht getan hätte, dann ein anderer von uns. War einfach zu viel Gold.«

Jono wich unwillkürlich zurück, als Garon auf ihn zuging, doch der blieb vor dem Schrank stehen, zog ein Bündel heraus und schlug es auf. Darin lagen ein Bogen und ein Köcher voller Pfeile.

Draußen gellten Schreie. Garon grinste. »Klingt so, als würden sie doch kämpfen.«

Er spannte den Bogen und ging geduckt zurück zur Tür. Jono sah etwas im Kerzenlicht blitzen und kniff die Augen zusammen. Das Küchenmesser seiner Mutter. Es lag nur wenige Schritte von ihm entfernt an der Wand.

Garon legte einen Pfeil auf und zielte mit ihm durch den Spalt nach draußen. »Du bist zu jung, um zu verstehen, was Gold bedeutet«, sagte er, während er langsam die Sehne zurückzog. »Es macht dich frei, Junge. Nichts anderes auf der Welt vermag das.«

Der Pfeil schnellte von der Sehne. Garon grinste, als jemand schrie. »Harrak, du dummes Schwein. Hast es nicht besser verdient.«

Er zog einen weiteren Pfeil aus dem Köcher. Jono machte einen Schritt zur Seite. Garon drehte sich nicht zu ihm um, und Jono unternahm einen weiteren Schritt seitwärts.

»Ich hab mein ganzes Leben lang gekämpft. Versteh mich nicht falsch, Junge. Ich bereue nichts. Manche wollen nicht mehr als den Pflug in die Hand nehmen und dort sterben, wo sie geboren wurden.« Er schoss den Pfeil ab und verzog das Gesicht, als ein Schrei ausblieb. »Ich war nie so. Ich wollte wissen, was hinter den Hügeln liegt. Ich wollte als Held in die Welt hinausziehen.«

Jono hielt inne. »Meine Großmutter sagt, das Haus hätte dich böse gemacht.«

Garon lachte, ohne sich umzudrehen. Methodisch schoss er einen Pfeil nach dem anderen ab. »Mein Onkel und mein Vater haben diese Hütte gebaut. Daran ist nichts Böses.«

Ein letzter Schritt, dann bückte sich Jono und steckte das Messer in seinen Gürtel. Hastig zog er sein Hemd darüber.

»Aber *du* bist böse, oder?«, fragte er dann.

Garon zögerte. Draußen flackerte Feuerschein. Eine der Hütten schien in Brand geraten zu sein.

»Heute bin ich böse, aber morgen werde ich vielleicht wieder ein Held sein. Niemand ist immer nur das eine oder das andere, Junge.«

»Garon ist da drin!«, schrie Paska plötzlich draußen. »Er ist in der Hütte! Lasst uns in Ruhe.«

»Ausschließlich böse ist nur der Drecksack, der uns gerade verraten hat!« Garon schoss einen letzten Pfeil ab, dann sprang er auf. Mit drei Schritten hatte er die Falltür erreicht. Er zog an einem Seil, das Jono nicht einmal bemerkt hatte. Eine Leiter rutschte aus dem Loch in der Decke. Jono half Garon, sie aufzustellen. Er zuckte zusammen, als etwas schwer gegen die Tür schlug. Aus den Augenwinkeln sah er die Klinge einer Axt.

Garon drehte sich nicht einmal um. »Los! Hoch mit dir.«

Jono stolperte die Leiter hinauf. Hinter ihm barst Holz, dann brach jemand laut fluchend durch die Tür. Unwillkürlich hielt Jono inne und sah nach unten. Ein Mensch in voller Rüstung und geschlossenem Helm stand im Türrahmen. In der einen Hand hielt er ein Schwert, in der anderen einen Schild. Hinter ihm tauchten zwei Zwerge auf, doppelt so breit wie Jono, aber nur ein wenig größer. Auch sie trugen Rüstung, aber keine Schwerter, sondern Äxte.

Garon warf den Bogen weg und folgte Jono die Leiter hinauf.

»Du kannst nicht entkommen«, rief der Mensch ihm nach. Es war ein Mann mit tiefer, gebildet klingender Stimme. »Du wirst hier sterben.«

»Wir werden sehen.« Garon schob Jono mit der Schulter über den Rand der Falltür und zwängte sich hoch. Ein Wurfmesser bohrte sich keine Handbreit von seinem Bein entfernt ins Holz der Leiter.

Garon lachte, zog die Klinge heraus und warf sie zurück. Harmlos prallte sie von der Rüstung des Menschen ab. Einer der beiden Zwerge trat vor, prüfte die Leiter und schüttelte dann den Kopf.

»Wieso kommen sie nicht hoch?«, flüsterte Jono.

»Sie sind zu schwer. Die Leiter würde sie nicht halten.« Garon grinste und richtete sich auf. Sie standen unter dem Dach der Hütte, in einem kleinen Raum voll mit Dreck, Vogelnestern und toten Ratten. »Und hochklettern können sie höchstens, wenn sie alle Rüstung abgelegt haben. Dann habe ich aber trotzdem leichtes Spiel, denn sie können nur einer nach dem anderen hier durch die Luke. Und sie werden ziemlich sicher hochkommen. Schließlich wollen sie das ganze schöne Gold.« Er zeigte auf einen kopfgroßen Lederbeutel, der an der Wand stand. Jono wollte einen Schritt darauf zugehen, aber Garon legte eine Hand auf den Dolch in seinem Gürtel. Sofort blieb Jono stehen.

»Du kannst nicht ewig da oben bleiben«, rief einer der Zwerge. Die Stimme verriet nicht, ob es sich um einen Mann oder eine Frau handelte. »Notfalls räuchern wir euch aus!«

Garon ging auf die Knie und näherte sich vorsichtig der Luke, achtete darauf, dass man ihn von unten nicht treffen konnte.

»Dann macht euch auf was gefasst«, sagte er. Jono hörte Triumph in Garons Stimme, so als habe er längst gewonnen, wäre aber der Einzige, der das verstand.

»Die Dorfbewohner werden euch wieder angreifen. Sie werden ihren Jungen hier oben nicht verbrennen lassen, dafür kenne ich sie zu gut. Sie greifen früher oder später sowieso wieder an, selbst wenn Dutzende dabei sterben.«

Jono griff nach dem Messer in seinem Gürtel. Der Griff war warm, seine Hand feucht von Schweiß.

Die Hütte macht das mit mir, dachte er. *Das bin nicht ich.*

Der Gedanke beruhigte ihn.

Garon wandte ihm den Rücken zu. »Sie werden euch umbringen, ob ihr das glaubt oder nicht.«

Noch ein Schritt trennte Jono von Garon. Das Messer glitt wie von

selbst aus dem Gürtel. Die Klinge war lang und gezackt. Einen Morgen zuvor hatte seine Mutter noch frisches Nussbrot damit geschnitten. Jono nahm es in beide Hände und holte aus.

»Also warum geht ihr nicht einfach, bevor es zu spät ...« Vielleicht war es ein Schatten, der Garon warnte, vielleicht sein Instinkt. Er unterbrach sich und fuhr herum. Jono blickte in aufgerissene, dunkle Augen. Garon tastete nach seinem Dolch. Sein Gesicht verzerrte sich.

Jono schrie und stieß zu.

Er hatte geglaubt, es würde einfach sein, hatte geglaubt, die Klinge würde das Fleisch wie Nussbrot zerschneiden. Doch sie stieß auf etwas Festes – einen Knochen? – und drang nur zwei Fingerbreit in Garons Brust ein.

Der Halbling schrie auf. Jono riss die Klinge heraus und stieß noch einmal zu, dann noch einmal, immer wieder, bis ihm warmes Blut ins Gesicht spritzte und seine Hände so nass waren, dass er das Messer kaum mehr halten konnte.

Er ließ es los. Garon kippte nach hinten und fiel. Es knallte, als er auf dem Boden neben der Leiter aufschlug. Reglos blieb er liegen.

Jono keuchte. Seine Arme schmerzten, Tränen liefen ihm über die Wangen. Mit beiden Händen griff er nach dem Lederbeutel. Er war so schwer, dass er ihn kaum anheben konnte, also schob er ihn einfach über den Rand der Luke. Einer der Zwerge fing ihn auf. Gold klimperte.

Der Zwerg wollte sich umdrehen, aber der Mensch hielt ihn auf, nahm ihm den Beutel aus den Armen und griff hinein.

Er legte eine Hand voll Goldmünzen auf den einzigen Stuhl im Raum. Dann sah er zu Jono hinauf.

»Dein Sold«, sagte er. Hinter dem Helm war sein Gesicht nicht zu erkennen, aber Jono spürte, dass der Mann ihn ansah. Nach einem Moment nickte er, nicht dankend, sondern anerkennend, und Jono nickte zurück.

Die Söldner wandten sich ab und verließen die Hütte. Ihre Rüstungen blitzten im Feuerschein. Jono hockte an der Luke, den Blick auf den Schatten gerichtet, der seine blutigen Hände zu streicheln schien. Draußen begannen seine Eltern nach ihm zu rufen, aber er antwortete nicht, lauschte nur auf das Klopfen seines Herzens. Es schlug schnell und stark und rhythmisch.

Wie eine Kriegstrommel.

IN DEN SCHATTEN

von Gesa Schwartz

Der Himmel über der Weißen Klippe stand in flammenden Farben. Donnernd schoben sich die Wolken ineinander, der Sturm peitschte das Meer auf und trieb Regenschleier über das Land, und immer wieder zuckten grelle Blitze durch die Nacht, als wollten sie die Welt wie eine Leinwand auseinanderreißen. Es war ein Wetter zum Davonlaufen, ein Wetter, das sämtliche Halblinge des Dorfes in ihren Häusern hielt und sie dazu brachte, sich am Morgen noch zweimal umzudrehen, ehe sie auch nur einen großen Zeh vor die Tür setzten – und es war genau das richtige Wetter für Rima, um eingewickelt in ihren Mantel auf dem Findling der Klippe zu sitzen und das Schauspiel mit einer Mischung aus Furcht und Faszination zu beobachten.

Für gewöhnlich war das Wetter im Kleinen Tal gemäßigt wie die Wesen, die in diesem Landstrich lebten, doch nun lag eine seltsame Anspannung in der Luft, ein dumpfes Grollen, das tiefer war als das Wüten des Unwetters und das die Schatten zwischen den Felsen und den Bäumen des Nachtwaldes dunkler färbte. Rima schien jeder Blitz wie eine Ankündigung von etwas *Anderem* zu sein, für das sie noch keine Worte hatte, und sie knetete in unbestimmter Vorfreude ihre Finger. Eigentlich sollte sie in diesen Augenblicken in der Backstube ihres Onkels stehen und ihm ohne jegliches Talent dabei helfen, winzige Kringel, Törtchen und Laugenbrezeln zu backen, aber das Gewitter tauchte die Welt in Feuerfarben, und spätestens als Elmsfeuer die spitzen Felsen der Klippe ergriffen hatten und der Himmel von einem purpurfarbenen Blitz zerrissen worden war, hatte sie nichts mehr in der Stube gehalten. So schnell sie konnte, hatte sie das Dorf hinter sich gelassen und war den steilen Klippenpfad hinaufgeeilt. Da saß sie nun und sah den Wolken zu, deren groteske Formen Ungeheuer aus lang vergangener Zeit heraufbeschworen und die mit ihrem Donner den Boden zum Beben brachten, als wohnten Trolle im Inneren der Klippe. Rima hatte die Stollen der Alten Zwergenmine gegen jedes Verbot ihres Onkels oft genug durchstreift, um zu wissen, dass es dort unten nichts mehr gab, nur noch Fledermäuse und Rattendreck. Aber in Momenten wie diesen gab sie sich dem Gedanken hin, wie es wohl wäre, wenn es all jene Wesen noch gäbe, die sie nur aus Geschichten kannte, weil sie die Bekannte Welt vor langer Zeit verlassen hatten. Ein Wetter wie dieses würde ihr Kommen ankündigen, daran zweifelte sie nicht, und sie musste lächeln, als die Stimme ihres Vaters in ihr widerklang.

Man kann nie wissen, was sich in den Schatten verbirgt, hatte er immer gesagt und auf diese rätselhafte Art gelächelt, die er sich während seiner Reisen angeeignet hatte. Vielleicht war es nicht nur die Trauer um seine Frau, sondern auch die Neugier auf die Dunkelheit gewesen, die ihn zu dem Abenteurer gemacht hatte, der er geworden war. Er hatte viele Wunder darin gefunden, und er hatte die uralte Magie noch gefühlt, die einst alles durchdrungen haben sollte, lange vor Rimas Geburt. Von seinem Volk misstrauisch beäugt, war er nie müde geworden, seiner Tochter von seinen Erlebnissen zu erzählen, und sie hatte nie genug davon bekommen können, ihm zuzuhören. Nachdenklich strich sie über den rauen Stein des Findlings. Ihr Vater hatte dieses Wetter geliebt. Früher hatten sie oft gemeinsam an diesem Ort gesessen und dem Wolkenspiel zugeschaut – früher, als sie noch klein gewesen war, und später war er häufig allein hierherauf gekommen, umtost von Donner und Sturm. Sie erinnerte sich noch genau daran, wie verloren sein silberner Ring auf diesem Felsen gewirkt hatte, glimmend wie ein Abschiedswort in der Dämmerung, das er für sie zurückgelassen hatte. Es war ein Wetter wie dieses gewesen in jener Nacht, in der er sie verlassen hatte.

Mittlerweile hatte der Donner nachgelassen. Grünes und safrangelbes Licht brachte die Wolken zum Leuchten, und Rima wandte den Blick nach Westen, dorthin, wo die Farben des Himmels am hellsten waren. Sie kannte alle Legenden über die Länder, die angeblich hinter dem Meer lagen, und obwohl sie nicht mehr daran glaubte, dass die Toten dort ihre letzte Ruhe fanden, überkam sie beim Blick zum Horizont doch immer der übermächtige Drang, über ihn hinausschauen zu wollen. Sie seufzte leise, denn sie sah das Gesicht ihres Onkels vor sich, dieses liebenswerten Halblings mit Kugelfigur, der sich nach dem Tod ihres Vaters aufopfernd um sie gekümmert hatte. Über ihre Abenteuerlust jedoch schüttelte er stets besorgt und verständnislos den Kopf. Kein anständiger Halbling hegte derartige Gedanken, und ein Mädchen schon gar nicht. Denn davon abgesehen, dass ihr Volk trotz einiger Ausnahmen nie eine Liebe für derartige Eskapaden entwickelt hatte, waren die Helden in den alten Geschichten immer Männer gewesen. *Die Zeit der Abenteuer ist vorbei*, hörte sie ihren Onkel sagen, und sie konnte nicht umhin, ihm zuzustimmen. Heutzutage waren das Aufregendste im Leben eines Halblings die bevorstehende Ernte, die Festlichkeiten zu allen möglichen Anlässen und die Besucher, die hin und wieder durch die Länder des Kleinen Volkes reisten und allerhand zu berichten wussten. Auch in dieser Nacht hatte sich ein Reisender angekündigt, ein Mensch aus dem Süden, der auf seinem Weg in die Hauptstadt am Rand des Nachtwaldes rasten wollte.

Als sich der Himmel zu dunklem Blau verfärbte, rutschte Rima vom Findling hinunter. Die Sonne würde bald aufgehen. Wenn sie noch länger hier herumsäße, würde sie in den nächsten Tagen nicht aus der Backstube kommen, so viel war sicher. Außerdem war sie neugierig auf den Fremden, der bald eintreffen würde und gewiss eine Menge aus der Welt zu erzählen hätte – jener Welt, die jenseits von Zimtkringeln und Mohnschnecken lag und wenig mit dem behaglichen Leben im Kleinen Tal zu tun hatte.

Der Regen hatte etwas nachgelassen, doch als Rima den Klippenweg hinunterlief und den Nachtwald erreichte, spürte sie die Tropfen wie winzige Nadelstiche auf der Haut. Der Sturm ließ die Blätter der Bäume rauschen, als hätten sich tausend Geister in ihnen verfangen. Rima schlang die Arme um den Körper, als sie den schmalen Pfad entlangging. Für gewöhnlich streunte sie gern in diesem Wald herum, kletterte auf die uralten Bäume und lauschte den Stimmen der Tiere, die in seinem Dickicht lebten. Vor einiger Zeit hatte sie sogar eine Frostkatze gesehen – beinahe so groß wie sie selbst war das Tier gewesen, und seine Augen hatten geleuchtet, als würde es im Inneren in Flammen stehen. Rima wusste, dass Frostkatzen gefährlich waren; oft genug hatte sie die Bilder zerrissener Halblingskörper in den Büchern ihres Onkels gesehen, Bilder aus Zeiten, in denen die Frostkatzen noch zahlreich gewesen waren. Und doch hatte sie angesichts dieser Kreatur keine Furcht empfunden. Regungslos hatten sie sich gegenseitig gemustert, dann waren sie ihrer Wege gezogen, als hätten sie ohne jedes Wort einen heimlichen

Pakt geschlossen. Nein, Rima hatte sich noch nie gefürchtet zwischen den Bäumen des Nachtwaldes … doch nun, da sich der Himmel unheilschwanger über den Wipfeln abzeichnete und das Wetterleuchten flackernde Schattenspiele auf den Boden malte, setzte sich Anspannung in ihrem Nacken fest. Sie hörte noch immer das dumpfe Grollen, das wie das Stöhnen gewaltiger Gebirge klang, und sie sah die Schatten im Unterholz auflodern wie schwarze Flammen. Nach wie vor pochte eine wilde und kindliche Neugier in ihren Schläfen, aber sie fühlte auch die Kälte, die plötzlich über den Waldboden auf sie zustrich, und zog sich den Mantel enger um den Leib. Verflucht, sie war doch kein kleines Kind mehr. Auf dem Hinweg war sie auch durch diesen Wald gegangen, warum verspürte sie auf einmal so etwas wie … Angst? Sie unterbrach ihren Gedanken, als die Schatten zwischen den Bäumen zu wispern begannen. Ein kaum hörbares, raunendes Flüstern war es, das die Luft durchdrang. Rima beschleunigte die Schritte, doch ihr Blick hing an den Schatten, die wie lebendige Wesen aufflammten und sich zu Gestalten verformten, zu Chimären mit mehreren Köpfen, zu klauenbewehrten Hexenmeistern und zu Menschen, deren Körper wie die Glieder eines Scherenschnittes auseinanderrissen und zu tanzen begannen. Rima starrte auf die lockende Hand einer hochgewachsenen Frau in wallenden Gewändern, und die Zeilen alter Kindergeschichten schossen ihr durch den Kopf. *Weiche vom Wege nicht*, raunte es um sie herum, ehe sie den Blick gewaltsam von der Gestalt losriss. Entschlossen grub sie die Fingernägel in ihre Handflächen und fixierte den Weg unmittelbar vor ihr. Sie musste sich zusammenreißen. Schlimm genug, dass sie durch ihre ausufernde Fantasie Dinge sah, die es gar nicht gab, doch sie durfte nicht auch noch wegen ihrer eigenen Hirngespinste in Panik verfallen. Sie würde …

Die Schreie setzten so plötzlich ein, dass sie zusammenfuhr. Sie klangen wie Kinderstimmen, Panik lag in jedem Ton, doch als Rima innehielt und lauschte, trieb der Wind die Schreie durch die Luft wie aufgewirbelte Blätter, sodass sie von überall zugleich zu kommen schienen. Sofort schlug ihr Herz schneller. Bilder flammten in ihr auf: Sie sah ihren Onkel vor sich, ihre Cousinen und ihre Tante, sie sah die Kinder des Dorfes, wie sie angsterfüllt durch die Gassen liefen. Rima begann zu rennen. Selten zuvor hatte sie Bilder im Kopf gehabt, die ihr so unwirklich erschienen waren wie diese, aber sie hörte die Schreie durch die Nacht hallen, und wenngleich sie nicht verstehen konnte, ob sie von Worten begleitet wurden, nahm sie doch die Hilflosigkeit wahr, die in jedem Ton mitschwang – die dunkle, verzweifelte Stimme der Todesfurcht.

Mit aller Macht kämpfte sie die Panik nieder, die ihr die Schreie zu Geisterstimmen verzerrte. Sie sah graue Gestalten mit zerfransten Leibern über sich hinwegfliegen, deren Finger mit jedem kühlen Windstoß über ihre Wangen strichen, und sie schaffte es nicht, die Gesichter ihrer Familie aus ihren Gedanken zu vertreiben. Ihre Cousinen waren noch klein, drei und fünf Jahre alt, braungelockt wie ihr Onkel, und sie besaßen die blauen Augen ihrer Tante. Wenn sie lachten, lief Rima ein Schauer über den Rücken, so hell und warm klang dieser Ton. Sie kamen zu ihr, wenn sie schlecht geträumt hatten, sie lachten und weinten mit ihr, sie liebten sie wie eine Schwester. Rima spürte die Schreie wie Messerschnitte in ihrem Fleisch und schrak umso heftiger zusammen, als plötzlich jedes Geräusch verstummte.

Die Stille war so vollkommen, dass sie nur noch den eigenen Atem hörte – und das gierige Wittern im Dickicht direkt vor ihr. Irgendetwas hockte dort in der Dunkelheit und sog ihren Duft ein, etwas Großes, das Hunger hatte. Rima schien es, als zöge eine unsichtbare Schlinge sie näher zu den Schatten; fast meinte sie, eine tastende Klaue an ihrer Kehle zu spüren. Der Boden erbebte unter einem tiefen Grollen. Dann brach etwas durch die Bäume und hielt geradewegs auf Rima zu.

Atemlos wirbelte sie herum und rannte los. Sie sah kaum, wohin sie lief, sie war so schnell, dass die Zweige der Bäume peitschengleich über ihre Wangen schlugen, aber der Leib ihres Verfolgers preschte gewaltsam durch das Unterholz und kam immer näher. Geifernd sog er die Luft ein, glühend strich sein Atem über ihren Nacken. Etwas Höhnisches lag darin, etwas, das Rima wie ein Schlag traf. Gleichzeitig wurde der Boden unter ihr weich. Sie fühlte noch den Schreck, als sie erkannte, dass sie ins Moor gelaufen war – gehetzt von einer Bestie, die sie nicht sehen konnte. Dann verlor sie das Gleichgewicht und schlug auf dem Boden auf.

Für einen Moment wurde ihr schwarz vor Augen. Wie von Ferne hörte sie ein Zischen über sich hinweggleiten, dicht gefolgt vom dumpfen Krachen schwerer Felsen. Sie atmete flach, irgendetwas in ihr flüsterte ihr zu, dass sie durch ihren Sturz entkommen sein könnte, dass ihr Verfolger über sie hinweggesprungen war, ohne sie zu bemerken. Doch gleich darauf spürte sie Kälte, die von hinten auf sie zukroch und lautlos ihre Beine emporwanderte. Rima schauderte, so eisig war die Berührung. Sie drehte sich auf den Rücken. Verflucht, sie wollte sehen, womit sie es zu tun hatte, wenn sie ihm schon zu Füßen liegen musste!

Rima kniff die Augen zusammen, aber alles, was sie sah, war Dunkelheit. Sie wollte sich schon abwenden, als eine Bewegung durch die Schatten ging, ein kaum merkliches Flackern, und doch fühlte sie instinktiv, dass sie noch nie zuvor in eine tiefere Finsternis als diese geblickt hatte. Im selben Moment erreichte die Kälte ihren Brustkorb und erschwerte ihr das Atmen. Keuchend schaute sie zu der Dunkelheit auf, die sich über ihr aufbäumte, und sie spürte einen Blick auf sich, ohne selbst auch nur das Geringste erkennen zu können.

Dieser Blick durchdrang jede Finsternis und jede Kälte, er glitt in sie hinein wie ein Schwerthieb, bohrte sich durch Fleisch und Sehnen, brach in ihre Gedanken ein, in ihre Erinnerungen, in ihr innerstes Wesen. Jäh sog sie die Luft ein, doch auch sie war eiskalt geworden, und gerade in dem Moment, als die Panik sie überkam, schoben sich die Schatten vor ihr auseinander. Kurz schien es ihr, als sähe sie das Schlagen eines mächtigen Schwingenpaares in der Dunkelheit, und ein Name formte sich tief in ihrem Inneren, ein Name, der vielleicht vom Blick dieser Finsternis erst in sie gepflanzt worden war und den sie nicht begreifen konnte. Verzweifelt griff sie danach, aber er glitt ihr aus den Fingern und verschwand in den Schatten. Die Dunkelheit vor ihr jedoch blieb, ob sie ihr einen Namen geben konnte oder nicht, und als die Furcht ihre Klauen in Rimas Nacken grub, wusste sie, dass sie noch nie zuvor so große Angst gehabt hatte wie in diesem Moment. Sie fasste sich an die Kehle, da sie glaubte, angesichts dieser Finsternis ersticken zu müssen, doch der Schrei ihrer Furcht drang nicht über ihre Lippen. Er kam aus der Nacht, die vor ihr lag.

Mit gewaltigem Donnern brach er über sie herein, zerfetzte die Luft und ließ die Bäume tosen, und als er ihr ins Mark fuhr, riss sie den Blick von den Schatten los und warf sich herum. Es schien ihr, als wäre eine eiserne Klaue von ihrem Körper genommen worden. Überdeutlich nahm sie den Geruch des Moores wahr, sie hörte das Grollen hinter sich, aber ehe die Dunkelheit sie packen konnte, sprang sie auf die Beine. Sie würde sich nicht umbringen lassen, nicht von einem Haufen Schatten! Wie besessen rannte sie los, schlug einen Haken und sprang ungeachtet des Schmerzes durch einen Dornenbusch. Wie oft hatte sie sich vorgestellt, von Monstern verfolgt zu werden, als sie noch klein gewesen war – und war sie ihnen nicht immer entkommen? Vor ihrem geistigen Auge bäumte sich die Finsternis hinter ihr auf, doch je mächtiger die Kälte wurde, die ihr nachjagte, desto schneller wurde ihr Lauf. Sie eilte um die Bäume herum, duckte sich hinter Findlinge und sah endlich die Lichter des Dorfes durchs Unterholz schimmern. Schwer atmend sprang sie aus dem Dickicht des Waldes und fühlte gleich darauf den Schein der Fackeln auf ihrer Haut, die Schäfer Berrus am Rand seiner Weide zum Schutz seiner Tiere angebracht hatte. Erleichtert blinzelte sie gegen das Licht an und hob geblendet die Hand. Sie hörte Stimmen auf der anderen Seite der Koppel, erkannte Berrus unter ihnen und ihren Onkel und setzte sich in Bewegung. Es waren nicht die Kinder gewesen, die geschrien hatten, das wusste sie plötzlich, und sie beschleunigte die Schritte. Die anderen würden wissen, was geschehen war, sie hatten die Schreie sicher auch gehört, und vielleicht hatten sie sogar die Dunkelheit gesehen, die Rima noch immer zwischen den Bäumen spürte. Die Schatten blieben im Wald zurück, doch etwas darin schaute ihr nach, als ob …

Ein heftiger Widerstand riss ihr die Beine unter dem Körper weg. Sie stolperte über einen weichen, reglosen Gegenstand und landete mit erschrockenem Schrei im Gras. Sofort wurden die Stimmen der anderen lauter, sie riefen nach ihr. Rima richtete sich auf; benommen fuhr sie sich übers Gesicht und wollte gerade antworten, als sie den Geruch wahrnahm, der sie umgab. Bereits am Rand der Weide war er vorhanden gewesen, allerdings so flüchtig, dass sie ihn nicht weiter beachtet hatte. Jetzt aber roch sie den metallischen, süßlichen Duft mehr als deutlich. Sie fühlte verbrannte Erde und eine klebrige Flüssigkeit an ihren Fingern, und kaum hatte sie sich umgesehen und den Gegenstand betrachtet, über den sie gestürzt war, da stockte ihr der Atem.

Es handelte sich um ein Schaf, tot und gehäutet wie Schlachtvieh. Die Augen lagen wie gesprungenes Eis in den Höhlen, die Glieder waren halb verbrannt, und das Maul des Tieres stand offen, als würde es noch immer schreien – rasend vor Angst im Angesicht des Todes. Rima kam auf die Beine. Sie taumelte, als die Fackeln der herbeilaufenden Dörfler die Weide zusätzlich erhellten, und bemerkte erst jetzt, wie unwirklich still es war. Wie im Traum wandte sie den Blick und spürte, wie ihr vor Entsetzen das Blut aus dem Kopf wich. Um sie herum lagen die Leiber der anderen Schafe, glänzend im Licht des Feuers. Die verkohlte Erde war rot von ihrem Blut. Rima hob die Hand vor den Mund. Sie sah noch das Blut an ihren Fingern und fühlte, wie ihr Onkel nach ihrem Arm griff. Dann wurde ihr schwarz vor Augen, und sie wusste nichts mehr.

Die Ratslinde breitete ihre Äste als schützendes Dach über dem Marktplatz aus und warf ein Mosaik aus Licht und Schatten auf den steinernen Tisch des Ältestenrates. Abgesehen von Arok, dem Dorfvorsteher, hatten sich sämtliche Mitglieder bereits an seinem Rund versammelt. Rima saß dem Schäfer Berrus gegenüber, der sich leise mit einem der Ältesten unterhielt, und zeichnete mit dem Finger die Kerben nach, die vor langer Zeit in den Granit geschlagen worden waren. Das letzte Mal hatte sie vor diesem Tisch gestanden, als sie bei einem Ausflug ins Finstermoor erwischt worden war. Sie erinnerte sich noch gut an die strengen Mienen der Ältesten, doch heute war sie aus einem anderen Grund hier. Sie war als Zeugin geladen worden – als Zeugin von etwas, auf das sich niemand einen Reim machen konnte.

Sie schaute in die Runde. Wie immer bei derartigen Veranstaltungen war beinahe das gesamte Dorf auf den Marktplatz gekommen, doch während die Halblinge für gewöhnlich wie bei einem Picknick um den alten Baum herumsaßen, als wären die Versammlungen nichts weiter als Frühlingsfeste, auf denen man ausgiebig essen und trinken konnte und die den Alltag mit sorglosen Geschichten versüßten, sah Rima nun ihre eigene Anspannung auf den Gesichtern der anderen widergespiegelt. Trotzdem klang das Gemurmel, das über den Platz flog, warm und beinahe alltäglich, als wären die Halblinge unfähig, ihren Stimmen eine Klangfarbe wie Furcht zu verleihen. Einzig ihr Onkel saß schweigsam auf seinem Platz und schaute bekümmert zu ihr herüber. Sie hatte ihm nicht viel von dem erzählt, was im Wald geschehen war, aber wie so oft hatte ihm ein Blick genügt, um zu wissen, dass in ihrem Innersten Aufruhr herrschte. Er hatte sie den ganzen Tag nicht aus den Augen gelassen, hatte darauf bestanden, dass sie sich ausruhte und sich die Bettdecke bis zur

Nasenspitze hochzog, obwohl sie nicht einmal krank war, und als die Einladung zur Ratsversammlung gekommen war, hatte er sie zuerst nicht gehen lassen wollen. Doch sie hatte keine Wahl gehabt. Zu deutlich sah sie die Weide vor sich, auf der noch immer einzelne Kadaver in all dem Blut lagen, weil es gar nicht so einfach war, so viele tote Schafe auf einmal zu beseitigen. Und zu abstrus waren die Erklärungsversuche, die durch das Dorf geisterten, angefangen bei Wolfsangriffen über unerwartete Aggressionen innerhalb der Herde bis hin zu tollwütigen Eichhörnchen mit plötzlichem Appetit auf Schafsfleisch. Rima holte tief Luft, während sie den fast sorglosen Stimmen der Halblinge lauschte. Sie konnte es ihnen nicht verdenken. Niemand außer ihr selbst hatte in die Finsternis des Waldes geblickt. Niemand sonst war ihr so nah gekommen.

Ein widerwilliges Schnauben ließ sie aufschauen. Arok bahnte sich den Weg durch die Menge und setzte sich mit lautem Seufzen auf seinen Platz. Sein Gesicht hatte den Ausdruck einer unzufriedenen Pampelmuse angenommen. Eigentlich war er ein fröhlicher Halbling mit einer Leidenschaft für Wein und gutes Essen, doch er verabscheute drei Dinge: unvorhergesehene Ereignisse, Versammlungen unter freiem Himmel bei Regen – zumindest, wenn er dabei nüchtern bleiben musste – und die Kochkünste seiner Frau. Zumindest der erste Punkt war bereits erfüllt, und wenn Rima die Wolken betrachtete, die schwer und unheilvoll so dicht über den Dächern hingen, als wollten sie darauf niederstürzen, dann rechnete sie fest damit, dass auch der zweite Punkt schon bald zutreffen würde. Sollte Arok dann noch genötigt werden, pünktlich zum Abendessen zu Hause zu sein, würde es ein Donnerwetter geben, daran bestand kein Zweifel.

»So«, begann er, wie er jede Versammlung einleitete, und blinzelte mit finsterer Miene in die Runde. »Ihr wisst, wieso wir hier sind. Irgendetwas ist letzte Nacht passiert, Berrus hat all seine Schafe verloren, und das auf wahrhaft grausige Art und Weise. Es gibt wohl keinen hier, der die Tiere nicht schreien hörte. Einen solchen Vorfall gab es in der Geschichte unseres Dorfes noch nie.«

»Wäre ja auch noch schöner«, stellte Berrus fest und fuhr sich durchs Haar, woraufhin es in alle Himmelsrichtungen abstand. »Siebzehn Jahre bin ich nun Schäfer wie mein Vater vor mir und mein Großvater vor ihm und …« Er stockte, als sich Aroks Augenbrauen zu einer einzigen verbanden, und zuckte die Achseln. »Jedenfalls will ich wissen, was da passiert ist«, murmelte er kleinlaut.

»Deswegen sind wir hier«, erwiderte Arok, und die Ältesten nickten bedeutungsvoll. »Du hast deine Tiere kurz nach dem Verstummen der Schreie gefunden. Am besten erzählst du uns, wie sich das Ganze zugetragen hat.«

Berrus nickte. »Ich bin wie immer aus der Schenke gekommen, so gegen ... na, es war jedenfalls ziemlich dunkel. Und dann hörte ich auf einmal das Geschrei. Ich wusste sofort, dass es die Schafe waren, aber ich habe sie noch nie auf diese Weise schreien gehört, selbst bei einer Schlachtung nicht. Ich habe die Beine in die Hand genommen und bin gerannt, was das Zeug hielt, aber als ich die Weide erreichte ...« Abermals stockte er, und Rima bemerkte einen verräterischen Glanz in seinem Blick. Sie wusste, dass Berrus seine Tiere geliebt, jedes einzelne beim Namen gekannt hatte. Als er sich nun mit dem Ärmel über die Augen fuhr, als wäre ein Samenkorn hineingeraten, senkte sich bedrückte Stille über die Köpfe. »Sie waren tot«, fuhr er fort. »Ihre Körper waren bis aufs Fleisch verbrannt und teilweise zerrissen, und ihre Augen ...« Er fuhr sich erneut durch die Haare. »Ich habe schon häufig Schafe durch Wölfe verloren, ab und an auch durch einen Bären. Aber das ... das war etwas anderes.«

Ein Raunen ging durch die Menge, und erstmals, seit sie an dem großen Tisch Platz genommen hatte, hörte Rima etwas wie Unruhe in den Stimmen der Halblinge mitschwingen. Es fiel ihr schwer, die Bilder der blutigen Schafsleiber aus ihren Gedanken zu vertreiben. Noch immer nahm sie den Gestank wahr, fühlte das Blut an ihren Fingern und hörte die Fliegen, die bereits über das aufgebrochene Fleisch herfielen. Arok jedoch saß da wie ein Fels, und obwohl Mitgefühl in seinen braunen Augen lag, entdeckte Rima keinen Anflug von Beunruhigung darin. »Hast du sonst noch etwas bemerkt?«, fragte er Berrus, der jetzt aufschaute, als hätte Aroks Stimme ihn aus dunklen Träumen geweckt. Er schüttelte den Kopf, doch da schien ihm etwas einzufallen. Ein Flackern ging durch seinen Blick wie eine plötzliche Erinnerung. Er hob bereits abwehrend die Hand, als wollte er seine Worte abtun, gleichzeitig jedoch begann er zu sprechen, fast wie gegen seinen Willen.

»Ich bin mir nicht sicher«, sagte er. »Zuerst war es nur ein Geräusch … etwas wie das ledrige Rauschen von Fledermausschwingen. Aber dann habe ich es gefühlt.«

Er hielt inne. Offensichtlich erinnerte er sich lebhaft an das Ereignis, denn er zog schaudernd die Schultern hoch und sprach nicht weiter.

»Was hast du gefühlt?«, grollte Arok unwirsch. Geduld hatte noch nie zu seinen herausragenden Eigenschaften gehört.

Berrus sah auf – langsam, als müsste er sich erst von dem Bild seiner Erinnerung lösen, das für ihn auf der Tischplatte entstanden war. Leise erklang seine Stimme, als er fortfuhr, so leise, dass die Ältesten sich vorbeugten und die Halblinge auf dem Platz den Atem anhielten. »Den Schatten«, raunte Berrus kaum hörbar. »Ich habe den Schatten gefühlt. Er ist über mich hinweggeglitten, größer als ein Ochse, sogar größer als mein … mein verdammtes Haus! Eiskalt war es darunter, und es wurde so dunkel, dass ich mich selbst nicht mehr sehen konnte.«

Arok neigte leicht den Kopf, was seinem Blick etwas Stechendes verlieh. »Weißt du, was das für ein Schatten war?«, fragte er, als müsste er gezwungenermaßen den hanebüchenen Märchen eines Kindes zuhören.

Doch Berrus schien den Ausdruck der Züge des Dorfvorstehers nicht zu bemerken. »Nein«, erwiderte er. »Aber als ich zum Himmel hochsah, da war es, als fiele ich in einen tiefen Brunnen. Ich verlor das Gleichgewicht, der Schatten verschwand. Kaum fühlte ich ihn nicht mehr auf mir, war das Licht meiner Fackeln wie die Glut der Sonne. Noch nie zuvor in meinem Leben ist mir so kalt gewesen.«

Rima zog die Schultern an. Sie erinnerte sich gut an die Kälte, die im Wald nach ihr gegriffen hatte, und sie musste all ihre Kraft aufbringen, um der Furcht in ihrem Nacken nicht die Oberhand zu überlassen.

»Wohin ist er verschwunden?«, fragte Arok ruhig.

Berrus warf Rima einen kurzen Blick zu. »In Richtung des Nachtwaldes«, flüsterte er.

Arok schwieg für einen Moment. Dann nickte er den Ältesten zu, und es schien, als unterhielten sie sich in Gedanken. Schließlich wandte er sich an Rima. »Du warst vergangene Nacht verbotenerweise auf der Klippe«, stellte er unumwunden fest, und Rima erkannte an der Art, wie sich das Braun seiner Augen dunkler färbte, dass dieser Umstand noch ein Nachspiel für sie haben würde. »Auf dem Rückweg bist du durch den

Nachtwald gegangen. Hast du dort Dinge erlebt, die uns in dieser Sache dienlich sein können?«

Mit einem Schlag wurde Rimas Mund trocken wie Sandstaub. Sie schaute zu ihrem Onkel hinüber, der kerzengerade in der Menge saß und ihr zunickte, und sie fühlte die auf sie gerichteten, prüfenden Blicke der Ältesten. Kurz wollte sie den Kopf schütteln, wollte die Bilder in sich zurückdrängen und sie mit einer einfachen Formel zu Asche verbrennen – weil sie nicht wahr sein konnten. Doch sie tat es nicht. Stattdessen erzählte sie, was geschehen war, berichtete vom Wetterleuchten über der Klippe, von den tanzenden Schatten im Unterholz, von den Schreien, die sie umtost hatten, und schließlich von der Dunkelheit, die ihr nachgejagt war, bereit, sie zu verschlingen.

»Es klingt vielleicht verrückt«, sagte sie leise. »Aber ich habe dieselbe Kälte gefühlt wie Berrus, als ich in die Schatten gesehen habe. Und es war, als ... als würde etwas darin meinen Blick erwidern.«

Es wurde so still, dass Rima das Flüstern der Blätter über ihr hören konnte. Sie bemerkte die Anspannung, die Neugier, die leise Furcht in den Augen der anderen, und als Arok die Brauen hob und sie mit seltsamem Staunen betrachtete wie ein Kind, das kurz davor war, durch eine verbotene Zaubertür zu treten, hatte sie erstmals seit dem Tod ihres Vaters das Gefühl, in ihrem Inneren von den Wesen verstanden zu werden, mit denen sie zusammenlebte. Doch der Moment währte nur kurz.

Arok schüttelte kaum merklich den Kopf, und diese Geste genügte, um den Zauber zerbrechen zu lassen. Beinahe erleichtert stießen zahlreiche Zuhörer die Luft aus. »Schatten«, murmelte er düster. »Kälte und Flügelschlagen. Ich habe noch nie gehört, dass eines dieser Dinge eine ganze Schafherde dahingerafft hätte, schon gar nicht auf die Art, wie es letzte Nacht passiert ist.«

Einige der Ältesten nickten zustimmend. »Berrus hat seine gesamte Herde verloren«, warf einer von ihnen ein. »Da kann man schon mal durcheinander sein, das werden sich alle hier vorstellen können. Und Rima ...«

Er sprach nicht weiter, aber jeder auf dem Platz wusste, was er sagen wollte. Rima konnte man nicht ernst nehmen. Mit den blonden Haaren und den tiefbraunen Augen sah sie aus wie ihre Mutter, doch sie geriet nach ihrem Vater, dem verrückten Abenteurer, der nichts Besseres zu tun gehabt hatte, als durch die Weltgeschichte zu reisen, gegen Ungeheuer zu kämpfen und sich Geschichten auszudenken.

»Es war stockfinster vergangene Nacht«, warf ein Ältester ein und nickte verständnisvoll in Rimas Richtung. »Ich habe die Hand vor Augen nicht sehen können, und wenn doch, war alles verzerrt durch dieses vermaledeite Gewittertreiben. Kein Wunder, dass die Wahrnehmung da getrübt war und man nicht mehr wusste, was man gesehen hat und was nicht.«

Rima verschränkte die Arme vor der Brust. »Ich weiß, was ich gesehen habe«, erwiderte sie, doch niemand antwortete ihr.

»Wie dem auch sei«, meinte Arok stattdessen seufzend und ließ den Blick durch die Runde schweifen. »Wir haben keinerlei neue Anhaltspunkte zu den Vorkommnissen gewinnen können, die noch immer mehr als rätselhaft sind.«

»So rätselhaft auch wieder nicht«, warf der Älteste zu seiner Rechten ein. Sein Name war Ignyon, Rima kannte ihn aus der Schule, wo er Natürliche Wissenschaften unterrichtete. Sie seufzte unmerklich, als er einen kleinen Kasten auf den Tisch stellte. Oft genug hatte sie solche Dinger während des Unterrichts gesehen. »Das Gewitter letzte Nacht war ungewöhnlich heftig, das wissen wir alle. Ihr habt die Blitze gesehen, die in kreischenden Farben den Himmel zerrissen haben. Könnt ihr euch vorstellen, was passiert, wenn ein Blitz mit dieser Kraft eine Schafherde trifft? Das Prinzip ist ganz einfach …«

Rima verdrehte die Augen, als er mithilfe einiger Utensilien aus dem Kasten ein Experiment aufbaute, und blendete seine Stimme aus. Sie wusste, dass er seine Ausführungen belegen konnte, und sie wusste auch, dass seine Argumente überzeugend genug sein würden, dass er unter anderen Umständen selbst sie für sich gewinnen könnte. Wie alle anderen fuhr sie zusammen, als ein greller Blitz den Versuchsaufbau erschütterte. Sie hörte die Halblinge ringsum lachen und hätte einen Moment lang am liebsten in das Gelächter mit eingestimmt. Aber sie hatte die Kälte gespürt. Sie hatte das Grollen im Boden des Waldes gehört, und sie hatte den Blick der Dunkelheit auf ihrer Haut brennen gefühlt. All das erklärte sich nicht durch einen verfluchten Blitzeinschlag. Die Halblinge jedoch hingen wie gebannt an den Lippen des Ältesten, und je komplizierter seine Ausführungen wurden, desto hingegebener lauschten sie ihm, bis sich eine dumpfe Erleichterung über ihre Züge legte und die Anspannung verflog. Selbst Berrus nickte zustimmend vor sich hin.

»Das klingt handfester als alles, was ich heute sonst so gehört habe«, bemerkte Arok, nachdem Ignyon geendet hatte. »Gehen wir also davon aus, dass es ein Blitz war, der die Tiere ums Leben brachte, und nehmen wir uns die Anmerkungen zu Herzen, die wir gerade gehört haben. Es werden einige Umbaumaßnahmen erforderlich sein, wenn wir einem Gewitter dieser Stärke künftig standhalten wollen, und ...«

»Aber es ist kein Blitz gewesen!« Rima stockte der Atem, als sie merkte, dass sie ihren Gedanken ausgesprochen hatte – laut genug im Übrigen, um Arok auf seinem Platz zusammenzucken zu lassen. Im selben Moment fielen die ersten Regentropfen durch die Blätter der Linde und landeten direkt auf Aroks Stirn. Der zweite Punkt auf seiner Liste war erfüllt, und während sein Gesicht sich so sehr verfinsterte, dass Schatten in seine Augen traten, fiel Rima noch ein weiterer ein. Viertens: Arok hasste es, unterbrochen zu werden. Er hatte schon den Mund geöffnet, um etwas zu erwidern, doch sie fuhr eilig fort: »Ich weiß, dass da etwas war! Ich habe es gefühlt, irgendetwas ist in unserem Wald und beobachtet uns, auch wenn wir es nicht sehen! Wir sollten das Unterholz absuchen, am besten noch heute Nacht, und ...«

Da landete Aroks Faust auf dem Tisch, dass die Regentropfen nur so aufstoben. »Verflucht noch mal«, grollte er und funkelte Rima zornig an. »Kein Halbling wird auf die Idee kommen, mitten in der Nacht durch den Wald zu spazieren, ganz besonders dann nicht, wenn es dafür keinen Anlass gibt! Die Zeit für Ausflüge dieser Art ist vorbei, das solltest du wissen!« Er hielt inne, als Rima seinen Blick ungerührt erwiderte. Sie wusste, dass er auf ihre verbotenen Wanderungen in den Wald anspielte, dass er nichts anderes hatte sagen wollen als das – und doch lag mehr in seinen Worten, so viel mehr, dass sie die Zähne aufeinanderpressen musste, um keine Regung zu zeigen. Ihr Vater hätte nicht gezögert. Er wäre noch in dieser Nacht in den Wald gegangen, allein und ohne Fackel wenn nötig, und er hätte sich nicht gefürchtet vor der Dunkelheit, die dort auf ihn wartete. Ja, er hätte sich auf einen *Ausflug* begeben. Doch seine Zeit war in der Tat vorbei.

Arok holte tief Luft. Ein sanfter Schimmer trat in seinen Blick, als er begriff, was er gesagt hatte, und er fuhr leiser fort: »Ich kann verstehen, dass du aufgeregt bist wegen der Ereignisse. Aber wir haben eine Erklärung gefunden, und dabei werden wir es belassen.«

Rima schüttelte den Kopf. Sie suchte nach einer Entgegnung, nach irgendetwas, das sie sagen konnte, um diese verfluchte Gelassenheit aus Aroks Blick zu vertreiben, doch noch ehe ihr etwas einfiel, hallte eine Stimme über die Köpfe hinweg, eine Stimme wie glühender Wüstensand.

Narren.

War das Wort tatsächlich laut ausgesprochen worden? Oder war es, von einem namenlosen Sturm getragen, direkt in Rimas Gedanken gelandet? Sie wusste es nicht, doch kaum hatte sie den Kopf gedreht, da erspähte sie eine Gestalt, die am Rand des Marktplatzes stand. Ein Mann zu Pferd war es, den Körper in einen dunklen Umhang gehüllt, das Gesicht unter einer Kapuze verborgen. Neben ihm hockte ein räudiger Köter, schwarz wie Teer, und der Reiter saß so regungslos, dass Rima den Eindruck hatte, er wäre ein Riss in ihrer Wirklichkeit, der sie in eine andere Welt schauen ließ – eine Welt, die für sie nicht mehr war als wirbelndes schwarzes Licht.

Habt ihr die Flammen des Himmels nicht auf eurer Haut gespürt?, hörte sie die Stimme des Fremden in ihrem Kopf, und als zahlreiche Halblinge erschrocken zusammenfuhren, wusste sie, dass seine Worte nicht nur in ihre Gedanken eindrangen. *Habt ihr es nicht gehört, das Innehalten vor einem gewaltigen Sturm? Könnt ihr es nicht fühlen, das Grollen im Erdboden, das eure kleinen Häuser zum Schwanken bringt und eure Schritte taumeln lässt? Spürt ihr nicht die Dunkelheit auf eurer Stirn, die Finsternis, die euch belauert? Seid ihr blind und taub? Wisst ihr wirklich nicht, welche Bestie sich in eure Mitte geschlichen hat?*

Arok fixierte den Fremden mit seinem Blick, als könnte er ihn auf diese Weise von seinem Pferd reißen. »Es gibt keine Bestien mehr in der Bekannten Welt«, rief er über den Platz. »Kommt näher, damit ich Euch ins Gesicht sehen kann, und lasst Euch nicht einfallen, mich noch einmal zu beleidigen!«

Der Fremde neigte leicht den Kopf. Rima meinte, ihn lachen zu hören, wispernd wie das Zischeln einer Schlange. Dann trieb er sein Pferd voran. Die Halblinge wichen vor ihm zurück wie vor einer Erscheinung, während die Hufe bei der Berührung mit den Steinen gläserne Töne über den Markt schickten und der Hund ihm lautlos nachschlich. Vor dem steinernen Tisch blieb der Fremde stehen. Seine Kleidung war pechschwarz und ohne jedes Wappen, doch das Schwert an seinem Gürtel schimmerte leicht, und Rima bemerkte die Messer, die er an Riemen um die Stiefel trug.

»Es gibt mehr Welten als jene, die euch bekannt dünken«, sagte er leise. »Ihr kennt die Schatten nicht, ich aber weiß, wozu sie fähig sind. Ich habe die Schafe gesehen, die verbrannte Erde, das Blut. Ich habe die Dunkelheit des Waldes auf der Haut gespürt, und ich sage euch: Das wird erst der Anfang gewesen sein, wenn ihr dieser Finsternis nicht Einhalt gebietet.«

Arok stieß die Luft aus. »Wer seid Ihr, dass Ihr glaubt, besser über mein Tal Bescheid zu wissen als ich?«

Für einen Moment wurde es totenstill. Rima konnte den Wind in den Blättern des Baumes hören, und sie fühlte ihren Herzschlag in den Schläfen, so regungslos schaute der Fremde aus dem Dunkel auf sie nieder. Dann streifte er sich die Kapuze vom Kopf. Kurz zuckte sie zusammen, denn aus irgendeinem Grund hatte sie erwartet, eine Schreckensfratze zu sehen. Stattdessen blickte sie in das schmale, scharfkantige Gesicht eines Menschen. Die wettergegerbte Haut spannte sich über der Adlernase, und sein an den Schläfen bereits merklich ergrautes Haar fiel bis auf seine Schultern hinab. Eine Narbe zog sich quer über seine rechte Wange, eine Narbe wie von einem Klauenschlag, doch all das nahm Rima wie durch einen Schleier wahr. Ihr Blick hing an seinen Augen, die schwarz waren wie frisch geronnenes Blut und ein Wissen in sich bargen, das ihr einen Schauer über den Rücken jagte. Diese Augen hatten mehr gesehen als Sturm und Wüstensand, das wusste sie auf Anhieb. Sie hatten der Schwarzen Harpyie Raskatons ins Angesicht geschaut, hatten dem Abgrund der Dornenschlucht getrotzt und niemals eine Finsternis gefürchtet, weil sie selbst dunkler waren als jede Nacht, die sie umgeben konnte. Der Blick des Fremden traf sie, und sie spürte seinen Namen auf ihren Lippen. Sie hatte ihn schon oft gehört, an den Feuern der Frühlingsfeste und in den Legenden der Menschen, die ihr Dorf durchflogen wie Vogelschwärme, und sie hatte ihn gelesen, wieder und wieder in den Büchern ihres Vaters. Kaum hörbar sprach sie ihn aus, trotzdem breitete er sich wie von Rabenschwingen getragen über den Platz aus.

»Kayron von Barkaros«, flüsterte sie. »Krieger der Zwölf Monde und Hüter des Blinden Feuers, der in die Finsternis der Welt hinabstieg, um ihr das Herz zu stehlen. Er trank von ihrer Dunkelheit und trägt sie in seinen Augen, und er fiel durch Tag und Nacht, ehe er wurde, der er ist: ein Jäger der Schatten.«

Das Raunen auf dem Platz wurde so laut, dass Arok verärgert die Faust auf den Tisch niedersausen ließ, aber niemand achtete auf ihn, bis Kayron zustimmend den Kopf neigte. Ein leichtes Lächeln glitt über sein Gesicht und entfachte ein Glimmen in seinen Augen, das die Schatten darin tanzen ließ. Kurz ließ er den Blick noch auf Rima ruhen; dabei beschlich sie das Gefühl, er könnte mit einem Wimpernschlag jedes Wort auf ihrer Zunge zu Asche verbrennen lassen. Dann wandte er sich an Arok.

»Ich kenne die Dunkelheit besser als ihr«, sagte er ruhig. »Und es ist mir gleich, wo sie sich vor mir versteckt. Ich weiß, dass euer Volk nicht zu den Jägern gehört, und ich weiß auch, dass mit höchstem Erlass der Hauptstadt jede Jagd auf eurem Boden verboten ist. Doch ich kann euch beistehen, wenn ihr es mir gestattet. Ich kann die Bestie fangen, die in der Dunkelheit lauert.«

»Seit Jahren ist es zu keiner Jagd gekommen im Kleinen Tal«, erwiderte Arok zögernd. »Und der Friede ist uns heilig. Es gibt hier doch nichts als Wildschweine und Wölfe.« Er schaute zu dem Hund, der an der Seite des Jägers saß, reglos und mit einem seltsam starren Blick, der Rima einen Schauer über den Rücken schickte.

»Glaubt ihr wirklich, dass es Wildschweine und Wölfe waren, die eure Schafe gerissen haben? Oder ein lächerlicher Blitz?«, fragte Kayron und betrachtete die Apparatur von Ignyon, als hätte er noch nie etwas Bemitleidenswerteres gesehen. »Wie soll ein Blitz den Schafen die Haut abgezogen haben? Wie hat er ihre Augen vereist und ihre Knochen im Inneren bersten lassen? Wie? Das frage ich euch!«

Ignyon beugte sich vor und machte ein Gesicht, das in Rima keine Zweifel daran aufkommen ließ, dass er auch auf diese Fragen Antworten haben würde. Allerdings befriedigten sie ihn offenbar selbst nicht, denn gleich darauf hob er die Schultern und sah Kayron fragend an. »Aber was war es dann?«

»Wisst ihr das nicht?«, fragte der Jäger leise. »Dann werde ich es euch zeigen!«

Wortlos griff er in seine Manteltasche und warf blauen Sand in die Luft, der sich zu glühenden Funken entzündete. Rima sah noch, wie sich diese in glutroten Linien zu Berrus' Weide formten. Dann stürzte ihr Blick in das Bild hinein: Sie spürte die Flammen auf der Haut, und kaum traf sie auf die Wiese, da hörte sie schon die Schafe um sich herum schreien. Schlimmer noch: Es kam ihr vor, als wäre sie es selbst, die hilflos in ihrem eigenen Blut lag, und als der Schatten über die Weide hinwegflog, traf sie seine Kälte mit Übermacht. Tief grub sie sich in Rimas Leib; eine schneidende Glut brachte ihr Blut zum Kochen und zog ihr in tausend Stimmen die Haut ab, und sie hörte das Grollen, das durch ihre Eingeweide raste und mit kristallenem Geräusch ihre Augen zum Bersten brachte. Sie schrie auf vor Entsetzen, aber gleich darauf verformte sich die Weide, und sie fand sich auf dem Marktplatz des Dorfes wieder. Flammen loderten aus den Häusern und ließen sie krachend in sich zusammenfallen, und Rima sah riesige Vögel durch die Luft fliegen – nein, keine Vögel, sondern die brennenden Leiber der Halblinge. Sie hörte ihre Stimmen in Todesfurcht, und noch während sie selbst von gnadenloser Kälte gepackt und in die Luft gerissen wurde, drang Kayrons Stimme durch ihre Gedanken.

In ihrem Atem zerfiel die Alte Kaiserstadt zu Staub, sie verbrannten den Hohen König von Arros mit einem einzigen Blick, und sie erschufen die Wüste As'namiels, wo einst das Meer des Sturmes lag – sie, die den Himmel in Flammen setzten, jedes Mal, wenn ihre Glut auf die Erde traf!

Rima atmete schwer. Sie wusste, dass sie in Wahrheit noch immer am steinernen Tisch saß, aber sie fühlte gleichzeitig die feuchten Steine des Marktplatzes unter ihrem Rücken, als würde sie tatsächlich unter einem gewaltigen Feuerhimmel liegen und zu den zerfetzten Wolken aufsehen, hinter denen sich ein riesiger Körper bewegte. Ihr wich das Blut aus dem Kopf, als sie die Klauen erblickte, die goldenen Schuppen und die Schwingen, so riesig, dass sie den gesamten Platz mit einem Schlag hätten vernichten können, und sie hörte das tiefe Grollen, das aus einer uralten Kehle drang.

Erschaffen aus der Glut der Ersten Stunde, donnerte Kayrons Stimme durch ihren Kopf. *Geschmiedet in den Festen des Schwarzen Berges, zerrissen und in alle Winde verstreut von Aystos, dem Frost des Östlichen Meeres, und im ewigen Zorn der Wüste Arachais zu Ewigem Leben auferweckt. Sie atmen das Erste Feuer dieser Welt, sie sind ihr Brodem und ihr Herzschlag, und sie werden sie verschlingen mit nichts als ihrem Willen, auf ewig blind in den Festen ihrer eigenen Dunkelheit. Ihr Atem verbrennt Magie der Höchsten Art, ihr Blick gefriert Gedanken und Träume, sie sind das Blut der Finsternis – sie, die Kinder des Feuers!*

Kaum hatte er geendet, legte sich Kälte um Rimas Hals. Für einen Moment lag sie wieder auf dem Waldboden und schaute hinauf zu der Dunkelheit, die sie verschlingen wollte, und sie erkannte sie als lodernde schwarze Flamme in einem goldenen Augenpaar. Es war ein tiefschwarzer Riss in einer goldenen Iris, deren Glut sie wie eisigen Frost auf der Haut spürte. Sie kannte diese Flamme aus unzähligen Geschichten, diesen lodernden Abgrund, umtost von glühendem Gold, und sie wusste, was er bedeutete. Die Schwarze Flamme war das Zeichen für Tod, Vernichtung und Untergang aus lang vergangener Zeit. Sie war das Zeichen ... der Drachen.

Der Boden unter Rimas Fingern wölbte sich wie ein riesiger Schlangenleib. Dann zerriss der Himmel über ihr, und ein Drache schoss daraus hervor, ein Drache mit goldflammendem Körper und mächtigen Klauen, der seinen Schwanz über die Dächer peitschen ließ, und als er das Maul aufriss und sein Brüllen die Luft verbrannte, tanzte sein Feuer im Sturm seiner Schwingen. Rima spürte schon die Glut seines Atems auf dem Gesicht, doch gerade, als seine Macht sie erfassen wollte, ging ein Knall durch die Luft und zerschmetterte das Bild um sie herum.

Sie fand sich auf dem Boden neben dem steinernen Tisch wieder. Benommen rappelte sie sich auf. Auch die anderen Halblinge kamen auf die Beine, sie waren in wilder Panik übereinandergefallen und schauten nun zu einem flammenden Zeichen auf, das hoch über ihren Köpfen stand. Es war die Schwarze Flamme, die ihren Schein kühl auf ihre Gesichter warf. Fassungslos standen sie da und rührten sich nicht. Sie hatten gesehen, was für ein Wesen sich in den Schatten des Nachtwaldes verbarg, hatten gesehen, was geschehen würde, wenn sie es nicht vernichteten. Sie hatten ihren eigenen Tod gesehen, und zum ersten Mal überhaupt erkannte Rima unverhohlene Furcht in ihren Zügen – die Furcht vor etwas Unbegreiflichem, vor dem es keine Rettung gab.

Atemlos ließ sich Arok auf seinen Platz fallen und fuhr sich mehrfach mit dem Handrücken über die Stirn. »Verflucht noch eins«, brachte er schließlich hervor und starrte Kayron an, als wollte er ihm an die Gurgel springen. »Ihr beherrscht die Magie des Blinden Berges!«

Schwarze Magie war es, die er meinte, und Rima wusste, dass er Recht hatte. Sie spürte die Hitze der Flammen noch immer so deutlich, als würden sich glühende Klingen in ihr Fleisch senken. Erst einmal hatte sie Magie von dieser Stärke gefühlt, und der Hexenmeister, der sie gewirkt hatte, war vor langer Zeit verschollen.

Kayron nickte. »Ich mag ein Mensch sein«, erwiderte er mit einem leichten Lächeln. »Dennoch ziehe ich nicht mit einem zerbrochenen Schwert in die Schlacht.«

Ignyon fegte die Reste seiner Apparatur vom Tisch, als wären sie Fliegendreck, und schüttelte entgeistert den Kopf. »Aber seit Jahren hat es keine Drachen mehr gegeben. Wie ist das möglich?«

»Die Dinge verschwinden nicht, nur weil ihr sie nicht mehr seht«, gab Kayron ungerührt zurück. »Mein Volk hat diese Weisheit vergessen, doch es irritiert mich, dass ich selbst euch daran erinnern muss.« Kurz verstummte er. »Mit jedem Augenblick, den wir hier verlieren, wird der Drache stärker. Noch ist er jung. Noch prüft er sein Geschick an Schafen und Wiesen. Doch bald schon wird sich das ändern, und dann ...« Er sprach nicht weiter, aber das ängstliche Murmeln, das nun über den Platz drang, zeigte zweifelsfrei, dass jeder Halbling verstanden hatte, wie der Satz enden würde. »Ihr seid Bauern und Handwerker«, fuhr Kayron fort. »Und obendrein seid ihr Halblinge. Ihr seid schwach, ihr könnt euch keinem Drachen entgegenstellen. Aus diesem Grund ...«

Rima holte so schneidend Luft, dass der Jäger innehielt. Sie spürte das kalte Glühen seines Blickes auf sich, und für einen Moment zögerte sie. Dann jedoch schob sie das Kinn vor. »Es gab einen, der es konnte«, sagte sie. »Ragon Terrek, mein Vater, bezwang die Wölfe des Düstergrunds, er wies die Weiße Sylphe in ihre Schranken und verwundete den Lindwurm der Scherbenstadt tödlich. Er ...«

Kayron unterbrach sie mit leisem Lachen. »Doch nicht jeder Schrecken war so leicht zu bezwingen, nicht wahr?«Er hatte es ruhig gefragt, beinahe freundlich, aber das Lächeln auf seinen Lippen war wie Gift. »War es nicht der Atem des Schwarzen Drachen, der ihm zum Verhängnis wurde? Hat die Bestie ihn nicht aufgespürt und oben auf der Klippe bei lebendigem Leib verbrannt?«

Rima ballte die Hände zu Fäusten und zwang sich, ihrer Stimme einen festen Klang zu verleihen. »Mein Vater war schwer krank, als der Drache ihn fand. Niemand hätte in seinem Zustand …«

Kayron schüttelte fast gelangweilt den Kopf. »Er wurde von einem Schatten gefressen, den er einst jagte. So etwas passiert, wenn ein Halbling versucht, sich als Jäger zu beweisen. Denn Halblinge sind Halblinge, und Jäger sind Jäger.«

Und Idioten sind Idioten, fügte Rima in Gedanken hinzu, als er sich abwandte. Am liebsten hätte sie ihm sein überhebliches Lächeln aus dem Gesicht geschlagen, doch sie spürte noch immer die Hitze seines Zaubers auf ihrer Haut, ebenso wie das kalte Starren seines Köters. Es war alles andere als klug, sich mit einem Jäger der Schatten anzulegen, das war ihr klar.

»Ich biete euch meine Hilfe an«, sagte Kayron zu Arok. »Dieser Drache wird euer Dorf auslöschen, ich kenne seine Kraft. Seit geraumer Weile verfolge ich ihn, und ich werde nicht zögern, ihn zum Kampf zu fordern, aber … ich werde ihn nicht ohne eure Erlaubnis in eurem Tal jagen.«

Die Ältesten begannen zu beratschlagen. Rima konnte ihre Stimmen im einbrechenden Tumult nicht verstehen. Sie schaute zu ihrem Onkel hinüber, der mit schreckensstarren Augen in Richtung des Nachtwaldes schaute, und sie fühlte noch einmal das Brüllen in sich widerklingen, das sie bis ins Mark erschüttert hatte. Wie nah war sie dem Drachen gekommen? Hatte er schon die Klaue gehoben, um sie zu zerschmettern? Oder wäre sie in seinem Atem verbrannt … wie ihr Vater?

Das Gemurmel der Halblinge erstarb, als Arok den Blick hob. Etwas Dunkles hatte sich in seine Augen geschlichen, etwas, das sein Gesicht so fremd erscheinen ließ, dass Rima fröstelnd die Schultern anzog. Etwas wie Furcht.

»Es gefällt mir nicht, den Frieden zu brechen«, sagte er düster. »Und es gefällt mir auch nicht, Schwarze Magie in meinem Tal zu dulden. Aber der Schutz meines Dorfes steht an erster Stelle, und deshalb …« Er holte tief Luft, ehe er fortfuhr: »Geht auf die Jagd nach ihm. Schützt das Tal mit allem, was Ihr habt, und Euch wird die Dankbarkeit meines Volkes sicher sein.«

Der Jäger verbeugte sich kaum merklich. »Haltet euch fern vom Wald der Nacht«, sagte er leise. »Bald schon wird Drachenblut seine Erde tränken.«

Mit diesen Worten griff er nach den Zügeln. Sein Köter sprang ihm nach, als er durch die Menge ritt, und Rima spürte, dass der Jäger am Rand des Platzes noch einmal zurückschaute, als wollte er sich das Gesicht des Mädchens einprägen, das es gewagt hatte, ihm zu widersprechen. Doch sie achtete kaum auf ihn. Ihr Blick hing an der Schwarzen Flamme. Selten zuvor hatte sie ein Bild von solcher Grausamkeit und Kälte gesehen, ein Bild, das so unmissverständlich von Verzweiflung kündete, von Feuer, Zorn und Tod. Aber zugleich spürte sie den rätselhaften Zauber, der die Dunkelheit der Flamme flackern ließ, und sie ertrug die glühende Kälte auf ihrer Haut. Nein, sie zweifelte nicht daran: Nie zuvor hatte sie etwas Vergleichbares gesehen wie die düstere Schönheit im Zeichen des Drachen, als es langsam in tausend Funken zerbrach.

Spinnweben hatten die Kellertür bedeckt und knisterten leise, als Rima sie öffnete. Sofort schlug ihr der Geruch von Zimt und Pfeifenkraut entgegen, der ihrem Vater stets angehaftet hatte, und das Licht ihrer Kerze fiel auf unzählige Kisten, Bücherstapel und Regale voller Dinge, die er einst von seinen Reisen mitgebracht hatte. Sie erinnerte sich daran, wie ihr Onkel diese Sachen nach seinem Tod hier hereingetragen hatte. Seitdem war sie nie mehr in diesem Raum gewesen. Zu schmerzhaft waren die Erinnerungen, die sie bei jedem Gegenstand überkamen – zumindest hatte sie das befürchtet. Aber nun, da sie die Kerzen eines Leuchters entzündete und den Blick über all die Dinge schweifen ließ, die ihr Vater ihr hinterlassen hatte, durchwehte sie die Erinnerung nicht nur schmerzhaft, sondern auch wärmend.

Doch Rima war nicht ohne Grund gekommen. Vorsichtig machte sie sich daran, die Kisten zu durchsuchen, und schließlich fand sie ein in Leder gebundenes Buch. Die Seiten waren vergilbt und teilweise eingerissen, den Einband übersäten tiefe Kratzer, trotzdem konnte man noch immer das Zeichen erkennen, das in schimmerndem Gold auf dem Leder prangte. Die Schwarze Flamme schien aufzulodern, als sie mit den Fingern darüberstrich. Es war das Zeichen, das Kayron in den Himmel gebrannt hatte – das Zeichen der Drachen.

Ihr Herz schlug schneller, als sie das Buch öffnete und den Blick über die Zeichnungen ihres Vaters gleiten ließ, über die Bilder von unzähligen Drachen und anderen Ungeheuern, mit Notizen über ihren Charakter und ihre Schwachstellen versehen. Von den Drachen hatte er nie viel erzählt. *Man kann nicht über sie sprechen*, hatte er immer gesagt. *Man muss sie erleben.* Dafür hatte er umso mehr von seinen anderen Abenteuern berichtet. Rima erinnerte sich daran, wie sie früher abends in ihrem Bett gelegen und ihm zugehört hatte, und sie sah ihn so deutlich vor sich, dass es ihr schien, als wäre er wirklich da. Seine Haare standen in allen Richtungen vom Kopf ab, das Buch wackelte auf seinen Knien, wenn er in wilden Gesten seine Kämpfe veranschaulichte, und jedes Mal, wenn er die Brennende Nixe oder den Schrecken des Frostgebirges beschrieb, zeigte er ihr seine Zeichnungen, und sie fuhr mit dem Finger über die Linien und meinte, die Finsternis spüren zu können.

Sanft strich sie über seine Handschrift, die sich in geschwungenen Buchstaben über das Papier zog, und ein Schauer glitt über ihren Rücken, als sich die Bilder in ihren Gedanken änderten. Eines Tages war er krank geworden, und es war keine von den harmlosen Erkältungen gewesen, von denen Halblinge für gewöhnlich heimgesucht wurden. Er wurde blass und magerte ab, und Rima erinnerte sich noch genau daran, wie sie ihn eines Abends am Küchentisch gesehen hatte, halb zusammengesunken und hustend. Er hatte sie nicht bemerkt, doch sie hatte das Blut in seinem Taschentuch gesehen, und sie erinnerte sich auch an den Schrecken in seinem Blick, dicht gefolgt von der Sorge, als er den Kopf gewandt und sie angesehen hatte. Schweigend hatte er sie in den Arm genommen und geweint. Sie fühlte seinen mageren Körper so deutlich, als bräuchte sie nur die Hand auszustrecken, um ihn zu berühren. Nie hatten sie darüber gesprochen, was geschehen würde, und das war auch nicht nötig gewesen. Denn Rima hatte es gespürt, so stark, dass es ihr noch immer die Kehle zusammenschnürte, wenn sie daran dachte.

Die Zeichnungen flogen unter ihren Fingern vorüber, aber Rima nahm sie kaum wahr. Sie sah ihren Vater an ihrem Bett sitzen, an jenem Abend, als er zur Klippe gegangen war. Der Himmel hatte in Feuerfarben gestanden – immer schon hatte ihn solches Wetter auf die Klippe gezogen, und die Meerluft tat ihm gut, das wusste sie. Und doch hatte etwas in seinen Augen sie dazu gebracht, seine Hand festzuhalten.

Warum gehst du hinauf zur Klippe?, hatte sie ihn gefragt, und er hatte gelächelt, sanft und traurig.

Es gibt Dinge, die man tun muss, hörte sie ihn antworten. *Sonst ist man nicht mehr im Leben als ein Blatt, das der Wind davonweht.*

Er hatte sie auf die Stirn geküsst und ihre Hand losgelassen. Dann war er gegangen und nie zu ihr zurückgekehrt.

Rima holte tief Luft, als sie die letzte Seite umblätterte, und da, leicht schimmernd im ausgeschnittenen Rücken des Buches, lag eine silberne Drachenschuppe. Sie war so groß wie Rimas Faust und abgesehen von dem schmalen Horngriff so scharf, dass sie Stein, Knochen und jeden Panzer zerschneiden konnte. *Stärker als Drachenblut und jede Tücke eines Sterblichen*, hatte ihr Vater immer gesagt, und Rima nickte langsam. Der Drachentöter.

Sie streckte die Hand nach der Waffe aus, und kaum traf das samtene Silberlicht ihre Haut, sah sie die Klippe an jenem Morgen vor sich, nachdem ihr Vater sie verlassen hatte. Schwarz war sie gewesen vom verbrannten Leib des Drachen, und sie hatte den Ring ihres Vaters auf dem Findling entdeckt, schmal und glänzend wie ein Abschiedsgeschenk.

War es nicht der Atem des Schwarzen Drachen, der ihm zum Verhängnis wurde? Rima zog die Brauen zusammen und verdrängte Kayrons Stimme aus ihren Gedanken. Nein, so war es nicht gewesen. Der Drache hatte ihren Vater gefunden, aber vernichtet hatte er ihn nicht. Ihr Vater hatte *ihn* getötet – er hatte das Kommen der Bestie vorausgesehen und seine Tochter ebenso wie das Dorf gerettet, indem er sein eigenes Leben opferte. Mit finsterer Miene betrachtete Rima das Bild des Jägers, das nun in ihr auftauchte. Er mochte die Schatten besser kennen als sie, aber er wusste nicht, was die Dunkelheit bedeutete, die ihr Vater an ihrem letzten gemeinsamen Abend im Blick getragen hatte – diese Schwärze, durch die er etwas sehen konnte, das allen anderen verborgen blieb.

Vorsichtig löste sie die Riemen, die den Drachentöter in seinem Versteck hielten. Er fühlte sich schwer an in ihrer Hand und spiegelte ihr Gesicht. Kurz sah sie sich mit Bäckerschürze und Mehl in den Haaren. Instinktiv schlossen sich ihre Finger fester um die Waffe und rutschten vom Griff ab. Ein stechender Schmerz durchfuhr ihre Hand, und das Bild zerriss. Blut rann über ihren Arm. Sie spürte eine grausame Kälte, die der Drachentöter ihr in die Glieder schickte. Plötzlich war es, als würde sie noch einmal auf der Klippe stehen. Sie roch die rauchigen Ascheschwaden, die der Sturm durch die Luft trieb, und schaute nach Westen, dorthin, wo der erlöschende Himmel am hellsten war. Dieses Mal weinte sie nicht. Sie hatte gespürt, dass der Drache gekommen war – wie ihr Vater.

Rima sah Kayrons spöttisches Gesicht vor sich. Noch während es zu Asche zerfiel, trat ein Funkeln in ihre Augen, das wie ein Versprechen war. Er mochte ein Jäger der Schatten sein, er mochte den ganzen verdammten Weg aus dem Süden gekommen sein, um den Drachen zu fangen, weil er meinte, der Einzige zu sein, der dazu fähig war. Aber vielleicht war das noch nicht alles. Vielleicht war er an diesen Ort gekommen, hierher an den Rand der Weißen Klippe, ans Ende der Welt, um nicht mehr zu gewinnen als dies: die Erkenntnis, im Irrtum gewesen zu sein.

Rima ließ sich auf ein Moosbett fallen und seufzte tief. Seit Stunden hatte sie den Nachtwald nach Drachenspuren durchsucht. Sie war die mögliche Flugroute von Berrus' Weide bis zu der Stelle abgelaufen, an der sie in die Dunkelheit geschaut hatte, und sie hatte nach Schafsblut Ausschau gehalten. Gefunden hatte sie nichts, nicht einmal abgerissene Äste. Mittlerweile senkte sich die Dämmerung über den Wald und beschwor graue Schatten zwischen den Bäumen herauf. Bald schon würde ihr Onkel ihre Abwesenheit bemerken. Sie durfte sich nicht mehr lange hier herumtreiben.

Behutsam zog sie das Buch mit dem Zeichen der Drachen aus ihrer Tasche und überflog zum wiederholten Mal die Notizen ihres Vaters. Warum, verflucht noch eins, hatte er denn nirgendwo auch nur den leisesten Hinweis darauf gegeben, wie man einem Drachen auf die Spur kommen konnte? Waren sie etwa einfach an ihm vorbeigeflogen wie Spanferkel mit einem Apfel im Maul, bereit, sich vernichten zu lassen, wenn er sich nur bequemte, den Blick gen Himmel zu richten? Sie blätterte vor bis zum Drachentöter und löste die Riemen. Wie sollte sie diese Waffe einsetzen, wenn es ihr noch nicht einmal gelang, das Untier zu finden? Gerade hatte sie die Hand nach der Schuppe ausgestreckt, als ein Rascheln im Dickicht sie zusammenfahren ließ. Das Buch rutschte von ihren Knien, und als sie nach der Waffe griff, schnitt sie sich in den Finger. Seufzend verdrehte sie die Augen. Sie war in der Tat eine Drachenjägerin, wie die Welt noch keine erlebt hatte. Zuerst irrte sie sinnlos durch den Wald, dann hockte sie mit einer Gewitterwolke über dem Kopf auf einem Mooskissen, und zu guter Letzt schnitt sie sich wieder einmal an der Waffe, die sie eigentlich gegen einen Drachen richten wollte, einen Drachen, der …

Sie unterbrach ihren Gedanken, als ein Glimmen durch die Schuppe ging und sich zu glühenden Funken sammelte, genau an der Stelle, an der ihr Blut die Schneidkante bedeckte. Die Funken tanzten über ihre Finger, flogen kurz durch die Luft und glitten dann in raschen Sprüngen über den Waldboden. Dabei zogen sie ein Geflecht aus filigranen Äderchen hinter sich her, die sich in kristallenem Licht über Wurzeln, Moos und Felsen ergossen. Bald schon führte ein glitzernder Pfad ins Unterholz, und Rima hielt den Atem an, als sie den Vogel sah, der vollkommen unbeeindruckt von dem Schauspiel auf einem Ast hockte und nicht davonflog, obwohl das wurzelgleiche Netzwerk dicht an ihm vorüberzog. Offensichtlich nahm das Tier es nicht wahr. Rima spürte den Schmerz in ihrer Handfläche noch immer, trotzdem breitete sich ein Lächeln über ihr Gesicht aus, als sich zarte Blumen und Ranken aus dem Lichtgeflecht erhoben. Ihr Blut hatte diesen Zauber erweckt, der vor ihr erblühte wie eine Verheißung – nur sie konnte ihn sehen. Schnell rappelte sie sich auf und wollte gerade einen Fuß auf den glimmenden Boden setzen, als ein Knacken hinter ihr sie zusammenfahren ließ.

Erschrocken wandte sie den Blick, und kaum, dass sie das glimmende Adernetzwerk aus den Augen verlor, erlosch es in der Dämmerung. Sie zog die Brauen zusammen. Angestrengt spähte sie ins Dickicht, dorthin, woher das Geräusch gekommen war. Die Nacht zog herauf; Rima wusste, welche Gefahren außer Drachen und ärgerlichen Onkeln noch in ihren Schatten lauerten, und sie atmete so langsam wie möglich durch, um ruhig zu bleiben. Gerade wollte sie sich erneut der Schuppe in ihrer Hand zuwenden, als Wolfsgeheul die Luft zerriss. Seit Wochen hatte es keine Wölfe mehr in diesem Teil des Nachtwaldes gegeben. Rima blieb keine Zeit, darüber nachzudenken. Schon hörte sie ein gieriges Hecheln aus zahlreichen Kehlen, das sich unnatürlich schnell näherte. Sie schreckte vor dem Geräusch zurück – da ging ein Rascheln durch die Bäume ... und ein Wolf trat aus dem Unterholz. Rima schauderte. Noch nie hatte sie einen Wolf von dieser Größe gesehen. Das Tier war pechschwarz, sein Fell sträubte sich im Nacken, und als es knurrte, ging ein Raunen durch die Erde. Rima wich zurück, als Glut aus dem Boden brach und sich in dunklen Adern über seine Beine zog. Aus dem Augenwinkel nahm sie die anderen Tiere des Rudels wahr; mit tief geneigten Köpfen starrten sie zu ihr herüber, und als der Wolf vor ihr den Kopf in den Nacken warf und heulte, entzündete sich die Glut auf ihren Leibern zu schwarzem Feuer.

Die Hitze traf Rima wie ein Schlag gegen die Brust. Sie taumelte rückwärts, und einen Moment lang meinte sie, den Leitwolf grinsen zu sehen. Dann warf sie sich herum und rannte los. Krachend brachen die Tiere hinter ihr durch die Büsche, und als sie einen Blick über die Schulter warf, sah sie, wie der Boden sich unter ihren Schritten mit Flammen überzog. Die Wölfe trieben Rima vor sich her wie Schlachtvieh. Der Waldrand tauchte nicht weit von ihr entfernt auf – plötzlich ballten sich die Geräusche der Wölfe zu einem lauten Rauschen zusammen. Rima spürte die Glut übermächtig in ihrem Rücken, und als sie mit einem Schrei aus dem Dickicht des Waldes sprang, umfing sie die Kühle der Dämmerung mit eisigem Hauch.

Heftiges Donnern zerriss die Luft und warf sie auf den Rücken. Die Wölfe waren ihr nicht gefolgt. Regungslos standen sie zwischen den Bäumen. Der Leitwolf schaute zu ihr herüber. Dabei legte er den Kopf schief, und als er sie mit diesem seltsam starren Ausdruck ansah, tauchte ein Bild in ihr auf wie eine Erinnerung. Rima hatte dieses Tier schon einmal gesehen. Doch ehe sie diesem Gedanken nachgehen konnte, entfachte sich eine tiefschwarze Glut im Inneren der Bäume, zog sich knisternd wie ein Geschwür durch ihre Stämme und setzte sie in tosende Flammen. Kurz sah Rima, wie das brennende Fell der Wölfe mit der Umgebung verschmolz. Dann fand sie sich vor einem Wald aus Feuer wieder.

Die Schuppe in ihrer Hand linderte die Hitze, die ihr entgegenschlug, doch kaum fühlte sie deren Kälte, da überfiel ein Schrecken sie mit aller Macht. Sie hatte das Buch ihres Vaters auf dem Moosbett liegen gelassen! Instinktiv trat sie auf die Flammen zu, die wie bissige Schlangen nach ihr züngelten. Dieses Feuer würde sie töten, wenn sie sich ihm näherte, es würde … Ein mächtiges Rauschen unterbrach ihren Gedanken. Sie sah noch die Glutwirbel, die aus den Ästen traten und über die Wiese fegten, und spürte ihre knisternden Funken. Dann brach ein Reiter durch die Bäume. Sein Pferd brannte, Flammen zogen sich über seinen Körper, doch als er unmittelbar vor Rima landete und Funken unter den Hufen seines Pferdes aufstoben, erblickte sie sein Gesicht und hielt den Atem an.

Es war Kayron, der da vor ihr stand.

Er lachte schallend, als der Leitwolf hinter ihm aus den Flammen sprang und sein Leib sich wieder in den eines räudigen Köters verwandelte. Rima empfand jeden Ton wie eine Ohrfeige. Sie wich vor ihm zurück, als er lautlos von seinem Pferd sprang. Die Flammen züngelten über seine Haut, ohne ihn zu verbrennen, und es bestand kein Zweifel mehr: *Er* hatte dieses Feuer geschaffen.

»Was hast du hier zu suchen, Tochter eines Narren?«, rief er gegen das Rauschen der Flammen an. »Willst du verbrennen in meiner Glut? Niemand hält ihr stand, nicht einmal ein Drache! Oder willst du mich in die Silberberge begleiten? Du würdest verrückt werden angesichts der Schrecken, die dich dort erwarten, vom Ziel meiner Jagd ganz zu schweigen!«

Wenige Schritte von ihr entfernt blieb er stehen und zog etwas aus seinem Mantel. Rima stockte der Atem, als sie es erkannte. Es war das Buch ihres Vaters. Sie trat einen Schritt vor, aber sofort loderten die Flammen auf Kayrons Körper auf und schlugen nach ihr, ohne dass er sie überhaupt ansah. Sein Blick ruhte auf dem Buch. Achtlos schlug er es auf. Seine glühenden Finger versengten die Seiten, doch Rima brachte keinen Ton über die Lippen. Zu deutlich spürte sie auf ihrer Haut die Glut, die sie vernichten konnte – mit einem einzigen Atemzug. Kayron hob den Blick, als hätte er diesen Gedanken gehört. Das Lodern seiner Augen schnitt Rima ins Fleisch.

»Vielleicht hätte dein Vater Maler werden sollen«, meinte er mit kaltem Lächeln. »Dafür hatte er augenscheinlich mehr Talent als für die Jagd.« Das Lächeln verschwand von seinen Lippen, und er ließ das Buch fallen wie ein wertloses Bündel Papier. Kaum dass es auf dem Boden aufschlug, trat er zurück, und Rima stürzte auf das Buch zu. Eilig nahm sie es an sich und schaute mit rasendem Herzen zu Kayron auf. Sein Blick ruhte mit unbewegter Grausamkeit auf ihr. »Ich sage es dir nur einmal«, raunte er gefährlich leise. »Solltest du es noch einmal wagen, meine Jagd zu behindern, werden meine Flammen dich bis in dein Dorf zurücktreiben. Ich kann mir die Begeisterung deines Onkels lebhaft vorstellen, wenn er von deinem Ausflug erfährt. Dies ist kein Platz für ein Kind wie dich. Lauf! Lauf nach Hause, Halblingsblut!«

Der Name traf sie wie ein Faustschlag. Sie taumelte rückwärts, als er sich auf sein Pferd schwang. Ohne ein weiteres Wort hielt er auf den Wald zu und verschwand gemeinsam mit seinem Köter mit einem mächtigen Sprung in den Flammen. Erst als das Beben seines Galopps verklungen war, holte Rima Luft.

Regungslos stand sie da, das Buch ihres Vaters an sich gepresst, und sah zu, wie sich das Feuer langsam blau verfärbte. Sämtliche Bäume des Waldrandes standen in Flammen, es gab keine Chance, diesen Wall zu überwinden, das war ihr klar. Dennoch wandte sie sich nicht ab. Vielleicht war es der Ausdruck in Kayrons Augen gewesen, als er das Buch zu Boden geworfen hatte, der sie daran hinderte. Vielleicht brachte sie auch der Spott in seiner Stimme dazu. Oder vielleicht war es die Erinnerung an den Glanz in den Augen ihres Vaters, als er sie verlassen hatte, der sie dazu trieb, die Schuppe in ihrer Hand zu heben und die lodernden Flammen zu betrachten, die plötzlich aus der Waffe nach dem Feuer des Jägers ausschlugen. *Stärker als Drachenblut und jede Tücke eines Sterblichen.* Ohne den Blick abzuwenden, setzte sie sich in Bewegung. Sie spürte den Zorn, der in der Schuppe lag und der auch in ihr selbst mit jedem Schritt stärker aufstieg – ein übermächtiger Zorn, der jede Furcht von ihren Schultern wischte. Sie war die Tochter Ragon Terreks, und niemand durfte so zu ihr sprechen, auch kein Jäger der Schatten!

Entschlossen ballte sie die Fäuste und spürte einen Schmerz, der sich stechend bis hinauf zu ihrer Schulter ausbreitete, als sie die Schuppe umfasste. Doch selbst als ihre Finger die Fase berührten, schnitt sie ihr nicht länger ins Fleisch. Stattdessen warfen sich ihre Flammen dem Feuer Kayrons entgegen und teilten den Wald, als wäre er bloß eine Wand aus wehenden Tüchern. Kühl legte sich der Glanz der Schuppe auf Rimas Haut, als sie das blaue Feuer durchschritt. Gleich darauf fand sie sich auf der anderen Seite wieder.

Erleichtert stieß sie die Luft aus und lauschte in die Dämmerung des

Waldes. Sie wusste, dass das Silbergebirge tief im Östlichen Wald und weit entfernt lag, dennoch setzte sie ihren Weg so leise wie möglich fort. Rima zweifelte nicht daran, dass Kayron sein Versprechen halten würde, wenn er sie erwischte.

Erst als sie die Flammen des Jägers nicht mehr auf der Haut spürte, blieb sie stehen. Die Schuppe fühlte sich schwer und kühl in ihrer Hand an, und kaum hatte sie den Blick in das silberne Licht gerichtet, glitt erneut das Adergeflecht über den Boden. Es war weich wie lebendiges Gewebe unter ihren Füßen, und während sie den Pfad entlangging, schien es ihr, als würde der Wald um sie herum zu schwarzen Schemen verschwimmen. Das Silberlicht pulsierte in der Dunkelheit; immer schneller flog es über den Boden und nahm sie mit sich, bis sie einen großen Findling erreichte.

Leise knisternd breiteten sich die Adern darüber aus und ließen Zeichen aus dem Stein hervorbrechen, die wie verschlungene Worte in einer Sprache waren, die Rima nicht verstand. Ein Flüstern ging durch die Luft, unendlich sanft und eisig zugleich, als der Felsen sich in flirrendes Licht verwandelte. Für einen Moment kehrte Furcht zurück. Sie hatte magische Portale dieser Art noch nicht oft gesehen, aber sie spürte die Kraft, die davon ausging, wie kalten Regen auf den Wangen. Was würde sie auf der anderen Seite erwarten? Was, wenn hinter dem Licht der Drache lauerte, um sie in einem Stück zu verschlingen? Sie schnaubte verächtlich. Dies war nicht der richtige Zeitpunkt für derlei Gedanken. Entschlossen drängte sie die Furcht zurück und betrat das Portal.

Das Erste, was sie sah, war goldenes Licht. In samtener Kühle legte es sich auf ihr Gesicht, zerriss wie Nebel und gab den Blick frei auf eine gewaltige Höhle. Fluoreszierende Pflanzen bedeckten die Wände, glimmende Tropfsteine ragten aus dem zerklüfteten Boden, und Steinformationen hingen dünn wie Schleier von der gewölbten Decke. Und dort, auf einem mächtigen Felsen in der Mitte der Höhle, lag der Hort des Drachen und verbreitete seinen goldenen Glanz.

Rima umfasste die Schuppe in ihrer Hand fester. Das Untier war nirgends zu sehen. Sie lauschte auf jedes Geräusch, jeden Windhauch, der ihr mit erbarmungsloser Kälte in den Nacken fuhr. Ihr Blick jedoch hing wie gebannt an dem Hort. Das goldene Licht verschlang jeden Umriss der Dinge, die er umhüllte, als wären sie ein unendlich kostbares Geheimnis, und es zog Rima näher zu dem Felsen, als griffe es mit unsichtbaren Händen nach ihr. Wispernde Stimmen drangen an ihr Ohr; sie brachten Rima dazu, die Schuppe sinken zu lassen. Stattdessen streckte sie die Hand nach dem Glanz aus wie nach einem lang vermissten Gegenstand. Sie spürte Kälte, die ihre Finger überzog, und gleich darauf die raue Oberfläche von Metall. Im nächsten Augenblick zerriss ein Blitz ihre Gedanken; einen Wimpernschlag lang fand sie sich in einem Festsaal wieder. Tanzende Menschen in wehenden Kleidern bewegten sich um sie herum – Rima konnte sie so deutlich sehen, als wären sie wirklich da. Erschrocken riss sie die Hand zurück. Das Bild zerbrach, und sie war wieder in der Höhle, doch der Glanz hatte seinen Schein verringert, und nun sah sie, dass es keine Juwelen waren, die dort vor ihr lagen, keine Goldstücke, Schatztruhen oder prunkvolle Waffen. Stattdessen wanderte ihr Blick über Gemälde mit zerrissenen Leinwänden, Spieluhren, die ihre Farbe verloren hatten, zerfallende Bücher, Statuen mit zerfressenen Gesichtern, alte Holzpferde und Puppen und immer wieder Spiegel, zerbrochen, blind oder zerkratzt, in jeder Form und Größe. Am Rand der wirr durcheinandergewürfelten Dinge lag ein verbogener Kerzenleuchter – ihn hatte Rima berührt, und sie hörte noch immer die Musik, die den Festsaal erfüllt hatte wie ein lang vergessener Geruch. Unhörbar flammte die goldene Glut auf, die in den Gegenständen lag, und erhob sich in farbigen Schemen aus ihrem Inneren in die Luft. Rima hielt den Atem an, als sie zu bewegten Bildern wurden und wie wehende Tücher durch die Höhle glitten. Sie spürte die Strahlen der Sonne, die aus einem purpurnen Himmel fiel, sie roch die Blumen auf einem Feld aus Asche, und als sie die Hand durch einen bunten Vogelschwarm zog, blieben die Farben wie Wasser an ihren Fingern haften. Rima schauderte, so wunderschön waren die Bilder, die sie sah. In tausend Farben legte sich das Licht auf ihre Haut, und als sie die Blüten eines Baumes über ihr Gesicht tanzen fühlte, lächelte sie. Wie viele Geschichten hatte sie über den Hort eines Drachen gelesen, wie viele Sagen über die unendlichen Reichtümer gehört, die diese Wesen in ihren Höhlen anhäuften – und wie viel kostbarer war das, was sie an diesem Ort gefunden hatte! Es waren Erinnerungen, die sie umwehten, vergessene Träume, zerbrochene Ideen, verlorene Gedanken, und Rima wollte gerade das Bild eines schneeweißen Sterns berühren, der in der Finsternis schwebte, als sie die Kälte wahrnahm, die plötzlich über den Boden auf sie zukroch. Lautlos legte sich der Frost auf die Bilder ringsum; feine Eisblumen breiteten sich darüber aus und ließen sie erstarren. Mit stockendem Atem zog Rima die Hand zurück, und noch ehe sie sich umdrehte, wusste sie, was geschehen war. Hinter ihr stand der Drache.

Er war so groß, dass seine Schwingen bis zur Decke reichten. Seine Schuppen warfen das Licht des Goldes zurück und erstrahlten in einem unwirklichen Glanz. Seine Klauen hatten sich in den Stein der Höhle gekrallt, als bestünde dieser aus weichem Fleisch, und aus seinem Maul ragten messerscharfe Zähne. Für einen winzigen Augenblick kam Rima der Gedanke, sich einfach fallen zu lassen und tot zu stellen – in der Hoffnung, das Untier ließe sie als wertlosen Unrat liegen. Doch dann spürte sie die Kälte der Schuppe in ihrer Hand, und sie besann sich. Sie war kein schwacher Halbling, der unfreiwillig in eine brenzlige Lage geraten war, verflucht noch eins. Sie war das Kind eines Drachenjägers, sie hatte Kayrons Feuer bezwungen, und sie war …

In diesem Moment neigte der Drache den Kopf. Kaum sah er sie direkt an, da vergaß sie alles, was sie war. Die Dunkelheit seiner Augen wallte auf und umfasste ihre Kehle wie eine Totenhand. Die Konturen der Höhle verschwammen um sie herum. Lähmend raste Kälte durch ihre Glieder, und Rima fühlte, wie nackte Angst ihre boshaften Klauen in ihren Nacken grub. Der Drache trat auf sie zu. Er beugte sich über sie, und sein Schatten hüllte sie in eine Finsternis, die nur vom Gold seines Leibes durchbrochen wurde und ihr fast die Luft raubte. Schon hörte sie das Grollen des Drachenfeuers, das tief in diesem gewaltigen Körper loderte, diese Glut, die sie verbrennen würde wie eine Figur aus Papier – und doch konnte sie sich nicht von dem Untier abwenden. Irgendetwas hielt ihren Blick gefangen, und es war nicht nur seine majestätische Gestalt, auch nicht das Feuer, das lautlos über seinen mächtigen Körper strich. Irgendetwas lag in seinen Augen, etwas wie … Rima zog die Brauen zusammen, während sie nach dem richtigen Wort suchte, doch ehe sie es finden konnte, zerriss ein gleißendes Licht ihre Gedanken. Zischend raste es durch die Luft – und grub sich tief in den Hals des Drachen.

Rima stieß einen Schrei aus. Sie fiel auf die Knie, so plötzlich verschwand die Fessel um ihre Kehle, aber sie fühlte den Schmerz kaum. Atemlos sah sie zu dem Drachen auf, sah das schwarze Blut, das über seine Brust lief, und wandte im selben Moment wie er den Blick zum Eingang der Höhle. Regungslos stand dort ein Mann in einem dunklen Umhang, einen Wolf aus Feuer neben sich. Kayron.

Der Drache fuhr herum. Blitzschnell schlug er nach dem Jäger aus, doch dieser sprang hoch in die Luft, entfachte blaues Feuer in seiner Faust und schleuderte es auf seinen Feind. Tosend hüllten die Flammen den Drachen ein. Er bäumte sich auf vor Schmerz, aber kaum trat das tiefe Grollen aus seiner Kehle, da loderte das Feuer seines Panzers auf. Golden fraß es sich in die Glut des Jägers, und als der Drache den Kopf zurückriss und brüllte, sprengte er den Zauber von seinem Leib. Donnernd peitschte seine Stimme durch die Höhle und ließ die Bilder in tausend Scherben zerspringen.

Rima duckte sich vor den Feuerklumpen, die durch die Luft rasten und sich zu flammenden Schleiern entfachten. Aus dem Augenwinkel sah sie, wie der Wolf zum Sprung ansetzte. Knurrend landete er auf dem Rücken des Drachen und grub die Zähne tief in dessen Fleisch. Der Drache schlug mit den Schwingen, dass Teile der Decke einstürzten, während Kayron sein Schwert in Flammen setzte und mit rasender Geschwindigkeit nach ihm stach. Er traf das Untier mehrfach; das Blut des Drachen verkohlte den Boden, ehe es sich mit weißem Frost überzog. In dem Moment jedoch, als sich Kayron wie von unsichtbaren Winden getragen in die Luft erhob und das Schwert auf die Kehle des Drachen richtete, sprang dieser zurück und zermalmte den Wolf zwischen der Höhlenwand und seinem glühenden Leib. Überdeutlich hörte Rima das Knirschen der Knochen. Sie sah den reglosen Körper eines Hundes. Gleich darauf ließ ein schmerzerfüllter Schrei des Jägers sie zusammenzucken. Wild riss Kayron sein Schwert in die Höhe – er erwischte den Drachen an der Schulter, dass sein Fleisch auseinanderklaffte, aber ehe er ihn erneut verwunden konnte, holte dieser zum Schlag aus und traf ihn mit voller Wucht. Krachend landete Kayron an einem Felsen und fiel zu Boden.

Die Stille, die sich über die Szene legte, mutete so unwirklich an, dass Rima den Atem anhielt. Die Schritte des Drachen waren schwer, als er sich dem Jäger näherte, doch sie nahm sie kaum wahr. Sie sah nur Kayron, zusammengesunken und hilflos vor dem gewaltigen Tier. Jede Arroganz war aus seinen Zügen gewichen; vergebens tastete er mit zitternder Hand nach seinem Schwert, und als er ihren Blick auffing und schrie, sah sie nicht mehr ihn in seinem eigenen Blut. Rima sah ihren Vater vor sich, gebrochen und allein auf der Klippe, Auge in Auge mit dem Schwarzen Drachen.

»Hilf mir!«, brüllte Kayron, doch es war die Stimme ihres Vaters, die sie hörte, und noch ehe der Drache den Kopf hob und den Schlund für eine Feuersbrunst öffnete, sprang sie vor. So schnell sie konnte, rannte sie über den zerklüfteten Boden, wich den Flammenwirbeln aus, die sie verbrennen wollten, und zog sich an den Auswüchsen eines Stalagmiten empor. Der Drache war ihr jetzt so nah, dass sie die eisige Glut seines Körpers wie Gift auf ihrer Haut fühlen konnte. Schon hörte sie das tiefe Grollen in seinem Schlund, als sich das Feuer seinen Weg bahnte. Sie sah die verwundete Gestalt zu seinen Füßen, und sie spürte den Sturm der Klippe so schneidend in ihrem Fleisch, dass sie nicht länger zögerte. Atemlos stieß sie sich vom Felsen ab, umfasste die Schuppe mit beiden Händen und rammte sie dem Drachen in die Brust.

Die Waffe glitt durch seinen Panzer wie durch Seide, doch kaum berührte sein Blut ihre Haut, wurde ihr schwarz vor Augen. Rima befand sich nicht länger in der Höhle – sie raste über den Nachtwald hinweg. Und erst als sie ihren gewaltigen Schatten auf Berrus' Wiese sah, begriff sie, dass sie in die Gedanken des Drachen geraten war. Die Schreie der Schafe schnitten ihr ins Fleisch, marterten ihre Sinne, als würden sich Dornen von innen gegen ihre Haut drücken. Rima rechnete damit, jeden Augenblick eine mächtige Feuersbrunst aus ihrer Kehle brechen zu fühlen. Sie spürte einen Zorn, der tief in ihrer Brust loderte, gleißend wie das tödliche Feuer in der Dunkelheit: Es war der Zorn des Drachen. Rima wusste, dass sie nur einen Hauch dessen empfand, was in diesem Wesen wütete. Sie spürte, dass jede Vollkommenheit dieses Gefühls sie mit einem Schlag zerrissen hätte. Es strömte durch ihre Adern wie lodernde Glut. Sie blickte hinab, sah die Schafe unter sich – und das blaue Feuer, das tosend über die Tiere hinwegfegte. Das Entsetzen schnürte ihr die Luft ab. Sie entdeckte eine reglose Gestalt am Rand der Weide – den schwarzen Wolf, der durch die Herde preschte und den

Schafen das Fleisch zerriss. In ihrem Innersten fühlte sie das Grollen des Drachen wie ein Spiegelbild ihrer eigenen Erschütterung. Kayron war es gewesen. Er hatte die Schafe getötet.

Für einen Moment sah sie die boshafte Glut in den Augen des Jägers aufflammen. Dann hörte sie das Keuchen des Wolfs, als sich dieser im Blutrausch in den Wald stürzte. Sie erkannte sich selbst, eine winzig kleine Gestalt inmitten der Finsternis. Schon meinte sie den Wolf über sie herfallen zu sehen, doch da glitt ihr Schatten über das Tier hinweg und schlug ihn mit Eiseskälte in die Flucht. Lautlos landete sie im Unterholz, nur wenige Schritte von sich selbst entfernt. Sie sah sich am Boden liegen, sah, wie sie in die Dunkelheit starrte, erkannte die Furcht, die Neugier, die Sehnsucht in ihrem Blick – und fühlte, wie der Zorn tief in dem mächtigen Drachenleib einem anderen Gefühl wich. Sie hielt den Atem an. So oft hatte sie auf diese Weise empfunden – jedes Mal, wenn sie den bunten Himmel des Gewitters über der Klippe gesehen hatte; jedes Mal, wenn die Schwarzen Schwäne gen Süden gezogen waren und die Funken ihres Gefieders als rote Blüten auf die Felder niedergefallen waren; jedes Mal, wenn sie all den Geschichten ihres Vaters gelauscht hatte. Sehnsucht war es, die den Drachenkörper durchdrang, und erstmals, seit Rima denken konnte, nahm sie sich selbst wirklich wahr. Sie sah das Kind, das Mädchen, die Jägerin. Sie sah die Tochter, die sich im Dunkeln fürchtete, und fühlte gleichzeitig die Kraft, die in ihrem Innersten schlummerte, ohne dass sie etwas davon ahnte. Zeit ihres Lebens hatte sie sich nach dem Geheimnis gesehnt, hatte es überall vermutet – im Zug der Wolken, in der Ferne, in der Welt jenseits des Meeres. Nun begriff sie, dass es nicht allein in den Feuerfarben des Himmels lag, nicht in den Schuppen eines Drachen oder in den Worten eines Toten. Es war überall um sie herum. Das Geheimnis lag in ihr selbst.

Das Bild zerbarst, als Rima auf dem Höhlenboden aufschlug. Erst jetzt hörte sie den Schrei des Drachen: Er durchdrang sie, als stieße sie ihn selbst aus, und ein Schmerz durchzog ihre Brust, wie sie ihn noch nie zuvor gespürt hatte. Sie presste die Hand an ihren Leib und erwartete, Blut zu sehen, doch es war das schwarze Blut des Drachen, das den Boden flutete. Er schwankte heftig, seine Schwingen trafen die Wände und ließen deren Trümmer donnernd herabpasseln, aber Rima bemerkte es kaum. Alles, was sie wahrnahm, waren die Augen des Drachen. Sie erkannte die Schwarze Flamme darin, die Grausamkeit, von der die Lieder ihres Volkes erzählten, und die Tücke, die sie aus den Legenden der Menschen kannte. Rima fühlte die Kälte, die aus jeder Pore dieses gewaltigen Körpers drang. Doch hinter der Schwärze, tief in der Dunkelheit, die sie mit tödlichem Griff umfasst hatte, lag etwas anderes, etwas, das Schmerz kannte und Erstaunen und Hingabe, etwas, das ihr ins Herz schnitt und sie erzittern ließ, obwohl sie die Flammen um sich herum kaum noch ertrug. Sie stürzte in die Schatten, die der Drache war, und sie fand den Namen, der dort auf sie wartete. Dieses Wesen war ein Wunder, und seine Augen waren nicht schwarz. Sie waren golden.

Regungslos schaute der Drache auf sie herab. Für einen Moment meinte sie, seine Stimme in ihren Gedanken zu hören. Dann warf er sich herum und raste durch den Tunnel davon.

Benommen kam Rima auf die Beine. Sie musste sich am Felsen stützen, so heftig erfasste ein Schwindelgefühl ihre Sinne. Rima zwang sich, zu Kayron hinüberzublicken, der schwer atmend an der Wand lehnte. Eine tiefe Wunde zog sich über seine Stirn, aber sie schloss sich bereits wie durch Zauberhand, und als er den Blick auf Rima richtete, ging ein düsteres Flackern durch seine Augen.

»Ihr wart das«, flüsterte sie. »Ihr habt die Schafe getötet.«

Kayron stieß verächtlich die Luft aus. »Du bist außergewöhnlich klug für eine deines Volkes«, erwiderte er kalt. »Die Nordmänner haben einen Narren an euch gefressen – sie schützen euch, als wärt ihr es wert. Nur ein Dummkopf stellt sich gegen ihre Gesetze. Aber dein Volk hat mir gute Dienste erwiesen, ebenso wie du.«

»Ihr habt mich beobachtet«, brachte sie hervor. »Ihr brauchtet die Schuppe, um den Drachen zu verwunden, und ich ...«

»Du hast getan, was ich wollte«, unterbrach er sie regungslos. »Ich habe nichts anderes von dir erwartet. Du bist ebenso töricht und schwach wie dein Vater. Sein Ruf reichte weit in den Kreisen der Jagd, musst du wissen, ebenso wie die Legende des Drachentöters, den er besaß. Du hast dessen Kraft zu nutzen gewusst. Du hast das Untier tödlich verwundet, wie ich es vorausgesehen habe.« Er krallte eine Hand in die Wand und zog sich hoch. Im selben Moment ließ der Schwindel Rima auf die Knie sinken. Ihr Herz raste in ihrer Brust, als wollte es ihre Rippen durchbrechen. Verschwommen nahm sie den verächtlichen Blick wahr, mit dem Kayron sie bedachte.

»Jämmerlich«, murmelte er und spuckte abfällig aus. Er wandte sich zum Gehen. Rima stützte sich an einem Felsen ab und versuchte vergebens, sich hochzuziehen. »Warum jagt Ihr ihn?«, rief sie. »Warum wollt Ihr ihn töten, obwohl er nichts getan hat? Ihr seid ...«

Weiter kam sie nicht, denn da fuhr Kayron herum und packte sie am Kragen. Er hob sie in die Luft; blaue Flammen glitten über seine Finger und verbrannten ihr das Fleisch. »Nichts getan«, zischte der Jäger. Er war ihr jetzt so nah, dass sie seinen Atem auf den Wangen spüren konnte. »Wie viele seiner Ahnen haben Städte und Dörfer meines Volkes ausgelöscht, wie viele Kriege hat es gegeben in lang vergangener Zeit, wie viel Blut ist geflossen aufgrund der Bosheit der Drachen! Immer wieder haben sie uns zu Boden geworfen, uns, die wir schwach und wertlos sind in ihren Augen – und das nur aus einem einzigen Grund: Weil sie die Macht dazu haben! Doch das ist jetzt vorbei. Ich werde mir holen, was mir zusteht, mir, der ich ein Jäger der Schatten bin! Ich hole mir sein Herz!«

Rima starrte ihn an. Kurz meinte sie, dass er den Verstand verloren hätte, doch er lächelte kalt, und sie begriff, dass er die Legenden glaubte, die sich die Menschen erzählten: Das Herz eines mächtigen Drachen, so besagten sie, barg das Wesen der Magie und damit ... Unsterblichkeit. Entsetzen zog ihr den Magen zusammen. Der Jäger weidete sich lächelnd an ihrem Schrecken. Dann ließ er sie fallen wie ein Bündel Lumpen und folgte der Spur des Drachen.

Rima sank auf die Knie. Schwarze Schatten zogen an ihren Augen vorüber, während sie krampfhaft versuchte, zu Atem zu gelangen. Viel zu wenig Luft drang in ihre Lunge, es schien ihr, als hätten die Flammen des Jägers ihre Kehle zusammengepresst. Aber sie drängte die Ohnmacht zurück, die dunkel an den Rändern ihres Bewusstseins lauerte. Keuchend grub sie die Hände in die Scherben der zerbrochenen Bilder. Schattenhaft flammten sie in ihr auf, als wären es ihre eigenen Gedanken gewesen, und sie fühlte noch einmal die Blüten des Baumes auf ihrer Haut. So schwach war sie gewesen – schwach genug, um sich von einem Menschen für dessen Zwecke missbrauchen zu lassen; schwach genug, um jedes seiner Worte über ihr Volk zu bestätigen; schwach genug, um ein Wesen zu verwunden, das sie auf diese Weise angesehen hatte. Doch sie würde nicht zu schwach sein, um dieses Wesen zu retten.

Rima spürte noch immer die Kälte der Schuppe in ihrer Hand, und vielleicht war es dieses Gefühl, das sie auf die Beine zwang. Die Scherben knirschten unter ihren Schritten, als sie der Blutspur des Drachen folgte. Noch glommen die Splitter in goldenem Schein, aber er wurde bereits schwächer, und als Rima die Schuppe hob, ergoss sich das silberne Adergeflecht mit rasender Geschwindigkeit in den Tunnel. Mit jedem Schritt auf diesem Licht kehrte Kraft in sie zurück, so schien es ihr, und sie begann zu laufen. Die Höhlen um sie herum flogen nur so an ihr vorbei, bis sie auf einmal die kühle Luft der Alten Zwergenmine wahrnahm. Von ferne klang Donner zu ihr herüber. Sie fühlte die Glut des Feuers, das aus dem Schlund des Drachen brach, konnte hören, wie die Luft unter den Flammen von Kayrons Schwert zerriss, und noch während sie weiter durch die Stollen preschte, erblickte sie die Feinde am Ende des Tunnels in einem wilden Kampf. Dröhnend schlug der Schwanz des Drachen gegen die Wände. Immer wieder wich Kayron den Hieben aus, doch auch der Drache entging der flammenden Wut seines Schwertes, und nur manchmal brüllte einer von beiden in namenlosem Schmerz auf. Hitze und Kälte durchpflügten die Luft und ließen die Gänge beben, und der Herzschlag des Drachen klang in den Wänden wider, als wollte er sie niederreißen. Mit Schrecken sah Rima, wie sein Brodem schwächer wurde, und als Kayron ihn mit seinem Schwert an der Flanke traf, stieß sie einen Schrei aus. Sie umfasste die Schuppe mit aller Kraft. Rasend schnell flog sie dahin, und gerade, als sie die Kälte des Drachenschattens auf ihrer Haut fühlte, riss die Kreatur den Kopf in den Nacken und schlug so heftig mit den Schwingen, dass die Decke des Tunnels auseinanderbrach. Die Flammen seines Körpers wurden heller, Mondlicht fiel zu ihnen herein, und Rima wurde mitgerissen im Sog der Schwingen, als würden unsichtbare Fesseln sie aus dem Inneren der Erde ziehen.

Hart schlug sie auf dem Grund der Klippe auf. Gesteinspartikel flogen durch die Luft. Sie sah hoch über ihr den Drachen und Kayron, der von einem Sturmwind getragen das Schwert emporriss, und als er eine Schwinge traf und der Drache niederstürzte, erbebte die Klippe, als wollte sie zerbersten. Rima stemmte sich hoch. Der Sturz hatte ihr eine Wunde zugefügt, die Blut über ihre Schläfe rinnen ließ, doch sie achtete kaum darauf. Kayron landete vor dem Drachen. Langsam trat er auf ihn zu – und mit einem mächtigen Satz sprang Rima vor.

Atemlos richtete sie sich zwischen dem Drachen und dem Jäger auf und verspürte Genugtuung, als sie das Erstaunen in Kayrons Blick bemerkte. Dunkel erklang das versagende Schnauben des Drachen hinter ihr.

»Was soll das, Halblingsbrut?«, zischte der Jäger. »Willst du mich herausfordern? Mach dich nicht lächerlich!«

Er wollte auf sie zutreten, aber da riss sie die Schuppe in die Luft, und obwohl sie wusste, dass Kayron deren Glanz nicht sehen konnte, wich er zurück.

»Dieser Drache ist nicht Eure Beute«, erwiderte sie und stellte zu ihrer Befriedigung fest, dass ihre Stimme fest klang und nichts von der Anspannung verriet, die ihr Herz flattern ließ. »Verschwindet, Jäger der Menschen! Ihr habt nichts verloren in diesem Teil der Welt!«

Kayron stand regungslos da, während die Flammen über sein Schwert tanzten, als wollten sie sich auf Rima stürzen, und kurz sah sie das unheilvolle Glimmen in seinen Augen aufflackern wie einen Fluch. »Du weißt nicht, was du tust«, sagte er mit rauer Stimme, und bei den Worten wich zum ersten Mal, seit sie ihn kannte, jeder Anflug von Spott aus seinen Zügen. »Du hast die Kriege nicht erlebt, die in früheren Zeiten diese Welt erschütterten. Du weißt nichts von der Tücke und Bosheit der Alten Drachen, nichts von ihrer Stärke, nichts von ihrer Verschlagenheit. Du weißt nicht, wie es sich anfühlt, das eigene Kind aus den Flammen zu holen, die der Feueratem einer solchen Kreatur über ein Dorf brachte. Du hast deinen Sohn nicht sterben sehen in der Glut dieser Bestien.« Er hielt inne, und etwas in seinem Blick ließ Rima den Atem stocken. Noch nie zuvor, das wusste sie, hatte sie einen solchen Schmerz gesehen wie in den Augen dieses Jägers, der nie gelernt hatte, über den Verlust seiner Familie zu weinen. Einen Moment lang sah sie das brennende Dorf der Halblinge so deutlich vor sich, dass sie meinte, die Flammen spüren zu können. Sie hörte ihren Onkel schreien, sie sah ihre Cousinen, die von der Glut verschlungen wurden, und sie fühlte den Schmerz in ihrer Brust, als der Schrei eines Drachen die Luft zerriss. Langsam schüttelte Kayron den

Kopf. »Du ahnst nicht, welche Zerstörung die Drachen über die Welt bringen werden«, fuhr er fort. »Aber du weißt, was es bedeutet, jemanden zu verlieren. Was hätte dein Vater getan in diesem Augenblick?«

Rima umfasste die Schuppe fester, denn sie spürte, dass seine Worte den Panzer durchbrachen, den sie um sich gelegt hatte. Dennoch konnte sie nicht verhindern, dass das Bild ihres Vaters vor ihr auftauchte, sein lachendes Gesicht am Rand ihres Bettes, seine Hand, die in geübter Bewegung Zauberwesen aufs Papier bannte, und sie nahm den Duft der Ascheschleier so deutlich wahr, als würde sie noch einmal allein auf dieser Klippe stehen, umtost von Tod und Dämmerung. Der Wind fuhr ihr durch die Haare. Sie spürte Tränen, die ihr über die Wangen liefen, und sie sah den Ring ihres Vaters auf dem Findling liegen wie einen Gruß aus einer weit entfernten Welt.

Kayrons Stimme klang sanft, als er weitersprach. »Tochter eines Jägers«, sagte er leise. »Hast du vergessen, wer du bist? Hast du vergessen, was auf dieser Klippe geschehen ist? Hast du den Ort vergessen, an dem dein Vater starb – und hast du vergessen, durch welche Macht er sein Leben verlor? Weißt du nicht, was die Aufgabe eines Jägers ist? Es ist seine Aufgabe ...«

»... die Welt vor Unheil zu bewahren«, beendete sie seinen Satz. Oft genug hatte ihr Vater ihr das gesagt, als dass sie sich nicht daran erinnern würde. Mit eisiger Kälte spürte sie die Macht des Drachen hinter sich. Vermutlich hatte er bereits begonnen, sich zu heilen. Schon bald könnte er zu einem Schlag ansetzen, der ihren Körper zerschmettern würde wie den des Wolfs, und kurz sah sie den Schwarzen Drachen vor sich, hoch aufgerichtet vor dem zusammengebrochenen Leib ihres Vaters. Zorn pochte in ihren Schläfen, als sie die Schuppe langsam sinken ließ – und ein Schmerz, der stechend und klar war und ein Bild in sie hineinschickte: das Bild ihres eigenen Gesichts in der Dunkelheit. Rima sah sich auf dem Waldboden, sah sich aufschauen zu jenem Wesen, das sie immer gefürchtet hatte, und als sie sich in seinen Augen spiegelte, umloderte sie goldenes Feuer. In der Mitte jedoch, tiefschwarz und flackernd, stand die Flamme, und erstmals, seit sie in diese Schatten gesehen hatte, verspürte sie keinen Anflug von Furcht mehr. Sie kannte diese Dunkelheit: Es war dieselbe, die ihr Vater an ihrem letzten gemeinsamen Abend im Blick getragen hatte – diese Schwärze, durch die er etwas sehen konnte, das allen anderen verborgen blieb. Ihr Vater lächelte in den Augen des Drachen, und ihr Zorn zerbrach mit seinem Bild.

»Ihr habt Recht«, sagte sie und hob langsam die Schuppe, die Kayron zurückweichen ließ wie ein Tier vor dem Feuer. »Mein Vater starb im Feuer eines Drachen. Ich weiß, welche Gefahren ein solches Wesen birgt, und es ist die Aufgabe eines Jägers, die Welt vor Unheil zu bewahren.« Kurz verstummte sie. »Der Drache aber verheißt kein Unheil. Er trägt dieselbe Sehnsucht in sich, die meinen Vater hinaus in die Welt trieb und die mich in die Schatten führte. Sie ist der Herzschlag dieser Welt, und keine Furcht, keine Gier, kein Zorn darf dazu führen, sie zu verwunden. Es ist unsere Aufgabe, sie zu bewahren. Habt Ihr das denn nicht gewusst? Wie kann es sein, dass Ihr, der große Jäger der Schatten, der diese Wesen seit so langer Zeit verfolgt, nichts versteht von dem, was sie in sich tragen?«

Kayron sah sie an. Kurz flackerte ein Schimmer durch seine Augen, und sie meinte, ihn selbst darin zu erkennen, in jungen Jahren, das Gesicht zu einem Lachen verzogen, ein Kind in seinen Armen. Dann jedoch kehrte das schwarze Glimmen in seine Augen zurück und riss das Bild mit sich. Mit einem Schlag war jede Sanftmut, jeder Schmerz wieder aus seinem Blick gewichen, und Rima fröstelte, als er sie mit blanker Grausamkeit ansah.

»Ganz der Vater«, murmelte er. »Schon bei ihm war es eine Verschwendung – diese Waffe in seinen Händen. Ebenso wie bei dir.«

Rima schnaubte verächtlich. »Ihm ist es gelungen, sie zu erringen«, erwiderte sie. »Er hat es geschafft, sie zu stehlen – im Gegensatz zu Euch.«

Da lachte Kayron hart auf. »Narr von einem Halblingskind«, raunte er. »Niemand kann einem Drachen eine seiner Schuppen stehlen, es sei denn, er wollte auf diese Weise zu einem Teil seines schrecklichen Leibes werden. Die Schuppe eines Drachen kann nur verschenkt werden, denn sie führt zu seinem Hort. Dein Vater war kein Jäger. Er war ein Drachenfreund. Und du hast mir nichts entgegenzusetzen, denn du bist schwach – wie er!«

Mit zornverzerrtem Gesicht stürzte er vor. Erschrocken riss Rima die Schuppe in die Höhe. Sie meinte schon, das flammende Schwert durch ihre Brust gleiten zu fühlen – da zog sich ein goldener Glanz über ihren

Körper, ein Panzer, hart wie der eines Drachen, und er ließ das Schwert abprallen, als bestünde es aus Holz. Kayron starrte sie an, der Schreck verzerrte sein Gesicht zu einer Fratze. Im nächsten Moment hörte sie ein Grollen hinter sich. Der Laut durchdrang sie wie eine Melodie und rief etwas im Inneren der Erde, das größer war als alles, was Rima bisher erfahren hatte. Die Schuppe in ihrer Hand wurde eiskalt, doch sie ließ sie nicht los, und da brachen die Bilder der verlorenen Gedanken in sie hinein. Sie sah tanzende Menschen, sah flammende Himmel und tosende Meere, und sie fühlte die Blüten des Baumes auf ihrem Gesicht wie warmen Regen. Kein Gedanke im Hort des Drachen war jemals wirklich verloren gewesen, das wusste sie nun. Jeder einzelne durchströmte die Welt wie Blut aus Licht und hüllte sie in unsichtbaren, warmen Glanz. Donnernd brach der Strom der Scherben aus der Schuppe. Er durchschlug Kayrons Brust, und als er den Jäger in den Himmel hob und mit goldenem Feuer überzog, da flog ein Lächeln über dessen Gesicht und ließ es ganz jung werden. Einen Moment lang schaute Kayron zu Rima hinab, und etwas Sanftes legte sich auf seine Lippen, etwas wie … Frieden. Dann ging ein Rauschen durch die Flammen, und der Jäger verbrannte zu schwarzer Asche, die der Wind davontrug.

Rima fiel neben dem Drachen auf die Knie. Die Wunde in seiner Brust war schrecklich anzusehen. Sein Blut hatte die Klippe schwarz gefärbt, doch seine Augen waren offen und leuchteten in strahlendem Gold. Ihr Herz raste, als sie die Hand nach ihm ausstreckte, und die Kälte seines Körpers drang gewaltsam in ihren Leib. Rima fuhr zusammen, aber sie ließ die Schuppe nicht fallen, und als sie diese auf seine Wunde legte, da ging ein Flüstern durch die Luft, das ihr jeden Schmerz nahm. Die Schuppe glomm auf, und noch ehe sie begann, den Drachen zu heilen, ging ein Bild hindurch: Es zeigte ihren Vater, er ritt auf einem Schwarzen Drachen durch den flammenden Himmel über der Klippe, hielt sich an ihm fest wie ein Kind und riss die Faust in die Luft. Als sie den höchsten Punkt erreichten, entfachte der Drache ein Feuer auf seiner Haut, ein Feuer aus Dunkelheit, das sie beide in tosendem Donner verzehrte. Aschewolken stoben über das Meer und legten sich auf die Klippe, doch Rima bemerkte es kaum. Ihr Blick hing am Himmel, dort, wo ihr Vater

eins geworden war mit dem mächtigen Drachen, erlöst von Krankheit und qualvollem Tod – dort, wo für einen Moment ein schneeweißer Stern in der Dunkelheit schwebte. Sie spürte, dass ihr Tränen über die Wangen liefen, als sich die Schuppe in silbernem Licht auflöste und die Wunde des Drachen heilte, aber sein Blick wärmte sie wie eine Umarmung. Ihr Vater war nicht verschlungen worden von einem Feind. Er war gerettet worden von einem Freund.

Rima wusste nicht, wie lange sie so gesessen hatten, als der Drache sich langsam aufrichtete. Ein samtener Glanz überzog seinen Körper, und als er die Schwingen ausbreitete, spiegelte sich für einen Augenblick das Mondlicht auf seinem Leib und färbte ihn silbern. Sie streckte die Hand nach ihm aus. Aus irgendeinem Grund wusste sie, dass er die Klippe verlassen würde, das Kleine Tal, vielleicht die ganze Bekannte Welt. Rima wollte ihn daran hindern, um jeden Preis, nichts lag ihr mehr am Herzen. Langsam neigte er vor ihr den Kopf, und da hörte sie noch einmal seine Stimme in ihren Gedanken, eine Stimme aus tausend Farben und Stürmen, und dieses Mal verstand sie, was er sagte.

Erinnere dich.

Die Glut seiner Augen strich ihr über die Wange, und als sie die Hand zurückzog, hielt sie eine silberne Schuppe zwischen den Fingern. Atemlos schaute sie zu dem Drachen auf. Keine Waffe war es, die er ihr geschenkt hatte, sondern mehr, viel mehr als das. In ihren Händen, schimmernd wie ein Juwel, lag ein Gedanke, erschaffen aus dem Licht des Mondes.

Für einen Moment saß sie wieder mit ihrem Vater auf dem Felsen, sah den sanften Ausdruck auf seinen Lippen, als er gen Westen blickte, und fühlte die flammenden Farben des Himmels auf ihrer Haut. Sie meinte, ein Lächeln in den Augen des Drachen zu erkennen. Dann wandte er sich ab und erhob sich mit rauschenden Schwingen in den Himmel.

Rima setzte sich auf den Findling. Sie strich über den Stein, und erstmals, seit ihr Vater sie verlassen hatte, spürte sie etwas wie Stille in ihrer Brust, eine zugleich warme und kalte, eine goldene Stille, von Schatten umgeben. Vielleicht, so dachte sie, als sie dem Drachen nachschaute, würde sie eines Tages seinen Namen erfahren. Vielleicht würde er eines Nachts zu ihr zurückkehren.

LORRICH

von Rebecca Hohlbein

Ganz Überbach hatte sich im Großen Saal versammelt – in jener weitläufigen Halle also, in der die Bewohner des Halblingsdorfes am Tiefen Bach dem Rat der Alten ihre Belange, Klagen und Neuerungsvorschläge unterbreiten durften, und zwar jeweils am letzten Abend vor dem nächsten Vollmond. Die meisten Dorfbewohner fieberten diesem Ereignis mindestens achtundzwanzig Tage im Monat entgegen, denn traditionell ließ man die Versammlung mit einem üppigen Fest ausklingen, auf dem Kaninchenbrei in rauen Mengen verzehrt und Schwipswasser bis zum Umfallen ausgeschenkt wurde. Gut, der allseits beliebte Kaninchenbrei enthielt nicht die Spur von Fleisch, denn seit den letzten umfassenden Neuerungen vor zweihundert Jahren ernährten sich die Überbacher Halblinge ausschließlich vegetarisch. Dafür wurde das Schwipswasser seinem Namen mehr als gerecht. Die Frauen brachte es schon zum Schwanken, wenn sie nur daran schnupperten, während die jüngeren Männer es zuweilen ein wenig mit dem Genuss übertrieben und in der Folge die ersten Tage nach dem Vollmond lieber verschliefen, weil sie, sobald sie die Augen aufschlugen, nicht mehr wussten, wo oben und unten war; in der Regel standen sie erst dann wieder auf, wenn sie absolut sicher waren, dabei nicht versehentlich über den Kerzenlüster an der Decke zu stolpern. Eigentlich erdreistete sich nie jemand, dem Rat der Alten irgendeine Änderung (sei sie gesellschaftlicher oder wirtschaftlicher Natur) vorzutragen, geschweige denn, sich über irgendetwas zu beklagen. Schließlich bestand der Rat der Alten auch bloß aus *einem einzigen* Alten, aus Gormo Käutzling nämlich, der ohnehin alles selbst und zudem viel besser wusste und konnte als all die jungen Hüpfer, und zu diesen Hüpfern zählte er sogar die nach ihm ältesten Dorfbewohner: Forsch und Jokko Antrodisibus mit ihren annähernd einhundertzehn Jahren. Über den Rat machte sich keiner etwas vor. Und der Tiefe Bach war ja auch kein Bach, sondern ein ausgewachsener Fluss. Doch all das machte niemandem etwas aus, denn die Überbacher Halblinge waren insgesamt glücklich und zufrieden – und vor allen Dingen kein bisschen kleinlich.

Umso größer war die Überraschung, als an diesem lauen Sommerabend tatsächlich jemand vor den Rat der Alten trat und sich vor Gormo Käutzling auf seinem goldverzierten, thronartigen, gut gepolsterten und beheizten Sessel am oberen Ende des Großen Saales verneigte. Für einen kurzen Moment, in dem man in der bis zum Bersten gefüllten Halle die sprichwörtliche Heunadel hätte fallen hören können, schien es, als würde Gormo das Mundstück seiner Pfeife abbeißen, so überrascht war der absolut Dorfälteste über diese unerwartete Wendung der Dinge. Die Fassweiber hatten die Fässer schon angeschlagen, und auch die Kaninchenbreiträger standen schon in den Startlöchern; gerade hatte Gormo das Fest nach der Ratssitzung eröffnen wollen, wie er es immer tat, sobald er den Saal betreten und sich in seinen Sessel hatte fallen lassen. Und dann trat tatsächlich jemand vor, um irgendein Anliegen zu äußern! In mehr als einem ganzen Jahrhundert hatte er so etwas noch nie erlebt. Das letzte Anliegen hatte sein eigener Urgroßvater vor dem Rat der Alten geäußert und entsprechend durchgesetzt (und zwar sich selbst gegenüber, da er damals der Ratsälteste gewesen war). Dabei hatte es sich um die Sache mit dem vegetarischen Kaninchenbrei gehandelt …

Gormo zog die Pfeife zwischen den Zähnen hervor und musterte irritiert den jungen Halbling, der sich da auf dem sternförmigen Mosaik zu seinen Füßen positioniert hatte. Der Bittsteller hatte das Haupt so tief gesenkt, dass der gewölbte Kragen seines Gewandes einen Blick auf das dichte, blonde Haar auf seinem Rücken erlaubte. Doch Gormo brauchte das Gesicht des Bengels gar nicht zu sehen, denn er erkannte ihn auch so an seiner schmächtigen Gestalt und seiner (selbst für einen Halbling) eher bescheidenen Größe. Gormo war so vertraut mit seinem Völkchen, dass er jeden Dorfbewohner an dessen Zehenbehaarung erkannt hätte. Und zwar im Dunkeln.

»Lorrich«, grummelte er unwillig, und der Bittsteller hob den Blick und schenkte ihm ein dankbares Nicken, welches Gormo allerdings nur unwesentlich milder stimmte. Denn auch er freute sich mindestens achtundzwanzig Tage im Monat auf den Abend vor dem nächsten Vollmond – und das bestimmt nicht, weil er sich gerne mit Sorgen herumschlug, die unter seinem Regime niemand *hatte*. Gormo war durstig. Sehr durstig sogar.

»Lorrich Vordemhaus, mein Junge ... Was kann ich für dich tun?«, erkundigte er sich trotzdem, denn Gesetz war Gesetz. Daran kam auch der Gesetzumschreiber nicht vorbei, es sei denn, er hätte das Gesetz rechtzeitig zu seinen Gunsten umgeschrieben, was in diesem Fall nicht geschehen war, wie Gormo sich dummerweise eingestehen musste. Unter seinem Kopfkissen bewahrte er eine Liste mit Dingen auf, die er in seinem Leben unbedingt noch tun oder erleben wollte. *Das Gesetz umschreiben* stand bis jetzt noch nicht darauf, denn bislang hatte er noch nie einen Grund dazu gehabt, auch nur darüber nachzudenken. Aber sobald er nach dem Fest wieder wusste, wo oben und unten war, würde er die Liste um diesen überaus wichtigen Punkt ergänzen. Dafür könnte er dann *Sturmwellenreiten* streichen, überlegte er, während Lorrich einen weiteren Schritt vortrat und sich unbehaglich räusperte.

»Verehrter Rat der Alten«, begann Lorrich mit offenbar wohl überlegten Worten, was kein gutes Zeichen war, weil sich daraus schließen ließ, dass ihm nicht nur irgendetwas, sondern bestimmt sogar etwas *Ernstes* auf dem Herzen lag. »Gormo Käutzling, Herr und Hüter von Überbach und Gesetzumschreiber sowie Bewilliger der Felder und Wälder des östlichen Ufers, der nach bestem Wissen und Gewissen und höchst erfolgreich dieses Halblingsdorf Überbach –«

»Schon gut, schon gut«, winkte Gormo ungeduldig ab. »Ein jeder hier weiß, wer ich bin, wo ich bin und sogar, warum ich bin. Ebenso wie alle wissen, wer du bist, ohne zu wissen, warum du bist und woher du kommst. Nur, dass es die verrückte Grittobur war, die dich einst auf der Stufe vor ihrer Hütte fand, das ist gewiss. Und auch, dass du seit deiner Mündigkeit ein überaus zufriedenes Leben als Hufeisenkratzer im Kleinen Haus an den Ställen führst, ist jedermann bekannt. Ein sehr produktives noch dazu, wie ich lobend erwähnen möchte. Also sprich, mein Junge. Wenn dein Anliegen denn tatsächlich wichtig ist.«

Das war eine lange Rede. Jetzt hatte Gormo wirklich, wirklich Durst. Sein Blick wanderte sehnsüchtig über Lorrichs Schulter hinweg zum nächsten Fassweib hin, das entschuldigend das Gesicht verzog, sich aber ansonsten nicht regte.

»Produktiv, ja. Das ist das richtige Stichwort …« Lorrich nickte zaghaft. »Hoher Rat, Rat der Alten … Wie du weißt, sorge ich inzwischen für sieben Töchter und einen Sohn. Noch, denn meine Frau Mora ist wieder in freudiger Erwartung. Ebenso wie Wittliebs Frau Krinbilla und Riffi, die Schtoks viertes Kind austrägt. Schon im Winter wird auch Urbo wieder zum Windelnwechseln eingespannt werden, denn seine Babrikk ist ein robustes Weib, das, wie du weißt, daheim die Hosen anhat, sobald sie wieder reinpasst, und …«

Er brach ab, als Gormo genervt aufstöhnte und ihn mit einem nicht gerade weisen, aber dafür umso ungeduldigeren Blick strafte. »Komm zur Sache, Lorrich«, forderte der absolut Dorfälteste ihn auf und sog ungehalten an seiner Pfeife.

»Mein Haus ist zu klein«, fasste Lorrich gehorsam zusammen.

Gormo rollte die Augen. »Dann mach es größer«, gab er zurück. »Die Baustoffstube ist reich gefüllt, und nach dem Gesetz steht dir für jedes dritte Kind ein weiteres halbes Zimmer zu, ohne dass du einen besonderen Dienst dafür leisten musst. Ich weiß das sehr genau, denn ich habe das Gesetz geschrieben.«

Lorrich nickte. »Ich weiß, Hoher Rat, und es ist ein gutes Gesetz, dem nichts hinzuzufügen ist. Aber es ist kein Platz mehr hinter meinem Haus. Und auch nicht davor oder daneben, denn da sind schon die Ställe, der Mischbeerschuppen und die Koppel. Und das Gesetz verbietet es mir zu Recht, in die Höhe zu bauen, weil die Schutzgeister Treppen nicht leiden können. Damit der Platz wieder für alle reicht, müsste ich Wittlieb vor die Tür setzen, was ich auf gar keinen Fall will, obwohl Krinbilla und Mora sich ständig über den Kehrdienst streiten und unsere Jungs die Nächte selten zum Schlafen nutzen. Jede Elle Überbachs erfüllt mindestens einen wichtigen Zweck, zum Waldrand hin und zum Bach. Und auch nach Norden und Westen zu den Hängen hin sieht man vor lauter Zweck kaum noch das Dorf. Man könnte sagen: Entweder haben wir zu viele Einwohner, oder wir haben einfach zu wenig Platz.«

»Zu wenig Platz«, entschied Higga, die zu seiner Linken stand und seinen Worten aufmerksam gefolgt war – so wie alle anderen auch. »Und dabei tragen wir nicht einmal Schuhe, wie die Frauen anderer Völker«, fügte sie hinzu. »Dann bräuchten wir noch mehr Platz für zusätzliche Schränke …«

Gormo überging ihre Bemerkung und ignorierte auch das zustimmende Gemurmel, das hier und da im Saal ertönte. »Du willst mir doch wohl nicht vorhalten, dass es den Überbacher Halblingen zu gut geht, Lorrich?«, fragte er stattdessen scharf. »Willst du den Helden des Dorfes etwa zum Vorwurf machen, dass sie jede Art von Bedrohung oder auch nur von Ungemach von uns fernhalten? Störst du dich etwa daran, dass alle Kinder gesund und die Frauen fruchtbar sind, Lorrich? Das ist es nicht, was du sagen willst, richtig? Eigentlich wolltest du dich nur bedanken, nicht wahr? Eine sehr schöne Idee, auf die wir gleich unsere Becher heben wollen.«

Er erhob sich, winkte das nächste Fassweib zu sich heran und schnappte sich einen Schwipswasserbecher von ihrem Tablett, den er sodann in die Höhe hielt. »Lasst uns auf die weltbesten Frauen trinken, und auf die artigsten Kinder!«, rief der absolut Dorfälteste, um das in seinen Augen lästige wie unsinnige Gespräch zu beenden. »Stoßen wir an auf unsere saftigen Felder und auf die fleißigen Handwerker, die unersetzliche Dienste für Überbach leisten. Und vor allem auf die Helden des Dorfes, die ebenso unermüdlich wie ausnahmslos erfolgreich im Einsatz sind für unser aller Wohl und Gedeih!«

Das Fassweib schritt umher und hielt erst Lorrich, dann drei, vier anderen Halblingen das Tablett mit dem Schwipswasser hin, aber niemand griff zu. Zum wahrscheinlich ersten Mal in der Geschichte des Dorfes hatten die Überbacher es plötzlich überhaupt nicht mehr eilig, Kaninchenbrei zu schaufeln und sich bis zur Besinnungslosigkeit zu betrinken. Stattdessen blieben sie stehen, wo sie eben standen, und schauten den absolut Dorfältesten verständnislos an.

»Na los, kommt schon!«, versuchte Gormo es noch einmal. »Hoch die Tassen!«

Nichts geschah.

Gormo seufzte, warf seinen Becher gereizt hinter sich und ließ sich in seinen Sessel zurückfallen, wo er die Arme vor der Brust verschränkte und eine beleidigte Grimasse schnitt.

»Also«, gab er sich widerwillig geschlagen. »Was hast du jetzt vor,

Lorrich? Willst du ein paar deiner Kinder im Tiefen Bach ertränken oder Jokko bitten, eine unheilbare Krankheit zu erfinden, die ein paar von uns dahinrafft?«

Lorrich verneinte. »Ich möchte ein neues Dorf gründen«, erklärte er, und sehr viele staunende und zweifelnde, aber auch eine Hand voll wissende Blicke hefteten sich an seine Lippen, als er weitersprach: »Zusammen mit Schtok, Wittlieb, Urbo, den Langeplanke-Brüdern und ihren Familien. Es gibt einen guten Platz östlich des Wuchereulenhains, nur ein kleines Stück flussaufwärts. Ein paar Karrenlängen hinter der Brücke, die auf die Straße nach Machenhausen führt. Dieses Stück Land gehört niemandem. Zumindest hat bislang noch niemand Anspruch darauf erhoben. Wir könnten ein halbes Dutzend Häuser errichten. Für den Anfang. Wenn wir einen Steinbruch am Zauberweiberberg errichten, müssen wir nicht einmal auf die Baustoffstube von Überbach zurückgreifen. Fast alles, was wir brauchen, können wir dort selbst herstellen, und für den Rest können wir mit Schwipswasserbeeren zahlen, denn auch davon gibt es in dieser Gegend mehr als genug.«

»Ein Steinbruch am Zauberweiberberg?«, empörte sich jemand hinter Lorrich. »Hast du den Verstand verloren? Weißt du denn nicht, was man sich über diesen Berg erzählt?« Ein paar Halblinge kicherten leise, aber viele ließen auch zustimmendes Geraune verlauten.

»Das weiß ich sehr wohl«, antwortete Lorrich, ohne sich zu dem Halbling umzudrehen. Stattdessen hielt er dem Blick des absolut Dorfältesten, der nun zwischen Fassungslosigkeit und Zorn schwankte, entschlossen stand. »Aber ich weiß auch, dass es nur Märchen sind«, behauptete er, »haltlose Geschichten, die man den Kindern erzählt, um sie davon abzuhalten, sich zu weit vom Dorf zu entfernen. Ich will dir nichts streitig machen, Gormo. Auch über das neue Dorf sollst du herrschen und wachen und nach deinem Ermessen verfügen. Wir brauchen einfach nur mehr Platz. Und der Grund auf der anderen Seite des Flusses ist über Meilen hinweg zu weich, um ihn zu bebauen.«

»Das ist lächerlich«, schnaubte Gormo verächtlich. »Keiner von euch ist älter als ein halbes Jahrhundert. Ihr wäret überhaupt nicht in der Lage, da draußen zu überleben. Nicht einmal bis zum Herbst, geschweige denn einen ganzen Winter lang.«

»Du unterschätzt uns«, erwiderte Lorrich schulterzuckend. »Wir haben uns lange Gedanken gemacht und alles bereits geplant. In nicht einmal vier Wochen würde unser Dorf stehen. Und im nächsten Frühjahr wäre es nicht mehr wegzudenken. Versprochen.«

Gormo schwieg. Irgendwo hinter ihm scharrte jemand mit den Füßen, abermals flüsterten ein paar der Anwesenden miteinander, dieses Mal aufgeregt, und ein zum Glück leerer Becher kullerte über den Boden, wofür sich irgendjemand halblaut entschuldigte. Ansonsten aber war es vollkommen still im Großen Saal.

Dass er seinen vollen Becher Schwipswasser aus Ärger hinter sich geworfen hatte, tat Gormo schon lange leid. Er hatte das Gefühl, dass ihm die alberne Diskussion mit diesem Naseweis leichter von den Lippen gegangen wäre, hätte er den Becher in einem Zug geleert – unabhängig davon, ob all die jungen Wilden im Saal nun mit ihm angestoßen hätten oder eben nicht. Darum stellte er sich intensiv vor, er hätte das Schwipswasser den Rachen hinunterlaufen lassen, und sagte schließlich: »Einverstanden.«

Ein paar der Überbacher Halblinge spendeten spontan Applaus, doch das Feuer des Jubels wollte sich nicht recht entfachen, da Lorrich nicht einmal lächelte, sondern skeptisch den Kopf zur Seite neigte und Gormo mit Augen wie schwarze Halbmonde maß.

»Einverstanden?«, vergewisserte er sich misstrauisch. »Einfach so und ohne Wenn und Aber? Bist du sicher?«

Gormo lachte auf. »Selbstverständlich nicht«, verneinte er. »Zumindest nicht einfach so und ohne Wenn und Aber. Ich möchte, dass ihr allein aufbrecht. Nur du, Urbo, die Langeplanke-Brüder, Wittlieb, Schtok und eure Frauen und Kinder. Habe ich jemanden vergessen?«

»Selbstverständlich nicht«, antwortete Lorrich nun seinerseits, »dein Gedächtnis ist unfehlbar, dein Verstand unermesslich und deine Güte ... na ja. Man möchte sie auf jeden Fall erwähnt haben.«

»Gut.« Der absolut Älteste nickte. »Jedenfalls wird niemand sonst mit euch gehen. Kein Stallknecht und kein Brauer. Kein Hausmädchen, und schon gar kein Held. Hast du das verstanden, Lorrich? Sämtliche Helden bleiben hier.«

Ein erschrockenes Raunen ging durch die Menge. Lorrich hatte mit vielem gerechnet, vor allem damit, dass Gormo ihm den Versuch erst gar nicht gestattete, und wenn er sich auf den Kopf stellte und mit den

Ohren wackelte. Aber damit, dass er ihn ohne einen einzigen Helden davonschicken würde, hatte er nicht gerechnet. Tatsächlich hatten er und die anderen die Helden in ihren Plänen überhaupt nicht berücksichtigt, weil sie ohnehin stets zugegen waren, wenn man sie brauchte, sodass ihre Anwesenheit als Selbstverständlichkeit galt. Es war, als gäbe man jemandem einen Wachhund und sagte: *Aber die Flöhe lässt du hier.* Wobei doch jeder wusste, dass ein Wachhund ohne Flöhe kein Wachhund war – wer sollte ihn denn sonst wach halten, wenn nicht die Flöhe?

Seit einst ein Halbling nicht nur sein eigenes Volk, sondern die ganze Welt mit all ihren Völkern und Wesen vor dem sicheren Untergang bewahrt hatte (so lautete jedenfalls die Geschichte, die man sich erzählte), war *Held* nicht nur ein anerkannter, sondern auch ein überaus begehrter Beruf; der Kindheitstraum zahlloser Halblinge, den sich so viele von ihnen verwirklichten, dass es in manchen Dörfern mehr Helden gab als Fliegen auf den Maultieren. Und sie machten ihre Sache gut. Schließlich waren alle Helden von irgendeinem Helden a. D. ausgebildet worden, der seinerseits bei einem Helden a. D. gelernt hatte. Und ein jeder hatte dem, was er gelernt hatte, noch etwas Besonderes beisteuern müssen, um zur Abschlussprüfung zugelassen zu werden – der eine einen Trick mit dem Spuckrohr, der nächste vielleicht eine wichtige Erkenntnis zum Lesen von Spuren im Moos.

Die Helden von heute jedenfalls waren nicht nur zahlreich, sondern auch unschlagbar gut. Ungünstigerweise war Lorrich kein Held. Schon als kleiner Junge hatte er davon geträumt, Hufeisenkratzer zu werden, aus dem einzigen Grund, dass auch sein alter Stiefvater Hufeisenkratzer gewesen war. Er war immer sehr zufrieden mit seiner Berufswahl gewesen. Sobald im neuen Dorf alles in geregelten Bahnen lief, wollte er seinen alten Beruf jedenfalls gerne wieder ausüben. Und nun sollten er und seine Freunde und ihrer aller Familien ohne einen Helden aufbrechen? Was, wenn ein wildes Tier in das Dorf eindrang oder ein Unwetter abgewendet werden musste?

Eine sehr beunruhigende Vorstellung. Doch noch schlimmer war die Vorstellung, weitere Jahre, wenn nicht gar Jahrzehnte, mit zwei stetig wachsenden Halblingsfamilien in einem viel zu kleinen Haus zu leben; auch, wenn es ihnen zugegebenermaßen sonst an nichts fehlte.

Darum ließ er sich seine Erschütterung nicht anmerken, sondern nickte tapfer.

»In Ordnung«, stimmte er zu und verneigte sich tief. »Mein Dank ist dir gewiss, Gormo. Ich werde dich nicht enttäuschen.«

»Doch«, widersprach Gormo, »das wirst du. Und um mich von deinem Versagen zu überzeugen und eure Familien vor dem größten Unheil zu bewahren, werde ich euch an jedem zweiten Faulenzertag einen Besuch abstatten. Die Versammlung ist beendet.«

Er stand wieder auf, ließ sich einen neuen Schwipswasserbecher bringen und reckte ihn am ausgestreckten Arm in die Luft. »Nun denn, ihr Lieben!«, rief er aus voller Kehle. »Ihr habt von den Belangen des Lorrich Vordemhaus gehört und die Entscheidung vernommen, die der Rat der Alten gefällt hat! Nun stoßt mit mir an: auf die Halblinge von Überbach, die flussaufwärts streben, um Unterbach zu gründen – einen Ort, der euren Enkeln gewiss fremd sein wird ...«

Er lachte, brach aber beleidigt ab, als niemand in sein Gelächter einfiel. Lediglich zwei Fassweiber, die dem Dunst des Schwipswassers aus den Krügen auf ihren Tabletts schon minutenlang aus nächster Nähe ausgesetzt waren, kicherten albern.

Gormo zog die Brauen zusammen, ließ den Blick über die Runde schweifen, seufzte schließlich tief und hob den Becher erneut. »Dennoch«, fügte er seiner Rede hinzu, »wünschen wir diesen Halblingen viel Glück. Und jetzt aber, verflucht noch eins, hoch die Tassen!«

»Hoch die Tassen!«, echote es endlich von allen Seiten, und obwohl die Sache mit den fehlenden Helden noch immer an ihm nagte, umspielte jetzt ein zufriedenes Lächeln Lorrichs Lippen. Er verneigte sich ein letztes Mal vor dem Rat der Alten, schnappte sich eine Schale Kaninchenbrei von einem Tisch und einen Schwipswasserbecher von einem Tablett und stimmte in den Trinkspruch mit ein, ehe er sich im prallvollen Saal auf die Suche nach Schtok und den anderen begab.

Die Arbeiten gingen schneller voran, als Lorrich angenommen und dem Rat der Alten versprochen hatte. Als sich die zweite Woche ihrem Ende zuneigte, standen bereits zwei Häuser am Ufer des Tiefen Bachs hinter der Brücke, und das Material für die anderen vier, die vorerst geplant waren, war schon fast vollständig aus dem Steinbruch geschlagen und herbeigetragen worden. Lorrich war stolz auf sich und seine Mitstreiter, die sich in unermüdlichem Fleiß geradezu selbst übertrafen, und er war mehr als zuversichtlich, Unterbach rechtzeitig oder sogar vor der angestrebten Zeit fertigstellen zu können.

Bis dahin teilten sich alle künftigen Unterbacher eine Hand voll schlichter Zelte auf einer Lichtung im angrenzenden Wuchereulenhain – eine Sicherheitsvorkehrung, die Lorrich getroffen hatte, damit die nächtlichen Lagerfeuer vom Tiefen Bach aus nicht so leicht zu sehen waren. Den Bemühungen aller Halblingshelden zum Trotz gab es nämlich auch heutzutage noch Floßfeiglinge – lockere Zusammenschlüsse nicht sesshafter Halblinge, die ufernahe Dörfer plünderten, dann feige auf ihren Flößen flüchteten und erst zurückkehrten, sobald sich ihre Vorräte an Diebesgut wieder dem Ende zuneigten. Ein Problem, mit dem Unterbach vorerst ohne Helden würde zurechtkommen müssen ...

Dass sie so schnell vorankamen, lag daran, dass nicht nur die Männer im Steinbruch und beim Errichten des Dorfes anpackten, sondern auch sämtliche Kinder, die dem Krabbelalter entronnen waren. Und sogar die Frauen legten hier und da Hand an, obwohl jede einzelne längst mehr Bauch als Brust vor sich hertrug. Nur Riffi und Mora, die inzwischen an prall gefüllte Wasserschläuche erinnerten, blieben in den Zelten zurück. Dafür flochten sie Körbe, knüpften Teppiche, nähten Vorhänge und töpferten Krüge und Teller und was sonst noch als Ausstattung für die neuen Häuser gebraucht wurde, bis ihre Finger nahezu wund waren. Besonders auf die Herstellung der Wandblätter verwendeten sie viel Zeit, denn die detailreich verzierten Ochsenbaumblätter waren der letzte Schrei in Überbach. Zwar war Lorrichs altes Haus davon verschont geblieben, aber nur, weil Mora und Krinbilla sich nie auf ein bestimmtes Muster hatten einigen können. Aber bald, dachte Lorrich an diesem Morgen zufrieden, als er sich aus den warmen Fellen in einem der Gemeinschaftszelte schälte, würde ja jede Familie über ihre eigenen vier Wände verfügen, die sie nach Lust und Laune gestalten konnte ...

Es waren noch zwei Tage bis zum nächsten Faulenzertag, an dem Gormo zu Besuch kommen wollte. Wie an jedem Morgen führte Lorrichs erster Gang seit Beginn der Arbeiten zunächst an die Schlaflager der anderen Männer, die er weckte, ehe er die notdürftig zusammengezimmerte Hütte im Herzen der Lichtung aufsuchte, in der die Vorräte aufbewahrt wurden. Der Wuchereulenhain war reich an überwiegend harmlosen, aber immerzu hungrigen Wildtieren, die sich von einem einfachen Zelt bestenfalls insofern von den Vorräten der Gemeinschaft hätten fernhalten lassen, als dass sie sich über die Lächerlichkeit des Versuchs totgelacht hätten. Daher die Hütte, die bloß über eine schmale Tür zugänglich war, vor der stets einer der Männer oder der älteren Jungen Wache an einem Feuer hielt. In der vergangenen Nacht war diese Aufgabe dem dicken Dodo zugefallen, Urbos und Babrikks zweitältestem Sohn.

Er döste, in ein dickes Waschbärenfell gehüllt, vor dem Lager vor sich hin und hatte die Augen geschlossen, als Lorrich ihn erreichte. Aber wenigstens schnarchte er nicht, was vermuten ließ, dass er nicht gänzlich schlief. Lorrich tippte ihm mit dem Zeigefinger auf die Mütze, und Dodos Augenlider krochen träge in die Höhe. »Drachetfillibfreit …«, murmelte er undeutlich.

»Wie bitte?«, frage Lorrich.

Dodo blickte erschrocken auf, schüttelte sich, als er Lorrich erkannte, gähnte und streckte sich. »Nichts, nichts …«, antwortete er müde. »Da war was mit Filli und einem Drachen ohne Flügel, oder so …« Er machte eine verlegene, wegwerfende Geste.

Lorrich lachte. »Du hast geträumt, dicker Dodo«, stellte er fest und zwängte sich vergnügt an Urbos Zweitältestem vorbei durch die schmale Tür. Um kleine Nager und dergleichen abzuschrecken, brannte immer eine Laterne im Inneren der Hütte. Was sich seinen Augen in ihrem flackernden Schein nun offenbarte, ließ Lorrich das Lachen buchstäblich im Halse stecken bleiben.

Das Lager sah aus, als hätte ein Sturm darin gewütet. Sämtliche Truhen, Kisten und Säcke waren geöffnet. Ihr Inhalt lag in heillosem Durcheinander auf dem Boden verstreut. Brotlaibe waren mit Maiskolben, Gewürzen und Zuckerzeug vermischt, großzügig dekoriert mit Mischbeeren und anderem Obst. Aber das war noch nicht einmal das Schlimmste. Das nämlich war die klebrige Lache, in der Lorrich sich wiederfand, kaum dass er den ersten Schritt in die Hütte gesetzt hatte. Auch die Schwipswasserfässer waren geöffnet worden!

Lorrich schrie auf und brüllte damit den letzten Rest von Dodos Müdigkeit hinfort. »Bei-allen-Schutzgeistern-verflucht-noch-eins-das-gibt's-doch-gar-nicht!«, entfuhr es ihm, während auch Dodo sich ein erschrockenes Aufquietschen nicht verkneifen konnte, das einem jungen Halbling, der im Traum Prinzessinnen von Drachen befreite oder umgekehrt, überhaupt nicht gut zu Gesicht stand. Lorrich wirbelte zu ihm herum. »Was ist hier passiert, Dodo? Was hast du getan?«, entfuhr es ihm fassungslos.

»Ich ...? Gar nichts habe ich ... Ich habe ... Ich war ...«, stammelte Urbos Zweitältester hilflos.

»Um des lieben Waldschrats willen!«, ergänzte Babrikk, die von der Aufregung alarmiert herbeigeeilt war – dicht gefolgt von Mora, Schtok und einer Schar Kinder. »Wer hat das getan?«

»Dein Herr Sohn!«, behauptete Lorrich außer sich, und Dodo hob abwehrend die Hände und schüttelte energisch den Kopf. »Zumindest aber«, ruderte Lorrich einen Schritt zurück, nachdem er einen halben Lungenflügel voll Luft genommen hatte, »hat er es nicht verhindert. Du hast geschlafen, Dodo! Während du bei Prinzessin Filli wandeltest, konnte irgendeine boshafte Kreatur hier wüten, als gäbe es kein Morgen mehr!«

»Ich war ... Ich habe ...«, begann Dodo erneut, doch seine Mutter schob ihn energisch beiseite und gesellte sich zu Lorrich in die Hütte.

»Was machen wir denn jetzt?«, erkundigte sich Babrikk, wobei sie den Blick hilflos über das Chaos schweifen ließ.

»Erst einmal aufräumen«, schlug Mora seufzend vor, die ihr nicht ganz freiwillig gefolgt war, denn inzwischen waren auch die übrigen Halblinge alarmiert hinzugekommen und versuchten alle gleichzeitig, in die Hütte zu spähen.

»Vielleicht sieht ja alles viel schlimmer aus, als es ist«, versuchte Mora zu besänftigen, ließ sich auf einer umgestürzten Truhe nieder und begann kurzerhand, Käseecken auf ihrem runden Bauch zu stapeln.

Lorrich, der seine Frau nicht gerne mit unangenehmen und zudem offensichtlichen Wahrheiten belasten wollte, verkniff sich den Hinweis, dass zumindest das Schwipswasser hoffnungslos verloren war. Aber einer der Männer, die sich vor der Hütte drängten, sprach laut aus, was er dachte.

»Und was reichen wir Gormo, wenn er übermorgen kommt?«, setzte eine der Frauen hinzu. »Er wird wohl kaum mit Flusswasser zufrieden sein, wenn er uns am Faulenzertag besucht, um nach dem Rechten zu sehen, oder? Er wird behaupten, dass wir nicht in der Lage sind, auf uns und das, was uns gehört, aufzupassen.«

»Womit er vielleicht Recht hat«, ließ eine pessimistische Stimme verlauten.

»Er wird uns zurück nach Überbach holen«, fügte jemand hinzu. »Und dann wäre der Traum vom eigenen Dorf aus.«

»Moment, Moment!« Mora ließ die Käseecken in eine leere Truhe purzeln und erhob sich schwerfällig, aber entschlossen. Dann stieg sie, sich an Lorrichs Schulter hochziehend, auf ein leeres Fass, um möglichst viele der bestürzten Gesichter, die sich im Eingang drängten, zu überblicken. »Noch ist nicht aller Tage Abend, ihr Lieben! Schickt mir gleich die Kinder in die Hütte, damit sie mir helfen, zu retten, was zu retten ist. Babrikk – du ziehst mit Riffi aus, um so viele Schwipswasserbeeren zu sammeln, wie nur irgend möglich. Lorrich und die anderen Männer werden weiter am Dorf arbeiten, als sei nichts geschehen, und auf uns Frauen vertrauen. Ich habe eine Idee. Aber jetzt«, schloss sie, klatschte in die Hände und kletterte ächzend wieder vom Fass, »gebt erst einmal den Ausgang frei und richtet die Frühstückstafel aus. Ich habe nämlich einen Bärenhunger. Und zwar mindestens für zwei.«

Die Frauen hatten ganze Arbeit geleistet. Dennoch fiel es Lorrich schwer, ein rundum zufriedenes Gesicht zur Schau zu stellen, als er Gormo, Forsch und Jokko am frühen Abend des zweiten Faulenzertages nach dem ersten Spatenstich an der langen Tafel, die zur Feier des Tages errichtet worden war, gegenübersaß. Dabei war er eigentlich ziemlich guter Stimmung: Die Vorräte hatten überwiegend unbeschadet aufgesammelt und wieder eingelagert werden können. Was feucht gewesen war, hatten die Frauen über dem Feuer getrocknet, wobei sie festgestellt hatten, dass insbesondere dunkles Brot noch viel besser schmeckte, wenn man es in Schwipswasser einlegte und noch einmal aufwärmte. Mit würzigem Käse, süßem Aufstrich oder sogar beidem entstand ein Gedicht für die Geschmacksknospen, und obwohl die Frauen auch

Kaninchenbrei zubereitet und aufgetragen hatten, um Gormo Käutzling zu imponieren, erfreuten sich die herzhaft-süßen Schnittchen an diesem Abend eindeutig größerer Beliebtheit – selbst bei Gormo und den alten Zwillingen. Lorrich erfüllte dies mit Stolz auf die einfallsreichen Damen. Tapfer nippte er an seinem Becher, der im Gegensatz zu den Bechern der Alten keineswegs Schwipswasser enthielt. Der berauschende Saft nämlich war wirklich nicht mehr zu retten gewesen, und was die Frauen in der Kürze der Zeit hatten neu herstellen können, hatte gerade einmal ausgereicht, um die Becher der Gäste und einen weiteren, mittelgroßen Krug zu füllen. Dieser stand nun zwischen den dreien auf der Tafel, mit einem unscheinbaren Kreuz am Henkel markiert, damit niemand der anderen sich versehentlich daran gütlich tat. Es reichte einfach nicht für alle. Aber das sollte Gormo nicht wissen.

»Wie ich sehe, schreiten die Arbeiten an Unterbach zügig voran«, stellte der absolut Dorfälteste von Überbach fest, wobei er den Blick über die Baustelle schweifen ließ, an deren Rand die Tafel errichtet worden war. Er klang nicht so, als ob er darüber besonders erfreut war, stellte Lorrich fest. Erneut nahm er einen Schluck seines mit Mischbeeren gefärbten und Blütenessig versetzten Wassers. Er stellte den Becher wieder ab und langte stattdessen nach einem Käse-Rübenkraut-Schnittchen, um seine Anspannung zu mildern. »Es läuft alles nach Plan«, bestätigte er lächelnd. »Wenn es so weitergeht, werden wir das Dorf noch vor der vereinbarten Zeit fertigstellen, Gormo.«

»Vor der vereinbarten Zeit?«, wiederholte der Alte nachdenklich. »Soso ...«

Aus den Augenwinkeln registrierte Lorrich, wie Jokko sich bemüht unauffällig zur Seite neigte und misstrauisch an Urbos Becher schnupperte, der gerade mit einem seiner jüngeren Kinder beschäftigt und somit abgelenkt war. Natürlich trank auch Urbo gefärbtes Wasser – so wie alle außer den drei Alten aus Überbach. Aber der Blütenessig sorgte zuverlässig dafür, dass das falsche Schwipswasser auch der Schnupperprobe standhielt. Als Jokko die Schultern zuckte und sich wieder auf seinen Kaninchenbrei konzentrierte, atmete Lorrich erleichtert auf, und Mora und Babrikk tauschten ein triumphierendes Grinsen. Doch dann kam Lorrich ein böser Gedanke, und das Lächeln verschwand fluchtartig von seinen Lippen.

Warum hatte Jokko an Urbos Becher geschnuppert? Sie hatten niemandem von dem Vorfall im Vorratslager erzählt – niemand konnte ahnen, dass es ihnen an irgendetwas mangelte und möglicherweise eine List hinter den zahlreichen gefüllten Bechern und Krügen auf der Tafel steckte. Niemand, der nicht selbst beteiligt gewesen war ...

Aber das konnte nicht sein. Lorrich zerrte das ungehorsame Lächeln in sein Gesicht zurück und verbot sich solcherlei Gedanken, denn sie waren nicht nur vollkommen abstrus, sondern auch ungerecht. Bestimmt, schalt er sich selbst im Stillen, hatte das Essigwasser seine Sinne benebelt. Wahrscheinlich, belehrte er sich, hatte Jokko nicht nur eine auffällig große, sondern auch eine ausgesprochen gute Nase, die durch den kleinen, olfaktorischen Fehler – bestehend in dem winzigen Unterschied zwischen Jokkos eigenem Getränk und dem seines Sitznachbarn – irritiert war.

»Ganz richtig, vor der Zeit«, bestätigte Lorrich also voller Zuversicht. »Und auch unsere Frauen sind sehr fleißig. Vermutlich bekommt Unterbach nicht nur die größten, sondern auch die schönsten Wandblätter der ganzen Welt. Stimmt's, Mora?«

»Absolut«, bestätigte seine Frau stolz. »Wir haben gerade etwas Neues ausprobiert: Goldglockenhonig. Wenn man Rotholzspäne darin auflöst, lässt sich eine herrlich glänzende, rotgoldene Farbe daraus herstellen.«

»Ich persönlich kombiniere es am liebsten mit einem kräftigen Blau«, ließ Krinbilla verlauten.

»Was für Wandblätter aber keine gute Wahl ist«, wandte Riffi fachkundig ein. »Dunkle Farben lassen Räume enger wirken, als sie in Wirklichkeit sind. Zumindest, wenn man sie großflächig verwendet. Ich rate nach wie vor zu einem strahlenden Gelb als Grundierung für die Goldglockenhonigblätter. Dazu kann man mit einem saftigen Rotviolett Kontraste setzen – etwa um das Fenster herum. Oder auch mit Dunkelblau, wenn du es nicht lassen kannst.«

»Nur weil du ein paar Jahre jünger bist, bist du nicht allwissend in Hinsicht auf die neuesten Moden«, erwiderte Krinbilla hochnäsig. »Tatsächlich würde ich sogar behaupten, dass es dir für ein umfassendes Farbverständnis sogar an Lebenserfahrung mangelt. Farben sind mehr als nur ... na, bunt eben. Farben sind *Gefühle* ...«

»Man kann Gefühle mit Farben ausdrücken«, widersprach Krinbilla. »Aber das ist wirklich nicht das Gleiche ...«

Mora stimmte dem zu, Krinbilla beharrte auf ihrer Behauptung, und Riffi versuchte über das Geschnatter der anderen hinweg das Thema zu wechseln, indem sie sich nach den genauen Rezepten für Schokoladenbraun und weiß marmoriertes Anthrazitsilber erkundigte. Auch hierzu hatten die Damen jeweils grundverschiedene Meinungen – von den Männern konnte ihnen längst niemand mehr folgen. Lorrich bedachte die drei Alten am anderen Ende der Tafel mit einer zerknirschten Grimasse und einem entschuldigenden Schulterzucken, und Gormo seufzte tief, schüttelte den Kopf und erhob sich schwerfällig.

»Nun denn«, verabschiedete er sich, an Lorrich gewandt, obwohl sein Becher noch zur Hälfte gefüllt und sein Kaninchenbrei sogar gänzlich unangetastet war. Dafür ließ er unauffällig ein paar der leckeren Schnittchen in der Manteltasche verschwinden, während er den Zwillingen bedeutete, sich ebenfalls zu erheben. »Ich danke dir für den freundlichen Empfang, Lorrich Vordemhaus, und wünsche dir und deinen Mitstreitern weiterhin viel Glück und Erfolg für eure großen Pläne. Gehabt euch wohl, ihr Unterbacher von morgen.«

Auch Jokko und Forsch verabschiedeten sich und schwangen sich auf ihre Maultiere, die einen Karren zogen, auf dem Gormo es sich bequem machte. Endlich hätte Lorrich aufatmen können, wäre ihm nicht so übel vom gefärbten Essigwasser gewesen. Er wartete ab, bis die drei Alten außer Sichtweite waren, sprang auf und übergab sich ausgiebig in den Tiefen Bach, ehe er an die Tafel zurückkehrte, an der erst jetzt das richtige Fest zum Faulenzertag begann.

Die kommende Woche verlief ohne Zwischenfälle, und Lorrich hatte mit seinen letzten Schätzungen vollkommen richtiggelegen: Bereits am Abend nach dem dritten Faulenzertag waren sämtliche Hütten bezugsfertig, zwar nur provisorisch, aber durchaus bewohnbar – sofern man geübt darin war, die zahllosen Bemerkungen und Kritikpunkte seitens der Frauen über den noch mangelhaften Komfort mit »Ja, Schatz, großkariertes Bettzeug«, »Ich freue mich *ungemein* auf die dreifarbigen Wandblätter, Liebling« und »Sicher – mit Ornamenten an den Stuhlbeinen wären die Hocker am Tisch gleich viel bequemer« zu beantworten.

Lorrich versprach seiner Mora, die Wandblätter und Vorhänge, die seine Liebste natürlich längst fertiggestellt hatte, bis zum Ende der Woche anzubringen. Und er versprach es nicht nur, er nahm es sich sogar tatsächlich ganz fest vor. Wenn Gormo das nächste Mal zur Stippvisite erschien, wollte er Unterbach hochoffiziell und mit dann wieder reichlich verfügbarem Schwipswasser einweihen.

Auch ohne Wandblätter, Vorhänge und schmückende Windspiele an den Fenstern schlief Lorrich sehr gut am ersten Abend in seinem annähernd fertigen, aber ganz eigenen Haus. Endlich schnarchte Wittlieb nicht mehr in unmittelbarer Nähe, dass die Balken gequält mitächzten. Die älteren Jungen tuschelten nicht mehr unentwegt unter einer gemeinsamen Bettdecke, und die Kleinsten rissen sich nicht mehr gegenseitig aus dem Schlaf, wenn eines mal heulte. Lorrich war jetzt nur noch von seiner eigenen Familie umgeben. Mora ruhte friedlich neben ihm, das ungeborene Baby trat ab und an zaghaft gegen den prallen Bauch, auf dem sein Unterarm ruhte, und seine Jüngste lutschte allenfalls schmatzend am Daumen, wenn sie kurz erwachte. Es dauerte nicht lange, bis Lorrich eingeschlummert war, denn wie alle anderen Männer hatte er den vergangenen Tag einmal mehr im Steinbruch zugebracht, da nun, nachdem die Häuser standen, auch noch Material für einen großen Stall, ein Lager und ein Handwerkshaus gewonnen werden musste.

Er träumte von Mora und seinem neuen Baby, von seinem neuen Haus und von Unterbach. In seinen Träumen wuchs das neue Dorf binnen kürzester Zeit auf die doppelte Größe an. Die jeweils zwei Esel und Rinder, die Gormo ihnen überlassen hatte, vermehrten sich praktisch über Nacht, sodass prächtige Herden auf saftigen Weiden um das Dorf herum grasten. Neben dem Handwerkshaus schoss eine Schmiede in die Höhe, und daneben wiederum eine Baustoffstube, die der von Überbach in nichts nachstand. Es gab ein Haus für Männer und wilde Spiele wie das Hütchenhaschen, und eines für Frauen und ihre Farben. Aber vor allen Dingen verfügte Unterbach über einen Markt, der so groß und vielfältig war, dass er Händler und Kunden von weither anlockte. Sie füllten die Gasthäuser – ja, Gasthäuser! –, und nach Marktschluss kehrten sie in den Tavernen ein, wo sie auf ihre Geschäfte anstießen, dass die Becher nur so aneinanderkrachten …

… und schepperten …

… und aufschrien …

Aufschrien?

Lorrich schlug die Augen auf und erblickte einen sternenklaren Nachthimmel. Was an und für sich eine hübsche Angelegenheit gewesen wäre, eine romantische Situation sogar, zumal sein Arm nach wie vor auf Moras kugelrundem Bauch ruhte. Problematisch war jedoch die Erkenntnis, dass er zumindest gestern beim Zubettgehen im eigenen Haus – das hatte er sicherlich nicht nur geträumt – noch ein Dach hatte. Er lag immer noch auf den Strohsäcken, die das noch nicht ganz fertige Elternbett ersetzten. Die Deckenlampe, die er zu löschen vergessen hatte, setzte gerade den Boden in Brand, statt unter der Decke zu hängen, denn die war nicht mehr da. Ebenso wie zwei der Außenwände und das Fenster über der Essecke.

Lorrich sprang auf und trat das zum Glück noch nicht sehr große Feuer aus, wodurch auch Mora erwachte und ihm mit dem Nachttopf der Kinder zu Hilfe eilte. Kaum war die letzte Glut gelöscht, war Lorrich auch schon aus dem Haus (später sollte er sich beschämt daran erinnern, tatsächlich die Tür benutzt zu haben), um den unverfrorenen Unhold zu jagen, der ihm zu nächtlicher Stunde buchstäblich das Dach über dem Kopf gestohlen hatte.

Aber nicht nur ihm.

Das Scheppern der Öllampe, die auf den Boden gefallen war, und die anschließenden Schreie von Lorrich und Mora hatten auch Schtok und seine Familie aus dem Schlaf gerissen. Sie hatte es sogar noch viel schlimmer erwischt, denn ihnen fehlten nicht nur das Dach und zwei Wände, sondern das ganze Haus. Irgendjemand hatte es Stein um Stein wieder abgetragen, was mühselig gewesen sein musste, jedoch nicht allzu schwer, denn wie bei Lorrichs Haus war auch an Schtoks Haus der Mörtel noch nicht getrocknet. Die Pechfackel, die Lorrich nun entzündete, um den Dieb zu jagen, enthüllte neben Riffi, die aufgebracht umhereilte und ihre Jüngsten wieder einzufangen versuchte, außerdem schnell eine weitere … nun, man könnte sagen: *Ungewöhnlichkeit*. Wer auch immer ihnen die Häuser über dem Kopf abzubauen begonnen hatte, hatte dies keineswegs aus der Not heraus, aus einem Mangel an Baumaterialien getan. Nein, offenkundig wollte man sie lediglich schikanieren. Jedenfalls waren die Steine und Dachziegel nicht verschwunden, sondern lediglich umgeschichtet worden. Jetzt bildeten sie ein riesiges Abbild eines nackten Halblings im Zentrum des Dorfes. Eines Halblings, der Lorrich beschämend ähnlich sah …

Lorrich fluchte, eilte zu Schtok und Riffi zurück, beauftragte Riffi, auf sämtliche Kinder zu achten, sobald sie ihre drei wieder beisammenhatte, und bat Mora, die anderen Männer zu wecken, ehe er mit der Pechfackel bewaffnet und mit dem muskulösen Schtok im Schlepptau durch das neue Dorf eilte. Viel konnten sie im nicht allzu hellen Fackelschein jedoch nicht erkennen. Als sie die Suche nach dem Verbrecher gerade einstellen und zu den anderen zurückkehren wollten, um sich zu beraten, vernahm Lorrich ein Geräusch, das aus der improvisierten Baustoffstube kam. Er bedeutete Schtok, sich still zu verhalten, und näherte sich auf Zehenspitzen der auf den ersten Blick nach wie vor geschlossenen Holztür.

Der Fackelschein räumte einen Irrtum aus: Die Tür war zwar geschlossen, ließ sich aber einfach aufschieben, da jemand nicht nur das Schloss, sondern auch den Türknauf abmontiert hatte. Lorrich meinte sich zu erinnern, Letzteren vorhin an der nächtlich errichteten Halblingsfigur ausgemacht zu haben; wenn er sich nicht irrte, hatte er ein Auge ersetzt. Aber zumindest seine Ohren hatten ihn nicht getäuscht: Aus dem Inneren der Baustoffstube ertönte tatsächlich ein leises Rascheln, Quietschen, Schleifen, Klappern, Fluchen … und zuletzt auch ein Flüstern.

»Wo, verdammt …«, glaubte er zu verstehen. Irgendwie kam ihm die raue Stimme bekannt vor, wenngleich er sie nicht spontan zuordnen konnte. »Farbe, Farbe, Farbblätter … Wo zur Hölle sind die *Schnittchen …?*«

Wer auch immer dort drinnen war, hatte es anscheinend nicht auf die Baustoffstube und seinen Inhalt, sondern auf das Lagerhaus abgesehen. Lorrich verzichtete darauf, weiter darüber nachzudenken, was das zu bedeuten hatte. Stattdessen nickte er Schtok kurz zu, der ihn gleich verstand und sich breitbeinig hinter ihm postierte, während Lorrich die Tür mit einem Fußtritt aufstieß.

Ein Poltern ertönte, begleitet von einem erschrockenen Schrei, der dem, der ihn eben aus dem Traum gerissen hatte, gleichkam. Für einen Augenblick glaubte Lorrich, eine gebeugte, dürre Gestalt in der Dunkelheit zu erkennen, die irgendetwas in die Höhe riss … und verschwand.

»Dämonen!«, fluchte Schtok, als die Fackeln wieder nichts als Kisten und Truhen aus der Dunkelheit schälten. »Geister! Zauberweiber!«

»Von wegen!« Lorrich bedeutete seinem Gefährten, im Eingang zurückzubleiben, drückte ihm seine Fackel in die Hand und griff entschlossen nach einem der Fässer, in denen die Frauen unter anderem das neue Goldglockenhonigrotgold aufbewahrten. Mit einem gekonnten Handgriff war es entkorkt, und noch ehe Schtok verblüfft eine entsprechende Frage formulieren konnte, hatte sich Lorrich ein paarmal um die eigene Achse gedreht und die gute Farbe – er hatte ein leuchtendes Gelborange erwischt – im ganzen Raum verteilt.

Zwischen zwei Türmen aus Kisten blieb sie scheinbar in der Luft kleben und nahm die Form einer in einen Umhang gehüllten Gestalt an. Zwei dünne Arme und die Ansätze zweier ebenfalls dürrer Oberschenkel ragten hervor. Oberhalb des Kragens hatte die Farbe nicht ausgereicht, um die ganze Form des Eindringlings zu offenbaren, sondern sah aus, als würde sie einen nach oben hin spitz zulaufenden Bart abbilden. Aber ein großer, orangener Klecks hatte noch ein erstaunlich großes Ohrläppchen aus der Luft geschält.

»Er hat einen Mantel!«, triumphierte Lorrich und tat einen Satz auf den plötzlich nicht mehr ganz unsichtbaren Fremden zu. »Das ist der einzige Trick! Er hat eins von diesen neumodischen Dingern, die ihren Träger scheinbar einfach –«

Er brach ab, als der fast Unsichtbare plötzlich eine Werkzeugkiste hob, die er Lorrich auf den Schädel krachen ließ, ehe dieser ihn ganz erreicht hatte.

Vorhänge, dachte Lorrich noch, während er den Boden auf sich zurasen sah und gnädige Schwärze sich um seine Sinne legte. *Vorhänge aufhängen, Wandblätter anbringen … und bloß das alberne Windspiel nicht vergessen!*

Es gibt Leute, die behaupten, der letzte Gedanke, mit dem man abends einschlafe, sei der erste, mit dem man am Morgen erwache. Das entspricht entweder nicht der Wahrheit oder schließt zumindest Fälle von äußerst abrupt eintretendem Tiefschlaf infolge heftiger Schläge auf den Schädel aus. Lorrich jedenfalls erwachte im Morgengrauen nicht etwa mit dem Gedanken an die Innenausstattung seines neuen Heimes, sondern mit zwei sich stetig wiederholenden Sätzen in den Ohren, die ihm sein Schamgefühl mit nur für ihn hörbarer Stimme einflüsterte: *Mein Gott, ist das peinlich! Himmel-herrje-mein-Gott-noch-mal, ist das verflixt-verdammt-zum-Teufel-noch-mal peinlich ...!*

Denn er erwachte im Herzen seines kleinen, neuen Dorfes – mit direktem Blick auf die Skulptur aus Ziegelsteinen, Dachpfannen und anderen Baumaterialien, die aus den mehr oder weniger abgebauten Häusern entwendet worden waren. Lorrich starrte auf die riesige Figur des splitternackten Halblings, der nun, bei Licht betrachtet, noch mehr Ähnlichkeit mit ihm selbst aufwies. War der Halbling nackt, weil seine Erbauer in den Häusern noch keine Vorhänge oder Tischdecken vorgefunden hatten? Lorrich vermutete, dass man ihn dadurch eher zusätzlich hatte ärgern wollen, denn nackt war die wackelige Statue wirklich verdammt peinlich. Denn angesichts ihrer recht erheblichen Größe baumelte da ein beschämend kleiner ... eine beleidigend winzige ...

»Rübe«, behauptete der dicke Dodo, der zusammen mit den meisten anderen Dorfbewohnern in einem Halbkreis um den Riesenhalbling herumstand und betrachtete, was Lorrich so beschämte, dass er am liebsten gleich wieder in Ohnmacht gefallen wäre.

»Karotte«, verbesserte Urbo seinen ältesten Sohn mit einem leichten Schlag gegen den Hinterkopf, der wohl das Denkvermögen erhöhen sollte.

»Rüben sind nicht orange«, argumentierte Babrikk. »Und außerdem bedeutend größer.«

»Bist du in Ordnung? Geht es dir gut?«, erkundigte sich Mora, die bis zu diesem Moment überhaupt nicht bemerkt hatte, dass Lorrich wieder erwacht war, obwohl sie gleich neben den Decken kniete, auf denen man ihn abgelegt hatte. Mora beugte sich zu ihrem Mann herunter und kühlte seinen schmerzhaft pochenden Schädel mit einem feuchten Tuch.

Lorrich wandte ihr stöhnend den Blick zu und registrierte dabei, dass sich wirklich alle Bewohner von Unterbach auf dem Platz in der Mitte des Dorfes versammelt – und wohl auch die ganze Nacht hier verbracht – hatten. Jemand hatte ein Lagerfeuer entzündet, an dem noch immer ein paar Kinder vor sich hin schnarchten und über welchem Wasser in einem Kessel köchelte. Ab und zu schöpfte Riffi daraus eine Kelle in einen Becher, in den sie zuvor ein paar kräftig duftende Kräuter gegeben hatte. Überall lagen Decken und Felle verteilt, die aus den Häusern herbeigeschafft worden waren, und das gemeinsame Frühstück aus Käse und Brot war auch schon zum größten Teil verzehrt. Offenbar hatte nach den Turbulenzen der vergangenen Nacht niemand in sein Haus zurückkehren wollen. Stattdessen hatte man gemeinsam am Feuer gewacht.

»Bestens«, log Lorrich und richtete sich mühsam in eine sitzende Position auf, wobei er sich bemühte, die Figur nicht versehentlich noch einmal zu betrachten. Aber sein linkes Auge gehorchte ihm nicht ganz, und als sein Blick sie darum ein weiteres Mal streifte, errötete er so stark, dass er die Hitze in seinen Wangen fühlte. »Könntest du bitte einen sehr großen Hammer besorgen und dieses … dieses *Ding* vernichten?«, zischte er an Mora gewandt.

»Das ganze Ding oder nur das *Ding?*«, erkundigte sich Mora schelmisch zwinkernd.

»Das ganze!«, jammerte Lorrich und vergrub das Gesicht in der Armbeuge, als Urbo darauf aufmerksam wurde, dass er erwacht war. »Bitte, bitte, bitte mach es weg. Urbo soll dir helfen. Und Dodo. Und das ganze verfluchte Dorf. Und … und …«

Er schniefte verzweifelt. Mora legte sanft einen Arm um seine Schultern und drückte ihn tröstend an sich. »Alles wird gut, mein tapferer Lorrich«, flüsterte sie, während Urbo ihm vor Erleichterung über sein Erwachen mit der flachen Hand so herzlich in den Nacken schlug, dass seine Backenzähne aufeinanderkrachten.

»Lorrich! Alter Geisterjäger! Schön, dass du wieder aufrecht sitzt!«, freute sich Urbo, was auch alle anderen auf Lorrich aufmerksam machte. »Wusste ich doch, dass so ein popeliges kleines Werkzeugkästchen dich nicht länger als eine halbe Nacht außer Gefecht setzen kann! Willst du hören, wie die Geschichte ausgegangen ist, oder willst du gleich nach

Überbach reiten und dem alten Jokko das Fell über die Ohren ziehen?«

Lorrich hob ächzend den Blick. Er fühlte sich im wahrsten Sinne des Wortes angeschlagen. Alle starrten ihn an, sein Schädel brummte wie ein ganzer Schwarm Riesenhummeln, und die Scham wog mindestens so schwer wie die Verwirrung, die in diesem Moment in seine Augen trat. »Jokko?«, wiederholte er ratlos.

»Jokko.« Urbo verschränkte die Arme vor der Brust und nickte triumphierend. »Der Unsichtbare, der die Häuser abgebaut hat.«

»Und der dieses hübsche Denkmal für dich errichtet hat«, ergänzte Babrikk mit einem Nicken auf die Figur, die Lorrich verdammt noch mal nie wieder sehen wollte.

»Er ist zwischen meinen Beinen hindurch, nachdem er dich außer Gefecht gesetzt hat«, erklärte Schtok leicht beschämt.

»Aber wir haben ihn durch das ganze Dorf gejagt«, erklärte Bobo, der jüngere der Langeplanke-Brüder.

»Was nur dank der Farbe möglich war, mit der du ihn besudelt hattest, mein tapferer großer Lorrich«, ergänzte Mora stolz.

Lorrich schüttelte den Kopf, was ziemlich wehtat, aber die einzige Reaktion war, zu der er angesichts dieser Fülle von unvollständigen Informationen zunächst imstande war.

»Jokko?«, wiederholte er noch einmal, als sich sekundenlang niemand veranlasst sah, eine weitere Erklärung abzugeben. »Ihr meint, dass Jokko Antrodisibus der Saboteur war? Habt ihr ihn denn fangen können?«

Urbo verneinte. »Leider nicht«, antwortete er. »Wir sind ihm wirklich durchs ganze Dorf hinterhergejagt. Aber dann ist er in den Tiefen Bach gesprungen.«

»Und nicht wieder aufgetaucht«, beteuerte Dodo.

»Doch«, widersprach Schtok. »Das ist er bestimmt. Aber damit war er die Farbe los. Und ohne die Farbe konnten wir ihn nicht mehr sehen. Aber er war es. Ganz sicher.«

»Ganz sicher?«, hakte Lorrich zweifelnd nach. »Was für einen Sinn ergibt das? Warum sollte er uns sabotieren? Und wie könnt ihr euch so sicher sein, dass es Jokko war, wenn der Unhold doch unsichtbar war – zumindest größtenteils. Woran habt ihr ihn erkannt?«

»An den Ohren«, behauptete Riffi überzeugt. »Er hat die größten Ohren auf dieser Seite der Berge.«

»Die größten aller Halblinge, die je gelebt haben«, bestätigte Mora.

»Die größten der ganzen Welt«, piepste irgendein Kind.

Lorrich schwieg und musterte die Gesichter der Unterbacher mit kritischen Blicken. Aber sie alle schienen sich absolut sicher zu sein. Trotzdem ... Warum sollte Jokko ihnen die Häuser über den Köpfen abbauen?

Warum hatte er an Urbos Schwipswasser geschnuppert?

Weshalb hatte Gormo eigentlich so unzufrieden gewirkt, als er zuletzt hier war, wo doch eigentlich nur Grund zur Zuversicht bestanden hatte ...?

Und plötzlich ergab alles einen Sinn.

Lorrich sprang auf, bereute es gleich wieder, als ihm so sehr schwindelte, dass Mora ihn stützen musste, und spie trotzdem vor Wut auf den Boden. »Gormo!«, fluchte er. »Dieser missgünstige alte Kauz! Er hat von Anfang an nicht an mich geglaubt. Er hat uns ohne Helden hergeschickt, und er will uns beweisen, dass wir es alleine nicht schaffen! Er will den erfolgreichen Bau des Dorfes verhindern, damit niemand auf die Idee kommt, dass irgendjemand auch kann, was er kann. Bestimmt steckt er auch hinter der Geschichte mit dem Vorratslager. Bestimmt wollte er uns in Verlegenheit bringen, weil wir nicht einmal auf unser verdammtes Schwipswasser aufpassen können. Und wenn er übermorgen wiederkommt, wird er sich darüber auslassen, dass noch immer zwei Häuser nicht fertig sind. Und vermutlich ...« – Lorrich gestikulierte aufgebracht in die Mitte des Platzes, wo sein Abbild in voller Pracht auf die Bewohner des neuen Dorfes hinabgrinste – ... »Vermutlich wird er es darauf schieben, dass ich mir ein grässliches Denkmal habe errichten lassen, statt Verantwortungsbewusstsein und organisatorisches Talent zu beweisen, damit es denen, die eben doch an mich glauben, in Unterbach bald genauso gut oder besser geht wie in Überbach. Gormo, du gemeines, altes Ungeheuer!« Zornig schlug Lorrich mit der geballten Faust ein paar Löcher in die Luft. »Du seniler, egoistischer Tattergreis! Du schrumpeliger, gehässiger Schrumpfkopfkobold! Du hässlicher, wurmstichiger ...«

Mora hielt ihm den Mund zu, während Riffi ihrer Zweitjüngsten die

Hände auf die Ohren presste und Lorrich mit vorwurfsvollen Blicken strafte.

»Beruhige dich, Lorrich«, bat Mona sanft. »Jetzt, da wir wissen, wer hinter all dem Übel steckt, werden wir auch einen Weg finden, um zu beweisen, dass Gormo – oder zumindest Jokko – hinter den Attentaten auf unser Dorf steckt. Und dann wird er Buße tun müssen, wenn er nicht auch den Zorn der Überbacher auf sich ziehen will. Und das wird er nicht wollen, denn sie könnten ihn mit Schimpf und Schande davonjagen. Ein solches Verhalten steht einem Ältestenrat nun wirklich nicht gut zu Gesicht.«

»Und wie sollen wir das machen?«, schnaubte Lorrich mühsam beherrscht.

Mora zuckte die Schultern, lächelte dabei aber sehr gelassen. »Zunächst einmal«, antwortete sie ruhig, »werden wir wachsam bleiben und beweisen, dass wir auch ohne seine Helden hervorragend zurechtkommen. Und natürlich bauen wir die Häuser wieder auf.«

»Bis übermorgen?« Lorrich schüttelte den Kopf. »Unmöglich! Wir müssen neuen Klebesand herbeischaffen, und nach jeder zweiten Reihe muss der Mörtel eine gute Stunde trocknen.«

»Wir bauen nicht mit Steinen, Lorrich!« Mora lachte auf. »Dein Denkmal bleibt schön da stehen, wo es ist, denn es gefällt uns allen wirklich gut. Wir ziehen dir nur etwas an, wenn du nichts dagegen hast. Und was die Häuser angeht ...« Sie zwinkerte in Riffis, Krinbillas und Babrikks Richtung. »Nun«, sagte sie schließlich, »lass dich einfach überraschen.«

Gormo staunte nicht schlecht, als die Unterbacher ihn am übernächsten Tag empfingen, und er tat sich sichtlich schwer damit, sich seine Überraschung nicht anmerken zu lassen. Hätten Lorrich und die anderen noch daran gezweifelt, dass tatsächlich der Rat der Alten, also Gormo höchstpersönlich, hinter den Attentaten auf das neue Dorf steckte, hätte ein Blick in sein Gesicht mit den weit aufgerissenen Augen und der kraftlos der Schwerkraft nachgebenden Kinnlade absolut genügt, um alle Zweifel restlos auszuräumen. Aber zwischen fester Überzeugung und einem Beweis klaffte ein schier unüberwindlicher Abgrund, und so blieb Lorrich nichts anderes übrig, als die berühmte gute Miene zum bösen Spiel zur Schau zu tragen, während er anderthalb Schritte neben dem alten Gormo Käutzling stand, der zu dem breit grinsenden Abbild Lorrichs hinaufstarrte, während Jokko verlegen mit den Füßen scharrte und Forsch so tat, als erforderte irgendetwas im wolkenlosen, strahlend blauen Himmel seine volle Konzentration.

Es waren nur anderthalb Schritte, die Lorrichs geballte Rechte von Gormos Nase trennten. Anderthalb Schritte, um seinem Ärger so etwas von Luft zu machen …

Mora, der Lorrichs Anspannung nicht entging, schob sich wie beiläufig zwischen ihn und den Rat der Alten und schenkte Gormo ein freundliches Lächeln.

»Und, Gormo?«, erkundigte sie sich. »Gefällt es dir?«

Gormo starrte weitere zwei, drei Sekunden zu dem Denkmal hinauf, ehe er sich von dem Anblick losriss und sich Mora zuwandte, wobei sein Blick ganz kurz und fast unmerklich an Jokko hängenblieb. Er hätte ihn wohl gerne im Tiefen Bach ertränkt. Jokko fuhr sichtlich zusammen.

»Oh, es ist ganz hervorragend«, antwortete er Mora mit einem aufgesetzten Lächeln, aber seine Stimme, seine Mimik und seine steife Haltung straften seine Worte Lügen. *So*, brüllte er geradezu in Körpersprache, *war das nicht geplant!*

Zwei zu null, antwortete Lorrich ebenso stumm, indem er die Arme vor der Brust verschränkte, das Kinn vorschob und Gormo böse anfunkelte. Sie hatten zwar keine Helden unter sich, dafür aber vier starke Frauen. Und die hatten es faustdick hinter den Ohren.

»Ja, wirklich«, fügte Gormo so enthusiastisch hinzu, dass es schon albern wirkte. »Dieses Zusammenspiel aus Ziegelsteinen und … Ziegelsteinen. Ein ästhetischer Leckerbissen für die Augen eines jeden Kunstgourmets. Ein Wunderwerk der Schaffenskunst. Beneidenswert, Lorrich. Es ist wirklich hübsch. Wie habt ihr es nur geschafft, in der Kürze der Zeit so viele Steine aus dem Steinbruch zu schlagen und nach den Häusern auch noch dieses einzigartige Denkmal zu errichten? Und überhaupt … Die Häuser …«

Er ließ den Blick durch das kunterbunte Dorf schweifen.

»Hübsch, nicht wahr?«, erkundigte sich Mora stolz.

Gormo nickte nachdenklich. »So viele Farben ... Ich habe noch nie etwas vergleichbar Buntes gesehen. Aber es gefällt mir. Ja. Es gefällt mir gut.«

»Wandblätter«, erläuterte Riffi. »Der neueste Schrei in jedem Haus.«

»Wir dachten uns, was innen hübsch ist, kann außen auch nicht schlecht aussehen«, sagte Krinbilla, und sie klang sehr überzeugt von ihren Worten. *Wahrscheinlich*, dachte Lorrich bei sich, *wären die Frauen über kurz oder lang auch ohne jedwede Not auf die Idee gekommen, die Häuser auch von außen mit Wandblättern zu verkleiden.* Nachdem sie Urbos Haus und die zwei Wände, deren Lorrich beraubt worden war, provisorisch erneuert hatten – überwiegend aus Holzstämmen, die sie einfach im Wald gesammelt hatten, aber auch aus ein paar richtigen Brettern, damit die Konstruktionen nicht beim ersten Windhauch einstürzten –, hatten die Frauen sie mit Wandblättern in allen nur erdenklichen Farben behängt, sodass man nun, wenn die Sonne direkt auf das Dorf schien, fast Gefahr lief, zu erblinden. Damit es auch wirklich so aussah, als müsse es alles so sein, hatten sie die unbeschädigten Häuser gleich mit verkleidet, und die Frauen waren von dem Ergebnis geradezu unverschämt begeistert. Die Kinder sowieso. Und die Männer ...

Nun ja. Sie würden damit leben müssen. Keiner von ihnen glaubte, dass Mora, Riffi, Krinbilla und Babrikk bereit waren, die Wandblätter wieder abzunehmen, sobald die beiden beschädigten Häuser wieder anständig aufgebaut waren. Es hieß, dass Männer viel häufiger unter Farbenblindheit litten als Frauen, und Lorrich bedauerte ein wenig, nicht zu jenen gesegneten Kerlen zu gehören.

»Sogar an den Dächern ... Sehr hübsch ... Wirklich ganz außergewöhnlich. Mir scheint's, als hätte die gesamte kreative Elite Überbach den Rücken gekehrt ...« Gormo räusperte sich und stieß Forsch, der inzwischen einen Vogelschwarm erspäht hatte, einen Ellbogen in die Rippen. »Also gut«, beendete er das Thema schließlich. »Lasst uns Platz nehmen und eine kleine Stärkung genießen, ehe wir Unterbach offiziell zum fast eigenständigen Dorf erklären.«

Was bleibt mir auch anderes übrig, fügte sein vernichtender Blick hinüber zu den Antrodisibus-Zwillingen hinzu.

Lorrich nickte mit einem falschen Lächeln auf den Lippen und wies den drei alten Überbachern Plätze an der langen Tafel zu, die heute gleich neben dem Denkmal aufgestellt worden war. Der Duft des Schwipswassers stieg ihm dabei in die Nase, und er musste sich sehr zusammenreißen, um keinen der randvollen Krüge gleich in einem einzigen Zug zu leeren. Das, beschloss er für sich, würde er tun, sobald er einen Beweis gegen Gormo in den Händen hielt. Sobald der Rat der Alten für das, was er ihm und seinen Mitstreitern angetan hatte, zur Rechenschaft gezogen worden war. Und daran, dass das über kurz oder lang geschehen würde, zweifelte er keine Sekunde, denn er glaubte an die Existenz einer höheren Gerechtigkeit.

Ganz fest. Gefälligst. Und zwar möglichst bald.

Aber einen Becher des begehrten Gebräus leerte Lorrich dann doch in einem einzigen Zug, ehe er sich neben Gormo auf einen Hocker fallen ließ.

Die Sonne ging gerade unter, als Lorrich den zweiten Becher auf nüchternen Magen in sich hineinschüttete. Mora sah den Moment für gekommen, einen umfassenden Vortrag über Farben und ihre Auswirkung auf das seelische Wohlbefinden des Einzelnen zu halten, was Lorrich lediglich veranlasste, einen dritten Becher Schwipswasser hinterherzugießen. Als Babrikk das Ganze um die Ausführung der unterschiedlichen Nuancen von Blauviolett und deren Einfluss auf die Entwicklung von Kleinkindern ergänzte, loderte ein bereits prächtiges Lagerfeuer. Die Nacht war hereingebrochen, und Lorrich hatte mittlerweile einen Dreiviertelliter intus (was mehr war, als er je zuvor an einem einzigen Tag geschafft hatte). Er verstand längst nicht mehr, weshalb er vorhin so schlechter Laune gewesen war. Immerhin hatte sich sein kleines Dorf geradezu heroisch gegen Gormos hinterlistigen Plan behauptet; man könnte sagen, sie hatten gewonnen, denn gleich nach dem Essen (das Lorrich selbst nicht anrührte, weil ihm inzwischen ein kleines bisschen übel war) würde Gormo Unterbach hochoffiziell zum Dorf erklären. Zu einem Dorf, in dem er, Lorrich Vordemhaus, die Geschicke lenkte und für das er noch große Pläne besaß. Sehr große Pläne, denn er hatte den vielfältigen Markt aus seinem Traum nicht vergessen, und auch nicht die Gasthäuser und Männerstuben.

Als Gormo sich jedenfalls sichtlich widerstrebend erhob und um

Ruhe bat, war der Krug vor Lorrich fast leer. Er kam jedoch nicht mehr dazu, ihn auch noch zur Gänze zu leeren, denn in diesem Moment brach das Unheil herein in Form der Überbacher und der Floßfeiglinge.

Aber immer schön der Reihe nach.

Gormo war gerade auf seinen Hocker geklettert und räusperte sich umständlich. Kurz darauf ruhte alle Aufmerksamkeit auf ihm. Nachdenklich kratzte er sich da, wo nie einem Halbling ein Bart gewachsen war, und ließ den Blick über die angespannten Gesichter der Anwesenden gleiten.

»Wir haben uns hier zusammengefunden ...«, begann er deutlich unvorbereitet, denn er hatte nicht damit gerechnet, dass er Unterbach heute wirklich würde einweihen müssen. »Also ... Wir sind hier zusammengekommen, um ...«, setzte er erneut an, obwohl niemand ihn unterbrochen hatte. »Es war nämlich so, dass ...« Er bedachte die Antrodisibus-Zwillinge mit einem Hilfe suchenden Blick, aber die zuckten nur synchron die Schultern und schauten demonstrativ weg. »Jedenfalls zog Lorrich Vordemhaus aus, um ein neues Dorf zu gründen«, erklärte Gormo schließlich widerwillig. Lorrich grinste selig. »Und dann ist er hierhergekommen und hat mit viel Fleiß und Geschick sowie organisatorischem Talent und unter Einbeziehung all der tatkräftigen Männer, Frauen und Kinder hier praktisch im Alleingang ... Auf jeden Fall ist er jetzt fertig. Tatsächlich hat er die Frist, die einzuhalten er versprochen hat, eingehalten und wohnt jetzt schon seit ... äh ... nicht so Langem in seinem selbst gebauten Haus, genau wie alle anderen hier in eigenen, selbst errichteten, sehr bunten –«

Er brach ab, als schräg hinter Urbos Haus, das am nördlichsten gelegen war, ein Maultier aus dem Dickicht brach, dicht gefolgt von drei weiteren Tieren, die allesamt blökten und wieherten und Schaum spuckten, als hätten sie den ganzen Weg von Überbach nach Unterbach in maultierunüblichem, sehr scharfem Galopp zurückgelegt. Und zwar nicht freiwillig, sondern weil die vier Überbacher, welche die Tiere ritten, ihnen unentwegt die Fersen in die Rippen getrieben hatten, um jeden Gedanken an eine etwas maultierkonformere Gangart gleich im Keim zu ersticken. Auch die Reiter waren völlig aus der Puste, denn nicht von einem galoppierenden Maultier zu fallen war kaum weniger kraftraubend. Dennoch bremsten sie ihre Tiere erst, als sie den Platz in der Mitte des kleinen Dorfes erreicht hatten; sie rissen hart an den Zügeln, was ihre Tiere mit aufgebrachtem, noch lauterem Geblöke quittierten.

Lorrich sprang vor Übermut auf den Tisch und rief: »Riiiiiehaaaa!«, während Gormo vor Schreck um ein Haar vom Hocker gefallen wäre, letztlich aber erst stürzte, als das Maultier des vordersten Reiters so haarscharf vor ihm zum Stehen kam, dass es ihm fast den Schädel in die Magengrube gerammt hätte.

»Was, bei allen guten Geistern ...«, schnaufte er, als sich der Reiter, den Lorrich jetzt als Muck, den Schmied, erkannte, aus dem Sattel schwang und ihm auf die Füße half.

»Hoch die Tassen!«, rief Lorrich und hob seinen Becher, der leider immer noch leer war, wie er kurz darauf feststellte.

»Verzeih, Gormo, doch ihr müsst von hier verschwinden. Schnell!«, schnappte Muck, während auch die anderen Überbacher absaßen und versuchten, sowohl die alten Zwillinge als auch sämtliche Frauen und Kinder auf ihre Tiere zu verladen, was in einem heillosen Chaos mündete. Schließlich wollte niemand einfach irgendwohin verladen werden – Babrikk zuletzt, wie sich unschwer daran erkennen ließ, dass sie ihrem vermeintlichen Retter eine Obstschale auf dem Kopf zerschlug. Zum Glück wurde der Schädel des verdutzten Halblings von einem hölzernen Helm geschützt, denn er gehörte zu Hoggi, dem Dorfwächter.

»Ach, du bösartiges Weib, bleib doch, wo der Pfeffer wächst«, schimpfte Hoggi und schnappte sich an Babrikks statt ein Kind, das er auf den Rücken seines Maultieres wuchtete, welches auf der anderen Seite aber gleich wieder auf den Boden sprang.

»Es sind Floßfeiglinge in der Nähe!«, erklärte der dritte Reiter mit sich überschlagender Stimme. Es war Blörk, der Baustoffstubenverwalter.

»Unsere Helden konnten sie nur mit Müh und Not in die Flucht schlagen«, schnappte Dobbo, der auch mitgekommen und am schlimmsten aus der Puste war, denn in Überbach bestand seine einzige Aufgabe darin, den Fischbestand im Auge zu behalten – was in einem Dorf voller Vegetarier eine wenig sportliche Tätigkeit war.

»Aber vorher haben sie unsere Kleiderstube geplündert«, gestand Muck, der Schmied. »Und dann sind sie flussabwärts geflüchtet, was bedeutet, dass sie jeden Augenblick hier sein müssen. Also sitzt auf, oder versteckt euch im Wuchereulenhain. Los, los! Vergiss es, Dodo«, setzte er ungehalten an Urbos Ältesten gerichtet hinzu, der versuchte, sämtliche auf dem Tisch verteilten Lebensmittel in seine vergleichsweise winzigen Manteltaschen zu stopfen. »Es bleibt keine Zeit, irgendetwas einzupacken. Nehmt die Beine in die Hand und –«

»Aiaiaiaiaiiiiiiiiiiiiiii!«, ertönte es da aber auch schon aus Richtung des Flusses, der sich nur wenige Schritte hinter dem letzten Haus des Dorfes wand.

»Sie sind da!«, schnappte Blörk entsetzt, fegte ein anderes Mädchen, das er gerade erst auf sein Maultier geladen hatte, aus dem Sattel, saß selbst auf und verschwand.

»Riiiiiiiiiiiiiehaaaaaa!«, rief Lorrich noch einmal.

»Die Helden!«, wandte sich Gormo hilflos auf der Stelle tretend an Muck. »Wo sind die Helden, zum-Teufel-noch-mal?«

Der Schmied schüttelte bedauernd den Kopf. »Sie haben sich geweigert, mit uns zu kommen«, widersprach er. »Sie meinten, sie hätten ausdrücklichen Befehl, sich nicht einmal in die Nähe des neuen Dorfes zu wagen. Sie fürchten um ihre Zulassung zum monatlichen Rat der Alten. Sie behaupteten, du hättest dich ganz unmissverständlich ausgedrückt.«

Eine Algenkugel, abgeworfen von einem Floßfeigling, der mit einer Schleuder bewaffnet war, sauste nur knapp an Jokkos riesigem, linken Ohr vorbei und zerplatzte mit einem schnalzenden Geräusch an Hoggis Helm. Der Dorfwächter fiel um wie ein gefällter Baum und landete mit der Nase im Dreck.

»Arriba-arribaaaa!«, quietschte Lorrich ausgelassen, schnappte sich einfach einen der zahlreichen noch vollen Becher, leerte ihn mit einem gierigen Zug und begann einen ausgelassenen Tanz auf dem Tisch.

»Kann bitte mal jemand Lorrich –«, begann Urbo, brachte seinen Satz aber nicht zu Ende, weil auch er von einer Algenkugel getroffen wurde, die ihn zwar nicht umwarf, aber ordentlich ins Schwanken brachte. Dodo rollte sich unter den Tisch, wobei er es nicht versäumte, noch ein wenig Proviant von der Tafel an sich zu reißen. Riffi schob ihm zwei Kinder hinterher, während ein paar der anderen den Ernst der Lage endlich erkannten und versuchten, einen Platz auf einem der verbliebenen drei Maultiere zu ergattern. Was in einer derben Schubserei endete – akustisch untermalt von herzhaften Flüchen, dem Geräusch von zersplitternden Tongefäßen und umstürzenden Hockern, dem Protest der Maultiere, Lorrichs fröhlichem Gejauchze, dem in heftigem Stakkato ertönenden Klatschen der einschlagenden Algenkugeln und den Schlachtrufen der Floßfeiglinge, die jetzt so nah waren, dass man sie sehen konnte.

Jemand hatte eine Fackel auf dem Flussgefährt entzündet, in deren Schein sich mindestens ein Dutzend der abtrünnigen Halblinge abzeichnete; eine Hand voll war bereits an Land und stürmte geradewegs auf den Platz zu.

»Seid willkommen, Freunde!«, empfing Lorrich sie fröhlich, griff nach einem Brotkorb, verteilte den Inhalt wie Konfetti und stülpte ihn sich über den Kopf wie einen Hut, den er sodann mit einer schwankenden Verneigung vor den Eindringlingen zog.

»Was, bei allen Geistern des Wuchereulenhains, tust du da, Lorrich?«, entfuhr es Mora. Sie packte ihren Mann am Knöchel und versuchte, ihn vom Tisch zu zerren. Aber Lorrich schüttelte ihre Hand mühelos ab.

»Gormos Freunde«, antwortete Lorrich großzügig, »sin auch meine Freunde! Unn jezz ... Unn jezzzz ... Mach ma voran, Gormo! Sag deinen Freunden, sie sollen sich setschn, damit wir das Dorf endlich rein ... einwein könn ... Hey, dubisjadoppelt ...«

»Du bist völlig betrunken, Lorrich!«, schimpfe Mora mit einem gehetzten Schulterblick in Richtung der Floßfeiglinge, die jetzt wie Heuschrecken über das Dorf herfielen. Der erste, der den Platz erreichte, hob dreist seinen knöchellangen Rock an und präsentierte Gormo kokett einen sehr haarigen Hintern.

»He!«, empörte sich Babrikk. »Der ist aus der Unterbacher Kleiderkammer! Meine Mutter hat ihn genäht!«

»Das sind nicht meine Freunde! Es sind *Floßfeiglinge!*«, verteidigte sich Gormo und setzte zur Flucht an, landete aber direkt in den Armen zweier Eindringlinge in Frauenkleidern, die plötzlich zu seiner Linken aufgetaucht waren.

»Du hast sie geschickt!«, beharrte Lorrich unbeirrt. Ein paar seiner Unterbacher Mitstreiter ließen vom Kampf um die Maultiere ab und wandten sich ihm irritiert zu.

»Ja!«, warf Urbo, der plötzlich nicht mehr panisch, sondern sehr, sehr wütend wirkte, ein. »Genau wie du jemanden geschickt hast, um unser Lager zu plündern!«

»Und Jokko, damit er die Häuser zerstört!«, rief ein anderer.

»Du hast *was* getan, Gormo?«, entfuhr es Hoggi, der endlich wieder auf den Beinen war und Jokko, der in dieser Sekunde an ihm vorbei in Richtung Hain zu flüchten versuchte, am Schlafittchen packte.

Der Alte wedelte abwehrend mit den Händen. »Ich habe nur gemacht, was er gesagt hat!«, verteidigte er sich und deutete anklagend auf Gormo, der zwischen mehreren Floßfeiglingen gerade wie eine heiße Kartoffel hin und her geschleudert wurde. Andere Floßfeiglinge bedienten sich an Speis und Trank, und wieder andere fielen in die ufernahen Häuser ein.

»Hilfe! Nun schafft mir doch diese Verbrecher vom Hals!«, klagte Gormo.

»Deine Freunde!«, beharrte Lorrich.

»Hast du das Lager der Unterbacher plündern und ihre Häuser zerstören lassen, Gormo?«, hakte Hoggi nach, während er Jokko mühelos im Schwitzkasten hielt. Er klang eher enttäuscht, als wirklich vorwurfsvoll.

»Aber ich habe doch nicht ...«, versuchte sich der absolut Dorfälteste zu verteidigen, was zumindest ein Teilgeständnis war.

»Mein eigener Bruder!«, wandte sich Forsch aus vollem Hals klagend an Jokko. »Wie konntest du das nur tun?«

»Nun tu nicht so unschuldig!«, ächzte Jokko im Schwitzkasten. »Du warst es doch, der das Schwipswasser aus den Fässern –« Eine Hand voll Kaninchenbrei landete in seinem Gesicht, und der Rest des Satzes ging in einem sehr feuchten Husten unter, als einer der Floßfeiglinge ihm die Haferpampe großflächig im Gesicht verschmierte.

»Es ist also wahr!«, stellte Urbo fest. »Hoggi hat es gehört und wird es bezeugen. Und weil es dir auf diese Weise nicht gelungen ist, uns zu beweisen, dass wir ohne Helden niemals zurande kommen würden, hast du uns jetzt diese Floßfeiglinge geschickt, die in Wirklichkeit bestimmt nur arme Halblinge sind, die für einen Sack Mehl und ein paar Flaschen Wein einfach alles tun würden, stimmt's, Gormo?«

Er verzichtete darauf, eine Antwort abzuwarten – die er ohnehin nicht bekommen hätte, weil die Floßfeiglinge ein anderes Spiel begonnen hatten und Gormo mit dem Gesicht in den Schmutz drückten. Urbo sprang stattdessen zu Lorrich auf den Tisch und legte ihm brüderlich einen Arm um die Schultern, während er rief: »Lorrich hat Recht! Gormos Freunde sind auch unsere Freunde! Und nun lasst uns feiern! Fühlt euch bei uns wie zu Hause, ihr lieben Fremden! Macht es euch bequem, und lasst es euch gut gehen! Unser Dorf ist auch euer Dorf!«

Lorrich sprang vom Tisch und übergab sich ins Lagerfeuer, während die Floßfeiglinge die Einladung dankbar annahmen.

Wieder hatte sich ganz Überbach im Großen Saal versammelt, um dem Rat am letzten Abend vor dem nächsten Vollmond beizuwohnen. Nur befand sich der Große Saal neuerdings nicht mehr in Überbach, sondern im Herzen von Unterbach – gleich neben dem riesigen Denkmal, das Lorrich inzwischen selbst ganz gut gefiel, obwohl es ihm immer noch ein bisschen peinlich war. Der Saal besaß noch kein Dach und auch keine Wände, aber die Überbacher waren bekanntermaßen nicht kleinlich – eine Eigenschaft, die auch die Unterbacher in ihrer neuen Heimat weiter pflegten.

Ein Saal, der in Überbach nicht nur die eigenen Dörfler, sondern auch noch die Unterbacher fasste, war zwar geplant und auch schon in Angriff genommen worden, doch seine Fertigstellung würde sich noch eine Zeitlang hinziehen. Der alte war zu klein geworden, denn mittlerweile standen die Bewohner des neuen Dorfes flussabwärts jenen, die seit jeher am Tiefen Bach lebten, zahlenmäßig kaum nach. Die Floßfeiglinge hatten Urbo beim Wort genommen und sich tatsächlich wie zu Hause gefühlt und taten es immer noch. Bis eine ausreichende Anzahl weiterer Häuser für die neuen Bewohner errichtet worden war, hatten sie zusammen mit Lorrich, Urbo, Schtok, Wittlieb, den Langeplanke-Brüdern und ihrer aller Familien in den mehr oder minder fertigen Häusern gelebt, was erstaunlich gut funktioniert hatte, denn eigentlich handelte es sich bei den Floßfeiglingen um ganz nette Kerle, denen bis dahin bloß niemand einen festen Wohnsitz angeboten hatte. Ein Dach über dem Kopf, regelmäßige, durch rechtschaffene Arbeit erworbene Mahlzeiten, jemand, der sie in Schrift- und Rechenkunst lehrte, Nachbarn, die sich über zu laute Kinder beklagten … all das waren Dinge, die sie nie kennengelernt hatten. Jetzt, da sie ihnen so großmütig und praktisch bedingungslos offeriert worden waren, genossen sie diese aber in vollen Zügen. So war das Dorf binnen einer einzigen Nacht um mehr als ein Dutzend Bewohner reicher geworden.

Ein Dutzend Bewohner, die sich nun zusätzlich in dem Saal drängten, der noch keiner war, und die, wie alle anderen auch, Augen und Ohren erwartungsfroh auf Lorrich richteten. Denn noch etwas anderes hatte sich geändert: Nach ihrem Geständnis hatte man Jokko und Forsch mit deutlichen Worten in ihre Schranken gewiesen und Gormo einstimmig seines Amtes als Rat der Alten entbunden. Ebenso einstimmig hatten die Bewohner beider Dörfer einen neuen Rat gewählt – den Rat der Klugen, der sich aus Lorrich, Mora, Urbo, Hoggi, Muck und (warum auch immer) dem dicken Dodo zusammensetzte. Aus fünf Männern und einer Frau also, die gewissenhaft schon am Vorabend der heutigen Versammlung in kleiner Runde getagt hatten, um sich darüber zu beraten, ob es nicht doch etwas gäbe, was der Rat der Klugen zur feierlichen ersten Zusammenkunft einfach so beschließen könnte. Und sie waren sich schnell einig geworden …

Lorrich, der vom Rat zum Sprecher gewählt worden war, kletterte auf den langen Tisch, der in der Mitte des nicht ganz fertigen Saales aufgestellt worden war, winkte einem Fassweib, das sogleich mit einem Becher herbeieilte, und räusperte sich vernehmlich, um die Aufmerksamkeit der Über- und Unterbacher auf sich zu ziehen.

»Meine lieben Freunde und Freundinnen«, begann er umständlich. Er hatte noch nie eine richtige Rede gehalten und wusste nicht so recht, wie er anfangen sollte, aber schließlich zuckte er die Schultern und plapperte einfach drauflos: »Liebe Mitbewohner und Nachbarn. Liebe Familie und liebe Kinder. Meine lieben Feiglinge, die dem Floß für immer abgeschworen haben … Es ist mir eine Ehre, euch zu diesem ersten Rat der Klugen willkommen zu heißen. Und zur Feier des Tages haben meine Mora, Hoggi, Urbo, Muck, der dicke Dodo und ich einen ganz besondern Entschluss gefasst … Also, eigentlich ist es kein Entschluss und schon gar kein Beschluss … Wir dachten, wir lassen euch demokratisch abstimmen, weil …«

Jetzt hatte er den Faden verloren. Aber noch bevor er Mora einen

Hilfe suchenden Blick zukommen lassen konnte, war sie schon zu ihm auf den Tisch geklettert und fuhr an seiner statt fort: »Lorrich meint, er möchte darüber abstimmen lassen, ob ihr Kaninchenbrei mögt.«

»Sicher«, sagte jemand.

»Klar«, log ein anderer.

»Ja.«

»Also, allein aus traditionellen Gründen ...«

»Mit genug Schwipswasser ...«

Die Über- und Unterbacher brabbelten wenig leidenschaftlich durcheinander.

»Er meint *richtigen* Kaninchenbrei«, betonte Mora. »Solchen mit Hasenstücken darin.«

»Oh!«, entfuhr es jemandem.

»Ja!«, nickte ein anderer.

»Sicher!«

»Klar!«

»Zugegeben: Heimlich esse ich immer Kaninchenbrei mit richtigem Kaninchen ...«

»Oder zumindest mit Buntspecht ...«

Lorrich ließ einen stirnrunzelnden Blick durch den nicht gänzlich fertigen Saal schweifen. »Ihr seid also alle gar keine Vegetarier?«, vergewisserte er sich.

Die meisten Halblinge schauten verlegen weg, pfiffen kleine Melodien oder drehten Däumchen.

»Äh. Nö«, sagte Dobbo, was sich die Allgemeinheit nicht zuzugeben traute. »Meine Jungs und ich jedenfalls treffen uns an jedem Faulenzertag heimlich zum Krabbenfischen. So etwas von lecker, die Biester ...«

»Und sehr gesund«, behauptete ein ehemaliger Floßfeigling.

»Aber warum habt ihr denn nie etwas gesagt?«, wunderte sich Lorrich.

»Weil niemand da war, der es hören wollte«, antwortete Dobbo schulterzuckend.

»Aber dafür haben wir ja jetzt dich.« Blörk nickte heftig.

Mora lächelte. »Genau«, stimmte sie zu. »Und bevor ihr einen umständlichen Antrag stellt: Lorrich und der Rat haben bereits beschlossen, ihn zu bewilligen. Ab sofort kommt wieder Fleisch auf den Tisch.

Die, die längst keine Zähne mehr haben, können ja weiterhin Haferbrei essen.«

Die Menge jubelte. Lorrich zog Mora glücklich zu sich heran und hauchte ihr gerade einen Kuss auf die Nase, als eine laute Stimme um Ruhe bat. Sie gehörte Blörk, dem Baustoffstubenwächter.

»Lorrich!«, rief er, als alle verstummt waren. »Der junge Eggi hier hat etwas zu sagen.«

Eggi trat vor und scharrte unbehaglich mit den Füßen. »Also, das ist so …«, begann er, nachdem Lorrich ihn freundlich zum Reden ermutigt hatte. »Meine Schwester und ich arbeiten an mehr als der Hälfte aller Tage im Jahr. Und da wollten wir fragen, ob wir nicht in Zukunft ein, zwei Monate Urlaub bekommen könnten …«

»Und Effi kippt immer ihr schmutziges Putzwasser in meinen Hinterhof«, ließ die alte Orthilde verlauten. »Ich möchte eine Vorschrift beantragen, die besagt, dass Putzwasser nicht in Hinterhöfe geschüttet werden darf!«

»Apropos Wasser«, erregte sich jemand. »Ich bin für getrennte Brunnen in Überbach. Einen für die Männer und einen für die Frauen. Denn die Männer machen immer alles nass …«

Und dann redeten wieder alle durcheinander. Lorrich zog eine gequälte Grimasse, während er auf die klagenden, bittenden, jammernden, drängenden und wild diskutierenden Unter- und Überbacher hinabblickte, doch Mora lächelte unbeirrt weiter und hauchte ihm einen Kuss auf die Wange.

»Ach, Lorrich«, zischte sie ihm glücklich ins Ohr und nahm ihm liebevoll den Becher aus der Hand. »Mein lieber, tapferer, verantwortungsbewusster, fleißiger Lorrich – soll ich dir dein Schwipswasser kaltstellen? Heute hast du vermutlich noch ein bisschen was zu tun …«

DER STEINERNE FLUCH

von Linda Budinger

Als die Riesen von Norden kamen, beanspruchten ihre Könige alles Land, wo Sternenlicht sich im Wasser spiegelt. Die Fahlen hielten das Grimme Gebirge und seine kalten Seen gegen die Armeen der Riesen, und sie schworen Stein und Bein, jeden Felsgrat zu verteidigen, denn diese Berggeister entsprossen selbst dem Gestein.

Auf und ab wogte der Kampf, bis Einsicht die Flamme des Kriegs erstickte. Die jeweiligen Armeen zogen sich in die jeweiligen Reiche zurück.

In dem Gebiet zwischen Riesen und Fahlen siedelte ein kleines Volk. Sumpfige Marschen erstreckten sich am Fuße von mit Heide überwachsenen Hügeln, und das braune Wasser spiegelte kein Sternenlicht. Die Bewohner waren nur halb so groß wie die Riesen und schmaler als die Fahlen, weshalb sie Halblinge genannt wurden. Sie selbst brauchten keine Namen außer denen, die ihnen die Eltern gegeben hatten.

»Haaaru!«, schallte es über den Broichhuser Dorfplatz. »Sind sie endlich da?«

Haru schrak aus seinem Schläfchen auf und stieß sich den Kopf an den Holzbohlen. Er hockte unter dem hohlen Boden des Hauses, wo ihn niemand suchen würde, der ihn nicht gut kannte. Das Problem war nur, dass sein Großvater Pardu ihn ziemlich gut kannte …

Haru rieb sich immer noch benommen den Scheitel, als zwei Beine vor ihm auftauchten. »Wo steckst du wieder, Junge?« Haru wollte zur Rückseite entwischen, aber Pardu angelte mit seinem Krückstock nach ihm. Die Krücke war ein Hirtenstab, und nach einem Leben voller Mutterschafe und Lämmer wusste Pardu die gewundene Spitze gut zu gebrauchen. »Hab was am Haken!«, rief er triumphierend und zog den empörten Jüngling im Nu ans Tageslicht.

Haru blinzelte gegen die Mittagssonne an. »War das wirklich nötig?«

Pardu Schäfer richtete sich auf, so gut es mit seinem vom Alter gebeugten Rücken möglich war. »Was verkriechst du dich auch wie ein Fahler vor dem Himmelslicht? Und zieh den Hut gerade. Die Händler können jeden Moment eintreffen, und dein Kopf sieht aus wie ein geplatztes Bündel Weidenruten.«

Der Großvater war nicht allein gekommen. »Genau, setz deinen Hut auf, Schwager!«, fiel Skaggi ein und rückte seine eigene Kopfbedeckung zurecht, einen speckigen Lederkegel. »Sonst denken die Händler, deine Flausen hingen dir aus dem Schädel heraus.«

Haru knurrte. Sein Großvater mochte ihn tadeln, aber was bildete sich Skaggi Erpelbach ein? Er drückte seinen Binsenhut betont schräg auf den widerspenstigen Schopf. »Noch sind wir keine Verwandten, und zur selben Familie werden wir sowieso nie gehören.« Er ließ Skaggi spüren, dass der nur ein Torfstecher war, während die Schäfers zu den reichen Familien im Dorf zählten.

Hörbar sog Pardu die Luft ein. Skaggis Schultern sanken herab, und Haru bedauerte seine Worte beinahe wieder. Aber da sie nun einmal ausgesprochen waren, ließ er sie stehen wie einen Eiswall und wandte sich ab. »Ich suche jetzt diese saumseligen Händler, obwohl ich eigentlich nicht weiß, warum.« Seinetwegen konnte die Hochzeit gerne platzen.

Haru schritt zügig aus. Unter seinen blanken Sohlen wich die festgetretene Erde des Dorfplatzes krautigem Gras und dann dem feuchten Boden der Senke. Er lief vorbei an Skaggis Elternhaus. An der Wand stapelten sich die Torfsoden auf einem Trockengestell. Wie die übrigen schilfgedeckten Behausungen war das Gebäude zum Schutz gegen Überschwemmungen auf einem doppelten Holzboden errichtet. Dennoch gehörte das Haus am Dorfrand nicht richtig dazu. Es war zu neu. Bald würde Harus Schwester hier leben.

Musste sich Reseli ausgerechnet in diesen elenden Schlammwühler verlieben? Haru vermisste sie jetzt schon. Mehr als seine Brüder Jost und Tay, die sowieso die halbe Zeit bei der Herde wachten. Die Hochzeit sollte Ende der Woche stattfinden, zur Sommersonnenwende. Zahlreiche Leckereien, bunte Papierlaternen und Hochzeitsgeschenke waren bereits vor der Lämmersaison bestellt oder beim Handelshaus von Herk Harkson zur Fertigung in Auftrag gegeben worden. Aber die Moorlichter meinten es wohl nicht gut mit der geplanten Verbindung. Der Imker hatte Honigwein angesetzt, von dem die Hälfte verdorben war. Im letzten Mond war Ungeziefer in die Trockenkammer von Bürgermeister Schnaata eingefallen und hatte einen Großteil des Pfeifenkrauts vertilgt.

Nun waren auch noch die Händler aus Stirka, der Stadt der Riesen, überfällig, die den Ersatz für die vernichteten Vorräte bringen sollten. Eine Feier ohne Hochzeitsbänder, Bier, Honigwaffeln, in Fett gebackene Ringelschwänze und die legendären Schinken aus dem Dörfchen Talsohle war schier unvorstellbar.

Anderes Pfeifenkraut und Wein gab es nur in Reblingen, der nächsten Ortschaft ein Stück die Straße entlang. Natürlich war ausgeschlossen, dass man dort etwas erwarb, so wenig wie die Reblinger getrockneten Fisch, Binsenmatten oder Wolle aus Broichhus kaufen würden.

Seit Generationen herrschte bittere Feindschaft zwischen den benachbarten Dörfern. Und wenn sich die Händler verspäteten, dann hatten gewiss die Reblinger ihre Finger im Spiel. Vielleicht schmeckte es ihnen nicht, dass einer der ihren – schließlich war Skaggi in Reblingen geboren – ein rotbackiges Mädchen aus Broichhus heiraten wollte und die triefäugigen Reblinger Gewächse verschmähte, die so krumm wuchsen wie ihre Weinstöcke.

Harus Suche blieb ergebnislos, und er schloss sich maulend dem Rest der Familie Schäfer bei der Hausarbeit an. Sie scheuerten das ganze Haus, denn zu den anderen Vorbereitungen fehlten die Zutaten. Wenn Haru nicht nach den Eselskarren von Harksons Händlern Ausschau hielt, klopfte er Webteppiche aus, rückte Tische beiseite und zählte wiederholt die Mehlsäcke durch.

Gegen Nachmittag gab es immer noch keine Spur der Händler. Seine Eltern waren ganz aufgelöst, Reseli wurde immer wortkarger und schnippischer. Gruff, Pardus hüftlahmer Hütehund, verkroch sich jaulend unter der Bank, nachdem Haru schon das dritte Mal an diesem Tag über ihn gestolpert war. Und dann streckte auch noch Skaggi ›*Erpeldreck*‹ den Kopf durch die Tür, woraufhin Reseli sich in seine Arme stürzte, als sei er ihr rettender Märchenprinz.

»Mir reicht's«, schimpfte Haru und wollte an dem Paar vorbei aus dem Haus stürmen. Pardu aber winkte ihn heran. Immerhin verzichtete er diesmal auf den Einsatz seines Stocks.

Der Alte klopfte neben sich auf die Ofenbank, und Haru ließ sich neben seinem Großvater nieder.

»Ich mache mir Sorgen wegen Herk«, begann Pardu. Haru trommelte ungeduldig mit den Fingern gegen die Ofenkacheln, doch der Alte kaute die Worte bedächtig, bevor er sie aussprach. »Es sieht ihm gar nicht ähnlich, sich so zu verspäten. Immerhin weiß er ja, dass eine Hochzeit ins Haus steht. Wieso läufst du den Händlern nicht ein Stück entgegen, Haru? Vielleicht ist bloß eine Achse am Karren gebrochen und sie benötigen eine helfende Hand.«

»Ein Paar helfender Hände«, warf Skaggi ein.

Haru verdrehte die Augen. Dieser Neunmalkluge musste auch jeden verbessern.

Pardus buschige Augenbrauen hüpften, als er von Haru zu Skaggi und zurück schaute. »Das ist eine hervorragende Idee, Junge. Macht euch gemeinsam auf den Weg.«

Haru hatte sich wohl verhört. »Ich soll – also, wir ...«

»Gut.« Skaggi warf sich vor Reseli regelrecht in die Brust, als ginge es darum, einen Drachen zu erschlagen.

»Ja, ihr beide. Schließlich ist es ja Skaggis Hochzeitsfest, nicht wahr?« Pardu hüstelte, und Haru war klar, dass dieses Thema beendet war.

Harus Mutter Elis, hochrot im Gesicht vom Umräumen, nickte beifällig. »Ihr werdet den Händlern schon Beine machen. Sorgt bloß dafür, dass Großvaters Überraschung pünktlich ankommt. Und nehmt das mit.« Elis kramte in einer Kiste und drückte ihnen zwei Umhänge in den Arm.

Ungläubig betastete Haru den braunen Stoff. »Es ist fast Mittsommer!«

»Abends könnte es Regen geben«, erklärte die Mutter. »Ich will bei der Hochzeitsfeier kein Schniefen und Husten hören! Und wenn ihr unterwegs übernachten müsst, habt ihr gleich eine Decke dabei. Aus guter *Schäfers*wolle.«

Reseli herzte Skaggi noch einmal. Haru äugte unglücklich zu den beiden hinüber. Ein sehr durchsichtiger Plan des Großvaters, ihn mit

Skaggi auf Reisen zu schicken, damit sie sich anfreundeten. Und völlig aussichtslos. Doch es war beschlossene Sache, und niemand interessierte sich für Harus Meinung. So lief das eben, wenn man der jüngste von drei Brüdern war.

Durch die Hügellande führte nur eine einzige Straße, die breit genug für die Eselskarren des Händlers war. Somit gab es wenig Gelegenheit, sich zu verlaufen. Früher oder später mussten Haru und Skaggi auf den Handelszug treffen. Oder sie landeten irgendwann in Stirka.

Der Binsenhut beschattete Harus Schopf vor der Sonne. Seine Haare waren so hell, dass sie im Licht beinahe blattgrün schimmerten. In der Linken schwang Haru den Schäferstecken aus Schwarzholz. Die Stäbe wurden von einer Generation der Schäfers an die nächste weitergereicht. Sie hatten ein gewundenes Ende, das als Handgriff oder zum Einfangen der Tiere diente. Bis zur Brücke über den Huckel schwatzte Skaggi an einem Stück von den geplanten Feierlichkeiten. Haru ließ das Geplapper an sich vorbeilaufen wie den Bach, der in Schleifen und Kapriolen neben ihnen hertollte wie ein junger Hund. Aber bei der Brücke aus Bruchstein, die den inzwischen aufs Doppelte angeschwollenen Bach überspannte, versiegte Skaggis Redeschwall. Er fiel zurück, rückte den Proviantsack über seiner Schulter zurecht und warf scheele Blicke in den Schatten unter dem Mauerbogen.

Haru blieb ebenfalls stehen, um zu ergründen, was den Maulhelden einschüchterte. »Was ist los?«

Skaggi straffte sich und tat mit Todesverachtung den ersten Schritt auf den Steinbogen zu. Dabei blieb er genau in der Mitte des Wegs und schaute weder links noch rechts. Haru bemerkte, wie leicht er auftrat.

Demonstrativ stampfte Haru nun besonders heftig.

»Nein!«, entfuhr es Skaggi. »Nicht so laut.«

In diesem Moment begriff Haru, was los war. »Du hast doch nicht etwa Angst vor dem …« Er wechselte in einen flotten Tanzschritt und sang: »Brü-cken-troll, Brü-cken-zoll, Brü-cken-troll.«

Sein Gehüpfe brachte ihn gefährlich nah an das niedrige Mäuerchen, das der Brücke als Geländer diente. Haru geriet aus dem Takt und prallte schwungvoll gegen Skaggi.

»Sehr komisch«, sagte Skaggi verkniffen.

»Glaubst du etwa, der Brückentroll hat die Händler gefressen?« Haru lüpfte den Hut. »Meister Troll, darf ich vorstellen: Skaggi, der noch an Ammenmärchen glaubt. Und meine Wenigkeit, Haru, mit so vielen Flausen im Kopf, dass ich welche abzugeben habe.«

»Wirklich lustig!« Mit stur gesenktem Blick hastete Skaggi weiter. »Brücken sind mir nicht geheuer.«

Haru folgte ihm kopfschüttelnd. Auf dem höchsten Punkt des Steinbogens änderte sich der Ton des hindurchströmenden Wassers, und das Gurgeln klang merkwürdig hohl. Der Abendwind blies kühl und ließ Haru erschaudern. Er schloss schnell zu Skaggi auf.

»Man erzählt das Märchen vom Brückentroll *Kindern*, damit sie nicht am Rand der Brücke umherstromern«, meinte Haru mit fester Stimme, um das Unbehagen abzuschütteln. »Weil dort die Steine als Erstes brüchig werden. Wenn man ausrutscht und sich den Kopf anschlägt, fällt man leicht ins Wasser und ertrinkt.«

Skaggi drehte sich zu ihm um. Die dunklen Augen im nussbraunen Gesicht glänzten. »Vielleicht stimmt ja, was du sagst. Aber ich habe schon unheimliche Dinge im Moor erlebt. Es war sehr dumm, dass du den Wassergeistern unsere Namen verraten hast.«

»Hier auf der Straße sind wir doch sicher. Erzähl mal, was du erlebt hast.« Gewiss hatte Skaggi sich bloß vor dem Ruf eines Fischreihers erschrocken.

»Ein andermal.« So redselig Skaggi eben noch gewesen war, so zugeknöpft wirkte er jetzt.

Haru wechselte auf den Randstreifen der Straße. Aus Langeweile zählte er die Schnecken, die in der aufziehenden Abendkühle silbrige Spuren über den Wegrain zogen. Bei der zwanzigsten knurrte sein Magen. »Es wird Zeit für eine Rast.«

»Du willst schon aufgeben?«, fragte Skaggi.

»Wer hat was von aufgeben gesagt? Ich habe Hunger.«

»Du wirst es ja wohl noch bis zum *Beerendieb* aushalten. Wir können ein Zimmer nehmen. Vielleicht weiß jemand im Gasthaus, was mit dem Handelszug passiert ist.«

»Ich hör wohl nicht richtig?«, empörte sich Haru. »Der *Beerendieb* liegt in Reblingen.«

»Am Rand von Reblingen«, korrigierte Skaggi. »Es ist der beste Gasthof an der Straße.«

»Du meinst, der einzige. Und nein, ich betrete ganz bestimmt kein feindliches Territorium.«

»Wer ist jetzt albern?« Skaggis Augen funkelten.

»Ich habe kein Geld eingesteckt.«

»Aber ich ...«

»Als künftiger Ehemann meiner Schwester solltest du deine Münzen zusammenhalten«, trumpfte Haru auf.

Verärgert runzelte Skaggi die Stirn. »Hältst du mich für einen Bettler?« Seine Hand fuhr in die Tasche der Weste und blieb dort einen Moment, ehe er sie wieder herauszog.

Haru, der vergeblich gehofft hatte, dass Skaggi etwas Besonderes hervorzauberte, hüstelte. »Auf keinen Fall gehe ich nach Reblingen. Es ist eine laue Nacht, und wir können uns ein hübsches Tal suchen ... Natürlich nur, wenn du mutig genug bist, unter freiem Himmel zu übernachten.«

Skaggi stapfte wortlos weiter, auf der einen Schulter den Sack mit dem Proviant, auf der anderen den zusammengerollten Umhang. Bald kamen sie an dem Pfad vorbei, der nach Reblingen abzweigte. Halb erwartete Haru, dass Skaggi abböge, aber der würdigte die Weggabelung keines Blickes. Haru war das recht. Er konnte sich wirklich nicht in Reblingen blicken lassen, nachdem er dort im Frühling die lautesten Unken des Umlands im Dorfteich ausgesetzt hatte.

Sie erreichten das einsame Hügelland östlich der besiedelten Gebiete, ohne eine Spur des Handelszugs gefunden zu haben. Schweigend sammelten die beiden einige Reiser. Dann schlugen sie sich ein Stück ins Gelände und entzündeten in einer trockenen Senke ein Feuer, um die Mücken fernzuhalten.

In den Holunderbüschen, die das Lager vor dem Wind abschirmten, sang eine Amsel.

Haru schüttelte einen halben Laib Brot und ein großes Stück Käse aus dem Beutel und bedauerte angesichts des kargen Mahls seine Entscheidung. Im *Beerendieb* hätte es sicherlich Würstchen gegeben, Kaninchenpfeffer oder zumindest eine warme Suppe.

Er hörte Skaggi in seinem Proviantsack kramen und staunte nicht schlecht, als der Torfstecher eine kleine Pfanne hervorzog und in Seelenruhe einige Leckereien auf dem Gras ausbreitete. Da lagen tatsächlich geräucherte Würste, Erdknollen und sogar ein Streifen Speck.

»Ich dachte, du wolltest im *Beerendieb* essen.«

Skaggi grinste schief. »Ich bin nie ohne Proviant unterwegs, für alle Fälle.« Er schnippelte den Speck zuerst in die Pfanne und fügte später die anderen Zutaten auf gleiche Weise hinzu.

Der Duft war überwältigend. Haru drückte verzweifelt an seinem Brot herum und versuchte, nicht auf die Pfanne zu schielen.

»Willst du deinen Käse lieber aufs Brot, oder sollen wir ihn auch in die Pfanne schnetzeln?«, unterbrach Skaggi Harus Gelüste.

»In die Pfanne?«, fragte er verwirrt.

»Ja, wir teilen doch wohl. Der Käse gibt dem Essen Würze, und mit dem Brot wischen wir nachher die Pfanne aus.«

Dagegen hatte Haru nichts einzuwenden. Er rieb sich voller Vorfreude den Bauch.

Als schließlich die Dunkelheit über den Himmel zog, fühlte sich Haru wegen des Essens immer noch in Skaggis Schuld. Außerdem wollte er ihm nur zu gerne unheimliche Moorerlebnisse entlocken.

»Kennst du das Hünengrab?«, fragte er mit gesenkter Stimme, wie Pardu, wenn er gruselige Geschichten erzählte.

Skaggi winkte ab. »Natürlich kenne ich das. Ich bin in der Gegend aufgewachsen. Wir nennen es den ›Esstisch der Riesen‹.«

Richtig, er war ja ein gebürtiger Reblinger. Nicht eben eine Empfehlung. Doch Haru ließ sich davon nicht beirren und fuhr fort: »Früher sind meine Brüder und ich oft dorthin gelaufen. Als ich zum allerersten Mal dabei war, ist etwas Seltsames passiert ...« Während er erzählte, erinnerte sich Haru an damals.

Die Dämmerung sank. Der Nebel kam wie aus dem Nichts. Im einen Moment hing der Dunst so harmlos wie verlorene Wollflocken zwischen den Grasbüscheln. Im nächsten lockte er die drei Jungen in eine klamme Umarmung. Eigentlich konnte man den Weg zum Hünengrab kaum verfehlen, trotzdem verloren die drei die Richtung.

Jost stieß seinen Wanderstab vor wie ein Schwert, aber damit wirbelte er nur weiße Schleier auf und fand noch mehr Nebel dahinter. Irgendwo lauerte die Dunkelheit und krümmte die schwarzen Finger um das kleine Tal wie um eine rauchgefüllte Glaskugel.

Tay bohrte dem älteren Bruder den Zeigefinger in die Seite. »Du hast gesagt, du weißt, wo wir hinmüssen.«

»Weiß ich auch«, schnauzte Jost. »Ich kann nur grad nichts sehen.«

Etwas knarrte. Haru zuckte zusammen. Wieder erklang das Geräusch. Haru erkannte jetzt den heiseren Balzruf eines Froschs und atmete auf.

Jost ahmte den Laut nach, sodass er wie ›Küsschen, Küsschen‹ klang. »Da quakt jemand nach dir, Schisshase!«, sagte er und verpasste Tay eine Kopfnuss.

Tay revanchierte sich mit einem Ellbogenstoß. »Ich dachte, da quietscht deine volle Hose, tapferer Anführer.«

Haru zog den Kopf zwischen die Schultern. Wenn die großen Brüder sich stritten, war er am liebsten unsichtbar, denn für gewöhnlich schoben sie ihm später die Schuld in die Schuhe.

Jost und Tay eilten voran und deckten einander mit wüsten Beschimpfungen ein. Haru versuchte, Anschluss zu halten. Der bloße Gedanke, alleine in dieser erstickenden Wolke zurückzubleiben, schnürte seine Kehle zusammen.

In der Hast trat er in ein Kaninchenloch, und bis er seinen Fuß befreit hatte, waren die anderen außer Sicht. Er hörte sie streiten. Aber im Nebel trugen Stimmen weit.

»Jost? Tay?«, rief er. »Wartet auf mich.« Da, ein entferntes Rascheln. Haru drehte sich angstvoll im Kreis und versuchte, die Quelle zu bestimmen. Furcht umklammerte sein Herz mit Eisfingern. »Jost?«

Links vor ihm glomm ein fahler Ball. Haru lief auf den hellen Flecken zu. Hatte er endlich den Rand des Nebelfelds erreicht? Das konnte kein Moorlicht sein, hier auf der Heide. Bestimmt war es der Mond. »Ich habe was gese…« Harus Stimme erstarb.

Ein gewaltiger Schemen ragte vor ihm auf wie ein Tor für Riesen. Der Glanz ging von den Steinen aus, zwei wuchtigen Menhiren unter einer Deckplatte. Feine Lichtfäden liefen wie Silberadern durch den Fels. Sie bewegten sich über die Oberfläche, bildeten Formen, als seien Wesen darin eingesperrt.

Der Handgriff des Hirtensteckens in seiner Faust schien leicht zu vibrieren. Im Bann des kalten Lichts trat Haru einen Schritt auf das Hünengrab zu, und dann noch einen. Der Raum zwischen den Steinen klarte auf. Haru hörte ein Sausen und fühlte den unwiderstehlichen Drang, unter das Grab zu laufen. Er stapfte näher, dann packte eine riesige Hand seine Schulter.

Skaggi klebte geradezu an Harus Lippen. »Und?«, fragte er vornübergebeugt.

Haru schluckte. »Es war Jost, der nach mir gesucht hatte. Der hat mir den Schreck meines Lebens eingejagt.«

»Aber was geschah weiter?«

»Als ich mich wieder zu den Steinen umdrehte, war alles vorbei. Der Nebel verhüllte das Grab, und die Steine ruhten wie, nun ja, Steine eben. Jost erklärte uns hinterher, was passiert war.«

»Und?«

»Vermutlich *benebelte* Glühwürmchen, die sich kurz auf den sonnenwarmen Steinen ausgeruht hatten und von der nächsten Nebelwand verschluckt worden sind.«

»Ach.« Skaggi klang enttäuscht. »Und das war alles?«

»Natürlich. Was hast du denn gedacht? Meine Brüder und ich waren seither wohl ein Dutzend Mal bei den drei Steinen, und niemals gab es dort etwas Gruseligeres als ein Käuzchen zu finden.«

Skaggi machte ein nachdenkliches Gesicht. »Möglicherweise ist ja etwas dran an der Sage, dass die Riesen ihre Gräber aus verwunschenen Steinen errichteten, denen weder Zeit noch Wetter etwas anhaben können, damit sie die Toten auf ewig bewachen.«

»Warum gibt es dann nur so wenige Hünengräber, wo es doch hinter den östlichen Hügeln von Riesen nur so wimmelt?«

Skaggi zuckte die Achseln. »Vielleicht werden nur die Verdienstvollen so begraben.« Seine Hand stahl sich wieder in die Tasche.

Im Busch zur Linken raschelte ein Vogel, oder ein Igel auf Futtersuche.

Plötzlich konnte Haru der Versuchung nicht widerstehen. »Sollen wir nachschauen, ob man heute wieder Glühwürmchen sieht? Es ist nicht weit von hier zum Grab.«

Skaggi schüttelte vehement den Kopf. »Nein.«

»Na ja, dann nicht. Jedenfalls bist du nun an der Reihe.«

»Womit, dem Abwasch etwa?« Skaggi gähnte.

»Nicht ablenken. Du schuldest mir eine Moorgeschichte.«

Skaggi sah wohl ein, dass er aus der Sache nicht mehr herauskam. »Also gut. Als Junge habe ich öfter meinen Vater bei der Arbeit begleitet. Ich konnte den Spaten damals kaum heben und hab bloß ein bisschen an der Kante rumgekratzt. Jedenfalls gab es da ein paar widerspenstige Wurzeln, die ich natürlich abhacken wollte. Und dann ragte diese Hand aus dem Moor, und ich merkte, das waren gar keine Wurzelstrünke.«

Die auskühlende Holzkohle knackte, und Haru fuhr zusammen. »Was für eine Hand?«, fragte er.

»Eine schwarze Hand. Ich könnte schwören, dass sie kurz gezuckt und mich mit dem Zeigefinger näher herangewunken hat.« Skaggi erschauderte sichtlich bei der Erinnerung. »Auf meine Rufe liefen dann mein Vater und seine Kameraden herbei. Sie hoben den Boden an der Stelle aus.«

Skaggi verstummte und nahm einen Schluck Honigwasser aus seiner Flasche. »Da lag ein toter Riese, tief unten im Moor. Die Männer wuschen ihn vorsichtig ab. Seine Haut war dunkel wie das Sumpfwasser, aber ich konnte das Gesicht genau erkennen, und auch seine Kleidung.« Skaggis Stimme wurde leise, und er wirkte in sich gekehrt. »Sein Mund war verzogen, als habe er im Tode Schmerzen gelitten. Und das viele Gold ... die Gemmen. Die Steine glitzerten wie Sterne.«

»Gold«, wiederholte Haru unwillkürlich.

Skaggi sah auf und fing sich wieder. »Der Riese musste ein Fürst gewesen sein, denn er trug Schmuckspangen und verzierte Waffen. Ich hätte gerne noch länger zugeschaut, aber die Männer schickten mich fort.«

»Von einem Fürstengrab im Sumpf habe ich noch nie gehört«, warf Haru ein und ärgerte sich sofort, weil das wie Unglauben klang.

»Das war kein Grab. Seine gequälte Miene, die ausgestreckte Hand – ich bin sicher, der Riese starb an Ort und Stelle.« Skaggi seufzte. »Ich wünschte, ich hätte ihn nicht gefunden.«

»Wieso?« Obwohl Skaggi kein guter Erzähler war, schlug die Geschichte Haru in unsichtbare Fesseln. Er genoss den Grusel wie einen seltenen Wein, der auf der Zunge prickelte.

»Die Männer und mein Vater stritten sich deswegen. Die anderen wollten das Geheimnis und das Gold für sich behalten. Aber mein Vater gab in Stirka Bescheid, und nach einigen Tagen holte ein Fuhrwerk den Riesen ab. Von dem Schmuck aber war zu dem Zeitpunkt nichts mehr übrig.«

»Hat den jemand gestohlen?«, fragte Haru.

Skaggi lachte bitter. »Die Torfstecher haben den Schatz noch im Moor unter sich aufgeteilt und jeden zu einem Eid gezwungen, darüber zu schweigen. Bald darauf zogen wir nach Broichhus. Denn obwohl mein Vater ihr Geheimnis auch weiterhin bewahrte, grollten ihm die Verschwörer.«

Aufgeregt sprang Haru auf. »Du hast gerade deinen Eid gebrochen.«

Auch Skaggi erhob sich. »Nein. Nur die Erwachsenen mussten Stillschweigen schwören. An mich hat keiner gedacht.« Er hüstelte. »Und wenn wir bald verschwägert sind, bleibt es in gewisser Weise ja in der Familie. Oder?«

Haru wich Skaggis bohrenden Blicken aus. Dieses Wissen bot ihm die einmalige Gelegenheit, den Reblingern eins auszuwischen. Aber wer hatte überhaupt Anspruch auf so einen alten Fund? Trotzdem, er würde den Kopf fortan höher tragen, wenn er einem Reblinger begegnete. Diebsgesindel.

»Ich muss dir etwas zeigen. Du sollst nicht denken, dass du einen Hungerleider zum Schwager bekommst.« Skaggi zog die Hand aus der Tasche und öffnete sie.

Darin lag ein aus schwerem Metalldraht geflochtener Reif, der mit drei Edelsteinen besetzt war. Die Steine waren klein, bloße Funken, aber sie gleißten im Sternenlicht wie flüssiges Feuer. »Mein Hochzeitsgeschenk für Reseli.«

Der Schmuck war viel zu groß für einen Ring, aber zu eng für einen Armreif. Erst als Haru den Dorn bemerkte, mit dem das Geschmeide versehen war, erkannte er, dass das eine Brosche war. So einen Schatz hatte er nicht erwartet, geschweige denn je gesehen. »Woher stammt das?«

»Als die Männer den Riesen wegtrugen, habe ich den losen Torf durchwühlt. Ich war ärgerlich, weil sie mich fortgeschickt hatten, obwohl ich den Toten gefunden habe. Und wie ich so Erdklumpen zwischen den Fingern zerdrücke, hatte ich auf einmal diese Spange in der Hand.«

Skaggi schien einen Moment zu bewundern, wie die Sterne sich in dem Metall spiegelten, dann schloss er die Finger wieder um das Kleinod und steckte den Schmuck in der Innentasche fest.

Haru vermisste den Glanz jetzt schon. »Warum hast du sie nicht verkauft?«

»Geld ist nicht alles! Die Gewandspange ist das Schönste, was ich je besessen habe. Deswegen soll den Schmuck meine Allerliebste bekommen.« Skaggi sah ihn herausfordernd an. »Bin ich dadurch nun würdiger, in die Familie Schäfer einzuheiraten, oder verachtest du den schmutzigen Torfstecher noch immer?«

»Ich ver... mh, ich meine, wenn Reseli dich mag, ist das für mich genug. Meine kleine Schwester ...« Haru verstummte.

»Sie ist dein Augapfel, ich weiß.« Skaggi schüttelte den Mantel aus, streckte sich darauf aus und machte es sich am Feuer bequem. »Ach ja, heute Morgen, da wollte ich dich nicht angreifen. Ich hab mit der Flachserei nur versucht, das Eis zu brechen.«

Das gab Haru Stoff zum Nachdenken. Es musste vor zehn Jahren für Skaggi nicht einfach gewesen sein, Heim und Freunde zurückzulassen, selbst wenn es nichtsnutzige Reblinger waren. Reselis Liebe hatte er auch gegen den Widerstand einiger Dorfleute und ohne Reichtümer gewonnen. Versuchte er nun, Harus Respekt zu kaufen?

Haru wickelte sich in den Mantel und legte sich hin. Als er die Lider schloss, funkelten vor seinem inneren Auge die Steinchen immer noch in blauweißem Feuer.

Haru wälzte sich von einer Seite auf die andere. Seine Fantasie beschäftigte sich mit dem Schatzfund und ließ ihn nicht zur Ruhe kommen. Irgendwann zischten Regentropfen in die heiße Asche, und leises Rauschen erhob sich ringsum. Mutter Elis hatte mit dem Wetterumschwung Recht gehabt. Na prima. Grummelnd zog Haru die Kapuze über den Kopf. Es raschelte wieder in den Sträuchern, aber Haru ließ den Igel Igel sein und nickte endlich ein.

Etwas traf ihn jäh mit der Wucht eines rollenden Felsens. Haru wurde schreiend hochgerissen und zur Seite geschleudert. Er landete mit der Schulter im Gras, machte eine halbe Rolle auf den Rücken und krallte sich dann im Gebüsch fest. Rote Sterne sprenkelten sein Sichtfeld.

Benommen sortierte er Arme und Beine aus dem Knäuel von Gliedmaßen und Holunderästen. Endlich klärte sich sein Blick.

Etwas Großes trat ins Feuer und verstreute die schwelenden Reste der Glut. Haru sah einen Schattenriss, dunkler als die Sommernacht und riesig. Ihm gefror das Blut in den Adern. »Vorsicht, Skaggi!«, rief er erstickt. Zu spät. Der Fremde beugte sich über Skaggi und zerrte ihn in die Höhe. Skaggi heulte auf und strampelte, aber dann krachte etwas Klobiges gegen seinen Schädel, und es wurde still.

Haru wollte aufspringen. Doch jemand zog ihn tiefer in den Holunderbusch und hielt ihm den Mund zu. »Warte! Du hast keine Chance«, flüsterte es eindringlich in sein Ohr.

Haru versuchte, die Hände abzuschütteln, aber der Griff wurde fester, drückte ihm die Luft ab. Während er mit dem Unbekannten rang, öffnete der Himmel seine Schleusen. Haru zwinkerte sich ungläubig die Tropfen aus den Augen. Der klumpige Körper des Angreifers verschlang Skaggi.

Ein Blitz zuckte in der Ferne. Im grellen Widerschein erblickte Haru ein letztes Mal die wulstige Gestalt mit den baumstammdicken Armen und Beinen, die umdrehte und wieder in der Dunkelheit verschwand. Von Skaggi fehlte jede Spur.

Die Hände ließen ihn abrupt los. Haru kam so schwungvoll auf die Beine, dass er fast vornübergekippt wäre. Donner krachte, und als habe der Blitz die Wolkenbank gespalten, die vor dem Mond hing, wurde es schlagartig heller. Haru riss die einzige Waffe hoch, die er besaß. »Wer bist du?«, fragte er und wirbelte den Hirtenstab drohend herum. »Freund oder Feind?«

»Reg dich ab.« Neben ihm kroch ein Mädchen aus dem Holunder, das wie eine Jägerin gekleidet war. Lange Haare ringelten sich feucht um ihre Schläfen.

Haru raffte seine Siebensachen zusammen. »Warum hast du mich aufgehalten? Steckst du etwa mit dem Ungeheuer unter einer Decke?«

»Wie kommst du denn darauf?« Sie strich sich den Regen aus dem Gesicht.

»Nun, offensichtlich hast du dich an unser Nachtlager angeschlichen und mich angegriffen, während dein Kumpan Skaggi entführt hat.«

Sie bohrte ihm die Spitze eines verschnürten Köchers unter den Rippenbogen. »Von wegen angegriffen! Ich hab dich gerettet, ehe du kopflos in dein Unglück liefst.«

Haru hätte sie am liebsten geschüttelt, aber er fühlte sich noch wackelig auf den Beinen und wischte daher nur den Köcher beiseite. »Komm mir nicht noch einmal in die Quere.« Er wagte nicht, sich auszumalen, was geschehen würde, wenn er ohne Reselis Verlobten zurückkehrte. Es würde seiner Schwester das Herz brechen.

»Ich bin Tirza Bumpo. Und *du* holst jetzt so schnell wie möglich die Büttel«, sagte sie im Kommandoton.

Für wen hielt *die* sich denn? Bumpo, so hieß eine Familie aus Reblingen. Ausgerechnet. »Die nächste Siedlung ist zwei Stunden entfernt«, schnappte er. »Warum gehst du nicht selbst?«

»Weil dann niemand den großen Kerl verfolgen könnte, der deinen Freund mitgenommen hat. Oder bist du ein Fährtenleser? Entscheide dich! Der Regen wäscht die Spuren bereits weg.«

Haru schluckte. Mitternacht war schon vorbei. Er sah sich gegen Türen hämmern und schlaftrunkenen Reblingern erklären … Nein! Aber Broichhus lag doppelt so weit entfernt. »Dann verfolgen wir ihn gemeinsam und holen Verstärkung, sobald wir mehr wissen.«

Tirza stemmte die Arme in die Seiten. »Ach, dann glaubst du wohl nicht mehr, dass ich für die Entführung verantwortlich bin?«

»Wir haben genug Zeit verschwendet.« Jetzt, wo Haru eine Entscheidung gefällt hatte, kroch Gänsehaut seinen Rücken hinunter, als habe jemand einen Kübel Eiswasser über ihm ausgeleert. Er wollte nicht genauer über das Ungeheuer nachdenken, geschweige denn wollte er ihm begegnen. Aber noch mehr fürchtete er den Moment, wo er Reseli eröffnen musste, dass er Skaggi im Stich gelassen hatte.

Haru hob den Mantel auf, der Skaggi als Bettstatt gedient hatte, und drückte ihn dem Mädchen in die Hand. »Zieh den besser an.« Skaggi brauchte ihn im Moment nicht, aber Tirzas Lederkleidung war vollkommen durchnässt.

»Sind wir also jetzt Gefährten?«, fragte sie spitz, während sie den Umhang anlegte und ihr herzförmiges Gesicht unter der Kapuze verbarg.

»Nenn es, wie du willst.«

Tirza entzündete eine Birkenrinden-Laterne mit Zunder, der in Wachstuch eingeschlagen war. Tropfen platschten gegen das durchscheinende Gefäß, das wild hin und her schwang, wann immer Tirza sich zu den Spuren hinabbeugte.

Die ersten Schritte waren einfach zu verfolgen. Asche klebte an dem missgestalteten Fuß, der in der Feuerstelle gelandet war. Nach und nach hatte der Angreifer die Ascheflocken im Gras abgestreift.

»Was war das für ein Ding?« Haru versuchte, die irre Sorge zurückzudrängen, es sei ein Brückentroll gewesen. Trolle waren Märchenfiguren, nichts weiter. Oder hatte er bei der Brücke den Zorn des Monstrums über sich und Skaggi gebracht? Das alles wäre nicht passiert, wenn sie im *Beerendieb* übernachtet hätten.

»Frag mich etwas Leichteres. Ich hatte leider keine Zeit, das Biest nach seinem Namen zu fragen, weil ich dich daran hindern musste, dem sicheren Tod ins Antlitz zu springen.«

Autsch!, dachte Haru. Inzwischen war er sicher, dass der keulenartige Gegenstand, der Skaggi getroffen hatte, einfach eine riesige Faust gewesen war. Hoffentlich lebte Skaggi nach diesem Hieb überhaupt noch. Langsam kamen Harus aufgewühlte Gedanken zur Ruhe, und die Neugier erwachte.

»Also, was führt eine Reblinger Jägerin an unser Lagerfeuer?«

»Ich war neugierig, was zwei Broichhuser in der Steinigen Heide zu schaffen haben. Und ich wäre dir sehr verbunden, wenn du leiser reden würdest, für den Fall, dass uns der *Klumpen* hört.«

Haru erstarrte. »Sind wir so nah?«

»Er ist recht schnell in Richtung Süden unterwegs. Aber bei dem Wetter kann ich nicht sicher sein.« Sie seufzte. »Wir warten besser auf Tageslicht.«

Tirza konnte ruhig zugeben, dass sie eine Pause brauchte. »Ich dachte, du wärst eine gute Fährtenleserin«, stichelte Haru. »Vielleicht sollten wir doch lieber Hilfe holen.«

Tirza sah zur Seite. »Ich halte dich gewiss nicht auf.«

»Du willst mich wohl gern loswerden?« Den Gefallen würde Haru ihr nicht tun, und das machte er Tirza auch deutlich.

Ihr Ausdruck veränderte sich. »Wenn ich dir sage, was ich weiß, Schäfer, überlegst du es dir vielleicht noch.«

Haru richtete sich auf. »Was soll das denn heißen?«

Tirza blieb im Schutz einer knorrigen Eiche stehen. »Ich frage mich, ob du genug Mumm für diese Sache mitbringst. Wenn du es genau wissen willst, ich habe euch vorhin belauscht.«

Damit war Harus Weltbild wiederhergestellt. Jedenfalls der Teil, in dem keine Ungeheuer vorkamen. »Etwas anderes hätte ich von einer Reblingerin auch nicht erwartet.«

»Ich sag dir mal was, Kleiner ...«

Haru schnaubte verächtlich und rollte mit den Zehen auf einer Eichel herum. Er war mindestens einen Fingerbreit größer als Tirza.

Nach der angriffslustigen Eröffnung wurde Tirzas Stimme dünn: »... heut Abend habe ich etwas gesehen, was ich nie wieder sehen will.«

»Skaggis Ledermütze?«

Tirza überging den müden Scherz. »Ich bin auf die Überreste eines Handelszugs der Riesen gestoßen.«

»Herk?« Haru erstarrte. »Wir haben den Händler gesucht. Wären wir bloß weitergegangen, dann hätten wir ...«

»Nichts hättet ihr! Sie lagen alle hinter den Büschen am Straßenrand versteckt. Fliegen umschwärmten die toten Esel. Die Bäuche blähten sich bereits in der Sonne. Die Tiere waren schon seit einer Weile tot. Und die drei Händler ...« Sie verstummte. Tirza stützte sich gegen den Baumstamm. »Was von Herk und seinen Knechten übrig war, sah angenagt aus.«

Der Eintopf hüpfte in Harus Magen und wollte hinaus. »Denkst du, was ich denke ...?«

Tirza nickte. »Sehr breite Zähne und runde Fußabdrücke, ganz wie bei der Spur, der wir folgen.«

Das Ungeheuer hatte also bereits getötet. Sogar Riesen. »Wir müssen sofort Alarm schlagen.« Haru fühlte sich hin- und hergerissen zwischen dem Wunsch, seine Familie zu warnen, und seinen künftigen Schwager, na ja, zurückzubringen.

Tirza musterte ihn mit einem prüfenden Blick. »Nur die Ruhe. Die Spuren führten fort von der Straße und den Siedlungen. Genau wie diese Fährte hier. Außerdem haben mein kleiner Bruder Caru und seine Freunde Reblingen längst gewarnt«, beteuerte Tirza.

Haru war verwirrt. Eben wollte sie ihn noch wegschicken und nun ... »Reblingen ist also sicher«, sagte er abschätzig. »Na schön. Aber von denen denkt niemand an meine Leute.« Sein Herz klopfte vor Sorge wie verrückt.

»Broichhus liegt viel weiter westlich«, beschwichtigte Tirza. »Es ist unwahrscheinlich, dass ...«

So fingen die meisten schlimmen Geschichten an. Haru ballte die Fäuste und malte sich das Unvorstellbare aus. »Also wolltest du mich tatsächlich gerade nur loswerden«, unterbrach er sie. »Und warum rückst du nur scheibchenweise mit der Wahrheit heraus?«

Tirza seufzte und wurde rot. »Also, äh, ich habe nicht zufällig auf den Handelszug gewartet, sondern war als Späher an der Straße postiert.«

Haru schwante Übles, obwohl ihm kaum noch mulmiger werden konnte. »Ihr habt Wind von der Hochzeit bekommen, nicht wahr?«

Tirza nickte. »Caru sollte die Esel weglocken, und dann hätten wir Herk geholfen, die Tiere wieder einzufangen. Wir wollten uns dabei nur ein paar Leckereien unter den Nagel reißen, ehrlich.«

Das wäre nicht der erste Streich, den die Reblinger Dorfjugend Broichhus spielte. Oder umgekehrt. Die krummen Verse eines Spottlieds spukten durch Harus müden Geist.

Reblinger, pass auf sie auf,
die klauen dir die Tür vom Haus.
Sie haben auch das Schwein gestohlen,
wir werden sie bald sehr versohlen
und auch die Sau gleich wiederholen.

Das wiederum erinnerte Haru an gemopste Wäsche, die mit angenähten Stoffringelschwänzen wieder auftauchte. In der Rückschau erschien ihm alles unwirklich. Gab es tatsächlich eine Zeit, in der Muße für derlei Späße gewesen war?

Tirza hüstelte. »Hörst du noch zu? – Als ich die Toten fand, hab ich Caru und den Rest mit einer Warnung heimgeschickt. Die Büttel sind bestimmt längst in Broichhus.«

»Warum hast du das nicht gleich gesagt?«

»Du lässt mich ja kaum ausreden.« Tirza schmollte. »Außerdem dachte ich, ich komme allein besser klar.«

Haru nahm einen tiefen Atemzug. »Wie schmeichelhaft. Warum bist *du* eigentlich geblieben?«

»Ich wollte mich hier noch ein bisschen umsehen.«

»Ganz schön verrückt«, sagte Haru und dachte: *Ziemlich mutig*.

Tirza winkte ab. »Die Mörder waren längst über alle Berge. Es gab von ihnen nur wenig Spuren. Die haben ein Talent dafür, immer den steinigsten Untergrund zu finden, sodass man den Fußabdrücken schwer folgen kann. Aber als ich die Suche auf das Umland ausweitete, sah ich euer Lagerfeuer. Ich schlich mich also an, und dann hörte ich jemanden von einem toten Riesen reden ...«

Erst in diesem Moment wurde Haru klar, was Tirza alles belauscht hatte. »Und natürlich waren wir deine Hauptverdächtigen.« Als wären sie Menschenfresser.

Tirza schwieg, und aus ihrer Miene wurde Haru nicht schlau. »Du hast uns also bewacht, bis deine Freunde mit den Bütteln zurückkommen sollten, um den Überfall zu untersuchen.«

»Ja, ich habe euch beobachtet. Nein, ich denke nicht, dass ihr darin verwickelt seid. Jetzt nicht mehr.«

»Herzlichen Dank. Muss ich jetzt auch noch froh sein, dass Skaggis Entführung uns von dem Verdacht des Mordes reingewaschen hat?«

»Nein, das war mir schon früher klar. Ich wollte Wache halten. Aber irgendwann bin ich eingeschlafen. Es war ein harter Tag«, verteidigte sie sich.

»Und ich hab dein Schnarchen für das Schnaufen eines Igels gehalten«, platzte Haru heraus.

Tirza schaute ihn böse an. »Ich wurde von einem Schrei geweckt. Und wenn ich mich nicht sehr irre, stammte der von dir.«

Die Morgenröte färbte den östlichen Himmel wie mit einem Tünchepinsel. Der Regen hatte beinahe aufgehört. Im ungewissen Zwielicht des anbrechenden Tages spürte Haru den dünnen Wasserschleier mehr auf der Haut, als dass er ihn sah.

»Dann wäre ja alles geklärt, Tirza. Gib deinen Kumpels wegen uns ruhig Entwarnung. Und wenn du schon mal auf dem Weg bist, sag freundlicherweise auch in Broichhus Bescheid. Nur zur Sicherheit.«

Tirza starrte ihn fassungslos an. »Du lehnst meine Hilfe ab?«

»Ich finde Skaggi bestimmt auch ohne dich. Abdrücke groß wie Kuhfladen sind ja wohl kaum zu übersehen.«

»Da bin ich aber gespannt.« Tirza ließ sich am Fuß der Eiche auf einer trockenen Wurzel nieder. Sie löschte ihre Laterne und verschränkte demonstrativ die Arme hinter dem Kopf.

Haru versuchte, nicht an Tirzas Augen zu denken, die vor Wut blitzten. Nicht an ihr Gesicht, das ihn immer wieder zum Hinschauen verleitete. Er starrte stattdessen auf den Boden. Bei der Suche nach einer Fährte streifte er Wasserperlen von umgebogenen Grashalmen und hinterließ einen silbrigen Streifen in der Wiese. Im feuchten Gras würden sich sicherlich auch die Spuren des Monsters abzeichnen.

Die Büttel mochten ein Auge auf Broichhus haben, aber Skaggi war allein da draußen. Furcht trieb Haru an, aber seine Augen schärfte sie nicht. Nachdem er zum dritten Mal erfolglos die Eiche umkreist hatte, musste er sich geschlagen geben. Tirza saß immer noch da, ein Bein lässig über das andere geschlagen, und wackelte dann und wann mit den Zehen.

Haru drehte sich mit hängenden Schultern zu ihr um. »Gut, ich brauche deine Hilfe.«

Tirza kam federnd auf die Füße. »Na, dann lass uns weitermachen.« Unablässig wanderte ihr Blick über die Heide. »Siehst du, das Wesen trägt keine Schuhe und hat auch keine Zehen wie wir.« Sie zeigte auf einige abgerissene Halme, schob einen zerquetschten Huflattich beiseite und offenbarte den rundlichen Abdruck darunter. »Pflanzen erholen sich schnell von einem flüchtigen Tritt …«

Die Luft war diesig, Feuchtigkeit glänzte auf jedem Blatt, und der Dunst verwischte die Konturen.

Beklommen bemerkte Haru, dass sie dicht beim alten Hünengrab vorbeikamen. Führte Tirza ihn mit voller Absicht hier entlang, weil sie seine Gruselgeschichte belauscht hatte? Reblingern steckte Schabernack im Blut, und sie waren wenig vertrauenswürdig. Immerhin hatten sie einst das Schwein gestohlen, das zur Ursache des ganzen Zanks geworden war.

Im Kielwasser dieser Erinnerung kam Haru ein abwegiger Gedanke. Vielleicht war alles nur ein Streich der Reblinger, die den Bräutigam entführt hatten und den Broichhusern zwecks Ablenkung eine Schauermär auftischten. Immerhin hatte die Jägerin zugegeben, von der Hochzeit zu wissen, und ihn sogar daran gehindert, das Ungeheuer anzugreifen. War sie bei der Eiche etwa stehen geblieben, um ihren Kumpanen mehr Zeit zu verschaffen?

Haru musterte Tirza von der Seite und versuchte, ihre wahren Absichten zu lesen. Schließlich hatte er für den angeblich blutigen Überfall auf den Händler nur ihr Wort.

»Hier geht's zu dem Riesengrab«, stellte er fest, um ihr auf den Zahn zu fühlen. »Wäre doch möglich, dass der *Klumpen* dort Unterschlupf gefunden hat. Sonst gibt es ja nicht viel auf der Heide.«

Tirza nickte anerkennend. »Das kann sein. Die Spuren weisen auf alle Fälle in diese Richtung.«

Haru glaubte in Wahrheit nicht daran, dass ein Ungeheuer die Stätte kannte. Dieser Zufall wäre zu *zufällig*. Wollte man allerdings jemanden verstecken, wäre das abgelegene Hünengrab ideal. »Vielleicht sollten wir uns aufteilen, um ihn in die Zange zu nehmen?«, schlug er vor.

Bevor Tirza Einwände vorbringen konnte, eilte Haru los. Er hörte sie leise fluchen, ließ sich aber nicht aufhalten. Als könnten nur Reblinger andere hereinlegen! Nachdem sie vor vielen Jahren das Preisschwein des Bürgermeisters gestohlen hatten, um es anlässlich eines Festmahls zu verspeisen, war die Broichhuser Jugend noch am gleichen Abend in deren Dorf geschlichen und hatte dort alle Schweine betrunken gemacht und ihnen die Ringelschwänze gestutzt. Sie hatten die Schwänze auf ein Brett genagelt und an der Hauswand des Bürgermeisters angebracht. Die Reblinger hatten damals vor Scham lauter gequiekt als ihre Schweine. Bis heute galten in Fett ausgebackene Teigröllchen in Ringelform als Broichhuser Delikatesse.

Bestimmt wartete Skaggi irgendwo da vorn, bewacht von Tirzas Bruder und seinen Kumpanen. Wo hatten die Reblinger bloß den Koloss her? Oder legte jemand diese Spur? Nur was hatte sie dann am Feuer angegriffen? Das Ding war ziemlich groß gewesen. Haru musste jetzt vorsichtig vorgehen, wenn er die Übeltäter auf frischer Tat ertappen wollte.

Er fasste den Hirtenstab fester. Damit würde er kräftig auf den Busch klopfen und sie das Laufen lehren. Noch heute schworen die Reblinger Stein und Bein, dass Broichhus die Sauen bei der Vergeltung so übel verletzt hatte, dass sie nur noch Kümmerlinge warfen. Dieses Pack! Die einzigen Kümmerlinge in Reblingen waren ...

Haru hielt inne und machte den Hals lang. In dem flüchtigen Nebel, der über der Heide wogte, konnte sich nichts und niemand verbergen. Vor ihm lag der schwarze Aschehaufen, wo jeden Sommer unzählige Lagerfeuer brannten. Hier musste das Grab sein, genau daneben. Aber das steinerne Tor, der ›Esstisch der Riesen‹ – war verschwunden!

Der Anblick der kahlen Fläche war nach dieser ereignisreichen Nacht beinahe zu viel für Haru. Bedröppelt stocherte er mit dem Stab in der Erde herum und wusste keine Erklärung. Träumte er denn mit offenen Augen? In was war er da nur hineingeraten?

So fand ihn Tirza wenig später, und sie schien deswegen ebenso verwirrt zu sein wie er. »Jemand hat das Hünengrab abgerissen!« Sie äugte hinüber zu Haru, als verdächtige sie ihn. »Ist das ein Scherz von euch Broichhusern?«

Er lachte nur trocken auf. »Es müssten sich schon beide Dörfer zusammentun, um solche Felsklötze zu bewegen.«

Und eine derartige Zusammenarbeit, da waren sie einig, war ein Ding der Unmöglichkeit.

Trotzdem folgten die beiden gemeinsam weiter dem Biest, jeder auf seine Weise erschüttert. Tirza machte im Bewuchs eine Reihe älterer Spuren aus, die Haru zum Großteil ›zertrampelt‹ hatte, wie sie es nannte. Die Fährten liefen in dieselbe Richtung wie die frische Fährte des Ungeheuers, das Skaggi entführt hatte. Sorgfältig schlängelte sich die Fußspur an jedem Pfuhl vorbei, als sei der Verursacher wasserscheu.

Im Westen erhoben sich bereits die ersten Ausläufer der Formation, der die Steinige Heide ihren Namen verdankte. Klobige Felssäulen überzogen zwei Hügel und das dazwischenliegende Tal wie ein Strom aus Stein. Beim Gedanken daran liefen Haru ehrfürchtige Schauer über den Rücken.

Die Menhire standen schon so lange dort, dass einige fast komplett im moosigen Grund eingesunken waren. Haru hatte keine Ahnung, wozu die Anlage einst gedient hatte. Für einen Wall standen die Felsen zu weit auseinander, ein Pferch wäre rund. Sicher eine Narretei der Riesen, die damit den Sonnenstand maßen und ihre Feiertage festlegten.

Die Lerchenstunde war noch nicht angebrochen, da änderte sich der Bewuchs, und das Erdreich wurde feuchter. Immer häufiger wechselten Binsen das Heidekraut ab. Die zwei Wanderer wateten durch ein Meer gelber Sumpfdotterblüten. Statt einsiedlerischer Eichen lehnten krumme Weiden gesellig aneinander wie Betrunkene. Tiefe Äste schlängelten sich über den Boden. Weidengerten schwankten gespenstisch im frühmorgendlichen Wind, der den Nebel über die Heide trieb.

Plötzlich stießen sie auf einen Trampelpfad. Tirza lief mit gesenktem Kopf wie ein Hund auf der Fährte einige Schritte in beide Richtungen und verkündete dann: »Er ist hier abgebogen.«

Ausgerechnet in den Sumpf. Tausend nasse Verstecke, aber keine Deckung. Haru verabscheute die morastigen Stellen, die in der ganzen Gegend die Oberfläche trügerisch machten. An Sumpflöcher hatte er schon manches Lamm verloren. »Da gibt es doch nichts«, protestierte er lahm. »Nur Matsch.«

Tirza zuckte die Achseln. »Wir sollten froh sein, dass er es uns so leicht macht. Im schweren Sumpfboden kann jeder Anfänger eine Spur finden.«

Bald flankierten zwei verkrautete Entwässerungsgräben voll öliger Schlieren und Entengrütze den Pfad. Zu Harus Leidwesen blieb der Verfolgte der eingeschlagenen Richtung treu. Die Stapfen seiner Füße hatten sich mit Wasser gefüllt. Immer noch gesetzt den Fall, die Reblinger steckten hinter dem Schabernack – wo hatten sie den Unhold aufgetrieben?

Schließlich mündete der Pfad in einen Knüppeldamm, der sich an binsenbewachsenen Erdbuckeln vorbeischlängelte, die wie gewaltige Schildkrötenpanzer aus dem Morast aufragten.

Zu dieser Tageszeit glich das Moor einer mit Dampf gefüllten Waschküche voller unheimlicher Schemen. Haru schluckte. »Wir sollten besser vorsichtig sein.« Aber Tirza bewegte sich sicher auf dem aufgeschütteten Damm, und so blieb ihm wenig übrig, als mit ihr gleichzuziehen.

»Ich hab versprochen, zur Sonnenstunde zurück in Reblingen zu sein«, meinte sie nur. »Aber bis dahin kundschafte ich weiter. Diese Spuren bleiben nicht ewig lesbar.«

Die Müdigkeit setzte Haru mittlerweile ganz schön zu, und nur das Pflichtgefühl trieb ihn weiter. Verkrüppelte Birken winkten ihm aus den Augenwinkeln zu wie übermütige Luftgeister. Im Morgenlicht stiegen Streifen von weißem Dunst aus dem Boden wie die Atemfahnen von Drachen.

Sie jagten ein Monstrum. Zu zweit. Das war blanker Wahnsinn. Haru seufzte. In den Nebelwolken über dem Damm konnte er nicht einmal genau sehen, wohin er die Füße setzte. Alles in ihm sträubte sich bei dem Gedanken weiterzugehen. Die Angst, die Haru als Kind beim Hünengrab verspürt hatte, holte ihn gnadenlos ein. Neben ihm franste der Rand des Damms aus, als hätte jemand noch vor Kurzem daran genagt. »Bist du sicher, dass der Weg uns trägt?«, fragte Haru.

»Ja. Der Kerl wird in der Eile abgerutscht sein«, beruhigte ihn Tirza mit Blick auf die frische Bruchstelle. »Für eine so große Kreatur ist der Weg zu schmal.«

Eigentlich war der Damm auch Haru zu schmal. Luftblasen blubberten direkt daneben hoch, als lebte jemand tief im Wasser. Er fühlte sich beobachtet. Lauerte das schaurige Wesen dort unten, unsichtbar im braunen Moorgebräu?

Tirza blieb stehen und schüttelte den Kopf. »Sieh mal, einige der maroden Teile sind ganz frisch ausgebessert. Das verstehe ich nicht.« Sie holte einen Kurzbogen aus dem Futteral, das sie auf den Rücken geschnallt trug, klappte das lockere Leder um und verschnürte alles zu einem offenen Köcher, in dem ein Dutzend Pfeile staken. Zuletzt zog sie die Sehne auf den Bogen. »Eigentlich wird der Weg nicht mehr benutzt. Er führt nur zum *Haus der Riesen*.«

»Haus?« Haru prustete, um sein Unbehagen abzuschütteln.

»Scht!«, machte Tirza.

Gedämpft fuhr er fort: »Ich dachte immer, ein *Haus* hätte ein Dach und zumindest Wände. Du meinst wohl die alte Festung.« Riesen hatten sie vor Urzeiten gebaut und wieder verlassen, weil der Sumpf sich als stärkerer Gegner erwiesen hatte als die Feinde, gegen die das Fort einst standhalten sollte. Befestigungen und Mauern waren längst eingestürzt, im Sumpf versunken – oder abgetragen worden. Das handliche Baumaterial erfreute sich in den umliegenden Dörfern großer Beliebtheit, sodass lediglich noch eine Reihe von Steinhaufen und ein Plateau, auf dem sich Mauerlinien abzeichneten, übrig geblieben waren.

Tirza wurde rot. »Mh ja, meine Geschwister und ich waren oft zum Spielen da …«

Haru grinste. Die ledergewandete Tirza Bumpo hatte in den Ruinen also *Mutter, Vater, Kind* gespielt.

Tirza legte einen Pfeil auf die Sehne. »Die Festung liegt hinter dieser Biegung. Das muss ich mir näher ansehen. Aber wir sollten jetzt sehr vorsichtig sein.«

Das brauchte sie *ihm* nicht zu sagen.

Haru hielt den Stab vor sich und pirschte neben Tirza um den Hügel. Als Nächstes prickelten eisige Nadelstiche seinen Nacken hinab. Von wegen abgetragen. Vor ihm ragte – in einem Abglanz ehemaliger Pracht – die Festung der Riesen aus dem schlammigen Nass auf. Algenbüschel klebten an grünbepelzten Steinblöcken, wo die längst versunkenen Mauern dem Sumpf entstiegen waren.

Gekappte Röhrichtenden ragten ringsum aus dem Wasser, mit dem Schilfrohr war der Damm verstärkt worden. Der Knüppeldamm wurde zu einer Steinbrücke, die zum Tor der alten Festung führte. An ihrem Sockel standen zwei übermannshohe Steinbrocken. Tirza war schon halb an ihnen vorbei, als von links ein Paar wulstiger Arme aus dem Stein nach ihr griffen. Von der anderen Seite fühlte Haru sich selbst um die Körpermitte gepackt und in ein erstickendes schwarzes Nichts gezerrt.

Haru tauchte fröstelnd aus der Schwärze auf. Er lag auf kaltem Stein und fühlte sich, als sei er in einen Eisstrudel gestürzt und darin unzählige Male umhergewirbelt worden.

»Ganz ruhig«, sagte ein Mann, »das geht gleich vorbei.«

Harus Zähne klapperten, die Augenlider schienen festgefroren zu sein. Mit einiger Anstrengung brachte er sie auseinander. Ein dämmriger Raum. Lichtfinger tasteten durch Fugen in der Mauer und teilten das Gewölbe in Tag und Nacht. »Wo sind wir?«

»In einer Zelle. Komm erst einmal zu dir.« Jemand hockte neben ihm auf dem Boden.

»Tirza?«, krächzte Haru und fuhr herum. Das hätte er besser nicht getan, denn die Leere griff wieder nach seinem Kopf und Magen. »Wo ist sie?«, brachte er gerade noch heraus, ohne zu würgen.

»Da vorn. Sie erholt sich. Wie du.«

Langsam klang der Schwindel ab, aber jeder Gedanke an eine heftige Bewegung verbot sich von selbst. Haru zog den Mantel enger um sich. Immer noch nisteten fremdartige Empfindungen hinter seiner Stirn. Die Augen hatten sich inzwischen ans schummrige Licht gewöhnt. Er sah Tirza ein Stück neben sich in den Umhang gewickelt und bleich wie ein Laken. Zwischen ihnen saß ein Riese mit schulterlangem Haar. Er war schmal gebaut. Das konnte unmöglich das Ungeheuer sein, das sie verfolgt hatten.

»Was ist geschehen?«, wollte Haru wissen.

»Ich vermute mal, die Gogler haben euch gefangen und in ihre Schale gezerrt«, erklärte der Riese. »Mit mir haben sie gestern das Gleiche gemacht. Furchtbar, als schwebe man im Nichts und würde nie wieder die Sonne sehen.«

»Ja«, antwortete Haru und rieb sich die Arme, um wieder warm zu werden. Seine Beine schienen bleischwer. Er fühlte sich, als sei er aus dem Totenreich zurückgekehrt.

»Ich heiße Brinell Brenson, der Barde«, stellte sich der Riese vor. Er hatte eine angenehme Stimme, nicht zu poltrig, wie die vieler anderer seiner Art, die sich selbst als Menschen bezeichnete.

»Ich bin Haru Schäfer. Hast du irgendwo Skaggi gesehen?« An diese Gogler wollte Haru im Augenblick lieber nicht denken, aber wie es aussah, hatten *sie* Skaggi entführt.

Brinell schüttelte den Kopf und strich sich eine Haarsträhne hinters Ohr. »Wir sind nur zu dritt.«

Angst drückte Haru den Brustkorb zusammen. War Skaggi tot?

»Was ist geschehen?«, fragte Haru, in der Hoffnung, einen Hinweis auf Skaggis Verbleib zu erhalten.

»Mein Wagenzug wurde von Goglern überfallen«, erklärte der Barde.

Das konnte kein Zufall sein. »Redest du von Herk Harksons Wagenzug?«

Brinell nickte. »Ja. Er wollte zu einer Hochzeit bei den Halb…«, er unterbrach sich, »in Broichhus. Und ich hatte dort einen Auftritt.«

Der Barde war dann wohl die große Überraschung, die Pardu angekündigt hatte. Damit hätte die Broichhuser Feier Reblingen ein für alle Male übertrumpft. Aber nun …

Brinell schluckte sichtlich. »Die Gestalten sprangen aus den Büschen auf die Straße. Einer der grauenhaften Kerle warf einfach den Wagen um, auf dem ich saß. Sie schlugen den Eseln die Schädel ein und rissen Harkson im nächsten Moment vor meinen Augen auseinander.« Er schaute auf seine ineinander verflochtenen Finger. »Ich schäme mich, weil ich nichts unternommen habe, aber ehe ich wieder richtig zu mir kam, hatten die mich schon geschnappt.«

»Sie haben alle umgebracht außer dir?«

Brinells Pupillen wirkten riesig. »Es scheint so. Und ehe du weiterfragst, ich weiß nicht, warum die Händler sterben mussten oder warum ich überlebt habe. Gogler scheinen mir kaum auf Lösegeld aus zu sein.«

Brinells Hand fuhr nervös den Ziersaum seiner Tunika entlang. »Ich kenne Lieder, die alten Geschichten. Aber ich hätte nie geahnt, selbst in die Gewalt eines Goglers …« Er schluckte abermals. »Entschuldige, du weißt selbst, wie schrecklich das ist. Wie sind deine kleine Freundin und du in den Schlamassel geraten?«

Wo sollte Haru anfangen? Er berichtete kurz von Skaggi und ihrer Suche, dem Überfall und dem Zusammentreffen mit der Jägerin. »Ich war dagegen, aber Tirza wollte unbedingt weiter ins Moor …«

»Hör auf, über mich zu reden, als wäre ich tot!« Tirza hob den Kopf. Sie tastete nach Jagdmesser und Bogen, aber die Waffen fehlten. Die Jägerin blinzelte und ließ sich enttäuscht zurücksinken. »Ganz schön kalt hier.« Sie kuschelte sich wieder in den Umhang. »Also, was Haru *eigentlich* sagen wollte …« Tirza führte die Erzählung bis zum Zusammentreffen mit den Wächtern im Sumpf fort.

Brinell schaute Tirza und Haru verwundert an. »Erstaunlich, wie gut ihr den Kontakt zu den Goglern verkraftet habt«, sagte er, als Tirza fertig war. »Ich habe viel länger gebraucht, um mich nur halb so gut zu erholen.«

Von wegen gut. Immer noch glichen Harus Füße Eisklumpen, vor allem der linke. Er spürte die Zehen nicht mehr. »Du klingst, als wüsstest du mehr über sie. Was sind diese Gogler überhaupt?«

Tirza stemmte sich auf die Ellbogen hoch. »Können wir vielleicht unterwegs plaudern? Ich will hier raus!«

Ein messerdünnes Lächeln erschien auf Brinells Lippen. »Fortlaufen? Du wirst merken, dass das nicht so einfach ist.« Er schlug die Falten seines Umhangs beiseite.

Haru stockte der Atem. Der Fuß des Barden steckte bis über das Knöchelgelenk in einem schädelgroßen Stein.

Zeitgleich bewegten Haru und Tirza die Beine. Auch ihre linken Füße waren mit Granitbrocken verwachsen. Der Schreck lähmte Haru noch mehr als die Kälte, die das Ding verströmte.

»Ein Andenken der Gogler«, sagte Brinell bitter. »Und eine sehr effektive Methode, uns an der Flucht zu hindern.«

»Ahhh!«, stieß Haru entsetzt hervor. Diesen Moment nutzte sein Magen dazu, ihn daran zu erinnern, dass die Frühstückszeit schon verstrichen war.

»Wie kannst du jetzt Hunger haben?«, zischte Tirza. Sie drehte verzweifelt das Bein mit dem kegelkugelgroßen Stein daran, hob den Fuß und senkte ihn wieder. »Wenn wir die Dinger nur fest genug gegen die Mauer schlagen, zerspringen sie sicherlich.«

Brinell beugte sich besorgt über Tirza und hielt sie fest. »Besser nicht. Du würdest dich nur selbst verletzen. Die Goglermagie hat den Stein mit deinem Fleisch verschmolzen.«

»Und was verstehst du davon?«, fragte Haru.

»Ich bin Barde«, antwortete Brinell, als sei damit alles erklärt.

Auf Tirza machte das nicht den geringsten Eindruck. »Was hat denn das eine mit dem anderen zu tun?«

»Ich habe sieben Jahre lang die Schriften der Altvorderen studiert, kenne die hundert Lehr- und die siebzehn Loslieder.«

»*Los*lieder – du kannst mit deiner Stimme also unsere Fußfesseln lösen?«, fragte die Jägerin hoffnungsvoll.

»Nein. Ich bin schließlich kein Zauberer.«

Tirza verlor augenblicklich das Interesse an der bardischen Kunst. »Wäre auch zu schön, um wahr zu sein.«

Brinell seufzte. »Ich will ebenfalls fliehen, aber es gibt nur einen Ausweg aus diesem Raum, und da hält ein Gogler Wache, der so breit ist, dass er den Gang versperrt.«

»Dann müssen wir einen anderen Weg hinaus finden. Und Skaggi retten. Wenn ich nur nicht so einen Wolfshunger hätte ...« Haru rieb sich den leeren Wanst.

Tirza kramte in ihrer Gürteltasche und reichte den beiden anderen etwas Trockenfleisch. »Wenn wir hier schon festsitzen, können wir wenigstens ein wenig essen, damit wir bei Kräften bleiben.«

Eine gute Idee. Haru griff zu, fand allerdings an der Aufteilung etwas auszusetzen. »Wieso bekommt Brinell zwei Streifen und ich nur einen?«

Tirza hob begütigend die Hand. »Ich nehme auch bloß einen. Sperr deine Augen auf: Der Riese ist doppelt so groß wie wir.«

»Und mein Magen ist doppelt so groß wie seiner«, maulte Haru und biss in das zähe Fleisch. So abgespeist musste sich Gruff fühlen, wenn er nur winzige Häppchen vom Esstisch bekam.

»Zurück zu diesem *Gogler*«, sagte er zwischen zwei Bissen, denn wenn schon die Gaumenfreuden fehlten, wollte er wenigstens seine Neugier befriedigen. »Hab diesen Namen noch nie gehört.«

»Ich nehme an, in den Überlieferungen deines Volks spielen sie keine große Rolle.« Brinell beäugte misstrauisch das faserige Stück Fleisch und riss es mit den Fingern auseinander, um das Innere zu erkunden. »Ihr habt nie gegen die Fahlen Krieg geführt. Eigentlich seid ihr ein glückliches, friedliches Völkchen.«

Haru dachte mit schlechtem Gewissen an die Streiche gegen Reblingen. Tirza blickte auffällig unschuldig drein.

Brinell ließ das Essen sinken. »Da ich kein Gelehrter oder Magier bin, kann ich nur wiedergeben, was die Lieder erzählen.« Er schien von innen heraus zu wachsen, und ein eigenartiger Singsang schlich sich in seine Rede. »Die Fahlen nahmen einst von ihrem Fleisch und Fels und formten die Gogler mit Magie. Diese Geschöpfe waren ein gefürchteter Feind der Menschen, da sie, anders als die Fahlen, die Berge verlassen und ihre Gestalt ändern können.«

»Sie verwandeln sich in Stein? So wie – Trolle?« Haru musste das fragen, egal wie lächerlich er sich dabei vorkam.

Brinell schüttelte den Kopf. Dabei fing sich ein Lichtstrahl in seinem hellen Haar und ließ es glänzen. »Trolle gibt es nicht. Und bis gestern hätte ich Gogler ebenfalls für eine Legende gehalten. Aber nun weiß ich, wie falsch ich damit lag.«

Der Barde beugte sich hinab, als würde er inmitten einer riesigen Menge nur zu Haru und Tirza sprechen. »Gogler sind immer mit ihrer Schale unterwegs.«

»Du meinst, ihre zähe Steinhaut ist hart wie ein Schneckenhaus?«, fragte Tirza. »Oh Mann – ich wurde von einer Riesenweinbergschnecke verschlungen?«

»Nein, kleine Freundin. Die magische Schale ist ein Teil von ihnen, aber sie befindet sich im Inneren der Kreaturen.«

»Großvater Pardu hat mir mal einen hohlen Stein gezeigt«, warf Haru ein. »Der war innen mit Kristallen ausgekleidet. Pardu nannte das eine Drüse.«

Der Barde hüstelte und machte mit Blicken deutlich, was er von den fürwitzigen Unterbrechungen hielt. »Das sind keine Schneckenhäuser und keine *Drusen*, sondern Fahlenmagie. Gogler sind groß und kräftig. Aber ihre tödlichste Waffe ist nicht ihre Wucht, sondern die Schale, die ihr Inneres anfüllt wie eine dehnbare Blase. Um diese Sphäre gedeihen die Ungeheuer. Schlimmer noch: Sie können einen Sterblichen hineinziehen und müssen ihn dazu bloß mit beiden Armen zugleich umfangen.«

Haru erinnerte sich an die erstickende Umarmung vor der Festung. »Wie bei uns.«

Brinell nickte. »Genau. Die Magie liegt in den Goglerhänden, die Stein erweichen können. Bist du erst einmal in seine Gewalt geraten, bleibst du dem Wesen ausgeliefert. Nur der Gogler ist in der Lage, dich wieder aus der Schale zu holen. Wir hatten Glück. Viele Krieger verschwanden auf ewig durch eine einzige Berührung, verhungerten oder erfroren. Andere wurden in der Leere wahnsinnig und rannten nach ihrer Befreiung kopflos davon.«

Harus Mund zog sich bei dieser Vorstellung zusammen, und der Appetit verging ihm. Welch trostloser Tod.

»Aber die meisten Menschen endeten, genau wie vorlaute Barden, als Lebendfutter für hungrige Gogler.« Eine kratzige Stimme unterbrach Brinells geschmeidigen Wortfluss und ließ Haru und die anderen herumfahren.

Das entsetzlichste Wesen, das Haru je erblickt hatte, stand vor ihm.

»Ich bin Tulima.« Der klapperdürre Fremde nickte Brinell zu. »Eine gelungene Vorstellung, Sänger. Aber wie immer erzählen die Menschen nur ihren Teil der Wahrheit.«

Tulima überragte Haru, war aber nicht so hochgewachsen wie Brinell. Seine bräunliche Haut wirkte pergamenten, die Glieder, soweit in dem lockeren Gewand zu erkennen, glichen trockenen Ästen, die man an einer Vogelscheuche befestigt hatte. Er sah aus wie ein zu dünn geklopftes Schnitzel.

Das musste ein Fahler sein.

»Lass mich sofort frei!«, forderte Brinell, der als Erster die Sprache wiederfand. »Auch die Halblinge. Wer friedliche Barden verletzt, wird von meinem Volk geächtet.«

Meckernd lachte Tulima. Sein starres Gesicht verzerrte sich dabei wie unter Krämpfen. »Wenn du frech wirst, Sänger, verfüttere ich dich sofort an meine Haustiere. Dann bleiben mir wenigstens weitere Lügen erspart. Und was dein Volk angeht: In Wahrheit wollten die ach so friedliebenden Menschen den Bergbewohnern bloß die Schätze und Erze des Gebirges rauben. Um noch mehr Waffen für Eroberungen zu schmieden. – Nerx!«

Hinter dem Neuankömmling erschien eine Kreatur. Die granitfarbene Haut des Goglers war schrundig wie verwitterter Stein, die ungeschlachten Gliedmaßen plump und rundlich. Abgesehen von seiner Masse wirkte er kaum bedrohlicher als eine riesenhafte Schnecke. Aber Haru hatte erlebt, wie rasch sich die Gogler bewegen konnten, und die Erzählung von Brinell über ihre Eigenarten jagte ihm jetzt noch kalte Schauder über den Rücken.

Tulima winkte Haru und Tirza heran und zeigte in den Gang. »Mitkommen, ihr beide!«

»Befrei meinen Fuß.« Haru rappelte sich absichtlich ungeschickt auf. »Ich kann so nicht laufen.«

»Dann wirst du es lernen. Oder ich schicke Nerx, um dich Früchtchen auf Goglerart einzusammeln.«

Auf Geheiß seines Herrn trat der Gogler vor und hob den kübelförmigen Kopf. Aus dem von Furchen gebildeten Gesicht blitzten zwei blaue Augen eisig hervor.

Im Nu war Haru auf den Beinen und humpelte los. Einige mühsame Schritte später hatte er den Dreh raus. Zuerst hievte er das schwere Bein mit aller Muskelkraft vorwärts. Anschließend bewegte er den Klumpfuß einen Viertelkreis zur Seite, um sein Gleichgewicht einigermaßen zu halten.

Tirza ließ sich ebenfalls nicht lange bitten. Vielleicht hatte sie aber auch begriffen, dass sie so die beste Gelegenheit zum Auskundschaften der Festung bekam.

Der Fahle trat beiseite, um sie zusammen mit dem Gogler durchzulassen, der sie vor sich hertrieb wie fußkranke Schafe.

Im Vorbeigehen bemerkte Haru die silbrige Gewandspange an Tulimas Kragen. Es war Skaggis Schatz mit den funkelnden Steinen. Und es gab nur einen Weg, wie der Fremde darangekommen sein konnte.

Sein Zorn brodelte auf und überwand die Angst. »Was hast du mit Skaggi gemacht?«

Genugtuung überzog das maskenhafte Gesicht des Fahlen. »Nur Geduld. Das wirst du früh genug feststellen. Und du darfst mich *Meister* Tulima nennen.«

»Für mich bist du ein Dieb!« Haru knirschte mit den Zähnen und fing sich einen Stoß von Nerx ein. Sie betraten einen Gang. Ein weiterer Gogler machte den Weg aus der Zelle frei.

»Svar, du passt auf den Menschen auf«, befahl ihm Tulima.

Sie kamen quälend langsam vorwärts und doch viel zu rasch für Haru, der fieberhaft nach einer Fluchtmöglichkeit suchte. Es gab im ganzen Gebäude keine Fensteröffnung, der Großteil des Lichts fiel von außen durch Lücken im Mauerwerk ein. Der Bau schien nachlässig errichtet worden zu sein.

Schließlich landeten sie in einer Steinkammer tief im Inneren der Festung, die von Feuerschalen beleuchtet wurde. Dort hing Skaggi in eingelassenen Eisenschellen an der Wand.

Haru fuhr bei seinem Anblick erschrocken zurück und wäre fast gegen den Gogler geprallt. Skaggi sah elend aus. Seine Hautfarbe spielte ins Olivgrün, und eine brandrote Wunde am Schädel markierte die Stelle, wo ihn der Schlag der Steinfaust getroffen hatte.

»Begrüß ruhig deine Freunde«, sagte Tulima leutselig.

»Wer ist das denn?«, krächzte der Torfstecher und musterte vor allem Tirza. »*Die* kenne ich nicht.«

Erkannte Skaggi ihn tatsächlich nicht wieder? Oder war das ein Trick? Haru versuchte, ihm in die Augen zu sehen. Aber im gleichen Moment wurde er gegen die Wand gepresst. Der Gogler riss seinen Arm an sich, drückte Harus gefangene Hand und seine eigene Pranke direkt *in* die Mauer.

Haru schrie vor Schreck, doch er spürte keinen Schmerz, nur Kälte. Seine Finger steckten im Fels fest. Das war tausendfach schlimmer als der Klotz an seinem Bein.

Tulima zwang mit einer Zange Skaggis Mund auf und betrachtete seine Zunge. »Du sprichst die Wahrheit!«, sagte er. »Mein Zauber verrät es mir. Aber vielleicht sagst du nicht die volle Wahrheit.«

Skaggi presste die Lippen aufeinander. Er schien gegen etwas anzukämpfen.

»Bemüh dich nicht«, sagte der Fahle und legte die Zange aus der Hand. »Ich weiß, dass der Strohkopf dich kennt. Er hat sich vorhin nach dir erkundigt.«

Skaggi warf Haru einen erbosten Blick zu.

Am liebsten hätte sich Haru auf die Zunge gebissen. Indem er nach Skaggi gefragt hatte, hatte er sie beide verraten.

Tulima rückte an Skaggi heran. »Also, noch einmal: Woher stammt die Sternenspange? Du solltest besser reden, sonst müssen deine Freunde leiden. Das willst du doch nicht. Schließlich sind sie wegen dir hergekommen.«

Skaggi biss sich auf die Lippen, schwieg aber. Mitleidlos gestikulierte Tulima seinem Gogler. Der Handlanger schob nun Tirzas Arm in die Wand, allerdings bis zur Schulter. Empört japste Tirza auf.

»Warum quälst du uns?«, fragte Skaggi. »Du bist reich. Welchen Unterschied macht ein einzelnes Schmuckstück?«

Das hätte Haru auch gern gewusst. In dem Zimmer standen zwei Kästchen, die überquollen von ungefassten Gemmen und Schmuck. Sogar Goldmünzen waren darunter. Er konnte die Augen kaum abwenden von dem Glanz.

»Du beantwortest Fragen. Ich stelle sie. *Nerx!*«

Auf den Befehl hin umklammerte der Gogler Harus Hals und schob seinen Kopf auf die Wand zu. Haru strampelte und versuchte mit der freien Hand panisch, Abstand zu halten. Aber schon berührte seine Wange den Stein. Fleisch verschmolz mit Fels, Eis sickerte durch die Haut in seinen Körper, und Harus Zähne schmerzten. »Skaggi!«, brüllte er. »Verrat es ihm doch.« Bald würde er sein Entsetzen nicht einmal mehr herausschreien können und elendig ersticken. »Sonst tu ich es.«

Das weckte die Aufmerksamkeit des Fahlen. »Halt!«, befahl er dem Gogler. »Mach mit dem Mädchen weiter.«

»Aber ...«, heulte Haru auf. Das hatte er nicht gewollt.

Diese Drohung brach Skaggis Widerstand. »Warte!«, rief er. »Ich habe die Spange gefunden, bei einem toten Riesen.«

Skaggi berichtete erneut, was er gestern am Feuer erzählt hatte. Es erschien Haru wie vor einer Ewigkeit. Widerwillig und langsam ließ Skaggi sich jede Einzelheit aus der Nase ziehen. Haru schwitzte derweil Blut und Wasser. Eine Gesichtshälfte fühlte sich taub und tot an. Auch Tirza, halb begraben im Fels, schien es nicht gut zu gehen. Sie hielt die Augen geschlossen und atmete gepresst.

Der Fahle kontrollierte zwischendurch, ob Skaggi die Wahrheit sagte. Sobald der Redefluss stockte, bedrohte er die anderen, doch der Gogler musste nicht mehr handgreiflich werden. Nachdem Tulima erfahren hatte, dass der Schatz in Reblingen gelandet war, aufgeteilt unter den Torfstechern, stellte er noch eine letzte Frage: »Waren bei dem Schmuck weitere Sternenkristalle? Wie auf deiner Spange?«

Skaggi zuckte die Achseln. »Ich war ein Kind. Aber ich glaube nicht.«

»Es stimmt!«, bestätigte Haru, um seinen Fehler wiedergutzumachen. Tulima achtete nicht auf ihn, sondern zerrte Skaggis Zunge hervor. Sie war jetzt grün.

Tulima lächelte. »Nein, *ich* glaube, das war eine Lüge. Gut zu wissen, da müssen wir wohl selbst nachschauen. Nerx, schaff mir die drei aus den Augen, ich habe zu arbeiten. Und wehe, du knabberst einen Happen an. Vielleicht brauche ich sie noch.«

Nerx löste Tirza und Haru wieder aus dem Stein und befreite auch Skaggi von den Fesseln. Haru schluckte erst einmal kräftig, Tirza verschränkte Schutz suchend die Arme vor der Brust, Skaggi schwieg eisern. Nerx eskortierte das bedrückte Trio zurück in die Zelle.

Sie waren kaum allein, als Skaggi sich auf Haru stürzte.

»He!« Haru wollte ausweichen, aber Skaggi war viel schneller als er, da sein Bein nicht in einem Steinklumpen steckte.

»Dank dir sind wir so gut wie tot!« Skaggi schüttelte ihn wüst. »Und du hast gleich noch die Reblinger ans Messer geliefert.«

»Was hätte ich denn tun sollen?«, fragte Haru, beschämt über die Vorwürfe. Er war eben kein Held.

Skaggi schien außer sich. »Dieser Zauberer wird schreckliches Unheil anrichten.«

Haru stieß ihn zurück, gleichsam wütend auf sich und Skaggi. »Na gut, dann bin ich nicht so tapfer wie du. Aber wenigstens leben wir drei noch und sind nicht zu Stein erstarrt.«

Skaggi sank auf den Boden wie ein Häufchen Elend. »Aber zu welchem Preis?«

Wie konnte Skaggi jetzt aufgeben? Das weckte Harus Widerspruchsgeist. »Wovon redest du eigentlich? Tirza und ich stecken genauso in diesem Schlamassel wie du. Weil wir dir helfen wollten, Skaggi, falls du das schon vergessen hast.«

»Schöne Hilfe!« Skaggi hielt sich den Kopf und sah abgekämpft zu Haru hinauf. »Ich rede von der Vernichtung des Dorfes. Was glaubst du, wird passieren, wenn der Fahle seine Gogler nach Reblingen schickt?«

»Entschuldigung«, meldete sich nun der vierte Zelleninsasse zu Wort. »Obwohl es sehr unhöflich ist, sich in eine Unterhaltung zu drängen, kam ich nicht umhin, euer Gespräch zu verfolgen. Vielleicht kann ich etwas Hilfreiches beitragen. Mein Name ist Brinell, und ich bin Barde.«

Skaggi glotzte den Riesen an wie ein Karpfen auf dem Trockenen. »Ich wüsste nicht, was uns jetzt noch helfen könnte«, sagte er tonlos.

»Na, das hier!« Tirza schüttelte eine Rolle aus jenem Ärmel der Tunika, der vorhin bis zur Schulter im Stein gesteckt hatte. Sie senkte die Stimme, damit der Gogler, der Wache stand, sie nicht hörte. »Die Wand war nicht dick, und meine Hand landete im anderen Zimmer auf einem Schreibpult. Also hab ich einfach gekrallt, was mir zwischen die Finger kam.«

»Zeig mal her.« Haru griff danach, um davon abzulenken, dass er möglicherweise gar nicht in Lebensgefahr geschwebt hatte. Dabei rutschte ein schmaler Gegenstand aus dem steifen Pergament.

»Hoppla!« Tirza fing das Federmesser gerade noch auf, ehe es auf dem Steinboden landete. Das Schriftstück rollte bis vor Brinells Stiefelspitze.

Haru ließ den Atem entweichen.

»Na, will mir niemand danken?« Tirza schwang das kleine Messer mit der scharfen Spitze. »Ich habe immerhin unter Gefahr für Leib und Leben eine Waffe besorgt.«

Haru winkte ab. »Ja, du Heldin, komm zurück auf den, äh, Teppich.«

Stampfende Schritte näherten sich.

Blitzschnell legte Tirza einen Arm über die Klinge, und Brinell verbarg das Pergament unter dem Mantelsaum.

War man Tirza auf die Schliche gekommen? Nein, der Gogler namens Svar schwenkte ein Tablett. »Futter für das Futter«, brummte er – die erste Äußerung, die Haru von einem der Steinwesen hörte. Auf weitere Kostproben von Goglerhumor konnte er getrost verzichten.

Die Platte landete auf einer halbhohen, abgebrochenen Steinsäule in der Zimmermitte. »Schön essen, *Habila*, damit ihr saftig bleibt.« Svar trottete davon.

»Sicher Wasser und Brot!«, meinte Tirza schnippisch.

Aber statt Gefängniskost türmten sich zerdrückte Honigwaffeln, einige Brocken Schinken, ein Laib Brot und sogar zwei Schmalzringelschwänze auf dem Tablett. Beim Anblick der Speisen standen Skaggi die Tränen in den Augen. »Das sollte mein Hochzeitsmahl sein.«

Das war Haru nur zu bewusst. Sein Gewissen plagte ihn. Er hatte Skaggi die Hochzeit missgönnt, und nun war sein böser Wunsch auf schreckliche Weise in Erfüllung gegangen. »Ich schätze, dann fangen wir mal an, ehe das Essen Beine bekommt. Und in der Zwischenzeit sollte jeder von uns erzählen, was er über diesen Fahlen weiß.«

»Von welchem Fahlen sprichst du?«, wollte Brinell wissen und griff nach dem Brot.

Haru unterdrückte eine rüde Geste. Waren heute alle begriffsstutzig? »Ich meine den Kerl, der uns herumschikaniert hat. Tulima.«

Der Barde hörte auf, das Brot zu zerpflücken. »Das war kein Fahler.

So einen Landsmann habe ich noch nie gesehen. Fahle sind um einiges stämmiger, und so weit abseits der Berge wird man ohnehin keinen antreffen, denn sie brauchen den Fels wie Fische das Wasser.«

Das riss Skaggi aus seinem Bann. »Aber er wirkt Magie und befehligt die Gogler. Er war für den Überfall auf den Händler verantwortlich, das hat er mir gegenüber zugegeben.«

Haru sah ihm fest in die Augen. »Wenn du mehr weißt als wir, Skaggi, so sprich, um der Moorlichter willen.«

Einen Moment lang war es still, nur Brinell raschelte mit dem Pergament.

Dann nickte Skaggi. »So viel weiß ich gar nicht. Und ich kann mir auch nicht denken, dass es jetzt noch einen Unterschied macht, nachdem du ...« Er seufzte. »Im einen Augenblick liege ich schlafend auf der Heide, im nächsten reißt mich jemand hoch, und etwas kracht gegen meinen Schädel. Ich bin erst vor Kurzem wieder aufgewacht, in dem Zimmer mit den vielen Edelsteinen. Dieser Tulima tropfte einen widerlichen Trank auf meine Zunge und wollte wissen, woher ich die Spange habe. Er hat sich damit gebrüstet, gleich zwei gute Fänge hintereinander gemacht zu haben – die Händler und mich. Kurz darauf seid ihr dazugestoßen.«

»Also hat Tulima dich gründlich durchsucht.« Haru griff nach einem Ringelschwanz, auf den niemand Anspruch erhob. »Denn ich weiß genau, dass du den Schmuck in deiner Tasche festgesteckt hast, nachdem du ihn mir gezeigt hattest.«

Skaggi schaukelte vor und zurück. »Hätte ich das bloß gelassen. Dieser verdammte Schatz hat schon so viel Unfrieden gestiftet.«

»Erzähl mir von dieser Spange und was es damit auf sich hat«, bat Brinell. Er sah aus wie ein Hund, der einen Braten witterte. In der Hand hielt er das Pergament und wies auf eine Zeichnung. »Ist es diese Fibel?«

»Ja«, antworteten Skaggi und Haru zugleich.

»Warum sind alle so hinter diesem Ding her?«, wollte Haru wissen. Er äugte auf die Schrift, machte aber nur unverständliche Krakel aus.

Brinell sog scharf die Luft ein. »Das ist Sternenkristall-Schmuck. Und darum geht es auch im Text.« Da ihn die anderen verständnislos anblickten, setzte Brinell zu weiteren Erklärungen an. »Die Menschen meiner Heimat schufen diese Stücke. Könige und Zauberfürsten von Stirka trugen sie einst, denn neben ihrer Schönheit besaßen die Gemmen magische Kräfte und standen miteinander in Verbindung. Es heißt, sie vermochten Sterne auf unsere Welt zu beschwören.«

Offenen Mundes lauschten Haru und Skaggi. Sogar Tirza hörte damit auf, demonstrativ ihren Schinken mit dem Messerchen zu zerteilen, das sie heldenhaft erbeutet hatte.

Brinells Miene verdüsterte sich. »Aber sie bargen auch Gefahren, denn es waren machtvolle Waffen. Das Geschmeide wurde daher seit dem Friedensschluss verborgen oder mit den alten Zauberfürsten begraben. Die Sternensteine schlummerten fern des Sternenlichts im Boden. Ich nehme an, Skaggis Fibel erwachte erst wieder, als er sie Haru gestern Nacht unter freiem Himmel gezeigt hat.«

»*Das* hat also den Zauberer auf unsere Spur gebracht«, überlegte Skaggi laut.

Haru nickte beifällig. Der Gogler hatte sich auf Skaggi gestürzt und ihn selbst vollkommen außer Acht gelassen. *Grab*, dachte Haru. *Da war doch was ...*

»Das Hünengrab«, plapperte er los, noch ehe der Gedanke rechte Form angenommen hatte. »Wir sind heute Nacht dort vorbeigelaufen, aber der Boden war aufgewühlt, und die Menhire waren fort.«

Tirza nickte. »Eine entweihte Grabstätte. Ein toter Riese im Moor. Gogler. Magische Broschen. Mir schwirrt der Kopf.«

Ganz meine Meinung, dachte Haru. »Skaggi, was hat der Zauberer gesagt, als er mit dem Überfall auf Herk geprahlt hat?«, wollte er wissen.

Skaggi schaute ihn an wie ein Schaf, das der Blitz getroffen hatte. »Er meinte, die Gogler wären nach der langen Zeit hungrig gewesen.«

Immer noch piesackte Haru diese Idee, die er nicht ganz greifen konnte. Er wandte sich an den Barden. »Du hast als Einziger von uns den Überfall miterlebt. Wie viele Gogler waren es?«

»Ich glaube drei, mehr nicht.«

»Das passt«, überlegte Haru laut. »Zwei spielten Torpfosten, als Tirza und ich die Festung erreichten. Und einer hielt die ganze Zeit vor der Zelle Wache, richtig?«

»Meinst du, Tulima hat das Hünengrab zerstört?«, fragte Skaggi.

»Aber wieso sollte er die Felsen wegschaffen? Er hat doch wahrhaftig hier genug Baumaterial.«

»Vielleicht suchte er den Schatz?«, vermutete Tirza.

Brinell hüstelte. »Vor weiteren Überlegungen solltet ihr wissen, dass diese Stätte kein Grab im herkömmlichen Sinne ist. Der Platz in der Heide dient dem Andenken Prinz Alamars, eines der größten Helden unserer ruhmreichen Geschichte, das stimmt. Aber dort wurde er nicht bestattet.«

Tirza stieß Haru aufgekratzt an. »Der Riese aus dem Moor!«

Der Barde schüttelte jedoch den Kopf. »Skaggis Moorleiche war vermutlich ein verwirrtes Opfer der Leere, das ausgespien wurde, damit ein anderer seinen Platz in der Goglerschale einnehmen konnte. Viel wichtiger ist, dass ich weiß, was mit den Steinen der Gedenkstätte geschehen ist.«

Haru war nun ganz Ohr. Es hatte ihn erschüttert, einen so gigantischen und tief in der eigenen Kindheit verwurzelten Ort wie das Hünengrab gänzlich leer vorzufinden.

»Das Schicksal der Menhire ist eng mit dem Alamars verknüpft«, fuhr Brinell fort. »Ich glaube, dass wir uns hier auf dem Grund der ehemaligen Festung Hiltarion befinden, wo auch Alamars Geschichte – endete.«

Nach dieser Einleitung musste Brinell sich nicht über mangelnde Aufmerksamkeit beklagen.

Über der Feste Hiltarion wehte nicht länger die Fahne der Menschen, und der Reitertrupp, der das Tor verließ, führte zu dem Banner mit dem Sternenschwert noch die königliche Standarte. An der Spitze ritten Prinz Alamar und eine Hand voll Vertrauter, ihnen folgte eine Hundertschaft Speerträger zu Pferd.

Der Prinz schenkte den offenen Torflügeln keinen weiteren Blick. Er würde ohnehin nicht zurückkehren. Die Hufe seines Rosses Fangelan donnerten auf der Steinbrücke, dem einzigen Zugang der in einer engen Flussschleife gelegenen Befestigungsanlage. Die Mauern des Vorpostens sollten eigentlich dem Ansturm der feindlichen Armeen standhalten. Aber Hiltarion war verloren, schon jetzt, ohne jeglichen Feindkontakt.

Alamar galoppierte an, und Fangelan nahm den Anstieg mit drei wuchti-

gen Sätzen. Er preschte durch eine Öffnung in der Palisade. Aufgeschüttete Wälle wie dieser umgaben Hiltarion mit einer doppelten Pfostenreihe aus Holz. Das gewachsene Material hemmte die Magie der Fahlen. Aber das würde kaum als Schutz genügen, denn mit ihren Waffen stießen die Gegner Holzbarrikaden leicht um.

Die Menschen hatten Hiltarion im Ödland errichtet, noch ehe das volle Ausmaß der Bedrohung durch die Fahlen bekannt wurde. Der Feind hatte eine Armee in Bewegung gesetzt, die unaufhaltsam war. Und doch musste sie in ihre Schranken gewiesen werden, ehe sie Stirka erreichte.

Hiltarion geriet außer Sicht, da kam dem Trupp eine Botin auf einem keuchenden Pferd entgegen. Sie zügelte das Tier so kurz vor Alamar und seinen Mannen, dass dem Ross beinahe die schweißüberströmten Hinterläufe wegrutschten. »Dahinten sind sie, mein Prinz!«, rief die Frau. »Es sind Gogler – Hunderte.«

Fangelan tänzelte, und Alamar zog den Zügel an. Die Witterung von Tod und Verderben hing an der Botin: der Geruch der Gogler. Die Zweifel, die Alamar in diesem Moment befielen, mehrten die Unruhe des Pferds, und er klopfte Fangelan besänftigend den Hals.

»Noch können wir umkehren, Herr.« Amlys, Waffenmeister und treuester seiner Speerträger, las wie immer in Alamar wie in einem Buch.

»Und dann? Sollen wir alles aufgeben?«, fragte Alamar. Nein, was folgte, war unvermeidlich. Diese Mission war seine Aufgabe, und er würde sie nach besten Kräften erfüllen. Der Prinz winkte der Botin. »Bleib in sicherer Entfernung, aber halte dich aus dem Kampf heraus. Berichte meinem Vater, wie alles endet. Wenn es endet.«

Sie entbot dem Prinzen ihren Gruß und warf mit heftigem Ruck die Haarzöpfe zurück.

»Warte noch.« Kurz entschlossen saß Alamar ab und drückte der Frau Fangelans Zügel in die Hand. »Du wirst für den Rückweg ein frisches Pferd brauchen. Und ich sehe Fangelan lieber in Freiheit als im Futtertrog eines Goglers.«

Die Miene der Kundschafterin hellte sich auf, dann ritt die Frau mit Fangelan als Handpferd Richtung Osten davon.

Der Prinz sprang hinter Amlys aufs Pferd. Der schüttelte den Kopf. »Du bist ein sentimentaler Narr, mein Prinz«, meinte er so leise, dass nur die beiden es verstanden.

Alamar lachte mit dem Mut der Verzweiflung. »Ich habe eben ein weiches Herz. Sag nur, wenn ich dich auch im Stall zurücklassen soll, Alterchen.«

»Ein Schlachtross wie mich? Einer muss ja herausfinden, wie man den Goglern beikommt, und wenn dir das gelingt, Herr, bin ich lieber ganz in deiner Nähe.«

»Größere Treue kann niemand erfahren, Amlys, und lebte er auch tausend Jahre.« Traurig lächelte der Prinz.

»Passiert in der Geschichte auch noch irgendwann etwas?« Tirza rieb sich im Kampf gegen die Müdigkeit die Augen.

Haru verschluckte ein Lachen, als er sah, wie Brinells Augen empört aufglommen.

»Ich sehe, ich langweile euch mit den Sagen meines Volkes«, sagte der Barde pikiert.

Haru winkte ab. »Vielleicht kannst du die Geschichte für uns ja etwas weniger langw... – ausführlich erzählen?«

Der Barde schnalzte missbilligend mit der Zunge. »Ich vergaß, kleine Leute lieben *kleine* Geschichten. Nun gut.«

Brinell schloss die Augen, um den Faden der Erzählung wieder aufzunehmen. »Alamar verfolgte einen tollkühnen Plan. Er stellte sich den Goglern nicht weit von hier zum Kampf. Seine Streiter fuhren ihren Speerspitzen gleich zwischen die Feinde. Aber die Kriegerschar schmolz dahin wie Schnee im Sonnenschein. Dutzende zerrten die Gogler in ihre Schalen. Unter hohen Verlusten ebneten die Speerträger Alamar und seiner kleinen Schar Zauberer den Weg ins Zentrum des Heers. Es war ein ungleiches Ringen, denn einzig die Speerschäfte aus Schwarzholz hielten die Kreaturen auf Abstand, Metall zerbrach an der felsigen Haut. Schließlich, als die Nacht bereits heraufzog, erreichte die kleine Gruppe ihr Ziel. Nur wenige Getreue verteidigten sie jetzt noch, die anderen waren tot oder wünschten, es zu sein.

Dort, inmitten des feindlichen Heeres, tat Alamar, was nur der Prinz von Stirka vermochte. Er vereinte sein Trachten mit dem der Zauberer und der Macht seines Sternenkristalls. So befahl er einen Stern vom Firmament. In brausendem Bogen stürzte das glänzende Gestirn herab und zerschmetterte den Kristall, Alamar und die Seinen.«

»Oh«, murmelte Tirza, die offenbar unter einer Heldensage etwas anderes erwartet hatte.

Mit belegter Stimme fuhr Brinell fort: »Der Stern krachte mit gewaltiger Kraft zur Erde. Er riss eine Furche und begrub das Heer der Gogler unter sich. Sie stürzten zu Boden und erhoben sich nimmer, denn die Wucht des Einschlags kehrte ihr Innerstes nach außen. Alle Gogler versteinerten da, wo sie standen, und wurden wieder zu dem Element, aus dem sie geformt waren.

Aus dreien der Felsen, zu denen die Gogler geworden waren, schuf man später dem tapferen Prinzen ein Denkmal. Da hatten Fahle und Menschen schon den Frieden ausgehandelt. Die Lichtscheuen blieben fortan im Gebirge, und wir siedelten im Osten.« Jetzt schmunzelte Brinell. »Und dazwischen lebt das Kleine Volk mit seinen kurzen und kurzweiligen Geschichten.«

Endlich setzte sich für Haru ein Bild der Ereignisse zusammen. »Tulima hat also die drei erstarrten Gogler des Hünengrabs wiedererweckt. Die hungrigen Ungetüme schlugen sich die Wänste mit den Sachen der Händler voll und – mit den Händlern selbst.«

Skaggi hüstelte. »Denk daran: Das passierte, noch ehe er meine Fibel hatte. Tulima wurde erst danach auf meine Brosche aufmerksam und ließ mich entführen. Die Frage ist also: Wozu braucht Tulima eigentlich Sternenkristalle? Er kann sie doch nicht als Waffen benutzen wie Alamar, richtig?«

»Nein. Die Macht über die Sterne wird mit dem Blute weitergegeben. Tulimas Herkunft ist mir schleierhaft, aber sicher entstammt er nicht der Königslinie von Stirka, die sich durch besonders edlen Wuchs auszeichnet.« Brinell verzog das Gesicht, als hinterließe der Name des Zauberers einen schlechten Geschmack in seinem Mund.

Haru stand noch ganz unter dem Eindruck der Geschichte der erstarrten Goglerarmee. Waren es schlafende Gogler gewesen, die er damals im Nebel in den Steinen des Hünengrabs gesehen hatte? Und wieso hatten die Felsen nur bei dieser Gelegenheit und allein für ihn geleuchtet? Und wenn in diesen Steinen Leben geherrscht hatte, wie in riesigen Vogeleiern, was war mit den übrigen zu Stein Erstarrten? Ihm kam ein erschreckender Gedanke. »Könnte jemand das Steinerne Heer mit Hilfe der Sternenkristalle zu neuem Leben erwecken?«

Brinells knotiger Kehlkopf hüpfte auf und ab. »Zauberei ist nicht mein Fachgebiet. Aber Tulima hortet Edelsteine, so sagt ihr, und vielleicht beherrscht er die Magie der Fahlen und damit auch die Gogler ... Es mag sein, dass man die vom zerschmetterten Sternenkristall gezeichneten Gogler mit einem Sternenkristall kontrollieren kann.«

Skaggi stöhnte leise, und Haru wurde flau zumute.

»Schlimmer noch«, fuhr der Barde fort. »In dem Pergament geht es in der Tat um die Beherrschung einer Goglerarmee und um Sternenkristalle. Ich habe das zuerst für einen historischen Text gehalten, aber nun ... Hier heißt es, je mehr solcher Kristalle jemand besitzt, desto größer wäre die Macht, die er befehligt.«

»Das würde Tulimas Kristall-Besessenheit erklären«, sagte Haru. Ihm selbst wurde ganz schwindelig bei der Erinnerung an die frostige Schönheit des Sternenschmucks.

Der Barde verschränkte die Hände und presste sie zu einer festen Faust zusammen, bis die Finger weiß wurden. »Stünde Tulima eine solche Armee zu Gebote, könnte ihn so schnell niemand aufhalten. Wir müssten erst die verschollenen Sternenkristalle suchen. Doch dann würden die Menschen von Stirka gegen Tulima und die Gogler ausziehen. Und ihre Herren!«

»Die Fahlen«, kam es leise von Tirza.

»Wir müssen das verhindern!«, sagte Haru.

»Davon rede ich doch schon die ganze Zeit«, drängte Skaggi. »Wenn Tulima aufrüstet, wird der Krieg nicht vor unseren Dörfern Halt machen. Wir würden aufgerieben werden im Streit der anderen. Falls überhaupt noch etwas von den Dörfern übrig ist, nachdem die Gogler darübergewalzt sind.«

Brinell nickte. »Von uns Menschen habt ihr Halblinge nichts zu befürchten. Aber im Krieg solltet ihr die Köpfe einziehen und das Beste hoffen. Denn wenn Tulima schon ihre Magie kennt, steckt sicher eine Verschwörung der Fahlen hinter alldem.«

»Siehst du, es geht schon los.« Skaggi seufzte. »Weil die Fahlen früher verantwortlich waren, sind sie es heute wieder. Wie ich das hasse. Genau wie in Reblingen und Broichhus.«

»Also, das ist ja wohl ...«, begann Haru, und Tirza beendete den Satz: »... etwas vollkommen anderes.«

»Von wegen«, ereiferte sich Skaggi. »Ich habe in beiden Dörfern gelebt, schon vergessen? Im einen wie im anderen gibt es Torfköpfe.«

»Das musst gerade du ...«, wollte Haru loslegen. Aber dann dachte er an den vergangenen Tag und seine Vorbehalte Tirza gegenüber. Halb hatte er auch Skaggi verdächtigt, mit seinen ehemaligen Dorfkameraden gemeinsame Sache zu machen.

Er schluckte. »Hier geht es um mehr als um ein paar Ringelschwänze. Wir alle müssen zusammenarbeiten.«

Tirza zückte das Federmesser. »Wir kämpfen uns den Weg frei.«

»Wenn du nett *bitte, bitte* sagst, lässt dich der Gogler bestimmt das Messerchen an seinem Steinwanst schärfen«, meinte Skaggi säuerlich.

Brinell und Tirza lachten auf.

Haru aber erinnerte sich an Brinells spöttische Worte über kleine Leute und ihre kleinen Geschichten. Eins wusste er inzwischen. Kleine Dinge bewegen manchmal große.

Brinell humpelte schwerfällig durch den Gang auf den Wachgogler zu. »Heda, Steingesicht. Hol deinen Herrn herbei. Ich habe etwas Nützliches aus einem der Halblinge herausgequetscht.«

Skaggi verbarg sich in den Mantelfalten hinter den Beinen des Barden und trug das Tablett gegen den Körper gepresst. Haru und Tirza hingen wie Rucksäcke auf Brinells Rücken. Sie klammerten sich an Kapuze und Mantelkragen fest, und wenn sie sich nicht zusätzlich auf seine angewinkelten Arme gestützt hätten, wäre Brinell vom eigenen Mantel erdrosselt worden. Hoffentlich fiel im Dunkel der Zelle niemand auf, wie breitschultrig der Barde plötzlich aussah.

Sie hatten im hinteren Bereich der Zelle Tirzas Umhang so arrangiert, als lägen darunter zwei Körper. Das musste genügen, um vorzutäuschen, dass alles in Ordnung war.

Haru schwitzte vor Aufregung, und er drückte das Gesicht tief in den Stoff. Sein Steinfuß wog eine Tonne, und der Plan erschien ihm mit einem Mal so gehaltvoll wie Entengrütze. Aber für Bedenken war es zu spät.

Der Barde richtete sich mit Mühe auf und nestelte den Kragen frei. Haru machte sich bereit. Er wechselte einen Blick mit Tirza, die aufgeregte Grimassen zog, als sei sie wirklich ein Kind und sähe nicht nur mit Brinell verglichen wie eines aus.

»Ich möchte um meine Freiheit verhandeln«, sagte Brinell. Er klang dabei so überzeugend, dass Haru ein Anflug von Furcht streifte. Plante der Barde vielleicht tatsächlich Verrat?

Aber im gleichen Augenblick stieß Brinell wie vereinbart einen schrillen Pfiff aus. Er hob die Arme, als seien es Schwingen, und schob damit die Passagiere hoch. Auf das Zeichen hin schoss Skaggi los. Haru kletterte an den Stofffalten auf das Schulterblatt, Tirza folgte zur anderen Seite. Haru kauerte jetzt auf der linken Schulter und dem Oberarm des Barden wie eine Katze auf dem Dachfirst. »Jetzt!«, rief er, Auge in Auge mit Svar, und sprang.

Brinell gab Tirza mit rechts noch einen Schubs und schleuderte sie auf den Gegner. Der Gogler brüllte und versuchte, alle drei Halblinge auf einmal zu erwischen. Doch ehe er die Arme hochreißen konnte, um Haru und Tirza wie Fliegen aus der Luft zu fangen, krachte Skaggi das Metalltablett vor seinen Leib. Brinell setzte sein ganzes Körpergewicht ein, um im engen Gang die knolligen Fäuste zwischen Tablett und Goglerbauch einzuklemmen und ihre Magie zu behindern. Skaggi schlüpfte derweil zwischen den Beinen des Steinungeheuers hindurch in die Freiheit. Ohne weiter auf seine Kameraden zu achten, rannte er los.

Haru landete auf dem Gogler, und sein Schwung riss ihn gleich wieder halb herunter. Er presste Halt suchend die Finger in die zerfurchte Haut des Ungeheuers. Der Steinklumpen zerrte an seinem Bein. Haru rutschte beim Klettern weg und stürzte das letzte Stück. Er zog panisch den schweren Fuß mit dem Steinklumpen an, um das Gewicht besser zu verteilen. Geschafft! Skaggi verschwand hinter einer Ecke. Aber wo blieb Tirza?

Sie tanzte wie eine Gewitterhexe auf dem Gogler herum. »Verdammter Kübelkopf«, schrie die Jägerin, und als er nach ihr schnappte, trat sie mit der Steinkugel kräftig gegen Svars Schädel.

Haru biss die Zähne zusammen. Dieser Alleingang war nicht abgesprochen. Tirza verkraftete eindeutig keine Heldengeschichten.

Svar war abgelenkt. Brinell sah seine Chance und drängte sich an ihm vorbei, das Tablett dabei wie einen Schild zwischen sich und Svar. Ein

Schritt, noch einer. Da fuhr der tobende Gogler herum und holte nach dem Barden aus.

»Nein!« Tief stieß Tirza das Federmesser ins glimmende Auge des Feindes. Dann kraxelte sie flink wie ein Eichhörnchen von ihm herunter. Svar schlug ungelenk mit der Faust nach ihr, doch Tirza überwand die fehlende Distanz mit einem Satz in Harus Arme. »Reblingen!«, jauchzte sie und kam ihm ganz nah. Haru fehlte die Luft für eine Erwiderung.

Brinell schleuderte Svar das zerbeulte Tablett entgegen und eilte aus der Reichweite des Goglers. Aber Svar warf sich nun mit der Gewalt einer Steinlawine nach vorne und schloss die Arme um den Barden. Ein Teil des Ungeheuers wurde durchscheinend wie Quarz. Brinell erbleichte, und schon verschlang ihn die Goglerschale.

Tirza riss vor Schreck die Hand an den Mund. »Nein«, stammelte sie. »Nein.«

»Los«, drängte Haru und schob sie vor sich her. »Weg hier.«

Einen Moment lang war Svar damit beschäftigt, Brinell zu schlucken. Seite an Seite humpelten die beiden los, ehe sie das gleiche Schicksal wie Brinell ereilte. Oder Schlimmeres.

Sie verließen sich bei ihrer Flucht auf dreierlei Dinge: Erstens kannte Tirza den Grundriss der Festung aus ihrer Kinderzeit. Zweitens flohen sie getrennt, damit sie den schnelleren Skaggi nicht aufhielten. Und schließlich war Hiltarion eine Feste der Riesen, von Goglern wiedererrichtet. Es musste irgendwo ein Schlupfloch für *kleine* Leute geben.

»Rechts, rechts, links«, gab Tirza im Laufen den Weg an. Sonnenlicht fasste nachlässig eingepasste Felsbrocken des Gewölbes über ihnen in ein Netz aus Gold.

Aber was sie brauchten, war eine Lücke in Bodennähe.

Es gab nicht eine einzige Tür im Gebäude, sodass sie gut vorankamen, aber das Gleiche galt für ihren Verfolger. Tirza hatte den Gogler halb geblendet, und die Verletzung verlangsamte ihn. Doch er holte auf. Sein Gebrüll ließ Harus Eingeweide erzittern. »Tumbuuu!« Svar rief Verstärkung herbei. Etwas Massiges stampfte über den Boden und mischte sich unter sein Getrampel.

In der Festung war es kühl wie in einer Gruft, aber dennoch schwitzte Haru. Er suchte nach einem sprichwörtlichen Mauseloch. Das Licht würde ihnen den Fluchtweg weisen, aber dazu mussten sie erst einmal die Außenmauern erreichen. Und ihr Vorsprung schmolz dahin. Harus Bein war bereits schwer wie ein Trog. Die Muskeln im Oberschenkel verkrampften, das Knie schmerzte von der ungewohnten Drehbewegung.

Wie ein Steinschlag rumpelten die Gogler hinter ihnen her und füllten die engen Gänge mit überlappenden Echos, als stürzte die Decke ein. An einer Ecke schaute Haru zurück und begegnete drei blauen Augen voller Mordlust.

Als er nach vorne sah, war Tirza weg. *Nein*, sie steckte in einer Art Rinne im Boden, die unter einer Mauer durch in einen anderen Raum führte. Gerade noch vor den Verfolgern schaffte Haru es auf die Knie und robbte hindurch. Hier drinnen war es völlig dunkel – kein Ausgang.

»Wir sitzen in der Falle«, flüsterte Haru, und sein Herz trommelte seine Angst hinaus. Wie schnell konnten die Gogler die Wand erweichen?

Tirza half ihm auf. Sie drückte seine Hand und führte ihn durch das Zimmer. Nun, wo sich Harus Augen an das Dunkel gewöhnt hatten, sah er auch die Türöffnung. »Eine Abkürzung«, versprach Tirza und eilte weiter. Nach der nächsten Ecke verlor Haru komplett die Orientierung.

»Gleich sind wir draußen«, meinte Tirza mit einem hoffnungsvollen Blick zur niedrigen Decke. »Noch diese Biegung, dann kommt das Haupttor.« Sie kämpfte sich an Haru vorbei, als müsse sie beweisen, dass sie besser und schneller war als er. Haru fühlte immer noch ihre Haarspitzen auf der Haut und den Druck ihrer Hand, auf die sein Bauch mit einem quecksilbrigen Kribbeln reagiert hatte.

Die Gänge hier waren schmaler, vielleicht, um Feinden das Eindringen in die Festung zu erschweren. Glück für die Flüchtenden. Auch Harus gesundes Bein fühlte sich mehr und mehr an wie eine morsche Bohnenstange und immer weniger wie ein Teil von ihm. Er legte seine ganze Kraft in die Schritte und eierte um die Biegung. Prompt prallte er neben Tirza gegen eine gewaltige Steinplatte. Eine Sackgasse? »Wo kommt diese Mauer her?«, schimpfte er. »Ich dachte, du kennst …«

Tirza schüttelte den Kopf. Haru verstand: Das war keine Mauer, sondern ein Torflügel. Nur eine Handbreit Fels trennte sie von der Freiheit. Sie drückten mit aller Kraft dagegen und fühlten buchstäblich den eisigen Atem der Gogler im Nacken. Aber dieses Tor konnten sie selbst zu zweit nicht bewegen.

Tirza ließ den Kopf hängen wie eine vertrocknete Sonnenblume. »Ich hoffe, dass wenigstens Skaggi es geschafft hat. Der arme Brinell.«

Angst umklammerte Harus Herz, mehr aus Sorge um Tirza als um sich selbst. Von Gefühlen überwältigt, strich er ihr eine vorwitzige Locke aus der Stirn. »Wir sollten an uns denken. Es muss einen anderen Weg hinaus geben. Überleg doch!«

Wie aufs Stichwort bog einer der Verfolger um die Ecke. Haru stockte der Atem. Der von Svar herbeigerufene Gogler hatte sie erspäht und fletschte die Zähne, die scharf wie Felsgrate aus seinem Maul ragten. Der würde sie mitsamt ihrer Fußbekleidung locker in einem Stück verschlingen. Bestimmt konnten Gogler Stein verdauen.

Moment mal!

»Wo liegt die Latrine?« Haru rannte mit Tirza im Schlepptau los – egal wohin, erst einmal fort von dem Ungeheuer.

Brinell hatte erzählt, dass Hiltarion früher von einer Flussschleife umgeben war, die im Laufe der Jahrhunderte versumpft war. Die Entsorgung per Plumpsklo war also naheliegend. »Sie sollte irgendwo in der Außenwand sein.«

»Natürlich! Drei Sitze mit Loch in der Mitte«, stieß Tirza im Laufen hervor. »Wir dachten früher immer, das wären die Throne der Riesen.« Sie kicherte und übernahm die Führung.

»Habila«, knurrte der Gogler. »Stehen bleiben, ihr kleinen Leckerbissen, Tumbu hat Hunger.«

Das spornte die beiden gewaltig an. Vor ihnen tauchte eine Nische mit drei Steinsitzen auf, die eine Mauer teilweise absperrte. Der Gogler käme hier allenfalls quer hindurch, und sich mit Magie den Weg zu bahnen kostete Zeit.

Tirza blieb stehen. »Sollen wir wirklich?« Haru schubste sie vorwärts. Da spürte er selbst einen Ruck. Tumbu versuchte, den Mantel mit ihm daran einzuholen wie eine Angelschnur. Haru krallte sich an der Türeinfassung fest. Er hörte Stoff reißen und schoss los. Doch sein ungelenkes Bein verhedderte sich im losen Saum, und er ging zu Boden. Lahm wie eine nasse Biene krabbelte er weiter und erreichte die Rückwand. Tumbu zwängte sich halb in die Nische, doch sein Arm reichte nicht ganz bis zu Haru.

Tirza hockte bereits auf dem Rand der Mulde.

»Schnell«, zischte Haru, »ehe er die Wand mit seiner Magie verbreitert.«

Tirza schielte durch die Öffnung in der Sitzfläche und schüttelte sich. Dann ließ sie ihren Kampfschrei ertönen – Reblingen! – und schlüpfte in die Freiheit.

Haru erklomm den benachbarten ›Thron‹. Er zögerte noch einen Wimpernschlag und zwängte sich dann durch das Loch. Die Beine rutschten weg, aber als sein Bauch hängen blieb, schlug Haru das Herz bis zum Hals. Mit den Armen drückte er sich ab, wand sich wie ein Regenwurm am Angelhaken, glitt etwas tiefer, dann riss sein Steinfuß ihn in die Tiefe. Wenigstens wurde es rasch hell, und erst dann wieder dunkel. Mit einem Schmatzen landete Haru in der braunen Masse und tauchte unter. Der erstickte Aufschrei verbrauchte seine letzte Atemluft.

Heftig strampelnd, ploppte Haru nach oben wie ein Korken. Er spuckte schwammige Bröckchen. »Na wunderbar!«

»Wenigstens sind wir weich gefallen«, meinte Tirza. »Obwohl ich nicht so genau wissen will, worauf. Da vorn ist die Brücke.«

»Ich sehe rein gar nichts«, schimpfte Haru. Er wischte sich mit der nicht minder verdreckten Hand Schlamm aus den Augen. Der schwere Fuß zog ihn dem Grund des Moores entgegen. Haru streifte den Rest des Umhangs ab und ruderte hektisch mit den Armen.

»Pass auf!«, ermahnte ihn Tirza. »Sonst gibt's bald eine weitere Moorleiche.«

»Nur keine Panik.« Harus Atem ging schneller, wann immer die Brühe gegen sein Kinn schwappte. Doch er zwang ein Lächeln auf seine Lippen. »Der alte Pardu meint immer, Moorwasser sei gesund, solange man nicht davon trinkt.« Nachdem er in den letzten Stunden überfallen, durchgeschüttelt, in eine Sphäre dunkler Magie gesogen, mit Versteinerung bedroht und vor einem Goglertrio geflohen war, würde er nicht ausgerechnet vor einer Schlammpfütze kapitulieren.

Dieser Steinfuß brachte ihn vielleicht um. Aber nicht heute. Haru breitete die Arme aus und ließ sich wie ein Seerosenblatt auf der Oberfläche treiben. Mit gleichmäßigen Schritten trat er sumpfiges Wasser und schob die torfige Oberfläche mit den Armen fort. Und tatsächlich: Er blieb oben und bewegte sich sogar in die gewünschte Richtung.

»So geht das in Broichhus!«, meinte er. *Tausendfach Dank den Moorlichtern!*

Tirza machte Schwimmbewegungen mit den Armen und einem Bein. »Da liegen unsere Sachen!«, rief sie und hielt auf die Stelle zu.

Der Krampf in Harus Beinen löste sich unter der kreisenden Bewegung. An Land würde der Steinklumpen ihn allerdings weiterhin behindern. Er brauchte seinen Stab als Stütze.

Wie halb ertrunkene Katzen kraxelten die beiden über die niedrige Brüstung. Tatsächlich lagen Harus Stab und Tirzas Bogen genau da, wo die Gogler die zwei verschluckt hatten. Die Waffen hatten den Steinklumpen offenbart, nicht gemundet. Gleich daneben fand sich eine Unebenheit in den Steinplatten.

»Siehst du Skaggi irgendwo?«, fragte Haru. Der Griff des Hirtenstabs schmiegte sich tröstlich in seine Handfläche.

Ehe Tirza antworten konnte, sprangen die Torflügel auf, und Tulima spazierte heraus, flankiert von Svar und Tumbu. »Wieso wollt ihr denn schon gehen?«

Haru wandte sich zur Flucht. Aber der Pfad selbst hatte sich gegen ihn verschworen. Die Unebenheit wölbte sich mehr und mehr zu einem Buckel, gewann Substanz und wurde zu einem weiteren Gogler. Nerx war so überraschend aufgetaucht, dass er Haru und Tirza mit je einer Hand packen konnte, ehe die zwei überhaupt begriffen, was los war. Der Gogler fasste sie im Nacken wie zwei Welpen und schleifte sie Richtung Zauberer.

Svar scharrte wütend mit den Füßen und drohte Tirza mit der blanken Faust. Aus seiner leeren Augenhöhle rann eine Flüssigkeit, gelbrot wie geschmolzenes Glas.

»Ruhig, Svar!«, rief Tulima scharf. »Bleibt zurück, beide.« Haru beobachtete, wie er einen Anhänger aus Sternenkristall berührte, der ihm zuvor nicht aufgefallen war. Hatte der Magier Angst, die Kontrolle über seine Kreaturen zu verlieren?

Tulima stolzierte näher und beugte sich vertraulich vor, bis sein

Schatten über ihn und Tirza fiel. »Ihr habt Svar verärgert. Aber das ist nichts, was zwischen uns stehen muss. Ich werde bald ausreichend Gogler befehligen. Und die werden genug Futter bekommen, um sie zufriedenzustellen.«

»Wovon redet der da?«, keuchte Tirza und spielte die Unwissende.

»Nun setz sie schon ab, Nerx, ehe du ihre Köpfe abreißt! Und lass mir etwas Luft zum Atmen.« Die beiden plumpsten wie Fallobst zu Boden, und der Gogler rückte von ihnen ab.

Tulima bewegte seine groteske, scherenschnittartige Gestalt noch ein Stückchen näher. »Ich habe euch vorhin zu grob angefasst«, meinte er leise. »Dabei könnte ich euch als ›Botschafter des guten Willens‹ gebrauchen. Vielleicht befreie ich sogar den Sänger.«

Aha, dachte Haru. Tulima wollte also verhindern, dass seine Steingarde die Verhandlungen mitbekam, durch die ihnen das versprochene Futter entging. »Glaubst du, unsere Leute werden sich dann schneller unterwerfen?« Er überlegte, ob er mit seinem Stab Tulima erreichen konnte.

Die letzte Bemerkung schien einen Nerv getroffen zu haben. »Ja«, sagte der Zauberer und wandte sich dann im Plauderton an den Gogler, der einige Schritte abseits wachte. »Nerx, wie nennt ihr diese traurigen Gestalten?«

»*Habila*«, antwortete der, und es klang, als zermalme er Kiesel zwischen den Zähnen. »Bedeutet ›kleiner Happen Futter‹.«

Tulima nickte geduldig. »Und woher kennt ihr die Habila?«

Das hatte sich Haru allerdings auch schon gefragt.

Nerx schnaufte geringschätzig. »Sind Sklaven. Laufen mit Goglerarmee und werden gefressen, wenn aufsässig sind.«

Haru schluckte hart. Tirza riss die Augen auf. Sie leuchteten im Sonnenlicht bernsteinbraun. Nie hatte Haru Schönere gesehen. Er wollte darin versinken, aber erst musste er seinen Plan in die Tat umsetzen.

Haru fasste den Stab fester. Jetzt hatte Haru den Zauberer beinahe dort, wo er ihn haben wollte. »Was soll das bedeuten?« Er stellte sich dumm, doch innerlich vibrierte er vor Tatendrang. Wenn Skaggi es nicht rechtzeitig schaffte, musste er eben tun, was nötig war. Manchmal brauchte man keinen Helden, sondern nur einen zu allem entschlossenen Schäfer.

»Die Fahlen, wie ihr sie nennt, haben beim Feldzug gegen die Menschen von Stirka ihre ewig hungrige Armee mit wandelndem Proviant versorgt.« Der Zauberer musterte sie von oben herab und machte eine Geste, die Haru und Tirza einschloss. »Dazu haben sie einen Haufen Kleinvolk gleich vor ihrer Haustüre ausgehoben. Die Armee trieb sie vor sich her wie Vieh. Einige überlebten die Zerschlagung der Gogler.«

Wieso habe ich davon nie etwas gehört? Haru fühlte mit einem Mal die Last der schlaflosen Nacht doppelt auf seinen Schultern.

Tulima spitzte abschätzig die Lippen. »Die *Habila* blieben auf ihren breiten Hintern sitzen und bewegten sich über tausend Jahre lang nicht vom Fleck. Sie vergaßen ihre Herkunft, vergaßen ihre Herren. Ich merke, ihr beide macht da keine Ausnahme.«

Tirza scharrte angespannt mit ihrem Steinfuß und sah Hilfe suchend zu Haru hinüber. »Ich glaube das nicht.«

Haru rang um eine Antwort, denn er fühlte sich wie jemand, dem gerade das Dach über dem Kopf zusammengestürzt war.

Tulima keckerte bei Tirzas Zwischenruf wie eine Elster. »Was, dann glaubst du also, dass die heiligen Moorlichter dein Volk erschaffen haben, wie man es den Kindern erzählt? Aus Torferde, einer Nuss und Löwenzahn?« Seine Stimme wurde schneidend: »Ihr mögt eure Herkunft vergessen haben, aber für diese Gogler ist wenig Zeit vergangen in ihrem steinernen Schlaf der Jahrhunderte. Sie erinnern sich nur zu gut an den Geschmack eures Fleisches.«

»Willst du uns nun drohen oder für deine Sache gewinnen?«

»Haru!«, kam es vorwurfsvoll von Tirza. »Wie kannst du ein Wort von alldem ernst nehmen?«

»Es ist einfach, Mädchen. Einmal Sklave, immer Sklave.« Tulima hob die Arme und spreizte seine weiten Ärmel wie ein Pfau sein Gefieder. »Weißt du, wie die Menschen euch nennen? *Halblinge.* Ihr seid in ihren Augen nichts Halbes und nichts Ganzes. Nicht einmal einen richtigen Namen wert, und erst recht keine Eroberung.«

Das schlug eine gespannte Saite in Haru an. Brinell war freundlich gewesen, aber auch herablassend mit seinen Bemerkungen über kleine Halblinge.

»Warum?«, fragte er und meinte damit: *Warum wussten wir nichts mehr davon?*

»Ihr seid sogar zu unbedeutend, um erneut versklavt zu werden. Platte Entenfüße eignen sich nicht für Feldzüge, so sagen die Menschen, und darum nehmen sie euch nicht ernst. Verbündet euch mit mir, an meiner Seite könnt ihr sie Respekt lehren.«

Harus Hand begann leicht zu beben, doch die wahre Erschütterung saß tief in ihm drin. War sein Volk wirklich bedeutungslos und verachtet? Ein niedergeschmetterter Teil von ihm hoffte, dass Skaggi nie ankam. Ein anderer Teil schreckte vor der nötigen Entscheidung zurück, falls Skaggi versagte. Doch sein Herz schlug inzwischen für Tirza und bürdete ihm eine neue Verantwortung auf.

Tirza war vor Ärger rot angelaufen. »Und was bist du für einer? Selbst kaum größer als wir *Halblinge*, und so dürr, dass dich jeder Windstoß umpustet!«

»*Ich* habe mich durch Gelehrsamkeit von den Fesseln meiner Herkunft befreit. Ihr solltet mir nicht feindlich gegenübertreten, denn ich bin der Einzige, der euch Wohlwollen entgegenbringt.«

Haru suchte in Tulimas Zügen nach vertrauten Merkmalen. Seine braunen Augen waren nicht anders als die des eigenen Volks. Die Haare, obgleich kurz geschnitten, ringelten sich auf der Kopfhaut.

Haru stauchte vor seinem inneren Auge Tulimas Leib zusammen, und die Lösung warf sich regelrecht in seine Arme wie ein jauchzendes Kind. »Du bist einer von uns, nicht wahr? Ein Halbling.«

Er hörte Tirza ungläubig stöhnen, doch Tulima grinste.

»Ich war einst wie ihr. Aber dann ging ich zu den Fahlen und lernte ihre Magie und Geschichte. Und ich suchte einen Meister, der bereit war, meine Gestalt zu verändern. Es war eine lange, schmerzhafte Wandlung, aber nun bin ich frei.«

Haru drehte sich weg, abgestoßen von dem Gedanken an die Prozedur, die bei ihm Bilder von Schafshäuten weckte, die beim Gerber zum Trocknen aufgespannt waren.

Tulima war wahnsinnig. Man musste verrückt sein, um so etwas über sich ergehen zu lassen, nur um ein paar Handbreit zu wachsen. Oder man war es spätestens danach.

»Ich werde eure Dörfer unter meiner Führung vereinen. Mit einer Armee von Goglern an ihrer Seite wird niemand mehr die Halblinge verspotten. Wir werden die fetten Weiden der Menschen überrennen und ihnen die krautige Heide und die ärmlichen Hütten überlassen.«

Tirza stemmte die Arme in die Seiten. Ein Wassertropfen rann ihren Nasenrücken hinab. Das komische Bild rührte Haru, und ihre Worte nahmen ihn noch mehr für sie ein.

»Ich will nicht in einer Steinstadt wohnen, und erst recht nicht unter dem Berge. Meine *Hütte* ist zehnmal gemütlicher als deine zusammengeschusterte Festung.« Tirza redete sich in Rage, aber Tulima schnitt ihr einfach das Wort ab.

»Also willst du lieber Sklave bleiben?«, fragte er. Sein Blick schweifte zu Haru, als witterte er seinen inneren Widerstreit.

»Ich bin eine freie Reblingerin ...«

Tulima überging ihren Protest und wandte sich direkt an Haru: »Wenn *du* mir hilfst, deine Leute zu überzeugen, wirst du zu denen gehören, die entscheiden, wer lebt und wer stirbt.«

Natürlich. Haru nickte. Die letzten Zweifel tropften mit dem Sumpfwasser von ihm ab. »Die Gogler brauchen ständig Futter, nicht wahr? Du willst dich gar nicht mit uns verbünden, sondern nur die Proviantversorgung sicherstellen.«

»Du lehnst also ab.« Tulima beugte sich vor. Die Kette mit dem Anhänger schwang ein Stück vor. »Die Menschen liegen völlig richtig mit ihrer Einschätzung der Halblinge. Dann werde ich die Dörfer eben mit Gewalt nehmen.«

Haru schluckte und fällte eine Entscheidung. Jemand musste verhindern, dass Tulima die Goglerarmee erweckte. Niemand durfte über diese Macht gebieten.

»Mach nicht andere für deine Schwächen verantwortlich«, sagte er. »Du hasst deine eigene Herkunft so sehr, dass du dich zu einem Zerrbild deiner selbst umgestaltet hast. In Wahrheit bist du es, der uns am meisten verachtet. Nicht die Menschen.«

Tulima drehte sich mit einem Befehl auf den Lippen zu den Goglern. Da hakte Haru den krummen Griff seines Hirtenstabes in die Kette mit dem Sternenkristall. Er zerrte mit aller Kraft. Aber die Kette hielt, und der Ruck brachte Tulima lediglich aus dem Gleichgewicht. Prompt klammerte Tulima sich mit beiden Händen am Stab fest.

Doch zwei ältere Brüder hatten Haru alle Finessen des Stockkampfes gelehrt. Ruckartig befreite er seinen Stecken und holte mit der Linken nach dem Kristall aus. Vergeblich.

Tulima wich zurück. »Svar, Tumbu – sie gehören euch!«, brüllte er und stolperte auf den Rand der Brücke zu, um Platz zu machen.

Wie zwei rasende Stiere polterten die Gogler los. Aber Nerx, der näher bei den Halblingen stand, war das drängendere Problem. Haru wirbelte auf der Steinkugel an seinem Fuß zu ihm herum und streckte abwehrend den Stab vor.

Tirza und Haru standen jetzt Rücken an Rücken. Nerx walzte von einer Seite auf sie zu, Svar und Tumbu von der anderen. Die Brücke war zu schmal, um die Halblinge einzukreisen, und außerdem besaßen sie einen winzigen Vorteil. Gogler scheuten Holz, das hatte Brinell behauptet. »Tirza, der Bogen!«, rief Haru. »Denk an die Speerschäfte.«

Haru hielt Nerx auf Abstand, Tirza schleuderte den Bogen schleifenförmig vor Svar und Tumbu herum. Doch sie hätten genauso gut mit Zahnstochern kämpfen können. Die Gogler besaßen zusammen drei Paar Arme, und eins genügte, um sie in ihre Schale zu zerren.

Trockener Torf rieselte Haru ins Auge und lenkte ihn kurz ab. Prompt schnappte Tumbu an Tirza vorbei und riss ihn von den Beinen. Gleichzeitig wollte sich Svar auf Tirza stürzen. Auch Nerx sah endlich seine Chance auf einen saftigen Happen gekommen. Die Halblinge würden beim Zusammenstoß der Gogler wie Kegel von der Bahn fliegen oder zwischen den gewaltigen Leibern zerquetscht werden.

Haru prügelte von unten mit dem Stab auf Tumbu ein, der bei jeder Berührung des Schwarzholzes schmerzvoll aufzischte und schließlich den Arm losließ, sodass Haru sich außer Reichweite ducken konnte. Solange er sich klein machte, bekamen die plumpen Gogler Probleme, ihn zu haschen.

Auch Tirza kauerte inzwischen am Boden, einen Pfeil in der Hand. Svar beugte sich über sie. Wie von einem Katapult abgeschossen, sprang Tirza hoch und stach mit der Spitze nach Svars verbliebenem Auge, um ihn endgültig zu blenden. Doch Svar wich aus. Der Pfeil rutschte an dem Steingesicht ab und barst. Der wütende Gogler trat nach Tirza, und sie rollte schreiend auf den Rand des Dammes am Fuße der Brücke zu.

Svar brüllte erfreut auf. Er versuchte, Tirza zu erwischen, kam sich aber mit Nerx ins Gehege.

»Ins Wasser, Tirza.« Haru krümmte sich wie eine Kreuzotter, um nicht von den schweren Steinfüßen zerdrückt zu werden. »Du musst jetzt alle warnen.«

Tirza blinzelte benommen, nickte dann und stieß sich ab.

»Erledige sie, Nerx«, sagte Tulima und überging Svars wütende Proteste.

»Gehört mir!«, schnaubte Svar wie ein unartiges Kind und drohte mit der Faust.

Der Streit verschaffte Haru eine Atempause. Ein schneller Blick verriet ihm, dass Tirza in steten Zügen von der Burg fortschwamm. Gut. Ins Moor würde Nerx ihr nicht folgen, dafür war er zu schwer. Der Gogler konnte Tirza höchstens auf dem Landwege einholen, und tatsächlich nahm er die Verfolgung über den Damm auf. Allerdings kannte die Jägerin die Gegend besser. Falls Skaggi oder sie durchkamen, wären die Dörfer gewarnt. Aber eine *Rettung* konnte es nur geben, wenn jemand die Sternenkristalle unschädlich machte.

Immer noch haderte Svar mit Tulimas Entscheidung, und wieder fingerte der Zauberer an der Kette herum. Erst als Tulima zusätzlich die Hand an Skaggis Brosche legte, senkte der aufgebrachte Gogler ergeben den Kopf.

Haru versuchte, Kraft zu schöpfen, für das, was kam. Er stemmte sich hoch. Oberhalb des Ellbogens war sein Arm noch taub von Tumbus Griff. Auf der Seite des Steinfußes stach sein Rücken. Allein den Klotz loszuwerden war Grund genug, die Sternenkristalle zu gewinnen. Vielleicht konnte ein zauberkundiger Riese den Halblingen helfen. Tulima folgte Harus Blick und rückte außer Reichweite des Stabs. »Bekommst du nun doch Geschmack an der Macht?« Er steckte die Kette hastig unters Gewand und schlug den Mantelkragen mit der Brosche um.

Haru hob den Stab und ließ ihn jäh sinken, als seine Muskeln unter der leichten Belastung schmerzhaft aufschrien. Durch Tirzas Flucht klug geworden, schnitt Tumbu ihm jetzt den Fluchtweg zum Brückenrand ab. Svar rückte neben seinen Herrn – oder in die Nähe der Kristalle, wenn man so wollte.

Irgendwie musste Haru an Tulima herankommen. Zwischen Svar und Tumbu blieb eine kleine Lücke. Wenn er dort hindurchschlüpfte, die Steine an sich nahm …

Haru machte einen Satz. Tulimas weite Ärmel flatterten, und etwas verließ dessen knochendürre Hand. Instinktiv schlug Haru danach und öffnete seine Deckung. Im gleichen Moment hieb Tulima ihm einen Dolch in die Brust. Er trieb die Klinge den Rippenbogen entlang, bis sie unter der Achsel wieder austrat. Haru sank in die Knie.

Nichts in seinem Leben hatte ihn auf diese Qual vorbereitet. Aber damit nicht genug, Tulima drehte den Dolch und riss ihn heraus. Feuerklingen zerfleischten Harus Leib. Der Stab fiel ihm endgültig aus der kraftlosen Hand, und er hörte das Holz bersten. Haru presste die Rechte auf die Wunde und keuchte nur noch.

Zufrieden lächelte Tulima und winkte den Goglern. »Los! Oder muss ich den Kerl für euch erst in verdauliche *Happen* schneiden?«

Der Schmerz raubte Haru fast die Besinnung. Es wurde dunkel um ihn, als Svar und Tumbu die Köpfe über ihm zusammensteckten.

»Skaggi alarmiert bald unsere Leute«, sagte er erstickt und tastete nach dem Stab.

»Es ist zu spät«, antwortete Tulima.

»Falsch!« Etwas schoss wie ein Hecht neben Tulima aus dem Wasser und zerrte ihn mit sich vom Steg. Haru zwinkerte.

»Svar!« Der Zauberer streckte Hilfe suchend die Arme aus. Svar beugte sich vor, fasste zu, aber der dürre Leib seines Herrn glitt ihm aus den Händen und klatschte ins Moor.

Tulima heulte auf. »Hilf mir.«

Der Gogler folgte der Bewegung, schätzte den Platz auf seiner blinden Seite jedoch falsch ein. Sein Fuß rutschte vom Damm, dann der Rest. Beim Kontakt mit dem Wasser schrie Svar auf. Es klang, als kreischten Messer über Schleifsteine. Noch im Fallen griff er nach Tulima. Svar schlug auf die Wasseroberfläche auf, die Arme des Ungetüms schlossen sich um den Zauberer, und die Goglerschale verschlang ihn, ehe Svar selbst unterging wie ein Stein.

Tumbu schrie nach Rache und senkte sich auf den Halbling herab. Harus blutige Finger fanden den Stab. Bis auf den abgebrochenen Handgriff hatte er den Sturz überstanden.

Haru dachte an seine Familie und an Tirza, dann hob er ein letztes Mal den Hirtenstab. Und sah verblüfft an der geborstenen Spitze das Funkeln eines haselnussgroßen Sternenkristalls.

»Halt!«, befahl er, und tatsächlich verharrte Tumbu gerade mal einen Fußbreit von ihm entfernt. Haru schwindelte, so rasch hatten die Verhältnisse sich umgekehrt. Seine Gedanken flossen zäh wie Honig, aber das hier war wichtig! »Such Nerx und bring ihn zurück. Greif niemanden an.«

Tumbu gehorchte unter zornigen Grimassen.

Haru sackte endgültig zusammen und war zufrieden damit, einfach nur in der Sonne zu liegen, den Stab in der Armbeuge, die Hand wieder an der Wunde. Eine Libelle flirrte umher.

Irgendwo blubberte es gewaltig. Haru war zu erschöpft, um auch nur den Kopf in Richtung des Geräuschs zu drehen. Brinell tauchte aus dem Sumpf auf, geschoben von einer kleinen braunen Gestalt.

»Skaggi?«, fragte Haru ungläubig. »Ich dachte, du wärst längst fort.«

Skaggi schaffte den halb bewusstlosen Brinell mit dem Oberkörper auf die Brücke. Danach knuffte er Haru freundschaftlich in die unverletzte Seite: »Was, dich zurücklassen, nachdem du dich sogar mit einer Reblingerin zusammengetan hast, um mich zu retten?«

Sie alle saßen unter der großen Birke auf dem Dorfplatz von Broichhus. Glühwürmchen gaukelten zwischen Zweigen wie neugierige Sternenkinder auf einem Fest der Sterblichen.

Die Hochzeit war verschoben worden, damit die Helden des Tages sich von den Strapazen erholen konnten. Brinell war bis zur Feier geblieben, um seinen Kontrakt als Musikant zu erfüllen. Wie durch ein Wunder hatte seine Harfe den Goglerüberfall überlebt. Wenn immer er sich, wie jetzt, eine Pause genehmigte, sprangen Pardu, Bürgermeister Schnaata und Belda, die Korbflechterin, ein und musizierten mit Flöte, Trommel und Fidel, was das Zeug hielt.

Tirza tanzte mit Reseli, doch für die drei jungen Männer gab es nur ein Gesprächsthema. »Im Inneren einer Goglerschale wirkt keine Magie, darin sind sich die alten Erzählungen einig«, erklärte Brinell gerade. »Und wie wir nun wissen, ist das Sumpfwasser fatal für Gogler. Nach meinem Dafürhalten ist Tulima auf ewig am Grunde des Moors gefangen.«

Skaggi ließ den Bierkrug sinken und schüttelte den Kopf. »Nichts ist auf ewig gefangen, schon gar nicht in einem Moor. Das weiß ich am besten.«

Haru verstand. Vielleicht würden auch diese Sternenkristalle eines Tages ihren Weg zurück ans Licht der Gestirne finden, so wie schon einmal die Gewandspange. Aber da die vier beschlossen hatten, diese Einzelheiten des Abenteuers für sich zu behalten, würde zumindest niemand nach den Kristallen suchen. Gleiches galt für die beiden Schatzkästchen, deren Inhalt sie untereinander aufgeteilt hatten, damit der Schatz in der unbeaufsichtigten Festung nicht für Ärger sorgte und die Friedensbemühungen zwischen beiden Dörfern gefährdete.

»Gut, dass in einer Goglerschale nur Platz für einen ist«, sagte Brinell aus vollem Herzen und nicht im Mindesten hochnäsig. »Ich war heilfroh, als Svar mich für Tulima ausspie. Außerdem kämt *ihr* sonst um den Genuss meiner neuen Weise, die ich extra für diese Gelegenheit geprobt habe.«

Brinell nickte Haru und Skaggi zu, schloss sich der Kapelle an und leitete zum nächsten Stück über.

»Der kennt ja auch fröhliche Lieder«, stellte Tirza augenzwinkernd fest und machte einen letzten Hopser, ehe sie sich neben Haru niederließ.

»Wenn du entschuldigst, lieber Bruder.« Reseli zog ihren Angetrauten von der Bank herunter und nötigte Skaggi zum Tanz. Harus Verletzung war noch zu frisch, daher begnügte er sich damit, den anderen Gästen zuzuschauen und sich mit Leckerbissen füttern zu lassen.

Zwei mutige Reblinger, alte Freunde des Bräutigams, waren der Einladung gefolgt und hatten Tirza auf die Hochzeit von Reseli und Skaggi begleitet. Die anderen Reblinger hatten die kargen Vorräte aufgestockt und den Broichhusern dafür nur den doppelten Preis abverlangt. Die Kosten übernahm Skaggi und legte einen Teil des gewonnenen Reichtums gut an.

Es war noch ein weiter Weg bis zu einer normalen Nachbarschaft, aber Haru hoffte das Beste für die weitere Zukunft. *Wer hätte das gedacht*, überlegte er und erinnerte sich an die schicksalhaften Tage kurz vor Mittsommer.

Nach Tulimas buchstäblichem Untergang hatte Skaggi Tirza zurückgeholt, die sich um Harus Wunde kümmerte. Dann ließ Haru sich und die anderen von den Klumpfüßen befreien. Haru befahl den Goglern, ihn und Brinell zum ehemaligen Hünengrab zu tragen. Während Skaggi bei einer Reblinger Kräuterfrau Hilfe erbat, versetzten die Steinwesen sich auf Harus Gebot hin in einen Ruhezustand.

Haru seufzte. Die Gogler waren ein Problem, sein Problem. Sie konnten in dieser Form nicht ewig dort bleiben, und sie durch Magie zu versteinern, fiel für ihn auch aus.

Mit Grausen erinnerte er sich an Tulimas hochfahrende Pläne und seine Verachtung für das frühere Sklavenvolk.

»Woran denkst du?«, unterbrach ihn Tirza lachend. »Ich schwanke noch zwischen dem Schweinebraten und der Pilzplatte.«

»Vielleicht waren unsere Vorfahren doch nicht so dumm«, sprach er seine Überlegungen aus, »weil sie nahe vom Sumpf siedelten, wo das Gelände durch das viele Wasser den Goglern wenig zuträglich ist. Und auch wenn das genaue Wissen verloren ging, so haben sie doch die wertvollen Schwarzholzstäbe und den darin verborgenen Sternenkristall von einer Generation zur nächsten weitervererbt.«

Tirza nickte. »Brinell würde bestimmt sagen, dass dort noch viele Geheimnisse warten. Aber mein Magen kann nicht warten.«

»Ich für meinen Teil könnte noch eine Portion Pfifferlinge in Weinsoße verdrücken«, sagte Haru und lächelte.

»Pfifferlinge in *Reblinger* Weinsoße. Gut, ich bring dir welche mit«, bot sie an und verschwand in der Menge.

Erneut versank Haru in Gedanken. Würden die Gogler ihm bis zur Selbstvernichtung gehorchen, wenn er ihnen befehlen würde, in den Sumpf zu gehen? Wäre er überhaupt in der Lage, sie dazu zu zwingen, selbst wenn er das wollte? Er wusste einfach zu wenig über diese Wesen. Und das, obwohl Haru die Aufzeichnungen des Zauberers studiert hatte, in der Hoffnung, darin eine Antwort zu finden.

Schließlich durfte er die Steinwesen wegen ihres speziellen Appetits nicht einfach umherschweifen lassen. Doch das konnte bis nach der Feier warten. Und sobald Haru eine Lösung für die Gogler gefunden hatte, mit der sein Gewissen einverstanden war ...

Skaggi machte sich von Reseli los und kehrte zu seinem Bier zurück. Er prostete einem Tanzenden zu. »Ich hätte nicht gedacht, dass meine Reblinger Freunde einmal in Broichhus feiern würden.«

Genauso wenig hätte Haru erwartet, sich in eine Reblingerin zu verlieben. Er räusperte sich. »Ich überlege, nächstes Frühjahr Richtung Gebirge zu wandern und nachzuschauen, ob irgendwo noch unsere Urahnen leben.«

Er war der dritte Sohn der Familie, seine älteren Brüder kamen mit der Herde gut klar, und die Schäferei hatte ihn nie besonders interessiert. Er brauchte eine Aufgabe.

Skaggi schob sich den neuen Hut in den Nacken, ein Hochzeitsgeschenk der Schäfers. »Wenn deine Schwester mich lässt, begleite ich dich gern.«

»Das freut mich. Es tut mir leid, dass du dein einzigartiges Geschenk für Reseli verloren hast.«

»Das macht nichts«, sagte Skaggi und hob den Humpen. »Immerhin habe ich dafür ja einen Schwager gewonnen. Und darauf stoßen wir an!«

Sie tranken.

»Weißt du was?« Haru zwinkerte und wischte sich den Bierschaum von der Oberlippe. »Als du unter der Brücke der Festung hervorkamst, habe ich dich im ersten Moment doch glatt für einen Brückentroll gehalten.«

DIE BESONDERE GABE

von Bernd Frenz

Der Abend, der die entscheidende Wende brachte, begann genau so, wie es der Halbling von klein auf gewohnt gewesen war: mit knochenharter Arbeit. Dachte er später an jenen Moment kurz vor der schicksalhaften Begegnung zurück (und das tat er beinahe täglich), lag ihm sofort wieder der unverwechselbare Geruch in der Nase, der wohl allen Hafenkaschemmen innewohnt. Meeresluft, dichte Tabakschwaden und das würzige Aroma frisch gezapften Bieres – jene eigentümliche Mischung, die im Laufe der Zeit tief ins Holz einer Schankstube einzuziehen pflegt.

Es war an einem gewöhnlichen Wochentag, nach Anbruch der Dämmerung, und das Wirtshaus *Zum letzten Fang* war gut besucht. Der Halbling musste sich daher gehörig sputen, um immer genügend Nachschub für die durstigen Kehlen heranzuschaffen. Dass er kaum größer als ein Kind war, störte die Gäste wenig, ganz im Gegenteil. Vielen schmeckte der schäumende Inhalt ihrer Krüge gleich doppelt so gut, wenn der Schankknecht mit den zu kurz geratenen Beinen an ihnen vorübereilte. So mancher Fremde warf sogar Nussschalen oder spitze Kiesel auf den Boden, um den *halben Mann*, wie er überall genannt wurde, mit schmerzverzerrtem Gesicht umherspringen zu sehen.

Dass es jemanden gab, der sich zeitlebens nicht an festes Schuhwerk gewöhnen wollte, ging vielen Menschen einfach nicht in den Kopf, und forderte sie dazu heraus, jenem, der so anders war als sie selbst, einen bösen Streich zu spielen. Zu ihrer regelmäßigen Enttäuschung waren die Fußsohlen des Halblings jedoch so hart, dass ihm selbst die Stacheln grüner Kastanien nichts anzuhaben vermochten. Da es zudem die Wirtsleute erzürnte, wenn Unrat den Boden verdreckte, blieb solchen Grobianen nichts anderes übrig als zu versuchen, den Halbling noch wüster zu beschimpfen als die einheimischen Gäste.

Es gab wohl keine Schmähung, die der Halbling nicht längst zu hören bekommen hatte. »Spitzohr! Kleiner! Zwergenkaiser!«, schallte es ihm von allen Seiten entgegen, bevor die Bestellung folgte.

Gutmütig lächelnd ließ er all diese Bezeichnungen über sich ergehen, wohl wissend, dass jeder Anflug von Ärger seine Peiniger nur zu noch größeren Gemeinheiten angestachelt hätte. Ohnehin gab es bloß ein einziges Wort, das ihn wirklich verletzte, eines, das manchmal die alten Fischer aus der Gegend benutzten, die um die näheren Umstände seiner Herkunft wussten.

»Findling!« Natürlich war es der alte Grimhold, der ihn so rief, und gleich darauf anfügte: »Zwei Dünnbier und ein schweres Dunkles! Aaaber mit gaaanz langen Schritten, und so schnell, wie dich deine großen Füße tragen!«

Äußerlich ungerührt, nickte der Halbling vergnügt, bevor er zum Tresen schritt, um das Gewünschte zu holen. Hohn und Spott über seinen zu kurz geratenen Körper perlten längst von ihm ab wie Regen von einer gewachsten Zeltplane, aber dieser eine Name, mit dem ihn Grimhold fortlaufend bedachte, schmerzte immer noch wie am ersten Tage. *Warum nur?*, dachte er, währen ihm Orm, sein unduldsamer Ziehvater, einige Krüge bis zum Überschäumen füllte. *Schließlich bezeichnet Findling doch nur das, was ich wirklich bin! Ein ungeliebtes Kind, das fremden Menschen vor die Tür gelegt wurde, nur, dass es bei mir noch nicht einmal bis zur Hausschwelle gereicht hat!*

In Momenten wie diesen ging es dem Halbling häufig so, als könne er direkt in die Vergangenheit blicken. Dann glaubte er sich selbst in dem kleinen, halbierten Fass liegen zu sehen, das an den nahen Strand gespült worden war. Wer ihn in diese provisorische Wiege gebettet hatte, das wusste niemand, sicher war nur, dass er in jener Nacht so herzerweichend geweint hatte, dass einige Fischer aus ihrem Schlaf geschreckt waren. Nichts habe auf einen Schiffbruch hingedeutet, behaupteten jene, die ihn damals gefunden hatten. Selbst in den darauffolgenden Tagen und Wochen war kein einziges Trümmerstück auf der großen, weiten See oder am Ufer gefunden worden.

Obwohl die Füße des Findlings schon damals ungewöhnlich groß und behaart gewesen waren, hatten die Fischer ihn zu Urna gebracht, die gerade den eigenen Sohn im Kindbett verloren hatte. Und tatsächlich hatte die junge Wirtin ihn an die Brust gelegt und mit der Milch gesäugt, die eigentlich dem eigenen Spross zugedacht gewesen war. Urna hatte den Waisen daraufhin so genannt, wie der arme Tropf heißen sollte, der sich schon im Mutterleib mit der Nabelschnur erdrosselt hatte.

Helbrecht.

Außer Urna rief ihn aber niemand so. Nicht mal ihr mürrischer Gatte, der den Findling nur in seinem Hause duldete, weil er eine kostenfreie Hilfskraft darstellte.

An guten Tagen gab sich Helbrecht der Hoffnung hin, dass er der einzige Überlebende einer Katastrophe wäre, an schlechten glaubte er hingegen, seine leiblichen Eltern hätten ihn dem Meer übergeben, weil sie den grotesken Anblick seiner unförmigen Füße nicht länger ertragen konnten.

Nur der Anhänger, den er schon in der Wiege getragen hatte, nährte seine Hoffnung, dass er doch noch einmal herausfand, wer er eigentlich wirklich war und woher er stammte. Auf der Rückseite des polierten Steins stand etwas in einer fremden Sprache, von dem er hoffte, dass es sein Name sein könnte.

Manchmal des Nachts träumte Helbrecht von saftigen Auen, durch die sich ein klarer Fluss wand wie ein blaues Band. Von fruchtbaren Marschen, wie es sie in diesem kargen, von Felsen geprägten Landstrich nicht gab, und wie er sie noch nie mit offenen Augen gesehen hatte. Seine Ziehmutter meinte, das müssten Eindrücke sein, die er als Kleinkind aufgeschnappt hatte. Vielleicht sagte sie das nur, um ihn zu trösten, vielleicht stammte er aber wirklich aus einem Land, das jenseits des unüberwindlichen Meeres lag und in dem Halblinge seiner Größe nichts Besonderes waren.

»Träum nicht, Findling!«, riss ihn Orm unsanft aus seinen Gedanken. »Schaff lieber die Krüge an die Tische.«

Auf dem Weg zu Grimhold musste der Halbling einen scharfen Schlenker vollführen, weil ihm ein Betrunkener ein Bein zu stellen versuchte. Bei diesem Ausweichmanöver schwappte das bestellte Dünnbier über, was normalerweise zusätzliche Schelte bedeutet hätte. Doch im gleichen Moment, da er die Getränke servierte, verstummten sämtliche Stimmen im Raum. Selbst die Kinnlade des alten Grimhold sackte so stark herab, dass sich seine faltigen Gesichtszüge glätteten.

Ein kalter Hauch strich Helbrechts Rücken hinauf, und das lag keineswegs nur an der frischen Nachtluft, die plötzlich durch die offene Tür hereinzog. Irgendjemand war zu ihnen in die Schenke getreten, so viel stand fest. Jemand, der alle Anwesenden in höchstes Erstaunen versetzte.

Vorsichtig drehte der Halbling den Kopf, bis er die Blicke von drei Fremden auffing, die ihn mit ernster Miene fixierten. Alle drei waren von schlanker, hochgewachsener Gestalt, sodass sie jeden der übrigen Gäste um mindestens einen Kopf überragten.

Helbrechts Hand wanderte unbewusst zu dem runden, in der Mitte durchbohrten Steinanhänger, der ihm an einem Lederband um den Hals baumelte. Aus irgendeinem Grund übte bereits die bloße Berührung des schlichten Schmuckstücks eine beruhigende Wirkung auf ihn aus. Vielleicht, weil es die einzige verbliebene Verbindung zur Vergangenheit war, seit Orm die Fasswiege während eines kalten Winters im Kamin verheizt hatte. Vor allem war der Stein jedoch der unumstößliche Beweis dafür, dass seinen leiblichen Eltern doch etwas an ihm gelegen haben musste. Warum sonst hatten sie ihm wohl einen Talisman mitgegeben, auf dem Symbole in einer unbekannten Sprache eingeritzt waren?

Helbrecht konnte sich das beim besten Willen nicht anders erklären.

Die rechte Hand fest um den Stein geschlossen, hielt er dem Blick der Fremden stand, die in vielerlei Hinsicht das genaue Gegenteil von dem Halbling waren und ihm doch in einem entscheidenden Punkt verblüffend ähnelten. Nie zuvor in seinem Leben hatte Helbrecht andere Menschen gesehen, deren Ohren ebenso schmal nach oben zuliefen wie die seinen.

»Elben«, hauchte Grimhold so leise, dass es nur jene hörten, die mit ihm am Tisch saßen oder standen. »Was haben die hier zu suchen?«

Elben? Von einem Volk dieses Namens hatte Helbrecht schon mehrmals gehört, seine Existenz aber bisher für pures Seemannsgarn gehalten. Zumal es hieß, dass diese Elben Hunderte von Jahren alt wurden, was ihm nur schwer vorstellbar erschien. Die drei, die gerade zur Tür hereingekommen waren und sich nach einem Sitzplatz umsahen, wirkten jedenfalls keineswegs wie Greise. Vielmehr handelte es sich um zwei Männer und eine Frau in tannengrünen Umhängen, die einen äußerst wehrhaften Eindruck machten, was zum Teil den kunstvoll gearbeiteten Schwertern an ihren Seiten geschuldet war.

Einer der beiden männlichen Elben war zudem mit Pfeil und Bogen bewaffnet. Statt Tod und Verderben über die Menschen zu bringen, drückte er aber nur die Tür ins Schloss. In der atemlosen Stille dröhnte der metallische Laut, mit dem der Riegel einrastete, überdeutlich in Helbrechts Ohren.

Ohne ein einziges Wort miteinander zu wechseln, wandten sich die Elben einem kleinen Tisch zu, an dem nur ein einzelner Gast saß. Schweigend sahen sie den Unglücklichen so lange an, bis er von alleine begriff, dass sie gerne unter sich sein wollten. Nachdem der Fischer seinen Platz hastig geräumt hatte, schlugen die Elben ihre Mäntel auseinander und ließen sich nieder. Die beiden Elben-Männer trugen graue Waffenröcke unter den Umhängen. Feste Hosen und hohe Stiefel unterstrichen ihren kriegerischen Anblick, während ihre Begleiterin einen braunen Überwurf trug, unter dem ein knöchellanges, weißes Gewand hervorlugte.

Kaum dass die drei saßen, sahen sie auch schon wieder zu Helbrecht herüber. Das durchdringende Interesse, mit dem sie ihn betrachteten, ging weit über die Neugier hinaus, die Durchreisende für gewöhnlich bei seinem Anblick an den Tag legten. Das Herz des Halblings begann vor Aufregung schneller zu pochen, denn es lag auch etwas Kaltes, Herablassendes in den auf ihm ruhenden Augen, besonders in jenen, die den beiden Kriegern gehörten. *So mögen Edle auf Leibeigene oder Halbfreie herabsehen*, dachte er, *wenn sie einen Plan aushecken, bei dem es auf ein Menschenleben mehr oder weniger nicht ankommt.*

»Du!«, sagte der Bogenschütze unversehens und bewies damit immerhin, dass er die menschliche Sprache beherrschte. »Bring uns etwas zu trinken.« Der Geste, mit der er dabei auf Helbrecht deutete, haftete etwas Anklagendes an.

Der Halbling spürte, wie ihm der Mund trocken wurde.

»Was ... was darf ich Euch bringen?«, brachte er mühsam hervor.

Der Bogenschütze bedachte ihn zunächst mit einem Blick, als hätte Helbrecht etwas Unanständiges gesagt, ließ sich aber schließlich doch zu einer Antwort herab. »Natürlich das Beste, was dieses Haus zu bieten hat.«

Während Helbrecht mit klopfendem Herzen zum Tresen eilte, spürte er die Blicke aller Anwesenden im Nacken, besonders aber die der Elben, die für gewöhnlich sicher in bessere Wirtschaften einkehrten. Den Mienen von Orm und Urna nach zu urteilen, rätselten sie ebenfalls, womit der *Letzte Fang* diesen ungewöhnlichen Besuch verdient haben mochte. Schweigend schoben sie ihrem Ziehsohn drei tönerne Krüge mit dunklem Kellerbier zu, das sie aus irgendeinem Grund für das Beste hielten, was sie zu bieten hatten.

Der Weg zum Tisch kam Helbrecht doppelt so lang vor wie sonst. Die kalten Mienen, mit denen die beiden Krieger jeden seiner Schritte beobachteten, hemmten seine Bewegungen. Einzig ihre weibliche Begleitung ließ die Andeutung eines Lächelns erkennen.

Helbrecht war heilfroh, als er die Getränke endlich abstellen konnte. Selbst der Tisch kam ihm höher als gewöhnlich vor.

»So, die Herrschaften!«, krächzte er mit belegter Stimme, während er jedem die schweren Krüge so weit zuschob, wie es seine kurzen Arme zuließen. »Zur Stärkung nach der langen Reise.«

Er ging einfach davon aus, dass die Elben einen langen Weg hinter sich hatten. Hätten sie sich schon länger in der Gegend aufgehalten, wäre das bereits in allen Schenken entlang der Küste bekannt gewesen. Keiner der drei langte nach der dargebotenen Erfrischung. Stattdessen durchbohrten sie Helbrecht weiter mit Blicken, die gar nicht ihm selbst, sondern irgendeinem weit hinter ihm liegenden Punkt zu gelten schienen.

Das räumte ihm Zeit ein, die drei genauer in Augenschein zu nehmen.

Im trüben Schein der Laternen sahen sich die Elben sehr ähnlich, doch aus der Nähe betrachtet traten die Unterschiede deutlicher hervor. Der Linke der beiden Krieger war älter als seine Begleiter, das war nicht nur an den deutlich tieferen Falten in seinen Mundwinkeln zu erkennen, sondern auch an dem fast schon gelangweilten Ausdruck in seinem Gesicht, der darauf schließen ließ, dass er schon zu viel Leid in seinem Leben gesehen hatte. Sein schwarzer Schopf, den er ebenso lang wie die anderen trug, wies allerdings noch kein einziges graues Haar auf, und auch sonst wirkte er eher wie der größere Bruder des Bogenschützen als wie der um vieles ältere Anführer der Gruppe. Doch seine Ruhe übertraf die der beiden anderen bei weitem.

»Nemru?« Rein äußerlich wirkte der Bogenschütze zwar ebenfalls gelassen, doch der drängende Tonfall, mit dem er sein Gegenüber ansprach, legte offen, wie sehr ihn die Ungeduld quälte.

Der Ältere reagierte gar nicht auf seinen Namen, sondern sah weiter Helbrecht an. »Du musst der Halbling sein, von dem überall entlang der Küste die Rede ist.«

Helbrecht, der sich gerade schon wieder abwenden wollte, hielt mitten in der Bewegung inne. Er hatte sich also nicht getäuscht. Die Elben hatten die Schenke einzig und allein wegen ihm aufgesucht. Ob sie ihn wohl wegen seiner Ohren für einen der ihren hielten?

Er versuchte zu antworten, doch die Stimme versagte ihm den Dienst. Erst nachdem er sich geräuspert hatte, brachte er hervor: »Ja, der bin ich! Und ihr? Stammt ihr wirklich aus dem Elbenland, von dem alle erzählen?« Seine Gegenfrage löste nicht die geringste Gefühlsregung bei den Kriegern aus, nur die Mundwinkel der blonden Dame zuckten ein wenig in die Höhe.

»Meron«, sagte der Ältere plötzlich, ohne seinen Kameraden anzusehen.

Der Angesprochene umfasste daraufhin seinen Krug mit einer Hand und führte ihn in einer schnellen Bewegung über den Kopf des Halblings. Noch ehe Helbrecht begriff, wie ihm geschah, ergoss sich das Schwarzbier bereits über ihn. Feucht und klebrig rann es durch das schwarze Haar und regnete ihm auf Schultern und Rücken. Geistesgegenwärtig kniff er noch die Augen zusammen, doch es war schon zu spät. Ein wenig der Flüssigkeit spülte ihm trotzdem unter die Lider. Seine Augen brannten, während er prustend nach Atem rang.

Irgendwo im Schankraum lachte jemand schadenfroh auf, verstummte aber sofort wieder, als Meron ihn schweigend ansah.

»Was soll das?«, stammelte Helbrecht mehr verwirrt denn wütend. »Wenn Ihr jetzt dursten müsst, seid Ihr selbst schuld. Glaubt bloß nicht, das ich Euch einen neuen Krug an den Tisch bringe!«

Dass ihm ausgerechnet die so erhaben wirkenden Elben einen derart groben Streich spielen würden, damit hatte er nicht gerechnet. Statt Schadenfreude stand den dreien jedoch gespannte Neugier ins Gesicht geschrieben.

Was für ein merkwürdiges Volk …

Kopfschüttelnd kehrte Helbrecht zum Tresen zurück. Urna hielt bereits ein Leinentuch für ihn bereit. Immerhin war er das Kind, das sie an ihrem Busen genährt hatte. Noch ehe er sein Gesicht trocken gewischt hatte, sah sie über ihn hinweg und bellte: »Drei Kupferstücke, Ihr Herren! Und dann noch einen guten Weg! Wir schätzen es nicht, wenn der Schankknecht mit unseren Getränken besudelt wird.«

Wen sie genau mit *wir* meinte, war nicht klar ersichtlich, denn der sonst so knurrige Orm war plötzlich wie vom Erdboden verschwunden. Das wenigstens seine Ziehmutter für ihn einstand, wo alle anderen vor dem zur Schau getragenen Stahl kuschten, tat dem Halbling gut. Ein zufriedenes Lächeln auf den Lippen, drehte er sich um ... und stellte überrascht fest, dass ihm die Elben bis an den Schanktisch gefolgt waren.

Grimhold und einige andere Fischer atmeten laut hörbar ein, doch alle Gäste, die schon mit einer Rache für Urnas derbe Wortwahl gerechnet hatten, sahen sich getäuscht.

»Mein Name ist Elra«, stellte sich die Elbin vor. »Ich möchte mich dafür entschuldigen, dass dir Meron so übel mitgespielt hat, doch wir mussten sichergehen, dass du wirklich ein Halbling bist und nicht nur ein kleinwüchsiger Mensch mit ungewöhnlich schönen Ohren.«

»Tatsächlich?« Helbrechts Verblüffung wuchs ins Unermessliche. »Es gibt eine Halblingprobe, bei der Bier über einen Kopf ausgeschüttet wird?«

Nemru und Meron wechselten einen kurzen, unergründlichen Blick miteinander, sprachen jedoch kein einziges Wort. Elras Lippen verzogen sich zu einem amüsierten Lächeln.

»Nein«, erklärte sie dabei. »Aber jeder Mensch, und wohl auch die meisten Elben, wären nach einem solchen Streich zornig geworden. Du bist dagegen vollkommen ruhig geblieben und hast nur Trauer über unsere Torheit verspürt.«

»Ja, ich weiß«, gestand Helbrecht reumütig ein. »Meine Gutmütigkeit ist mein größter Fehler.«

»Aber nein!« Elra lächelte plötzlich so breit, dass zwei Reihen schneeweißer Zähne zwischen ihren Lippen blitzten. »Das ist eine ganz besondere Gabe!«

Zu Helbrechts Überraschung kniete sie vor ihm nieder, sodass sich ihre Gesichter plötzlich auf Augenhöhe befanden, und hob mit ihrem zarten Zeigefinger sanft sein Kinn. Es war nur eine ganz kurze Berührung, doch sie jagte dem Halbling, der sich nichts mehr als ein Weib fürs Leben wünschte, einen heißen Schauer über den Rücken. Noch ehe sich seine Wangen röten konnten, griff Elra nach dem Lederband um seinen Hals und ließ den Anhänger durch ihre Finger gleiten. Beim Anblick der verschnörkelten Buchstaben, die auf der Rückseite eingraviert waren, weiteten sich ihre Augen kaum merklich.

»Bero!«, las sie dabei laut vor. »Das ist also dein Name!«

»Tat... Tatsächlich?«, stammelte er nur.

»Ja, weißt du das denn gar nicht?«, fragte Elra und ließ dabei – zu seinem größten Bedauern – von ihm ab.

»Nein!« Traurig schüttelte er den Kopf. »Ich bin doch ein Findling!« Zum ersten Mal seit langer Zeit kam ihm das Wort selbst über die Lippen.

»Dann kennst du auch gar nicht das grüne Auenland jenseits des Meeres, in dem die deinen wohnen?«

Diesmal schüttelte er nur stumm den Kopf, denn er spürte, dass ihm ohnehin die Sprache versagen würde. Mühsam kämpfte er gegen die Tränen an, die in ihm aufzusteigen drohten, anstatt von den Träumen zu erzählen, von denen außer ihm nur Urna wusste.

»Wir können dich mitnehmen«, bot Nemru überraschend an, »wenn wir über das Meer zurückkehren.«

Der Halbling wusste gar nicht, wie ihm geschah.

»Wir haben zuvor aber noch etwas zu erledigen«, schränkte Elra ein. »Etwas, bei dem du uns vielleicht sogar helfen kannst.« Sie sah immer noch freundlich aus, obwohl das Lächeln aus ihrem Gesicht gewichen war.

»Was ...«, begann der Halbling vorsichtig.

»Nichts Schwieriges«, versicherte Nemru sofort. »Falls wir deine Hilfe überhaupt brauchen! Aber allein für deine Unterstützung würdest du mit der Überfahrt belohnt werden.«

Zweifelnd sah Helbrecht von ihm zu Elra, die ihm aufmunternd zunickte.

»Du kannst uns vertrauen«, versicherte sie dabei. »Und du kannst es dir in Ruhe überlegen. Unser Schiff liegt am Strand. Komm einfach nach Anbruch der Dämmerung zu uns, oder wir legen nach Einsetzen der Ebbe ohne dich ab.«

Ohne weitere Erklärungen abzugeben, erhob sie sich. Meron beglich noch die Zeche, bevor sie alle drei die Schankstube wieder verließen. Der Halbling starrte noch eine ganze Weile auf die ins Schloss gefallene Tür, dann ging er zu dem verwaisten Tisch der Elben, nahm einen der unberührt gebliebenen Krüge und stürzte das Schwarzbier in einem Zug hinunter. Nachdem er auch den zweiten Humpen geleert hatte, ging es ihm ein wenig besser, doch es dauerte noch eine ganze Weile, bis er das ganze Ausmaß von Elras Worten begriffen hatte.

Sein richtiger Name lautete Bero und nicht Helbrecht! Und seine Eltern hatten ihn bestimmt nicht auf dem Meer ausgesetzt, denn für sie war er kein hässlicher Balg mit zu groß geratenen Füßen, sondern ein Kind, das ihnen bis aufs Haar ähnelte. Außerdem gab es andere seiner Art. Er war also nicht dazu verdammt, ein Leben lang zu größeren Menschen aufzublicken.

Er musste nur den Mut aufbringen, sein bisheriges Leben hinter sich zu lassen.

Nach einer kurzen Nacht, in der er von einem grünen Auenland träumte, erwachte der Halbling beim ersten Hahnenschrei. Als er mit zerzaustem Haar in die Küche kam, stellte er fest, dass ihm Urna bereits einen ledernen Beutel mit frischem Brot, gekochten Eiern und einem großen Mett-Ende gepackt hatte. Ihre Augen waren gerötet. Ob vom vielen Weinen oder einfach nur, weil sie noch nicht geschlafen hatte, ließ sich nicht genau sagen. Auf jeden Fall zweifelte sie offensichtlich nicht im Geringsten daran, *wie* sich ihr Ziehsohn an diesem Morgen entscheiden würde.

Dankbar nahm er den heißen Tee an, den sie ihm reichte und der sogar mit ein wenig Honig gesüßt war. So sehr, wie sie sich zum Abschied um ihn bemühte, hätte er beinahe vergessen können, dass sie ihn mit fast ebenso harter Hand erzogen hatte wie Orm. Aber eben auch nur beinahe …

Sein Ziehvater, der ebenfalls übernächtigt am Tisch saß, verfolgte mit stillem Groll, was vor sich ging. »Was glaubst du eigentlich, warum dich die Elben hier aufgestöbert haben?«, brach es nach einer Weile aus ihm hervor. »Sicherlich wollen sie dich nur in einen Kessel mit heißem Wasser stecken, um aus dir einen Trank zu brauen, der ihnen die Jugend erhält!«

Der Halbling trank den wärmenden Tee bis auf den letzten Schluck aus, bevor er Orm ansah. »Ich weiß, warum du so schlechte Laune hast«, erklärte er schadenfroh. »Du brauchst ab heute Abend einen neuen Schankknecht, und zwar einen, den du von nun an bezahlen musst.«

Orm verzog das Gesicht wie unter starken Schmerzen und sprach kein Wort mehr zu ihm. Urna begleitete ihren Ziehsohn dagegen bis vor die Tür. Auf der wackligen Treppe angekommen, die zum Strand hinunterführte, presste sie ihn zum Abschied fest an ihre wogenden Brüste. Der Halbling hasste es normalerweise, wenn ihn Menschen zu sich in die Höhe hoben, aber in diesem Fall ließ er es klaglos über sich ergehen.

»Alles Gute, Helbrecht!«, sagte Urna unter leisem Schluchzen.

Es war das letzte Mal, dass ihn irgendjemand bei diesem Namen nannte. Als der Halbling – ohne sich noch ein einziges Mal umzudrehen – über den Strand davoneilte, hieß er fortan für sich selbst und alle anderen nur noch Bero.

Das Schiff der Elben war schon von weitem zu sehen. Trotz seiner imposanten Größe gab es keine weitere Besatzung an Bord. Elra, Nemru und Meron verstanden es tatsächlich, die Segel zu beherrschen. Geschickt die einsetzende Ebbe nutzend, fuhren sie mit der Strömung aufs Meer hinaus und segelten die Küste entlang.

Bero, der bisher nur die Planken kleiner Fischerboote kannte, nahm begeistert die neuen Eindrücke in sich auf, anstatt sich an der Schweigsamkeit der Elben zu stören. Nachdem er sich einen Platz auf einer Seilrolle gesucht hatte, der es ihm erlaubte, über die Reling hinwegzusehen, beobachtete er zufrieden, wie die Felsküste und andere Boote an ihnen vorüberzogen. So verstrich Tag um Tag. Gedanken an das hinter ihm liegende Leben kamen nur in den Nächten auf, in denen sie vor Anker lagen.

Meistens stellte er sich dabei vor, wie sehr es Orm schmerzte, von nun an für einen Schankknecht zu bezahlen, oder wie die Schankstube im Laufe der nächsten Monate verwaiste, weil es keinen Halbling mehr zu bestaunen und zu foppen gab. Heimweh spürte Bero dagegen nur nach den grünen Auen, die er bloß aus seinen Träumen kannte.

Das Einzige, das ihm in diesen Tagen Sorgen bereitete, war die Geschwindigkeit, mit der sich sein Lederbeutel leerte. Während die Elben kaum etwas zu sich nahmen, machte die frische Seeluft den Halbling so hungrig, das seine Wegzehrung rasch dahinschmolz und schon am zweiten Tag auf einen traurigen Wurstzipfel zusammengeschrumpft war. Erst nachdem Elra eines ihrer kleinen Brote mit ihm teilte, begriff er, warum seine Reisegefährten mit so wenig Proviant auskamen.

Schon wenige Bissen des Elbenbrotes reichten aus, um seinen ewig knurrenden Magen satt zu bekommen. Trotzdem freute sich Bero, als sie am Mittag des fünften Tages Leru anliefen, eine in steile Felsen gebaute Hafenstadt, die er bisher nur vom Hörensagen kannte. Die Verhandlungen mit den dortigen Hafenwachen dauerten eine Weile, aber schließlich durften sie das Schiff verlassen, obwohl keinerlei Handelswaren an Bord waren, auf die sich Einfuhrzölle erheben ließen.

Während Nemru und Meonis in den engen Gassen des Hafenviertels verschwanden, um Erkundigungen einzuziehen, begleitete Elra den Halbling in die Hafenmeisterei. Dort trafen sie auf einen mürrischen Zöllner, der sich sehr geschäftig gab, aber unter dem strengen Blick der Elbin zunehmend nervöser und gesprächiger wurde. Ein paar glänzende Münzen halfen zusätzlich dabei, die Zunge des Stadtbüttels zu lösen. Bero wusste zunächst nicht, was seine Begleiterin mit diesem Besuch bezweckte. Trotzdem nahm er auf ihre Bitte hin seinen Anhänger vom Hals und händigte ihn dem fülligen Mann in der rot-blauen Uniform aus.

»Grüner Marmor«, bemerkte der Zöllner sogleich mit Kennerblick. »Äußerst selten.« Eine Reihe unverständlicher Grunzlaute ausstoßend, strich er über die polierte Oberfläche, ließ sie mehrmals durch die Finger wandern und hob das runde Mittelloch schließlich so nahe ans Gesicht, als wolle er es sich vor das rechte Auge klemmen. »Aha!«, stieß er hervor, als er endlich dabei die Schriftzeichen auf der Rückseite entdeckte. »Das stammt aus Übersee, wie ich es mir dachte! Aus einem Steinbruch im Auenland würde ich sagen, aus Grubtal, um genau zu sein.« Zufrieden stützte er sich mit beiden Händen auf dem Tisch ab und ließ dabei den Anhänger in seiner fleischigen Rechten verschwinden. »Gerade das macht diesen Marmor ja so selten«, erklärte er dabei.

»Halblinge sind sehr erdverbunden, müsst Ihr wissen. Sie reisen nur sehr ungern, selbst wenn es etwas zu verdienen gibt. Vor allem, wenn es über das große Meer geht. Der da ist der erste, den ich seit über zwanzig Jahren zu Gesicht bekomme.«

Bero missfiel es, dass der Kerl über ihn redete, als wäre er gar nicht anwesend. Noch weniger wusste er allerdings zu schätzen, dass aus der Faust des Zöllners nur noch ein Stück Lederband hervorragte.

»Mein Anhänger«, forderte er mit so kräftiger Stimme, wie ihm möglich war. »Ich trage ihn seit meiner Kindheit und fühle mich schutzlos ohne ihn.«

»Oh!«, tat der Büttel erschrocken. »Aber natürlich – da hast du ihn zurück.«

Statt den Anhänger auf den Tisch zu legen, ließ er ihn gerade so weit am Lederband herabbaumeln, dass sich Bero auf die Zehenspitzen hätte stellen müssen, um ihn zu ergreifen. Er beschloss, noch zu warten.

»Bist du etwa ein neuer Marmorhändler?«, wollte der Dicke wissen, bevor er mit listigem Grinsen nachsetzte: »Heißt das, wir können bald wieder ganze Laderäume voller grünem Marmor erwarten?«

»Vielleicht«, mischte sich Elra ein. »Aber der Herr Bero möchte wieder jene Handelsbeziehungen aufnehmen, die seine Altvorderen einst zu dieser Küste pflegten. Dazu müsste er wissen, ob es schon früher Verkäufe in Leru gegeben hat.«

Die Aussicht auf lukrative Geschäfte ließ den Büttel unvorsichtig werden.

Im gleichen Moment, da sich seine Rechte senkte, langte Bero zu. Der Zöllner zuckte nicht einmal mit der Wimper, als der Anhänger zurück in die Hände des Halblings gelangte. Stattdessen flötete er beflissen: »Aber natürlich wird es ein Handelskontor in Leru gegeben haben. Schließlich sind wir der größte und am besten abgesicherte Hafen entlang der Küste. Über einhundert Überfälle in den letzten dreißig Jahren, doch kein einziges Mal wurde dabei auch nur einer unserer Speicher von den Piraten geplündert!« Bei diesen Worten entschwand er schon hinter einigen bis unter die Decke reichenden Regalen voller Schriftrollen.

Gleich darauf war das Rascheln und Knistern von Papier zu hören, das auseinander- und wieder zusammengerollt wurde. Gleichzeitig erklang ein ersticktes Husten.

»Aha, wusste ich es doch!« Von einer kleinen Staubwolke umhüllt, kehrte der Dicke zurück. »Meene und Patigor Turuk. Fünf Jahre lang sind sie immer wieder mit ihrem Schiff bei uns eingelaufen, ehe sie für immer in die Heimat zurückkehrten. Ich nehme an, das Kind, das sie damals dabeihatten, ist nicht zufällig unser Herr Bero?«

Der Halbling fühlte sich wie vor den Kopf geschlagen.

Dankbar überließ er es Elra, sich von dem Büttel zu verabschieden. Ihre Hand auf seiner Schulter tat Bero gut, als sie ihn mehr nach draußen schob als geleitete.

»Meene und Patigor«, hämmerte es immer wieder in seinem Kopf. Nie hätte er für möglich gehalten, doch noch einmal die Namen seiner leiblichen Eltern zu erfahren. »Vielleicht leben sie noch«, hoffte er wider besseren Wissens.

»Sicherlich hätten sie dann die ganze Küste nach dir abgesucht, bis sie dich gefunden hätten«, antwortete Elra. »Nein, ich fürchte, sie sind bei einem Schiffbruch ertrunken.«

Schweigend gingen die beiden eine Weile nebeneinander her, bis Bero abrupt stehen blieb. »Ich weiß gar nicht, wie ich dir danken soll«, brach es aus ihm hervor.

Am liebsten hätte er die Elbin umarmt, doch da er dabei nur ihre Beine auf Höhe der Knie umklammert hätte, unterdrückte er den Wunsch. Sie zogen auch so schon die Blicke aller Menschen auf sich. »Wenn es irgendetwas gibt, das ich für dich tun kann«, bot er stattdessen an ... und bereute dieses Angebot umgehend, als statt Elra eine Stimme hinter ihm antwortete: »Da wüsste ich vielleicht was. Vendor hat sich keine große Mühe gegeben, seine Spuren zu verwischen. Wir haben ihn schon aufgespürt.«

Verwirrt fuhr er zu Nemru und Meonis herum, die wie aus dem Boden geschossen vor ihm standen. »Vendor«, wiederholte Bero verwirrt. »Wer ist das?« Sein Blick suchte den von Elra, weil von ihr am ehesten eine ehrliche Antwort zu erhoffen war.

Verlegen schlug die Elbin die Augen nieder, bevor sie sagte: »Es ist wohl langsam an der Zeit, dass wir dir erklären, warum wir nach Leru gekommen sind.«

Das runde, turmgleiche Gemäuer stand auf einer erhöhten Klippe. Es verjüngte sich nach oben hin so weit, bis es nur noch den Durchmesser eines Fasses besaß. Statt richtiger Fenster hatte es nur schmale Scharten, die von Läden verschlossen wurden. Die von Möwendreck und anderen Exkrementen angegriffene Außenwand machte ebenfalls keinen einladenden Eindruck. Es dauerte eine Weile, bis Bero erkannte, dass es sich um eine ehemalige Windmühle handelte, der schon vor langer Zeit die Holzflügel abhandengekommen waren.

Die stete Meeresbrise, die über die Felsen strich, mochte einen Müller einst dazu bewogen haben, hier seinem Gewerbe nachzugehen, aber als heimelige Wohnstätte taugte der gedrungen wirkende Turm kaum. Allerdings war er ideal dazu geeignet, sich gegen ungebetene Gäste zu verschanzen, vor allem, weil nur ein schmaler, von oben aus gut einsehbarer Pfad auf den Felsen führte.

Es war dem Halbling ein Rätsel, wie es Nemru und Meron trotzdem geschafft hatten, ungesehen bis zu dem Gebäude vorzudringen. Gut, sie waren die zerklüfteten Steilwände emporgestiegen, anstatt vom Festland aus zu kommen, aber alleine bei dem Gedanken daran, dass den beiden dabei nur fingerbreite Spalten als Halt gedient hatten, wurde Bero noch nachträglich schwindlig.

Den beiden Elben hatte der gefährliche Aufstieg dagegen nichts ausgemacht. Beiderseits des Turms fest an die Mauer geschmiegt, warteten sie schon darauf, auch die glatte Fassade zu überwinden, um durch die offenen Luken im oberen Drittel ins Innere vorzudringen. Bevor sie diesen letzten, alles entscheidenden Schritt wagten, sollte Elra aber noch alle Aufmerksamkeit auf sich lenken.

»Es ist Zeit«, wandte sie sich an den Halbling, der neben ihr die Deckung einiger Felsen nutzte. »Sobald jemand nach draußen tritt, sind meine Gefährten einer Entdeckung schutzlos ausgeliefert.«

Bero wusste, dass er sich nicht länger zieren durfte, trotzdem sah er unbehaglich auf den Flechtkorb nieder, in den er steigen sollte. »Muss das wirklich sein?«, fragte er bereits zum fünften Mal.

»Bitte! Wir sind das doch alles schon mehrfach durchgegangen ...«

Jedem anderen hätte er sicherlich noch einmal widersprochen, um noch einige Augenblicke Zeit herauszuschlagen, doch der hochgewachsenen Elbin mit dem fast weißblonden Haar konnte er einfach nichts abschlagen. Obwohl ihm sonst eher kleinere und vor allem drallere Frauen gefielen, brachte er ihr längst Gefühle entgegen, die weit über die Freundschaft zweier Reisegefährten hinausgingen.

Ach, wenn sie doch nur nicht die ganzen Tage hindurch so freundlich zu ihm gewesen wäre. Seufzend kletterte er auf einen kleinen Vorsprung und stieg von dort aus in das aus Reisig gefertigte Geviert hinein. Elra hielt schon einige Tücher und den Deckel in Händen, als Bero noch einmal den Kopf nach draußen reckte.

»Du bist viel netter als deine beiden Kameraden«, erklärte er mit großem Ernst. »Das wollte ich dir nur sagen, bevor es vielleicht zu spät ist.«

Seine Worte erfreuten sie, das war deutlich zu sehen. »Mag sein«, schwächte sie trotzdem ab. »Vielleicht liegt das daran, dass ich weiß, wie herablassend Elben oft auf andere wirken, selbst wenn sie es nicht so meinen. Ich bin nämlich selbst nur ein Halbblut, musst du wissen.«

»Ein Halbling?«, fragte Bero verdattert. »Aber du bist doch genauso groß wie Nemru und Meonis!«

»Ein Halbblut«, verbesserte Elra geduldig. »Mein Vater war ein Elbe, doch meine Mutter ein ganz normaler Mensch.«

Bero nickte verstehend. »Sicher bist du ihnen deshalb nur halb so viel wert wie ein richtiger Elbe?«

»Genau das bekam ich häufig zu spüren«, gestand Elra ein. Die Bitterkeit, die sich bei diesen Worten in ihre Stimme schlich, verschwand jedoch sofort wieder, als sie hinzufügte: »Aber glaub mir, manchmal kommt es gerade auf jene an, die wie wir anders sind als die meisten. Denn auch reinblütige Elben sind nicht ohne Fehl und Tadel, obwohl das viele von ihnen gerne von sich selbst glauben.«

Es war ihm klar, worauf sie dabei anspielte. Doch jetzt war nicht die Zeit, noch einmal über den Handschuh von Vendor zu sprechen. Gehorsam machte er sich so klein wie möglich und ließ es sich gefallen, dass Elra einige Tücher über ihn warf und den Korb mit dem Deckel verschloss.

Bero schob den störenden Stoff aus seinem Gesicht, noch ehe Elra die Tragegurte überstreifte und sich erhob. Trotz ihrer schmalen Gestalt wuchtete sie das Gewicht auf ihrem Rücken mühelos in die Höhe und machte sich auf den Weg. Zu Beros Freude vermochte er durch die

Lücken im Flechtwerk recht gut nach draußen zu sehen. So konnte er beobachten, wie Nemru und Meron dünne Seile in die Höhe warfen, die sich wie lebende Schlangen durch die Luft wanden und mit ihren losen Enden um vorstehende Balken oder aus dem Mauerwerk ragende Haken wickelten.

Elben verstanden sich nun mal auf Magie, das war Bero schon klar geworden, als er von Vendors Handschuh gehört hatte. Geschmeidig glitten Nemru und Meonis die Fassade empor, Meonis unterschied sich dabei nur durch den geschulterten Bogen von dem auf der gegenüberliegenden Seite kletternden Anführer. Beide harrten bereits vor einer offenen Scharte aus, als Elra den Mühlenturm erreichte.

Entschlossen trat sie auf den Eingang zu und hämmerte mit der Faust gegen das rissige Türblatt. »Aufmachen!«, rief sie dabei. »Ich bringe die Waren, die ihr in Leru bestellt habt.«

Ob ihre Gefährten bereits diesen Moment nutzten, um ins Innere vorzudringen, war leider nicht zu erkennen, denn sie befanden sich nun außer Sichtweite. Bero hielt trotzdem den Atem an und hoffte das Beste.

Obwohl ihm das Herz bis zum Halse schlug, verhielt er sich vollkommen ruhig, um Elra nicht unnötig aus dem Gleichgewicht zu bringen. Durch den Korb konnte er über die Schulter der Elbin nach vorne sehen. Jeden Muskel seines kleinen Körpers angespannt, verfolgte er, wie die Tür mit leisem Knirschen einen Spalt breit geöffnet wurde. Ein misstrauisches Frauengesicht lugte hinaus. Der Ruß, mit dem sie ihre Augenlider nachgezogen hatte, war verwischt und ihr Haar arg zerzaust. Und auch sonst machte sie ganz den Eindruck, als hätte sie sich ihren Lohn als Liebesdienerin hart erarbeiten müssen.

»Wer bist du?«, entfuhr es ihren purpur gefärbten Lippen. »Du bist nicht die Marktfrau, die sonst immer kommt!«

Die letzten Worte blieben ihr fast im Halse stecken, als sie den scharfen Stahl bemerkte, den ihr Elra an die Kehle presste. »Ganz ruhig«, zischte die Elbin kalt. »Falls du ihn warnst, bist du des Todes.« Das beidseitig geschliffene Messer, das sie unter ihrem Umhang hervorgezaubert hatte, zitterte nicht im Geringsten. Elra wusste ganz genau, was sie tat, und war bereit, bis zum Äußersten zu gehen. Vermutlich war es diese Entschlossenheit, die jeglichen Widerstand der Frau im Keim erstickte.

»Schon gut«, flüsterte die andere, während sie die Tür bereitwillig öffnete. »Lass mich einfach nur gehen.«

Elra bedeutete ihr mit einer Kopfbewegung, dass sie vorsichtig nach draußen treten sollte. Dann zog sie das Messer zurück. Die Angst in dem Gesicht der Fremden wich einer gewissen Erleichterung. Nachdem sie ein paar Schritte Abstand zur Mühle gewonnen hatte, rief sie leise zum Abschied: »Sei vorsichtig, der Kerl da drinnen ist total verrückt.«

Kurz nachdem Elra ins Innere vorgedrungen war, verstand Bero, was die Frau damit sagen wollte.

Schon nach wenigen Schritten schlug ihnen ein übler Gestank entgegen, der selbst der Elbin den Atem raubte. Links von ihnen, unterhalb einer Rutsche, auf der früher die vollen Mehlsäcke herabgekommen waren, lag eine bis zur Unkenntlichkeit verkohlte Frau, über der bereits die Fliegen kreisten. Sie war keinem gewöhnlichen Feuer zum Opfer gefallen, trotzdem hatte irgendetwas so Heißes ihren Rücken getroffen, dass sich ein regelrechter Krater in ihren Körper gebrannt hatte.

Ihre Haare und das Gesicht hatte es noch weitaus schlimmer erwischt.

Bero musste unwillkürlich an einen Blitzschlag denken, der einmal auf die Ziegenweide nahe der Schenke niedergefahren war. Da hatte ein unglücklicher Geißbock ähnlich ausgesehen. Mehrere schwarz umrandete Krater in den Wänden bestärkten ihn noch in diesem Vergleich.

Elra hielt nur kurz in ihrer Bewegung inne, dann eilte sie weiter auf den Durchgang zu, der sie von dem großen Raum mit dem Mahlwerk trennte. Ein von Motten zerfressener Vorhang behinderte die Sicht, trotzdem erklang dahinter eine dunkle Stimme, die rief: »Tritt näher, Elra, ich habe dich gleich erkannt, als du den Pfad heraufgekommen bist.«

Die Elbin schien nicht sonderlich von diesem Empfang überrascht zu sein, sondern ließ, ohne zu zögern, den Korb von ihrem Rücken gleiten, um sich von der Last zu befreien. Danach steckte sie das Messer zurück in die Scheide an ihrem Gürtel und verschwand, ohne sich Bero noch einmal zuzuwenden.

Der Halbling wartete, bis der Vorhang wieder geschlossen war, dann drückte er den Deckel des Korbes auf und kletterte vorsichtig hinaus. Trotz der nackten Angst, die durch seine Adern hämmerte, lupfte er den noch in Bewegung befindlichen Stoff zur Seite, um zu sehen, was dahinter vor sich ging. Zu seiner Überraschung stellte er fest, dass alles, was die Mühle einst ausgemacht hatte, entfernt worden war. Statt Zahnrädern und Mahlsteinen gab es nur einen hohen Raum, in dessen oberem Gebälk einige Tauben umherflatterten.

Mehrere Stühle und Tische nahmen den frei gewordenen Platz ein. Sie waren mit leeren Flaschen, benutztem Geschirr und heruntergebrannten Kerzen übersät. Zwischen all dem stinkenden Unrat lag ein vorneübergesunkener Mann und schlief seinen Rausch aus. Vier seiner Kameraden, die wesentlich nüchterner waren, umstanden dafür einen aus Eichenholz gezimmerten Thron. Darauf saß ein in zerschlissenem Wildleder gekleideter Mann, der einen aus kleinen, glitzernden Goldschuppen geschmiedeten Handschuh an seiner Rechten trug.

Das musste Vendor sein, auch wenn höchstens noch die spitz zulaufenden Ohren dieser ausgemergelten Gestalt an einen Elben erinnerten. In seinen Augen glitzerte ein alles, auch ihn selbst verzehrendes Feuer. Trotzdem ging Elra furchtlos auf ihn zu, während sich Bero instinktiv so klein wie nur möglich machte.

Die in Leder und Eisen gewandeten Männer an Vendors Seite wollten Elra entgegentreten, doch ihr Anführer hielt sie mit einer kurzen Geste zurück. »Das ist nahe genug, Halbblut. Du siehst ja, dass du meine getreuen Hunde bereits nervös machst.«

Falls sich einer der vier deshalb beleidigt fühlte, ließ er es sich nicht anmerken. Angesichts des Schreckensregimentes, das Vendor führte – Bero hatte inzwischen einen weiteren verkohlten Leichnam entdeckt – waren böse Worte vermutlich auch das Geringste, was diese Männer zu fürchten hatten. Einer von ihnen trug einen schwarzen Spitzbart und einen großen Goldring im Ohrläppchen; er hatte das Schwert gezogen, während sich die anderen drei abwartend verhielten.

»Du siehst furchtbar aus, Vendor«, beschied Elra dem bis auf die Knochen abgemagerten Elben. »Der Handschuh verleiht dir große Macht, aber er frisst dich auch von innen auf. Es ist höchste Zeit, sich seiner zu entledigen.«

Der Angesprochene lachte höhnisch auf. »Und wer soll den Handschuh stattdessen nehmen? Du etwa? Glaubst du wirklich, du könntest die Last tragen, die mir aufgebürdet wurde? Lächerlich! Deine menschliche Seite wäre den Kräften doch noch weitaus hilfloser ausgeliefert als der Elbe in dir!«

»Niemand soll ihn mehr tragen!«, erwiderte Elra. »Die Gefahr, die von den Orks ausging, ist vorüber. Nun ist es an der Zeit, den Handschuh wieder dort zu begraben, wo ...«

»Aber irgendwer wird ihn anfassen müssen«, unterbrach Vendor sie barsch. »Und sei es nur, um ihn mir von den erstarrten Fingern zu ziehen!«

»So weit muss es nicht kommen«, beharrte die Elbin. »Leg ihn einfach in einen Kasten, in eine Kiste, oder ...«

Vendor hob den Arm in einer lässigen Bewegung, und ein Lichtblitz schoss aus den goldenen Fingerspitzen senkrecht in die Höhe. Irgendwo in dem Gebälk über ihnen fand der Blitz sein Ziel.

Ein leises Stöhnen ertönte. Gleich darauf stürzte eine schlanke Gestalt dem Boden entgegen. Der grüne Umhang, der sie umflatterte, war angekohlt. Es war Nemru, der da kopfüber ins Verderben fiel. Erst wenige Handbreit über dem harten Steinboden spannte sich das Seil, mit dem er sich abgesichert hatte. Der harte Ruck presste ihm hörbar die Luft aus den Lungen, aber das war immer noch besser, als sich den Hals zu brechen.

Vendor schien darüber enttäuscht, dass er kein Knochensplittern vernahm. Er stieß einen unartikulierten Laut aus und deutete mit dem Handschuh direkt auf den Schwarzhaarigen. Ehe jedoch ein neuer, alles vernichtender Blitz die Luft durchschneiden konnte, jagte ein schmaler Schatten von der anderen Seite des Gebälks herab.

Vendor schrie gepeinigt auf, als die Pfeilspitze seinen Unterarm durchbohrte und an die rechte Lehne seines Eichenthrones nagelte. Das war für Elra das Signal, ihr Schwert zu ziehen und sich den menschlichen Widersachern entgegenzuwerfen. Stahl klirrte gegen Stahl, während die Elbin zwischen den Männern hindurchwirbelte. Zwei von ihnen taumelten erschrocken zurück, während ausgerechnet der Spitzbart ungläubig auf die klaffende Wunde an seiner Seite starrte und dann stöhnend zusammensackte.

Statt zu fliehen, rückten die verbliebenen Männer gegen die Elbin vor. Einem von ihnen fuhr ein Pfeil in die Schulter, dennoch griffen beide nach wie vor konzentriert an. Vendor brach das befiederte Ende des Pfeils ab, um seinen festgenagelten Arm mit einem Ruck befreien zu können. Sobald er frei wäre, würde sein Handschuh erneut tödliche Blitze spucken. Dann wäre es rasch um alle seine Widersacher geschehen.

Selbst Bero erkannte, dass längst der Handschuh über Vendor herrschte, und nicht umgekehrt. Dem Halbling überkam bei diesem Anblick das kalte Grauen. Zwar hatte er in seinem Leben schon manche Wirtshausprügelei miterlebt und sich bei solchen Gelegenheiten auch der eigenen Haut zu wehren gewusst, aber was hier geschah, übertraf alles, was er sich vorstellen konnte.

Die Mächte, die hier walteten, waren eindeutig zu groß für ihn. Das spürte er genau. Selbst die Elben schienen ihnen nicht gewachsen zu sein …

Zwar sprang nun Meron zwischen die verbliebenen Schergen, um Elra zu entlasten, doch gleich darauf stand er ihnen alleine gegenüber, weil die Elbin die Atempause sogleich dazu nutzte, Vendors Handschuh zu packen, während dieser noch seinen Arm freizuzerren versuchte. Sein Versuch, die Rechte zur Faust zu ballen, scheiterte. Unter Aufbietung aller Kräfte riss Elra ihm das goldene Ungetüm von der Hand. Doch anstatt den Handschuh sofort fortzuschleudern oder sich damit davonzumachen, erstarrte sie mitten in der Bewegung.

Vendor lachte höhnisch, während Elra sichtlich mit sich rang.

»Siehst du?«, schrie er sie an, während sein Arm Stück für Stück den Pfeilschaft hinaufwanderte. »Ich sagte doch, dass es dir nicht besser ergehen wird als jedem anderen. Der Wunsch nach Macht und Herrschaft schlummert in jedem Einzelnen von uns, auch wenn wir es nicht wahrhaben wollen!«

Obwohl Bero vor Angst kaum atmen konnte, wieselte er bereits durch den großen Raum. Es war nicht das Versprechen an die Elben, das ihn antrieb, sondern einzig und allein die Angst um Elra. Alles andere war ihm egal, selbst das eigene Leben. Hauptsache, die Frau blieb unversehrt, die so freundlich zu ihm gewesen war, wie noch keine andere zuvor.

Klein wie er war, entging Bero allen Blicken, bis er direkt neben der Elbin anlangte. Sie setzte gerade dazu an, sich Vendors magische Waffe überzustreifen, als er beherzt mit beiden Händen zugriff und ihr das glänzende Metall entriss.

Der allumfassenden Magie beraubt, kreischte Elra erbost auf.

Bero konnte ihren Verlust im gleichen Moment nachvollziehen, da er die pulsierenden Schuppen unter den eigenen Fingern spürte. Schon die bloße Berührung des Handschuhs vermittelte ihm eine große Klarheit im Geiste, die ihn erstmals auf den Grund der Dinge blicken ließ.

Vorsicht, Gefahr!, durchzuckte ihn die Erkenntnis, als er sah, wie der feststeckende Pfeilschaft schmatzend Vendors Arm verließ. Nur noch ein oder zwei Herzschläge, dann würde dieser elende Hund garantiert versuchen, den Handschuh wieder an sich zu bringen.

»Lauf davon!«, brüllte Elra neben ihm, aber das wäre nun wirklich die dümmste aller bestehenden Möglichkeiten gewesen.

Stattdessen tat Bero das, was wohl am naheliegendsten war. Er streifte den Handschuh über, um ihn zum Guten zu verwenden. *Recht getan!*, flüsterte eine fremde Stimme in seinem Kopf. *Und jetzt sorg dafür, dass der Elbin nichts mehr geschehen kann!*

Das Blut in seinen Ohren begann zu rauschen, als er die mit Gold bewehrte Rechte Vendor entgegenstreckte. Die grelle Entladung traf Vendor, der ihm entgegensprang, mit voller Wucht. In einer heißen Dampfwolke schleuderte er durch die Luft zurück und durchbrach mit seinem erschlafften Körper die Rückenlehne des Eichenthrones.

Bero machte sich nicht die Mühe, den Aufprall des toten Elben zu verfolgen. Lieber sandte er den beiden menschlichen Schergen, die noch aufrecht standen, weitere Blitze entgegen.

Elra presste beide Hände fest an ihren Kopf und schrie auf ihn ein, doch ihre Worte klangen seltsam weit entfernt, als vernähme er sie durch einen rauschenden Wasserfall hindurch. *Der schlafende Krieger!* Die Stimme in seinem Kopf, die so guten Rat gab, erklang dagegen laut und deutlich. *Nur wenn er ebenso stirbt, sind die, die du liebst, wirklich in Sicherheit.*

Beros Arm hob sich wie selbstverständlich, während er sich dem Tisch zuwandte, an dem der Betrunkene weiterschlief, als wäre nichts gewesen. *Töte ihn!*, befahl die Stimme. Doch schon allein die bloße Hand gegen einen Hilflosen zu richten, erschien dem Halbling falsch. »Der kann doch keinem mehr was tun«, sagte er leise, wie zu sich selbst.

Töte ihn!, hämmerte es unter seiner Schädeldecke. *Nur dann steht dir der Weg zur Macht offen!*

Der Weg zur Macht? Bero wusste nicht, was damit gemeint sein sollte. Alles, was ihn interessierte, war der Weg ins Auenland, das er endlich mit eigenen Augen sehen wollte. Jetzt, da Elra keine Gefahr mehr drohte, stand dem doch nichts mehr im Wege, oder?

Töte... Die Stimme in seinem Kopf war kaum noch mehr als ein Flüstern, bevor sie endgültig wie in weiter Ferne verwehte. Dafür hörte Bero plötzlich die Elbin so laut und deutlich, als ob sie ihm direkt ins Ohr schrie. Vermutlich deshalb, weil sie das auch wirklich tat.

»Lass ihn leben!«, wiederholte Elra immer wieder. »Oder es wird dir am Ende wie Vendor ergehen!«

Bero ließ den Arm sinken und sah erstaunt zu der Elbin auf. »Natürlich krümme ich dem Mann kein Haar«, sagte er nur. »Der ist viel zu betrunken, um jemandem gefährlich zu werden. Nicht mal dein Geschrei vermag ihn aufzuwecken.«

Diese Worte brachten die Elbin zum Schweigen. Bero hätte Triumph empfinden müssen, doch stattdessen stieg nur eine große Schwäche in ihm auf. Seine Beine zitterten, als hätte er seit Tagen nichts gegessen. Elra musste ihm den Rücken stützen, sonst wäre er umgefallen.

Gleich darauf kniete Meron an seiner Seite, einen alten Mehlsack in den Händen. »Streif den Handschuh ab«, forderte er, »dann geht es dir bald wieder besser.«

Bero tat wie ihm geheißen, doch auch nachdem das magisch verseuchte Gold im Leinen verschwunden war, wuchs das Schwindelgefühl in seinem Kopf rasend schnell an. Das Letzte, was er noch sah, bevor ihn die Ohnmacht übermannte, war Meron, der den Sack am ausgestreckten Arm vor sich hertrug. Er ließ ihn in dem Weidenkorb verschwinden, damit die Elben den Handschuh transportieren konnten, ohne ihn anfassen zu müssen. Danach umfing ihn tiefschwarze Dunkelheit, die sich erst wieder lichtete, als er Wasser gegen die Bordwand des Elbenschiffes klatschen hörte.

Trotz Elras rührender Pflege fühlte sich der Halbling noch lange schwach. Anfangs musste er eine Koje neben Nemru hüten, doch der Elbe erholte sich von seinen Verletzungen wesentlich schneller als Bero von dem kräftezehrenden Kontakt mit dem verzauberten Handschuh.

»Ich bin wohl der erbärmlichste Kämpfer, den euer Volk je gesehen hat«, jammerte er nach einigen Tagen, als er immer noch zu schwach zum Aufstehen war.

»Du bist der größte Held von uns allen«, widersprach ihm Elra, und strich dabei lächelnd über seine mit Schweiß bedeckte Stirn. »Ohne dich hätten wir Vendors elenden Zauberhandschuh niemals in unsere Gewalt bringen können.«

»Ach, das sagst du doch nur, um mich zu trösten«, wehrte er ab. »Was habe ich schon groß getan, während ihr mit flinker Klinge gefochten habt?«

»Du hast der Gier nach Macht widerstanden, die in jedem Menschen schlummert, aber auch in uns Elben«, erklärte sie. »Dass ihr Halblinge frei von solchem Streben seid, das ist eine ganze besondere Gabe, auch wenn euch das selbst vielleicht gar nicht bewusst ist. Hätten wir nicht zufällig von dir gehört und hättest du dich uns nicht angeschlossen, unsere Jagd nach Vendor wäre wohl böse ausgegangen. Deshalb sollst du dabei sein, wenn wir uns des bösen Zaubers für immer entledigen.«

Tatsächlich warteten die Elben, bis Bero wieder einigermaßen auf den Beinen war, bevor sie den Handschuh in den Tiefen des großen Meeres versenkten. Seltsamerweise stimmte ihn das bei weitem nicht so zufrieden wie seine Reisegefährten. Denn ihre Reise neigte sich nun dem Ende entgegen, und mit jedem Tag, den der Wind sie über die Wellen trieb, nahte der Abschied von Elra.

Wie versprochen begleiteten ihn seine Gefährten bis nach Grubtal, doch der Anblick der saftigen Wiesen vermochte Bero nicht aufzumuntern. Bis sie an eine im Erdreich verborgene Hütte gelangten, vor der eine Frau seiner Größe stand. Sie hatte beide Hände in einem Holzzuber versenkt, in dem sie ihre Wäsche wusch. Langes feuerrotes Haar umgab ihre mit Sommersprossen übersäten Wangen, und auch sonst war sie genau so, wie er sich eine perfekte Frau immer vorgestellt hatte. Ein wenig drall und von offenbar fröhlichem Gemüt.

»Hey, wer bist du denn?«, fragte sie bei seinem Anblick geradeheraus. »Und wieso führst du drei Langbeine an, die sich sonst nie in unsere Gegend verirren?«

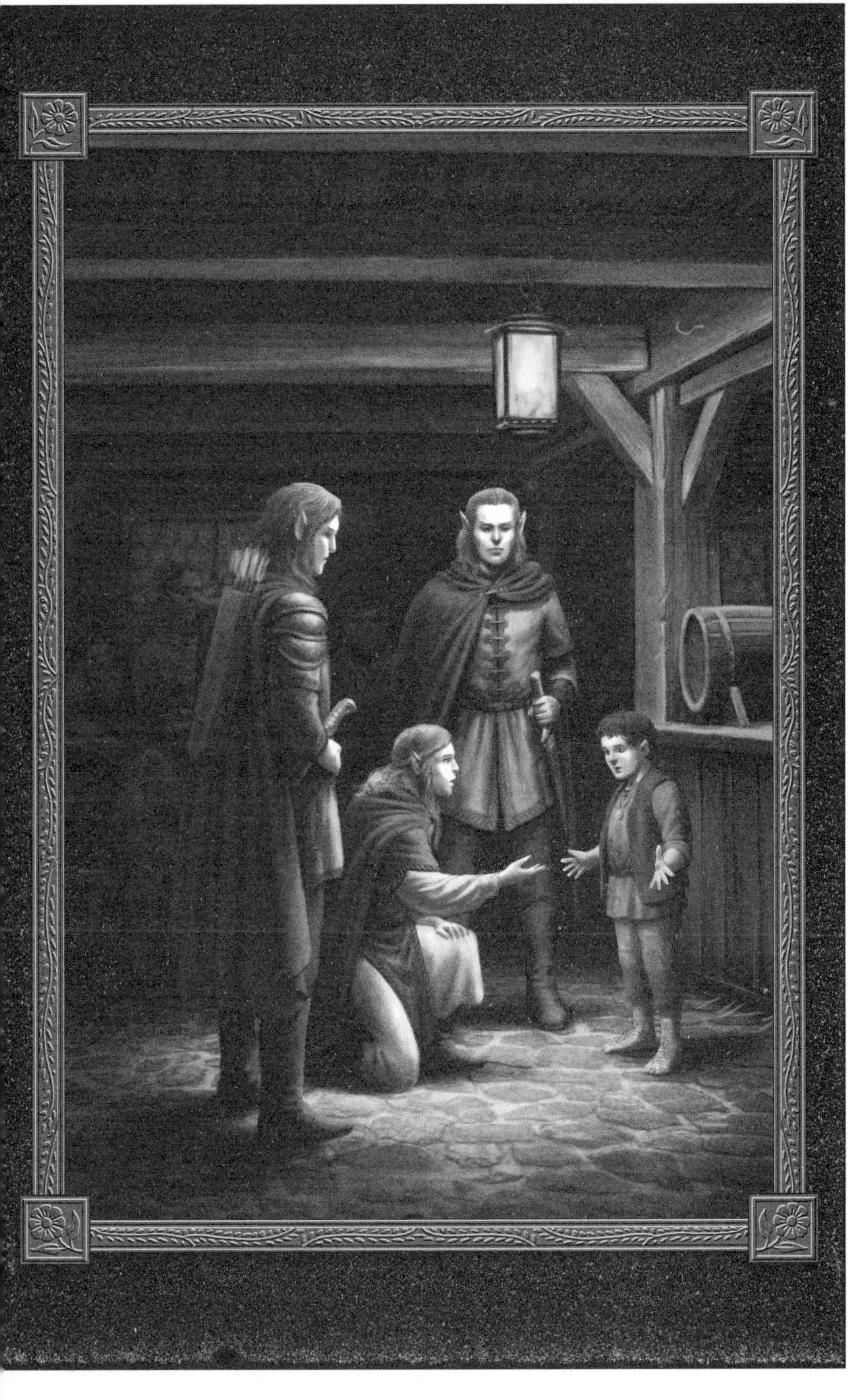

»Mein Name ist Bero Turuk«, antwortete er verlegen. »Ich bin in einem fremden Land aufgewachsen, in dem alle immer viel größer waren als ich.«

»Ein Turuk von den Steinbruch-Turuks?«, fragte die Rothaarige erstaunt.

»Ja, das ist wohl meine Sippe«, gab er zu.

»Na, wenn das kein Zufall ist«, rief sie dagegen aus. »Meine Schwester ist mit einem von den deinen verheiratet! Na, der Kerl wird Augen machen, wenn ich dich zu ihm bringe!«

Und ehe sich Bero dagegen wehren konnte, langte sie schon mit tropfnassen Armen nach seiner Hand und zog ihn hinter sich her. Verwirrt wandte er sich zu seinen Reisegefährten um, doch die Elben hatten die Gelegenheit dazu genutzt, sich heimlich, still und leise zu verabschieden. Sie standen bereits am Waldrand und winkten ihm noch einmal zu, bevor sie für immer aus seinem Leben verschwanden.

Elra ließ sich dabei ein wenig mehr Zeit als die beiden Krieger, das wertete Bero insgeheim als ein Zeichen dafür, dass ihn die Elbin wohl beinahe so sehr schätzte wie er sie. Doch bereits in der darauffolgenden Nacht galten seine schwärmerischen Gefühle nur noch der rothaarigen Schönheit an seiner Seite.

Und das war wohl *ihre* ganz besondere Gabe …

DER HALBLING

(Oder: Wie kleine Helden groß und grün werden)

von Michael Peinkofer

Ich hatte unterschrieben.

Das muss man wissen, denn es erklärt, was geschah – auch wenn sich manches davon nicht wirklich erklären lässt. Bisweilen geschehen im Leben eben Dinge, die sich nicht ohne Weiteres erklären lassen. Was nicht heißt, dass man nicht nach Erklärungen suchen würde.

Gerade erst war mein erstes Buch erschienen, und schon hatte ich entweder trunken vor Glück oder in einem Anfall von schriftstellerischem Größenwahn (sehr wahrscheinlich in einer Mischung aus beidem) meine Unterschrift unter einen weiteren Vertrag gesetzt. Nicht mit Blut, wie es im Genre auch hin und wieder vorkommt, sondern ganz zivilisiert mit Kugelschreiber.

Rechtskräftig ist das Schriftstück aber allemal. Diesmal soll es ein Fantasy-Roman werden. Und ich bin wild entschlossen, darin all das vorkommen zu lassen, was ich so an diesem Genre liebe.

Eine abenteuerliche Welt.

Tiefe Wälder.

Versunkene Ruinen.

Grässliche Ungeheuer.

Wabernde Sümpfe.

Eine Festung im Eis.

Natürlich Zauberei.

Und mindestens einen untoten Drachen.

Die Geschichte habe ich bereits entwickelt und in meinem Notizbüchlein festgehalten. Was mir allerdings noch fehlt, ist die Hauptfigur, der Held der Geschichte, von dem ich zu diesem Zeitpunkt nur eines weiß: Er soll ein Halbling sein!

Ihr wisst schon, einer dieser kleinen Kerle, die in der Fantasy immer dann vorkommen, wenn Kobolde zu klein und Zwerge zu groß sind;

wenn im großen Stil gefuttert, Pfeife geraucht und dem Leser der Wert eines einfachen, bodenständigen Lebens vor Augen geführt werden soll. Es ist mein erklärtes Ziel, einen dieser kleinen Kerle in meinem Roman auf große Wanderschaft zu schicken; ihn aus seinem gewohnten Umfeld zu reißen und auf eine abenteuerliche Reise zu entsenden, bis an die Grenzen der bekannten Welt und darüber hinaus, wo er gegen grünhäutige Unholde und grässliche Monster kämpfen und den wahren Wert von Mut und Freundschaft entdecken wird.

Zugegeben, das alles wirkt vertraut, aber es gehört nun mal zum Plot meines Romans. Was mir noch fehlt, ist die Hauptfigur.

Und da kommt *er* ins Spiel.

Wie ich an seine Adresse gekommen bin, weiß ich nicht mehr, nur, dass es überaus schwierig war, mit ihm in Kontakt zu treten. Als er in seinem ersten Brief schrieb, dass er weder Internet noch Telefon besäße und im Grunde schon die Erfindung des Telegraphen für völlig überflüssigen Schnickschnack gehalten hätte, hielt ich das noch für einen Scherz. Erst später wurde mir klar, dass er nicht im Mindesten zu Scherzen aufgelegt war. Die mit wässriger Tinte auf Pergament geschriebenen Zeilen, das wächserne Siegel, mit dem die Briefe verschlossen waren – wer immer da am Werk war, meinte es ernst, und was mehr kann ich mir für meinen ersten großen Fantasy-Roman wünschen, als einen Helden, der es *wirklich ernst* meint, einen Halbling aus echtem Schrot und Korn?

Der Gedanke scheint reizvoll, doch ich muss ganz sichergehen. Ist die Hauptfigur eines Romans unpassend gewählt, schadet das dem Gesamtwerk. Schwer vorstellbar, dass DIE SCHATZINSEL seinerzeit ein solcher Klassiker geworden wäre, hätte Jack Sparrow die »Hispaniola«, befehligt. Jede Zeit hat ihre eigenen Helden, ich muss also wie gesagt sichergehen, deshalb habe ich die Einladung ausgesprochen.

Zum Casting.

Ganz offiziell.

Mir ist klar, dass ich damit alles auf eine Karte setze, aber man besetzt seinen allerersten Fantasy-Roman schließlich nicht alle Tage, also bleibt mir nichts anderes übrig, auch wenn die Kosten mir das Wasser in die Augen treiben.

Einfach war es allerdings nicht, meinen Gast zum Kommen zu bewegen – in den Wochen nach der Einladung musste ich eine Unzahl von Fragen beantworten: Ob ich genügend Pfeifenkraut im Haus hätte. Ob der Käse in meinem Kühlschrank frisch sei oder eine Leiche aus dem Supermarkt. Ob ich einen Garten mit bunten Blumen hätte. Und ob ich einen fröhlichen Krug im Hause hätte (was immer damit gemeint sein mochte).

Umso gespannter sitze ich nun in meinem Arbeitszimmer und harre der Dinge, die da kommen werden.

Ich muss gestehen, dass ich nervös bin – schließlich kommt es nicht alle Tage vor, dass ein waschechter Halbling über die Schwelle spaziert. Mein Büro habe ich deshalb gründlich auf Vordermann gebracht und sogar die Fenster geputzt – obwohl es meinem Gast wahrscheinlich lieber gewesen wäre, wenn ich ein Erdloch gebuddelt und ihn dort empfangen hätte. Aber das alles, sage ich mir, sind Klischees, plumpe Vorurteile, die der Wirklichkeit sicher in keiner Weise gerecht werden.

Kaufen Franzosen jeden Tag Baguette?

Essen Italiener täglich Tomaten?

Natürlich – aber man darf deshalb nicht gleich meinen, dass auch Halblinge ihren Klischees entsprechen.

Als es klingelt, bin ich folglich ziemlich angespannt. Ich haste zur Haussprechanlage, drücke den Knopf. »Ja?«

»Hier ist Bilfro«, schnarrt die Antwort.

Verärgerung meinerseits.

»Ich habe nichts bestellt«, knurre ich. »Abgesehen davon halte ich nichts von Tiefkühlkost.«

»Bilfro! Bilfro!«, plärrt es daraufhin aufgeregt – und der peinliche Fauxpas wird mir jäh bewusst. Eine halblaute Entschuldigung murmelnd, betätige ich den Öffner, bleibe aber nicht, um meinen Gast an der Tür in Empfang zu nehmen, sondern kehre zum Schreibtisch zurück. In einem Internet-Forum habe ich den Tipp bekommen, einen Halbling stets im Sitzen zu begrüßen und so den Größenunterschied zu nivellieren. Ich setze mich also wieder und warte gespannt ab.

Tapsende Schritte im Treppenhaus.

Die Tür schwingt auf – und mein Gast steht vor mir.

Zugegeben, ich hatte ihn mir größer vorgestellt.

Insgesamt ist mein Besucher an die achtzig Zentimeter hoch und damit gerade groß genug, um über den Tisch zu blicken. Ein ziemlich kugelrunder, von wirren Locken gekrönter Kopf ruht auf einem dünnen Hals. Überhaupt macht mein Besucher einen ziemlich drahtigen Eindruck, sieht man von dem Bäuchlein ab, über dem sich das Hemd und die gelbe Weste spannen. Die lodengrünen Hosen reichen nur bis knapp über die Knie – der Rest seiner Beine ist nackt, die Füße, die in Relation zum übrigen Körper recht groß anmuten, sind dicht behaart. Den leicht strengen Geruch versuche ich zu ignorieren, als wir uns begrüßen.

»Wollen Sie nicht Platz nehmen, Herr Bilfro?«, frage ich dann und deute auf den Besuchersessel, der am weitesten entfernt steht. »Wie war Ihre Reise? Hatten Sie einen angenehmen Flug? Genügend Beinfreiheit?«

»Wie soll es schon gewesen sein?«, schnappt Bilfro zurück, während er sich erschöpft in den Sessel fallen lässt. Sein Gesichtchen, das von großen blauen Augen, einer knollenförmigen Nase und roten Backen beherrscht wird, sieht verdrossen aus. »Stinklangweilig war's. Sitzen Sie mal vierundzwanzig Stunden in einem Flugzeug!«

»Sie kommen direkt aus Neuseeland?«

»Woher denn sonst?«, schnappt er, während er die Taschen seiner Weste abklopft. »Da gibt es für meinesgleichen nun mal am meisten Arbeit.«

»Suchen Sie was?«, frage ich.

»Pfeifenkraut«, lautet die Antwort. »Haben Sie welches?«

»Nein«, gestehe ich. »Leider war keins zu bekommen.«

»Hatte ich auch nicht angenommen«, versetzt er, die kleine Nase rümpfend. Dann wird er fündig, zaubert ein wahres Ungetüm von Pfeife aus seiner Weste hervor, das er sogleich zu stopfen beginnt. »Selbstversorger«, feixt er.

»Verstehe.«

»Ist gar nicht so einfach. Haben Sie je versucht, einen Sack Pfeifenkraut am deutschen Zoll vorbeizukriegen?«

»Äh – nein.«

»Keine schöne Erfahrung, das kann ich Ihnen sagen. Die wollten mir partout nicht glauben, dass das Zeug keine halluzinogene Wirkung hat – obwohl ich ihnen versichert habe, dass bei uns alle kleinen Leute Pfeife rauchen. Sogar der graue Zauberer, wenn er uns besuchen kommt, weil jemand seinen einhundertelften Geburtstag feiert.«

»Und das Zeug wurde nicht beschlagnahmt?«, wundere ich mich.

»Nein. Sie haben ein Büschel davon geraucht – schade drum – und es dann als harmlos eingestuft.« Er hat sein Werk beendet und betrachtet zufrieden die frisch gestopfte Pfeife. »Sie haben doch nichts dagegen?«

»Nein«, versichere ich – wenn deutsche Beamte nichts dagegen einzuwenden haben, wie könnte ich es da verbieten? Ich schaue zu, wie er sich die Pfeife mit einem Streichholz ansteckt und schmatzend daran saugt. Schließlich sinkt er in den Sessel zurück und pafft genüsslich blaue Rauchkringel zur Decke.

»Also, worum geht es bei dem Job, von dem Sie mir geschrieben haben? Es handelt sich natürlich um eine Hauptrolle …«

»Wieso natürlich?«, frage ich.

»Sonst wäre ich wohl kaum gekommen«, erklärt Herr Bilfro mir mit entwaffnendem Grinsen. »Also, worum geht es diesmal? Was soll zerstört werden? Ein magisches Amulett? Ein Zauberschwert?« Er verzieht missbilligend das Gesicht. »Bitte nicht noch ein Ring …«

»Nichts dergleichen«, verspreche ich. »Vielmehr geht es darum, dass Sie etwas suchen sollen.«

»Verstehe – und was?« Er gähnt unverhohlen. »Ein Amulett? Ein Zauberschwert?« Er wirft mir einen etwas despektierlichen Blick zu. »Etwa einen Ring?«

»Ei-eigentlich nichts davon«, gebe ich ein wenig verunsichert zu.

»Aha?« Eine Spur von Argwohn schleicht sich in seine Miene. »Was dann, wenn ich fragen darf?«

»Eine Karte«, eröffne ich.

»Eine Karte.«

»Ja, aber keine aus Papier«, präzisiere ich beflissen. »Die Karte, um die es geht, ist ein lebendes Wesen. Eine Frau, eine Elfin …«

»Elfinnen sind also auch dabei?« Ich meine, in seinen Augen etwas begehrlich aufblitzen zu sehen.

»Allerdings.«

»Das ist schön. Aber ganz gleich, was Sie sich in ihrem Autorenhirn auch ausgedacht haben – Sex ist nicht drin.«

»Wie bitte?« Ich bin verblüfft.

»Keine Szenen eindeutiger Natur. Steht immer in meinem Vertrag«, klärt Herr Bilfro mich paffend auf. »Außerdem, überlegen Sie mal! Ein Halbling und eine Elfin! Das sind Bilder, die der Leser nie wieder aus dem Kopf kriegt, pervers ist das, jawohl! Oder stehen Sie etwa auf sowas?« Seine Augen sind noch größer geworden, sein Blick forschend, geradezu bohrend.

»Bestimmt nicht«, versichere ich kopfschüttelnd.

»Gut, dann verstehen wir uns ja.« Herr Bilfro entspannt sich ein wenig, muss allerdings die Pfeife neu anstecken, die im Eifer des Augenblicks glatt erloschen ist. »Übrigens mache ich generell keine Nacktszenen«, fügt er hinzu, »das würde die Leser nur verstören.«

»Warum?«, fragte ich.

»Weil nach landläufiger menschlicher Vorstellung gewisse Größenrelationen nicht zueinander passen. Vor allem für männliche Leser ist das schwer zu verkraften«, erklärt er und nimmt demonstrativ einen Zug aus seiner langen Pfeife. Irre ich mich, oder ist da tatsächlich für einen Moment ein schmutziges Grinsen in den pausbäckigen Zügen zu erkennen?

»Aber erzählen Sie ruhig weiter«, fordert er mich auf. »Was geschieht mit der Elfin?«

»Sie wird von Ihnen entführt«, erkläre ich. »Aber Ihre eigentliche Geschichte beginnt schon sehr viel früher, während eines Feldzugs gegen die Gnomen.«

»Gnomen? Baaah!« Er verzieht das Gesicht. »Ich hasse diese kleinen grünen Kerle. Wussten Sie, dass sich einige von ihnen plastischer Chirurgie unterziehen, um als Halblinge zu arbeiten?«

»Nein«, muss ich zugeben, »das wusste ich nicht.«

»Und wie geht es weiter?«

»Sie sind also mit diesem Kriegstrupp von Halblingen unterwegs ...«

»Mit einem Kriegstrupp?«, unterbricht er mich abermals. »Haben Sie den Verstand verloren? Wir Halblinge sind Pazifisten, einer wie der andere! Sollen Menschen und Zwerge sich die Schädel einhauen, wenn es ihnen Spaß macht, wir halten uns lieber aus allem raus.«

»Verständlich.« Ich nicke. »Aber nehmen wir einmal an, Ihr Volk würde von Gnomen angegriffen und hätte keine andere Wahl, als sich zu verteidigen ...«

»Dann könnten wir wohl nicht anders«, räumt Herr Bilfro missmutig ein.

»Danke«, sage ich erleichtert, während ich in Gedanken bereits diejenigen Stellen in meiner Geschichte durchgehe, die entsprechend geändert werden müssen. »Sie sind also unterwegs, um die Stärke des Feindes auszukundschaften, als Sie von Gnomen angegriffen werden. Sie werden in einen Kampf verwickelt und müssen fliehen, und ...«

»Das gefällt mir nicht.«

»Wovon sprechen Sie?«

»Dass ich fliehen muss«, wird Herr Bilfro deutlicher. »Immer muss ich Fersengeld geben, weil ich klein und schwach bin. Das ist diskriminierend! Ich will endlich einmal der starke Held sein!«

»Nun«, gestehe ich zögernd ein und verabschiede mich wehmütig von diesem Teil meines Entwurfs, »so habe ich es noch nicht betrachtet. Wenn Sie partout nicht fliehen wollen, haben wir an dieser Stelle ein kleines Handlungsproblem.«

»Ein Problem?« Wieder pafft er runde Kringel. »Wohl eher ein handfestes Loch! Wie sollte es denn nach meiner angeblichen Flucht weitergehen?«

»Nun ja, bedingt durch die Flucht Ihrer Figur gerät Ihr Anführer in Gefangenschaft. Um Ihren guten Ruf wiederherzustellen, begeben Sie sich auf die Reise, um ihn zu suchen und zu befreien.«

»Apropos – dass Reisekosten stets separat abgerechnet werden, hatte ich erwähnt?«

»Bislang nicht«, seufze ich.

»Und keine abgesifften Herbergen am Wegesrand, wenn ich bitten darf! Ich will nicht jede Nacht fürchten müssen, von irgendwelchen finsteren Gestalten im Bett gemeuchelt zu werden.«

»Keine Sorge.«

»Wie also geht es weiter?«

»Sie finden eine Festung in den Bergen, eine alte Ruine, auf der ein dunkler Zauberer sein Unwesen treibt.«

»Mit Magie haben wir Halblinge nichts am Hut«, klärt mein Gast mich überflüssigerweise auf.«

»Das ist mir klar.«

»Wer spielt den Kerl?«

»Ich weiß es noch nicht«, gebe ich zu. »Ich stelle ihn mir als eine Verschmelzung aus den übelsten Fantasy-Bösewichtern vor, die ich kenne – ein wirklich übler Zeitgenosse, das kann ich Ihnen versprechen.«

Herr Bilfro mustert mich kritisch mit zusammengekniffenen Augen. Ich werde das Gefühl nicht los, dass er an meinem Verstand zweifelt. »So etwas macht Ihnen Spaß, nicht wahr?«, argwöhnt er. »Sie haben Ihre Freude dran, sich diese kaputten Typen auszudenken, die kleinen Leuten das Leben schwer machen.«

»Na ja«, erwidere ich ausweichend, »das gehört eben dazu. Je böser und verdorbener der Schurke, desto größer und strahlender der Held, richtig?«

»Kommt darauf an, was Sie sich sonst noch ausgedacht haben. Was habe ich denn mit diesem Zauberer zu schaffen?«

»Der Zauberer treibt ein doppeltes Spiel. Er macht mit den Gnomen gemeinsame Sache und hält Ihren Anführer gefangen. Er bietet Ihnen einen Tausch an – das Leben Ihres Anführers gegen eine sagenumwobene Karte.«

»Ich verstehe – und diese Karte ist ...«

»... die Elfenpriesterin«, ergänze ich – und ernte dafür wieder diesen Blick, der unverhohlen an meiner Zurechnungsfähigkeit zweifelt. »Danach geht es mit dramatischen Abenteuern weiter«, fahre ich rasch fort, bemüht, die Vorzüge meiner Geschichte herauszustellen. »Es kommt zu einer Begegnung mit Zwergen ...«

»Hm.«

»... mit einem Troll ...«

»Bah.«

»... sowie mit Eisbarbaren.«

»Eis?«, hakt Herr Bilfro nach.

»Genau«, bestätige ich, »Ihre Reise führt zu einer Festung im ewigen Eis.«

»Eis! Wieso ausgerechnet Eis?«, lamentiert mein Besucher und fuchtelt wild mit der Pfeife. »Macht ihr großen Kerle euch nie Gedanken darüber, dass wir Halblinge keine Schuhe tragen? Soll ich mir Ihrer abartigen Fantasie wegen die Füße abfrieren? Außerdem gibt es dort nicht eine einzige Blume, obwohl Sie vermutlich ganz genau wissen, dass wir Halblinge alles lieben, was wächst und gedeiht.«

»Natürlich, aber ich …«, setze ich zu einer Verteidigung an, aber Herr Bilfro lässt es erst gar nicht dazu kommen.

»Aber gerade darin liegt ja der Spaß, nicht wahr?«, fährt er mich an. »Autoren lieben es doch, jemanden aus seiner Umgebung zu reißen und an einen Ort zu versetzen, wo er sich völlig fremd und alleingelassen fühlt. *Fish out of water* nennen sie das in ihrer Unbekümmertheit. Aber haben Sie schon mal darüber nachgedacht, was geschieht, wenn man einen Fisch aus seinem gewohnten Element nimmt und ihn aufs Trockene setzt? Er verreckt elendiglich!«

Ich fühle mich ein wenig in die Ecke gedrängt. »Nun ja«, beschwichtige ich, »es gibt auch Szenen in einem Sumpf …«

»Sumpf«, echot es.

»Dort gibt es viele Gewächse«, versichere ich. »Und in der Fortsetzung wird es einen Dschungel geben mit allem Drum und Dran.«

»Was ist mit Actionszenen?«

»Haufenweise«, versichere ich. »Abgesehen von der Anfangsszene mit den Gnomen gibt es auch Kämpfe mit wilden Orks sowie gegen eine Riesenspinne und …«

»Schon wieder?« Herr Bilfro hebt eine Braue. »Nun, mir kann es ja egal sein, solange ich meine Gefahrenzulage bekomme. Allerdings mache ich meine Stunts nicht selbst – dafür habe ich einen Diener namens Seltsam. Er muss ebenfalls verpflichtet werden, dadurch verdoppelt sich die Gage.«

»Verdoppelt sich«, wiederhole ich und greife zum Wasserglas, um meine nun doch wachsende Unruhe zu vertuschen, während ich gleichzeitig nachzurechnen beginne. Der kleine Kerl klingt ziemlich entschlossen, unwahrscheinlich, dass mein Agent ihn noch herunterhandeln kann …

»Und wann werde ich singen?«

Die Frage trifft mich unvorbereitet.

»Singen?«

»Natürlich – ich singe in jeder Geschichte, in der ich vorkomme. Schon um mein aktuelles Album zu promoten.«

»Ihr Album?«

»Beim großen Tolkien, ist es notwendig, dass Sie alles wiederholen, was ich sage? Das Album meiner Band natürlich! Oder wollen Sie behaupten, Sie hätten noch nie etwas von den Merry Pippins gehört?«

»Nun«, gebe ich zögernd zu, »bis jetzt noch nicht ...«

»Und so was will Fantasy schreiben?«

»Na ja«, sage ich und erröte leicht, »es ist mein erster Roman auf diesem Gebiet.«

»Singen ist Pflicht«, stellt der Halbling unmissverständlich klar, »das ist vertraglich geregelt. Ein Lied oder besser noch zwei. Und am besten noch ein Gedicht. Wollen Sie eine Kostprobe?«

»Wenn es sein muss.« Ich heuchle Interesse.

»Aber gerne.« Herr Bilfro setzt seine Pfeife ab und eine gravitätische Miene auf – und nach einer kurzen Kunstpause beginnt er mit dem Vortrag:

In einem Loch im Boden drin,
da lebte einst ein Mann.
Er war nicht groß, doch immerhin
war er kein Dummerjan.
Er hatte Bier und gutes Kraut
und Essen jede Menge,
drum wurd' es ihm in seiner Haut
mit der Zeit auch enge.
Die Großen sagen: »Wusst ich's doch,
jetzt kommt er nicht mehr raus
durch das viel zu enge Loch
aus seinem Höhlenhaus.«
Dem Kurzen ist das einerlei.
Er sagt, das schert ihn nit,
im Erdloch ist er froh und frei,
denn er ist ein Hob...«

Ich räuspere mich wie zufällig, jedoch ziemlich geräuschvoll, sodass ich den Vortrag unterbreche. »Vielleicht«, meine ich, »sollten wir doch lieber bei der Prosa bleiben.«

»Es gefällt Ihnen nicht«, stellt Herr Bilfro beleidigt fest.

»Nun« – ich ringe nach passenden Worten – »ich werde sehen, ob es dafür im Roman Verwendung gibt, aber ich kann nichts versprechen.«

Mein Gast rümpft die Knollennase und braucht mehrere tiefe Pfeifenzüge, um das zu verdauen. Die Schwaden verbreiten süßlichen Geruch in meinem Arbeitszimmer. Was ist nur drin in diesem Pfeifenkraut?

»Und wie geht die Geschichte aus?«, will er schließlich wissen. »Was passiert, nachdem der Held die Karte gefunden hat?«

»Er kommt einer Verschwörung auf die Spur und hilft, ein Rätsel aus der Vergangenheit seiner Welt zu entwirren – die zugleich auch seine eigene Vergangenheit ist. Seine Reise führt ihn zu einer versunkenen Stadt, die inmitten eines verzauberten Waldes liegt und auf der ein alter Fluch lastet.«

»Und? Gelingt es mir, diesen Fluch zu lösen?«

»Bedaure«, sage ich, »das kann ich Ihnen leider erst verraten, wenn der Vertrag unterschrieben ist.«

Herr Bilfro lässt die Pfeife sinken und beugt sich in seinem Sessel vor, mich dabei durchdringend musternd. »Haben Sie etwas gegen kleine Leute?«, will er wissen.

»Durchaus nicht.«

»Ich kenne Ihre Art! Sie denken, dass ich leicht auszubeuten bin, weil ich klein bin und unscheinbar. Aber Sie sollten sich vorsehen, denn ich weiß genau, wie ich mit Menschen wie Ihnen umzugehen habe«, droht er – und ist im nächsten Augenblick spurlos verschwunden.

»Herr Bilfro?«, frage ich, jetzt doch ziemlich nervös. »Herr Bilfro, wo stecken Sie?«

»Ich bin hier«, schallt es zurück, ohne dass ich ihn sehen kann.

»Ich dachte, Sie hätten mit Zauberei nichts am Hut?«

»Sich auf die Schnelle verdrücken zu können hat doch nichts mit Zauberei zu tun! Ich bin klein und geschickt, das ist alles – ich kann jederzeit verschwinden, wenn ich das will.«

»Verstehe.«

Angstschweiß tritt mir urplötzlich auf die Stirn, ich fühle einen Albtraum auf mich zukommen. Was, wenn ich den Roman zur Hälfte fertiggestellt habe und die Hauptfigur dann plötzlich verschwindet?

Auf die Schnelle suche ich nach Lösungen.

Andere Figuren könnten für den Halbling einspringen, der Kopfgeldjäger etwa, der ebenfalls in der Geschichte vorkommen soll. Oder ich könnte ihn mit anderen Figuren verschmelzen. Könnte der Halbling auch der Kopfgeldjäger sein? Auf keinen Fall – die Sache mit dem ausgestochenen Auge würde er mir übel nehmen. Oder könnte der Halbling auch die Karte sein? Ein Halbling als Priesterin in einem Eistempel? Mir kommen noch größere Zweifel …

Plötzlich, so unvermittelt, wie er verschwunden ist, sitzt Herr Bilfro wieder vor mir. »Wie viel?«, will er wissen.

»Was?« Die Frage trifft mich unerwartet.

»Bares.« Daumen und Zeigefinger meines Gastes reiben unmissverständlich aneinander. »Wie viel bekomme ich, wenn ich den ganzen Unsinn mitmache?«

»Für die Finanzen ist mein Agent zuständig«, antworte ich, froh darüber, eine Ausflucht zu haben. »Ich habe Sie nur hergebeten, um mit Ihnen über Inhalte zu sprechen.«

»Das nennen Sie Inhalt?«

»Na ja, ich …«

»Hören Sie, Junge«, sagt Herr Bilfro gönnerhaft, »ich bin schon eine ganze Weile dabei – und aus dieser Erfahrung heraus meine ich, Sie sollten über alles nochmal nachdenken. Was Sie brauchen, ist etwas Frisches, Unverbrauchtes. Ein neuer Ansatz, verstehen Sie?«

»Sie meinen, ich sollte mir alles nochmal überlegen?«

»Genau das.«

»Sie haben Recht.« Ich nicke. »Irgendetwas an dieser Geschichte stimmt noch nicht.«

»Ganz genau!«

»Vielleicht sollte ich nochmal in die Planung gehen …«

»Aber ja!«

»… und mich fragen, ob ein Halbling in der Hauptrolle für die Geschichte überhaupt richtig ist.«

»Was?« Herr Bilfro sieht plötzlich aus, als habe er das falsche Pfeifenkraut inhaliert.

»Sie haben völlig Recht«, bekräftige ich. »Ich muss das ganze Konzept noch einmal überdenken. Vielleicht wäre es besser, einem Zwerg die Hauptrolle zu geben …«

»Das gibt es schon!«

»... oder einem Elfen«, überlege ich weiter.

»Gibt es längst auch schon!«, blafft mich mein kleinwüchsiges Gegenüber an. »Vielleicht kommen Sie als Nächstes ja auf den Gedanken, einen Menschen zu Ihrem Helden zu machen! Sehe ich aus wie ein solcher Idiot? Glauben Sie, ich weiß nicht, was hier läuft?«

»Wie belieben?«, frage ich.

»Wir kleinen Leute sind klug genug, um zu merken, wenn wir ausgebootet werden! Wahrscheinlich hatten Sie gar nicht wirklich vor, mich zu besetzen, sondern haben mich den ganzen weiten Weg von Neuseeland hierher nur machen lassen, um mich zu begaffen und sich über mich lustig zu machen!«

»Aber nein«, widerspreche ich, »so war das nicht! Sie selbst haben doch gerade gesagt ...«

»Danke, ich habe genug!«, verkündet er und springt aus dem Sessel, die Pfeife im Schlepp. »Sie wollen mich nicht, dann kriegen Sie mich auch nicht. Das Gespräch ist beendet.«

»Aber so warten Sie doch ...«

»Seltsam wird sich wegen der Kosten für den Flug und die Unterkunft mit Ihnen in Verbindung setzen. Ich wohne im Keller des Hotels, alles andere wäre mir zu luftig gewesen. Schreiben Sie, was Sie schreiben müssen, aber tun Sie's ohne mich. Und rufen Sie mich nicht an – ich hab kein Telefon!«

»Lieber Herr Bilfro«, rufe ich – aber mein Gast ist nicht mehr aufzuhalten. An ein – wenn auch sehr kleines – Dampfschiff erinnernd, pflügt er durch mein Arbeitszimmer, eine Rauchwolke hinter sich herziehend, und ist im nächsten Moment zur Tür hinaus.

Ich höre seine Schritte draußen im Treppenhaus.

Dann gibt es plötzlich Tumult.

»Aus dem Weg, ihr grünen Affen!«, höre ich ihn rufen – dann scheinen sich die Ereignisse zu überstürzen. Laute Rufe sind zu hören, gefolgt von einem hässlichen Geräusch.

Dann Stille.

»*Umbal*«, ruft unvermittelt eine unangenehme, irgendwie hysterisch klingende Stimme, »was hast du nun wieder vermasselt?«

»Tschuldigung«, tönt es dumpf und einfältig zurück. »Mir ist bloß der *saparak* ausgerutscht ...«

»Wie oft habe ich dir schon gesagt, dass du dich nicht entschuldigen sollst? Ein Ork aus echtem Tod und Horn entschuldigt sich nicht, verstehst du das? Nun sieh dir bloß die Sauerei an, die du gemacht hast! Wer soll das alles aufwischen?«

Ich will schon aufstehen und nachsehen, was da draußen los ist, als die Tür aufschwingt und zwei Gestalten mein Arbeitszimmer betreten.

Beide sind grün.

Die eine groß und hager und von einer gewissen Schlichtheit.

Die andere kleiner und so fett, dass sie kaum durch die Tür passt.

Beide sind mit rostigen Kettenhemden bekleidet, und der Geruch, den sie verbreiten, lässt im Vergleich jede Mülldeponie wie Eau de Cologne duften. Aus den grünen Gesichtern starren mich gelbe, blutunterlaufene Augen an.

Orks, ohne Zweifel ...

»Ja?«, frage ich. »Sie wünschen?«

»Eigentlich«, meint der Fette, »sind wir wegen des Stellenangebots hier. Wie es heißt, suchen Sie noch nach ein paar gestandenen Schurken ...«

»Das stimmt«, gebe ich zu.

»Ich fürchte nur, dass Sie uns keine Arbeit mehr geben wollen, wenn Sie erfahren, was mein ungeschickter Bruder gemacht hat.«

»Nur aus Versehen«, fügt der Hagere hinzu und hebt seine Waffe, eine seltsame Kreuzung aus Schwert und Speer, die noch dazu mit Blut besudelt ist. »Der *saparak* ist mir ausgerutscht. Das kann passieren.«

»Ein Unfall«, fügt der Dicke erklärend hinzu und setzt ein Gesicht auf, als wäre ihm ein Pups entwichen. Dabei spielt er verlegen mit dem Talisman, den er um den Hals hängen hat und von dem ich lieber gar nicht wissen möchte, woraus er besteht. »Hätten Sie nicht trotzdem ein wenig Arbeit für uns? Sie müssen wissen, wir sind derzeit ohne Beschäftigung und würden gerne irgendwie zurückkehren. Ins Berufsleben oder so.«

Ich weiß nicht, was ich erwidern soll, blicke verblüfft von einem zum anderen – und plötzlich habe ich eine Idee!

Dies ist der Moment, in dem ich aufwache.

Es ist früher Morgen.

Ich bin zu Hause in meinem Bett.

Mit Erleichterung stelle ich fest, dass alles nur ein Traum gewesen ist, nicht weniger und nicht mehr.

Na ja, *fast* alles.

Den Vertrag für den Fantasy-Roman habe ich tatsächlich unterschrieben – und plötzlich weiß ich, wer in diesem Roman die Hauptrolle spielen wird.

Ganz sicher kein Halbling.

Sondern zwei Orks.

DER DOLCH DES RITTERS

von Prisca Burrows

Es war wieder einmal an der Zeit, befand Magister Brady Langfried, um Mathlatha, der schönen Stadt der Künste im Südreich von Albalon, seine Aufwartung zu machen. Er brauchte neue Schreibfedern, Tinte, Folianten, Papier und, das Wichtigste von allem, neue Augengläser. Magister Langfried kam in die Jahre, und seine Augen ließen zusehends nach.

»Pack unsere Sachen, Kobbi, wir gehen auf die Reise!«

»Ja, Meister«, antwortete der junge Bogin und fragte sich, was genau er packen sollte, da er noch nie verreist war.

Er war in der beschaulichen kleinen Stadt Tyvert geboren und aufgewachsen und erst vor Kurzem in Magister Brady Langfrieds Dienste getreten. Der hoch angesehene Gelehrte war geduldig mit ihm, denn Kobbi musste viel lernen. Aber er war auch gewitzt und aufmerksam, und so kamen die beiden bald gut miteinander zurecht. Kobbi hatte unter anderem schnell herausgefunden, dass Meister Brady wie so viele Männer der geistigen Wissenschaften häufig zerstreut war, und passte auf, dass er stets korrekt gekleidet war und das Essen nicht vergaß.

Doch kaum war der junge Bogin davon überzeugt, gut zurechtzukommen, wurde ihm diese neue heikle Aufgabe gestellt. So stand er vor dem Schrank, fuhr sich durch die wollig gelockten, dunkelbraunen Haare, kratzte sich die ausgeprägte Nase und seufzte dann unsicher. Den Meister zu fragen, unterließ er besser, denn der würde ja doch nur seine gesamten Schreibutensilien, seine Bibliothek und am liebsten noch das Schreibpult mitnehmen, dafür aber kein einziges Stück Kleidung.

Nach einigem Suchen fand Kobbi eine größere schwarze Tasche aus Leder, die so aussah, als könnte man eine Menge hineinpacken. Insgesamt viermal packte er ein und aus, bis er beim fünften Mal das richtige

Maß an passender Kleidung für alle Wetterverhältnisse gefunden hatte. An Schuhwerk nahm er nur für seinen Meister blank polierte Schnallenschuhe für die Stadt mit, er selbst würde bei den Stiefeln bleiben. Bogins hatten ziemlich große Füße, es war nicht leicht, dafür das richtige Schuhwerk zu erhalten. Im Haus liefen sie zumeist barfuß umher, denn ihre Sohlen waren von Natur aus kräftig und schwielig und verfügten doch über einen Tastsinn, der fein genug war, um jegliche Unebenheit zu spüren. Bogins legten Wert darauf, die Welt immer so intensiv wie möglich zu fühlen.

Aber da Kobbi die Stadt niemals verlassen hatte und nicht wusste, was ihn unterwegs erwartete, wollte er nicht das Risiko von Blasen und aufgeriebenen Stellen eingehen. Und in der Öffentlichkeit zeigte man sich auch nicht barfüßig, das gebot der Anstand. Also war es an der Zeit, die Stiefel, die seine Eltern ihm anlässlich des Volljahres geschenkt hatten, einzuweihen.

»Kennt Ihr den Weg, Meister?«, fragte er seinen Dienstherrn aufgeregt am Abend vor der Abreise. Er war sicher, kein Auge zutun zu können. Schließlich wusste er überhaupt nicht, was sie unterwegs erwarten würde.

»Aber sicher, ich bin ihn schließlich hundert Mal gegangen«, antwortete Magister Brady gut gelaunt. Er schien sich auf die bevorstehende Reise und die »Einkäufe« zu freuen. »Es ist überhaupt nichts dabei, wir wandern eine gut ausgebaute Straße entlang und kommen schnurstracks nach Mathlatha. Wir können uns überhaupt nicht verirren.«

»Wir … wir nehmen keinen Karren?«, fragte Kobbi entgeistert. »Aber … aber die Reisetasche … die kann ich nie und nimmer den ganzen Weg tragen!« Offen gestanden vermochte er nicht einmal, sie anzuheben. Doch er konnte unmöglich auf nur ein einziges Utensil darin verzichten, es ging um das Wohl seines gebrechlich werdenden Herrn.

»Ein wenig Bewegung wird uns guttun.«

»Mit Verlaub, Meister, aber ich glaube nicht, dass Eure Füße noch so stark sind wie früher, Euch so viele Meilen zu tragen, und das viele Stunden am Tag, ununterbrochen.«

»Dann trage ich eben die Tasche, und du trägst mich.« Magister Brady schmunzelte, dann lachte er laut und klopfte dem Halbling auf die Schulter. »Ich habe nur gescherzt, Kobbi, natürlich nehmen wir den

Karren. Und ich werde ihn sogar selbst lenken, denn ich weiß ja, wie du zu Pferden stehst.«

Pferde und Bogins, das passte nicht sonderlich gut zusammen. Im Haus wurden sie nun einmal nicht gebraucht, und selbiges wiederum verließ ein Bogin nur selten. Deshalb gefiel Kobbi der Gedanke auch nicht sonderlich, sich auf einem schaukelnden Karren fortbewegen zu müssen, aber die Tasche schleppen *und* den Herrn stützen, das ging einfach nicht. Ein Bogin war nicht größer als ein zwölfjähriges Menschenkind. Dabei verfügten sie zwar über eine kräftigere Statur, aber alles hatte Grenzen.

Noch dazu, da Magister Brady am folgenden Morgen mit einer weiteren dick bepackten Tasche herangekeucht kam.

»Meister, was hat das zu bedeuten?«, fragte Kobbi entgeistert.

»Gestern kam ein Brief von Magister Brychan«, antwortete der Gelehrte vergnügt. »Man hat Kunde von meiner Anreise erhalten und lädt mich nun ein, während meines Aufenthaltes einen oder zwei Vorträge an der Akademie zu halten, um die Studierenden zu unterweisen.«

Kobbi überschlug, wie lange sie verreisen würden, und stellte fest, dass er noch mindestens eine weitere Reisetasche benötigte.

»Ach was!«, wehrte Magister Brady munter ab. »Ich werde fürstlich entlohnt, und deshalb werden wir uns eine neue Garderobe leisten – ja, auch eine für dich. Es wird dir dort gefallen, und du wirst nicht allein sein. Brychan hat uns zu sich eingeladen, und in seinem Haus lebt ein ziemlich kluger Bogin. Er heißt Tiw.«

»Tiw? Aber ihn habt Ihr schon erwähnt und ihn als Griesgram bezeichnet.«

»Nun ... ja. Das ist er wohl. Aber er ist auch sehr gebildet. Du kannst eine Menge von ihm lernen! Und nun lass uns endlich abreisen!« Er nahm auf dem Kutschbock Platz und griff nach den Zügeln. Kobbi kletterte auf die Sitzbank hinten, kontrollierte, ob die Taschen auch gut verstaut waren, und schloss dann die Augen. Er wollte weder den Abschied noch den Ausblick erleben. Im Augenblick fühlte er sich einfach nur schrecklich.

»Mach schon die Augen auf!«, mahnte sein Herr schließlich.

»Woher wollt Ihr denn ...«

»Ich weiß genau, was du tust, junger Mann. Und jetzt mach gefälligst die Augen auf und sieh dich um. Es ist ein herrlicher Tag. Du wirst nicht oft solch einen Anblick vorgesetzt bekommen, denn wenn wir erst wieder zurück sind, habe ich viel zu tun und benötige dich im Studierzimmer.«

Kobbi brauchte noch einige Zeit, bis er es über sich brachte, die Lider zu heben. Ihm war von dem Schaukeln und Schütteln jämmerlich übel. Nachdem sich der Schwindel einigermaßen gelegt hatte, sah er sich um. Sie rumpelten einen Karrenweg, keine Straße, entlang, der mitten durch goldene Kornfelder führte. Blau wölbte sich der Himmel darüber, und Eichen mit weit gespannten Wipfeln lockerten in schwungvollem Grün das Bild auf.

»Und, was sagst du?«

»Ja, ganz nett.«

»Ganz nett? *Ganz nett?* Ich biete dir eine Gelegenheit, wie sie nicht viele Bogins erfahren dürfen, und du nennst es *ganz nett?*«

»Verzeihung, Meister.« Kobbi zog einen Flunsch und schämte sich ein bisschen. Er klang ziemlich undankbar, das wusste er. Aber dafür konnte er nichts: Er hatte Angst vor der Weite hier draußen. Da konnte man sich ja verlieren.

Sie machten zweimal Rast unterwegs – wegen des Pferdes –, und dann ging es weiter bis in die Abendstunden. Kobbi atmete erleichtert auf, als er einen kleinen Marktflecken entdeckte, der sich malerisch entlang eines Flüsschens ausbreitete. Dünne Rauchsäulen stiegen in den rot und violett leuchtenden Abendhimmel. Es waren nicht mehr als zwei oder drei Dutzend Höfe mit einem Marktplatz und einem Gasthaus im Zentrum, unmittelbar am Fluss gelegen. Rundherum erstreckten sich Felder, Wiesen und Wälder, sogar ein paar Felsformationen gab es.

Das sah vielversprechend aus. Bisher hatte es nämlich keine richtige Mahlzeit, nicht einmal eine annehmbare Vesper gegeben. Entsprechend ungehalten war Kobbis Magen, diese Entbehrungen war er nicht gewöhnt.

»Dort werden wir einkehren und einen vergnügten Abend verbringen«, erklärte Magister Brady und schlug die Zügel an, um schneller anzukommen. »Und morgen Abend sind wir dann schon in Mathlatha. Du siehst, es ist leicht zu bewältigen.«

Es gab jeweils ein Zimmer für den Magister und seinen Diener, die miteinander durch eine Tür verbunden waren. Der Wirt hatte so getan, als hätten sie großes Glück – doch in Wahrheit waren sie die einzigen Übernachtungsgäste. Kobbi verschwand fast in dem Bett, in dem ein ausgewachsener Oger Platz gefunden hätte, und die Zimmerdecke war ein wenig hoch. Abgesehen davon war es erträglich.

Vor allem aber freute er sich auf einen reichlich gefüllten Teller und dazu ein schäumendes Bier. Da es wohl kein spätes Nachtmahl mehr geben würde, musste er jetzt alles aufholen und hinreichend vorsorgen, um bis zum Morgenmahl durchzuhalten. Noch dazu, da er eine nahezu schlaflose Nacht und einen sehr aufregenden Tag hinter sich gebracht hatte, was alles an den Kräften zehrte.

Die Gaststube war gut besetzt, und es waren wohl, den misstrauischen und prüfenden Blicken nach zu urteilen, mit denen sie Magister Brady und den Bogin Kobbi musterten, großenteils Einheimische. Die Reisenden setzten sich an einen freien Tisch und wurden flink bedient. Kobbi war glücklich, weil keine Wünsche offenblieben. Trotzdem blieb ihm der erste Bissen im Halse stecken, denn er fühlte nach wie vor viele Augenpaare bohrend auf sich gerichtet.

»Meister, das ist unheimlich«, flüsterte er seinem Herrn zu.

»Ach was, das sind doch nur Menschen – wie ich«, winkte der Magister ab und nahm einen kräftigen Zug.

»Die Stimmung ist ... gereizt«, fuhr Kobbi unbeirrt fort. Bogins hatten ein sehr feines Gespür für so etwas. Sie hörten selbst noch den Atem des wachsenden Korns. »Mir scheint, wir sind zu einem ungünstigen Moment hier erschienen.«

»Welche Lebensweisheit«, spottete sein Herr. »Hat dir noch niemand gesagt, dass es in der Fremde keinen günstigen Moment gibt?«

»Aber das scheint mir ein *besonders* ungünstiger Moment zu sein«, murmelte Kobbi und begann hastig zu essen. Eigentlich gehörte sich das nicht, aber die Mahlzeit, die so gut ausgesehen hatte, war ohnehin ziemlich fad, zumal am Salz gespart worden war. Doch sie sättigte, und darauf kam es an. Und wenigstens das Bier schmeckte.

Der junge Bogin nahm gerade die letzten Soßenreste mit einem Brotstückchen auf, als jemand an ihren Tisch trat. Ein Bauer, ohne jeden Zweifel, in Landtracht und mit Schaffellweste. In der schwieligen Linken hielt er einen Bierkrug. Sein Gesicht war unrasiert und nur mäßig gereinigt. Er schwankte leicht. Offenbar hatte er dem Bier schon ordentlich zugesprochen, und auch dem *Schnappihndir*, kurz *Schnappes* genannt, der unaufhörlich in kleine Gläser eingeschenkt und auf einen Zug geleert wurde. Im Gegensatz zu dem von den Bogins bevorzugten Brandy war der von klarer Farbe.

»So«, begann der Mann, während die Gespräche im Raum verstummten. Niemand wollte sich entgehen lassen, was der Bauer zu sagen haben mochte.

»Seid ihr von *drüben* geschickt worden?«

»Niemand schickt uns, mein guter Freund, wir sind aus Tyvert angereist und machen im schönen Beenstock Rast, um morgen nach Mathlatha weiterzureisen«, antwortete Magister Brady freundlich und wies auf den freien Stuhl neben sich. »Aber nimm doch Platz und trink einen mit uns.«

»Und du hast nicht erst in Wesperton Station genommen?«

Kobbi konnte sich nicht erinnern, einen weiteren Markt gesehen zu haben. Auch sein Meister hob die fein geschwungenen Brauen. »Aber das wäre doch ein Umweg«, antwortete er. »Wesperton liegt eine gute halbe Wegstunde entfernt Richtung Osten, noch dazu jenseits des Flusses. Wir reisen aber nordwestlich, wohin uns diese Straße führt.« Er wies auf seine traditionelle Kleidung, die ihn als Gelehrten auswies. Es gab sonst kaum jemanden, der farbige lange Gewänder trug und samtene Kopfbedeckungen, von denen übrigens keine der anderen glich. Außerdem ließ er den Kinnbart länger wachsen als an den Wangen, damit er »schön gezwirbelt« werden konnte, was »beim Nachdenken« half, wie Magister Brady sich auszudrücken pflegte. »Kennst du jemanden von meiner Zunft, der sich an anderen Orten als einem Studierzimmer aufhält? Nein? Dann darfst du annehmen, dass ich die Reise unverzüglich hinter mich bringen will, um an der Akademie in Mathlatha anzukommen und mich mit dem wohlvertrauten Staub alter Lehren und mit Bücherkrebsen zu umgeben.«

Der Bauer schien über die Worte nachzudenken. Er sah nicht so aus, als habe er viel verstanden. Doch *etwas* war hängen geblieben. »Einverstanden, lass uns einen heben!« Er quälte die Bodendielen, die sich schnarrend und knarzend beschwerten, als er den Stuhl fest niedergedrückt zurückschob und sich dann krachend darauffallen ließ. Dann hob er den Krug und blickte um sich. »Der Magister lädt ein zur Lokalrunde!«

Kobbi öffnete erschrocken den Mund, doch sein Herr drückte energisch seinen Arm und bedeutete ihm, still zu sein. Der junge Bogin sah den Magister bittend an. Es ging ja nicht nur darum, dass diese Runde an alle – und es waren doch eine Menge Männer und Frauen anwesend – ein tiefes Loch in den Beutel seines Herrn riss. Viel schlimmer war, dass dies lediglich den Auftakt zu einem ausgiebigen Zechgelage darstellte, zu dem der Reihe nach eingeladen wurde – und der nicht mehr junge, ja gebrechlich werdende Magister musste jedes Mal mithalten. *Jedes Mal.* Und wahrscheinlich nicht nur mit Bier, sondern auch mit Schnappes. Wie sollte Magister Brady das durchhalten? Und wenn nicht ... würden sie beide kurzerhand auf die Straße gesetzt und durften beim Pferd im Stall schlafen.

»Dürfen wir uns wenigstens abwechseln?«, zischte Kobbi dem Gelehrten zu.

»Ich schaffe das schon, Junge«, raunte Brady. »In meiner Jugend habe ich ordentlich mithalten können, da hat mir keiner so schnell etwas vorgemacht. Ich war nicht immer so ein vertrockneter Knochen wie jetzt.«

»Aber Ihr seid nicht mehr jung!«, entfuhr es Kobbi, und er zog den Kopf ein. »Ist doch wahr, bei allem nötigen Respekt.«

»Lass mich nur machen! Das Bier ist süffig, der Schnappes wärmt meine alten Knochen, und ich fühle mich bereits zehn Jahre jünger.« Magister Brady wirkte recht vergnügt, seine hageren Wangen und seine Nasenspitze nahmen einen rosigen Schimmer an. Kobbi hatte keine Wahl. Er musste nachgeben.

Die Runde wurde mit der Zeit sehr heiter. Man sang Lieder, erzählte sich haarsträubendes Abenteuergarn, das keiner von ihnen je gestrickt haben konnte. Und die pikanten Details diverser amouröser Begebenheiten hatten sie schon gar nicht erlebt. Die anwesenden Frauen amüsierten sich königlich darüber und hatten jede Menge Anmerkungen dazu parat; Kobbi trieb es die Schamröte ins Gesicht.

Er fuhr zusammen, als sich plötzlich jemand dicht neben ihn setzte. Ein blonder junger Mann, etwa im gleichen Alter wie der Bogin. Er hielt den unvermeidlichen Krug in der Hand, und aus seinem Mund wehte eine enorme Fahne.

»So!«, sagte er. »Und was bist du für einer?«

»Ich bin ein Bogin«, antwortete Kobbi wahrheitsgetreu, weil er gar nicht anders konnte.

Blaue Augen musterten ihn kühl, wenn nicht abfällig. *»Halbling!«*, zischte der Zecher.

»So nennt man uns. Wir gehören zu den Kleinen Völkern.« Kobbi war leicht ungehalten; Trunkenheit hin oder her, das war noch lange kein Grund, unhöflich zu sein.

Doch der Bursche setzte noch einen drauf. *»Bucca!«*, beschimpfte er den Bogin.

Aufgeblasene Backe. So war das also. Und nur deshalb, weil alle Bogins über rosige Wangen verfügten, ein Zeichen ihrer strotzenden Gesundheit. Und genau deswegen wurden sie beschimpft.

Kobbi schoss die Röte ins Gesicht wie nie zuvor und unterstrich damit noch die Beleidigung.

Der Blonde schlug sich johlend auf die Schenkel. »Feist und rosig wie ein blank geputztes Schwein!«

Was sollte er darauf erwidern? Er war viel kleiner als der kräftig gebaute junge Bauersmann. Kobbi hatte noch nie in seinem Leben schwer auf dem Felde gearbeitet oder gar Holz gehackt. Seine Kräfte hielten sich in engen Grenzen. Bogins waren zudem freundliche, friedliche und sanfte Geschöpfe, die das Leben lieber genossen, anstatt Streit zu suchen.

Kobbi saß zitternd da, zornig über die Schmach, zornig auf sich, weil er sie sich gefallen ließ, und zornig auf seinen Meister, der ihn nicht verteidigte. Aber Magister Brady war damit beschäftigt, einen Vortrag über korrektes Mälzen zu halten.

Schwer atmend fand der Bogin zu keiner Entscheidung. Er hob den Blick und starrte dem Menschen aus vorwurfsvollen dunklen Augen ins Gesicht.

Der Bursche grinste, trank und wischte sich den Schaum von den Lippen. Sein Gesicht war glatt rasiert, und eigentlich sah er überraschend gut aus, fand Kobbi. So männlich-markant, wie ein Bogin nie aussehen könnte. Das könnte Kobbi ändern, wenn er dem frechen Kerl jetzt sofort seinen Bierkrug mitten auf die Nase pflanzte.

Der junge Bauersmann erkannte seine Gedanken und grinste noch breiter. »Nur zu, Bucca! Versuch dein Glück.«

Kobbi bewegte langsam verneinend den Kopf, ohne den Blick von ihm zu nehmen. Das würde ein Bogin niemals tun – Gewalt gegen einen anderen anwenden. Überhaupt verabscheuten sie Gewalt. Sie zogen und nährten Pflanzen und Tiere, sie halfen Dingen, zu wachsen und zu gedeihen. Sie zerstörten nicht.

»Du bist ein Feigling!«

Kobbi hatte sich wieder in der Gewalt. Zum zweiten Mal schüttelte er den Kopf. Diese Menschen begriffen den Unterschied einfach nicht. »Ich bin nicht wie du«, sagte er langsam.

»Das ist wohl wahr.« Plötzlich sprang der blonde Mann auf und packte Kobbi am Arm. »Komm mit, ich zeige dir was.«

Der Bogin wollte sich wehren, doch gegen diese Bärenkräfte kam er nicht an. Hilflos blickte er zu seinem Herrn, doch der war dermaßen beschäftigt und abgelenkt, dass er von der Entführung nichts mitbekam. Und laut um Hilfe rufen wollte Kobbi nicht, diese Demütigung tat er sich nicht an. Er würde schon einen anderen Weg finden, den jungen Mann zur Besinnung zu bringen. Also ließ er sich mitschleifen.

Sie gingen den kurzen Weg zum Fluss, dann bog der Blonde nach links ab. Die an den Straßenseiten aufgesteckten Fackeln blieben schließlich zurück, und sie tauchten in die Nacht ein. Kobbis Augen gewöhnten sich schnell an die Dunkelheit. Wie viele der Kleinen Völker konnten Bogins sich nachts, solange es wenigstens Sterne gab, ganz gut zurechtfinden. Besser jedenfalls als ein Mensch, der mehrmals neben ihm stolperte, sodass Kobbi ihn stützte und schließlich führte und sich dabei fragte, was hier verkehrt war.

Nach etwa hundert Schritten hielt der junge Mann inne und wies zum Fluss. Das Mondlicht tanzte auf den kleinen Wellen, die glucksend gegen einen Pier stießen. »Unsere Fähre.«

»Ja?«

»Sie führt hinüber nach Wesperton.«

Kobbi sah die Lichter am anderen Ufer und vermutete, dass der dortige Marktflecken sich kaum von diesem hier unterschied.

Der junge Mann packte den Bogin vorn am Kragen und riss ihn zu sich heran. Sein Atem roch so stark nach Alkohol, dass es Kobbi schwindlig wurde. »Wer hat dich geschickt?«, zischte er. »Jarod? Oder …«, er stockte kurz und schluckte. »Oder etwa Malin?«

»Ich habe keine Ahnung, wer das ist oder wer du bist«, erwiderte Kobbi. »Und wenn du nun die Güte hättest, mich loszulassen …«

Der Blonde ließ ihn tatsächlich los und trat einen Schritt zurück. »Ich bin Garth«, stellte er sich vor.

»Mein Name ist Kobbi. Und würdest du mir jetzt bitte sagen, was du eigentlich von mir willst? Ich habe bis zum heutigen Tag meine Heimatstadt nie verlassen. Weil ich ein Bogin bin. Weißt du, was das bedeutet?«

»Redet ihr Halblinge immer so viel?«, brummte Garth.

»Dann beantworte doch einfach meine Fragen, und wir können zum Bier zurückkehren. Ich muss sowieso nach meinem Meister sehen. Es ist höchst unanständig, was ihr mit ihm da drin anstellt.«

»Wie hält dein Meister das nur aus?« Garth hielt sich die Ohren zu. »Du bist schlimmer als meine Mutter!«

Dennoch beschimpfte er ihn nicht mehr als Bucca. Kobbi hob die Arme und nickte auffordernd, ohne ein weiteres Wort zu sagen.

»Ich bin Zimmermannsgeselle und Schiffsbauer«, rückte Garth mit der Sprache heraus. »Hab die Fähre mit gebaut. Viel lieber würde ich eine Brücke nach drüben bauen. Aber das wird wohl nie geschehen.«

Kobbi, der eigentlich zurück ins Gasthaus gehen wollte, verharrte. »Warum nicht?«

»Ist so eine Sache der Alten«, antwortete Garth, und seine breiten Schultern zuckten. »Schon ewig. Sie behaupten, das würde den Frieden gefährden. Es ist alles so idiotisch.« Seine Angriffslust war völlig dahin, jetzt schien er eher kurz davor, in Tränen auszubrechen.

»Ich verstehe nicht …«

»Vielleicht wäre alles anders, wenn ich den Dolch hätte!«, rief Garth plötzlich aus.

»Welchen Dolch?« Kobbi war vollends verwirrt.

»Du gehst mit! Du hast die besseren Augen, Bogin.«

Garth packte seinen Arm, hielt ihn so fest, dass er den Griff unmöglich lösen konnte, und zerrte den jungen Bogin mit sich, auf ein Wäldchen zu. Der Mond war inzwischen vollends aufgegangen und strahlte so hell, dass sich auch ein Mensch zurechtfinden konnte. Dennoch waren die Schatten so dunkel und scharf vom Licht abgegrenzt, dass Garth mehr dahinstolperte, als dass er forsch ausschritt, weil er Hindernisse auf dem Boden nicht rechtzeitig erkennen konnte.

»Lass mich doch endlich los!«, beschwerte sich Kobbi. Er versuchte, sich gegen den Zug zu stemmen, aber genauso viel Erfolg hätte er gehabt, wenn er einem Ochsen hätte widerstehen wollen.

»Wir sind gleich da«, versetzte Garth. »Und du wirst mir helfen!«

»Wobei denn? Und warum? Ich denke überhaupt nicht daran!«

»Hör zu!« Garth blieb abrupt stehen, wirbelte zu Kobbi herum, beugte sich zu ihm herab und hielt den gestreckten Zeigefinger dicht vor sein Gesicht. Seine Miene war bedrohlich verzerrt.

»Du wirst tun, was ich sage, oder ich töte dich, verstanden?«

Dem jungen Bogin wurden die Knie weich. Er zweifelte nicht an der Ernsthaftigkeit der Drohung. Dennoch gab er nicht so leicht nach. »Das ist streng verboten, das weißt du«, stieß er mit etwas quietschender Stimme hervor. »Die Àrdbéana persönlich ahndet dieses Verbrechen, und du wirst zum Tode verurteilt … zu einem sehr unschönen Tod.«

»Dazu müssen sie erst einmal erfahren, dass ein unbedeutender kleiner Wicht tief im Wald vergraben liegt«, zischte Garth, doch seine Augen flackerten leicht.

»Mein Meister ist hier«, fuhr Kobbi fort. »Er wird mich suchen. Oder willst du ihn auch umbringen und verscharren? Dann werden die Gelehrten von der Akademie kommen und nach ihm fragen.«

Garth versetzte ihm einen Stoß, der ihn rücklings ins Moos warf. »Du bist ein Feigling!«

»Und du noch viel mehr!«, gab Kobbi zurück. »Oder weshalb willst du ausgerechnet meine Hilfe, ein großer und starker Kerl wie du?«

Garth ließ sich zu Boden sinken und vergrub den Kopf zwischen den Armen. Er sagte kein Wort mehr.

Kobbi rappelte sich auf. »Also, worum geht es wirklich?«

»Geh zurück zu deinem Meister, kleiner Mann«, murmelte Garth, den Kopf immer noch verborgen. »Du hast hier nichts verloren.«

»Das habe ich schon die ganze Zeit versucht, dir begreiflich zu machen«, sagte Kobbi. »Aber nun bin ich hier.«

»Ich wollte wissen, ob sie dich geschickt haben.«

»Und ich habe dir geantwortet. Was noch?«

»Es ist ... ich ...«

»Wenn ich das recht sehe, bin ich der Einzige, mit dem du reden kannst, weil ich nicht von hier stamme. Und dir liegt gewaltig etwas auf der Seele, das du offenbar loswerden willst. Sprich doch mit mir, bevor wir die ganze Nacht mit sinnlosen Diskussionen verbringen.«

»Ich hatte so sehr gehofft, du hättest eine Botschaft von Malin für mich«, flüsterte Garth.

»Hm«, machte Kobbi und warf einen Blick zum Fluss. »Sie ist aus Wesperton?«

»Ja.«

»Und Jarod ist ihr ...«

»Bruder. Er weiß, dass ich Malin ... nun, dass sie mir ... äh, gefällt. Und er macht sich lustig über mich. Ich sei seiner Schwester nicht würdig, behauptet er. Dabei ... dabei könnte ich so viele Sachen zimmern ... bauen ... Ich bin gut darin, weißt du? Und eine Brücke ... sie würde unsere Dörfer zusammenwachsen lassen, und ... Ach, du verstehst das nicht.« Garth hob den Kopf. »Niemand versteht das!«, brach es aus ihm heraus. »Sie halten es für Hirngespinste. Wegen der Tradition, und weil doch alles bestens ist. Aber was spricht denn dagegen, es *noch besser* zu machen? Und ich ... wäre Malin endlich näher.«

Kobbi saß völlig verdattert da. Dieser verzweifelte junge Mann hatte überhaupt nichts mit dem angriffslustigen angetrunkenen Burschen aus der Schenke gemein. Anscheinend bekam der Alkohol ihm nicht und machte ihn gewalttätig und schwermütig zugleich.

»Morgen gehen alle jungen Männer beider Dörfer zum Fluss«, fuhr

Garth fort. »Wir werden kämpfen. Und ich … ich stehe mit leeren Händen da.«

Kobbi erinnerte sich, dass Garth vorhin einen Dolch erwähnt hatte. »Also deswegen der Dolch«, sagte er. »Aber wie kommst du darauf, dass der Wald ihn hat? Und was hat es mit dem Dolch auf sich, dass du unbedingt diesen finden musst?«

In dem blonden jungen Mann wallte wieder Zorn auf. Eine derartige Launenhaftigkeit kannte Kobbi von den Bogins nicht, das war eindeutig eine menschliche Eigenart.

»Es ist ein ganz besonderer Dolch, der eines Helden!«, fauchte der Mensch, und seine Augen glitzerten wild. Er fuchtelte mit der Hand hinter sich, auf den Wald weisend. »Da gibt es ein Hünengrab, wo er begraben liegt, ein Ritter aus lang vergangener Zeit …«

»Ritter«, spottete Kobbi. »Die sind nur Legende, ein Wunschtraum von euch Menschen, die ihr den Elben ihre vorherrschende Stellung neidet! Es hat nie Ritter gegeben!«

»*Diesen* schon!«, beharrte Garth, und nun wurde er von Eifer erfüllt. »Sein Andenken wird seit Jahrhunderten bewahrt, oder weshalb sonst, glaubst du, wurde ihm ein unvergängliches steinernes Hünengrab geschaffen, Herr Bogin? Selbst die Elben ehren das Grab, wenn sie im Frühjahr hier hindurchziehen und diese Stätte besuchen!«

»Elben verehren einen Menschen? Nun hör aber auf.« Kobbi verdrehte die Augen. Aber es hatte wohl keinen Sinn zu versuchen, Garth zu überzeugen. Vielleicht konnte Magister Brady ihm morgen alles erklären, er war in der Historie Albalons bestens bewandert. »Wir sollten zurückgehen und …«

»Wir gehen da jetzt rein und holen den Dolch, du und ich!«, verlangte Garth und umschloss schon wieder Kobbis Handgelenk mit eisernem Griff. Eindringlich zog er ihn näher zu sich. »Mit dem Dolch in der Hand wird mir alles gelingen! Ich werde im Kampf siegen, und ich werde Malin gewinnen. Ich werde eine Brücke bauen!«

»Spinnst du?«, stotterte Kobbi und riss, so fest er nur konnte, seinen Arm zurück, aber wie zuvor vergeblich. »Ich gehe doch nicht mitten in der Nacht in ein Hünengrab und begehe Leichenfledderei!«

»Es ist schon lange her …«

»Es ist *Schändung!* Ruchloser Diebstahl! Und hast du noch nie von den Grabwächtern gehört, die genau solche abscheulichen Taten verhindern?«

»Deine Augen sind besser als meine. Gemeinsam können wir es schaffen. Die Grabwächter fürchte ich nicht.«

»Warum hast du den Dolch dann nicht schon längst geholt?«, schnaubte der Bogin und duckte sich rechtzeitig, denn er hatte schon geahnt, dass Garth ihn dafür schlagen würde.

Kobbi hielt sich für nicht besonders mutig. Aber Garth war es noch viel weniger. Zum Helden taugte der ganz und gar nicht. Kein Wunder, dass es ihn umtrieb, dass Jarod ihn verachtete und Malin ihn nicht wahrnahm. Kobbi war hin- und hergerissen zwischen Mitleid, Zorn und Verachtung. Was ging ihn das alles überhaupt an? Er war ein Halbling, Garth ein Mensch, und fertig! Sie hatten nichts gemein, außer dass Bogins den Menschen dienten, so wie Kobbi Magister Brady.

Himmel, sein Herr! Wie mochte es ihm inzwischen ergehen? Und wenn er erst herausfand, dass Kobbi ohne sein Wissen das Gasthaus verlassen hatte! Am Ende brauchte er seine Hilfe, und er war nicht da!

»Hör endlich auf!«, schnarrte Garth, während er den Bogin hinter sich her in den finsteren Wald hineinzog. Hoffentlich fand er den Weg auch blind, ansonsten waren sie rettungslos verloren. Kobbi besaß überhaupt keinen Orientierungssinn, da er die ihm vertraute Stätte normalerweise nie verließ. »Selbst deine Gedanken sind so laut, die bringen noch jeden Troll in der Umgebung auf unsere Spur!«

»Trolle?« Kobbi kreischte beinahe. Es war tiefste Nacht, also genau die Zeit, in der Trolle auf die Jagd gingen. Friedensvertrag hin oder her, wer sich in ihr Revier verirrte, wurde verspeist, da kannten sie nichts. Und sie verschmähten auch einen Happen Bogin nicht als Vorspeise. »Kehr sofort um! Keinen Schritt geh ich mehr weiter. Du bist ja wahnsinnig! Wieso willst du deinen Heldenmut mir gegenüber beweisen? Hol doch Malin zu diesem Abenteuer, dann kann sie dich bewundern! Ist es nicht das, was du willst?«

»Du zeterst wie ein Waschweib, dem man die Wäsche gestohlen hat.«

»Und du hast bald keine Zähne mehr, da ist ein *Baum!*«

Garth bremste gerade noch ab und stieß einen Fluch aus.

So kämpften sie sich mühsam durch den Wald. Kobbi warnte Garth vor Hindernissen, und Garth verließ sich auf seine Erinnerung daran, wo das Hünengrab sein musste, weil er angeblich schon so oft dort gewesen war. Aber nie hineingegangen.

Kobbi hatte nicht daran geglaubt, aber plötzlich standen sie davor. Weiße, flach gehauene Steine, die mit der Spitze nach oben aufrecht in den Boden versenkt worden waren, darüber lagen Decksteine. Das konnte keine leichte Arbeit gewesen sein, wog doch jeder einzelne Stein sicherlich mehr als drei gemästete Ochsen. Ein merkwürdiges Schimmern ging von dem Grab aus, und Kobbi musste schlucken. An diesem Ort *war* etwas Besonderes, das musste er zugeben. Wer auch immer hier begraben lag, war von großer Bedeutung gewesen, die Erinnerung an ihn hielt sich immer noch wie ein feiner Dunst in der Luft. Kobbi nahm an, dass es ein Elb gewesen war, wenn die Unsterblichen schon diese Stätte aufsuchten. Ritter ... nein, die gab es nicht. Kobbi kannte die Gerüchte und Märchen, aber sie waren eben nicht mehr als das.

Und jetzt begriff er auch, wieso Garth nie in die Stätte hineingegangen war.

Er passte einfach nicht hindurch.

Es gab zwar einen Eingang, aber der war viel zu niedrig und zu schmal für einen ausgewachsenen Menschen. Den konnte höchstens ein Kind passieren, oder ... ein Bogin. Kobbi seufzte.

»Ich gehe da nicht rein«, erklärte er rundheraus. »Ich entweihe diese Stätte nicht. Und ich begehe keinen Diebstahl. Ganz abgesehen davon, dass ich viel zu viel Angst vor dem Grabwächter habe und am Leben hänge. Und dass dein Liebeskummer mich nicht das Geringste angeht.«

Garth hörte sich jedes einzelne Wort ganz in Ruhe an, nickte dazu und murmelte etwas, das verständnisvoll klang. Dann packte er den Halbling an Kragen und Hosenboden, hob ihn mühelos an und stopfte ihn kurzerhand durch die Lücke ins Innere des Grabes.

»Ich lasse dich wieder raus, wenn du den Dolch hast«, erklärte er und postierte sich vor dem Ausgang.

Kobbi, ein wohlerzogener junger Bogin, höflich und zuvorkommend, holte tief Atem. »Das wirst du bereuen, du ... du Dieb«, sagte er mit seiner strengsten Stimme. Er hatte vorhin Garth' Flüchen zwar zugehört, brachte aber keinen einzigen über die Lippen. So weit war er noch nicht.

»Ja, werde ich später«, erwiderte Garth. »Und jetzt pack dich, Halbling.«

Er hat zumindest nicht Bucca gesagt. Darauf kann ich mir was einbilden, spottete Kobbi über sich selbst.

Mit schlotternden Knien trippelte Kobbi gebückt durch den engen Gang. Es roch muffig nach schimmligem Moos, und es war kühl. Der Bogin war froh über die Stiefel, denn der Boden fühlte sich nicht gerade vertrauenerweckend an; weich und nachgiebig war er und keineswegs trocken. Kobbi war froh, dass er nicht sehen konnte, worüber genau er da ging.

Wenigstens konnte er sich nicht verirren, da es nur geradeaus ging, und an und für sich müsste er das Ende auch bald erreicht haben. So groß war das Grab nicht gewesen, und dennoch … ging es irgendwie immer *tiefer hinab*.

Das Blut rauschte in seinen Ohren, und Kobbis Atem ging keuchend. Seine Angst nahm mit jedem Schritt zu. Er tastete sich durch Schwärze; nicht einmal seine guten Augen konnten ihm hier noch nützlich sein, wohin kein Lichtstrahl je den Weg fand.

Ab und zu blieb er stehen, um zu lauschen und zu schnuppern. Die Gerüche änderten sich kaum. Es war feucht und klamm, und er spürte, wie die Kälte langsam durch seine Weste kroch. An diesem Ort hatten Lebende nichts verloren; er war für die Toten gemacht, deren Ruhe nicht gestört werden durfte.

Jeden Moment erwartete Kobbi, dass der Grabwächter über ihn herfallen würde und ihn binnen zweier Pulsschläge in tausend Stücke riss, um sie anschließend genüsslich zu verzehren.

Verdient hätte er es. Er war seinem Herrn gegenüber äußerst ungehorsam gewesen, und nun machte er sich zum Komplizen eines liebeskranken Tölpels, der zu viel getrunken hatte und nicht mehr bei Sinnen war. Seine erste Reise, und er versagte völlig in seinen Pflichten! Nie wieder würde der Magister ihn mitnehmen.

Falls er überhaupt je wieder zu ihm zurückkehrte. Denn da war neben dem Grabwächter noch Garths Drohung, ihn erst dann herauszulassen, wenn er den Dolch mitbrachte. Aber wer sagte, dass Garth den Dolch nicht einfach nahm und anschließend den Zugang mit einem Felsen versperrte, um Kobbi als einzigen Mitwisser zu beseitigen?

Kobbi schluckte. Die Angst presste Tränen aus seinen Augen. Es wird eine schöne Reise, hatte Meister Brady gesagt, ha! Sein schrecklichster Tag war es, das und nichts anderes. Und wahrscheinlich auch sein letzter. Schluchzend tappte er weiter und prallte unvermutet gegen staubigen, kalten Fels.

Das Ende der Grabkammer war erreicht.

Kobbi bückte sich und strich auf dem Boden herum, jederzeit darauf gefasst, einen Knochen in der Hand zu halten. Er tastete sich mit einer Hand an den Felsen entlang, mit der anderen über den Boden.

Schließlich versiegten seine Tränen, und seine Angst verging.

Die Erkenntnis ließ ihn innerlich erstarren.

Hier gab es nichts. Nicht einmal einen Grabwächter.

Und dann ... hatte er es. Als er schon geglaubt hatte, alles wäre verloren und es bliebe nichts mehr. Da, endlich, war es. Nicht umsonst galten Bogins als Glücksbringer, und nun hatte er sich selbst Glück gebracht.

Kobbi wischte sich übers Gesicht und machte sich auf den Rückweg. Er kam jetzt schneller voran, außerdem konnte er einen schwachen Lichtschimmer vor sich ausmachen, als Garth sich vor dem Eingang bewegte.

»Ich bin da«, sagte er. »Lass mich raus.«

»Zuerst der Dolch.«

»Auf keinen Fall. Ich gebe ihn dir, sobald ich draußen bin.«

»Dann bleibst du eben drin.«

»Zusammen mit dem Dolch.«

Eine Weile herrschte Schweigen, dann sah Garth ein, dass dieser Wortwechsel zu nichts führte. Er gab den Weg frei, und Kobbi kroch dankbar zurück ins Leben, das ihn trotz der nächtlichen Stunde warm empfing, sanft erleuchtet von silbernem Mondlicht, das in vereinzelten Strahlen zwischen den Bäumen hindurchfiel.

Kobbi hätte sich am liebsten ins Moos geworfen und den Boden geküsst. Sein Herz schlug noch immer heftig, doch vor Glück.

»Der Dolch!«, forderte Garth ihn auf, der liebeskranke Mann, ganz unromantisch.

Kobbi legte den Dolch in seine ausgestreckte Hand, ohne Garth noch eines Blickes zu würdigen, drehte sich um und ging den Weg zurück, den sie gekommen waren. Nun hatte er keine Angst mehr. Der Mond würde ihn leiten.

Zurück im Gasthaus, sah Kobbi sich sofort nach seinem Herrn um. In der Stube waren nur wenige Hartgesottene verblieben, die anderen lagen längst schnarchend daheim in ihren Betten. Kobbi schlich auf Zehenspitzen die Treppen hinauf in sein Zimmer. Dort versperrte er den Zugang mit dem Stuhl und öffnete anschließend vorsichtig die Verbindungstür.

Magister Brady lag ruhig atmend im Bett, nur gelegentlich drang ein leises Fiepen aus seiner Nase. Der Alkoholdunst im Raum warf den Bogin fast um, allein davon konnte man schon betrunken werden. Er öffnete das Fenster einen Spalt und musterte seinen Herrn genauer. Wie es aussah, würde den nicht einmal ein Erdbeben wecken können. Er musste seinen Rausch gründlich ausschlafen und würde wahrscheinlich mit einem gehörigen Kater erwachen.

Kobbi bewunderte seinen Meister, diese Herausforderung so tapfer bewältigt zu haben, und deckte ihn liebevoll zu. Dann ging er selbst schlafen.

Am nächsten Morgen wurde Kobbi früh geweckt. Das gesamte Dorf war auf den Beinen, und er hastete zum Fenster, das zur Hauptstraße ging. Dort unten strömten die jungen Männer von Beenstock zum Fluss, und drüben nahmen bereits die jungen Männer von Wesperton Aufstellung.

Als Kobbi Garth mit dem Dolch im Gürtel entdeckte, war er nicht mehr zu halten. In aller Eile spritzte er sich ein wenig Wasser ins Gesicht, zog sich an und sah kurz nach seinem Meister. Der schlief unverändert tief und fest und würde wahrscheinlich auch nicht so schnell aufwachen. Gut.

Kobbi hastete die Treppe hinunter und lief zum Fluss. Die jungen Männer standen wie an der Schnur aufgereiht am Ufer, hinter ihnen ihre Eltern, Geschwister, Anverwandte und Schaulustige.

»Was ist das für ein Kampf?«, fragte der Bogin eine Frau. »Und warum muss überhaupt gekämpft werden?«

»Na, weil es eben so ist«, antwortete die Dorfbewohnerin. »Jedes Jahr. So ist es Tradition.«

»Aber warum *Kampf?*«

Die Frau warf ihm einen verständnislosen Blick zu und richtete die Aufmerksamkeit dann wieder auf das Geschehen am Fluss.

Kobbi überlegte dazwischenzugehen und laut um Gehör zu bitten. Er musste doch etwas tun, um ein Unglück zu verhindern! Wie konnte man nur so besessen, so verbohrt sein, sich gegenseitig die Köpfe einzuschlagen ... Voller Schrecken sah er, dass Garth ganz vorn stand; er schien zu allem entschlossen zu sein. Keine Spur mehr von der Wankelmütigkeit und den unsteten Launen der letzten Nacht, seine Augen waren völlig klar und ernst.

Es war trotzdem der Wahnsinn, der ihn und alle anderen immer noch beherrschte! Und Kobbi hatte sich mitschuldig gemacht! Ausgerechnet ein Bogin! Sein Volk würde ihn dafür verachten und verstoßen.

Aber wie sollte er verhindern, was nun geschah? Wie sollte er die Schaulustigen aufrütteln, die schier nach Blut und Gemetzel lechzten? Sie wirkten alle so erwartungsvoll, viele feuerten ihre jugendlichen Kämpfer an. Wieso mussten alle jungen Männer ihr Leben riskieren? Was taten denn die Älteren?

Kobbi raufte sich das wollige Haar. Sie würden den Fluss mit ihrem Blut verschmutzen, und damit Hafren, die Herrin der Flüsse und Seen, die Schutzpatronin der Bogins, verhöhnen. Mit ihrer Hilfe wuchs und gedieh alles und vermehrte sich; sie brachte Leben, nicht den Tod, und nun würde ihr Element besudelt werden.

Verzweifelt rannte er nach vorn, um Garth aufzurütteln. Wenn ihm überhaupt jemand zuhören würde, dann nur er.

Doch bevor er ihn erreichte, begann es.

Die Kämpfer hatten einander gegenüber Aufstellung bezogen, nur der Fluss trennte sie. Alle hatten sich ganz besonders herausgeputzt, und nun stampften sie mit den Stiefeln auf und schmetterten einander Kriegslieder entgegen. Es waren Gesänge voller Schmähungen, Drohungen, Beschimpfungen und Lästereien.

Kobbi blieb stehen und hörte staunend zu. Wenn Menschen in allen Dingen so erfindungsreich wären wie in wortreichen Flüchen, könnten sie die Welt beherrschen und Dinge bauen, die ... ja, bis in den Himmel reichten.

Nach und nach lösten sich einzelne Stimmen aus dem Chor. Jeder sollte anscheinend einmal zu Wort kommen, um eine ganz besonders sorgfältig formulierte Beleidigung auszustoßen.

Die jungen Männer reckten dabei die Arme, unterstrichen ihre Worte mit Gesten, bewegten sich dabei wie im Tanz und steigerten sich immer noch mehr hinein. Sie schrien und brüllten, unterbrachen sich, schleuderten kühne Versprechungen über den Fluss, was sie mit diesem oder jenem alles anstellen würden, sollten sie seiner erst habhaft werden.

Hinter Kobbi brandete Gelächter und Applaus auf, und jede gelungene Erwiderung wurde kommentiert. Manche wussten gar zusätzlichen Rat, andere feuerten ihre Auserkorenen nun erst recht an.

Der Bogin drehte sich einmal um sich selbst und zwickte sich in den Arm. Erst jetzt fiel ihm auf, dass alle jungen Frauen nicht weniger geschmückt waren als die Männer, mit Blumen im Haar und Körben voller Blumenblätter. Kobbi stand der Mund offen, und so allmählich dämmerte es ihm, was hier *tatsächlich* vor sich ging.

Er sah, wie drüben einer nach vorn ans Ufer trat und Garth auf der anderen Flussseite persönlich angriff. Diese Sätze hatten es wirklich in sich. Kobbi hörte, wie die Leute hinter ihm flüsterten. Offenbar galt Jarod – das also war Jarod! – als der König der Schlagfertigkeit, und niemand wagte es, sich mit ihm zu messen. Ausgerechnet Malins Bruder, die Frau, die Garth anbetete!

Niemand unterbrach Jarod. Alle hörten fasziniert seinen poetischen Schmähungen zu, die er mit wohlmodulierter Stimme vortrug. Und dazu die Gesten, die Körperbewegungen ... nein, diesen Kampf konnte niemand gewinnen!

Als Jarod endete, herrschte für einen Augenblick atemlose Stille, und die Blicke vieler Augenpaare richteten sich auf Garth, der nun seinerseits nach vorn schritt. Ein Stöhnen und Raunen ging durch die Menge, und Kobbi hörte Worte wie »Oje, Garth der Träumer«, »Garth der Spintisierer«, »Garth der Philosoph«. Allzu viel Vertrauen schien man nicht in ihn zu setzen, und auch die anderen jungen Männer betrachteten seinen Auftritt mit scheelen Blicken.

Aber Garth ließ sich jetzt nicht mehr beirren. Seine Hand ruhte fest auf dem Dolchgriff. Für einen Moment huschte noch einmal Unsicherheit über sein Gesicht, und er sah sich um. Entdeckte Kobbi in der Menge. Der Bogin nickte ihm zu. Da wandelte sich seine Miene zu Entschlossenheit, und er drehte sich dem Herausforderer zu.

Und gab Antwort.

Nicht nur Kobbi lauschte mit offenem Mund. Das hatte es in sich! Hatte Garth sich das lange vorher überlegt und geübt? Das konnte er aber nur in einem geringen Rahmen vorbereitet haben, denn seine Rede war eine passgenaue Antwort auf Jarods Polemik. Und sie floss Garth ganz leicht und mühelos von den Lippen. Er war viel sparsamer in den Gesten als jener, aber dafür umso pointierter. Und die ganze Zeit hielt seine Rechte den Dolchgriff am Gürtel umschlossen.

Als er endete, schnappten viele zunächst nach Luft und starrten den zuvor Verhöhnten ungläubig an, bevor der Jubel ausbrach. Seine Kameraden umarmten Garth und klopften ihm auf die Schultern, andere warfen ihre Hüte in die Luft und führten einen spontanen Tanz auf. Ganz klar: Für dieses Jahr war Beenstock der Sieger, und das war allein dem Zimmermann und Schiffsbauer Garth, dem großen Außenseiter und Spintisierer zu verdanken! Der erste Sieg seit Jahren!

Aber Wesperton nahm die Niederlage nicht krumm, auch drüben wurde gejubelt und Garth lautstark für seine Schlagfertigkeit gelobt. Jarod grinste und hob den Arm.

Die jungen Frauen stürmten nun nach vorn und kippten die Blütenblätter aus den Körben in den Fluss. Kobbi traute seinen Ohren kaum, als sie damit Hafren dankten, den Sieger erkoren zu haben. Und er sah drüben eine junge Frau, die Jarod ähnlich und sehr hübsch aussah. Sie blickte Garth an, winkte ihm lachend und warf ihm eine Kusshand zu. Und dann rannten alle jungen Frauen zur Fähre – es gab auf beiden Seiten eine –, um sich übersetzen zu lassen. Die übrigen Dorfbewohner, hüben wie drüben, waren völlig aus dem Häuschen und fingen an, in aller Eile fürs Bankett aufzutragen, während Musiker das Chaos mit launigen Klängen und Gesang begleiteten. An diesem Tag würden die Fähren sehr oft hin- und herfahren, das stand außer Frage.

Garth kam auf Kobbi zu, seine Augen strahlten in sommerlichem Blau, verschwunden war seine Melancholie.

»D... das ist nichts als ein ... ein großer Heiratsmarkt!«, stotterte der Bogin, immer noch fassungslos.

»Tja. Nur so gewinnt man das Herz der Auserkorenen. Oder überhaupt einer Maid.« Garth grinste.

»Deshalb keine Brücke!«

»Mhm. Ich habe dennoch vor, diese Tradition zu brechen. Sie ist schon ein bisschen albern, wenngleich sie auch zugegebenermaßen erfolgreich ist. Und ... Spaß macht es auch. Man wird so ziemlich jeden Groll los. Wenn man sich denn traut.«

Garth griff an seinen Gürtel und zog den Dolch. Er hielt ihn Kobbi hin. »Der gehört wohl dir. Danke.«

Kobbi nickte. Wortlos steckte er den Dolch in die abgewetzte leere Schlaufe an seinem Gürtel.

»Ihr nennt ihn Urram, nicht wahr?«

»Ja. Wir erhalten ihn zur Geburt und trennen uns unser ganzes Leben lang nicht von ihm.«

»Und dennoch ... hast du ihn mir gegeben.«

»Du hast ihn gebraucht.«

Garths Lächeln vertiefte sich. »Es stimmt, was man über euch Bogins sagt. Ihr seid da, wenn man Hilfe braucht.«

Kobbi wunderte sich schon lange nicht mehr über Garths Kenntnisse, er hatte in den vergangenen Momenten genug von ihm und über ihn gehört. »Du hattest keine Hilfe nötig, Garth, das hast du nur nicht begriffen. Mein Dolch war nichts als ein Schwindel, denn das Grab war leer.«

»Kobbi ... so ist das nicht. Du hast mir gezeigt, dass es nicht so schwer ist, seinen Mut zu finden. Und du hast eine Lösung gefunden, wo es augenscheinlich keine gab. Ich habe ... diesen Schubs zum Selbstvertrauen gebraucht. Wenn ich gestern nicht so betrunken gewesen

wäre, wäre all das nicht geschehen, und ich wäre heute wie jedes Jahr abgehauen und hätte mich ganz weit hinten versteckt. Und hätte Malin ein weiteres Mal enttäuscht. Dein Dolch war das Symbol, an dem ich mich festhalten konnte. Ich habe dich benutzt, und du hast ein großes Opfer gebracht. Das werde ich nie vergessen. Jetzt ... kann ich auf eigenen Füßen stehen. Und meine Träume wahr werden lassen. Ich habe so viel vor!«

Kobbi grinste. »Ihr Menschen seid Spinner«, stellte er sachlich fest.

»Und ihr Bogins seid mehr, als ihr ahnt. Viel mehr«, erwiderte Garth, und dann entschuldigte er sich hastig, denn soeben erreichte die Fähre mit Malin den Pier. »Besuch mich mal wieder!«, rief er noch über die Schulter, während er losrannte. »Du wirst staunen, was sich alles verändern wird!«

Während das Dorf fröhlich feierte und viele junge Menschen zueinander fanden, kehrte Kobbi ins Gasthaus zurück. Er entdeckte seinen Meister hellwach und munter beim Frühstück. Keine Spur vom nächtlichen Saufgelage.

»Menschen haben merkwürdige Rituale«, stellte er fest, während er sich an den Tisch setzte und seinen Teller belud. Eine ordentliche Mahlzeit hatte er sich jetzt verdient. Immer wieder tastete er über den Urram an seinem Gürtel; dass er es über sich gebracht hatte, ihn herzugeben, erschien ihm jetzt noch abwegig. Und dennoch hatte er es getan.

»Ach, diese Dörfler sind alle ein wenig verschroben, dabei musst du dir nichts denken«, erwiderte der Gelehrte und wedelte mit der Hand den Dampf beiseite, der aus seinem Teebecher aufstieg. »Wir Städter sind da ganz anders. Und wenn man's genau nimmt, hat jedes Dorf, hat jede Stadt eigene Sitten. Das ergibt sich zwangsläufig so, wenn man auf engem Raum lebt.«

»Dann bin ich jetzt wirklich gespannt auf Mathlatha«, bemerkte Kobbi. »Und ... auf Tiw.« Garth' Bemerkung über die Bogins hallte noch in ihm nach.

Magister Brady musterte ihn von der Seite. »War eigentlich etwas Besonderes los, während ich ... äh ... beschäftigt gewesen war?«.

»Ganz und gar nicht, Meister«, antwortete Kobbi vergnügt. »Ich bin früh schlafen gegangen.«

ZUR TOTEN KRÄHE

von Stephan Russbült

Milo und Bonne Blaubeers waren Halblinge und keine Unbekannten in ihrem Heimatdorf. In Eichenblattstadt, einer Fünfhundert-Seelen-Gemeinde inmitten des Düsterkrallenwaldes, lebten die Halblinge ausschließlich unter ihresgleichen. Genauer gesagt waren es sechs Familien, die sich hier niedergelassen hatten: Die Blaubeers, die Bollwerks, die Grünblatts, die Findlings, die Butterblums und die Fuhrtfuß.

Milo und Bonne waren Brüder, Boggars, wie man die nicht mehr jugendlichen, aber noch unverheirateten Halblinge nannte. Dieser Zustand (und nichts anderes war es) konnte vom zwanzigsten bis zum dreißigsten Lebensjahr reichen, ohne in irgendeiner Form peinlich zu wirken. Danach musste man damit rechnen, dass andere einen belächelten, hinter vorgehaltener Hand miteinander flüsterten und zu kichern begannen, wenn man ihnen den Rücken zuwandte. Nicht selten kam es in solchen Fällen vor, dass Familien, die ansonsten miteinander zerstritten waren, sich abends gegenseitig besuchten und rein zufällig eine Nichte, einen Großneffen oder sonst einen entfernten Verwandten des anderen Geschlechts im leicht überschrittenen heiratsfähigen Alter mitbrachten. Im Volksmund hieß dieses gegenseitige Besuchsritual, das allein den Zweck hatte, zwei schwer vermittelbare Boggars zueinanderfinden zu lassen, Kuppeln.

Milo war mit achtundzwanzig der älteste Blaubeersspross. Sein Bruder Bonne war drei Jahre jünger, und danach folgten neun weitere Geschwister im Abstand von ein bis zwei Jahren, fünf Jungs und vier Mädchen. Daran war nichts Ungewöhnliches. Halblinge liebten große Familien und große Familienfeiern. Was aber Bonne und Milo zu zweifelhaften Berühmtheiten innerhalb Eichenblattstadts gemacht hatte, war ihr ewig währender Wettstreit miteinander. Ständig versuchten sie sich mit den waghalsigsten Mutproben zu übertrumpfen, und nicht selten brachten sie sich und andere dabei in Gefahr. Bonne und Milo hatten ihrem Vater versprechen müssen, sich etwas zurückzunehmen, als sie vor gut einem Jahr den Hühnerstall von Bürgermeister Bons Butterblums niedergebrannt hatten, weil sie vom Dach des Nachbarhauses durch einen brennenden Reifen springen wollten. An diesem Tag schworen die beiden, im Beisein ihres Vaters und Bürgermeister Butterblums, keine waghalsigen Experimente mit Feuer mehr zu machen – in denen es um Sprünge vom Dach ging, bei dem sich schnell entflammbares Federvieh in der Nähe aufhielt. Ob die Einschränkungen des Versprechens so oder doch vielleicht etwas allgemeiner gehalten waren, konnte wenig später keiner der beiden genau sagen. Sie wussten nur eins, dass der Wettstreit mit dem brennenden Reifen unentschieden ausgegangen war. Ein Zustand, den man nicht hinnehmen konnte. Dem hätte auch ihr Vater wahrscheinlich zugestimmt oder zumindest vielleicht, und selbst wenn nicht, unentschieden gab es nicht. Drei Wochen später konnte Bonne die Mutprobe für sich entscheiden, jedoch nur, weil Milo nicht wie sein Bruder auf die linke Hälfte seines Haupthaares verzichten wollte. Immerhin wetteiferten sie auch darum, wer zuerst eine Braut fand. Da war eine ordentliche Frisur ein respektabler Vorteil.

Bonnes Haare waren mittlerweile nachgewachsen, die Karten neu gemischt und der Hühnerstall lange vergessen. Nicht in Vergessenheit geraten war jedoch das ewige Wetteifern der beiden Brüder. Alles in allem hatte sich kaum etwas verändert. Bonne und Milo heckten weiterhin ihre Streiche aus, erboste Nachbarn gaben sich bei den Blaubeers die Klinke in die Hand, und ihr Vater schien nicht müde zu werden, stundenlange Vorträge über das Leben in der Gemeinschaft von sich zu geben. Manchmal jedoch gerieten die Dinge außer Kontrolle.

Milo Blaubeers stemmte die Fersen mit aller Kraft gegen die Wurzeln der alten Trauerlinde. Er lag rücklings auf dem harten Waldboden und umklammerte das letzte Ende eines Seils, das sich vor ihm am Rand der Seufzerschlucht verlor. Seine Hände schmerzten, die Fingerknöchel färbten sich weiß, und die Kraft wich langsam aus seinem Körper.

»Bonne, du musst versuchen, irgendwo Halt zu finden«, keuchte er. »Ich kann dich bald nicht mehr halten.«

Bonne antwortete nicht, aber das Seil schabte ein Stück über den Rand des Abgrunds und verklemmte sich mit einem Ruck in einer scharfkantigen Spalte.

»Bonne, hörst du?«, flehte Milo.

»Ich komme nicht an ihn heran«, hallte es aus der Schlucht. »Kannst du mich noch ein bisschen weiter hinunterlassen?«

Milo starrte verzweifelt auf das letzte Ende Seil, das er umklammerte.

»Hast du mich nicht verstanden?«, zischte er, in der Hoffnung, von seinem Bruder gehört zu werden. »Halt dich irgendwo fest, oder du kommst weiter nach unten, als dir lieb sein wird.«

Das Seil begann verächtlich zu knarren, und Milo spürte, wie das Gewicht am unteren Ende hin- und herschwang.

»Was tust du da, du Schwachkopf!«, keuchte er.

»Halt durch! Ich habe ihn gleich«, krächzte Bonne mit einer Stimme, als wenn es ihm die Luft abschnürte. Dann schien er plötzlich mit jemand anderem zu sprechen. »Ich will dir doch nur helfen. Nun mach es mir doch nicht so schwer. Komm ... jetzt ... endlich ... her!«

Plötzlich gab das Seil nach, und Milo schlug mit dem Kopf hart gegen den Stamm der Trauerlinde. Halb benommen, aber immer noch das Seil umklammernd zog er das Ende weiter zu sich heran. Er hörte seinen Bruder stöhnen und etwas Unverständliches krächzen.

»Ist alles in Ordnung?«, rief Milo ihm zu.

»Hohent och«, drang es aus der Schlucht hinauf.

Milo zog weiter an. Eine Handbreit nach der anderen holte er das Seil ein, doch dann stockte es unvermittelt. Sein Bruder musste irgendwo festsitzen. Zwei Mal riss Milo mit aller Kraft, doch das schmerzverzerrte Stöhnen seines Bruders ließ ihn innehalten.

»Steckst du fest?«, erkundigte er sich.

»Hohent och.«

Milo entschloss sich abzuwarten, bis sein Bruder aufhörte, in Rätseln zu sprechen. Der gute Vorsatz währte jedoch nicht allzu lange.

Die mehr als nur unglückliche Situation begann mit einem leichten Druck auf Milos Schulter. Bonne schien irgendwo Halt gefunden zu haben. Das Gewicht des Halblings zog zwar immer noch an dem Seil in den Händen seines Bruders, doch merklich leichter als zuvor. Milo spürte etwas auf der rechten Schulter, doch bevor er den Kopf zur Seite drehen konnte, fegte ihm ein buschiges rotbräunliches Fellbüschel durchs Gesicht und löste einen Niesanfall bei ihm aus. Als der Anfall vorüber war und Milo durch die tränenverschwommenen Augen wieder etwas sehen konnte, hatte sich der ungebetene Gast bereits wie ein Akrobat auf das straff gezogene Seil in seinen Händen geschwungen. Ein Gewitterhörnchen balancierte gekonnt auf dem Hanfstrang und beobachtete Milo neugierig. Gewitterhörnchen waren kleine rotbraune Baumbewohner, die weder besonders schmackhaft noch scheu waren. Ihren Namen verdankten sie dem außerordentlichen Gespür für heranziehendes schlechtes Wetter. Stunden bevor grelle Blitze vom Himmel zuckten und Donner die Luft erfüllte, konnte man zusehen, wie sich Dutzende von Gewitterhörnchen von den Bäumen stürzten; unter Zuhilfenahme ihrer fellbespannten Hautlappen zwischen Vorder- und Hinterläufen segelten sie dann zu Boden, um sich zwischen Baumwurzeln einen geschützten Platz zu suchen.

»Verschwinde, du Nager, und such dir ein paar Nüsse«, zischte Milo das Gewitterhörnchen an.

Der kleine quirlige Waldbewohner schien nur wenig Lust zu haben, seinen Wintervorrat weiter aufzustocken. Vielmehr wirkte er daran interessiert, ein weiches und wohnliches Nest zu bauen, um einen vermeintlichen Partner zu beeindrucken. Der Düsterkrallenwald bot eine schier unendliche Auswahl an verschiedenen Baumaterialien für Nagernester, doch dieses Gewitterhörnchen schien sich entschlossen zu haben, ausschließlich Hanf für den Bau zu verwenden.

Milo musste hilflos mit ansehen, wie das rotbraune Fellbüschel ihn frech anstrahlte, die Ohren anlegte und sich eine geeignete Stelle zum Anknabbern erschnüffelte.

»Unterstehe dich, du Rattenzahn«, brüllte Milo. »Lass sofort das Seil los.«

»Hohent och«, hallte es wie ein Echo vom Rande der Schlucht.

Das Gewitterhörnchen blieb unbeeindruckt und widmete sich weiterhin seiner Aufgabe der Nistmaterialsuche. Mit den kleinen spitzen Zähnen nagte es an dem Hanfseil herum und hatte schnell die ersten losen Fäden zwischen den Vorderpfoten. Hektisch zerrte es daran herum, um sie aus dem Geflecht zu lösen und sich die Fasern in die Backen zu stopfen.

Milo beschlich ein ungutes Gefühl, was bei einem Halbling schon etwas zu bedeuten hatte. Durch die knifflige Lage seines Bruders zur Untätigkeit verbannt, zerrte und zog Milo an dem Seil herum, um das Hörnchen zu verscheuchen.

»Lass endlich los«, schrie er den Nager an, was aber lediglich zur Folge hatte, dass das Tier die Ohren erneut anlegte, sich fester an den Strang klammerte und eilig weiternagte.

»Hohent och.«

Milo wusste sich nicht anders zu helfen, er tobte wie ein Gefesselter, wälzte sich hin und her, zerrte an dem Seil und warf den Kopf in alle Richtungen.

Dem Gewitterhörnchen schien dieses Spiel zu gefallen. Herausfordernd starrte es Milo an und gab dabei amüsierte Quietschlaute von sich, während es den buschigen Schwanz gen Himmel reckte.

»Na warte!«, keuchte Milo und verlagerte sein Gewicht so, dass er ein Bein freibekam.

Unruhig belauerte das Gewitterhörnchen den Halbling vor sich, als der das Bein anwinkelte und den Fuß direkt unter dem Nager postierte.

»Letzte Chance«, murmelte Milo und zog die Augenbrauen hoch.

Halblinge liebten die meisten Bewohner des Waldes. Insbesondere solche, die von ihrer Größe oder dem Naturell eher zu den Beutetieren zählten. Vielleicht empfanden sie die kleinen Tiere als Verbündete in einer Welt aus Riesen. Doch egal, wie mickrig und niedlich jemand war, ein Halbling ließ sich nicht von ihm auf der Nase herumtanzen.

»Du hast es nicht anders gewollt«, flüsterte Milo und trat zu.

Er erwischte das Gewitterhörnchen mit dem breiten Spann seiner übergroßen Füße und katapultierte den Nager senkrecht in die Höhe. Das freche Quieken des Hörnchens wurde zu einem Pfeifen und erinnerte entfernt an eines der Feuerwerke, die Alchimisten und Schausteller zu größeren Festen verschossen, um ihr Publikum zu begeistern. Wie es sich für eine anständige Rakete gehörte, die auf ihrem Höhepunkt in tausend bunte Blitzkugeln zerplatzte, spreizte das Gewitterhörnchen Vorder- und Hinterläufe ab und präsentierte die Flugbespannung. Wie ein Papierdrache schwebte das Tier in der Luft und ließ sich von den Aufwinden tragen. Nach einem Moment setzte der Nager zum Sturzflug an, hielt auf Milo zu, drehte im letzten Augenblick ab, schoss über den Rand der Schlucht und ließ sich in weiten Kreisen langsam tiefer sinken. Dann war es verschwunden.

Milo hatte genug von dem Unsinn. Er atmete tief durch, stemmte die nackten Füße fest gegen die Luftwurzeln der Trauerlinde und begann zu ziehen. Handbreit um Handbreit holte er es ein.

»Hohent och«, schallte es wieder aus der Schlucht, doch diesmal um einiges energischer.

Milo winkelte die Beine leicht an, fasste mit den Händen nach und presste die Beine mit aller Kraft durch. Es gab einen Ruck und einen erstickten Klagelaut seines Bruders. Milo mobilisierte die letzten Kräfte und zog an dem Seil, als ginge es um sein eigenes Leben, das an einem seidenen Faden hing.

Als sich die Hand seines Bruders am Rand der Schlucht zeigte und einen Wurzelstrang zu packen bekam, wusste Milo, dass sie es geschafft hatten. Er hätte schwören können, dass das Seil beim Einholen doppelt so lang war wie beim Herablassen, außerdem fühlten sich seine Arme an, als gehörten sie zu einem Troll.

Bonne rollte sich über den Abgrund und blieb erschöpft am Rand liegen.

»Ich glaube, es gibt bald ein Gewitter«, stöhnte er. »Diese dämlichen Hörnchen springen schon wieder von den Bäumen.«

Einen Moment lagen die beiden Halblinge da, unfähig, sich zu bewegen oder zu sprechen, und starrten in den Himmel über sich. Die Luft war erfüllt vom süßen Duft des Waldes, und das Rauschen der Blätter in den Bäumen erinnerte an das Geräusch des Meeres.

Stöhnend drehte sich Bonne auf den Bauch, etwas weg vom Abgrund.

»Was ist denn an den Worten ›Moment noch‹ so schwer zu verstehen?«, schnauzte er seinen Bruder an.

Milo hob kurz den Kopf, ließ ihn aber sofort zurück ins Gras sinken. »Dieses alberne Genuschel hatte tatsächlich etwas zu bedeuten? Für mich klang es mehr nach einer Magenverstimmung.«

Bonne stemmte sich ärgerlich hoch, schaffte es jedoch nur in die Hocke, weil die Beine ihm den Dienst versagten. »Wie würde es sich wohl bei dir anhören, wenn dir ein Seil um den Bauch die Luft abschnürt und du gezwungen bist, dich mit den Zähnen an eine Baumwurzel zu klammern, um das Gleichgewicht zu halten?«

»Ich bewundere deinen Einfallsreichtum«, schnaubte Milo, »nur scheint er dir nicht viel genützt zu haben.«

Bonne grinste triumphierend und zupfte zufrieden an einem dünnen Band, dass um seinen Fußknöchel geknotet war und dessen anderes Ende sich über dem Abgrund in der Schlucht verlor.

»Du hast es tatsächlich geschafft?«, staunte Milo und sprang auf die Beine. »Lass sehen!«

Bonne schien es zu genießen, das Band Zoll für Zoll einzuholen. Gewollt langsam wickelte er es in fein säuberlich geordneten Schlaufen auf. Er zelebrierte es regelrecht wie die Ankündigung eines Magiers in einem Gauklervarieté.

»Tadaaa«, verkündete Bonne und zog seinen Fang aus den Tiefen der Schlucht.

Am Ende des Bandes hing eine tellergroße Schieferplatte, auf der sich ein seltsam aussehender Pilzschwamm festgesetzt hatte. Dieser äußerst seltene und skurril wirkende Waldbewohner nannte sich Blutmorchel. Er sah aus wie die herausgeschnittene Leber eines Dammhirsches, die man auf eine weiße Tropfkerze aufgespießt hatte. Erzählungen zufolge wuchsen diese Pilze nur an Orten, an denen das Blut eines gewaltsam zu Tode Gekommenen im Boden versickert war. Solche Geschichten rankten sich zuhauf um alle möglichen Pflanzen, Tiere oder seltene Minerale im Düsterkrallenwald, und kaum jemand gab etwas darauf, wie auch Bonne und Milo. Den Begriff Blutmorchel verbanden die beiden nur mit einem: mit Essen. Der dunkelrote Saft des Pilzes, der ihm auch den Namen verlieh, hatte einen nussigen Geschmack und ein leicht pfeffriges Aroma. Der Schwamm selbst war gebraten eine Köstlichkeit und wurde gern zu Wild gereicht oder als kaltes Appetithäppchen vorweg.

»Und, was sagst du?«, fragte Bonne, nachdem sie einen Moment gemeinsam den Pilz angestarrt hatten.

Milo zuckte mit den Achseln. »Ich weiß nicht«, sagte er, »findest du nicht, dass es vielleicht doch ein bisschen zu riskant war, nur um einen Pilz für unser Essen zu finden?«

Bonne starrte seinen Bruder ungläubig an, als ob dieser das Leben selbst in Frage gestellt hatte.

»Das sagst du nur, weil ich ihn gefunden habe«, fauchte Bonne. »Das kann doch wohl nicht dein Ernst sein. Gespickter Hasenrücken, Stampfkartoffeln und Rübenmus, woraus willst du bitte schön eine Soße dafür machen? Denkst du vielleicht wieder an eine von deinen berüchtigten Mehlpampen mit Wasser und Muskat? Pfui Teufel, sage ich. Du solltest dich selbst einmal reden hören.«

In seiner Rage dauerte es einen Moment, bis Bonne das breit grinsende Gesicht seines Bruders richtig zu deuten verstand. Erst als Milo in schallendes Gelächter ausbrach, wusste er, dass sein Bruder ihn auf den Arm genommen hatte.

»Komm, lass ihn uns vorsichtig vom Stein schneiden«, schlug Milo versöhnlich vor. »Wenn wir uns beeilen, sind wir rechtzeitig zum Abendbrot wieder zu Hause.«

Der Vorschlag war ganz nach Bonnes Geschmack. Er zückte ein kleines Jagdmesser und führte die Klinge behutsam zwischen Pilzfuß und Schiefergestein.

»Sei vorsichtig«, warnte Milo seinen Bruder. »Schneide nicht in den Stängel, sonst blutet er aus.«

»Das ist nicht die erste Blutmorchel, die ich aus ihrer gewohnten Umgebung schneide«, beruhigte ihn Bonne.

Langsam glitt der kalte Stahl zwischen Stein und Schwamm und trennte die ungleiche Symbiose. Ein leises Schmatzen war zu hören, als sich das Pilzgeflecht von dem toten Stein löste. In Siegerpose hielt Bonne die Blutmorchel hoch.

Milos Blick blieb jedoch starr auf dem Stück Schiefergestein haften. Der Halbling wirkte wie gelähmt und reagierte erst, als sein Bruder ihn unsanft in die Seite knuffte.

»Was passt dir jetzt schon wieder nicht?«, erkundigte sich Bonne.

»Wo hast du den Stein her?«

»Lass mich mal nachdenken«, frotzelte Bonne. »Das ist alles schon so lange her. Es ging, glaube ich, gar nicht um den Stein, sondern um irgendetwas anderes. Was war es nur? Ach ja, dieser Pilz hier.« Erneut reckte Bonne die Blutmorchel in die Höhe und wartete auf Beifall. »Der Stein klebte nur daran fest. Du kannst ihn haben, wenn er dir gefällt. Bohr ein Loch hinein, mach eine Kette dran und häng ihn dir um den Hals, wenn du das nächste Mal schwimmen gehst, du Spaßbremse.«

»Das sind Runen, wie sie von Magiern verwendet werden, wenn sie ihre Zauber wirken«, stammelte Milo und zeigte auf die dünnen weißen Linien, die sich deutlich vom schwarzen Schiefer abhoben.

»Quatsch«, winkte Bonne ab. »Das ist das Wurzelgeflecht, das vom Pilz daran kleben geblieben ist.«

»Die Zeichen sind viel zu regelmäßig«, gab Milo zu bedenken. »Das hier zum Beispiel oder dieses, gleich zweimal hintereinander. Das ist doch kein Zufall.«

Milo deutete auf eine Reihe feiner Linien, die wie zwei nebeneinanderschwimmende Fische aussahen, und eine auf dem Bauch liegende Acht.

»Sieht aus wie zwei Hasen, die sich um eine umgefallene Sanduhr streiten«, gab Bonne zögerlich zu.

»Es ist doch egal, wie es aussieht«, fuhr Milo seinen Bruder an. »Viel wichtiger ist doch, was die Runen bedeuten. Gab es noch mehr von diesen Zeichen dort unten?«

Bonne zuckte mit den Schultern. »Ich habe Pilze gesucht, keine Strichmännchen«, rechtfertigte er sich. »Was interessiert dich so an dem Gekritzel irgendeines Magiers?«

»Das kann ich dir erzählen«, sagte Milo, während er das Schieferstück in seinem Leinenbeutel verstaute. »Wenn ein Magier sich die Mühe macht, solche Runen in Stein zu kratzen, geht es um etwas Wichtiges. Vielleicht beschützen die Runen irgendetwas, einen Schatz oder einen mächtigen magischen Gegenstand.«

Milo zog das lose Ende des Seils zu sich heran und begann, es sich um den Bauch zu schlingen.

»Diesmal werde ich hinunterklettern, und du sicherst mich«, sagte er zu seinem Bruder, der bereits in dem Rucksack kramte, den er am Fuße der Trauerlinde zurückgelassen hatte.

»Falsch«, erwiderte Bonne und präsentierte ein säuberlich zusammengelegtes Bündel. »Wir werden zusammen gehen.«

»Du hast ein langes Seil?«, stöhnte Milo fassungslos. »Warum haben wir das nicht gleich genommen, als du den Pilz holen wolltest? Wir hätten es einfach um den Baum wickeln können.«

Bonne stemmte empört die Arme in die Hüften. »Wem würdest du dein Leben anvertrauen, irgendeinem dahergelaufenen Baum oder deinem eigenen Bruder?« Bonne wartete die Antwort gar nicht erst ab. »Na siehst du, wie Vater immer sagt: Wenn es hart auf hart kommt, zählt nur die Familie. Außerdem ist das Seil ganz neu und noch etwas hart.«

Milo stampfte verärgert auf seinen Bruder zu, entriss ihm das Seil, knotete ein Ende um den Stamm der Trauerlinde und warf das andere Ende in die Seufzerschlucht, die sich mit einer Länge von zwölf Meilen und einer Breite von dreihundert Fuß quer durch den Düsterkrallenwald schnitt.

»Seit wann schert es dich, was Vater sagt?«, fauchte Milo und begann, sich hinabzulassen. »Kommst du jetzt mit, oder muss ich dein neues Seil allein einweihen?«

Bonne hatte sich schon längst entschieden. Was Magier taten oder auch nicht, interessierte ihn herzlich wenig, aber ein mögliches Abenteuer, an dessen Ende vielleicht ein verborgener Schatz wartete, war etwas, zu dem kein Halbling nein sagen konnte.

Wenige Minuten später hingen die beiden Brüder zwanzig Fuß unter dem Rand der Schlucht und starrten auf ein Geflecht aus Wurzeln und Steinen. Unter ihnen baumelte das Ende des Seils wie eine Schlange, die sich aus dem Griff eines Adlers zu befreien versuchte. Unter dem Seilende folgten fast tausend Fuß erschreckendes Nichts, das in einer zerklüfteten Landschaft aus Felsen und toten Bäumen endete.

»Da unter dem Vorsprung, wo die Wurzeln am dichtesten sind«, erklärte Bonne und zeigte in die entsprechende Richtung.

»Und jetzt?«, fragte Milo etwas hilflos.

»Da die Felswand uns nicht entgegenkommt und wir uns nicht Ewigkeiten hier festhalten können, würde ich es mit Schwingen probieren. Du hängst unter mir, das ist deine Aufgabe.«

Milo holte tief Luft und richtete den Blick starr auf die Felswand vor sich, dann begann er mit den Beinen Schwung zu holen – erst vorsichtig, dann immer kraftvoller. Ein ums andere Mal kamen sie den aus der Felswand ragenden Wurzeln näher. Milo holte mehr Schwung, während Bonne versuchte, eine der Wurzeln zu greifen.

»Noch ein bisschen mehr«, spornte Bonne seinen Bruder an. »Gleich hab ich sie.«

Milo machte die Arme lang, streckte die Beine vor und legte sein ganzes Gewicht hinein.

»Hab sie«, grölte Bonne und schlang die Beine schnell um eine alte knorrige Wurzel, um den Halt nicht zu verlieren. Die beiden Brüder klammerten sich an das Geflecht aus Luftwurzeln wie zwei Seeleute in die Takelage eines Schiffes.

»Gleich unter dir ist ein Vorsprung, wo wir sicher stehen können«, verriet Bonne.

Milo tastete sich mit den Füßen vorwärts und fand das winzige Plateau. Jeder Schritt war ein Wagnis, jeder Griff nach einer Wurzel die Rettung vor dem sicheren Tod.

Einen Moment später standen die Halblingsbrüder mit dem Rücken zur Felswand auf dem schmalen Absatz und starrten auf das sanft baumelnde Seil zehn Fuß vor ihnen. Das nun unerreichbare Seil, das Bonne beim Abstieg auf das Plateau losgelassen hatte.

»Das war *dein* Seil«, stöhnte Milo. »Du hättest darauf aufpassen müssen.«

»Aber *du* hast es dir ausgeliehen«, antwortete Bonne.

Einige Minuten vergingen, bis Milo das bedrückende Schweigen brach.

»Wo ist die Stelle, wo du den Pilz gefunden hast?«

»Wir stehen drauf«, antwortete sein Bruder. »Und bevor du fragst, nein, ich kann keinen Schritt zur Seite gehen.«

Milo senkte den Blick vorsichtig, das Kinn auf die Brust gepresst. Genau zwischen seinen Füßen lag eine kleine Mulde, die von Form und Größe zu der Schieferplatte in seinem Beutel passte. Angrenzend zu der Mulde lag weiteres Schiefergestein halb unter Moos und Flechten verborgen, aber angeordnet wie ein Mosaik.

Bedächtig zog Milo den Stein aus seinem Beutel, drehte ihn in der Hand, bis er die richtige Position gefunden hatte, und ging langsam in die Hocke.

Bonne wollte seinen Bruder gerade zur Vorsicht ermahnen, als er sah, dass Milo langsam nach vorn kippte.

Anstatt den Stein fallen zu lassen und nach einer Wurzel zu greifen, um den tödlichen Sturz abzuwenden, rief Milo: »Bonne, hilf mir!«

Bonne reagierte sofort. Eine Hand klammerte sich an das Wurzelgeflecht in seinem Rücken, die andere packte den dunkelbraunen lockigen Haarschopf des Bruders. Es gab Situationen, in denen man sich nicht aussuchen konnte, wie man etwas tat, ob man es besser hätte tun können oder wenigstens mit etwas mehr Rücksicht – dies war so ein Moment.

Bonne riss Milo zurück. Er spürte, wie sich etliche Haarbüschel von der Kopfhaut des Bruders verabschiedeten, aber die meisten hielten der Belastung stand. Milo wurde zurückgerissen und von dem Wurzelgeflecht an der Schluchtwand verschluckt. Bonne wollte schon aufschreien, doch bevor seine Kehle gehorchte, sagte ihm sein Verstand, dass es keine Steine gab, die Halblinge fraßen, und dass Wurzeln lediglich Wasser aus dem Erdreich saugten. Vorsichtig steckte er die Hand in das Geflecht aus Wurzeln und angetrockneter Erde hinter sich. Seine Hand griff ins Leere. Wurzeln und Sand waren zwar keine Illusion, doch der natürliche Vorhang, den sie bildeten, war kein Zufall und hatte mit Sicherheit etwas mit den Runen auf dem Stein zu tun. Bonne zwängte einen Fuß zwischen den Wurzeln hindurch, dann das ganze Bein, und einen Moment später sah er sich in einem schummrigen Stollen wieder, der nur durch vereinzelte Lichtstrahlen erhellt wurde. Bevor er sich nach seinem Bruder umsehen konnte, hatte dieser ihn schon an der Schulter gepackt und zog ihn zu sich heran.

»Das mit deinen Haaren tut mir leid«, stammelte Bonne, aber bevor er weiterreden konnte, presste Milo ihm die Hand auf den Mund.

»Pst, dort!«, flüsterte er und drehte seinen Bruder an der Schulter herum.

Bonne sah am Ende des kurzen Stollens eine einfache hölzerne Tür oder ein kleines Tor, durch dessen Ritzen ein schwaches Licht schien. Die Tür stand einen Spalt breit offen.

»Eine Zwergenmine«, nuschelte Bonne durch Milos Finger hindurch.

»Es gibt im Düsterkrallenwald keine Zwerge«, flüsterte Milo.

»Dann vielleicht eine Bärenhöhle.«

»Mit einer Tür im Eingang und einer gemütlichen Beleuchtung im Inneren, weil Bären sich im Dunkeln fürchten?«, gab Milo zu bedenken.

Bonne schob die Hand des Bruders beiseite.

»Wenn du ohnehin alles besser weißt, würde es dir vielleicht nichts ausmachen, mich aufzuklären. Sag schon, was ist es?«

»Ich hab keine Ahnung«, zischte Milo.

»Das wäre mein nächster Tipp gewesen«, sagte Bonne zynisch. »Vielleicht sollten wir einmal nachsehen, bevor wir unwissend sterben, weil uns der Hungertod übermannt hat.«

»Da pflichte ich dir ausnahmsweise zu«, antwortete sein Bruder wie in Trance, während er auf die Tür zuschlich.

Milo spähte abwechselnd durch die verschiedenen Ritzen zwischen den Holzbrettern. Eigentlich war es keine Tür, sondern so etwas wie eine Gartenpforte, was die Sinnhaftigkeit ihrer Existenz unter der Erde noch weiter in Frage stellte. Mittig, im oberen Drittel der Pforte, war ein geschwungenes, mit Rankenornamenten versehenes Holzbrett angebracht. Jedoch hatte jemand den mittleren Teil, dort, wo sonst ein Name eingraviert war, mit einem scharfen Werkzeug unkenntlich gemacht. Nur die beiden ersten Buchstaben waren noch lesbar. Milo fuhr mit den Fingern über das Schild.

»Bo«, las er vor. »Der Rest ist nicht mehr zu entziffern«, erklärte er.

»Bo?«, wiederholte Bonne. »Klingt gut, klingt vertrauenswürdig, klingt besser als Dr.«

Milo sah seinen Bruder verständnislos an. »Dr?«

»Drache«, sagte Bonne.

»Drachen bauen weder Türen noch zünden sie Licht in ihrem Hort an«, verkündete Milo. »Hör jetzt endlich auf, nur dummes Zeug von dir zu geben. Sag mir lieber, ob wir dorthinein gehen sollen oder nicht.«

»Du überlässt mir die Entscheidung?«

»Nein, ich will nur deine Meinung hören, um dann genau das Gegenteil zu tun«, schnaubte Milo genervt.

»Es ist ein Stollen«, erklärte Bonne. »Warum sollte ihn jemand gegraben haben, wenn man nicht hindurchlaufen soll? Ich würde auf jeden Fall hineingehen, schon allein aus dem Grund, weil wir hier feststecken, seit du das Seil losgelassen hast.«

Milo ging auf den Vorwurf nicht weiter ein, um Streit zu vermeiden. Ansonsten musste er zugeben, dass sein Bruder irgendwie Recht hatte, sie waren hier gefangen.

Er drückte gegen die Holztür, als wolle er prüfen, ob sie wirklich da war. Knarrend schwang sie auf, und zum Vorschein kam ein bogenförmiger Stollen. Die Wände und Decken sahen aus, als wären sie aus schwarzem Lehm, den jemand mit einem feuchten Lappen glattgewischt hatte.

Der minenartige Stollen führte etwa dreißig Fuß geradeaus und zweigte dann nach links und rechts ab. Mitten auf der Gabelung stand eine beleuchtete Laterne, die jemand an einem Pfahl oder Spieß befestigt hatte. Nach wenigen Schritten nahm Milo den ungewöhnlichen Geruch war, der von den Wänden auszugehen schien. Entfernt erinnerte er ihn an eine durchzechte Nacht im »Springenden Hasen«, wenn Rita Grünblatt, die Wirtin, ihn und seine Freunde morgens hinauswarf, weil sie die Schenke saubermachen wollte. Und es gab noch etwas, das sich lückenlos in das ohnehin schon ungewöhnliche Ambiente einfügte: Der Boden war bedeckt mit gleichmäßig kleinen, hellgrauen Kieseln, die bei jedem Schritt knirschten.

Da Halblinge so etwas wie Angst nicht kannten, weil bei ihnen meist die Neugier obsiegte, waren die ersten Schritte der Brüder im Stollen lediglich von Unwohlsein begleitet. Dennoch war Milo froh, als er die Laterne erreichte und der Lichtkegel ihn einhüllte. Sein Bruder drängte sich ungewöhnlich dicht an ihn.

»Was soll das sein, die Straßenlaterne eines Wichteldorfes?«, flüsterte Bonne – und er hatte Recht. Der Stab unter der Laterne war ein aufwendig geschmiedetes Stück Metall mit etlichen Schnörkeln und einem breiten Fuß.

Milo zückte einen Dolch und trat an die Stollenwand. Mit der Klinge schabte er etwas von dem schwarzen Gestein ab und ließ die Stücke in seine Hand rieseln.

»Asche«, stellte er erstaunt nach einem Moment fest und pustete die Reste von seinen Fingern.

Beinahe hätte sich den beiden die Frage gestellt, in welche Richtung sie weitergehen wollten, wäre da nicht dieses glucksende und gackernde Geräusch gewesen, das Bonne in seinen Bann zog.

»Hühner«, stammelte er. »Was passt schon besser zu einem Hasenbraten mit Blutmorchelsoße als ein gut gewürzter und knusprig gegrillter Hühnerspieß?«

Milo konnte der Zusammenstellung so gar nichts abgewinnen, doch in Anbetracht dessen, dass in einem Halblingleben nach der Mahlzeit vor der Mahlzeit war, folgte er seinem Bruder in den dunkler werdenden Stollen.

Der unterirdische Gang verlief in einem Bogen, und kurz bevor das letzte Licht der winzigen Laterne erstarb, zeigte sich ein anderer Lichtschein vor ihnen.

»Wir sollten vorsichtig sein, solange wir nicht wissen, was hier vor sich geht und wer in diesem merkwürdigen Stollen haust«, warnte Milo seinen Bruder.

Bonne drehte sich um und sah seinen Bruder vorwurfsvoll an. »Nein«, tönte er. »Wir sollten vorsichtig sein. Denn egal wer in diesem merkwürdigen Stollen haust, wir werden ihn gleich um ein paar Hühner erleichtern. Du solltest langsam aufhören, das Besitzrecht eines Fremden über dein eigenes Bedürfnis zu stellen. Wann hat dir das letzte Mal jemand ein Huhn geschenkt?«

»Noch nie«, antwortete Milo verständnislos.

»Da siehst du es«, erklärte Bonne. »Alle anderen denken auch nur an sich, und es ist ihnen egal, ob du gerne ein Huhn haben möchtest oder nicht. Ich gebe dir jetzt einen guten Rat: Wenn du etwas haben willst, nimm es dir, wenn keiner hinsieht. Das gilt natürlich nicht unter Geschwistern«, fügte er eilig hinzu und grinste verlegen. »Nun komm schon, Bruder! Es wird schon kein Wichtelbauer mit einer Armee von Katakombenhühnern dort hinten auf uns lauern. Wahrscheinlich hat sich das blöde Federvieh hierher ebenso verirrt wie wir. Wir schaffen es bloß dorthin zurück, wo es hingehört – in den Kochtopf der Familie Blaubeers.«

Milo musste zugeben, dass sich das meiste, was sein Bruder von sich gegeben hatte, recht plausibel anhörte, wenn man nicht länger darüber nachdachte. Außerdem wollte er nicht als Feigling und Spielverderber dastehen, erst recht nicht, wenn es um Hühner ging. Milo packte seinen Bruder an der Schulter und hielt ihn zurück.

»Lass mich vorgehen«, sagte er bestimmend.

»Warum?«

»Weil ich stärker und schneller bin als du«, erklärte Milo. »Wenn dort jemand auf uns lauert, werde ich mich unter seinem Schlag hinwegducken, während er dich mit voller Wucht trifft. Dann kann ich deinen Tod rächen, wie es sich für einen älteren Bruder gehört.«

Bonne verzog das Gesicht. »Träum weiter, du Nebelriese. Lass dir erst mal anständige Haare auf den Füßen wachsen. Ich lass dich vorgehen, aber nur, weil Vater sicherlich von mir wissen will, wie du umgekommen bist. Ich hoffe, das Dutzend Hühner wird ihn über deinen Tod hinwegtrösten.«

»Wer zuerst zwei gefangen hat!«, sagte Milo herausfordernd und rannte los.

Das Licht war schnell erreicht und stellte sich als die gleiche kleine Laterne heraus, die sie schon auf der Kreuzung zuvor gesehen hatten. Jedoch hatte das Licht für Milo diesmal nichts von Geborgenheit oder Schutz, vielmehr war es für ihn das Startzeichen einer Wette, die er nicht gedachte zu verlieren.

Im fahlen Schein der Laterne zeigte sich zur Linken eine rußschwarze Scheunentür, die teilweise noch unter einer Ascheschicht verborgen lag.

Milo hatte alles um sich herum vergessen. Angestachelt von dem Wettstreit mit seinem Bruder, hörte er nur noch auf dessen Schritte hinter sich und stürmte auf das große, halb von Asche verdeckte und verkohlte Scheunentor zu. Ungestüm schob er die Hände in den Spalt der beiden Halbtore und riss eines von ihnen gerade so weit auf, dass er sich hindurchzwängen konnte. Der Lichtschein durchschnitt die dahinterliegende Dunkelheit wie ein Messer und ließ eine Schar von gefiedertem Kleinvieh wild durcheinanderflattern. Milo fixierte kurz eines der geschunden aussehenden Hühner und hechtete hinterher. Für einen kurzen Moment wurde es abermals dunkel, als Bonne sich durch das Tor quetschte, um ebenfalls sein Glück zu probieren. Milo sah die Hand vor Augen nicht mehr, doch ein Huhn, das einem Halbling entkommen konnte, musste erst noch schlüpfen. Elegant bekam er einen Flügel zu fassen, warf das Federvieh in die Luft und hatte es einen Moment später bei den Beinen gepackt. Er spürte, wie ein anderes Huhn hilflos um seine Füße flatterte. Schwungvoll ging er in die Hocke, zog den flüchtenden Vogel zu sich heran und klemmte das weiche Bündel zwischen Unterarm und Hüfte ein.

»Ich habe zwei«, rief er triumphierend aus und trat zurück in den Lichtschein, der durch das Tor fiel.

»Ich habe nur eins«, grummelte sein Bruder, »oder besser gesagt ein halbes«, fügte er angeekelt hinzu.

Bonne drückte sich gegen das Tor, um mehr Licht in das Gewölbe hineinzulassen und seinen Fang genauer zu inspizieren. Doch bevor er das

Federvieh in Augenschein nehmen konnte, brach Milo bereits in schallendes Gelächter aus.

»Jeder so, wie er kann«, prustete Milo. »Wenn du Angst hast, dass es dir wieder davonrennt, kann ich es gerne für dich anpflocken.«

Bonne wusste sofort, worauf sein Bruder anspielte. Dem Huhn fehlte ein Bein sowie ein Flügel auf der rechten Seite. Es sah aus, als wenn es von einem Marder oder Dachs angefallen worden war. Angewidert betrachtete er das halb gerupfte Geflügel, dann sah er zu seinem Bruder hinüber.

»Wie es aussieht, waren deine auch nicht gerade schwer zu fangen«, knurrte er.

Milo schaute an sich herab und nahm seinen Fang ebenfalls in Augenschein. Bonne hatte Recht, dem ersten Huhn hing der Kopf herab, als hätte ihm jemand den Hals umgedreht, dem anderen stachen lediglich zwei rote Stümpfe aus dem Unterkörper, wo sonst die Beine und Füße hätten sein sollen. Obendrein wiesen beide größere kahle Stellen im Gefieder auf. Milo versuchte vorsichtig, den Kopf des ersten Huhns zu richten, aber er sackte immer wieder zur Seite weg.

»Hühner sind äußerst robuste Tiere«, erklärte er. »Es gab welche, denen man den Kopf abgeschlagen hat und die trotzdem quer durch den Stall rannten und ein Mordsgezeter veranstalteten.«

Bonne schien seinem Bruder gar nicht zugehört zu haben. Er ließ sein Huhn fallen und lief zielgerichtet, dem Lichtschein folgend, an seinem Bruder vorbei in den hinteren Teil der Höhle.

Milo schaute noch einen Augenblick auf das hilflos am Boden flatternde Tier, wie es versuchte, sich vor dem Licht zu verstecken, als wenn sein Aussehen ihm peinlich war, dann drehte er sich um und beobachtete Bonne, der sich mittlerweile an einer weiteren Tür zu schaffen machte. Milo wollte gerade Einspruch erheben, als er erkannte, dass die Tür in halber Höhe endete und zu einem Verschlag gehörte, über dessen Rand zwei lustig wackelnde Ohren hinweglugten.

»Ein Pferd!«, rief er verzückt aus.

»Mein Pferd«, berichtigte Bonne ihn. »Du bist mehr so der Hühnertyp.«

»Was machst du da?«, fragte Milo, als er sah, dass sein Bruder die Verriegelungen zurückschob.

»Ich habe ein Pferd gefunden, was denkst du denn? Ich werde es natürlich mitnehmen.«

»Man findet Pferde nicht einfach so«, warnte Milo seinen Bruder. »Sie sind nicht wie Pilze, sie gehören immer jemandem.«

»Das gilt nur für Reittiere über der Erde. Bei den Hühnern hast du es ja auch nicht so genau genommen.«

»Und wie, bitte schön, willst du es mitnehmen?«, fragte Milo, der der Logik seines Bruders nichts mehr entgegenzusetzen wusste. »An dem Seil werden wir es nicht hochziehen können.«

Bonne zog eine Grimasse.

»Was hineingekommen ist, kommt auch wieder heraus, hat Mutter schon immer gesagt.«

»Da meinte sie aber die Quartelkerne, die du als Baby immer verschluckt hast, und nicht ein ganzes Pferd.«

»Das nennt man Weisheit, wenn man etwas Gelerntes auf andere Lebensbereiche anwendet, lieber Bruder«, erklärte Bonne trotzig und zog den letzten Riegel zurück.

Milo hätte gern noch etwas Schlagfertiges von sich gegeben, schließlich war die Auseinandersetzung mit seinem Bruder nichts anderes als ein Wettstreit der Worte, jedoch kam er nicht mehr dazu.

Das Gatter zum Pferch flog mit Wucht auf, knallte Bonne vor den Kopf und schleuderte ihn zurück. Der Halbling stürzte und blieb benommen liegen.

Ein dunkelbrauner Hengst schritt mit der Gelassenheit einer Raubkatze aus dem Gatter. Mit gebeugtem Haupt und durchgebogenem Rücken stand er schnaubend über dem am Boden liegenden Halbling. Bluttränkter Geifer tropfte dem Pferd aus Maul und Nüstern. Die Augen waren milchig verfärbt, die Lefzen hochgezogen wie bei einem verwesenden Kadaver. Mit seinem halb entblößten Gebiss sah das Tier aus, als würde es grinsen. Ein Hinterlauf und die rechte Flanke schienen von schweren Verbrennungen oder Verätzungen entstellt. Die Haut war voller Bläschen und Schorf. Es schien, als witterte das Tier den kleinen und hilflosen Körper vor sich mehr, als dass es ihn sah. Bebend bewegten sich die Nüstern, und ein Huf stampfte gereizt auf den lehmigen Boden.

»Geh weg von ihm, du Scheusal«, schrie Milo und tat einen Schritt auf das Pferd zu, in der Hoffnung, es zurücktreiben zu können.

Der Hengst riss den Kopf hoch und stieß einen wiehernden Laut aus. Seine blinden Augen suchten nach dem Ursprung der Stimme und fanden ihn. Starr haftete sein Blick auf Milo.

»Zurück mit dir«, zischte Milo und zog drohend den Dolch aus dem Gürtel.

Halblinge und Pferde passten in etwa so gut zusammen wie Zwerge und Elfen. Dies mochte daran liegen, dass Pferde das kleine Volk eher als Packstück denn als Reiter ansahen und sich die Halblinge auf dem breiten Rücken auch so fühlten. Doch in diesem speziellen Fall war es mehr als nur eine Abneigung gegen die andere Rasse. In den blinden Augen des Hengstes spiegelte sich der blanke Hass wider.

Als Milo einen weiteren Schritt machte, scheute das Tier wiehernd und stieg auf die Hinterbeine. Die Vorderläufe schlugen durch die Luft und drohten Bonne unter sich zu zermalmen.

»Nicht«, schrie Milo und stürmte mit blitzender Klinge auf den Hengst los.

Mit jedem Schritt auf das Monstrum zu stieg ihm beißender Gestank der Verwesung in die Nase. Donnernd stießen die Hufe zu Boden und verfehlten Bonne nur um Haaresbreite. Der junge Boggar kam gerade wieder zu sich. Wie von Sinnen trat der Hengst auf der Stelle. Seine Hufe schienen nach etwas zu suchen, das sie unter sich zermalmen konnten.

»Zurück!«, schrie Milo abermals und stieß mit dem Dolch zu.

Eigentlich hatte er nur vorgehabt, das Tier leicht zu ritzen, um es zu verscheuchen, doch die Klinge verschwand wie in einem morschen Stück Holz bis zum Heft in der Brust des Hengstes. Erneut bäumte sich das Tier auf und tänzelte auf den Hinterläufen rückwärts.

Milo ließ den Griff seines Dolches los und wäre beinahe von einem der Hufe am Kopf getroffen worden, doch instinktiv klammerte er sich an den Pferdelauf und wurde mit in die Höhe gezogen. Der Hengst schien wenig Gefallen daran zu finden und schnappte nach dem Halbling. Krachend schloss sich der Kiefer nur eine Handbreit vor seinem Kopf. Geifer spritzte in das Gesicht des Halblings, und Milo verlor den Halt. Er stürzte zu Boden und schaffte es gerade rechtzeitig, sich zur Seite zu rollen, um nicht von den Hufen getroffen zu werden. Er führte einen Fuß hinter das Gatter und versetzte ihm einen Stoß, sodass es zuschwang. Der Hengst wollte es bereits wieder aufstoßen, doch Milo stemmte sich nun mit beiden Füßen gegen das Gatter und versuchte, das untote Tier in den Pferch zurückzudrängen. Die Tür des Holzverschlages drückte gegen die breite Pferdebrust und trieb den in ihr steckenden Dolch noch tiefer in das faulige Fleisch des Pferdes. Der Hengst wieherte auf. Milo trampelte weiter auf die Tür ein und trieb den dunklen Koloss rückwärts. Als dann endlich Holz auf Holz traf, sprang Milo auf, warf sich mit dem Rücken gegen die Tür zum Verschlag und schob eilig die Riegel vor. Bonne schien unverletzt. Er saß am Boden und starrte seinen Bruder an. Aus Milo wich langsam die Anspannung. Er sackte in sich zusammen und streckte die Beine aus, sodass sich ihre Füße beinahe berührten.

»Was war das denn?«, keuchte Bonne.

»Sie sind alle tot«, antwortete Milo. »Verstehst du? Tot!«

»Na und? Das ist doch kein Grund, sich so aufzuführen«, ereiferte sich Bonne. »Schließlich waren sie schon tot, bevor wir hierherkamen.«

Einen Augenblick herrschte Stille, und die beiden Halblinge sahen sich schweigend an.

»Wir müssen hier wieder raus«, befand Milo, »und zwar so schnell wie möglich. Vielleicht befindet sich auf der anderen Seite ein Ausgang.«

Bonne sprang begeistert auf und klopfte sich den Schmutz von der Kleidung.

»Worauf warten wir dann?«

Milo zeigte hinter sich. »Mein Dolch steckt noch in dem Gaul.«

»Da wird sich der Metzger aber freuen«, schnaubte Bonne mehr in Richtung des Pferdes als seinem Bruder zugewandt. »Ich kaufe dir einen neuen, wenn wir zurück in Eichenblattstadt sind.«

Dann half er seinem Bruder auf die Beine, und gemeinsam verließen sie eilig die Scheune, ohne sich noch einmal umzudrehen. Schweigend und mit schnellen Schritten traten sie den Rückweg an. Als sie wieder auf die Kreuzung mit der winzigen Laterne trafen, blieb Milo einen Moment stehen und blickte unentschlossen den Stollen hinunter, der zur Seufzerschlucht führte.

»Was ist los?«, fragte Bonne verständnislos.

In Milos Gesicht zeigte sich Zweifel. »Vielleicht sollten wir doch versuchen, an das Seil zu kommen. Wer weiß, was uns hier unten noch alles erwartet. Immerhin sind wir unbewaffnet und so gut wie wehrlos.«

»Hat Vater dir denn nichts gesagt?«, fragte Bonne übertrieben einfühlsam.

»Was soll Vater mir gesagt haben?«, erwiderte Milo nervös.

»Wir sind Halblinge«, verkündete sein Bruder. »Für die meisten Unholde auf dieser Welt sind wir ohnehin wehrlos, egal ob mit oder ohne Waffe. Was kümmert es einen Riesen, wenn er auf dich tritt, ob du ein Messer dabeihast? Die Stärke der Halblinge ist ihr Geschick, ihr Frohsinn und die Raffinesse, mit der sie sich ihren Problemen stellen. Und deshalb tue ich einfach so, als wenn ich deinen einfallslos melancholischen Plan zum Geschwisterselbstmord nicht gehört habe. Oder wolltest du allen Ernstes versuchen, an das Seil zu springen, und wenn du es verfehlt hast, dir beim Sturz in die Tiefe etwas Besseres einfallen zu lassen? Wie viele Halblinge kennst du, die über zehn Fuß weit springen können?«

Bonne hatte Recht. Es kam selten vor, aber heute schien er eine Glückssträhne zu haben. Richtig oder falsch war bei den Brüdern normalerweise eher eine Definition, die durch die Worte »Wetten, dass« und den Ausgang einer Mutprobe entschieden wurde, aber diesmal verzichtete Milo darauf. Der Sprung an das Seil durfte nicht mehr als der letzte Ausweg sein, wenn überhaupt. Er sah seinen Bruder empört an. »Du hast doch wohl nicht im Ernst geglaubt, dass ich so dumm wäre, mich wie ein Gewitterhörnchen in die Schlucht zu stürzen, oder?«

»Nicht?«, fragte Bonne verstört. »Was hattest du dann vor?«

»Ich hätte dich springen lassen, um zu sehen, ob man es überhaupt schaffen kann.« Milo legte sein breitestes Grinsen auf, klopfte Bonne auf die Schulter und ging an ihm vorbei.

Als er bemerkte, dass sein Bruder ihm nicht gleich folgte, drehte er sich zu ihm um. »Ich bin mir sicher, du hättest es geschafft«, sagte er, um Bonne jedenfalls so weit zu beruhigen, dass er keine Dummheit beging.

»Natürlich hätte ich das«, entgegnete Bonne und schloss zu seinem Bruder auf.

Das Stollenende, in dem sie sich befanden, glich dem ersten Teil. Die Wände waren rußgeschwärzt und der Boden mit Kieseln bedeckt. Der

Weg schien sich um irgendetwas herumzuwinden oder sich durch etwas hindurchzuschlängeln. Mehrfach änderte er die Richtung, und es hatte den Anschein, als wüsste er selbst nicht, wohin er führen wollte. Die erste Abzweigung hätten Bonne und Milo beinahe übersehen, so schmal war sie und so finster der Kriechgang dahinter. Das Stollenstück war nicht höher, als ein Halbling maß, und die Breite so, dass keiner von ihnen bequem durchgepasst hätte. Die Entscheidung, dem Hauptgang weiter zu folgen, war im Grunde genommen keine und wurde deshalb auch nicht diskutiert. Eine Biegung später jedoch war es nicht mehr so einfach. Der Gang gabelte sich in drei gleichgroße Teilstücke, und jedes von ihnen war kaum einsehbar. Aber aus allen drang ein matter Lichtschein.

Nacheinander starrte Bonne in die schummrigen Stollen. »Einer ist genauso gut wie der andere«, stellte er ernüchtert fest.

»Oder genauso schlecht«, fügte Milo frustriert hinzu.

Genau genommen war Milo kein Schwarzseher, doch die ungewohnte Umgebung zwang ihn irgendwie dazu. Alles war schwarz und düster. Nichts zeigte sich auf Anhieb. Hinsehen reichte nicht, man musste alles regelrecht mit seinem Blick ertasten. Milo sah erneut in die drei Gänge vor sich, dann wieder zurück in den, den sie gekommen waren.

»Dieser ist es«, verkündete er und zeigte dabei in den rechten Gang.

»Woher willst du das wissen?«, fragte Bonne.

Milo deutete nach unten, wo Wand und Schotterboden aufeinandertrafen. »Das hier ist kein unterirdisches Gewölbe«, erklärte er. »Die kleinen Laternen, der Stall, dieser Schotterweg – das alles gehört zu einem Hof, einem mit Asche verschütteten Hof. Die Begrenzungssteine hier unten markieren den Hauptweg, und sie verlaufen nur in dem rechten Stollen. Die anderen beiden führen uns nur zu einem weiteren Nebengelass.«

»Und der Hauptweg?«, fragte Bonne, obwohl er die Antwort schon wusste.

»Entweder zur Gartenpforte oder zum Haus.«

Die Brüder nickten einander zu und setzten ihren Weg fort. Nach einer weiteren Biegung wurde der Stollen breiter und öffnete sich wenig später zu einem kreisrunden Platz, aus dessen Mitte der verkohlte Stamm einer Eiche ragte. Davor stand eine Bank, ebenfalls rußgeschwärzt, und eine weitere Laterne.

»Nicht gerade das Plätzchen, wo sich ein verliebtes Paar das erste Mal küssen sollte«, befand Bonne.

»Vielleicht war es das früher«, erwiderte Milo, »bevor ...«

»... bevor es Asche regnete und diesen Ort unter sich begrub, meinst du«, beendete sein Bruder den Satz.

Milo nickte stumm.

»Lass uns weitergehen«, sagte er, »oder hoffst du, hier das Mädchen deiner Träume zu finden?«

Bonne zog eine Grimasse. »Was brauche ich ein Mädchen, ich habe doch dich. Du bist zwar hässlich wie die Nacht, aber du kannst gut kochen. Wenn du dich dazu entschließen könntest, einen Rock anzuziehen, wäre Vater zwei Sorgen auf einen Schlag los. Er hätte mich unter die Haube gebracht und müsste sich deiner nicht mehr so schämen.«

Milo ließ seinen Bruder einfach stehen und setzte seinen Weg fort. »Vater macht sich keine Sorgen um dich«, sagte er, während er seinem Bruder schon den Rücken gekehrt hatte. »Er hat mir anvertraut, dass er einige Zwergenfrauen zum Boggarfest eingeladen hat. Er ist der Meinung, dass niemals ein Halblingsmädchen geboren wird, das hässlich und dumm genug wäre, dich zu erwählen. Ich sehe in Gedanken schon eure Kinder, wie sie mit ihren riesigen Füßen auf die eigenen Bärte treten.«

Milo grinste in sich hinein. Wortgefechte waren nichts, worauf sein Bruder sich mit ihm einlassen sollte. Bonne zog fast immer den Kürzeren, und er war ein schlechter Verlierer. Meistens lachte er dann auffällig laut – ein Lachen, in dem seine Anspannung deutlich mitschwang.

Doch diesmal blieb das Lachen aus, und Milo blieb stehen. Er drehte sich um, um zu sehen, was Bonne von der gewohnten Verliererposse abhielt, da sah er seinen Bruder auch schon auf sich zuhechten. Milo ging zu Boden, und Bonne stürzte über ihn. Die beiden Halblinge rollten über den Boden. Mal hatte Milo die Oberhand, mal Bonne. Solche Raufereien waren bei den Brüdern an der Tagesordnung. Ein Handgemenge mit dem üblichen Kräftemessen brachte etwas Abwechslung in den täglichen Wettstreit der beiden. Milo bekam die Oberhand und drückte seinen Bruder zu Boden.

»Gibst du auf?«, keuchte er.

»Ja, ich nehme alles zurück«, stöhnte Bonne. »Du kochst miserabel, und in einem Kleid würdest du noch dämlicher aussehen als jetzt schon.«

Milo setzte Bonne ein Knie auf die Brust und presste die Schultern des Bruders stärker zu Boden.

»Gib auf«, forderte er.

»Hörst du das auch?«, krächzte Bonne.

Zuerst dachte Milo an ein Ablenkungsmanöver seines Bruders, doch dann drangen auch an seine Ohren die fremdartigen Klänge einer Melodie.

»Da spielt jemand Harfe«, sagte er und gab seinen Bruder frei.

Schnell waren beide wieder auf den Beinen. Wie magisch angezogen folgten sie dem Ursprung der Musik weiter in den Gang hinein.

Sie mussten nicht weit gehen. Hinter der nächsten Wegbiegung mündete der Stollen in ein größeres Gewölbe. Genau genommen war es eine Höhle, an deren Eingang die verkohlte Fassade eines Hauses stand – einer Schankstube. Über der Tür hing eine schlecht polierte Laterne, die das breite Holzschild mit der Aufschrift *Gasthaus zur Toten Krähe* darunter beschien.

Das Feuer hatte dem Haus ordentlich zugesetzt. Durch etliche Risse in der Fassade drang Licht aus dem Schankraum nach außen, begleitet von einer traurigen Melodie, gespielt auf einer Harfe. Ein Mann sang dazu eine Ballade von Freunden, die der Krieg getrennt hatte und die sich nie wieder sehen würden, weil sie auf unterschiedlichen Seiten standen.

»Es sieht wenig einladend aus und klingt deprimierend. Passt irgendwie zu dem Namen«, flüsterte Milo.

»Wer weiß, vielleicht schenken sie nur trockenen Rotwein aus, dann würde das Ambiente passen«, erwiderte Bonne. »Wollen wir hineingehen?«

»Es sollte mich wundern, wenn wir noch etwas Besseres finden. Es wird am besten sein, wenn wir erst einmal versuchen, einen Blick zu erhaschen.«

Die beiden Halblinge schlichen sich näher an die Schenke heran und versuchten durch die schmalen Ritzen in Tür und Fensterläden etwas zu erkennen.

»Ich sehe drei Typen an einem Tisch sitzen und die Beine von jemandem, der auf dem Tresen sitzt«, verriet Bonne.

»Ich sehe einen Mann und eine Frau an einem Tisch und noch zwei finster aussehende Gestalten links und rechts von ihnen. Ich kann leider keine Gesichter erkennen. Sie sitzen alle mit dem Rücken zu mir. Es scheinen alles Menschen zu sein.«

Bonne sah seinen Bruder fragend an. »Was machen wir?«

»Lass uns hineingehen«, beschloss Milo. »Vielleicht sind es irgendwelche Einsiedler oder Waldläufer, die kein Interesse an zwei Halblingen haben. Irgendwie müssen sie ja hineingekommen sein, und irgendwie müssen sie auch wieder hinausgelangen können. Würde mich wundern, wenn es hier jemand lange aushält.«

Milos Hand schloss sich sehr zaghaft um den Türknauf, als habe er Angst, das Metall könne immer noch heiß sein von dem Feuer, das hier einst gewütet hatte.

Bevor er den Knauf drehte, wandte er sich noch einmal seinem Bruder zu. »Wir verhalten uns ruhig, setzen uns ohne großes Aufsehen an den ersten freien Tisch und warten ab, ob uns jemand anspricht.«

Bonne nickte. Dann traten sie ein.

Milo strömte ein bitter süßlicher Geruch entgegen, als er den Schankraum betrat. Bonne war dicht hinter ihm und stieß angeekelt den Atem aus. Der Dielenboden knarrte bei jeder noch so vorsichtigen Berührung der nackten Halblingsfüße. »Neuankömmlinge!« schien er verkünden zu wollen. Jedoch wandte sich keiner der Gäste um oder nahm sonst in irgendeiner Art Notiz von den beiden.

»Gleich hier vorn«, flüsterte Milo und deutete auf einen leeren Tisch mit vier Stühlen direkt neben dem Eingang.

Im Gegensatz zur Fassade des Hauses hatte das Feuer im Schankraum keinen Schaden angerichtet. Die Einrichtung wirkte zwar trist und spärlich, war aber noch intakt.

Die Brüder nahmen Platz, und Milo nutzte den Moment, sich seine Umgebung und die Gäste genau anzusehen.

Die Schenke war geräumig und bot Platz für vier Dutzend Gäste. Wenn man von dem Schmutz, dem Staub und der lieblosen Einrichtung absah, konnte man erahnen, dass das Gasthaus zu den nobleren Etablissements gehört haben musste. Es schien sich tatsächlich um eine Weinstube zu handeln, wie die Gläser und schweren Kelche hinter dem Tresen vermuten ließen.

Rund ein Dutzend Gäste hatten sich im Schankraum eingefunden. Keiner von ihnen schien die Anwesenheit der zwei Halblinge bemerkt zu haben. Sie alle schauten wie gebannt auf den Mann, der auf dem Tresen saß, Harfe spielte und dazu sang. Er war so auffällig wie ein Pfau unter lauter Rebhühnern. Seine Kleidung war bunt, das Haar mittellang und graumeliert, und sein Gesangstalent ließ auf eine jahrelange Ausbildung schließen. Er musste so um die fünfzig sein, und trotz seiner farbenfrohen Aufmachung wirkte er irgendwie traurig. Milo versuchte gerade, diese Traurigkeit zu ergründen, als der Spielmann von seinem Instrument aufsah und ihn anblickte.

Der Halbling wandte den Blick peinlich berührt ab wie ein ertappter Schuljunge. Kurz danach verstummte die traurige Melodie, und Milo hörte, wie das Instrument auf den Tresen gelegt wurde.

»Sag kein Wort«, zischte er seinem Bruder zu.

Er war wie erstarrt und unfähig, den Blick von der Tischplatte vor sich zu lösen. Selbst noch, als er die in bunten Stoff gekleideten Beine des Spielmanns neben sich aus den Augenwinkeln bemerkte, reagierte er nicht. Der Mann stellte zwei leere Weinkelche vor den Brüdern auf den Tisch. Anstatt jedoch eine Bestellung aufzunehmen oder zum Tresen zurückzuhetzen, um einen edlen Tropfen zu servieren, stand er regungslos neben dem Tisch. »Als ob die Götter meine Seele nicht schon genügend strapaziert und auf die Probe gestellt hätten«, schnaubte er. »Was ist das für eine Welt, in der Kindern so etwas angetan wird? Keine, für die sich ein Gott zu interessieren scheint, jedenfalls«, stellte er im gleichen Atemzug fest.

Der Spielmann schlurfte von dannen, ohne sich weiter um die beiden Halblinge zu kümmern.

»Ich hätte lieber ein Glas Bier«, krächzte Bonne plötzlich. »Von Rotwein bekomme ich immer Sodbrennen.«

Milo wäre seinem Bruder am liebsten an den Hals gesprungen, doch der entsetzte Blick des Sängers ließ ihn innehalten.

»Ihr seid nicht tot«, stammelte er verwirrt.

»Zum einen nicht das und zum anderen auch keine Kinder«, erwiderte Bonne dreist. »Zwei Umstände, die ich eigentlich sehr begrüße. Trotzdem wäre mir ein Bier lieber, wenn Ihr Euch dazu durchringen könntet, lebende Halblinge zu bewirten.«

Der Spielmann hastete zum Tisch der Brüder zurück, packte die Lehne des Stuhles vor sich, als befürchte er, die Beine würden ihm den Dienst versagen, und sah seinen zwei neuen Gästen abwechselnd ins Gesicht.

»Wie seid ihr hier hereingekommen?«, keuchte der Sänger.

»Seufzerschlucht, Höhle, Stollen, Tür«, gab Bonne in knappen Worten wider und zeigte auf den Eingang der Schenke.

Der Spielmann zog den Stuhl zurück und ließ sich darauf fallen.

»Halblinge, sagt ihr?«, schnaufte er. »Sind die so etwas wie Zwerge?«

Bonne rollte mit den Augen.

»In diesem Fall würde ich doch die Bezeichnung Kinder bevorzugen«, sagte er. »Ihr scheint nicht viel herumzukommen, Herr Wirt.«

»Mein Name ist Hagrim, und ich bin nicht der Wirt«, gestand der Spielmann. »Die Schenke gehört Bocco Talis. Sie war eine Hexe, bis man sie mitsamt all ihrem Hab und Gut lebendig in ihrer Schenke verbrannte. Seit diesem Tag reist sie durch Raum und Zeit auf der Suche nach geschundenen Seelen, die schuldlos gerichtet wurden, und nährt sich von ihrer Trauer und der Ungerechtigkeit, die ihnen widerfahren ist. Sie trinkt ihre Tränen, die ich in den Gläsern auffange wie ein Lebenselixier.«

Bonne sprang von seinem Stuhl auf, änderte dadurch aber nur wenig an dem Blickwinkel zu seinem Gesprächspartner und stemmte die Arme aufgebracht in die Hüften.

»Ich habe schon viele haarsträubende Geschichten gehört, um irgendwelche Leichtgläubigen in drittklassige Kneipen zu locken und ihnen dort das Gold aus der Tasche zu ziehen, doch das hier schlägt dem Fass wirklich den Boden aus. Wenn es stimmt, was Ihr erzählt, würde das bedeuten, wir befinden uns in einer Geisterkneipe.«

Bonne schob seinen Stuhl beiseite und machte einen Schritt auf den Spielmann zu. »Eure kleine Geschichte hat nur einen kleinen Haken«, gab er mit der Selbstsicherheit eines Schulmeisters zu bedenken. »Nehmen wir an, es stimmt, was Ihr behauptet ...« Bonne eilte zu einem der Nachbartische und setzte sich zu einem allein sitzenden Mann, der den Kopf tief über einen Weinkelch gebeugt hielt und wirkte, als würde er gleich einschlafen. »... dann würde das bedeuten, dass alle in dieser Schenke bereits lange tot sind.«

Bonne legte die Hand auf die des Gastes und betätschelte sie freundschaftlich. »Na mein Alterchen, wie fühlt man sich denn so als wandelnder Leichnam?« Er legte dem Fremden die andere Hand auf die Schulter. Der Mann wandte Bonne den Kopf zu.

»Ich muss sagen«, begann Bonne frohgemut, »für einen Toten«, dann schluckte er, »seht ihr gar nicht so ...«

Bonne verstummte und wurde bleich, als er unter die Kapuze des Fremden blickte. Erschrocken ließ er von seinem Gegenüber ab, sprang vom Stuhl auf und eilte mit steifen Beinen zurück an den Tisch seines Bruders.

»Was ist mit dir?«, erkundigte sich Milo.

»Für einen Toten sieht er wirklich nicht gut aus«, stammelte Bonne.

»Was redest du da«, fauchte ihn Milo an. »Es ist nicht die Zeit für Späße.«

»Spaß?«, keuchte Bonne, während er sich hinsetzte. »Sein Gesicht ist grau wie Stein, die Wangen tief eingefallen, die Haut brüchig und die Augen nichts weiter als zwei dunkle Höhlen. Entweder ist er tot oder verdammt tot. Wenn du mir nicht glaubst, überzeug dich doch selbst.«

Hagrim ergriff je eine Hand der beiden und drückte sie so fest auf die Tischplatte, dass es beinahe wehtat. Dann schaute er in ihre erschrockenen Gesichter. »Wenn ihr erst einmal jahrelang in dieser Schenke hockt und euer Kummer jeden Tag wieder aufs Neue genährt wird, würdet ihr auch nicht anders aussehen.«

Milo riss sich los. »Wir hatten nicht vor, so lange zu bleiben«, sagte er störrisch. »Wir wollen nur wieder weg von diesem verfluchten Ort und hatten gehofft, hier einen Ausgang zu finden.«

»Niemand verlässt die Schenke, solange Bocco Talis ihn nicht gehen lässt«, zischte der Spielmann. »Und die, die diesen Ort verlassen haben, waren nicht mehr, als eine verwesende Hülle, die selbst das Unterreich wieder ausspucken würde. Hier trauern selbst die Toten so lange, bis ihre Seele stirbt.«

Jetzt befreite sich auch Bonne aus der Umklammerung.

»Tja, so viel Zeit haben wir leider nicht«, sagte er. »Halblingsseelen eignen sich nicht sonderlich gut zum Trauern. Es war schön, Euch kennengelernt zu haben, Gruß an die Wirtin, aber ich glaube, wir müssen jetzt.«

Die Brüder sprangen von ihren Stühlen und wandten sich der Tür zu, oder besser gesagt dem Teil der Wand, wo eben noch die Tür gewesen war. Verwundert sahen sie auf die triste Holzwand. Der Ausgang schien verschwunden. Mit fast beleidigten Gesichtern setzten sie sich wieder an den Tisch.

»Ihr scheint genauso lebendig wie wir«, sagte Milo. »Wie seid Ihr hierhergekommen und, was noch wichtiger ist, wie kommt Ihr wieder hinaus?«

Hagrim lächelte freudlos.

»Diese Schenke hat schon zu viele traurige Geschichten gehört«, erklärte er. »Sagen wir einfach, ich habe meine Dienste Bocco Talis angeboten, um ein junges Mädchen vor ihrem Fluch zu retten. Mein Talent als Geschichtenerzähler garantiert ihr, dass sie auf den vielen Welten nicht in Vergessenheit gerät.«

»Ihr scheint nicht sonderlich erfolgreich gewesen zu sein«, mischte sich Bonne ein. »Ich habe bis heute noch nie etwas von dieser Bocco Talis gehört. Und Ihr könnt mir glauben, dass ich jede Schenke in fünfzig Meilen um den Düsterkrallenwald herum kenne.«

»Es gibt viele Welten und noch mehr taube Ohren«, konterte Hagrim. »Die Schenke ist immer dort, wo Unschuldige sterben. Bocco Talis nimmt sich ihrer an und nährt sich von ihren Leiden, bis ihre Seelen genau so verdorrt sind wie ihre Körper. Von Zeit zu Zeit schickt sie mich mit Hilfe ihrer Zauberkünste in die wirkliche Welt zurück, damit ich in Schenken und Gasthäusern die Erinnerung an sie aufrechterhalte. Ihre Geschichte ist um keinen Deut weniger traurig als die eines jeden anderen in dieser Schenke.«

Ein dumpfes Pochen ließ Hagrim abrupt verstummen. Mit düsterer Miene wandte er den Kopf über die Schulter und sah zum Tresen hinüber. Erneut durchschnitt ein Pochen die Luft. Das Geräusch schien seinen Ursprung irgendwo hinter dem Schanktisch zu haben. Rasch blickte Hagrim wieder die beiden Halblinge an.

»Sie hat euch gewittert«, flüsterte er. »Wenn sie herausfindet, dass ihr noch nicht tot seid, wird sie alles daransetzen, diesen kleinen Makel aus der Welt zu schaffen. Sprecht nur, wenn sie euch etwas fragt. Starrt sie nicht an, denn das hasst sie, und Hände weg von ihrem Vogel. Aber am Allerwichtigsten ist – seht verdammt noch mal tot aus, und hört auf, ständig so dämlich zu grinsen.«

Hagrim schlurfte in Richtung Ausschank und verschwand kurz darauf hinter dem Tresen. Milo konnte nicht sehen, was er genau tat, aber es hörte sich an wie das Öffnen einer Kellerluke. Bonne hatte unterdessen die Blutmorchel aus der Tasche genommen und sie in zwei gleich große Stücke geteilt. Er drückte etwas von dem dunkelroten Pilzsaft heraus und benetzte seine Mundwinkel damit. Dann reichte er Milo die andere Hälfte.

»Es soll doch echt aussehen«, zischte er.

Milo nahm das Stück hastig, schmierte sich einen roten Ring einmal um den Hals und träufelte sich einige Tropfen ins Nasenloch. Dann ließ er die Morchel eilig in der Tasche verschwinden.

»Was ist los mit dir, Geschichtenerzähler?«, krächzte eine Frauenstimme hinter dem Ausschank. »Hattest du Wichtigeres zu tun, als mir aufzusperren, oder kriecht dir auch schon langsam der Tod in die Knochen?«

»Verzeiht mir«, entschuldigte sich Hagrim, der wieder hinter dem Tresen auftauchte, »ich habe mich nur um unsere zwei neuen Gäste gekümmert.«

»Gleich zwei gequälte Seelen, die Götter meinen es gut mit mir«, röchelte die Frau entzückt.

»Götter quälen! Götter quälen!«, krächzte eine andere Stimme.

»Ein schöner Gedanke, mein Liebling«, kicherte die Frau, »doch alles zu seiner Zeit. Erst einmal wollen wir uns um die irdischen Leiden kümmern.«

Milo konnte den Blick nicht von der Tischplatte vor sich lösen, nur aus den Augenwinkeln sah er die Geschehnisse am Tresen. Hagrim kam zurück an ihren Tisch. Er schlenderte hinter etwas her, das am Boden zu kriechen schien und bei jeder Bewegung ein dunkles Pochen sowie ein schleifendes Geräusch hinterließ. Die schemenhaften und vagen Umrisse, die Milo von der Alten erkannte, erinnerten ihn an ein verletztes Tier, das am Boden lag und das sich allein mit der Kraft seiner Vorderläufe vorwärtsschleppte.

»Kinder, wie wunderbar«, hallte die Frauenstimme durch die Schankstube. »Niemand leidet mehr als unschuldige Kinder. Mit Ausnahme von alternden Geschichtenerzählern«, fügte sie hinzu.

Milo sah zu seinem Bruder hinüber. Er konnte erkennen, wie es

Bonne auf der Seele brannte, der Alten zu widersprechen. Ein angedeutetes Kopfschütteln und ein kurzer Tritt gegen das Schienbein ließen Bonnes Drang jäh verebben.

Im nächsten Moment waren Hagrim und die Gestalt am Boden schon bei ihnen. Jemand zog den freien Stuhl, auf dem der Geschichtenerzähler kurz zuvor gesessen hatte, zurück. Hagrim bückte sich kurz, richtete sich aber im selben Moment wieder auf.

»Sehe ich aus, als hätte ich deine Hilfe nötig?«, keifte ihn die alte Frau an. »Scher dich an einen der anderen Tische, und klimpere ein bisschen auf deiner Harfe. Sorge dafür, dass sie ihre Kelche füllen.«

Milo konnte seine Neugier nicht mehr unterdrücken. Sein Blick glitt Zoll für Zoll über die Maserung der Holzplatte bis hin zur Tischkante. Der Stuhl dahinter war immer noch unbesetzt, doch eine knöchrig aussehende Hand, die vom Gelenk an bandagiert war, klammerte sich von unten in die gedrechselten Stäbe der Rückenlehne. Kurz darauf schwang sich die zweite Hand, zwei kurze Krücken umklammernd, über die Sitzfläche. Unter Ächzen und Stöhnen hievte sich der Rest des Körpers auf den Stuhl und versuchte mit letzter Kraft, eine geeignete Position zu finden.

Hagrim war bereits im hinteren Teil der Schenke verschwunden und stimmte sein Instrument an.

Milos Neugier war kaum zu bremsen, doch er wusste, wenn er seinen Blick jetzt nicht losriss, würde er sich verraten. Bedächtig drehte er den Kopf zurück und starrte mit weit aufgerissenen Augen auf den Tisch vor sich.

Leises Harfenspiel setzte ein, und als ob es dazugehörte, verfiel die Alte am Tisch in Wimmern. Milo spürte ihren Blick auf sich.

»Ihr armen Kleinen, was hat man euch angetan? Eure Körper geschunden, eure Seelen gebrochen und eure Zukunft zerstört. So viel Leid, so viel Ungerechtigkeit musstet ihr erfahren. Löst euch von eurem Schmerz, und teilt ihn mit mir.«

Milo saß wie gebannt am Tisch. Ein kalter Schauer lief ihm über den Rücken und ließ ihn frösteln.

»Was ist, seid ihr taub?«, krächzte die Alte.

Die Halblinge hoben erschrocken die Köpfe und starrten Bocco Talis an. Sie war in schwarzen Stoff gehüllt, die Arme bandagiert, und ein dunkler Schleier verbarg ihr Gesicht. Dennoch konnte man sehen, dass sie mehr als nur mager war. Die wenige sichtbare Haut war durch Brandmale verunstaltet, und das nur schemenhaft erkennbare Gesicht schien mehr eine Totenmaske denn ein wirkliches Antlitz zu sein. Auf ihrer Schulter hockte eine Krähe, die nur wenig besser aussah als die Hühner im Stall. Dem Vogel fehlte ein Bein, die Augen waren blind und das Gefieder zur Hälfte gerupft. Es war schwer zu sagen, wer im Verfallsstadium vorne lag, Frau oder Vogel. Milo gab dem Vogel die Führung, aber nur, weil er sich nicht vorstellen wollte, wie Bocco Talis ohne den Schleier aussah.

»Sie haben uns mit Hunden gejagt, und als sie uns fingen, schlugen sie mit Knüppeln auf mich und meinen Bruder ein. Dann schleiften sie uns hinter ihren Pferden her und lynchten uns an der Seufzerschlucht«, erklärte Milo, ohne sonderlich traurig oder aufgebracht zu wirken. Ein Bericht über die Stallarbeit daheim hätte nicht emotionsloser ausfallen können.

Bocco Talis langte unvermittelt über den Tisch und ergriff die Hände der Halblinge.

»Ihr armen Kleinen, ihr habt ja so viel durchmachen müssen«, sagte sie, sah dann aber brüskiert auf. »Ihr seid ganz warm«, stellte sie erschrocken fest.

Bonne und Milo kannten sich schon zu lange, um nicht die Vorzüge und Stärken des anderen zu kennen. Wenn es um riskante Mutproben ging, konnte niemand Bonne das Wasser reichen, doch für Ausreden und Notlügen gab es keinen besseren als seinen älteren Bruder.

»Die Leute in Eichenblattstadt sind keine großen Knotengenies«, sagte Milo. »Wir haben eine ganze Zeit gebaumelt, bevor es zu Ende war.« Er zog den Kragen zurück und zeigte seinen roten Hals. »Als es dann endlich vorüber war, stand die Sonne hoch am Himmel und wärmte unsere Körper. Viel Zeit zum Auskühlen blieb uns noch nicht.«

Bocco Talis schien mit der Antwort zufrieden. Sanft tätschelte sie die Hände der beiden Brüder.

»Es ist furchtbar mitanzusehen, was Menschen selbst Kindern antun. Die Welt dort oben ist unnachgiebig und brutal. Wessen hat man euch fälschlicherweise bezichtigt?«

Milo konnte spüren, wie die Hexe einer traurigen Geschichte entgegenfieberte, um sich an jedem seiner Worte zu laben.

»Wir waren zusammen mit Rosi Butterblums, der Tochter des Bürgermeisters, in deren Kuhstall«, begann Milo. »Wir haben oben im Heuboden herumgealbert und Späße gemacht. Rosi muss mit dem Fuß in dem Seil für die Lastwinde hängen geblieben sein. Sie stolperte und stürzte kopfüber hinunter, genau in die Aufnahme für die Eggen, Sensen und Forken.«

Milo hatte mit einer bestürzten Geste oder wenigstens einem Ausdruck des Bedauerns der Alten gerechnet, doch stattdessen kicherte sie hämisch. »Haben euch die Leute nicht gefragt, was vorgefallen ist?« Die Sache wäre doch so einfach aufzuklären gewesen. Immerhin war es nichts anderes als ein grässlicher Unfall.«

Milo räusperte sich.

»Wir sind weggerannt«, mischte sich Bonne schnell ein. »Wir hatten Angst, dass uns niemand glauben würde.«

»So wie es scheint, lagt ihr mit eurer Vermutung auch nicht ganz falsch«, zischte Bocco Talis.

»Ganz falsch! Ganz falsch«, wiederholte die Krähe und sprang von der Schulter auf den Tisch. Die Landung des Vogels war ein mittelgroßes Debakel. Er hüpfte unbeholfen auf einem Bein über den Tisch, bis er das Gleichgewicht verlor, eine Art Pirouette drehte und auf dem Rücken landete. Krächzend und mit flatternden Flügeln versuchte er, sich wieder aufzurichten, doch das lückenhafte Gefieder verlieh ihm nicht genug Schwung. Die Krähe geriet immer mehr in Panik und kreiste wie eine angeschlagene Hummel über den Tisch.

»Falsch, falsch, falsch«, wiederholte sie dabei unablässig.

Bocco Talis beobachtete das Schauspiel, ohne dem Vogel auch nur im Geringsten zu helfen.

Milo konnte es nicht länger ertragen, das Tier so leiden zu sehen. Beherzt packte er zu und stellte die Krähe auf ihr verbliebenes Bein. Etwas zu beherzt, wie es aussah, denn sein Daumen drückte durch das Gefieder und verschwand in der Brust des Vogels wie in einem morschen Bienenstock, was dem Tier aber nichts auszumachen schien. Fröhlich krächzend stand er da mit wackelndem Kopf und dem Loch in der Brust, aus dem zwei dünne Knochen hervorragten.

Milo kommentierte den Vorfall nicht. Er schaute zu Bocco Talis in der Hoffnung, sie würde das Gespräch wieder aufnehmen und ihn nicht ähnlich hilflos wie den Vogel stammelnd am Tisch sitzen lassen.

Sie zeigte ein Einsehen. »So ist es immer«, sagte sie. »Eine aufgebrachte Meute sucht nicht nach der Wahrheit. Sie sucht nur jemanden, den sie zur Verantwortung ziehen kann. Meist trifft es die Unschuldigen und Hilflosen, die Schwachen und Einsamen.«

»Das ist genau mein Reden«, entfuhr es Bonne. »Immer auf die Kleinen.«

Milo nahm es seinem Bruder nicht übel. Natürlich wollte Bonne sich auch einbringen, doch er wusste eben nicht, worauf Milo hinauswollte.

»Immer auf die Kleinen«, wiederholte Milo. »Das stimmt! Doch einsam, schwach, hilflos und unschuldig trifft es nicht ganz.«

Bocco Talis stutzte einen Moment, fand jedoch schnell wieder zu sich.

»So habe ich das nicht gemeint«, erklärte sie übertrieben einfühlsam. »Ihr seid natürlich nicht schwach und hilflos, nur bezogen auf die Meute, die hinter euch her war. Ich wollte euch nicht kränken, entschuldigt bitte.«

»Eigentlich war mein Einwand mehr auf das ›unschuldig‹ bezogen«, sagte Milo. »Denn das sind wir auf keinen Fall.«

Erneut stutzte Bocco Talis, lenkte aber auch diesmal sofort wieder ein. »Oh, meine Lieben, ihr dürft euch so etwas nicht einreden. Es war ein Unfall, ein Zufall oder Schicksal, wenn ihr wollt. Ihr könnt wirklich nichts dafür. Die Einzigen, denen Unrecht angetan wurde, seid ihr.«

Milo setzte die finsterste Miene auf, zu der ein Halbling fähig war.

»Zufall und Schicksal sind etwas für alte Frauen, die sich im Winter ihres Lebens darüber hinwegtrösten wollen, dass ihr Leben so trist und bedeutungslos verlaufen ist«, knurrte er. »Wir haben unser Leben selbst bestimmt und werden sicher nicht darüber jammern, Opfer gewesen zu sein.«

Ganz so schnell wollte Bocco Talis aber nicht aufgeben, so schien es. Immerhin war es unvorstellbar, an der Unschuld zweier Kinder zu zweifeln. Eine traurige Geschichte musste getragen werden, und wenn es nicht anders ging, würde sie es auf ihren eigenen verkrüppelten Händen tun. Der eine strotzte nur so vor Leid und Selbstmitleid, und ein anderer verkroch sich und weigerte sich, sein Elend zu teilen. Aber hinter jedem steckte eine Geschichte. »Ihr armen Kinder, wer hat euch so verbittert und mutlos werden lassen? Euer Leben muss eine einzige Tortur gewesen sein. Niemand wird so hart gegen sich selbst, ohne dass jemand anderes ihn gebrochen hat. Ihr müsst euch von euren Selbstzweifeln lösen und euren Kummer und eure Trauer verarbeiten.«

Ein Halbling wäre kein Halbling, wenn er nicht wenigstens in einem Wortgefecht den letzten Dolchstoß setzen würde. Es gab zwar kaum Helden oder großartige Bösewichter, die das kleine Volk hervorgebracht hatte, doch rankten sich glorreiche Geschichten und finstere Erzählungen selbst um die alltäglichsten Dinge in ihrem Leben.

»Es fing alles mit dem Erdbeerfest vor zwei Jahren an«, begann Milo seine Erzählung. »Jedes Jahr wird der größte Kürbis gekürt. Die Gewinnerfamilie darf dann am Strunkabend das Erdbeerfeuer entzünden und kann den ganzen Tag umsonst von der Früchtebowle trinken. Die Butterblums hielten den Titel schon seit elf Jahren. Auch in diesem Jahr schienen sie wieder zu gewinnen. Was jedoch keiner wusste, war, dass ich und mein Bruder heimlich in das Komiteezelt geschlichen waren, den Kürbis von Bürgermeister Butterblums ausgehöhlt und mit Schweinemist aufgefüllt hatten. Dann haben wir die Schnittflächen wieder mit Paraffin verschlossen. Butterblums hat zwar trotzdem gewonnen, aber wir hatten einen Heidenspaß, als das Komitee den Kürbis zerteilte, um ihn für die Bowle zu zerkleinern.«

»Ein ganz normaler Kinderstreich«, erklärte Bocco Talis. »Nichts, wofür man verdient hätte, von einer Meute gelyncht zu werden.«

»Wenn ich mich richtig an die Worte unseres Vaters erinnere, als wir das Wachs zurückbringen wollten, teilte er diese Meinung nicht. Er verdrosch uns mit seinem Ledergürtel, dass wir drei Tage nicht ohne Schmerzen sitzen konnten. Danach entschlossen wir uns, vorsichtiger zu werden.«

»Vorsichtiger bei was?«, fragte die Alte verständnislos.

»Bei den Rucheplänen für unsere Feinde«, gab Milo zur Antwort.

»Rache! Rache!«, krächzte die Krähe und verdrehte den Kopf wie eine Eule.

Bocco Talis schnaubte verächtlich. Der Schleier wirbelte ein Stück hoch und bot Milo einen kurzen Blick auf das, was dahinterlag. Der Hals der Alten wirkte wie der dünne Ast eines verrottenden Baumes, das

Kinn war hart und kantig wie ein Kadaver, der nur noch von der Haut zusammengehalten wurde, die Unterlippe fehlte ganz und gab die Sicht auf eine Reihe lückenhafter verfaulender Zahnstümpfe preis.

»Rache! Feinde!«, sagte Bocco Talis höhnisch. »Ihr sprecht von euren Kinderstreichen wie ein General vom Krieg.«

Milo konnte nicht antworten, er hatte alle Hände voll zu tun, die aufsteigende Übelkeit in sich zu unterdrücken.

»Genau das war es auch«, mischte sich Bonne ein. »Oder zumindest wurde es dazu, als wir den Hühnerstall von der alten Mimi Fuhrtfuß mitsamt der Viecher darin anzündeten.«

»Was hat das mit dem Bürgermeister oder den Prügeln zu tun, die ihr bezogen habt?«

Bonne sah verunsichert zu seinem Bruder hinüber.

»Mimi wohnt gleich nebenan und ist eine gute Freundin des Bürgermeisters«, ergriff Milo das Wort. »Man darf bei der Wahl seiner Feinde nicht wählerisch sein. Auf jeden Fall konnten sie uns nichts nachweisen. Vater entschied aber trotzdem, dass wir beim Wiederaufbau helfen sollten. Das taten wir auch und nutzten die Zeit der Mittagspause, um in den Stall von Bürgermeister Butterblums zu schleichen und sein Lieblingspony abzustechen. Das war gar nicht so einfach. Der alte Klepper geriet in Panik, als er den Stechbeitel sah, und Bonne hatte alle Mühe, das Vieh festzuhalten.«

»Außerdem wären wir beinahe zu spät zurückgekommen, weil wir über und über mit Blut besudelt waren. Wir mussten im Fluss baden, um wieder einigermaßen auszusehen. Danach haben wir in den klammen Klamotten bis zum Abend geschuftet, aber keiner hat Verdacht geschöpft. Erst am nächsten Tag, als Butterblums das Pony gefunden hat, tuschelten die Leute.«

»Dann kehrten einige Wochen Ruhe ein, und der Zwist wäre beinahe in Vergessenheit geraten, wenn wir nichts unternommen hätten«, riss Milo das Gespräch wieder an sich.

»Warum habt ihr es nicht gut sein lassen, ihr hattet eure Rache doch?«

»Wir konnten zwei Tage nicht sitzen nach den Prügeln von unserem Vater, hatte ich das nicht schon erwähnt?«, gab Milo eisig zurück. »Na ja, jedenfalls waren wir im Wald, um mit unseren Schleudern Jagd auf Singvögel zu machen, da sehen wir plötzlich Jonne Butterblums, wie er

Blaubeeren sammelt. Wir schleichen uns an ihn heran, ziehen ihm seinen Beutel über den Kopf und dreschen ordentlich mit Knüppeln auf ihn ein, bis er sich nicht mehr bewegt.«

»Aber *ich* habe ihm das Bein zertrümmert«, unterbrach Bonne. »Du schlägst ja eher wie ein Mädchen.«

»Ach,«, höhnte Milo, »und den Arm hat er sich dann sicherlich beim Blaubeerpflücken gebrochen.«

Bonne schnaubte wenig beeindruckt. »Ein Zufallstreffer.«

»Vielleicht hast du Recht«, gab Milo zu bedenken, »aber vergiss nicht, dass es meine Laterne war, die ich durch Großmutter Butterblums Fenster geworfen habe. Deine ist auf dem Vordach gelandet und hätte bloß das Dach ein wenig angekokelt. Ich habe das Haus abgefackelt, und es ist mein Verdienst, dass die Alte jetzt für den Rest ihres Lebens in diesem Bollerwagen gezogen werden muss.«

»Das Rückgrat hat sie sich nur gebrochen, weil sie aus dem Fenster gesprungen ist«, widersprach Bonne.

»Das hat sie aber getan, um nicht bei lebendigem Leibe geröstet zu werden.«

»Woher willst du das wissen?«, rief Bonne empört, »vielleicht hat sie sich nur wegen des Lärms erschreckt, oder sie ist schlafgewandelt.«

»Seid still, ihr kleinen Teufel«, schrie Bocco Talis dazwischen.

»Wir haben noch gar nichts von den Schafen erzählt«, bemerkte Milo. »Wir haben ihre Wolle mit Öl und Pech getränkt und vom Rand der Lichtung mit Brandpfeilen auf sie geschossen. So etwas sollte jeder mal gesehen haben. Man kann sich gar nicht vorstellen, wie schnell diese Viecher werden können und wie weit sie noch rennen, obwohl sie wie Fackeln brennen. Das Feuerwerk beim Rübenfest ist im Vergleich dazu Kinderkram.«

»Ruhe!«, schrie die Alte erneut, wobei ihr Schleier wie eine Gardine im Sturm hin und her wehte.

»Ruhe! Ruhe!«, wiederholte die Krähe.

»Ihr seid vielleicht keine Unschuldsknaben«, sagte Bocco Talis. »Wer ist das schon? Wir alle sind schon mal ein Stück ...«, sie machte eine kleine Pause, »... oder auch ein Stück weiter vom Weg abgekommen. Aber Fakt ist, sie haben euch für ein Verbrechen gerichtet, dass ihr nicht begangen habt.«

Milo schnaubte niedergeschlagen.

»Was denn noch?«, fuhr die Hexe ihn an.

»So ganz stimmt das nicht«, entfuhr es Milo.

Bocco Talis schien in sich zusammenzufallen und starrte durch ihren Schleier auf den Halbling.

Erst jetzt fiel Milo auf, dass Hagrim von seiner düsteren, klerikalen Untermalung abgelassen und einen fröhlichen Marsch angestimmt hatte.

»Gestürzt ist die dämliche Rosi ohne unser Zutun, doch in Panik ist sie gekommen, weil Bonne ihr die Bluse aufgerissen hat, um zu sehen, was darunter ist. Sie konnte von Glück sagen, dass das Tau nur kurz war. So baumelte sie kopfüber vom Heuschober. Alles wäre gut gewesen, wenn sie nicht so geschrien hätte. Sie wollte einfach nicht aufhören. Sie kreischte und schrie unsere Namen. Bonne dachte, wir könnten sie ein bisschen beruhigen, indem er sie hin- und herschwenkte, aber das machte alles nur noch schlimmer. Dann wusste ich, was zu tun war. Ich gab ihr noch etwas mehr Schwung, setzte mein Messer an den Strick und passte den Moment ab, als sie über dem Ständer mit Forken und Sensen war. Es ist gar nicht so leicht, den richtigen Moment abzupassen, aber dann ging alles wie von selbst. Als ich sie aufgespießt dort unten liegen sah, wusste ich, dass ich etwas Großes geschaffen hatte und mein Leben nicht umsonst war.«

Bocco Talis wirkte niedergeschlagen, irgendwie entmutigt. Doch Milo erkannte die Spinne in ihr, die in ihrem Netz der entflohenen Motte hinterherschaute und hoffte, das Licht würde sie zurückführen. Er musste ihr das letzte bisschen Hoffnung nehmen. Er musste einen Weg finden, sie endgültig davon zu überzeugen, dass sein Bruder und er nicht das waren, wonach sie dürstete. Nur wie bekam er das hin?

In diesem Moment meldete sich Bonne zu Wort. Milos Bruder war nicht gerade derjenige, der ein glückliches Händchen dafür besaß, ein paar tröstende Worte zu schenken, eine Notlüge wasserdicht zu machen oder eine allumfassende Antwort auf eine bedeutsame Frage zu geben. In solchen Fällen war er höchstens zweite, dritte oder vierte Wahl, doch momentan war er alles, was sie hatten.

»Mein Bruder und ich wissen es wirklich zu schätzen, dass Ihr versucht, ein paar tröstende Worte zu finden und uns in Schutz zu nehmen.

Aber so wie ich die Sache sehe, konnte es für uns gar nicht besser laufen. Wir haben diesem Pack gezeigt, wo es langgeht, hatten unseren Spaß und haben die Quittung dafür bekommen. Der Tod macht uns keine Angst. Am meisten Sorgen haben wir uns darüber gemacht, dass es nach unserem Ableben nicht so gut weiterläuft. Jetzt aber muss ich sagen, wir hätten es nicht besser treffen können. Kaum sind wir tot, finden wir uns in einer Schenke wieder. Das muss man sich mal vorstellen, eine richtige Schenke voll mit Wein und Bier. Und das Beste daran ist, wir haben einen Spielmann zur Unterhaltung, ein paar Schwachköpfe an den Nebentischen, die wir auf den Arm nehmen können, und eine Wirtin, die durch ihr Aussehen nicht vom Saufen ablenkt, wenn ihr versteht, was ich meine?« Bonne lachte dreckig und zwinkerte Bocco Talis zu. »Wenn wir das früher gewusst hätten, hätten wir sicherlich einen Zahn zugelegt. Bleibt nur noch eines zu klären.« Er machte eine kurze Pause. »Der Keller, aus dem Ihr gekrochen seid, sind dort auch die Weinfässer, anderes richtig starkes Zeug und ein paar Vorräte gelagert? Sollte mich wundern, wenn wir hier nicht ein bisschen Stimmung in den Laden bringen können. Dies ist schließlich keine Gruft.«

Hagrim spielte eine fröhliche Melodie, die alles von ihm und seinem Instrument abverlangte.

»Ihr widerlichen kleinen verzogenen und bösartigen Mistkerl!«, brüllte Bocco Talis und schlug im Takt dabei mit ihrer Krücke auf die Tischkante ein. »Ihr habt es nicht verdient, dass sich jemand eurer annimmt. Sollt ihr doch in der Hölle schmoren! Mein Vieh wird euch das Fleisch von den Knochen nagen und eure Überreste im Sand verscharren, auf dass die Götter euch auf ewig verfluchen! Macht, dass ihr rauskommt auf den Hof. Ich will euch nicht mehr sehen.«

Sie zeigte mit dem Krückstock auf die Wand der Schenke, und im gleichen Moment rissen die Bretter auseinander und zeigten einen Ausgang, der entfernt an das klaffende Maul einer Bestie erinnerte.

»Raus, habe ich gesagt«, schrie die Hexe erneut, während die Halblingsbrüder sichtlich empört, aber innerlich jubelnd auf ihre Gastgeberin starrten. Bonne und Milo ließen sich kein drittes Mal bitten. Schnell hatten sie ihren Kram zusammengepackt und flüchteten durch die Tür ins Freie.

Hagrim spielte eine Polka. Dann schlug die Tür hinter ihnen zu.

Von einem Moment zum anderen war es still geworden. Aus dem Inneren der Schenke drang kein Geräusch, und auch die beiden Halblinge waren verstummt. Erst nach einigen Augenblicken brach Bonne das Schweigen.

»Puh, die war ganz schön hässlich, die Alte.«

»Und unheimlich«, fügte Milo hinzu.

»Wenn du meinst«, erwiderte Bonne, »ich muss aber zugeben, dass du mir mehr Angst gemacht hast als die Hexe. Brennende Schafe – wie kommst du auf so kranke Sachen?«

Milo hätte seinem Bruder gern eine passende Antwort gegeben, doch ein weit entferntes Hundebellen ließ ihn innehalten. Es war nicht diese Art Bellen, wie es der kleine Haushund der Fuhrtfuß' von sich gab, wenn man an ihrem Zaun entlangschlich, und auch nicht das müde Kläffen vom altersschwachen Wachhund der Butterblums. Es war ein tiefes, dunkles bösartiges Bellen, wie es nur eine Bestie von sich geben konnte.

»Nenn mich ruhig einen unverbesserlichen Optimisten«, stöhnte Milo, »aber ich hatte tatsächlich auf die Hühner gehofft.«

»Na ja, wer nicht«, sagte Bonne. »Was machen wir jetzt? Rein lässt sie uns bestimmt nicht wieder.«

Milo hätte gern gelächelt, doch danach war ihm jetzt wirklich nicht zumute. Unvermittelt rannte er los und gab seinem Bruder ein Zeichen, ihm zu folgen.

»Du rennst ihnen genau entgegen«, versuchte Bonne zu warnen, doch Milo stürmte einfach weiter.

Schnell hatten sie die Höhle mit der verkohlten Eiche erreicht. Milo stieg auf die Bank und machte eine Räuberleiter. »Beeil dich«, rief er Bonne zu. »Hier oben sind wir erst einmal in Sicherheit vor den Biestern.«

Das Bellen kam schnell näher.

Bonne verlor keine Zeit. Er sprang auf die Bank, setzte seinen Fuß in die gefalteten Hände seines Bruders und packte einen der unteren Äste der Eiche, die ein Stück weiter oben in der rußgeschwärzten Decke verschwanden.

»Du hast eine eigenartige Vorstellung von Sicherheit«, keuchte er, als er sich nach oben hievte und Halt in dem Astwerk suchte.

Er reichte Milo die Hand, um ihm hinaufzuhelfen. Im selben Moment sprangen zwei Hunde aus der Dunkelheit des Stollens. Die Tiere waren langbeinig und hatten etwas von Wölfen. Ihre Ähnlichkeit wäre nicht zu bestreiten gewesen, wenn sie noch Fell gehabt, ihre Schwänze nicht kupiert gewesen wären und noch ein Funken Leben in ihnen gesteckt hätte. So jedoch waren sie nur missgestaltete Ungetüme, die die Hölle ausgespuckt zu haben schien. Graue Haut spannte sich über ihre Körper. In Teilen hing sie schlaff über die gut sichtbaren Knochen, darunter zeigte sich an anderen Stellen das Spiel von langen sehnigen Muskeln. Die Augen standen vor wie zwei weiße Murmeln, und auf dem Kopf und den Spitzen der Ohren waren kleine Büschel Fell übrig geblieben.

Die Hunde stürmten in die kleine Kammer wie ein Dachs in den Hühnerstall. Sie sprangen umher, warfen den Kopf von einer Seite zur anderen, schnappten nach imaginärer Beute, knurrten und kläfften. Dann hatten sie die beiden Halblinge entdeckt. Milo baumelte noch immer auf halber Höhe. Obwohl Bonne an ihm zerrte wie ein Wahnsinniger, wollte es ihm einfach nicht gelingen, sich mit den Beinen an einen Ast zu klammern.

Die beiden Hundebestien stürmten von unterschiedlichen Seiten heran. Eine hatte es auf Bonne abgesehen, schaffte es mit einem Satz über die Bank und sprang wild schnappend am Stamm der Eiche auf und ab, während sie blutigen Geifer in alle Richtungen verspritzte. Das andere Ungeheuer schien in Milo leichte Beute zu wittern. Mit einem beherzten Sprung gelangte es auf die Bank und schnappte nach dem Bein des Halblings.

Milo zuckte im letzten Moment zurück, und die Fangzähne des Hundes bohrten sich durch den Stoff seiner Hose. Milo strampelte herum, damit das Tier von ihm abließ, und verpasste ihm mit den nackten Füßen einen unangenehmen Tritt auf die lange vernarbte Schnauze. Der Hund jaulte auf und ließ seine Beute nur für einen Herzschlag lang aus den Fängen. Dieser Moment reichte dem Halbling. Er schwang sein Bein in die Höhe und umschlang damit einen der unteren Äste. Die Kiefer schnappten erneut zu, bekamen aber nur den Stoff des Umhangs zu fassen und rissen ein Stück heraus.

Es verging einige Zeit, bevor die Hunde begriffen, dass sie ihre Beute nur mit Beharrlichkeit bekommen würden. Lungernd und knurrend streiften sie um den Stamm der Eiche, den Blick voller Vorfreude nach oben gerichtet.

Milo und Bonne klammerten sich an die einzigen Äste, die der Baum zu bieten hatte. Über ihnen verschwand die Krone in der rußschwarzen Höhlendecke.

»Sie warten darauf, dass wir wie überreifes Obst herunterfallen«, keuchte Bonne.

»Ich bin untröstlich, sie enttäuschen zu müssen, aber bis zum Herbst werde ich mich hier oben nicht halten können«, antwortete Milo. »Uns sollte lieber schnell etwas einfallen, sonst wird es heute Abend bei Blaubeers wohl Kaninchen mit Stampfkartoffeln, Rübenmus und einer ekligen Mehlpampe geben.«

»Du hast Recht«, fauchte Bonne und ließ sich im Schweinebaumel vom Ast hängen.

Sofort sprang einer der Hunde heran und schnappte nach dem Halbling. Nicht mehr als ein Fuß trennte den geifernden Kiefer von Bonnes Kopf. Die Ungeduld auf eine leckere Mahlzeit ließ den Hund zu wahrer Höchstform auflaufen. Mit jedem Sprung kam er näher an Bonne heran. Noch einmal visierte die Bestie ihre Beute an, lauerte tief geduckt an der Erde und stieß sich mit der ganzen Kraft ihrer Hinterläufe ab. Bonnes Arm zuckte vor, ein Messer umklammernd, und stieß es der Töle direkt ins Auge. Winselnd stürzte der Hund zu Boden, kam jedoch sofort wieder auf die Beine und setzte abermals zum Sprung an. Bonne rettete sich in letzter Sekunde, indem er den Oberkörper aufschwang und erneut in seiner Ausgangslage verharrte.

»Ich hätte dir gleich sagen können, dass dein Plan nicht aufgehen wird«, zischte Milo vor Anstrengung. »Sie sind schon tot. Sie erneut zu töten macht es nicht besser.«

»Tu mir einen Gefallen«, ächzte Bonne, »wenn dich wieder die Allwissenheit küsst, erzähl mir davon, *bevor* ich mein Leben für dich aufs Spiel setze, ansonsten werde ich nie wieder meinen Nachtisch mit dir teilen.«

Ein Beben erschütterte die Höhle und ließ Ruß und trockene Erde von der Decke rieseln.

Die Hunde waren schlagartig still, kniffen die Schwänze zwischen die Hinterläufe und schlichen wimmernd um den Stamm der Eiche herum, ohne jedoch ihre Beute aus den Augen zu lassen.

»Was war das?«, fragte Bonne.

»Ich würde sagen, auf ein riesiges Huhn zu hoffen könnte man als töricht bezeichnen.«

Das Geräusch dröhnender Schritte hallte durch die Stollen des Gewölbes. Zuerst waren sie langsam und in regelmäßigen Abständen zu vernehmen, doch dann wurden sie schneller und vermischten sich schließlich zu einem einzigen Grollen, das immer näher kam.

»Ich wette mit dir, dass, egal was durch diesen Stollen kommt, an der Seite immer noch genug Platz für einen Halbling ist, der rechtzeitig zum Abendbrot zu Hause sein will«, rief Milo seinem Bruder zu.

»Da halte ich gegen und erhöhe um einen weiteren Halbling«, erwiderte Bonne.

Was es auch war, das auf sie zustürmte, es kam schnell näher, und es würde in wenigen Augenblicken aus dem dunklen Stollen hervorbrechen und alles zermalmen, was sich ihm in den Weg stellte. Auch die Hunde schienen dies zu spüren und kauerten tief geduckt, aber weiterhin lauernd am Boden im Schutz des Eichenstammes.

»Jetzt!«, brüllte Milo und schwang sich vom Baum.

Bonne tat es ihm einen Herzschlag später gleich. Die Hunde schienen zu verängstigt, um ihrer Beute nachzustellen, und schnappten halbherzig nach den Füßen der Brüder, jedoch ohne Erfolg. Milo stürmte voran auf den Stollen zu, dicht gefolgt von Bonne. Der Lichtschein am anderen Ende des Ganges verdunkelte sich, und das dumpfe Grollen raste auf die Halblinge zu wie eine düstere Lawine.

Die Brüder zögerten einen Moment, doch ein Blick zurück verriet ihnen, dass die Hunde den zweien einen Rückzug auf den rettenden Baum nicht gewähren würden.

»Du links, ich rechts«, schrie Milo. »Wer zuerst am Seil ist.«

Milo war mehr als nur unwohl zumute. Was sie wenige Stunden zuvor noch als Dummheit abgetan hatten, war jetzt ihr bester Plan. Einziger Unterschied dazu war, dass sie nun auch noch von Hunden gehetzt und von einer stampfenden Bestie zermalmt werden sollten. Alles in allem hatte sich ihre Lage also nicht verbessert.

Die Dunkelheit hatte die beiden fast verschluckt. Es war nicht mehr als ein fahler Schein übrig, aber dieser reichte, um den massigen Schädel eines Bullen sichtbar werden zu lassen, der wutschnaubend auf die Brüder zuraste. Ein flüchtiger Blick bestätigte Milo, dass das Tier das gleiche Schicksal ereilt hatte wie seine Stallgenossen. Der Nasenring war herausgerissen, eine Schädelhälfte verbrannt und das Fell lückenhaft.

Milo presste sich an die Stollenwand, das Gesicht fest gegen die kalte Ascheschicht gedrückt. Dann war der Bulle heran. Stumpfes Fell und ledrige Haut rissen an seiner Kleidung, doch Milo blieb auf den Beinen, und bevor er anfangen konnte zu schreien, war der Spuk vorüber.

Das Geräusch der dröhnenden Hufe entfernte sich schnell, und einen Augenblick später brach der Bulle in die Kammer mit den Hunden. Eines der Tiere jaulte auf, und man hörte einen dumpfen Aufprall. Inzwischen fiel auch wieder Licht in den Stollen. Milos erster Gedanke galt seinem Bruder. Bonne hockte zusammengekauert am Boden, die Hände schützend auf den Kopf gelegt. Er schien unverletzt.

»Hast du nicht gehört?«, brüllte Milo seinen Bruder an. »Wer zuerst am Seil ist. Willst du etwa, dass ich gewinne?«

Bonne schreckte hoch wie aus einem Albtraum. Verstört, aber energisch schüttelte er den Kopf. Dann begann er zu rennen. Milo heftete sich an seine Fersen. Gemeinsam hetzten sie durch die Stollen Richtung Seufzerschlucht. Hinter ihnen schwoll das Geräusch der stampfenden Hufe erneut an, und hinzu gesellte sich das heisere Bellen eines Hundes.

Milo konnte die frische Luft des Waldes schon riechen. Das Licht der Laterne am Eingang schimmerte bereits hinter der nächsten Stollenbiegung – da stürzte er. Einen kurzen Moment blieb er liegen. Er war erschöpft, und sein Knöchel schmerzte. Gerade, als er sich aufrichten wollte, sprang ein dunkler Schatten über ihn hinweg. Es war einer der Hunde, der ihn entweder nicht gesehen hatte oder an ihm nicht interessiert war, da seine Beute weiter vorne lief.

»Bonne, pass auf, eins der Hundeviecher ist hinter dir her«, schrie er, so laut er konnte. Dann war er auch schon wieder auf den Füßen und rannte weiter. Hinter ihm donnerten die Hufe des Bullen im Kies. Jeden Moment musste die Bestie ihn eingeholt haben. Fast glaubte er den fauligen Atem des Tieres in seinem Nacken zu spüren, da sah er vor sich die Wegkreuzung mit der Laterne.

Die Schmerzen in seinem Fuß wurden unerträglich, aber Milo schleppte sich weiter. Er bog in den Gang ab, der zur Seufzerschlucht führte. Er sah Bonne, wie er vor dem Wurzelgeflecht stand, und versuchte, sich einen Weg nach draußen zu bahnen. Der Hund war nur noch wenige Meter hinter ihm.

»Der Hund!«, schrie Milo erneut.

Bonne drehte sich zu seinem Bruder um. In diesem Moment setzte der Vierbeiner zum Sprung an. Bonne riss die Arme in die Höhe. Die Bestie stürzte sich auf ihn. Gemeinsam fielen Halbling und Hund durch die Wand aus Wurzeln und verschwanden.

»Bonne!«

Milo humpelte wie betäubt weiter. Sein Herz raste, Tränen rannen ihm über das Gesicht. Sein Fuß war nur noch ein tauber Klumpen am Ende des Beines, sein Herz ein pochender Muskel, der zu zerspringen drohte. Völlig erschöpft gelangte er in die Höhle, wo die Freiheit zum Greifen nahe schien und dennoch so gut wie unerreichbar war. Milo sank auf die Knie, doch das Brüllen des Bullen ließ ihn herumfahren. Der Koloss stand auf der Kreuzung vor der Höhle, das Haupt tief gesenkt, der Huf scharrte am Boden. Die mächtigen Hinterläufe hatten die kleine Laterne unter sich zertrampelt und das Feuer in ihr entfesselt. Flammen krochen am Fell des Tieres empor. Ein letztes Mal schnaubte der Bulle, dann stürmte er auf den Halbling los.

Milo kroch über den Boden, in der Hoffnung, den Rand zur Seufzerschlucht erreicht zu haben, bevor ihn das Tier zertrampeln konnte. Lieber würde er sich selbst in den Tod stürzen, als sich von einem untoten Huftier in die Hölle bringen zu lassen.

Milo stieß gegen einen am Boden liegenden Stein. Fast hätte er ihn einfach zur Seite gestoßen, bis er die magischen Runen erkannte. Es war die Schieferplatte mit den magischen Runen, auf der sich die Blutmorchel festgesetzt und die er beim Sturz in die Höhle fallen gelassen hatte. Ein Funken Hoffnung keimte in ihm auf. Wenn das Herausbrechen des Steines dieses magische Labyrinth geöffnet hatte, konnte er es vielleicht auch wieder verschließen. Die Schieferplatte umklammernd, stieß Milo die Hand durch das Wurzelgeflecht auf der Suche nach der Lücke im Gestein. Er wandte den Blick zurück und sah das brennende Untier auf sich zustürmen. Milos Hand tastete weiter und fand die Stelle. Der Stein fügte sich wie von selbst zwischen die anderen ein.

Langsam schwang die dünne Gartenpforte zu Bocco Talis' Reich zu. Durch die Spalten im Holz sah Milo den brennenden Bullen unbeeindruckt weiterrennen. Wutschnaubend warf er den mächtigen Kopf hin und her und riss dabei mit seinen Hörnern tiefe Furchen in die Wände des Stollens. Kurz bevor die Bestie das Tor erreichte, schnappte das Schloss zu. Milo hielt die Luft an, zog die Beine zu sich heran und umklammerte sie. Der Bulle donnerte mit seinem ganzen Gewicht gegen die dünnen Bretter der Pforte. Es hörte sich an, wie der berstende Rumpf eines Schiffes, der auf ein Riff auflief. Die Höhle erbebte. Staub und Asche rieselten von der Decke und den Wänden. Für einen Moment kniff Milo die Augen zusammen und wartete auf das anscheinend Unvermeidbare. Dann war der Spuk plötzlich vorüber. Milo traute seinen Augen kaum. Das Tor hatte sich keine Handbreit gerührt. Funken und brennende Haarbüschel stoben durch die Ritzen, aber das Tor selbst bewegte sich nicht. Langsam verschwammen die Umrisse zu Bocco Talis' Reich. Aus dem Holz des Tores schienen Wurzeln zu wachsen. Sand und Steine setzten sich in die Ritzen der Bretter und ließen den Blick auf das brennende Ungetüm dahinter verblassen. Ein letztes Schnauben der Bestie wirbelte Staub durch einen Spalt. Als er sich gelegt hatte, war von dem Stollen und dem Tor nicht mehr übrig als eine karge Höhlenwand

Milo hatte es geschafft. Er war dem Fluch der Hexe und ihrem Labyrinth entkommen, doch tief in sich fühlte er nur Traurigkeit und Schmerz. Er hatte es bis hierhin geschafft, aber das war auch alles. Was als Streich und Mutprobe begonnen hatte, hatte in einer Tragödie geendet. Wie sollte er all das seinem Vater erklären? Was würde er ohne seinen Bruder machen? All diese Fragen rückten jedoch in den Hintergrund, denn mit seinem verletzten Bein würde er den Sprung an das Seil niemals schaffen. Ohne fremde Hilfe war sein Ende vorbestimmt. Stand ihm jetzt der Hungertod bevor? Oder würde er zuerst verdursten? Es blieb noch genügend Zeit, es herauszufinden. Jedenfalls war er an der frischen Luft. Milo drückte das Wurzelgeflecht zur Seite, um die Freiheit wenigstens riechen zu können.

»Erster!«, rief ihm jemand von der anderen Seite zu.

Bonne hing zusammengekauert am Seil, das kurz unter seinen Füßen ausgefranst endete. In der Hand hielt er ein Messer.

»Ich war nur kurz mit dem Hund draußen, aber er hat sich losgerissen.«

Milo konnte nichts erwidern. Tränen rannen ihm übers Gesicht – Tränen der Freude.

»Hör auf herumzuflennen, großer Bruder!«, rief Bonne. »Die Töle ist es nicht wert. Ich werde jetzt nach oben klettern und dir ein Seil herunterlassen. Wenn wir uns beeilen, sind wir doch noch zum Abendbrot rechtzeitig zu Hause. Vielleicht kaufe ich dir ja morgen ein Haustier, das zu dir passt. Wie wäre es mit einer Weinbergschnecke?«

RUHE SANFT

von Wolfgang Hohlbein

Wie ein Ertrinkender umklammerte Jackson die abgeschrägten Armlehnen des Besucherstuhls. Er versuchte, dem Blick Thrain Erebors auszuweichen, der die vor ihm liegende Ermittlungsakte mit zusammengekniffenen Augen musterte, um anschließend angewidert den Kopf zu schütteln. »Jackson, Jackson. Was soll ich nur mit Ihnen machen? Sie sehen aus, als hätten Sie die letzten Tage unter der Brücke geschlafen!«

Jackson Peter nickte verzweifelt. Als ob er das nicht selbst wüsste. Sein vormals tadelloser Anzug war verknittert, verdreckt und am rechten Arm eingerissen, und als er auf dem Weg zum Büro einen kurzen Abstecher zur Toilette gemacht hatte und so unvorsichtig gewesen war, sein eigenes Spiegelbild über dem Waschbecken zu mustern, war er erschrocken zusammengezuckt. Sein Blick war der eines zu Tode gehetzten Tieres: die Augenringe so tief, als wären sie mit schwarzer Tinte nachgezogen worden, und seine Wangen hohl und eingefallen. Auch jetzt noch, Stunden nach der letzten Begegnung mit dem im wahrsten Sinne des Wortes unmenschlichen Verfolger, hatte er sich überhaupt nicht im Griff.

Wäre er doch nur niemals nach Detroit gefahren! Fensterlose Brandmauern, geschlossene Lagerhallen, die Toreinfahrten alle verrammelt: Das war die Gegend in dieser Stadt industriellen Niedergangs, in der vor einer halben Ewigkeit die Automobilindustrie geboomt hatte, und die jetzt ein Bild der Verwüstung bot – und damit allerlei Ungeziefer anzog, tierisches wie menschliches. Hier hatte Jackson wie ein Bluthund die Spur von Finanzjongleuren aufgenommen. Tief in den Eingeweiden verlassener Fabrikhallen, dort, wo in endlosen, muffigen Untergeschossen alte Montagebänder, Pressen und Lackierstraßen vor sich hin moderten, war er auf eine Verschwörung gestoßen.

Aber war Verschwörung überhaupt das richtige Wort dafür? Jackson wusste es nicht. Doch er war sich sicher, dass sich diese Geschichte zum größten Skandal seit Watergate auswachsen könnte.

In einem säuerlich riechenden alten Büro hatte er seine Nase in Unterlagen gesteckt, die ihm mehr als nur einen groben Hinweis darauf gegeben hatten, wie dreist die Hintermänner dieses Betrugs immer wieder agierten. Vor aller Augen hatten sie Milliarden (Milliarden! Nicht nur ein paar mickrige Millionen!) erst beiseitegeschafft, um sie dann in vollkommen diffuse Kanäle zu verschieben. »Mann«, hatte er gemurmelt. »Wenn die mich hier erwischen, verpassen die mir ein paar Betonfüße und versenken mich in einem See.«

Das hätte er vielleicht besser nicht sagen sollen. Denn leider war er tatsächlich nicht unbemerkt geblieben. Doch statt einer rabiaten Schlägerbande oder Killern in Maßanzügen hatten sie jemanden – nein, etwas! – geschickt, das direkt der Fantasie eines durchgeknallten Game-Programmierers entsprungen sein konnte. Die Erinnerung an das von einer brutalen Wut getriebene Ungetüm, das plötzlich durch die Wand gebrochen war, zerrte an der Einlasspforte seines Verstands.

Seine Hände begannen wieder stärker zu zittern, als er erneut die schrecklichen Geräusche zu hören glaubte, *das Stampfen mächtiger Säulenbeine, das Prusten wie das einer altmodischen Dampflokomotive, das Zischen, mit dem die Streitaxt durch die Luft schnitt, und das Splittern, Prasseln und Krachen, als sich ihre Schneide in Zwischenwände grub und sie auseinanderriss, als wären sie aus dem dünnen Sperrholz eines altmodischen Puppenhauses gefertigt …*

»Nun reißen Sie sich mal ein bisschen zusammen!«, donnerte Thrain Erebor. »Noch vor einer Woche waren Sie mein bester Mann! Eine Stütze der FiFo!«

Jackson wollte etwas sagen, aber seiner Brust entrang sich nur ein jämmerlicher Laut. Die Wand hinter dem Einsatzchef der *Fiscal Force* schien zu verschwimmen und sich dann vorzuwölben, und dann überfluteten die frischen Erinnerungsfetzen Jacksons Verstand, und er war plötzlich wieder in dem alten Lagerhaus, in das ihn seine Nachforschungen geführt hatten. *Steinbrocken, Verputz und Farbsplitter explodierten in einer gewaltigen Wolke, und in ihrem Zentrum erschien ein vor Wut brüllender Gigant in einer stachelbewehrten Rüstung, der eine überdimensionierte doppelklingige Axt schwang. Er stieß einen triumphierend knurrenden Laut aus, als er Jackson sah, richtete sich zu seiner vollen Größe von mindestens zweieinhalb Metern auf und holte ein weiteres Mal mit der gewaltigen Axt aus ...*

Jacksons Herz machte einen schmerzhaften Satz, und seine Hände umklammerten erneut die Armlehnen des Bürostuhls.

»Was soll das?« Thrain Erebor – klein, dick, alt, aber so ekelhaft wie eh und je – maß ihn mit einem Blick, der Wasser zum Sieden gebracht hätte. »Wenn Sie sich nicht zusammenreißen können, werde ich den Sicherheitsdienst rufen müssen. Und Sie wissen, was das für Konsequenzen hat!«

Nein, das wusste Jackson nicht; und wenn er es denn überhaupt jemals gewusst hatte, dann fiel es ihm im Moment nicht ein. Immerhin gelang es ihm, die Augen so fest zusammenzukneifen, dass er augenblicklich Sternchen sah, und als er sie wieder aufriss, war die Wand hinter seinem Gegenüber bis auf ein paar unschöne Risse wieder völlig unversehrt. Statt in die fürchterliche Fratze des Monsters, das ihn durch endlose Fabrikhallen gejagt hatte, starrte er in das nicht wesentlich sympathischer wirkende Gesicht des allseits gefürchteten FiFo-Chefs.

»Kann ich jetzt wieder vernünftig mit Ihnen reden?«, schnappte dieser und schlug mit der flachen Hand so kraftvoll auf die vor ihm liegende Ermittlungsakte, dass der ausladende Schreibtisch bis in seine Fugen erzitterte. »Und wollen Sie mir nun endlich sagen, was dieser ganze Affenzirkus soll?«

Jackson nickte hastig, und obwohl er nichts lieber getan hätte, als aufzuspringen und das Büro fluchtartig zu verlassen, biss er die Zähne zusammen und drückte sich noch tiefer in den unbequemen Besucherstuhl. »Ich hätte diesen Film nicht drehen sollen!«

Erebor wirkte ehrlich überrascht. »Welchen Film?«

»Eigentlich ist es kein Film, sondern nur ein paar zusammengeschnittene Videosequenzen«, begann Jackson kläglich. »Aber die entstanden unter geradezu verrückten Bedingungen ...«

»Ja, das kann ich mir vorstellen«, schnappte Erebor. »Und wo ist jetzt dieses ... *Filmchen?*«

Jackson dachte an seinen unheimlichen Verfolger, und ein kalter Schauder durchlief ihn. *Die gewaltige Axt riss die dünne Trennwand aus-*

einander, als ob sie aus Papier wäre, und das schuppenbewehrte Monstrum stieß einen triumphierenden Laut aus, der den verwahrlosten Raum in den Grundfesten erbeben ließ, als es sich durch die entstandene Lücke quetschte. Eine Wolke aus Splittern, Staub und Dreck stob auf. Die Streitaxt zischte bösartig, als der Koloss sie hochriss und zwei, drei Schritte vorwärtsmachte … um dann überrascht stehen zu bleiben.

Der Raum hatte auf dieser Seite zwei Ausgänge, und wenn Jackson einen von ihnen gewählt hätte, um wegzulaufen, hätte der Angreifer zweifellos seine Schritte gehört.

Aber so dumm war Jackson nicht gewesen. Im allerletzten Moment hatte er sich in die Lücke zwischen einem wuchtigen Aktenschrank und der Stahltür gedrückt und das massive Türblatt so weit herangezogen, dass es ihn so gut wie möglich verdeckte.

Seine Gedanken rasten. Er musste hier raus, egal wie … aber es gab kein Entkommen, zumindest im Moment nicht. Der unförmige Gigant füllte den Raum wie eine lebende Mauer aus grünen Schuppen, Muskeln und Wut aus, und jetzt setzte er sich wieder in Bewegung …

Panik half nicht weiter, und dennoch kostete es Jackson viel Kraft, gegen die Wogen der Erinnerung anzukämpfen, die über ihn hinwegschwappten. Er hatte das Gefühl, dass er es im Moment mit zwei Jacksons zu tun hatte; mit demjenigen, der mit all seiner Erfahrung in der Lage war, auch im stärksten Sturm seines Lebens die Kontrolle zu behalten, und dem anderen, der sich der hoffnungslosen Agonie überlassen wollte.

»Geben Sie mir nur einen Moment«, bat er mit brüchiger Stimme, um dann gefasster fortzufahren: »Es war einfach etwas viel in den letzten Tagen.«

Der rundliche FiFo-Chef stieß einen tiefen Seufzer aus und nahm die Ermittlungsakte in die Hand, um damit herumzuwedeln, als wolle er lästige Schmeißfliegen vertreiben.

»Was soll ich nur mit Ihnen machen, Jackson?« Er fixierte Jackson mit seinen tückischen Schweinsäuglein, während er die Akte auf den Tisch knallte und sich ein Stück vorbeugte. »Das Ministerium erwartet von mir, dass ich Sie feuere, das ist Ihnen doch klar?«

»Ich habe nichts falsch gemacht«, antwortete Jackson so ruhig wie möglich. »Ich habe nur meinen Job gemacht. Nur vielleicht ein bisschen zu gut. Das ist alles.«

Thrain Erebor verschränkte die Finger vor seinem ansehnlichen Bauch und maß Jackson auf die ihm eigene unangenehme Art, mit der er schon seit einer halben Ewigkeit seine Besucher weichzukochen pflegte. Normalerweise wäre Jackson jetzt unruhig geworden. Aber diesmal nicht. Das ging auch gar nicht.

Er war sowieso schon in Panik und völlig außerstande, auch nur einen einzigen halbwegs vernünftigen Gedanken zu fassen.

»Man kann seinen Job gar nicht zu gut machen«, sagte Erebor schließlich. »Schon gar nicht, wenn es um Steuerhinterziehung im großen Stil geht …«

»Im großen Stil?«, keuchte Jackson. »Ich glaube, Sie verkennen die Dimensionen. Das hat nichts mehr mit normaler Steuerhinterziehung zu tun …«

Erebor winkte ungeduldig ab. »Die Dimensionen sind mir klar. Deswegen habe ich mich auch ziemlich aus dem Fenster gelehnt, um Ihren Hintern zu retten, Jackson. Aber wenn ich dem Minister *diesen* Bericht vorlege, dann schmeißt er Sie nicht nur eigenhändig raus, sondern ruft auch gleich die Jungs mit den weißen Jacken. Und ich kann wahrscheinlich froh sein, wenn man mir nicht meine Pension kürzt. Also … erklären Sie mir das.«

Seine Hand klatschte wieder auf den Ermittlungsbericht.

Dann passierte es wieder.

Das Monstrum drehte sich um, hob wie beiläufig die beidseitig geschliffene Axt, stieß ein angriffslustiges Knurren aus und drosch mit der bestialischen Waffe auf den Besprechungstisch ein. Unter dem ersten Schlag erbebte die Tischplatte, und erste Splitter flogen, dann ließ das riesige Ungetüm zwei weitere Schläge folgen. Die Beine des Tisches gaben nach, und er zerbarst in zwei Teile.

Jackson drückte sich ganz tief in die Nische hinter der schweren Eisentür, die wohl einst als Brandschutztür einen tiefer gelegenen Bereich des unterirdischen Produktionskomplexes abgeschottet hatte. Er versuchte, die schreckliche Vorstellung zu vertreiben, dass das Monster den Tisch nur zertrümmert hatte, um ihm zu zeigen, was es mit ihm vorhatte. Wie um seine schlimmsten Vorstellungen zu bestätigen, drehte sich das Monstrum wieder um und schlurfte mit schwerfällig-tapsenden Schritten auf ihn zu. Die Axtklinge schleifte scharrend hinter ihm her und schlug Funken auf dem Boden. Jackson war nahe daran, alles auf eine Karte zu setzen, an dem Ungeheuer vorbeizuspringen und in einem todesmutigen Sprint auf den Ausgang zur nächsten Halle zuzuhalten.

Aber er verpasste den richtigen Zeitpunkt. Alles, was ihm übrig blieb, war, sich so klein wie möglich zu machen und zu hoffen, dass er im Schatten der Tür nicht zu sehen war.

Und dann war dieses … unglaubliche Etwas heran. Der scharfe Raubtiergestank nahm ihm fast den Atem. Aber schlimmer war, dass er nun genauer sehen konnte, was ihn da verfolgte. Der Schädel des Monstrums war so groß wie der eines ausgewachsenen Löwen und sein ausladendendes Gebiss mit Reißzähnen bewehrt, die aussahen, als könnten sie mühelos einen Elefantenknochen zermalmen. Seine Nase war ein breit geschlagener Fleischklumpen, und seine tief in den Höhlen liegenden Augen waren von einer unheimlichen, boshaften Energie beseelt. Jackson schloss in diesem Moment mit seinem Leben ab. Und vielleicht lag es nur an diesem Umstand, dass er es schaffte, seine Minikamera wie in Zeitlupe auf das Wesen zu richten und den Auslöser zu betätigen.

Ein Ork – *um nichts anderes konnte es sich bei dem Monstrum handeln, da war er sich in seinem tiefsten Inneren vollkommen sicher, während sein Verstand am liebsten selbst dann noch die Existenz von Orks geleugnet hätte, wenn er sich plötzlich einem ganzen Heer von ihnen gegenübersähe. Der Ork blieb stehen, begann auf eine unglaublich widerwärtige Art zu schnüffeln und drehte dann langsam den Kopf in seine Richtung …*

Jackson stieß einen keuchenden Laut aus. Er ballte die Hände zu Fäusten und versuchte, die Erinnerung an diesen fürchterlichen Moment in den abgelegensten Winkel seines Verstandes zu drängen.

Der Ork hatte Witterung aufgenommen, und so schnell und brutal er vorhin auch gewesen war, wirkten seine Bewegungen jetzt wie die einer Raubkatze, die sich an ihr Opfer anschlich, um dann nur umso erbarmungsloser zuzuschlagen.

»Jackson!«, donnerte Erebor. »Kotzen Sie mir jetzt nicht meinen Teppich voll – und reißen Sie sich endlich zusammen!«

Jackson zuckte zusammen. Er begriff, wie nahe er daran war, auch jetzt noch durchzudrehen. Aber das konnte er sich nicht leisten. Er hatte einen Job zu erledigen – und wenn es das Letzte war, was er tat.

»Also, was ist?«, fragte Erebor bärbeißig. »Haben Sie mir noch etwas

Substantielles mitzuteilen, oder soll ich Sie vom Sicherheitsdienst entsorgen lassen?«

»Nein, nein.« Jackson versuchte, sich ein Lächeln abzuringen, merkte jedoch, dass ihm dabei die Gesichtszüge entgleisten. »Es ist mir in letzter Sekunde gelungen, mein Material in Sicherheit zu bringen. Und dann bin ich auf dem schnellsten Weg zu Ihnen. Aber ...«, seine Stimme sank zu einem Flüstern hinab, »ich bin mir nicht sicher, ob ich ihn wirklich abgehängt habe ...«

»Wen?«, fragte der FiFo-Chef scharf. »Wen wollten Sie abhängen?«

Den Ork, dachte Jackson hysterisch. Seine Hände begannen wieder stärker zu zittern, und sein Magen verwandelte sich in einen Eisklumpen. Ihm stieg erneut der unglaubliche Gestank in die Nase, der von diesem ... *Ork* ausgegangen war, als sich dieser zu ihm herabgebeugt hatte. Er war nahe daran, Erebor in allen unappetitlichen Einzelheiten zu erzählen, was in dem altem Fabrikkomplex geschehen war, und es hier und jetzt darauf ankommen zu lassen, dass sein Chef ihn für verrückt erklärte. Gewiss würde Erebor ihn dann in der Spezialklinik für übergeschnappte Ex-Agenten und Sonderermittler verschwinden lassen, die man unter vorgehalter Hand nur die *Sonder-Klapse* nannte.

Aber natürlich ließ Jackson das bleiben. Er hatte einen Job zu erledigen, und das würde er sich nicht nehmen lassen, unter gar keinen Umständen!

»Wer ist ihnen auf den Fersen?«, bohrte Erebor nach. »Das Leeman-Kartell? Die New Yorker? Oder die Südstaaten-Connection?«

»Nein«, erwiderte Jackson so selbstsicher wie möglich. »Keine der uns bislang bekannten Gruppierungen, keine der üblichen Geldwäscher, Hasardeure und Steuertrickser. Es ... es handelt sich um etwas ... um etwas ... wahrhaft *Unvorstellbares* ...«

Erebor brachte ihn mit einer ärgerlichen Handbewegung zum Schweigen. »Nächste Woche werde ich offiziell verabschiedet«, sein Tonfall wurde schneidend, »und ich habe keine Lust, mich in meinen letzten Tagen noch in irgendwelche Fantastereien zu verstricken. Also: Wenn Sie noch mehr zu bieten haben als diese schlampig zusammengestellte Akte, dann her damit!«

»Keine Sorge«, murmelte Jackson. »Sie bekommen schon noch alles, was nötig ist. Aber zuerst muss ich ein paar ... grundlegende Dinge klären.« Er atmete tief aus. »Ich dachte zuerst, es sei ein ganz normaler Fall, und ich müsste mich an die Fersen meiner Zielperson heften, um herauszubekommen, über welche geheimen Konten sie das Geld ihrer Mandanten außer Landes bringt. Aber da wusste ich noch nicht, wie weit außer Landes man sein Geld überhaupt transferieren kann ...«

»Ob in die Schweiz oder auf die Kaimaninseln, das ist mir egal«, unterbrach ihn Erebor ungeduldig. »Wenn Sie wirklich Beweise für einen großangelegten Steuerbetrug haben, dann brauche ich sie – und das sofort. Wo, verdammt noch mal, sind diese Beweise, Jackson?«

Jackson wand sich. »Die Beweise. Ja. Unglaublich, was ich da zusammengetragen habe. Nicht nur Zahlen. Sondern auch Videosequenzen von den Drahtziehern. Da steckt eine Sippe unglaublich kleiner Männer dahinter – echte Winzlinge ... Den verschlagenen Blick dieses Kleinwüchsigen, der die anderen herumkommandiert hat, werde ich nie vergessen ...«

Erebor stieß einen Laut aus, der etwas von einem knurrenden Löwen hatte. »Sind Sie wahnsinnig? Sie sollen mich nicht mit Ihrem Geschwafel nerven, sondern endlich Fakten liefern!«

Jackson schüttelte den Kopf. »Nein, nein. Sie haben mich missverstanden. Das ist kein Geschwafel. Es geht um einen der größten Fälle von Finanzbetrug und Steuerhinterziehung, die unser Land je gesehen hat!«

»Erklären Sie mir das«, sagte der FiFo-Chef und wedelte zum wiederholten Male mit der Akte herum.

Jackson hätte ihm sagen können, dass alles Wichtige dort drinstand, aber dann hätte ihn Erebor wahrscheinlich eigenhändig rausgeworfen; und zwar vom Dach des FiFo-Headquarters aus.

»Erklären Sie es mir«, verlangte Erebor noch einmal. »Von Anfang an und in aller Ruhe. Tun Sie einfach so, als wäre ich dämlich und hätte keine Ahnung von Ihrer Ermittlungstätigkeit.« Was der Wahrheit ziemlich nahekam, aber das behielt Jackson vorsichtshalber für sich.

»Sie werden mir nicht ...«

»Glauben?« Der dicke alte Mann stieß einen verächtlichen Laut aus. »Lassen Sie das mal meine Sorge sein.«

Jackson zögerte. »Sie erinnern sich doch bestimmt noch an Nick Leeson«, sagte er schließlich.

Erebor nickte grimmig. »An den Mann mit ›dem goldenen Händchen‹? Aber klar. Die dämlichen Anleger haben ihm das Geld geradezu aufgezwungen, und am Ende hat er sie um Milliarden betrogen.«

»Und die älteste britische Bank musste ihre Pforten schließen«, ergänzte Jackson. »Nick Leeson war damals gerade achtundzwanzig Jahre alt. Schon ein paar Jahre später lebte er wieder im Luxus, mit neuer Frau und hochgeachtet als Vortragsredner und Buchautor ...«

»Ja, das Leben kann unfair sein«, bestätigte Erebor.

»... und nach Leeson kamen andere. Abadoldi, van Hellsink, Stanford ...«

Erebor runzelte die Stirn. »Ich verstehe nicht, worauf Sie hinauswollen ...«

»Das ist doch offensichtlich, oder?«, ereiferte sich Jackson. »Es ging jedes Mal um Männer, die vor aller Augen ein Vermögen eingesammelt haben, das dann plötzlich scheinbar spurlos verschwand – angeblich, weil sie sich verspekuliert hatten. Und am Ende wackelten dann ganze Volkswirtschaften.« Jackson beugte sich vor, und seine Stimme wurde plötzlich hart. »Jetzt frage ich Sie: Warum sollten sich die mächtigsten Staaten immer wieder von ein paar Finanzspekulanten ausnehmen lassen? Und die Medien nur einen Haufen Mist darüber berichten?«

»Nun ja, das ist doch offensichtlich«, antwortete Erebor. »Es fehlt immer an dem politischen Willen, eine vernünftige Finanzaufsicht einzuführen.«

»Ja, es fehlt daran, weil man den Verantwortlichen Sand in die Augen streut. Schon in meinem ersten Bericht habe ich darauf hingewiesen, dass ...«

»... es sich um eine Verschwörung handelt, die darauf abzielt, erst unsere Finanzmärkte zu unterwandern und uns dann zu vernichten?« Der FiFo-Chef schüttelte den Kopf. »Das ist doch haarsträubender Blödsinn! Es geht immer nur um persönliche Bereicherung!«

Jackson nickte nachdrücklich. »Ja. Es hat eine ganze Weile gedauert, bis ich begriffen habe, dass das auch hier zutrifft. Aber in diesem Fall geht es nicht um die persönliche Bereicherung von ganz normalen Menschen. Wenn es denn überhaupt Menschen sind.«

Erebors buschige rechte Augenbraue wanderte nach oben. »Haben Sie jetzt Ihre Vorliebe für absurde Späße entdeckt?«

Jackson zupfte den verdreckten und eingerissenen Ärmel seines Jacketts zurecht. »Sehe ich etwa so aus?«

Sein Vorgesetzter maß ihn – und vor allem seine ruinierte Kleidung – mit einem abschätzigen Blick. »Eigentlich nicht.«

»Sie können, nein, Sie müssen mir glauben: Ich bin da in eine völlig verrückte Sache geschlittert! Und alles, was ich Ihnen sage, meine ich todernst!«

Erebor seufzte. »Das habe ich befürchtet.« Er wedelte auffordernd mit der Hand. »Und nun weiter im Text. Ich habe nicht den ganzen Tag Zeit.«

Jackson nickte. Er versuchte, sich zu sammeln. »Schon Shakespeare hat gesagt, dass es mehr Dinge zwischen Himmel und Erde gibt ...«

»... als sich unsere Schulweisheit träumen lässt.« Der FiFo-Chef wedelte noch energischer mit der fleischigen Hand. »Nun machen Sie schon. Verschwenden Sie nicht meine Zeit!«

»Also gut. Ich glaube, dass die ... Drahtzieher einen ganz ungewöhnlichen Hintergrund haben. Dass sie quasi ... nicht von dieser Welt sind ...«

»Sondern von der Wega, oder vom Sirius?« Erebors Stimme bekam einen unangenehmen Unterton. »Sprechen Sie vielleicht von Aliens?«

Jackson griff so schnell nach der Akte, dass der Protestruf seines Chefs zu spät kam. Er schlug sie auf und zerrte ein paar Fotos hervor, die er als Digitaldruck beigelegt hatte. Die Fotos waren nicht allzu scharf und offensichtlich unter schlechten Lichtverhältnissen gemacht worden. Ihnen allen gemein aber waren die Motive: kleinwüchsige Menschen mit krausen Haaren und rotwangigen Gesichtern, die etwas sehr Vertrautes hatten – und doch gleichzeitig erstaunlich fremdartig wirkten.

Jackson knallte ein Foto auf den Schreibtisch, das einen der kleinen Kerle zeigte, der gerade mit roten Wangen und fiebrigem Blick einen vor ihm liegenden Geldstapel abzählte. »Wie sieht dieser Typ aus?«

Erebor schwieg eine ganze Weile, bevor er knurrte: »Wie mein Cousin zweiten Grades.«

Jackson machte eine ungeduldige Bewegung. »Ist Ihr Cousin Broker oder Finanzjongleur?«

Der alte Mann kniff die buschigen Augenbrauen zusammen, was nicht unbedingt vorteilhaft wirkte. »Nein. Eher Lebenskünstler.«

»Lebenskünstler.« Jackson legte das Foto wieder in die Akte, platzierte sie ohne Hast auf dem Schreibtisch und atmete tief aus. »Lebenskünstler. Das trifft es. Es geht diesen halben Portionen nicht wirklich um die Finanzmärkte. Sie wollen nichts anderes, als sich einen faulen Lenz machen – und dafür die Voraussetzungen schaffen.«

»Das klingt in der Tat ganz nach meinem Cousin.«

»Oder nach den Hintermännern des größten Skandals, der Ihnen in Ihrer langen Karriere untergekommen ist.«

Thrain Erebor starrte Jackson wortlos an, aber schließlich tat er ihm den Gefallen, klappte die Akte auf, entnahm ihr die Fotos und breitete sie in aller Ruhe vor sich aus. »Das haben Sie doch aus dem Internet«, murmelte er. »Das ist aus diesem Film ... wie hieß der denn gleich? Warten Sie ... *Harry Potter*?«

»Knapp daneben. Sie meinen *Herr der Ringe*.«

»Sag ich doch«, murmelte Erebor. »Irgend so ein blöder Hollywood-Streifen.«

Jackson schüttelte den Kopf. »Nein, nicht Hollywood. Die Filme wurden in Neuseeland gedreht. Und sie sind auch nicht *blöd*.«

Der FiFo-Chef seufzte, klaubte die Fotos sorgfältig zusammen und stopfte sie wieder in den Aktendeckel, den er dann schloss und weit von sich schob. »Dann wollen wir doch mal sehen, wie schnell der Sicherheitsdienst hier ist.« Er streckte die Hand vor, sicherlich, um den Geheimschalter zu betätigen, der in der Sicherheitszentrale der *Fiscal Force* einen Alarm auslösen würde.

»Sehen Sie sich die Fotos noch einmal in Ruhe an!« Jackson beugte sich erregt vor, und Erebors buschige Augenbrauen hoben sich nun beide ruckartig, aber seine Hand verharrte in der Bewegung. »Wenn Sie genau hinschauen, werden sie erkennen, dass sie fast wie Menschen aussehen. Aber eben nur fast!«

»Ach, hören Sie doch auf.« Der alte Mann schnaubte ärgerlich. »Das ist doch lächerlich. Sie wollen doch nicht im Ernst behaupten, dass es sich bei diesen Typen um ... um ...«

»Halblinge handelt?«

»Halblinge«, ächzte der FiFo-Chef. »Jetzt sind Sie total übergeschnappt!«

Genau das hatte sich Jackson auch gedacht, als er das erste Mal auf die

Hintermänner des Skandals gestoßen war. »Ich weiß selbst, wie bescheuert sich das anhört«, gab er zu. »Aber überlegen Sie mal: Unser Land war reich, richtig reich! Und dann tauchen so ein paar Typen auf, und plötzlich verschwinden Milliarden und immer wieder zig Milliarden, und während die Bevölkerung den Gürtel immer enger schnallen muss, verschwindet das ganze schöne Geld, als würde es irgendwo versickern. Es gibt niemanden, der einem wirklich erklären kann, wo es geblieben ist. Die Medien überschlagen sich beinahe, aber selbst die cleversten Journalisten finden keine richtige Erklärung für das, was seit Jahren bei uns, in Europa und den anderen Industrienationen passiert.«

»Das mag ja alles sein. Aber dafür gibt es ja auch ganz andere Erklärungen ...«

»Ach ja? Und welche war stichhaltig genug, um Sie zu überzeugen?«

»Nun ... ich habe ... wenn man sich die Finanzmärkte genauer ansieht ...«

»Ha!«, triumphierte Jackson. »Das hab ich mir gedacht! Bei dieser Frage geraten Sie genauso ins Stottern wie alle anderen. Und vergessen Sie bei all dem nicht, wie viele Steuern die Schweinebande mit ihren Transaktionen hinterzogen hat. Und die müssen wir uns jetzt wiederholen! Schließlich ist das die ureigenste Aufgabe unserer Behörde!«

Erebor öffnete den Mund und schloss ihn dann wieder. Er schien für den Moment vergessen zu haben, dass er eben noch den Sicherheitsdienst hatte rufen wollen. Zumindest hatte er es wohl fürs Erste hintangestellt. »Sie haben wirklich einen Knall, Jackson. Aber nehmen wir einmal an, es gäbe wirklich eine Verschwörung, und irgendwelche Hintermänner ...«

»Nicht irgendwelche *Hintermänner* ...«

»Sondern *Halblinge*, ich weiß«, spottete Erebor, um dann wieder ganz ernsthaft fortzufahren: »Nehmen wir also einmal an, das Geld sei nicht nur irgendwie ... verschwunden, sondern ganz gezielt beiseitegeschafft worden.« Er grinste schmierig. »Was hat dann diese ... Bande damit gemacht?«

»Zumindest keine Steuern bezahlt«, antwortete Jackson wie aus der Pistole geschossen. Er wischte den nächsten Einwand seines Gegenübers mit einer ärgerlichen Handbewegung beiseite. »Meinen Sie, ich habe mir diese Frage nicht auch immer wieder gestellt? Und es hat ganz schön lange gedauert, bis ich darauf gestoßen bin: Sie haben sich damit ein eigenes Reich geschaffen. Wenn Sie die *Herr-der-Ringe*-Filme gesehen haben, dann wissen Sie ...«

»Jetzt ist es aber gut!«

»Ja, verstehen Sie denn nicht?«, fragte Jackson. Natürlich verstand sein Chef das nicht. Und wie sollte er auch? Jackson hatte vier Monate gebraucht, um darauf zu kommen, und einen weiteren, um es zu glauben. »Die Einkünfte aus Finanzskandalen tauchen in keiner Bilanz auf«, erklärte er. »Damit sind sie quasi für uns unsichtbar.«

»Aha«, machte Thrain Erebor. »Und?«

»Die Typen haben das Gleiche gemacht, was die Mafia schon seit einer halben Ewigkeit mit Geld aus unsauberen Quellen macht: es gewaschen.«

»Solche Riesensummen? Wie soll das gehen?«

»Dazu brauchten sie natürlich die richtigen Verbündeten. Und die haben sie sich besorgt.«

»Am freien Markt für Halbling-Verbündete, oder was?«

»Nein«, antwortete Jackson ernsthaft. »Sondern dort, wo die Sicherheitsbestimmungen am schärfsten sind. Das ist doch fast schon genial, oder?«

»Um das beurteilen zu können, brauche ich schon etwas mehr Futter von Ihnen.«

Jackson nickte. »Ich bin erst bei einer Kreuzprüfung veruntreuter Summen aus dem Salzer-McKenzie-Crash darauf gekommen.«

Thrain Erebor blickte fragend drein.

»Es gab Hinweise darauf, dass riesige Summen über eine Unzahl von Konten immer weiter verschoben wurden, und das im Sekundentakt«, erklärte Jackson. »Es war reiner Zufall, dass ich darauf aufmerksam geworden bin. Irgendwie kam mir die Sache komisch vor, und ich habe genauer hingesehen und angefangen zu recherchieren. Und dann bin ich dahintergekommen, dass das *Bureau of Engraving and Printing* mit drinhängt.«

»Sie meinen ...«

»Ich meine, dass es ganz schön clever ist, ausgerechnet die Spezialisten der amerikanischen Notendruckereien in die Geldwäsche mit einzubinden«, antwortete Jackson mit Entdeckerstolz in der Stimme. »Darauf ist noch nicht einmal die Mafia gekommen!«

Er hatte erwartet, dass sich sein Chef nach dieser Eröffnung beeindruckt zeigte. Aber das Gegenteil war der Fall. Erebor sah jetzt irgendwie ... bekümmert aus.

»Es war nicht einfach«, fuhr Jackson fort. »Die kleinen Wichte sind nicht dumm, das muss man ihnen lassen. Die Sicherheitskontrollen beim *Bureau of Engraving and Printing* zielen darauf ab, unter allen Umständen zu verhindern, dass neu gedruckte Banknoten von irgendjemandem veruntreut werden können. Dass sich jemand dieser Sicherheitskontrollen bedienen könnte, um Geld zu waschen, das hat offensichtlich niemand bedacht.«

»Aber wie sollte das gehen?«, fragte Erebor. »Die Druckereien sind doch gar nicht in reguläre Geldgeschäfte involviert.«

»Das ist es ja. Aber wie gesagt. Es ist verdammt kompliziert.« Jackson deutete auf die Akte. »Sie haben im großen Maßstab Unterlagen und Urkunden gefälscht, mit denen sie den Geldfluss gesteuert haben – dafür standen ihnen ja die besten Druckereien des Landes zur Verfügung. Sämtliche Urkunden sind echt. In Wahrheit natürlich gefälscht, das aber so perfekt, dass nicht einmal die Kollegen vom FBI bereit waren, mir das schriftlich zu bestätigen – sämtliche Stempel und Unterschriften sind vorhanden, alle Beglaubigungen sind authentisch.«

»FBI?«, wiederholte Thrain Erebor alarmiert.

»Und trotzdem war das alles nicht ganz so einfach«, fuhr Jackson fort, als hätte er den Einwurf seines Chefs überhört. »Es hat nur geklappt, weil sie Online-Transaktionen und realen Geldfluss geschickt miteinander verwoben haben.«

»Sie haben das FBI um Amtshilfe gebeten?«, polterte Erebor.

»Nur inoffiziell«, log Jackson. »Es gibt da ein paar Jungs, die mir noch den einen oder anderen Gefallen schuldig sind. Sie haben mir geholfen.«

»Jackson, was soll das?«, fragte der FiFo-Chef scharf. »Sie hätten unbedingt den offiziellen Weg einhalten müssen.« Seine Stimme schnappte fast über. »Vor allen Dingen hätte Sie zuallererst mich einweihen und mit mir alle weiteren Maßnahmen abstimmen müssen.«

»Ja, das hätte ich wohl«, gab Jackson zu – wenn auch nur, um einen der gefürchteten Wutanfälle Erebors zu verhindern. Und schließlich hatte er ja noch ein Ass im Ärmel. »Trotz aller Details habe ich auf dem Schlauch gestanden, weil ich nicht wusste, wie das Ganze zusammenhing. Aber im Grunde ist die Geschichte ganz simpel. Die kleinen Männer haben sich das Geld beschafft, um sich einen bleibenden Gegenwert zu schaffen. Einen Teil davon habe ich unterhalb einer alten Fertigungsstraße in Detroit gefunden. Der Zugang zu ihrem eigenen Reich! Ich bin sicher, wenn man dort weiter nachbohrt, wird man …«

»Und von alldem hat niemand etwas gemerkt?«, unterbrach ihn Erebor hämisch, und dann fügte er noch eine Spur schärfer hinzu: »Außer Ihnen, versteht sich.«

»Wenn man genug Geld hat, kann man sich auch Schweigen kaufen«, antwortete Jackson trotzig und deutete erneut auf den Aktendeckel. »Und außerdem haben die Typen«, er schauderte bei der Erinnerung an den Ork mit der riesigen Streitaxt, »einen sehr überzeugenden *Sicherheitsdienst*, der jedem den Schädel einschlägt, der zu neugierig geworden ist.«

Thrain Erebor legte fragend den Kopf auf die Seite und wirkte tatsächlich interessiert, auch wenn Jackson nicht ganz sicher war, woran. Jackson versuchte sich jedoch wenigstens einzureden, es wäre sein Fahndungserfolg. »Sie meinen, sie unterhalten ihre eigene kleine Privatarmee?«, fragte er dann.

»So etwas in der Art«, antwortete Jackson vorsichtig. »Aber das ist nicht mein Spezialgebiet. Mir geht es vor allem um die hinterzogenen Steuern.«

Jackson erwartete zumindest ein zustimmendes Nicken, aber der FiFo-Chef starrte ihn nur weiter an.

Irgendetwas an seinem Blick gefiel Jackson ganz und gar nicht. »Und jetzt sind Sie dran«, sagte er hastig. »Wir müssen etwas unternehmen! Am besten nehmen Sie direkt Kontakt mit dem Weißen Haus auf!«

»Weshalb?«, fragte der FiFo-Chef gefährlich leise.

»Weil unsere Volkwirtschaft in Gefahr ist«, antwortete Jackson. »Und weil das der größte Fall von Steuerhinterziehung ist, den Sie je auf dem Tisch hatten.«

»Und?«

»Verstehen Sie denn nicht?«, fragte Jackson. »Wenn wir jetzt nicht handeln, werden sie uns auf die eine oder andere Art mundtot machen – und das Ganze vertuschen!«

»Weil sie uns von ihrem *Sicherheitsdienst* den Schädel einschlagen lassen?«, fragte Thrain Erebor böse.

»Ganz genau!« Jackson verstand nicht, was mit seinem Chef los war. »Hier geht es nicht nur um Steuern, sondern auch um unser Leben ...«

»Das ist das Stichwort, auf das ich gewartet habe«, fiel ihm Erebor ins Wort. »Bei dieser ganzen Geschichte geht es Ihnen doch gar nicht um Steuern, sondern um irgendwelche Hirngespinste. Aber wenn ich mich richtig erinnere, sind Sie Sonderermittler der *Fiscal Force*. Was sind Sie jetzt, Jackson? Ein Spinner wie die Typen, die behaupten von Aliens entführt zu werden?«

»Natürlich nicht. Aber ...«

Thrain Erebor unterbrach ihn, indem er die flache Hand auf die sowieso schon geschlossene Akte klatschte. »Jackson, das reicht. Sie stecken nicht nur die Nase in Dinge, die weder Sie persönlich noch uns als Behörde etwas angehen. Sie haben auch noch das FBI, die Börsenaufsicht und möglicherweise noch weitere offizielle Stellen missbraucht, um einen persönlichen Feldzug gegen Börsenspekulanten zu führen! Und das ist noch lange nicht alles!« Erregt beugte er sich vor. »Sie erwarten doch nicht allen Ernstes, dass ich mich an das Weiße Haus wende? Wie stellen Sie sich das vor? Dass die Regierung Spezialkommandos losschickt, um unter stillgelegten Autofabriken nach irgendwelchen Typen zu suchen, die es nur in Ihrer Fantasie oder irgendwelchen Actionstreifen gibt?«

»*Der Herr der Ringe* ist kein Actionstreifen«, protestierte Jackson.

»Mag sein. Aber das ändert nichts daran, dass Sie inzwischen mehr als eine Grenze überschritten haben. Sie sind Ermittler in der wichtigsten Steuerfahndungsbehörde des Landes, vergessen Sie das niemals!«

»Aber es geht doch nicht nur um Steuerhinterziehung!«, protestierte Jackson.

»Ach nein? Worum denn sonst?« Thrain Erebor machte eine ärgerliche Handbewegung und beantwortete seine eigene Frage gleich selbst. »Ach natürlich, wie konnte ich das nur vergessen? Wir reden ja hier über irgendwelche Fantastereien von Schreiberlingen und Filmemachern. Halblinge, Orks und der ganze Mist, nicht wahr?« Es beugte sich noch weiter vor, und seine Augen wurden schmal. »Jackson, wollen Sie mir im Ernst erzählen, dass Halblinge unser Finanzsystem unterwandert haben, um sich so das nötige Kleingeld für ein sorgenfreies Leben zu beschaffen?«

»Ja«, sagte Jackson. »Ich würde es zwar nicht so formulieren: Aber im Grunde trifft es den Kern.«

»Ganz sicher? Und sind Sie sich ganz sicher, dass keine Vampire oder Werwölfe mit im Spiel sind?«

»Ich meine es ernst«, beharrte Jackson. »Ich weiß, wie sich das Ganze anhört ...«

»Das glaube ich nicht.«

»... aber ich kann doch nicht einfach den Mund halten, wenn ich auf einen solchen Riesenskandal stoße! Es gibt eine Menge Hinweise darauf, dass Tolkien Dinge beschrieben hat, die tatsächlich geschehen sind. Vielleicht hat er ein paar Details dazu erfunden, und sicherlich haben die Filmemacher maßlos übertrieben: Aber der Kern seiner Geschichten ist genauso wahr, wie es auch die Zerstörung Trojas durch die Griechen war, die Homer beschrieben hat. Bis Schliemann Troja ausgegraben hat, wollte ja auch niemand glauben, dass es diese Stadt – und den Kampf um sie! – wirklich jemals gegeben hat. Und jetzt habe ich den Beweis für den wahren Kern hinter Tolkiens Geschichten! Erwarten Sie, dass ich das für mich behalte?«

»Erwarten Sie etwa von mir, dass ich mit dieser Geschichte an die Öffentlichkeit gehe und unsere Behörde damit der Lächerlichkeit preisgebe, und damit auch die gesamte USA?«

»Das ist nicht lächerlich, das ist die vielleicht größte Entdeckung der letzten hundert Jahre! Stellen Sie sich nur vor, wie sehr das unser Weltbild und ...«

»... Ihre Karriere beeinflussen würde, Jackson?«, unterbrach ihn sein Chef. »Jackson, wenn von dieser Unterhaltung auch nur ein Wort aus diesem Büro dringt oder ich diesen Bericht gar weiterleite, wie Sie es anscheinend allen Ernstes von mir erwarten, dann muss das Ministerium Sie nicht mehr rauswerfen, denn dann kommen die Jungs mit den weißen Jacken ganz von selbst.«

»Treffender hätte ich es auch nicht ausdrücken können«, sagte eine harte Stimme hinter Jackson.

Erebor fuhr mindestens genauso erschrocken zusammen wie Jackson. Dann verdüsterte sich sein Gesicht. Offenbar rang er um Worte. Doch bevor er auch nur einen einzigen Laut herausbringen konnte, trat ein breitschultriger Bursche mit einem riesigen schwarzen Hut an Jackson vorbei, griff in die Tasche seines teuren Jacketts und zog ein in Zeitungspapier eingewickeltes kleines Päckchen hervor, das er wortlos auf den Schreibtisch neben Jacksons Bericht legte.

»Das gehört mit zu Ihrer Akte«, sagte er in einem harten Akzent. »Und es wäre besser, wenn Sie den Schweinkram sofort verschwinden ließen.«

Jackson saß kerzengerade auf seinem Stuhl und starrte auf das Zeitungspapier, in das das Päckchen eingewickelt war. Zuerst hatte er geglaubt, dass ihm seine Fantasie einen Streich spielte. Aber das stimmte nicht.

Er wusste, dass ihm nicht mehr viel Zeit blieb. Einmal hatte er den Ork abgehängt, und vielleicht würde ihm das auch noch ein weiteres Mal gelingen – aber wohl kaum ein drittes Mal. Schon jetzt ging sein Atem rasselnd, und die Finger, mit denen er ein loses Brett in der Holzverkleidung der alten Kantine beiseiteschob, zitterten wie bei einem Junkie, der dringend einen Schuss brauchte.

Sein Blick fiel auf den Boden, auf den Stapel vergilbter Zeitungen mit schreienden Headlines über eine Mordserie in New York, den irgendjemand hier vor vielen Jahren vergessen hatte. Zeitungspapier war gut. Darin konnte er die Kamera einwickeln und dann in die Aussparung hinter der Holzverkleidung drücken ...

Irgendwo hinter ihm knallte eine schwere Tür ins Schloss, und dann hörte er angriffslustiges Gebrüll, und seine Fantasie gaukelte ihm vor, dass der Boden unter den schweren Schritten des Orks erbebte, als dieser seine Spur aufnahm ...

Es konnte kein Zweifel bestehen. Der Neuankömmling hatte das Päckchen neben der Akte so platziert, dass er gerade noch ... RIENKILLER IN NEW ... lesen konnte. Ja. *Serienkiller in New York*, das war die Headline des Käseblatts gewesen, in das er seine Kamera eingewickelt hatte.

Alles aus, dachte er. Sie hatten ihn.

Thrain Erebor sagte noch immer nichts, aber auch er war deutlich blasser geworden. »Also hat der Idiot tatsächlich ein kleines Filmchen gedreht«, flüsterte er. Ein paar Sekunden lang herrschte absolutes Schweigen, und selbst das ferne Hintergrundrauschen der pulsierenden Großstadt war kaum noch zu hören. Jacksons Gedanken rasten nicht mehr, sondern schienen plötzlich in Zeitlupe zu laufen. Er hatte keine Ahnung, was das hier alles sollte. Aber dass jetzt plötzlich dieser Typ in ihr Gespräch hineinplatzte und das Filmchen ablieferte, dass er während seiner panischen Flucht vor einem *Ork* in einer alten Fabrikhalle in Detroit versteckt hatte – das stellte alles auf den Kopf.

Erebor griff nach dem Päckchen, überlegte es sich dann anders und rang sich ein verkrampftes Lächeln ab. »Ach ja, Jackson. Ich glaube, ich habe meinen Nachfolger noch gar nicht vorgestellt. Das ist Oghor Boldog, zurzeit noch Abteilungsleiter im Dezernat aktive Schadensbegrenzung.«

Der dunkelhaarige Riese drehte sich zu Jackson um, und Jackson zuckte zusammen, als er in die brutalen Augen blickte.

»Oghor Gorgûn Boldog, mit vollem Namen, wenn's recht ist«, sagte der Riese. »Und es wäre besser, wenn wir uns darauf einigen könnten, dass kein Wort dieser Unterhaltung den Raum verlässt. Und die Akte und das kleine Filmchen natürlich erst recht nicht.«

»Dezernat aktive Schadensbegrenzung?«, murmelte Jackson verstört. »Davon habe ich noch nie etwas gehört.«

»Eben«, sagte Oghor Gorgûn Boldog. »Darum geht es ja: den Schaden aktiv so zu begrenzen, dass niemand mehr etwas davon hören kann.«

Jackson starrte ihn ungläubig an. Er war sich ganz sicher, dass er dieses Gesicht unter dem breitkrempigen schwarzen Hut schon einmal gesehen hatte.

Dieser kantige Schädel, das Raubtiergebiss ... Die breite Nase, die tief in den Höhlen liegenden Augen, die wie von einer unheimlichen, boshaften Energie beseelt wirkten.

»Kennen wir uns?«, brachte er mühsam hervor.

Oghor Gorgûn Boldog starrte auf ihn herab, und seine Augen verengten sich. Jackson nahm den intensiven Duft eines aufdringlichen Herrenparfüms war, aber noch etwas anderes, das sich dahinter verbarg ... Raubtiergestank.

»Ich erinnere mich, dich gesehen zu haben«, knurrte Oghor Gorgûn Boldog. »Du bist weggelaufen. Du hattest Angst. Ich konnte sie riechen, deine Panik, dein Entsetzen ...«

»Sie ... Sie waren in Detroit?«, stammelte Jackson.

»In der alten Fabrik«, bestätigte Oghor Gorgûn Boldog mit einem Kopfnicken.

»Aber ... aber ...«

»Glaubst du, du hättest entkommen können, wenn wir das nicht zugelassen hätten? Wir haben dich laufen lassen, um zu erfahren, was du hier alles ausquatschst – und was du überhaupt weißt.«

Jackson hatte das Gefühl, als griffe eine eiskalte Hand nach seinem Herzen. Doch zugleich empfand er ein Gefühl des Triumphs, und er richtete sich kerzengerade auf und blickte an dem Ork vorbei direkt in das seltsam unbeteiligt wirkende Gesicht seines Vorgesetzten.

»Ich hatte recht«, krächzte er. »Sehen Sie? Ich hatte tatsächlich Recht! Das hier ist ein Ork!!!«

»Ja, natürlich«, sagte Thrain Erebor.

»Ein Ork! Begreifen Sie denn nicht? Die Orks machen mit den Halblingen gemeinsame Sache!«

»Oder umgekehrt.« Erebor zuckte mit den Achseln. »Wer weiß das schon. Und es interessiert mich eigentlich auch nicht. Hauptsache, der Preis stimmt, und ich brauche mir um eine angemessene Ruhestandsregelung keine Gedanken mehr zu machen.«

Jackson starrte ihn ungläubig an. Sein Verstand schien die Worte seines Vorgesetzten wie in Zeitlupe zu verarbeiten.

»Sie ... Sie haben von alldem gewusst?«, fragte er schließlich tonlos. »Sie haben sich kaufen lassen?«

Der dicke alte Mann nickte gelassen, und sein Blick wanderte an Jackson vorbei in weite Ferne; wahrscheinlich sah er sich schon an einem Südseestrand sitzen und einen teuren Cocktail schlürfen.

»Und das solltest du auch«, sagte Oghor Gorgûn Boldog. »Oder möchtest du, dass ich meinen großen Bruder mit der Axt hole?«

AUTORENBIOGRAPHIEN

Linda Budinger entdeckte ihre Vorliebe für Hobbits im Alter von etwa zwölf Jahren. Da schrieb sie selbst schon und las auch leidenschaftlich gerne Märchen, Mythen und Legenden aus aller Welt. Nach einigen Semestern Ur- und Frühgeschichte, Germanistik und Ethnologie ist sie inzwischen als freie Autorin und Übersetzerin tätig. In der Reihe DAS SCHWARZE AUGE erschienen drei Fantasy-Romane. Außerdem publizierte sie die eigenständigen Romane DIE NEBELBURG (Spreeside Verlag) sowie UNTER DEM VOLLMOND (Fabylon Verlag). Für die E-Book-Serie COTTON RELOADED von Bastei Entertainment hat die Autorin einen Krimi beigesteuert, der Anfang 2013 erscheint. Neben diversen Kurzgeschichten und Krimis für verschiedene Verlage und phantastischen Novellen in der Serie SCHATTENREICH PULP MAGAZINE (Bastei Verlag) hat sie auch Fantasy-Hörspiele verfasst. Mehr unter: www.wortwirkung.de/linda

Prisca Burrows Frumble hat ihr Leben der historischen Forschung verschrieben und gilt als *die* Koryphäe auf dem Gebiet des Lebens der Bogins, das eng verflochten ist mit der Geschichte Albalons. Die im vorliegenden Band erzählte Geschichte ereignete sich kurz vor dem Beginn ihrer authentischen, epischen historischen Erzählung DER FLUCH DER HALBLINGE (Bastei Lübbe), die den Beginn der großen Veränderung beschreibt.

Prisca, geb. Frumble, ist als freie Bogin geboren und die Tochter von Rosie-Posie und Mungo Frumblefoot of Bywater. Bereits in jungen Jahren entdeckte sie ihre Begeisterung für die Geschichte Albalons und studierte in Mathlatha bei verschiedenen Lehrern Wissenschaften mit dem Schwerpunkt Geschichte, bevor sie sich ihrem großen Werk zuwandte.

Dazu bereiste sie viele historische Stätten und befragte bedeutende zeitgenössische Persönlichkeiten, um die Authentizität zu gewährleisten.

Sie ist verheiratet mit Northal Werdal Burrows of Tuckborough und lebt, wenn sie nicht gerade auf historischen Pfaden reist, in einem idyllischen Auental zwischen Mathlatha und Du Bhinn.

Thomas Finn, geboren 1967 in Evanston/Chicago, studierte Volkswirtschaft in Hamburg und war nebenbei als Journalist und Autor für diverse deutsche Verlage und Magazine tätig, u. a. als Chefredakteur für das Magazin NAUTILUS – ABENTEUER & PHANTASTIK. Seit 2001 ist er freiberuflicher Roman-, Spiele-, Theater- und Drehbuchautor. Er ist mit zahlreichen Preisen ausgezeichnet worden, u. a. mit der *Segeberger Feder 2007* für seinen Roman DAS UNENDLICHE LICHT, Auftaktband der Trilogie DIE CHRONIKEN DER NEBELKRIEGE. Zuletzt erschienen sein Mystery-Thriller WEISSER SCHRECKEN sowie der SF-Roman MIND CONTROL. Er lebt und arbeitet in Hamburg. Mehr unter: www.thomas-finn.de

Bernd Frenz, Jahrgang 1964, lebt und arbeitet in Hannover. Mit seiner Ork-Trilogie über die BLUTORKS hat er sich auf Anhieb einen festen Platz in der deutschen Fantasy-Landschaft erobert, der durch Romane wie BANNKRIEGER und DAS BLUT DER NIBELUNGEN noch weiter gefestigt wurde. Schon seit 1998 schreibt er hauptberuflich Kurzgeschichten und Romane – insbesondere in den Bereichen Historie und Phantastik. Weitere Infos unter www.berndfrenz.de

Christoph Hardebusch, geboren 1974 in Lüdenscheid, studierte Anglistik und Medienwissenschaft in Marburg und arbeitete anschließend als Texter bei einer Werbeagentur. Sein Interesse an Fantasy und Geschichte führte ihn schließlich zum Schreiben. Seit dem großen Erfolg seines Debütromans DIE TROLLE ist er als freischaffender Autor tätig. Christoph Hardebusch lebt mit seiner Frau in Speyer.

Rebecca Hohlbein wurde 1977 in die Schriftstellerfamilie Hohlbein hineingeboren. Damals ahnte noch niemand etwas von ihrem Multitalent. Doch schon bei ihren ersten Kritzeleien zeigte sie eine besondere Begabung für Formen und Farben. Wenige Jahre später heimsten ihre Aufsätze, Bilder und Bastelarbeiten nicht nur gute Noten ein, sondern zeichneten sich auch durch besonders viel Fantasie aus. Mittlerweile hat sie gleich drei ihrer Talente unter einen beruflichen Hut gebracht. Mit großer Begeisterung modelliert und malt sie Fabelwesen und schlägt so die Brücke zu der Art von Büchern, die sie seit Jahren erfolgreich schreibt. Dass sie ihre ersten Bücher unter Pseudonym verfasst hat, um so auszutesten, ob sie auch ohne den berühmten Namen Hohlbein auf dem Cover bei Verlagen wie Lesern ankommt, spricht für sich – und vor allem, dass ihre Karriere seitdem steil nach oben verläuft.

Wolfgang Hohlbein, 1953 in Weimar geboren, ist der erfolgreichste deutschsprachige Fantasy-Autor. Der Durchbruch gelang ihm 1983 mit dem Roman MÄRCHENMOND, für den er den Phantastik-Preis der Stadt Wetzlar erhielt. Dutzende weitere Bestseller wie ANUBIS und THOR mit einer Gesamtauflage von rund 40 Millionen Exemplaren folgten. Wolfgang Hohlbeins Lebensmittelpunkt ist seine Familie. Er lebt mit seiner Frau und Co-Autorin Heike, seinen Kindern und zahlreichen Hunden und Katzen am Niederrhein. Weitere Informationen unter: www.hohlbein.de

Claudia Kern ist Mitbegründerin des Science-Fiction-Magazins SPACE VIEW, das sie mehrere Jahre als Chefredakteurin betreute und für das sie auch heute noch eine regelmäßige Kolumne schreibt. 1999 war sie als Serienredakteurin für ProSieben tätig und zog danach als hauptberufliche Autorin zurück nach Bonn. Claudia Kern hat einige Sachbücher zu Fernsehserien verfasst, schreibt Film- und TV-Kritiken und entwirft Stories und Dialoge für Computerspiele. Inzwischen lebt und arbeitet Claudia Kern in Berlin.

Ruggero Leò wurde 1969 in dem bezaubernden Jülich an der Rur geboren. Nach seinem Universitätsabschluss arbeitete er viele Jahre freiwillig als Übersetzer. Inzwischen arbeitet er ebenso freiwillig als Lektor in einem großen Publikumsverlag, der neben Dan Brown auch Halblings-Anthologien herausgibt. Er liebt Bücher und Graphic Novels, spielt leidenschaftlich gern Schlagzeug und hat dafür gesorgt, dass dieses Buch zustande kam.

Alexander Lohmann, geboren 1968 in München, studierte nach seiner Ausbildung zum Informatiker Germanistik und Geschichte und war als Redakteur bei Zeitschriften tätig. Die Lektüre des HERRN DER RINGE weckte schon früh seine Liebe zur Fantasy. Während der 90er-Jahre war er im Fandom aktiv, z. B. als Mitherausgeber eines Fanzines. Seine Vorliebe für spannungsreiche Gegensätze setzt er am liebsten in eigenen Büchern um, wovon seine Romane beredtes Zeugnis ablegen. Wenn Alexander Lohmann gerade kein Buch schreibt, arbeitet er als freier Lektor und Literaturübersetzer in Leichlingen.

Michael Peinkofer, Jahrgang 1969, studierte in München Germanistik, Geschichte und Kommunikationswissenschaft. Seit 1995 arbeitet er als freier Autor, Filmjournalist und Übersetzer. Unter diversen Pseudonymen hat er bereits zahlreiche Romane verschiedener Genres verfasst. Bekannt wurde er durch den Bestseller DIE BRUDERSCHAFT DER RUNEN und der Abenteuerreihe um Sarah Kincaid. Michael Peinkofer lebt mit seiner Familie im Allgäu.

Bernd Perplies, geboren 1977 in Wiesbaden, studierte Filmwissenschaft und Germanistik in Mainz. Parallel zu einer Anstellung beim Deutschen Filminstitut (DIF) in Frankfurt am Main, wandte er sich nach dem Studium dem professionellen Schreiben zu. Heute ist er als Schriftsteller, Übersetzer und Journalist tätig. Im August 2008 kam sein Debütroman TAREAN – SOHN DES FLUCHBRINGERS auf den Markt, weitere Werke folgten.

Zuletzt ist von ihm die Steampunk-Trilogie MAGIERDÄMMERUNG erschienen. Bernd Perplies lebt in Wiesbaden, zusammen mit mehr als 1000 Büchern und einer einzelnen tapferen Grünpflanze.

Aileen P. Roberts wurde 1975 in Düsseldorf geboren. Ihr bürgerlicher Name ist Claudia Lössl. Seit einigen Jahren veröffentlicht sie unter dem Pseudonym Aileen P. Roberts Fantasy- und Schottlandromane. Nach zahllosen beruflichen Umwegen und einer abgebrochenen Banklehre studierte sie Sozialpädagogik und arbeitet heute neben ihrer Tätigkeit als Schriftstellerin auch als Reitlehrerin und Reitpädagogin. Mit 19 Jahren reiste sie zum ersten Mal nach Schottland und entdeckte dort ihre keltische Seele. Auch ihre Hobbies sind stark in Richtung Fantasy, Schottland usw. ausgerichtet. Reiten, Schwertkampf, Bogenschießen, auf Mittelalterveranstaltungen gehen, längere Schottlandaufenthalte (mittlerweile im eigenen Cottage), Abende mit Freunden am Lagerfeuer ... das alles sind Inspirationen für neue phantastische Romane. Besuchen Sie die Autorin auf Facebook oder ihrer Webseite unter www.aileen-p-roberts.de.

Stephan Russbült wurde 1966 in Rendsburg in Schleswig-Holstein geboren. Er absolvierte eine Lehre als Großhandelskaufmann, studierte dann BWL und arbeitet heute als leitender Angestellter. Aus seiner langjährigen Begeisterung für Fantasy-Rollenspiele erwuchs auch seine Leidenschaft, Geschichten zu Papier zu bringen. Bei den meisten Völkern aus Tolkiens Welt machte er sich mit seinen OGER-Romanen unbeliebt, zum Glück jedoch nicht bei seinen Lesern. Stephan Russbült lebt mit seiner Frau und zwei Kindern und einer extrem coolen Katze in Husum, wo die Sonne niemals scheint.

Gesa Schwartz wurde 1980 in Stade geboren. Sie hat Deutsche Philologie, Philosophie und Deutsch als Fremdsprache studiert. Ihr besonderes Interesse galt seit jeher dem Genre der Phantastik. Nach ihrem Abschluss begab sie sich auf eine einjährige Reise durch Europa auf den

Spuren der alten Geschichtenerzähler. Für ihr Debüt GRIM – DAS SIEGEL DES FEUERS erhielt sie 2011 den *Deutschen Phantastik Preis* in der Sparte »Bestes deutschsprachiges Romandebüt«. Zurzeit lebt sie in der Nähe von Hamburg in einem Zirkuswagen.

Jo Zybell wurde 1954 in Düsseldorf geboren. Er verbrachte seine Kindheit in der Niederlausitz, seine Jugend in Südwest-Deutschland und arbeitete später u. a. in Karlsruhe, Kärnten, Dortmund und Bonn. Er schreibt seit früher Jugend. 1994 erhielt er sein erstes Honorar für ein Gedicht, das anlässlich einer Vernissage vorgetragen wurde. Seit 1997 ist er freier Autor. Er ist der Hauptautor der erfolgreichen Phantastikserie MADDRAX. 2001 gewann er den *Deutschen Phantastik Preis* in der Kategorie »Bester Autor«. Jo Zybell ist Vater von vier Kindern und lebt zurzeit in Königsfeld im Südschwarzwald.

Die ultimative Schatzsuche quer durch alle möglichen Welten

Stephen R. Lawhead
DAS KNOCHENHAUS
Die schimmernden
Reiche, Bd. 2
Roman
Aus dem Englischen
von Dr. Arno Hoven
432 Seiten
ISBN 978-3-404-20670-4

Es gibt sie wirklich: die Ley-Linien. Pfade, auf denen man durch die Zeit reisen kann und die nur die wenigsten kennen. Kit Livingston kennt sie, denn er hat sie bereits benutzt. Mit seiner Freundin Mina ist er auf der Suche nach der Karte der möglichen Universen. Diese wurde zerteilt und in alle Welten zerstreut. Aber Kit ist nicht der einzige, der sie haben will ... Die abenterliche Schatzsuche führt Kit zu einem der seltsamsten Bauwerke des Universums: einem Haus aus Knochen, errichtet in der Steinzeit. Wer einmal dort gewesen ist, wird nie mehr sein, wie er vorher war. Und kehrt vielleicht nie mehr zurück.

Zweiter Band der fünfteiligen Saga

Bastei Lübbe Taschenbuch

Werde Teil der Bastei Lübbe Welt
You Tube
www.luebbe.de
Lesen, rezensieren, Bücher gewinnen
Lerne Autoren, Verlagsmitarbeiter und andere Leser kennen